A REPÚBLICA
DOS
BUGRES

Ruy Tapioca

A REPÚBLICA DOS BUGRES

2ª EDIÇÃO

Rio de Janeiro – 2000

Copyright © 1999 by Ruy Tapioca

Direitos desta edição reservados à
EDITORA ROCCO LTDA.
Rua Rodrigo Silva, 26 — 5º andar
20011-040 — Rio de Janeiro, RJ
Tel.: 507-2000 — Fax: 507-2244
Printed in Brazil/Impresso no Brasil

preparação de originais
CARLOS NOUGUÉ

CIP-Brasil. Catalogação-na-fonte
Sindicato Nacional dos Editores de Livros, RJ

T176r	Tapioca, Ruy Reis
	A república dos bugres / Ruy Tapioca. –
	Rio de Janeiro : Rocco, 1999
	ISBN 85-325-1028-0
	1. Ficção brasileira. I. Título.
	CDD – 869.93
99-0830	CDU – 869.0(81)-3

Para Tânia, Renata e Roberta.

Para o velho Zuldgar (Deus o tenha), D. Yvonne, Mary e Suely.

Para o gordo Marinho (in memoriam) e Marco Antônio.

"A primeira e mais principal parte da História é a verdade dela; e porém em algumas coisas não há-de ser tanta, que se diga por ela o dito 'da muita justiça que fica em crueldade', principalmente nas coisas que tratam de infâmia de alguém, ainda que verdade sejam."

João de Barros (1496-1570), escritor paceiro de Dom Manuel, o Venturoso, rei de Portugal.

"É difícil não escrever sátira."

Juvenal, *Sátira* I, 30.

SUMÁRIO

Primus	11
Secundus	57
Tertius	99
Quartus	145
Quintus	195
Sextus	247
Septimus	291
Octavus	339
Nonus	389
Decimus	467

primus

"Aqui fizemos provisão de galinhas e patatas e de uma espécie de fruta, semelhante à pinha, canas muito doces e de carne de anta, parecida com a de vaca. Por um rei, do baralho, deram os ingênuos tamoios seis galinhas, persuadidos da excelência do negócio e da boa fé daqueles civilizados."

Da obra *Il Primo Viaggio Intorno al Mondo*, de Antonio Pigafetta, escriba participante da expedição de Fernão de Magalhães às Ilhas Molucas, cuja pequena frota fundeou na baía de Guanabara, de 13 a 26 de dezembro do Ano da Graça de Nosso Senhor Jesus Cristo de 1519.

I

Em um sobrado da rua da Carioca, antiga rua do Piolho, detrás do convento de Santo Antônio, Rio de Janeiro. Meados do mês de julho do Ano da Graça de Nosso Senhor Jesus Cristo de 1889.

Má-raios te partam! Badamerda! Queospariu!... Essas malditas aldravadas vão rebentar-me as oiças! Quede a negra Leocádia, que não atende logo essa cavalgadura escouceadora de portas? Jesus-Maria! mas que estropício! Até quando vais prorrogar este meu tormento, ó Altíssimo? Estou a passar dos carretos! A cair da tripeça! Já venci demasiado tempo, Senhor... Sou mais antigo que andar para frente, que obrar de cócoras... Cobre-me a carcaça pátina de tempo de dezoito lustros, mor parte deles estragados nesta terra de bugios e de dessemelhantes... E agora, Senhor, não bastassem as provações havidas na vida minha (o Diabo teceu-as, enquanto Tu esfregavas um olho), não me passa pela malha por que me castigas a purgar este mórbido fim, à semelhança das múmias insepultas, na condição de inválido, descontemporâneo, socialmente inútil, condenado a extravasar-me em diálogos internos, a falar por solilóquios, caquético, irremediavelmente mudo, submerso em fastios, o esqueleto em ruínas, escravo da acalmia dos senis, ampulheta já há muito avariada... Minha visão do mundo, por força das desgraceiras fisiológicas que se abateram sobre minha infeliz pessoa, reduziu-se à mesquinha paisagem cá entrevista desta janela de águafurtada, sobre a rua da Carioca, que não faz muito já foi do Piolho. Por que não atendes logo aos meus rogos e levas minh'alminha para Teus sítios celestiais, ó Todo-Poderoso? Por acaso não os mereço? Se depender de mim, como sabes, estou em pulgas para o trespasse... Ou me preferes ainda a malandrear nesses vagares de inverno, fustigado por poeiras de recordações (cada vez mais semelhadas a vendavais), mergulhado em divagações baralhadas? Se foste Tu capaz, em Tua infinita bondade e divina sabedoria, de perdoar o arrependido São Dimas, que agonizava na cruz, ao Teu lado, beneficiando-o de pronto com uma viagem ao Paraíso, sem as burocracias e exigências que nos impõem Teus prepostos cá por baixo, e, não satisfeito, ainda o promoveste a protetor justamente das vítimas dos que praticam, até os dias de hoje, o nada recomendável ofício terreno daquele piedoso santo, não considero tão descabida assim, Senhor, minha ambição de ir querer morar no Paraíso Celeste, dado que jamais furtei do alheio nem uma romã de feira: meus pecados foram outros, não tão recrimináveis... Já sou chão que deu uvas, Senhor, vivo hoje a chorar baba e ranho... Meus detratores galhofam que consumi tanto tempo de vida que assacam eu ter sido testemunha ocular das Tuas pregações, trepado ao Monte das Oliveiras; os vizinhos maledicentes, maiormente a miudagem traquinas, mofam que redigi, de próprio punho, o rascunho da Bíblia sagrada; a escumalha velhaca, constituída pelos meus ex-alunos, vai mais longe nas zombarias: troça que preparei a merenda da Tua última ceia; a negralhada boçal graceja que sou da época da Maria Cachucha; os acrescidos de cultura escarnecem que sou da era dos Afonsinhos; a meus netos ensinaram que sou do tempo de Dom Marmelo IV... São todos uns rematados patifes!... Sofro, Senhor, *o me miserum!*[1] e não somente sofrimentos físicos, mas, nomeadamente, doridos torcegões n'alma. Claro está não me assaltam somente evocações negativas, mas onde a vontade de desencavar as boas memórias, a desaparecerem mais rápido que manteiga em focinho de cão? Tudo tem seu tempo de vivências... "*Eheu fugaces, labuntur anni.*"[2] As recordações gozosas, principal-

---

[1] Coitado de mim!
[2] "Ai de nós, os anos fogem rápidos" (Horácio).

mente as da mesa e as da carne, desvanecem-se com a perda do viço do corpo e com as moléstias da idade: bem pouco se pode delas desfrutar quando contemplamos a devastação que opera o tempo em nossas pobres carcaças... Em algum cantinho do meu cérebro avariado, ao menos, ainda não feneceram por completo as boas lembranças de uns rojões de porco ao molho de sarrabulho, tampouco as reminiscências dos vigorosos beliscões-de-frade que apliquei, enquanto libido e forças tive, às redondezas da negra Leocádia, aquando aquela forra sem-vergonha vem cumprir a rotina de limpar-me a baba que me escorrega, pelos cantos da boca, à maneira dos bovinos babões. Saibas, ó Senhor das Alturas, que aquela preta escrava, agora forra, portadora de apreciáveis e avantajados glúteos globosos (belíssimo requeijão!), recebeu expressas determinações do coronel Diogo Bento, meu filho, e de D. Maria de Lourdes, minha digníssima nora e mãe de meus netos, de enxugar-me a babugem a intervalos regulares (que cada vez mais se espaçam desde que a fuliginosa criatura se iniciou em práticas de licenciosidades com um negro feiticeiro, dono de uma tenda espírita na rua Barão de São Félix), e as cumpre, Senhor, recalcitrando má vontade, utilizando-se de babadoiros impregnados de cheiros pestilenciais (recendem a flatos mal-engendrados uns, tresandam a sargaços menstruais outros, sabe-se lá por que sítios passam aqueles panos de fartuns tão variados...). Que triste fim me reservaste, Senhor...

Enquanto vida útil me ensejaste, ó Potentíssimo, exerci, como sabes, com facúndia e reconhecimento, ofício de mestre-escola de aula régia, retórica, história e latim, na minha escolinha da rua do Sabão (que tinha como divisa original, gravada em placa de latão, no frontispício do sobrado: *Disce aut discede*),[3] porém com motivação equivalente à de um mestre de pescaria a quem condenaram ensinar o ofício nos desertos d'África... Convenhamos, Senhor, praticar o ma-

---
[3] Aprende ou vai embora!

gistério neste continental pasto de alimárias várias que é o Brasil é como deitar pérolas a porcos, como carregar água em cesto! Assistia razão aos gregos quando preconizaram, antes mesmo da Tua aventura por este mundo: *Quem dii oderunt, paedagogum fecerunt.*[4] Mais pequenos sacrifícios teria eu auferido se assado nas fogueiras dos madeiros santos, ou mesmo se, refogado em sarapatel, tivesse sido transformado em repasto pelos ferocíssimos bugres que ao bispo Sardinha merendaram por inteiro... Bem sabes o suplício que foi o ofício de desasnar imensas gentes de reinóis e de gentios botocudos, lusitanos uns, brasileiros outros, irmãos colaços da burrice mundial, aqueles absolutos na Europa, estes inalcançáveis na América, herdeiros incontestes das maiores obtusidades mentais conhecidas entre os povos da humanidade! Seria ocioso demonstrar as evidências que atestam a singularidade da histórica arquiburrice dos portugueses, não fosse eu, desafortunadamente, um deles. Estou convencido, Senhor, que Teu Pai, no momento de dar luzes à minha gente, por certo deve ter esquecido de acender o lume... Acredito piamente, e nada me aquece nem arrefece, que ao tempo da criação dos meus patrícios Teu Pai, aproveitando a mesma inspiração e vontade, deve ter dado vida às antas, quadrúpedes com cuja serventia no mundo até hoje ainda não atinei. Quanto aos brasileiros, bem, ou melhor, mal: a considerar os feitos até hoje realizados pela raça, é lícito presumir que Teu Pai fez trafulhices quando da criação daquela escumalha... Julgo que esses pândegos, que constituem a fina flor do entulho, vieram ao mundo às bufas, suposto que, infelizmente é de presumir, Teu Pai, naquele dia não muito feliz para o gênero humano, devia estar acometido de flatulências... *absit invidia verbo.*[5] Para demonstrar que não me assaltam intolerâncias ou más vontades com aquela raça de bugres, ofereço-Te uma evidência histórica: os índios da América hispânica, e estou cá a

---

[4] A quem os Deuses odeiam, fazem-no professor.
[5] Com perdão da má palavra.

falar dos Maias, dos Incas e dos Astecas, constituíam civilizações avançadíssimas nas artes, na arquitetura, nas matemáticas, no estudo dos astros. Reparaste, Senhor, na qualidade dos dessemelhantes de que Teu Pai povoou o Brasil? Concorrem com os chimpanzés em matéria de luzes, além de serem inservíveis para qualquer tipo de trabalho civilizado. Um patrício meu que por cá naufragou, nos remotos da nação, adquiriu fama de deus pagão e levou vida folgazã e de muito prestígio, por obra da estupidez nativa, só porque deitou fogos de arcabuz aos céus e lume a uma cuia de aguardente. Os tupinambás imbecis, quando ouviram o estampido primal e viram que o gajo fazia água pegar fogo, correram, todos a catafeder, para detrás das moitas, mesmo porque no mato já estavam, obra de dar de ventre e descarregar as tripas, em pânico. Imagina agora, Senhor, se o tal afamado português cometesse semelhante graçola numa aldeia asteca, inca ou maia, que seja. Aqueles civilizados bugres o fariam beber a aguardente em chamas, aos golos grandes, e depois o empalariam pelo cano do arcabuz abaixo, a gargalhadear, decerto, comemorando a eliminação de mais um branco imbecil no mundo. Cá no Brasil, no entanto, por tão idiota façanha, o náufrago lusitano transformou-se no "filho do trovão", e, não satisfeito com suas ações façanhudas, caiu de beicinho por uma bugra, por Paraguaçu conhecida, passando-lhe o chicote-da-barriga e gerando-lhe récuas de crias, caganifâncias suficientes para incluí-los na História do país, com todas as honras e valimentos. Avalia, então, Senhor, a áfrica que foi o tentar passar, para esses apoucados de cérebro, as doutrinas de Quintiliano, a filosofia de Epicuro, as meditações de Marco Aurélio, os textos de Sêneca, as matemáticas de Pitágoras e de Euclides, os versos de Camões, de Homero e de Virgílio, a sintaxe dos civilizados, o latinório dos minimamente desasnados... Foram incontáveis súcias de reinóis (aposentados do trabalho desde o berço), matulas de negros tapados (que, não faz muito, carregavam merda de brancos em tonéis, à cabeça, em pleno largo do Paço),

catervas de obtusos bugres catecúmenos (que dos nossos somente aculturaram as patifarias) e chusmas de degenerados paridos de seus cruzamentos promíscuos. Poderes me delegasses, ó Glorioso, ao final do mundo e dos tempos, de escolher alguém para cá deixar como semente, com a missão de passar a limpo o borrão da História da humanidade, nomearia, desprovido de remorso, meu defunto professor de gramática latina, retórica, poética e aula régia, Luiz Gonçalves dos Santos, por antonomásia *Padre Perereca*, lente do Seminário da Lapa, responsável pelo meu ingresso forçado no magistério. Invoco-Te que mantenhas a alminha daquele padreca fuinhas em perene expiação, onde quer que ela esteja, não lhe faço por menos...
    A aldrava não mais barulha. Ouço passos e vozes de viventes que sobem as escadas que dão acesso ao sótão onde me depositam. O reposteiro é descerrado, e adentra ao aposento, a cometer profusas vênias, reverências e salamaleques, o físico Ludovico Caparelli, um ex-aluno que desasnei há quarenta anos, antipática cavalgadura representante das ciências médicas nativas (com os cascos dianteiros por certo doridos, de tanto escoucear a porta). Acompanha-o D. Maria de Lourdes. Dizem-no prestigiado físico dos maiorais da Corte; cá para mim não passa de sangreiro-barbeiro da pior qualidade: espinhaço empenado e curvo (evidente conseqüência, por certo, de excesso de mesuras bajulatórias), casaca escura, cartola de agente funerário, *pince-nez* trepado em rombuda nariganga, cebolão preso à algibeira, polainas brancas, ridículos abafadores de chulé, maleta preta, hirsuta barba castanha e um intragável ar de conhecedor dos saberes do universo, muito encontradiço em doutores brasileiros, atletas olímpicos da arte de errar com rara convicção.
    – E então, Comendador Menezes d'Oliveira, como tens passado? – indagou-me a anta hipocrática.
    Magnificamente bem, seu aldrabão: tirante as falências múltiplas que me afligem, a proximidade da cova e a escassa tolerância para com as alimárias cientistas brasileiras, a

minha vida está que é um jardim de delícias, não percebes? Anos de estudo para que esse doutor da mula ruça tenha aprendido tão estúpido início de anamnese...
– Vamos a ver, na última semana as fezes do Comendador foram duras ou molinhas, senhora?
Queospariu! É possível tamanha rudeza de palavras? Esse infeliz não aprendeu nem os rudimentos sociais mínimos do lidar com senhoras! Imploro-Te, Altíssimo, um arrátel de força que seja para plantar a mão na carantonha dessa besta de cargas!
– Julgo-o mais disposto que na visita anterior, senhora. Pelo menos o olhar está mais vivo, incisivo, diria até que com laivos de insondável irritação... Deita-me fora a língua, Comendador. Não, assim não... Por que trincas os dentes, bom velhinho? – argüiu-me com as presas arreganhadas.
Porque bom velhinho é a puta que te pariu, bastarda criatura!
– Examinemos as vistas, agora. Reveladoras de anemia, é fato, mas absolutamente compreensível, senhora: nosso paciente não tem mais meninas, e sim velhinhas dos olhos, não é verdade? – gracejou.
Alto lá com o charuto! Esse aranzel já está a passar dos limites! Agora faz-me objeto das próprias pilhérias! Escutas cá, ó azêmola de aluguer, com esse teu jeitinho de barbaças delicado é bem provável que tenhas a mãe, as irmãs e todas as fêmeas da família trabalhando em puteiros paraguaios, suposto que teu pai já o conheci puto!
– Vamos até onde a ciência nos permite, senhora. Constitui considerável dificuldade avaliar-lhe as condições reais de lucidez. A sintomatologia sugere um quadro de afasia atáxica: uma afemia, como chamamos entre iniciados. A bem da verdade, nem posso assegurar se o Comendador nos escuta, ou até mesmo se discerne as falas que lhe dirigimos – murmurou alisando o barbarrão.
Cebolório! Não só tuas doutorices como também os teus zurros, rufião hipocrático! Bandejeiro! Charlatão! Imploro-

Te, Poderosíssimo, paciência para com essa medicina nativa, porque a de Portugal já a conheço de história e berço: lucrativa manufatura de defuntos!
— Vejamos agora as mãos e as articulações. Hum... mãos calosas, de quem deu duro na vida: na certa de tanto empunhar palmatórias e varas de marmelo, obra de supliciar palmas e nádegas de parvos e iletrados, tudo em nome da cultura, do saber, do progresso do Império, não é mesmo, Comendador?
Decerto que sim, paquiderme tupiniquim. Só não consegui desasnar a ti e a tua família!
— A mão direita é mais calosa que a esquerda... O Comendador era destro, pois não, senhora?
Era? Então, essa múmia barbaçuda já me flexiona no pretérito? Vá atirar para a retangueira, ó panilas! Não sou da tua igualha!
— Por fim, vamos a um teste de avaliação dos reflexos: estiques bem o braço, Comendador, coloque-o retesado ao lado do corpo — diz, tendo feito ele mesmo o que me pedia. — Tenta espalmar a mão, assim... Deixa-me olhá-lo no fundo dos olhos. Por acaso me entendes, Comendador? Se positivo, tenta fazer um sinal, mexe um dedo, faze-me um gesto... — solicitou, olhos fixos na minha mão esbranquiçada e descarnada.
Preciso mais do que nunca da Tua ajuda agora, ó Onipotente, para um esforço inaudito, ainda que não seja por causa nobre. Meia libra de força, por um átimo que seja, nesta mão pelancuda já há muito falida... Jesus-Maria! ouviste-me! Benza Teu Pai! Já consigo mover os dedos! Isso! Não posso acreditar! Vá ter fé assim na... Perdão, Senhor, mil perdões! Releva a emoção de um inválido que vira válido, assim, a súbitas, de varada, do pé para a mão, sem dizer água vai... Mas, continuemos com o esforço: ajuda-me a juntar a ponta do indicador à ponta do polegar... Isso! Belo orifício arranjaste-me! Um pouchinho de força suplementar, agora, para retesar os três dedos remanescentes... Isso! Consegui! Magní-

fico! Pronto! aí tens, ó paneleiro das ciências, eis o gesto que solicitaste! Aí tens o destino que auguro para ti, para tua mãe, tua mulher e todas as tuas crias fêmeas! *"Dulce est desipere in loco..."*[6] Presumo ter logrado êxito em meu intento. Faço essa constatação em vista da radical transformação que se operou na cara de páscoa do esculápio: o sorriso irônico, escondido no meio da barbalhada, metamorfoseou-se, como por encanto, em severa comissura labial; a mostarda subiu-lhe ao nariz; dos seus sobrolhos, arqueados de espanto, avultaram dois bugalhos rútilos, a relampejar áscuas de lume, hipnotizados pelo gesto torpe, exibido com o vigor que Tu foste servido me dispor. Desafortunadamente, da quizila não auferi vantagem: ato contínuo à minha mímica obscena, o miserável barbaças, a andar com os azeites, encareceu a ausência de D. Maria de Lourdes do cômodo, justificando a necessidade de realizar-me exames mais íntimos. Satisfeito em suas pérfidas intenções, dentes cerrados, a recozer vinganças, grunhindo ódios como um bacorinho sendo capado, submeteu-me, com método, disciplina e ciência, à crudelíssima sessão de cáusticos, ventosas, bichas, clisteres, sinapismos, vomitórios, sangrias e a uma aluvião de outras terapias bárbaras, só não consumando o suplício final que intentara (examinar-me o reto e a próstata com um vergalhão cirúrgico de consideráveis dimensões) em face da providencial intercessão de minha digníssima nora, ouvinte expedita dos gemidos de pavor que consegui gorgolejar, sabes Tu lá como! Que o Demônio reserve àquele barbaças assassino ferventes caldeirões e pontiagudos tridentes em seus sítios infernais, que é para aonde vai aquele sangreiro, decerto, quando esfriar o céu da boca. Patife! *"Vana est sine viribus ira..."*[7]

---

[6] "É bom perder o juízo de vez em quando" (Horácio).
[7] A cólera sem a força é inoperante (Tito Lívio).

... espertei ou ainda dormito? Difícil precisar... Ainda estás aí, Amantíssimo? Estou-me em vágados, a boca cheia de mingau-das-almas... Viajo com espantosa velocidade por zonas indecisas, aos pedaços de sonhos, em bocados de realidades, entre lascas de fantasias: um ror de imersões e emersões em éteres nunca antes pervagados. Mas, espera lá... Isto cá está um breu! Céus, onde estou? Será que já defuntei? Já bati a caçoleta? Cantos gregorianos chegam-me ao orelhame; o ar está parado e calmoso; aromas de incensos celestiais invadem-me as ventas; cá tudo está às escuras... "*Fiat lux!*"[8] Fiapos de raios de luz, de um amarelo intensíssimo, escapam pelas frinchas das gelosias... Jesus-Maria! será que já estou no Paraíso? Estás Tu a me aprontar uma surpresinha catita, Senhor? Mas que serventia teriam gelosias no Paraíso? Ora, Comendador Joaquim Manuel Menezes d'Oliveira, é deixar de detalhes! Isso lá são horas de rabugens para com as manias do Criador? Deixa-te levar, homem! Prepara a alminha para borboletear nos sítios celestiais... "*Animula vagula, blandula,/ Hospes comesque corporis,/Quae nunc abibis in loca,/Pallidula, rigida, nudula,/Nec, utsoles, dabis jocos?*"[9] Está-se fazendo, enfim, justiça: destino de professor defunto são os domínios do Altíssimo, não há por que descer-lhe a alma ao inferno. Haveria castigo maior para uma infeliz alminha docente que mantê-la no mesmo lugar onde esteve em vida? Estou ao tempo do meu trespasse, ao final da minha longuíssima missão neste imenso terreno baldio infestado de farândolas de bugres catecúmenos, mamalucos, gentios botocudos, cafuzos, curibocas, mozambos, reinóis aposentados ainda no ventre materno, estrangeiros oportunistas, negros africanos conformados em viver longe da terra natal, agora escravos forros que não sabem o que fazer com a liberdade, a andar a coçar o cu pelas esquinas, e a implorar o retorno ao cativeiro

---

[8] "Faça-se a luz!" (Gênesis 1,3).
[9] "Alminha inconstante e folgazã, hóspede e companheira do corpo, para que lugares irás agora? Palidazinha, gelada, nuinha, não mais brincarás como costumavas?" (Adriano, no leito de morte).

por uma tigela de farinha de mandioca com banana... Como se estas tristuras não bastassem, sou obrigado a escutar, dentro de minha própria casa, murmúrios apocalípticos, ditos à sorrelfa, de que vem aí a república, de que vão pendurar o Imperador na ponta do laço, de que isto cá vai virar a esperança do mundo, e outras baboseiras mais... Antes desses dilúvios ocorrerem, Senhor, imploro-Te que providencies mandar soprar as asinhas, de que por certo me guarneceste, para a gloriosa viagem aos Teus domínios... Tirante um quase nada de faltazitas e pecadilhos que pratiquei (um nadinha perto do que o nosso bom São Dimas andou aprontando cá por baixo, antes de virar santo), fui sempre pio, fiel servidor e cumpridor de Teus ensinamentos. Não estou a dar a Teu Pai o que o Diabo enjeitou... Não mais se justificam esses longes de vida para um pobre coitado, como eu, que desta existência só auferiu sofrimentos, e que agora, ao seu final, atacado por um batalhão de moléstias e múltiplas falências fisiológicas, reduziu-se a um velho babão, mudo, xexé, com incontinência de flatos e ventosidades, descontrole de estampidos e bufas, nas vascas da agonia, todos a me tratarem como a um atoleimado, mormente o barbaças assassino. Minha cabeça, outrora jardim de vastíssima touceira capilar, exibe completa ausência de pelame; os membros, superiores e inferiores, escangalhados pela artrose, já não têm mais serventia. Como vês, Senhor, prontinho para virar defunto... E, ao que a ambiência ora sugere, cantochão ao longe, fortíssimos incensos, aromas agridoces impregnando o ar, fiapos de celestiais raios de luz ofuscando-me as velhinhas dos olhos (anatomia atualizada pelo barbacena patife), silêncio de claustros, chegou, enfim, a minha vez! Mas, espera lá... Alto e pára o baile! Não posso acreditar no que agora ouço! Por cá também, pelas bandas do Paraíso, permitem-se cantos profanos? Batuques, palmas de ponto, gorgorejos, mizinfios, saravás e outros grunhidos familiares chegam-me às oiças... Não O imaginava assim tão liberal, Senhor... Sempre acreditei que tais heresias rítmicas só tinham lugar nos domínios do Anjo Dissidente, nos valhacoutos das profundas... Vejo cá que Teu ecumenismo, generosidade e grandeza são infinitos... Quão mesquinho fui em imaginar que meus preconceitos cretinos pudessem encontrar albergue na Tua soberba e divina capacidade para organizar e regulamentar o Paraíso, sítio onde por certo encontrarei anjolas rechonchudinhos, voejando com as bundinhas de fora, sem que tal fato cause estranheza a quem quer que seja... Abrenúncio! Mas esses batuques já estão altos demais, Senhor! E agora vêm acompanhados de ruidosa algaravia de chamamentos de caboclos de alcunhas diversas: pombasgira para cá, iansãs para lá, mizinfios à farta, eparreis à bruta, nanãs à labúrdia, oxuns à fartazana, ogundelês à ufa, oguns aos porreirões, eh-ehs à balda, misturados com variado sortimento de raivosos grunhidos e gemebundas invocações... Caso não estivesse eu em traslado para as Alturas, acreditaria, piamente, que a negra Leocádia descerrou o reposteiro do meu quarto e se aproxima, neste momento, às arrecuas, da cama em que durante o dia fico jogado, mastigando um descomunal charuto aceso, preso aos beiços arreganhados, segurando em uma das mãos um dos acatingados babadoiros, e na outra uma garrafa de parati, exalando um bafum medonho, a saracotear as banhas moles com passinhos para frente, volteios, passinhos para trás, requebros na nadegueira, balanços na vasta peitaria, ao ritmo do som dos atabaques que sobe do rés-do-chão pela escadaria:

— Cumendadô Nhoquinzim Mané, eh-eh, a nega veiu limpá a babeira do nhonhô, mas num vai mais deixá o véio safado biliscá as popa da nega não, viu? Adispois da bulição, cu de nega tem dono, seo véio purtuga safado! D. Isabé é qui manda nu Brasi ingora, purcausadiquê o imperadô daquimpouco já tará batendo as caçuleta, consumídis pelos diabéti. Vige! mas cúmu pode tanta babageira, seo bode véio cuspidô e babão? 'Simbora! Funga no babadô! Cuspe 'sas purcaria pra fora, mas cuspe tudinho, purquê, si vossuncê num botá os carnegão prá fora, ogundelê baixa pur cá a módi ti infiá o espadagão dele tudinho nesse cu véio e peidorreiro..."

... até quando tanta humilhação, Senhor? Como está difícil essa travessia... Nem a criadagem me tem mais respeito! Onde o coronel? Onde D. Maria de Lourdes? Julgando-me já no Paraíso, não saí, pobre de mim, deste sótão... Percebo, agora, que o cantochão provém do convento de Santo Antônio, e não de coros celestiais; os incensos originam-se da cerimônia profana que se realiza ao rés-do-chão, onde essa negra encachaçada e sem-vergonha deve estar a invocar as trevas e seus demônios, imagine-se lá com que intentos! *Absit omen*.[10] E tudo a acontecer na minha própria casa! Os tais olores agridoces que saturam o ar, agora distingo, são de parati, e da braba, consumida, por certo, à ralaça, na reunião pagã. E nem ao bispo posso reclamar... Falta-me fala, gesticulação, até mesmo expressão de queixa... "*Ipsa senectus morbus est.*"[11] É nisso que dá esse liberalismo idiota de tratar negro como gente, como animal livre! São bichos, Senhor! Vi, com estes que a terra há de comer, iorubas, minas e cabindas cagando em logradoiros públicos, à luz do dia, em pleno largo do Paço! As fêmeas mijam em pé, pernas abertas, à semelhança das éguas! A maioria come com as mãos e, creias, a quase totalidade dessa negralhada tem o mórbido vício de tomar banho todos os dias! Às vezes dois! Ai, que vai me dar um badagaio esse cheirum do babadoiro inhacado... Pesam-me as pálpebras... sucumbo-me em vágados... Lá vou eu, em viagens, nas tais zonas de indecisão... Mal sabe a forra Leocádia que o tal do ogundelê pode realmente cá baixar, com o seu espadagão, para cumprir aquela terrível perversão: é só darem folga ao barbaças assassino e o deixarem um minutito a sós comigo... *Apage satana!*[12]

---

[10] Esteja ausente o mau agouro.
[11] "A própria velhice é uma doença" (Terêncio).
[12] Vai-te, Satanás!

... eis-me de volta à tona, estremunhado, nos entressonhos... Ainda por aí, Senhor? Será que minha carcaça já está a comer capim pela raiz? Já bati a alcatra na terra ingrata? Credo! Amalucaram-me de vez os miolos? Sobressalto-me... Chiça! Castiço militar barbudo puxa-me a manta até a queixada... Quem sabe, agora, já no Paraíso, Comendador Menezes d'Oliveira? E protegido por um barbaçudo anjo de milícias... Pouco provável: a castrense figura exala bafos azedos de aguardente barata e de charuto ordinário. Acredito que tais vícios devam ser pouco encontradiços naquelas angelicais criaturinhas esvoaçantes, que ouvi dizer abundam nos céus celestiais mais que andorinhas nos de cá, apesar de gorduchitas e de estarem sempre com os traseirinhos de fora, a crer verazes as belíssimas imagens esculpidas nas igrejas de Vila Rica por afamado mulato aleijão. Anjos beberrões e fumantes de charutos só seriam admissíveis, presumo, se os liberais tivessem vencido eleições nos sítios celestiais... Nunca se sabe... Nestes modernos tempos em que reis cedem lugar a presidentes, negros são livres e têm direitos, mulheres têm vontade, cachorros vão à rua passear com os donos, mulatos escrevem romances e fundam grêmios literários, monarquias viram repúblicas, malucos falam por meio de arames, a centenas de braças de distância, pode-se esperar qualquer cousa extravagante... Invoco-Te, Altíssimo, minha morte relâmpago, em rito sumaríssimo, antes de presenciar homens pejados... Sabe-se lá do que são capazes esses liberais... *Tempora mutantur, nos et mutamur in illis.*[13] Jamais me adaptarei a estes tempos modernos! Esquadrinho melhor a cara chapada do suposto arcanjo que me ajeita a manta: tem as fuças escritas e escarradas do coronel Diogo Bento, meu filho. E conspira o homem: pedaços da conversa que ele mantém, à capucha, vozes abafadas, com três militares ensarilhados no canto do cômodo, vaticinam a queda do Império, a ascensão da república, militanças e quarteladas

---

[13] Os tempos mudam, e nós mudamos com eles.

em abundância! Benza Teu Pai! Devo estar com o cérebro definitivamente avariado... A tal afasia atáxica, diagnosticada pelo barbaças assassino, por certo me alcançou a sala de máquinas e me produziu avarias grossas irreparáveis...
– ... está velho, desinteressado pela política, doente, e o que é pior: será sucedido por um barbilongo conde francês, e pela filha, madrinha da escravaria forra! A Guarda Nacional, os grandes fazendeiros, o comércio, a própria Igreja, não tem mais ninguém que o apóie... – segredou um militar do grupo, dono de um batalhão de medalhas ao peito, dragonas, calva brilhante e fartíssima bigodeira.
Tenho cá comigo que estão a falar, salvo melhor juízo, do Imperador, do genro e da Princesa Regente, e, pelo jeito que imprecam contra o regime, há merda no beco: vislumbro confusão grossa a caminho... Nesta terra de bugres, todas as vezes que se entenderam a Igreja, o Exército, a Armada, a Polícia e os fazendeiros, sofreu mais o povo miúdo que cu de hemorroidário a exonerar-se de ouriços... *Sit venia verbo*.[14]
– A guerra exauriu a economia, e essa inoportuna e descabida abolição combaliu de vez a fazenda nacional! Avaliem as conseqüências para o erário se atendida essa reivindicação de indenização dos ex-proprietários da escravaria forra! Seria uma sangria equivalente à despendida com a Guerra do Paraguai! E o que é pior: essa escravaria liberta não tem ocupação, não tem instrução, não tem moradia e nem para onde ir! – rosnou um dos alamarados.
– E isso não é o pior: já andei lendo e ouvindo idéias perigosíssimas, como as da reforma agrária e a da alfabetização da negralhada livre, como soluções para o problema. Precisamos suprimir esses teóricos perigosos, custe o que custar! Não se pode descuidar com essas ideologias exóticas que andam por aí, na boca e pena de literatos bebuns. Temos tradição, temos família e respeitamos a propriedade. Afinal, que país é este? – alertou outro.

---
[14] Desculpe-se a expressão.

Eu é que sei, ó filho de Marte, eu é que sei... Foi cá neste país que me estraguei, tendo por ofício desasnar dessemelhantes... Os árabes e os judeus inventaram a patifaria no mundo, mas foi cá nesta terrinha brasileira, onde baralharam-se índios preguiçosos, pretos tapados e portugueses ambas as coisas, que a coisa vingou e virou costume...
– O povo é ignorante, coronel, sente falta de autoridade, de pulso forte. A História reclama que o Exército, patrioticamente, interfira nessa anomia em que vivemos! O gabinete Ouro Preto não inspira mais confiança... Floriano está em cima do muro, mas Benjamin Constant e Sólon já estão decididos; o velho Deodoro ainda resiste: seguram-no D. Mariana, o coração e os laços de amizade com o Imperador. Além disso, a saúde já lhe falta...
Esta última fala foi do coronel Diogo Bento, meu único filho, militar brasileiro *a capite usque ad calcem*.[15] Vai bem encaminhado o pimpolho, pelo menos entre os pares. É adepto fervoroso da máxima nacional "farinha pouca, meu pirão primeiro", contribuição brasileira para os aforismos da humanidade. Saiu à mãe, brasileira e já defunta. Bom rapaz, apesar de homem de milícia. Preferia-o metido em política, conselhos, vereanças, intendências, deputações, senatórias, gabinetes, comissões, ministérios, ou coisas que o valham. Estas, sim, ocupações fabulosas no Brasil: constituem cargos de representação dos cidadãos em uma nação que nunca teve gente que merecesse tal qualificação. O que chamam cá de povo são turbas tresmalhadas de pascácios e parvos, uns comandados por coronéis, de patentes havidas por mérito ou compradas, outros por padres, aqueloutros por fidalgos, os negros por capitães-do-mato, e todos, brancos, mulatos e pretos, amantes confessos de lundus, folguedos e cultores de efemérides que preenchem todo o calendário do ano com folganças, desde o dia de São Sebastião até a data de Teu nascimento, Senhor. São uma fartazana de festas a dar com

---
[15] Da cabeça aos pés.

o pau: procissões, cultos religiosos, feriados à brava, facultativos a não mais caber no calendário que o Papa Gregório XIII teve tanto trabalho para estabelecer... E de festa em dança por aí todos vão, com pândegas e patuscadas à ufa, todos os santos obrigatoriamente homenageados, dado que no calendário do Brasil cada dia a mais de um deles pertence. Não satisfeita com essa orgia de festas e cantares, a escumalha herege ainda tem o desplante de anunciar para o mundo que Teu Pai é natural desta terra, para que os estrangeiros não tenham dúvidas de que cá é o Paraíso Terreal; suposto cá localizado aquele sítio de prazeres divinos e gozosos, o trabalho não seria obrigatório nem necessário, portanto dispensável, tudo isso por vontade expressa do Criador, avalia... Pudessem esses cariocas vadios decretar feriados para todos os dias do ano, fá-lo-iam, decerto, Senhor, que isto cá é terra ferial, festeira, farrista e fanfarrona, onde mais se comemora que se trabalha, tantas são as folgas, para tão poucos dias de folhinha. Haja preguiça, vagabundagem e fé para esses patuscos que só andam na paródia e nas praias... Vez por outra avultam bacharéis e poetas, ditos libertários, que bostejam suas doutrinas exóticas, após se empanturrarem de parati, bagaceiras e cervejolas, no Rossio e na Ouvidor.

– ... e não haveria reação, pois os monarquistas estão em reduzido número no Exército, na Armada e na Polícia! Era destronar o Imperador, despachar a família imperial com genro, mala e cuia para o Velho Mundo, e inaugurar a mais promissora república da América, com uma parada cívico-militar no Campo de Sant'Ana. O povo anteciparia o carnaval para o dia seguinte, sem dúvida, e a imprensa nos transformaria nos *sans-culotte* dos trópicos!

O responsável por este comentário, um capitão imberbe, bigodinho aparado e cabeleira lustrosa untada de banha, é, de longe, o mais perigoso do grupo. Esse infeliz sabe mais a dormir que os outros acordados. Fará grande carreira militar, por certo: é pragmático, conhece as fraquezas dos pares e as do povoléu, sabe onde mete o bedelho. Pegou rápido o espírito das coisas neste país: inventam-se soluções para onde não existem problemas, criam-se problemas onde eles não existem, e mete-se aí um programa de governo. Não há dúvida de que o capitãozinho é o produto mais representativo da trapalhada de povos e raças que cá, promiscuamente, se misturaram. Corre no sangue dessa anta alamarada o que de pior existe, simultaneamente, no português, no índio e no negro. Até o barbaças assassino, se patologista fosse, encontraria no cromossoma desse fala-barato, pelo menos, um par de genes patifes dominantes, um paterno e outro materno. "*Mundus vult decipi, ergo decipiatur*"...[16] Que tempos, Senhor, que tempos... *Annus horribilis*![17] É provável que o século passado, dito das Luzes, tenha ofuscado este, a se afirmar como o das trevas, conforme vaticinou, sob os protestos do frei Antônio de Arrábida, o comandante Canto e Castro, da nau *Príncipe Real*, em fuga para o Brasil: "... do jeito que vão os Oitocentos, não conhecerá o mundo os Novecentos...", trovejou com voz de sovelão, poetando como todo português gosta, ao observar Lisboa apoucar-se no horizonte, enquanto magotes de nobres, fidalgos e fidalgotes, aos choros, gritos e vômitos, debruçados sobre as amuradas baloiçantes dos conveses das embarcações fugidiças, rumavam para o Novo Mundo, na companhia da Rainha Nossa Senhora, do Príncipe Regente, da família real e dos infantes e infantas da Coroa portuguesa. A comboiá-los, quinze mil nobres vadios, preguiçosos e pensionistas do real erário, a fugir, carregando seus mórbidos vícios, ociosidade atávica e índole corrupta, para a colônia submissa que sempre os abasteceu de oiros, pratas, açúcares, diamantes e lenhos nobres.

    Pudesse eu contar a história real dos fatos e acontecimentos, tal como efetivamente sucederam, e não como relatada nos fólios oficiais (cartapácios prenhes de louçanias de estilo e de mentiras, onde nobres de fraco caráter são exibidos como

---

[16] "O mundo quer ser iludido; seja, pois, iludido" (Paracelso).
[17] Ano horrível!

heróis destemidos, putíssimas senhoras da Corte são apresentadas como virtuosas damas com pundonor, reis impotentes e afanchonados avultam como vigorosos garanhões, pecados metamorfoseiam-se em virtudes, princesas safistas são descritas como fervorosas monjas, atos de solerte covardia são exarados como heróicos feitos...). Pudesse eu testemunhar, Senhor, para esses brasileiros pacóvios e ingênuos que até hoje acreditam, e os livros de História atestam, que o Capitão-Mor bateu às costas da Bahia por acidente, perdido que estava do já manjadíssimo caminho para as Índias (Vasco da Gama, à época, navegava de costas para aqueles sítios longínquos, obra de distrair-se, afastar a monotonia da viagem e a sensaboria da conhecidíssima rota por ele descoberta...). Pudesse eu escrever como se construiu este gigantesco terreno baldio das Américas... Tivesse eu ainda forças para contar a História deste país, que vivi de corpo presente, tão diferente da exarada nos livros... Como a imaginação desse povoléu é inventivamente ufanista e apologética da própria raça... Ai, minhas encomendas! "*Veritas temporis filia*"...[18]

II

Palácio de Queluz, Lisboa. Madrugada de 27 de novembro
do Ano da Graça de Nosso Senhor Jesus Cristo de 1807.

Embrulhada em espessa bruma, Lisboa, apreensiva, não dorme: miasmas de guerra pairam no ar. Por três dias cai, ininterruptamente, um aguaceiro bíblico, ensopando e enlameando ruas, becos, alfurjas e logradoiros do Aljube, Rocio, Chiado, Mouraria, Alfama e arrabaldes. O menino Joaquim

---

[18] "A verdade é filha do tempo" (Aulo Gélio).

Manuel Menezes d'Oliveira, por Quincas conhecido, exsuda frios suores na disputa pelo posto de jardineiro-mor do palácio real, em meio a um estranho certame ao qual concorrem dezenas de meninos adventícios, procedentes de todas as partes da Europa. Entrega-se a miudagem a extravagantes desafios, todos concebidos e regulamentados pelos reais miolos avariados de Sua Majestade Maluquíssima, D. Maria I, que a tudo coordena, a gritas, vergasta à mão direita, cetro à esquerda. Obrigaram-se os candidatos, entre outros encargos façanhudos, à criação de flores, plantas e frutos nunca antes vistos, para cultivo no jardim real, dito das maravilhas, objeto dos mimos e cuidados da desmiolada soberana. "Demônios, não trapaceiem, demônios! Quem eu pegar a trapacear vai levar com o cetro no rabiosque!", impreca a rainha, abespinhada, a brandir a vara real e a distribuir olhares furiosos para os contendores espantadiços. Algumas maravilhas agronômicas já foram produzidas: laranjuvas, abobomoras, maçãlancias, batatalhos, abacananas, rosaridas, cravosântemos e outras despropositadas misturas de genes, somente imaginadas por quem com a razão não priva de muitas intimidades ou, no mínimo, com ela não mantém boas relações. Corre a contenda o seu curso normal, como se presume devam transcorrer disputas organizadas por criaturas taralhoucas, quando a rainha, inopinadamente, de sobreventa, embasbaca-se entusiasticamente com a criação do menino Quincas: um gigantesco e erótico filodendro, que serpenteia pelo chão feito uma víbora assanhada, a enroscar-se por pernas e braços dos miúdos pelejantes. Atônita, após experimentar divertidos tremores espasmódicos, efeito das cócegas provocadas pela exótica planta, a miudagem, às gargalhadas, de puxavão em puxavão, é toda por ela derribada ao chão. "Caraças! que maravilha de mimo agronômico! Isso é coisa do Lúcifer! É das profundas! Está cá o vencedor da competição!", grita Sua Majestade Fidelíssima, apontando para Quincas, ao tempo que se precipita para um chafariz do jardim real, lá se empoleira, e dá a bater de asas e a cacarejar, por acreditar que o Anjo Dissidente não exerce seus poderes malignos sobre os galináceos, sabe-se lá por que razões. Derribados ao chão todos os disputantes, que ainda estão, agora mesmo, às gargalhadas, a emitir gemicados ai-ai-ais e ui-ui-uis, a menos de Quincas, que já comemora o bafejo das sortes e a vitória no destrambelhado torneio, e está a deitar foguetes antes da festa, a pérfida planta resolve não concordar com tanta alegria: a risadas tantas, de supetão, volta-se contra o criador, empregando ardil especial: ata-se-lhe aos pés, imobilizando-o, e, envolvendo perfídia, enrosca-se-lhe lentamente aos colhõezinhos e ao pirilau, acarinhando-lhe impudentemente as vergonhas... Ato contínuo, instalado o transe à vítima, Quincas já aos delírios, o impudico filodendro de um só puxavão joga-o ao chão. "Uiuiuiuiuiuiuiuiuiuiuiiii iiiiiii! que me estou a vir", gemeu o menino. Acudiu-o sua mãe de criação, a retreta D. Maria da Celestial Ajuda, uma criada de câmara da rainha, surgida no torneio não se sabe como nem de onde, que, sem encarecer maiores explicações, desandou a aplicar ao gemebundo miúdo uma aluvião de tamancadas ao lombo, meia dúzia de tabefes às fuças e um par de bofetões aos beiços, pondo-lhe termo à gemedeira. Convém cá uma explicação: para Quincas justificavam-se, plenamente, o proteger e o alongar do seu nervinho pudendo e do seu saquinho como atos de legítima defesa, em face da agressão a que o submetia a descarada planta; mas para a mãe adotiva, carregada de outras e mais sérias preocupações, e que daquele sonho não participava, descortinou-se a cena, vergonhas do menino à mostra, como os estertores finais de uma despudorada prática do vício de Onã. Arrancado à bruta da cama pela retreta indignada, que lhe passou uma sarabanda, o miúdo refez-se, aos poucos, do fantástico pesadelo, conseqüência provável de suculento borrego ensopado ingerido, à sôfrega, na noite anterior. Pôs-se Quincas de imediato a disfarçar e a cobrir as vergonhas com a camisa de dormir, enquanto se inteirava das terríveis preocupações de D. Maria da Celestial Ajuda, que muito tinham a ver com a algaraviada que provinha dos alcatifados passadiços do palácio real: o Príncipe Regente e o Conselho d'Estado haviam finalmente decidido, após meses de complexos e estratégicos estudos e planos de guerra contra a França, depois mudados e aproveitados contra a Inglaterra, e novamente retornados contra aquela, por heróica, venturosa, honrosa e gloriosa transmigração da família real e dos grandes da nobreza portuguesa, em regime de urgência urgentíssima, para o Brasil. A montanha parira um rato! Eram conhecidas as razões: uma turbamulta de franceses facinorosos invadira o reino, a mando de Napoleão, e já estava a dar carreiras em milícias de alfacinhas fugidiços, nos arrabaldes de Lisboa, é o que se comenta agora em Queluz, à boca cheia. Cabe aqui registro parentético: fiquem cientes os pósteros, conforme exarado nos in-fólios reais, constituir traço de caráter comum aos soberanos, nobres e fidalgos, nomeadamente se filhos de Portugal forem, jamais fugir ou se acobardar quando ameaçados por inimigos hostis. Para essas ocasiões, o espírito heróico e pragmático dos nobres lusitanos recomenda, com agudeza de espírito e sutileza de raciocínio, convocar-se tabeliães e escribas de alvarás, decretar-se a transmigração da Corte para outros sítios, lavrar-se nas atas a magnanimidade do ato, raspar-se o erário real, deixar-se que o povo se vá às urtigas (que é o seu destino atávico), e estamos todos conversados. Impõe-se consignar ainda, para fechar este parêntese invisível, que já vai longo em demasia: em tempo algum a História lusitana registrou, em seus implacáveis anais, que um rei de Portugal se evadiu em humilhante retirada, ou se escafedeu sem honra, ou bateu com os calcanhares no cu, quando desafiado por agressor estrangeiro. O que decidiu o então Príncipe Regente, que vai entrar para a tabela dos reis de Portugal, daqui a dez anos, como o sexto João que lá chega, foi comandar estratégico e oportuno "salve-se quem puder", implicitamente prescrito em qualquer manual rudimentar de guerras e milícias, como comando militar prestante e de grandíssima serventia.

– Tempo não há para mais nada: Napoleão e seus brutos já estão a molhar os chifres no Tejo! – grita um dos Lobatos, mordomo e valido *in pectore* de D. João, em correrias pelo interior do palácio. O miúdo Quincas, assustado com os barulhos, dirige-se, em camisa, aos passadiços que dão acesso aos aposentos reais e aos da fidalguia de câmara, e depara com inenarrável esbórnia: um ror de duques, condes, viscondes, marqueses, barões, açafatas, camaristas, veadores, aias, fidalgarrões e outros maiorais do reino, a trombar com uma cambada de fâmulos, librés, criadas de quarto, moços e moças de câmara, reposteiros, cavalariços, mansuelas, mantieiros, servidores de toalha, estribeiros, retretas e lacaios outros vários, todos azafamados em salvar haveres, jóias, pertences, baús, guarda-fatos, quadros, livros, graudezas e miudezas, numa bulha de dificultosa descrição.

– Mexa-te, molengão, ou vou te aviar! É vestir quinzena e calções, que eu não chego para as encomendas! É carregar tôdalas tuas roupas de muda para uma longuíssima viagem! – trovejou-lhe a mãe adotiva, puxando-o pela orelha, de volta para o interior dos aposentos.

– E para aonde vamos, senhora, com tanta pressa? – gemeu o menino, já no cômodo.

– Para o Brasil! Para aquela terra de bugres antropófagos e macacos! Estamos a guerrear com a França, avia-te! – respondeu a mulher, arreliada, a entulhar roupas em uma canastra.

– E fugimos sem combater esses brutos, senhora?

– Transmigramos, estafermo, transmigramos, não te esqueças! É bem melhor que entrar em guerras! Apura-te para a viagem!

– É vero que fica o Brasil no fim do mundo, senhora?

– Se lá fica, não sei, mas, se é que o mundo de cu é provido, com certeza é pelo Brasil que ele se borra!

– Fica o Brasil mais longe que a colônia onde está o papá, senhora?

– Muito mais! A pústula do teu papá está na Inglaterra... Ai, minhas encomendas! que estou a escangalhar o arranjinho... Teu papá está condenado ao degredo em Angola, e de lá só sai quando nascerem dentes às galinhas! Aquele lá é uma sardinha que o gato comeu! Avia-te! – corrigiu-se.

⧗

Das câmaras reais ouviram-se gritos:
– Não vou, João, não vou! Aquilo lá é terra de macacos e de canibais! – está a gritar, agora de verdade, a Rainha Nossa Senhora, em seus reais aposentos, a abanar as orelhas com a decisão de transmigração da família real para o Brasil. A mãe adotiva de Quincas abalou-se para a câmara da rainha, e o menino novamente a seguiu, pelos corredores alfombrados de Queluz.

Acocorada no centro do régio leito de cedro lavrado, sob amplo dossel adamascado de veludo carmesim, sustentado por grossíssimas colunas de pau-cetim, a soberana, em camisolão de dormir, a grenha hirsuta de cabelos grisalhos, impreca contra a colônia americana. À borda do leito, o Príncipe Regente, de beiçola caída, chora baixinho, que é o que mais sabe fazer; frei Antônio de Arrábida, lente e bibliotecário do convento de Mafra, ora abundantemente, visto que para tal serventia é que existem os clérigos; a Marquesa de São Miguel, camareira-mor da Rainha, desdobra-se em atenções e ações miúdas, haja vista que para tais funções é que são designadas as camaristas; a Viscondessa do Real Agrado, açafata, comete bastantes vênias e distribui agrados em penca, suposto que para outros encargos não foi nomeada.

– Não vou, João, não vou! Não quero ser a primeira rainha da História a ser comida por canibais! Para Portugal, a quota de sacrifícios de portugueses devorados completou-se com o bispo Sardinha, coitado, que os bugres o merendaram de batina e tudo, e até os ossinhos lhe chuparam! Imagina tu, então, João, com esse teu traseirão, pança rotunda e as grossíssimas coxas que dos Braganças herdaste, o quanto não se regalariam aqueles antropófagos! Era de encher dúzias de caldeirões!

O Príncipe conforta-a, aos choramingos, a boca semiaberta dos parvos:
– Senhora minha mãe, vamos a transmigrar para a sua mais rica colônia. Dizem-na a mais bela província da Terra; não há ter preocupações... Se cá ficarmos, o Dragão Guerreador há-de subjugar-nos: serviremos de praça de guerra entre a Inglaterra e a França... No Brasil fundaremos um novo reino, para maior glória e fortuna de Vossa Majestade!
– Ora, pois, pois, João! Vamos é para o exílio, isso sim! Por acaso já ouviste falar de algum monarca, fidalgo, ou de um sevandija que seja, que foi condenado a transmigrar-se para Paris, para Londres, para Madri ou para Roma? Hein, diz lá? Não, filho, que estes são sítios para regalar-se e conviver-se com os poderosos. Somente foge-se, degreda-se, exila-se ou, como queres tu, transmigra-se, é para os infernos do planeta: Moçambique, Angola, São Tomé, Cabo Verde, Açores, Ilha da Madeira e para essa terra de macacos e canibais que é o Brasil! Não me venhas com refolhos nem de borzeguins ao leito: sou doida, mas não sou burra! E sabes que mais? arroz com pardais! – desabafou para espanto geral dos presentes, porque raras essas crises de lucidez, desde que havia dezesseis anos amalucara, para consternação geral de seus súditos. Parêntese: amalucar, aqui, é maneira de dizer, a título de facécia, a paredes-meia com a graçola e o motejo. Nos fólios reais, lavrados por físicos-cirurgiões-barbeiros da Corte, em fins do Ano da Graça de Nosso Senhor Jesus Cristo de 1791, consta que a soberana de Portugal foi acometida de "afecção melancólica, que se degenera em insânia, e chega aos termos de frenesim". Melhor há-de ficar assim, pois o amalucar-se é mal que, via de regra, embora por lá não transite, acomete preferencialmente grande maioria de vagabundos, sevandijas e bundas-sujas. Quando as vítimas dessa insidiosa enfermidade são reis e rainhas, ainda mais se de Portugal forem, convencionou-se dizer que as majestades entram em benefício de licenças mentais, privativas dos de sangue anil.

A rainha calmou e deixa-se vestir pelas camaristas, açafatas e moças de quarto, D. Maria da Ajuda Celestial entre elas. Frei Antônio de Arrábida, que até agora se pergunta o que está ali a fazer, se confessor não é da rainha, e sim lente e bibliotecário de convento, já está à vigésima segunda Ave-Maria, tendo concluído o vigésimo terceiro Padre-Nosso, e com imensa dormência no braço direito, tantas são as bênçãos e améns, dados em intenção do alívio e sanificação de D. Maria I. Mas o clérigo é homem de poderosa fé e de assombrosas intimidades com os Grandes das Alturas, não se sabe se mais com o Pai, se mais com o Filho, se mais com o Espírito Santo ou se com a Santíssima Trindade inteira. Agora mesmo, para provar a força de suas orações, já está a soberana a cantarolar um vira, enquanto uma chusma de criadas lhe penteia os cabelos e outro bando lhe lava os pés, mergulhados em uma bacia de prata.

Ao surpreender Quincas escondido atrás do reposteiro, o Príncipe Regente deixou escapar um "oh" de feliz espanto:

– Por onde andaste, ó maroto? Não te tenho mais visto a brincar com o Pedro e com o Miguel, hein? Tu vais viajar na companhia deles e da minha real pessoa na *Príncipe Real*. Já está tudo a se arranjar com o Lobato e com a marquesa de São Miguel, ouviste? D. Maria da Celestial Ajuda também embarcará conosco na mesma nau. Vejo-te lá, ó miúdo!

Quincas corou e cometeu uma reverência de mergulho, tendo ganho de D. João um rebuçado como mimo.

– O Brasil! Abalo-me para o Brasil! – exultou o menino, que está a não caber nas bainhas, ao vislumbrar a possibilidade de viver as aventuras dos grandes navegadores, pouco importando-se com o torcegão na orelha que lhe aplica D. Maria da Celestial Ajuda, arrastando-o de volta para o quarto:

– Anda cá, ó peste! Por que não gemes agora, hein? Ou somente uivas quando te entregas aos teus vícios obscenos? Por acaso já tomaste banho este mês? Olhas que já vamos pelo vigésimo sétimo dia do dito, ó porqueira!

Cais de Belém, às margens do Tejo, Lisboa.
Entardecer do dia 27 de novembro de 1807.

Chove a potes. Bátegas-de-água caem em catadupas sobre o cais de Belém, que está que é um lodeiro só. Uma barafunda de fidalgos em pânico vagueia, tumultuariamente, por entre arcas, baús, malotões, canastras, caixas, caixotões, mobílias diversas, engradados de porcos, reses e galinhas, todos a grunhir, mugir e cacarejar, respectivamente e em coro, numa bulharaça só comparável à inferneira que foi o terramoto de 1755. As naus integrantes da frota de fuga estão abarrotadas de quinquilharias e bufarinhas de variadas espécies: alfaias, faianças, gigantescas arcas pejadas de fatos, artigos de toucador, bugigangas diversas, cagadoiros, escarradeiras, comadres, faqueiros, panos de finalidades várias (até para sorvedura de menorréias), bolachas, cristais, tecidos, bichinhos de estimação, cágados, raposas, gansos, carneiros, pássaros em gaiolas e tantos outros animais miúdos, que nem Noé arriscaria atraquinar semelhante trastaria em sua sagrada arca, apesar de do final do mundo estar informado por mensageiro de fé e ofício.

O menino Joaquim Manuel Menezes d'Oliveira, por Quincas mais conhecido, está debruçado sobre a amurada superior do convés da nau capitânia, a *Príncipe Real*. Aguarda a chegada da família real, que daqui a pouco vai embarcar, enquanto a mãe adotiva ultima as arrumações dos aposentos improvisados de D. Maria I, no castelo de popa. A cem braças da *Príncipe Real* está fundeada a fragata *Afonso de Albuquerque*, que vai transportar a Sereníssima Senhora Princesa do Brasil, D. Carlota Joaquina (bata-se três vezes na madeira), suas irmãs e as infantas da Coroa portuguesa. A nau capitânia está com a proa afocinhada, por excesso de carga a vante. "Deve ser o peso dos chifres do cabrão do D. João", comenta, à socapa, um moço de convés, incumbido de remanejar a tralhada a bordo, com o intento de levantar a torre da proa e aprumar a embarcação. Por certo não embarcará este infeliz, e está a remoer-se por isso, como de resto estão recozendo irritações todos os alfacinhas que ora vagueiam pelo cais e que não foram convidados a transmigrar, pois fidalgos não são. Talvez lamentem não terem nascido em França, ou na Inglaterra, na verdade os dois países que estão realmente a brigar, e que sobre os negócios do mundo divergem em tudo, a menos de um único ponto, em que sempre andaram concordes: as despesas dessa briga, para todos os efeitos, é Portugal quem vai pagar. Por esse motivo, há três meses não recebem soldos os oficiais do exército, e estão em atraso os pagamentos dos juros da dívida pública e dos ordenados dos funcionários. Mas deixe estar o lusitano erário, que isso tudo não terminará em águas de bacalhau: se por acaso der em mau negócio, há-de nessa dívida entrar o Brasil de sucessor, de herdeiro ou de sócio.

Atempadamente chegam D. João e a família ao cais, nas carruagens reais. Armam logo o pálio e correm para segurar as varas alguns dos grandões da Corte: o Marquês de Angeja, o Visconde de Anadia, o Marquês de Belas, o Duque de Cadaval, o Conde de Caparica, o Marquês do Lavradio, o peralvilho do Marialva. Mais varas tivesse o pálio e mais fidalgarrões acorreriam para empunhá-las, pois é encargo privativo dos maiorais da Corte. É de se lamentar, e muitos o fazem, que ainda não tenham inventado pálios de muitas varas, pois são bastantes os de ricos cabedais no reino. Acontecem variados rapapés, adecoras, vênias, mesuras, saudações de mergulho, reverências, salamaleques, ademanes e fartura de beija-mãos. Cabos da guarda da polícia de Pina Manique lançam pranchas sobre a lama para Suas Altezas apearem. O Príncipe da Beira e o infante espanhol D. Pedro Carlos são levados a bordo da *Príncipe Real* carregados aos ombros de policiais. Quincas exagera na saudação de recepção aos dois, desequilibra-se, e cai de cara sobre as tábuas do tombadilho. "E pensas fazer carreira de reinol no Brasil, ó Quincas, se te apertas até com reverências?", comenta D. Pedro, o sucessor da Coroa portuguesa, riso irônico pregado nos lábios. "É um pândego, esse miúdo!", debochou D. Pedro Carlos, aos risos. Agora é levantada a Rainha Nossa Senhora, sentada em uma cadeirinha de andor, carregada aos ombros de quatro forçudos. Está ainda a soberana a cantarolar viras, que a força das orações do frei Antônio de Arrábida obrou. É também ascendido D. João, e os cuidados não são menores: as banhas são nobres, mas tão pesadas quanto as de qualquer plebeu. Obra de poucas horas e a Corte inteira estará embarcada, distribuída e enfurnada, Deus lá sabe como, em dezenas de naus, fragatas, brigues, escunas, charruas, xavecos e navios mercantes, todos regurgitando de gentes, arrumadas como sardinhas em canastra. Lá estão também os ingleses, é verdade, para escoltar a esquadra lusitana e proteger os interesses da Coroa britânica, de olho gordo no Brasil, terra não só de bugres antropófagos, selvas virgens, moléstias desconhecidas e ferocíssimos animais, mas também, e principalmente, de madeiros nobres, açúcares, pedras e metais preciosos. Mas é preciso pressa, posto que o butim ao Brasil já vai entrado em séculos, e não se sabe se as reservas de riquezas vão pela metade ou estão esgotadas. Cuidados e medidas acautelatórias urgem, pois, nesse negócio de extrair sem repor, ingleses e portugueses são especialistas, em vários sítios do planeta. São, ambos os povos, colonizadores, europeus, brancos, rapaces, monarquistas e mestres na arte de avassalar. Por certo se entenderão e acertarão as agulhas. O Brasil que se cuide, se é que já não é tarde...

☙

Manhã do dia 29 de novembro de 1807.
A frota de fuga aguarda o tempo melhorar.
Os nobres estão embarcados há quase dois dias.
Os invasores já se encontram nos arrabaldes do cais de Belém.

O chuveiro amainou, transformou-se num borriço, e a esquadra levantou ferros, quietamente. Sai do porto à deriva, no refluxo da maré, pois ventos de feição não ocorrem. A *Príncipe Real* segue à frente, de acordo com o protocolo, fazendo vela, amarando-se para o Atlântico. O comandante Canto e Castro, a gritas, ordena o apertar da cordoalha, o espigar dos mastaréus, o verificar dos mastros do traquete e de contramezena, o esticar do velame, o cambar do leme, o arrumar do convés, o amarrar da trambolhada que abunda sobre o tombadilho, o ver isso, o mexer aquilo, uma áfrica de quefazeres e comandos, sob o ranger da mastreação e aos reclamos da fidalgaria, que está às lamúrias, em cólicas e aos enjôos, despedindo-se de Lisboa e das sinecuras; acabou-se a papa doce... Haja alcobaças! No cais de Belém os alfacinhas não embarcados, indignados, insultam a Corte fujona, que raspou o erário de Portugal e os deixa à mercê de Junot e de seus brutos; cometem gestos obscenos, sacodem as vergonhas em direção às naus, xingam Dom João e toda a família real. Cena mais lamentável a História da humanidade jamais presenciou... Portugal não reagiu com um só tiro, não esboçou a mais mísera reação; entregou-se o país inteiro a um bando de franceses estropiados, chegados à Lisboa famélicos, esfarrapados, sem as mínimas condições físicas e morais para enfrentar a mais frágil das resistências. Só não se lamenta Quincas, que vai tentar vida de reinol postiço em terra de bugres, e está nas argolinhas, exultante, de olho no Atlântico, com o cu aos pulos pelo Brasil, e já nas tintas para Portugal. Cento e cinqüenta braças à ré navega a *Afonso de Albuquerque*, onde viajam D. Carlota Joaquina (toc! toc! toc!), a Princesa da Beira, Maria Teresa, e as demais infantas, Isabel, Assunção e Ana de Jesus, todas Marias também. Embora sobejamente sabido na Corte, mas nobre e de boa educação olvidar, D. João e D. Carlota Joaquina viajam em diferentes naus porque há muito não cruzam, por assim dizer, bigode com buço (o bigode da Princesa, o buço do Príncipe, segundo os malfalantes), estando ambos aos seus próprios alvedrios: já não se aturam as respectivas índoles, como é comum proceder entre altezas enfadadas. Se não se toleravam nos vastíssimos espaços de

Lisboa, fica-se a imaginar o que sucederia se enfurnados em um mesmo cavername, de quinze braças de comprimento, por cinco de largura, a atravessar um oceano por sessenta dias, a cruzarem todos os momentos as costumeiras caras, mesmo porque outras não tinham, mareados com o baloiçar da nau e com os odores dos sargaços marítimos... É prudente que assim naveguem, à protocolar e precavida distância, com o Atlântico de permeio, para o bem do reino que daqui a pouco vai acrescentar mais um nome e mudar de sede, ainda que provisoriamente. Convém repisar: não fogem, transmigram-se, dado que soberanos em geral, sobretudo se portugueses forem... *et caetera et caetera et caetera*.

⚓

A viagem da frota de fuga. Partida do Tejo em 29 de novembro de 1807. Desembarque forçado em Salvador, Bahia, em 21 de janeiro de 1808. Chegada ao Rio de Janeiro, em 7 de março de 1808.

A imitar Caminha, da travessia marítima é preferível que pouco se narre, a não ser o que se segue, contado pelo miúdo: borrascas, falta de higiene a bordo, piolhos, fartum de corpos sem banho, condes dormindo em redes, marqueses sobre esteiras, chusmas de fidalgos entulhados nos porões, físicos-barbeiros a tesourar os cabelos e madeixas das mulheres para combater as lêndeas, água salobra e racionada em tonéis, o Atlântico batido quase todo o tempo... Para aqueles estômagos delicados e narizes sensíveis, as naus jogadas para cima e para baixo, de um lado para o outro, ao sabor dos vagalhões furiosos, a conseqüência natural: um festival de vômitos e de desarranjos intestinais. Nas noites e madrugadas, quando o oceano imenso amansava as ondas, um vento frio e lúgubre soprava todo o tempo, fantasmagórico, vergando a mastreação, rasgando o velame, retesando a cordoalha; e lá sobrevinham as vomições abundantes e sonoras, as evacuações ruidosas e sem fim, agora por motivos bem mais prosaicos: medo pânico, pavor do sobrenatural... Tormentas bravias provocaram a dispersão das embarcações: umas bateram às costas da Paraíba, outras nos arrecifes de Pernambuco, as mais frágeis deram com as quilhas em praias desertas do nordeste brasileiro; as naus principais entraram na baía de Todos os Santos, decorridos quase dois meses da partida de Lisboa, onde desembarcou o Príncipe Regente e toda a real família. Os baianos bem que tentaram: "Fique por cá, Sua Alteza, fique por cá... Não foi por acaso que o Capitão-Mor escolheu a Bahia para descobrir o Brasil. Aqui tem munguzá, tem caruru, sarapatel, efó, acarajé, abará, vatapá e cocada; tem baiana requebradeira, baiano capoeirista, sol o tempo todo, muitcha brisa fresca, muitcho coco, muitcha praia, muitcho axé, muitcho dengo... Fique por cá, vá para o Rio não...", tentou o Conde da Ponte. "Fique não, João: tem muito preto!", opôs-se D. Carlota (três toques); "Cá mora o Diabo!", praguejou a Rainha Nossa Senhora. "Tem poucos franguinhos...", comentou o Lobato. "Ainda é perto para o Napoleão! Fico não!", decidiu o Príncipe Regente.

☙

III

Sala da Tocha. Palácio dos Vice-Reis. Terreiro do Paço.
Rio de Janeiro. Final da manhã do dia 14 de janeiro do
Ano da Graça de Nosso Senhor Jesus Cristo de 1808.

O negro Anacleto e o filho, Jacinto Venâncio, escravos e serviçais do palácio dos Vice-Reis, raspam e esfregam o piso caveirado da Sala da Tocha. Uma crosta endurecida de cera derretida grudou-se às tábuas do soalhado. Pendurado sob a abóbada da sala, balança enorme castiçal de ferro fundido, onde crepitaram, até ao alvorecer do dia, lumes de grossíssimos

círios, que alumiaram reunião do Conselho, sob a regência do Conde dos Arcos de Val de Vez, Dom Marcos de Noronha e Brito, Vice-Rei do Brasil.
– Fio, tuma cuidado módi num ranhá os taco da sala cum as pátula, sinão vai sobrá chibatada pra nóis – murmurou o escravo, voz abafada.
O negrinho Jacinto Venâncio, de quatro sobre o piso, arregalou os bugalhos e espirrou um terno de vezes.
– Valha-me São Benedito! – disse baixinho, e espirrou mais um par de vezes.
– Quíqui foi isso, fio? Porum acauso ranhou os taco? – perguntou Anacleto, aos sussurros, morto de medo.
– Não, pai. É esse cheiro de merda que o vento trás do largo do Paço.
Anacleto fungou o ar, por duas vezes:
– Num sinto nada: tô custumado. Passei temporão, cúmu trigue, cargando toné de cocô de branco nas cabeça, as hora dos ângelu, aos finá de todo santo dia, fio, mode dispejá nus mar, nas praia, mais das vez aí mermo di frênti du chafariz du Terrêro du Carmo. Têmpis bão quêle, fio, quadris de fartúris. Os nego, quele têmpis, inté cumia carne de bacurim nas janta, amisturada cum farinha, módi dá sustança nus lombo, pras lide dus eito...
– Que tempo bom que nada, pai. Isso lá tinha jeito de vida boa? – reagiu o negrinho.
Anacleto riu baixinho, sem interromper a esfregadura do assoalho.
– O minínu Jacinto num sábi quiquié fedentina... Os negrero qui truxe seo pai pru Brasi só fedeava a bosta de nego! Os pombeiro marra os nego deitádis nos purão dus navio, lado a lado, módi cabê mais nego, e a cravaria toda é brigádis a cumê e a cagá no mermo lugá qui tá marrado. Vassuncê magina, ingora, u quiquié cheirá bosta di nego pur mais di meis siguido, as mão currentada, sem nem pudê limpá us rabo, fio! Isso cá é o paraís, Jacinto, o Paço é o céu!
– E por que vocês não reagiam? Por que não se rebelavam?

– Purcausadiquê us brâncu é mandiguero, fio. Os mercadô de nego, lá nas África, ricebe órdis dus purtuga módi num botá ajunte nego de tribo iguá. Antonce os mercadô pombeiro marra um nego malé ajunte cum um nego gegê, um nego nagô afica marrado ajunte cum um nego bantu, um nego minas ajunte cum um nego cabinda, e ancim pur adiânti... As tribo, fio, fala caduma de módi adeferênti, antonces... Os nego num si intendia pra nada. Vassuncê, purum acauso, já sube de boi qui lertou prusotro qui tudo qui é boi vai morrê iguá? Não, fio, purque si boi si intendesse eles num ia tudo pro matadô ajunte e filiz, sem arreclamá, num é os causo? Cum os nego si dava tarquá: é impossive revorte cum quem num tinha sabeação do qui tava cuntecendo... Era isso, fio – respondeu Anacleto, voz sussurrada, sem interromper o serviço.
– E a viagem dos negreiros? E a chegada ao Brasil?
– Apois, fio. Os nego qui desvive nas viage, os branco ajoga nas água, prus tiburão cumê. Quêlis qui chega vivo é trucado pur artíguis de cumê ou é avendido, ali mermo, nus porto de mercação, prus dono de prantação, prus creador de gado e asoutros animá de comeação, prus servícis de sesmaria, alambicage, prus agrádis e servícis nas casa grande, asinfim: prus trabaio qui purtuga e branco num gosta de fazê... Num ranha os taco, Jacinto! Tem dó dos lombo do teu véio! – arrematou, repreendendo o filho.
– É raiva, pai, me desculpe. Essas histórias da nossa raça, de gente que não reage, me amofina. Se Ganga-Zumba, Amaro e Zumbi se revoltaram, por causa de que a semente não vingou?
– Apois, fio. Num si mufine qui tudo avém ao seo têmpis. Us causo é as quadris das vida qui nóis apareceia nos múndi: seo pai já se falfô, de sol nascê a sol murrê, nus eito, nas prantação de cana e de café, pur mais de vínti ano. Oje tô cá nos Paço, nus servícis qui siá moça fazeia inté cum os pé nas costa... Vassuncê, si nossossinhô jesuscristo assi apermiti, um dia num vai mais tê essa vídis, fio. Vassuncê é brasileiris, sábi acontá e falá módi os purtuga e os mazombo, tem padim

branco e, alouvado seje frei Rodovaio, quinté a línguis de nossossinhô ele tinsina!
– Se aquieta, pai. Tem baticum de tropa se aproximando da sala... – alertou o negrinho.
– Apois, fio – retrucou Anacleto, e silenciou.
A guarda de soldados do palácio, que esteve de serviço durante a noite, está sendo rendida. A vozearia vai alta, ressoam as batidas dos butes nas pedras do pátio; ferros repenicam; há um bulício na tropa. Um sargento abaçanado berra comandos, ordens-unidas, destampatórios. A algaraviada reduz, à medida que se afastam, marchando para o alojamento. A Sala da Tocha está no remanso, novamente.
– E tinha tanto castigo como hoje, pai? – retomou a conversa Jacinto.
– Vige, si! Os nego qui trabaiava nos eito panhava tudo santo dia, fio! mermo si assuntando dereito: os branco diz qui nego aprecisa de apanho, módi afuncioná mió. Si os nego num fazeiava tripulia, tumava, assi mermo, meia dúzis de achibatada nus lombo, antes dus sirvíci acumeçá, módi quecê os musclo, é o qui os branco diz. Êlis chama isso di quecimento; diz qui é pros nego num si estropiá nus eito, num apegá mulésti e trabaiá cum ráivis, módi dá mais rendimêntis... Ingora, o acuitado do nego qui arguma relia fazeiava, vige! nem nossossinhô arrimidiava... O nego afaltoso arricebia nos lombo, amais do quecimento, de duas a cinco dúzis de achibatada, as vez inté mais, as vez inté murrê, marrado num pelourim, mor das vez sem sabeação dos purcausadiquê qui murreu!
– Então, nada mudou até hoje! E se matava negro inocente, pai?
– Eh-eh, fio. Seo pai apresenciô a disfilicidade do nego Altino, qui afoi turrádis em fôrnis di olaria di cosê telhame! O nego Altino foi ajugado, marrado com córdis e corrента, vivinho, no abraseiro de fogo alto de cosê adobe, adispois do capitão tê aquebrado os dênti dele cum turquês, umporum, sem apiedádi. O nego Altino aberrava atanto di dô qui seo pai,

inté oje, corda, sonha, iscuita os urro, qui inté acho os guincho dele tá carcerado na mia cabeça, fio, e pelos ajeite, vai acumigo pras cova...
– E o que tinha feito esse infeliz, pai?
– Hum-hum, fio. O coroné afalô qui o nego Altino buliu cum a siá fia dele, donzel e vige prendádis, qui tava aprometida e se apreparando pra noivá cum nossossinhô jisuscristo, em badia de irmãs. Causo verdadero, fio, era os contrá: a siá fia do coroné é qui atentava cum o acuitado do nego Altino, e ele é qui afugia dela módi o coisarruim do nossossinhô... O nego Altino era bonito, com os óio craro, furçudo qui só ele, e vivia de cobrir as nega, mor parte do têmpis, módi arreproduzi fios acume ele, pra sê vendido adispois de crescidim, pur órdis dos branco... Acume Altino num quis furnicá cum a siá fia do coroné, a marvada se avingô afalando pru pai qui ele tinha atentado furnicá cum ela as força... Desverdade, fio. O nego Altino não fazeava má nem prum bacurim, e nem dava conta do trabaio dele, qui o qui num fartava era nega prêli cubri... A siá fia do coroné é qui era uma branca fea qui só a nicissidade, tinha bigódis e era banhuda acúmu uma anta prênhis...
    Jacinto alertou Anacleto para nova movimentação de tropa no pátio. Havia notícia, vozeada por um polícia do terreiro do Paço, de brigue de guerra da esquadra portuguesa entrado na barra, com correio urgentíssimo da Corte; o comandante já estava a desembarcar no cais. O negrinho largou a espátula e o esfregão, olhou para os lados, não viu ninguém; colou o indicador esticado sobre os lábios fechados, pedindo silêncio ao pai. Encaminhou-se pé ante pé até uma janela que dava para o pátio interno, e de lá observou os exercícios militares de uma tropa de pretos forros, conhecida como terço dos Henriques. Má figura fazia aquele pelotão de pretos molambentos, todos de espinhaço curvo, desaprumados para frente uns, para trás outros, beiçolas caídas, malajambrados dentro de fardões costurados para reinóis, gorros tortos e largos, dólmãs surrados, butes cambaios, marchadura trôpega e descadenciada, mosquetes jogados aos ombros como se fossem vassouras.

– Marchem, cavalgaduras, marchem! – gritava o sargento reinol, espada à mão.
– Mais pareceis uma tropa de pangarés pretos molestados por moscas ao lombo! Sois uma malta de imbecis inservíveis! Pudesse eu contar com antas para domesticar, menores sacrifícios faria! Vou trocar esta espada por um rebenque, porque da linguagem dele vós entendeis melhor, hein? Marchem feito gente, seus infelizes! Não precisais de instrutor militar: um almocreve cá teria mais serventia e valimento! Acerta o passo com essas tuas patas de mula manca, ó Benedito! Olha que te amarro ao tronco e te mato as saudades de vergastadas à bunda, hein? Ai, Jesus! é com essa mulada que a pobre São Sebastião vai lutar contra os ingleses? Com semelhante milícia esta desgraçada província está desprotegida até dos bugres frecheiros de Nictheroy! – esgoelava o sargento, carótida aos pulos, pescoço rubro de galo de rinha.

Jacinto Venâncio a tudo assistiu, ruminando ódios à janela. Os remoques do sargento arrogante bateram-lhe n'alma como vergastadas. O negro Benedito, que mal se apruma em pé, e vai pelo pátio a marchar com os botins rasgados nos joanetes, já anda pelos quarenta, a despedir-se da vida. É tio de Jacinto, irmão da escrava Venância, mãe do moleque. Benedito trabalhou no eito dos dez aos trinta e oito anos de idade, dezoito horas por dia, fizesse chuva ou sol; foi alforriado quando adoeceu. Não por piedade do dono, mas em razão do elevado custo de manter um escravo estropiado. Benedito não procriou: teve os testículos esmigalhados por um capitão-do-mato, quando fugiu de um engenho de cana, em Campos, e foi recapturado. Sempre tratou Jacinto Venâncio como se seu filho fosse.

– Vassuncê vai miorá essa terra, Jacinto Venâncio! – comentou certa feita.

– Vassuncê é brasileiro, e vai sabê ajudá a apurá a raça, e vai istudá, purcausadiquê já chegô agentado ao múndis, já sabe afalá módi us branco... Teo pai, mais tua mãe e mais eu, só tamo aqui módi acumpri as nossa sina e amostrá prus novo a desjustiça qui é o cativero, e qui nego num é bicho, e qui aprecisa de liberdádis, cúmu quarqué hômi! E vassuncê vai acuntinuá Zumbi, Ganga-Zumba e tudo os nego de fíbris e sonhadô cum os bem da raça. É aprecise transformá essa terra de papagais e de purtuga reimôsu em nação de gente nacioná! E isso num é adifice, fio. Nos Caríbis já conteceu revórti de iscrávis e nas França, nus remótis, tantas afazeu o úrtimo rei e os maiorá de lá, qui o povo, branco acumo êli, acurtou fóris os gragumil dêli, e os da famia dêli tumém!

Um tenente reinol, de robusta bigodeira, careca de ovo, e acentuada proeminência abdominal a escapulir por cima do cinturão, está parado sob a umbreira da porta da sala da tocha.

– Tu, aí, ó negrinho biltre, anda cá! – gritou, dedo balofo apontado para Jacinto Venâncio. – Leva esta jarra de vinho, agora mesmo, para a sala do trono! Avia-te!

Jacinto não se fez de rogado: nariz empinado, apanhou a jarra, cheia de vinho, das mãos do tenente. Este, ao reparar Anacleto raspando o chão, de quatro, traseiro voltado para a porta, não resistiu e aplicou-lhe vigoroso pontapé nos fundilhos: "Levanta esse rabo, negro sujo! Não estás a perceber um oficial português no recinto?" Ato contínuo, puxou o jaquetão do uniforme por debaixo do cinturão e afastou-se da sala, ruidosamente, batendo o solado das sapatorras nas tábuas do piso. O negrinho pousou a jarra de vinho no soalho e foi ajudar o pai, caído de bruços, esparramado sobre a sujeira das velas.

– Num foi nada, fio, dexa istá qui num foi nada. Vá acumpri cum as órdis do nhonhô oficiá, vá, fio!

Jacinto Venâncio caminhou em direção à jarra de vinho pousada sobre o piso, olhou para os lados, tirou o pinto para fora e urinou dentro do vasilhame, sob o olhar apavorado de Anacleto.

Sala do trono do Palácio dos Vice-Reis,
um quarto de hora mais tarde.

Dom Marcos de Noronha e Brito, Conde dos Arcos de Val de Vez, Vice-Rei do Brasil, está repoltreado no trono, cogitabundo, queixo apoiado na munheca fechada, às reflexões. Tem à volta um grupo de acólitos: vereadores do Senado da Câmara, membros da Mesa da Consciência e do Tribunal da Relação, clérigos, brigadeiros e maiorais da colônia. Está preocupado o nobre português: há completa desinformação no Brasil sobre os rumos das beligerâncias de Portugal com a França e a Inglaterra, sem esquecer a Espanha, sempre a voar de rapina sobre a carniça lusitana, à espera do butim.

Os gritos e destampatórios do sargento que dá instrução militar ao grupo de Henrique, chamam a atenção do Vice-Rei. Dom Marcos ergue-se do trono e dirige-se à janela que dá para o pátio interno, com garbo e elegância, recebendo dos circunstantes, que lhe abrem passagem, uma aluvião de rapapés, salamaleques, adecoras, vênias, mesuras, reverências e saudações várias, às quais responde com breves inclinações de tronco e cabeça, floreios de mãos, passos oblíquos, gestos corteses, ademanes: assim são os protocolos da Corte e as formas dos nobres se relacionarem, nomeadamente no Brasil: tudo é motivo para que se iniciem; nunca se sabe quando terminam.

– Se dessas bestas de farda depender a segurança da colônia, estamos tôdolos cá estropiados e mal pagos... – desabafou o Vice-Rei, a pensar uma coisa e a dizer outra, ao observar a tropa de negros miseráveis. – Aprecieis: os infelizes brigam ainda com os butes e mal conseguem equilibrar os bivaques às cabeças, avaliem enfrentando a esquadra inglesa! – comentou fungando generosa porção de rapé. – Espero que o comandante desse brigue recém-aportado traga notícias alentadoras da Corte... – disse de retorno ao trono, dispensando com gestos enérgicos as reverências que recomeçavam à sua passagem. – Até agora não sei se estamos em guerra contra a Inglaterra, contra a França, ou contra ambas! Nunca se sabe sobre as conseqüências das tratativas da diplomacia de Portugal, não é facto, vereador? Não seria bem mais fácil, e muito menos sofrido, que as quatro potências, e cá incluo os galegos sob protesto, dividissem a Terra em quatro gomos, em simples sorteio de baralho que fosse, e estávamos tôdolos conversados e com a vida ganha? Há terras e oceanos em abundância no planeta, até para o Papa Pio VII, já ia eu me esquecendo da quinta potência, que me perdoe o Altíssimo... – completou, mãos postas para o alto.

Jacinto Venâncio adentra à sala do trono, carregando a jarra de vinho.

– Dá-ma cá e avia-te! – disse o mordomo-mor, que está parado sob o vão da porta principal, à espreita da chegada do comandante do brigue.

– Merda! Cheira a merda esta sala, diabos! – desabafou o Vice-Rei ao receber uma lufada de aragem nauseabunda, proveniente do terreiro do Paço. – E é a sala mais poderosa de tôdala colônia, imaginem o que não cheira o resto! Fechem logo essas janelas, diabos, já não mais agüento esses ventos impregnados de cocô!

A um estalar de dedos do mordomo-mor, uma tropa de criados precipitou-se para as janelas frontais e laterais, cerrando-as. O calor está insuportável: é janeiro, pleno verão, temperatura altíssima: o sol é um braseiro pregado no firmamento. O Vice-Rei e todos os que se encontram na sala do trono porejam às bicas; escorrem suores profusos por baixo dos fardalhões, das perucas empoadas, dos calções de lã, dos jaquetões de sarja, dos fatos de veludo mais apropriados para os frios europeus, nada condizentes com a canícula da São Sebastião do Rio de Janeiro.

– Vinho, homem, traz vinho! Tenho sede! – grita o Vice-Rei para o mordomo-mor, já irritado com a demora do comandante do brigue. Servido, de imediato, o Conde dos Arcos sorve três generosos golos da bebida.

– Puta que os pariu! C'os mil demônios! Isto cá é bebida batizada pelo Coisa-Ruim! – esbravejou após cuspir fora o terceiro golo. – Era só o que me faltava para completar essa porqueira de dia: cocô aos ventos, suor em bicas, calor angolano e vinagre para matar-me a sede! Isto cá é uma terra de infelizes, de pretos imundos e de bugres que cheiram mal! de filhos da puta! tôdolos indistintamente! E isto também te inclui, ó padre Gonçalves: e pára de me olhar assim, com essa cara de meirinho de Pio VII! Puta que os pariu para tôdolos! Cinqüenta chibatadas na bunda do infeliz responsável por essa coleta de água do mangue de São Diogo! – grita colérico, não sem fundadas razões.

Três batidas de bastão no soalhado interrompem a ira do Vice-Rei. Nariz empinado, pálpebras cerradas, suor a escorrer por debaixo do capachinho, a besuntar as faces empoadas, o mordomo-mor anuncia o correio chegado de fresco da Corte:

– Solicita audiência ao Excelentíssimo Senhor Vice-Rei do Brasil, Conde dos Arcos de Val de Vez, o capitão-de-fragata Francisco Maximiliano de Souza, comandante do brigue de guerra *Voador*, que traz correio especial e urgentíssimo de Sua Alteza Real, o Príncipe Regente Dom João!

Suando por todo o corpo, o capitão adentra à sala do trono trajando vistoso uniforme de etiqueta, tricórnio de penacho à mão. À distância protocolar, estanca e dá início a um exagerado conjunto de reverências: curva o tronco em vigoroso mergulho, quase tocando a cabeça aos joelhos, ergue-se, mergulha novamente, agora dando uma chapelada, volteia, avança braça e meia, distribui mais chapeladas, joga a mão esquerda para cima, adianta o pé direito, recolhe a pança em perigosa sufocação, até que, tricórnio apertado contra o peitilho, arfante, libera o noticiário:

– Excelentíssimo Senhor Vice-Rei do Brasil, tenho a mais subida honra de entregar a Vossa Excelência decreto de Sua Alteza Real, o Príncipe Regente Nosso Senhor, referendado pelo Conselho d'Estado, que foi servido estabelecer, na gloriosa e mui heróica São Sebastião do Rio de Janeiro, provisoriamente, a Corte de Portugal e sede do Reino, em decorrência de cobarde invasão do território português por formidáveis exércitos de França e de Espanha, estando certo e referendado pelos grandes do Reino que esta transferência da sede de Portugal para o Brasil se manterá enquanto não se fizer a paz geral. Transmigra-se para esta cidade tôdala real família, acompanhada de imensa gente de fidalgos, do maior cabedal, hierarquia e grandeza! – disse de um jorro, cometendo, ao final, coreográfica mesura de mergulho.

Dom Marcos de Noronha e Brito, ainda em estado de estupefação com os contorcionismos reverenciais do oficial patrício (perguntava-se se as regras do protocolo na Corte de Portugal se tinham adamado daquela maneira, desde que de lá partira, ou se o lidar com os bundas-sujas do Brasil, por tão longo período, é que já o tinha abugrado de vez), assoberbou-se com aquele portento de notícia:

– Caraças! repita, homem! D. João está a vir para o Brasil com a real família? – indagou, erguendo-se do trono, ao tempo que os presentes emitiam uníssono "ohhhhh".

Jacinto Venâncio, escondido entre os cortinados da sala contígua, ainda gargalhadeava, por motivo já conhecido; ao ouvir as novas, estancou o riso, esbugalhou as órbitas, e tapou a boca com as mãos, sufocando um "caralho!", que ficou entalado à garganta.

– Exatamente, senhor Vice-Rei! E na companhia de dezenas de naus que transportam mais de quinze mil nobres. Partimos de Belém aos vinte e nove de novembro do ano passado, e a esquadra deverá por cá aportar, dependentemente das correntezas e dos alíseos, obra de uma semana, no máximo duas! – respondeu o comandante do brigue, estendendo um canudo de papiro lacrado para o Vice-Rei.

Após ler o decreto real, o Conde dos Arcos indagou, com as faces pálidas:

– A esquadra viaja sozinha ou sob escolta?

– Sob a proteção de formidável esquadra inglesa, senhor Vice-Rei, comandada pelo Vice-Almirante Lord Sidney Smith. Os ingleses garantiram o embarque de tôdolos nobres que acorreram ao cais de Belém. Quando deixávamos o Tejo, os

cobardes franceses já se aproximavam dos arrabaldes do cais, à distância de um tiro de canhão!
O Vice-Rei afundou no trono, a andar com o credo na boca, recozendo preocupações. Havia uma áfrica de providências por tomar em poucochinho espaço de tempo.
– Jesus-Maria, as Altezas Portuguesas a viajarem para essa vila ronceira, sem a menor capacidade de conforto, habitação e até mesmo de oferecer alimentos condignos. Preferia combater os ingleses com os Henriques... – falou para si, ficando imóvel por algum tempo, mas logo recobrando a energia típica dos Val de Vez: – Urgente convocação do Conselho do Vice-Reinado! É preciso, de imediato, organizar a cidade para a recepção à família real! Tôdalas casas e moradias de melhor conservação e aparência deverão ser preparadas e colocadas à disposição da Corte! Despachem-se correios para os governadores de Minas e de São Paulo, obra de requisitar todos os víveres e mantimentos disponíveis naquelas províncias e transportá-los, à pressa, para o Rio de Janeiro! Requisitar os conventos dos frades carmelitas e dos barbadinhos, transferindo os religiosos para outras paróquias, até ulterior resolução! Evacuar este palácio e transformá-lo em residência do Príncipe Regente e de tôdala família real!
– ordenou, sem parar, uma providência atrás da outra, provocando verdadeira azáfama entre os fidalgos, clérigos, militares e serviçais presentes à Sala do Trono.
Jacinto Venâncio permaneceu escondido, na sala contígua à do trono, até que o bulício diminuiu e o silêncio se instalou, todos saídos à pressa, a menos do Vice-Rei e do Chanceler do Tribunal da Relação, que conversavam, aos sussurros, em uma das sacadas frontais do palácio. O negrinho aproximou-se, à segura distância para não ser visto, o suficiente para ouvir o desabafo do Vice-Rei:
– Ah, essa diplomacia lusitana, senhor Chanceler... Transforma inimigos de ontem em aliados de hoje (e em tom de voz mais baixo, a olhar para os lados)... e fugas em transmigrações... Ah, meu Portugalzinho de antanho, por que

não voltas mais?... Onde Dom Sebastião, que não intercede por nós? O que não dirá a História de tamanha loucura... – desabafou, olhos postos na baía de Guanabara, cujas águas verdejavam sob o sol de janeiro.

secundus

"Há duas histórias: a história oficial, mentirosa, que se ensina, a história ad usum Delphini; depois a história secreta, onde estão as verdadeiras causas dos acontecimentos, uma história vergonhosa."

Honoré de Balzac, *As ilusões perdidas*, 3, XXXII.

IV

Convento das Bernardas, Tavira, Portugal. Madrugada de 27 de maio do Ano da Graça de Nosso Senhor Jesus Cristo de 1798.

D. Eugênia José de Menezes, dama do Paço, camarista da Princesa D. Carlota Joaquina (não esquecer as três batidas), ainda não contratou marido nem contraiu núpcias, mas já está acrescentada, anda magoadinha de amor, como se diz em Portugal: está de barriga à boca, ficou de menino. Quem a desmoçou não se pode saber, pois não são contas do nosso rosário, e além disso é segredo d'Estado: se a Corte e a Princesa viessem a descobrir, Jesus-Maria! cairia o Carmo e a Trindade! A cachopa andou de casa e pucarinho com um grandalhão do reino, que tem piada e fama de Dona-Maria-pé-de-salsa, mas que em raras e distraídas recaídas, estando pelo beicinho com a rapariga, não lhe falhou o mandrião, prazeirando-se ambos em várias papanças e cambalhotas, às horas em que as galinhas se encontram recolhidas. Raptou-a, à capucha, o suposto sedutor, doutor João Francisco d'Oliveira, físico-mor dos exércitos, médico da Real Câmara do Príncipe Regente e amigo *in pectore* de D. João. Fugiram D. Eugênia e seu pretenso raptor em um bergantim, de madrugada, em uma praia próxima ao lugar por Caxias conhecido, nunca mais sendo vistos.

Por aquele escândalo foram ambos punidos, à revelia, por alvará do Príncipe Regente, que ainda não é rei, mas já manda como tal (não deve o balofo Bragança esmorecer porque até ao lavar dos cestos é vindima: a rainha sua mãe não demora a largar a casca e vestir um camisolão de madeira, recoberto por um de chumbo, pois já anda com aduelas a menos, a confundir urubus com pardais...). Perdeu a camarista seduzida, que é brasileira, filha de nobres, e ainda não completou dezanove anos, o título de dama do Paço, além de ter sido privada de todas as mercês e honras e excluída da sucessão dos bens das Coroas e Ordens. Tornou à plebe ignara, por imposição de D. Carlota Joaquina (as batidas, é dá-las!) e decreto de D. João. Quanto ao fictício sedutor, coitado, ficou à brocha com a Corte: foi condenado à forca, despojado de todos os bens, despido de títulos e valimentos, e só poderá pisar de novo em Portugal, se ainda não tiver sido supliciado, para as semanas de nove dias, ou quando medrarem dentes às galinhas, é o que comenta o povoléu maledicente. Um exagero de sentença, decerto, em se tratando da natureza da falta que lhe foi atribuída. Se fossem à forca condenados todos os alfacinhas que levassem raparigas para debaixo das cameleiras, e as fizessem andar de barrigão, insuficientes seriam as provisões de madeiros e cordoalhas do reino para as execuções, tantos seriam os dependurados... Tem piada essa história, caída do céu aos trambolhões, e que ao mais abestalhado pateta das luminárias não convenceu. Enfim, por obra e graça de todos os santos, e para maior glória de Portugal e perpassar calmoso da História, não sabem a Corte e os súditos, sobre aqueles incidentes, meia-missa. Deus seja louvado. Louvado seja.

D. Eugênia deu à luz um menino robusto, de cabelos negros e olhos vivos, corado, gracioso e chorão, e que, para sorte do pai misterioso, não lembra ao mais pintado, isto é, não saiu o pau à racha. A rapariga tornou-se monja do convento das Bernardas e viveu, até o fim de seus dias, às sopas do Erário Real de Portugal.

Situação equivalente, de pensionista a secreta do Erário Real, teve o médico João Francisco d'Oliveira, que, à chucha calada, escafedeu-se para a Inglaterra, com mulher e filhos, e nem precisou estabelecer-se naqueles estrangeiros, tão opulenta a tença de aposentação que recebeu, por sigilosíssima ordem do Príncipe Regente. Até o fim de seus dias, jamais faltou ao condenado e à sua família aquilo com que se compram os melões. Para quem foi bacalhau bastou.

Até o menino completar um mês de idade, D. Eugênia recebeu, semanalmente, em cela privada do convento das Bernardas, visitas às escondidas de uma moça de quarto da rainha D. Maria I, por D. Maria da Celestial Ajuda conhecida, que, empregando procedimentos discretíssimos, provia-lhe as necessidades e bichanava-lhe confidencialíssimos segredos ao pé das orelhas.

– Decidiu-se, finalmente, o Senhor, pelo nome a ser dado ao menino? – indagou D. Eugênia, com voz fraca, à segunda visita da mensageira.

– A ver, D. Eugênia, a ver. Está o Senhor em busca de originalidades, nas calmas. Ora se inclina por Joaquim, daí a um poucochinho por Manuel, está a recozer indecisões... Também cita, mas raramente, Sebastião, Antônio e José... E por aí vai, às dúvidas!

– E por João, não faz gosto o Senhor?

– Jesus-Maria! nem pensar, D. Eugênia, nem pensar!

No dia em que o menino completou três semanas de vida, D. Maria da Celestial Ajuda trouxe alvíssaras para D. Eugênia:

– Decidiu-se o Senhor, finalmente, D. Eugênia. Pediu-me transmitir-lhe que após dificultosas pesquisas, reflexões e consultas a conselheiros da sua maior intimidade e valimento, em busca de originalidades para o nome do pimpolho, resolveu-se por Joaquim Manuel, e que assim seja o menino batizado, em nome do Pai, do Filho e do Espírito Santo.

Caía uma chuvinha miúda, em manhã cinzenta de outubro do Ano da Graça de Nosso Senhor Jesus Cristo de 1798, quando, aos esperneios e choros, Joaquim Manuel Menezes d'Oliveira foi batizado na pia batismal do convento das Bernardas.

Consumida por maligna moléstia e febres malsãs, D. Eugênia José de Menezes finou-se em tarde de neves, no dezembro do mesmo ano, tendo escassas testemunhas comparecido ao seu sepultamento, entre elas D. Maria da Celestial Ajuda, que adotou o menino e o levou para o palácio de Queluz, sob consentimento e aprovação do Príncipe Regente.

No leito de morte, D. Eugênia pediu à retreta: "Cuide do meu Quincas", ficando o miúdo assim conhecido junto à criadagem e aos Infantes da Coroa, nomeadamente o Príncipe da Beira, D. Pedro, nascido no mesmo ano, seu parceiro predileto de momices, folguedos e confidências.

⌛

Fins do mês de julho de 1889. Sobrado dos Menezes d'Oliveira, na rua da Carioca, antiga rua do Piolho, Rio de Janeiro.

D. Maria de Lourdes está a empurrar-me colheradas de alpisto, refeição que ainda me é possível ingerir, pois meus dentes todos já se foram, antes de mim, há um colhão de tempo, espero que para o Paraíso. A gororoba é um mingau de farinha, prescrito pelo barbaças assassino, não sei se a sério ou por maldade, dieta absolutamente humilhante e ridícula para um acepipeiro estômago toda a vida acostumado a rojões de porco no sarrabulho, sopas de grelos, punhetas de bacalhau, albardados, enchidos, chispalhadas, brolhões, carnes fumadas, borregos ensopados e iguarias equivalentes, consumidos sempre em farta-brutos, a não caber nem mais um feijão no rabo. Paciência, estou cá a chorar pelas cebolas do Egito... Do outro lado da cama está de pé a preta Leocádia, tendo aromática e alvíssima toalha de linho dobrada sobre o braço, a cumprir mordomorias, disciplinadíssima, ao pé da patroa; nem de longe se assemelha à encachaçada filha do Coisa-Ruim que recebe espíritos malignos das profundas. Acerto-lhe uns olhares raivosos, recozidos de ódios, mas a negra sem-vergonha nem liga, do jeito que está fica, como cão por vinha vindimada, a marimbar-se, com ares de Nossa Senhora Mãe dos Pretos, a olhar os tetos.

Terminada a refeição, se é que se possa atribuir semelhante nome àquele caldo ralo de goma branca, minha santa nora limpa-me os sobejos dos beiços com a limpíssima toalha, recendente a alfazemas, tão diferente dos nauseabundos

babeiros utilizados pela herética forra, que está agora toda prestimosa, a bajoujar a patroa, cheia de mimalhices, a cerrar os cortinados do cômodo:
– O comendadô Nhoquinzim ingora vai drumi, vai sonhá cum os anjim e o bão das coisa, aquietinho, nus iscurim, módi agradá Morfê... – grunhe a cínica criatura, toda melosa e cheia de atenções, a repuxar-me as cobertas até a altura do queixo. Queospariu! Preta escrota! Nem forças tenho para acertar-lhe as fuças, e se as tivesse, confesso, preferia consumi-las em beliscões às apreciáveis nalgas da escuriça criatura, que deixa agora os aposentos, terminados os serviços de quarto, aos pulinhos safados, precedida por D. Maria de Lourdes. A negra cretina sai do quarto vagarosamente, a dar remelexos às ancas, a voltar a cabeça e conceder-me olhares impudicos, a empinar a rombuda retaguarda antes de fechar a porta do quarto, a deslambida... *Hodie mihi, cras tibi!*[1] Senhor, ainda estás aí? Com o sótão às escuras já estou a lume de palha de nova dormideira, mas, antes, enquanto o Diabo esfrega um olho, voltemos aos nossos negócios: o que me falta ainda cumprir para meu trespasse operar-se? Que exigências mais me impões para merecer a graça de ir morar em Teus domínios? Essa travessia já está a me sair um suplício de Tântalo! As contas do meu rosário já estão gastas e ensebadas, tantos foram os Padres-Nossos, Ave-Marias, Salve-Rainhas, Pelos-Sinais e Creio-Em-Deus-Padres... Teus Pais terrenos, de tão solicitados em minhas preces, devem ter-me em conta de beato sem relho nem trombelho, a andar de herodes para pilatos, a ocupar-Lhes todos os expedientes... Assaltam-me remorsos por tão mesquinhas pressões, e, por essa razão, estou a pensar em dar-Lhes descansos, mas já de olho em santos não tão atarefados e mais disponíveis. Estou cá a cogitar, Senhor, e submeto à Tua consideração, de encomendar trabalhos e carregar nas orações para Santa Luzia, suposto que presumo em não grande número os que

---
[1] Hoje a mim, amanhã a ti.

sofrem de doenças de olhos nestas plagas. Ocorreu-me, também, por oportuno, encarecer os serviços de São Longuinho, provavelmente a desfrutar de folganças e com sobejos de tempo, acredito que pouco assoberbado com escassas promessinhas no ramo dos achados e perdidos... Pensei também em São Roque, por que não? Não abundam tantos cães raivosos pelas ruelas da cidade... Santa Bárbara? Talvez... Quem sabe a quantas anda a caderneta de graças a distribuir daquela misericordiosa santa? Estimo que os encagaçados que se borram de medo de trovoadas e de relâmpagos não devem ter encomendado tantos pedidos este ano, em razão de que muito pouco choveu neste inverno no Rio. O que não posso fazer, Senhor, e estaria cá a bancar um estulto se o fizesse, é armar ao pingarelho ou interpor rogos para santos operários, desses que trabalham, por estas terras, mais do que negro no eito, e que vivem de plantão as vinte e quatro horas do dia, tantíssimas são as súplicas, como é o caso da pobre da Santa Edwiges, coitada, pois são imensas as maltas de aldrabões endividados por todo o Império. E o que não dizer dos afazeres de Santo Antônio, pobre santo? Contam-se às multidões as bugras e as cachopas que vão ficar para titias, todas dispostas a negociar a alma para grampear um quebra-esquinas e levá-lo para o altar. E São Judas Tadeu, então? Nem pensar, Senhor, nem pensar. Não deve dormir o pobre: nesta terra de infelizes todos os casos são impossíveis... De São Dimas não há que cogitar: sendo o Brasil uma terra de ladrões, aquele misericordioso e piedoso santo (apesar da indecorosa vida terrena que levou, por força da ignominiosa ocupação que abraçou) deve viver, coitado, em permanente estado de sobreaviso para com seus protegidos brasileiros... *"Solamen miseris socios habuisse malorum."*[2]
Caraças! mas que zaragata é essa? Uma tropa de cavaleiros atravessa, a tropos-galhopos, ruidosamente, a rua da

---

[2] "É um conforto para os infelizes terem companheiros de seus infortúnios" (Spinosa).

Carioca. Gritam vivas à república e à França. Esses homens de milícias estão a fazer fadinho contra o regime, e o pior é que o Diogo Bento deve estar no meio da bulha, pelos cabelos com a queda da monarquia. Pelos sons que me chegam, avalio que as cavalgaduras de baixo estancam à porta do sobrado, aos bufos e às bufas. Alguns infelizes cantam a Marselhesa. Imagino a loucura que estão a armar esses loucos visionários com a derrubada da monarquia e a ascensão da república... Todos os que nesta terra nascem, Senhor, já vêm contaminados com o micróbio da pândega, quer sejam militares, políticos, juristas, tribofeiros, ladrões, putas ou capoeiras. Quem respira o ar do Brasil perde a cabeça... A julgar pela barulhada de esporas e batidas das botifarras que sobem o escadório do sobrado, vem aí todo um regimento de cavalaria, que por certo se dirige à sala de fumos e biblioteca.

– Viva a república! Viva a França! Vivôôô! – grita um sicofanta, tão logo adentra ao cômodo, sendo admoestado pelo Diogo Bento, que o adverte das fragilidades da minha saúde e o fato de a biblioteca ficar abaixo de meus aposentos. Repenicam espadas, desembaraçam-se fardas e pelerines, tilintam esporas, tintinam copos, estão todos a se acomodar. Já ia eu ferrar o galho, mas vou segurar a soneira: quero tirar nabos da púcara dessas tramas contra o regime.

– Senhores oficiais dos gloriosos 1º e 9º Regimentos de Cavalaria, gostaria de propor um brinde, antes de iniciarmos nossas patrióticas conversações, aos três companheiros de farda que dignificam nossa causa e o Exército Brasileiro: Deodoro, Benjamin Constant e Floriano! – exclamou Diogo Bento, fazendo as honras da casa. Todos brindam, tintinam cálices e copos, palavras de ordem ecoam, butes escouceiam o soalho.

– A nação e o povo precisam saber que a república é uma aspiração patriótica do Exército Brasileiro, instituição que tantas glórias já deu ao país! – bradou um deles.

– A república é a salvação do Exército! – gritou outro, mais realista.

– Senhores oficiais – continuou meu pimpolho –, a monarquia esgotou-se como forma de governo para este país! Cumpre derrubar essa Casa de Bragança que há mais de dois séculos subjuga o Brasil, e é agora dominada por elite bacharelesca, caterva constituída por casacas burocratas e parasitas que não têm respeito pelos brios militares e são insensíveis aos interesses castrenses!

Pelo que conheço do Diogo Bento e de seus pares, é preciso traduzir esse espasmo patriótico: os soldos do Exército devem andar miúdos e, por conseqüência, D. Maria de Lourdes deve estar a fritar-lhe a paciência nos azeites e a espicaçar-lhe os brios, a reclamar da despensa vazia, do mobiliário velho da casa, da roupa puída dos filhos, e em pulgas para morar no Botafogo, onde residem os maiorais da Corte e os abastados da cidade. Os militares brasileiros (não tivessem sido educados por portugueses) são capazes de guerras façanhudas para defender a pátria e o território nacional, mas tudo por causa de moscas. *Maxima bella. ex levibus causis.*[3] As grandes batalhas travam mesmo é dentro de casa, com as mulheres e os filhos, e os mais azarados com as sogras de contrapeso. Tudo se resume àquilo com que se compram os melões: fazem revoluções e guerras por aumento de soldos; gostam mesmo é de levar água ao seu moinho. É preciso dar leituras corretas à História: se descuidarmos, esses historiadores pândegos, sempre às sopas das elites, transformam o Chalaça em prócer, o Silvério dos Reis em mártir da independência, e ainda convencem o povoléu que D. Carlota Joaquina era rainha beata e virgem, com toda a vida dedicada aos negros, aos pobres, ao cantochão e ao cabrão do D. João. "*Historia magistra vitae.*"[4]

Parece-me que tomou a palavra e está a discursar uma flor no pântano, um espécime raro entre homens de farda: um intelectual!

---

[3] As maiores guerras surgem das causas mais leves.
[4] "A História é mestra da vida" (Cícero).

– ... e é preciso que se debate, que se defina, que se ouça, enfim, a população sobre a natureza do novo sistema político que queremos implantar. Não se trata apenas de derrubar a monarquia: é de todo conveniente que consultemos o povo sobre a modalidade de república que substituirá este regime monarquista, que, aqui concordo com o coronel Diogo Bento, já não atende às aspirações da sociedade brasileira. Camaradas, temos hoje, no mundo ocidental cristão, três referências ideológicas ou credos de pensamento predominantes: o jacobinismo francês, o liberalismo americano e o positivismo de Comte. O que seria ideal para o Brasil?

– O militarismo brasileiro! – vociferou, *incontinenti*, uma anta de butes.

– Consultar o povo, capitão? Onde vossemecê quer chegar com esses preciosismos? Não se pede a opinião de quem não a tem! E o Brasil lá tem povo? Não fôssemos nós, o Exército de Caxias e de Osório, e o Solano López estaria hoje refestelado no trono do Paço Imperial, a ouvir guarânias paraguaias, ao lado de uma cucaracha, imperatriz do Brasil! – arrematou a antítese do seu predecessor de fala, e ao que parece de alta patente, porque o tom de voz foi de esporro.

O volume de couces nos soalhos está para os militares como a intensidade de aplausos está para os casacas, como medida de avaliação do grau de regozijo e aprovação para qualquer cousa. Estou agora a escutar o baticum do oficialato do 1º e 9º de Cavalaria a maltratar, como nunca ouvi antes, o piso da biblioteca onde D. Maria de Lourdes lê os romances do senhor José de Alencar e os de famoso mulato, por Machado de Assis conhecido, que há milênios era apenas Joaquim Maria, sacristão da igreja da Lampadosa, e a quem ajudei a desasnar.

– Senhores, uma questão de ordem! – gritou meu pimpolho. – Pede a palavra o alferes Joaquim Inácio Cardoso, vamos ouvi-lo!

Os botins calmaram-se e o piso da biblioteca deixou de ranger, até que o tal alferes começou a sua peroração, com voz embargada:

– Não sou homem de letra, nem de discursos, camaradas. Forjei minha vida na caserna e tenho hoje a mesma patente de herói brasileiro que, há um século, tentou libertar o Brasil do jugo português, e foi condenado à forca e ao esquartejamento pela bisavó do atual Imperador, sucessor nativo dos Braganças. A minha proposição é simples e nesta ordem: instauração imediata da república, fuzilamento em praça pública do Imperador e do safardana do seu genro francês, e exílio para a África de todos os remanescentes da família imperial! Há que reconhecer que o alferes é, pelo menos, homem sincero: as letras e a cultura passaram-lhe ao largo, e ele está nas tintas para isso; prefere o pragmatismo pândego dos trópicos para a solução dos problemas nacionais. Imagino o que não será este país daqui a cem anos, a viver de quarteladas e filosofias sargentãs, cruz credo! É deixar os homens de farda tomarem o poder, Senhor, e esses infames, à exceção do Diogo Bento, não largam mais o osso! Militares, políticos, clérigos, fazendeiros e juristas constituem catervas perigosas para qualquer sociedade! Quando se unem, então, Jesus-Maria, salve-se quem puder e não pertencer à confraria! Mas que loucura, Senhor! São estes os tempos modernos? A ter essa qualidade de líderes é preferível que se cumpra o vaticínio do comandante da *Príncipe Real*, proferido há oitenta anos, quando tinha eu apenas dez aninhos de idade. Bimbalha-me na memória, até hoje, a praga daquele já defunto navegador português: "... do jeito que vão os Oitocentos, não conhecerá o mundo os Novecentos..." Esses infelizes de farda estão a querer meter o pé no penico, a armar um sarilho, a arranjar um pé-de-vento, tudo porque os soldos não dão para fazer cantar um cego! Proteje o pimpolho, pelo menos, Senhor! Ele não sabe o que faz... *Quem deus perdere vult, prius dementat.*[5]

---

[5] A quem Deus quer perder, primeiro tira-lhe o juízo.

V

Ancoradouro fronteiro ao cais da cidade. Terreiro
do Paço, Rio de Janeiro. Quatro horas da tarde do
dia 8 de março do Ano da Graça de Nosso Senhor
Jesus Cristo de 1808.

O negrinho Jacinto Venâncio, o pai Anacleto, a mãe Venância e o tio Benedito estão trepados em árvores no morro do Castelo, em disputa de lugares de melhor visão entre multidões de escravos, todos excitados e ufanosos em ver, pela primeira vez, uma rainha de verdade. Há bastante povoléu espalhado pelas praias e um ror de tropas e milícias de soldados e polícias, perfilados em companhias e batalhões vários no terreiro do Carmo, que está a rebentar pelas costuras de súditos, a não caber nem mais um vassalo.

Os vasos de guerra portugueses e ingleses, fundeados no ancoradouro fronteiro ao cais da cidade, estão todos ataviados de bandeirolas, galhardetes, flâmulas, panejamentos e pavilhões coloridos. As bocas de suas peças de artilharia vomitam nutridos fogos de canhonaços, a saudar a primeira soberana européia a botar os pés na América. Imitam as naus, na produção de barulhos e fumos, as fortalezas da cidade, a estrugir e ribombar poderosíssimos artefatos bélicos, em canhoneios jamais vistos e ouvidos no hemisfério austral. Está agora a baía de Guanabara envolta em cortinas de espessos fumos, a tresandar cheiros de pólvora e olores de guerra.

Concorrem em homenagens aos soberanos portugueses as trinta e cinco igrejas e capelas da cidade, que bimbalham, sem parar, os seus bronzes, cujos repeniques, somados aos estrondos das salvas de artilharia, fazem barulho capaz de dar de ouvir a surdos.

D. João e família, que vão agora em direitura ao cais, a bordo de aformoseado bergantim, estão a exultar com tão

apetecida recepção proporcionada por seus súditos no Brasil.
    Sorte não teve Quincas, pois não pôde desembarcar e está a assistir às solenidades com o queixo afundado sobre os braços apoiados à amurada do castelo de popa da *Príncipe Real*, surta no ancoradouro, onde D. Maria da Celestial Ajuda tenta acalmar, na companhia de frei Antônio de Arrábida, a Rainha Nossa Senhora, que também não desembarcou, e está, em repentina crise, punhos cerrados a socar o ar, a encomiar D. João:
    – Isso, filho! Fogo na canalha francesa! Despeja todas as bombas sobre esses invasores infames, que parece não terem aprendido as lições que lhes impusemos e as carreiras dadas a Villegaignon, Duclerc e Duguay-Trouin! Que batalha fantástica! Digna de D. Sebastião! Fogo no rabo desses franceses facinorosos!
    Entrementes, alheios a tais insânias, o Príncipe Regente e a Sereníssima Princesa do Brasil (que de sereníssima nada tem e está, agitadíssima, com as tripas torcidas por ter sido obrigada a residir em terra de pretos e de bugres) desembarcam do real bergantim à rampa do cais, defronte ao chafariz construído pelo mulato Valentim. Os que pensavam terem os barulhos saudadores chegado ao seu nível máximo enganaram-se, pois recomeçaram ao triplo: foguetes de artifício, rojões, aplausos, vivórios, gritos de júbilo, salvas de arcabuzes, rufar de tambores, cães a latir, galos a cocoricar, galinhas a cacarejar, jumentos a zurrar, porcos a grunhir, girândolas a espoucar, canhonadas das fortalezas e dos vasos de guerra a estrugir, e o badalejar simultâneo dos sinos das igrejas misturaram-se e produziram sons tão apocalípticos que D. Maria I, a bordo da *Príncipe Real*, resolvera por fim botar-se queda, convencida que estava da derrota e morte de Napoleão Bonaparte:
    – Impossível sobreviver a tão poderosas cargas e ofensivas de guerra... – disse e, logo em seguida, dormiu, aos afagos de D. Maria da Celestial Ajuda, sob o efeito das poderosíssimas orações do franciscano Antônio de Arrábida e do suave

baloiçar da nau, surta nas mansas águas da baía de Guanabara.

Jacinto Venâncio, Anacleto, Venância e Benedito, abismados com o foguetório, desceram do morro do Castelo e demandaram a rua do Rosário, esquina com a rua Direita, local de passagem da procissão dos soberanos e dos grandes do reino, que vai agora em direção à catedral. As ruelas circunvizinhas à Sé e ao terreiro do Carmo estão juncadas de fina areia branca misturada com odoríferas folhas de laranjeira e flores de aromáticos perfumes. A rua Direita está alcatifada desde a ladeira de São Bento até o largo do Paço.

O Príncipe Regente e a Sereníssima Princesa do Brasil (último conselho para as três batidas) cruzam o terreiro do Carmo, lentamente, sob um pálio de seda de ouro encarnada, cujas varas são sustentadas pelos maiorais da colônia, seguidos da família real e fidalgos da Corte portuguesa. O povo, vestido com roupas de ver a Deus, grita vivas de júbilo, canta modinhas, militares exclamam palavras de ordem, batem continência, portam bandeiras batidas, à passagem das Altezas. A procissão segue engrossada de gentes de ricos cabedais: membros do cabido a trajar capas de asperges e pluviais; eclesiásticos de grandes hierarquias paramentados de sobrepelizes rendadas e engomadas, a entoar hinos religiosos; oficiais das marinhas portuguesa e britânica a desfilar fardalhões de etiqueta; a nobreza da colônia aperaltada em fatos de domingo; oficiais-mores da Casa Real a andar nos trinques em uniformes pimpantes.

– Dito, quar quié o Aquidelrey dentreles? – pergunta Anacleto ao negro Benedito, confuso e pasmo diante de tanta ostentação.

–Apois, Creto. Adeve sê quele pançudo de beiçola descaídis, cum ares de parvo... É o mais paramentádis e cumprimentádis da prucissão...

– I a muié dele, a Princês, por um acauso é quele cruzcrédis baixim de bigódis e pêlo nas fuça, ao lado do parvo, qui anda afeito mula manca? – insistiu Anacleto.

– Num adeve sê não, Creto. Quela tá cum parecença mais da Rainha mãe dele, a tar qui é avariádis das cabeça... Jacinto Venâncio sobe em uma barrica de banha para melhor observar a procissão. Tem apenas dez anos, quase a mesma idade do Príncipe da Beira, que segue, sob o pálio, atrás dos pais, ao lado dos infantes Pedro Carlos e Miguel.

– Então, aquilo é que é um rei? – pergunta a si mesmo o negrinho, decepcionado com a figura bonacheirona de D. João, que está a chorar de emoção, a contemplar os súditos a renderem-lhe as mais efusivas homenagens, lançando pétalas de flores dos balcões e janelas dos sobrados, aformoseados com tapetes e panejamentos coloridos.

O périplo dirige-se à Sé, na rua da Vala, onde já se escuta cantochão cantado por coro acompanhado de órgão. D. João, tremebundo, oscula a Santa Cruz segura pelas mãos do reverendíssimo chantre, que asperge água benta sobre o soberano e a família real.

Ao ingressar o cortejo à catedral, para as homenagens ao padroeiro da cidade e ouvir missa com o hino *Te Deum Laudamus*, as fortalezas e morros acionaram petardeiros, peças de artilharia, colubrinas e bombardeiras, e recomeçaram o estalidar das descargas de fuzis e o bimbalhar dos sinos das igrejas, sabido é que esse povo carioca é pimpão, festeiro e barulhento, e faz feriado por qualquer bochecho de água, imagine-se por um baita motivo desses, a recepcionar os grandalhões do reino, que para a São Sebastião do Rio de Janeiro vieram estabelecer-se. Serão nove dias e nove noites de folganças, patuscadas, bebedeiras e comezainas, com muita pândega e poucas lides, da rua do Parto à do Jogo da Bola, do beco dos Tambores ao dos Cachorros, do mosteiro de São Bento ao Botafogo, do largo do Paço ao mangue de São Diogo, do Saco da Gamboa ao Catumbi, que os da terra não são de ferro nem paulistas. Evoé el-Rei!

Do castelo de popa da *Príncipe Real*, surta no ancoradouro, a trezentas braças do cais, Quincas a tudo observa, extasiado. Vista da baía, a cidade parece uma babilônia apinhada de gente, sob um céu toldado pelos fumos do foguetório. À entrada da baía repousa imenso granito de duas corcovas, uma bem alta, outra mais baixa; mais ao longe, morros e mata densa, e dezenas de praias de alvíssimas areias. Sobre um dos morros um mastro semafórico exibe bandeiras coloridas.

– Então, cá estou no Paraíso! – diz Quincas a si mesmo.

Frei Antônio de Arrábida aproxima-se do menino, tendo rosário e bíblia apertados contra o peito. Vem também apreciar o espetáculo das artilharias e a babel de sons que chega até a nau, pois estão cumpridas suas obrigações do dia junto à soberana insana, que está agora a sono solto, com um sorriso nos lábios, quem sabe a sonhar com as exéquias do Corso?

– Que belas homenagens estão a prestar os cariocas a Suas Altezas, hein filho? Estavam realmente a precisar de mimos e manifestações de carinho, depois dessas tormentosas viagens, em tão frágeis lenhos. Só mesmo com a ajuda do Altíssimo isso foi possível... – comentou o franciscano, passando o braço sobre os ombros de Quincas.

– Senhor, terei chances de cá aprender o latim que me iniciaste durante a viagem, e dele tirar alguma serventia e sustento? – indagou o menino ao clérigo.

– Sim, filho, por certo. Tiveste aproveitamento nas aulas equivalente ao do Príncipe Pedro. Para um herdeiro do trono será sempre útil e proveitoso o aprendizado de outros idiomas, tanto quanto as matemáticas, as aulas régias, as gramáticas, as ciências da economia e dos negócios estrangeiros. Um infante deve estar sempre, a qualquer tempo, preparado e apto para gerir os negócios d'Estado, pois tal encargo lhe cairá um dia nos ombros, inevitavelmente.

– E para um órfão de dama do Paço excomungada como eu, frade?

O franciscano cruzou as mãos sobre as costas, cerrou os olhos, e deixou a brisa fresca, por instantes, soprar-lhe as faces. Ao longe repicavam os sinos da cidade, e ele seria capaz

de nomear, a cada um dos repiques, a ordem a que pertenciam, pelo peculiar toque dos campanários sineiros: este dos barbadinhos, aquele dos beneditinos, aqueloutro dos franciscanos, ao longe o dos carmelitas calçados...
– E para um órfão de dama do Paço excomungada, frade?
– insistiu o menino, puxando-lhe a estamenha.
– Com bondade no coração e submisso a Deus Nosso Senhor, filho, todo ser humano será feliz, independentemente da condição social. A fortuna e a felicidade não são privativas dos reis.
– Quer dizer que, com latim, bondade no coração e Deus a guiar-me os passos, terei chances nesta terra?
– Sim, filho. Os portugueses de antanho assim aconselhavam os que almejavam altos cabedais: "Com latim, rocim e florim, andarás mandarim!" – respondeu o religioso, a afagar-lhe os cabelos.

Cinco horas da tarde do dia 10 de março do Ano da Graça de Nosso Senhor Jesus Cristo de 1808. Cais do largo do Paço, em frente ao chafariz do mestre Valentim, Rio de Janeiro.

Quincas só pisou em terra dois dias depois de D. João, aos dez de março, lá pelas horas das Ave-Marias, após três dias de molho, a baloiçar na baía de Guanabara, a bordo da *Príncipe Real*. D. Maria da Celestial Ajuda obedecia a expressas determinações da Marquesa de São Miguel, que recebera o encargo de viva voz do próprio Príncipe Regente, de não abandonar a cabeceira do leito da rainha até o seu desembarque, que deveria ter se verificado aos nove de março, mas tal não se deu porque D. Maria I foi acometida de severa constipação e fortes defluxos. Diga-se, a bem da verdade, que a Marquesa de São Miguel e a Viscondessa do Real Agrado, camareira-mor e açafata da soberana, acataram ao máximo à prontidão ordenada; porém frágeis são as têmperas dos de sangue anil: à chegada dos primeiros sons do festão que se armou no terreiro do Carmo, à noite do dia oito de março, não resistiram ao micróbio da pândega, que acomete, inevitavelmente, quem no Brasil vive, ou chega, e que foi de batel buscá-las, na boquinha da noite, sacudidas que já estavam pelos sons dos lundus, pandeiros, violinos e cantorias que ecoavam por toda a baía.

Para a recepção à Sua Majestade Fidelíssima, a Rainha Nossa Senhora D. Maria I, renovaram-se as homenagens e solenidades prestadas ao Príncipe Regente. Canhoneios, descargas de fuzis, bimbalhar de sinos, paradas militares, gritos de júbilo, fumos no ar, o largo do Paço à pinha de gentes, os morros do Castelo e de Santo Antônio coalhados de escravos encarapitados, a sacudir bandeirinhas coloridas de papel.

– Mas que bela guerra me arranjaste, hein, João? – argüiu a Rainha ao filho, a bordo do bergantim que os transportava para a rampa do cais, onde o presidente do cabido e o clero de alta hierarquia os aguardavam para render-lhes submissão e homenagens.

– Majestade, senhora minha mãe, observai vossos súditos a vos saudar, pejados de júbilo e felicidade. Notai a alegria com que vos recepcionam. Não vos parece que estamos no Paraíso? – perguntou D. João, olhos marejados d'água, a banhar-se em águas de rosas.

– João! Os macacos cá moram trepados aos morros? E quem os ensinou a sacudir bandeirolas? E onde estão os franceses derrotados, filho? Esperava ver, ao menos, alguns daqueles vagabundos com as retambufas ao alto, a boiar no mar... – exclamou a rainha, a contemplar as águas límpidas da baía.

D. Maria da Celestial Ajuda e Quincas seguiam em escaler, à ré do bergantim da rainha, juntamente com a raia miúda que ficara a bordo da *Príncipe Real*, a serviço.

– Jesus-Maria! nunca vi tanto preto junto! Isto cá mais parece uma babilônia! – exclamou a mãe adotiva de Quincas, a contemplar os morros.

— E que língua eles falam, senhora? — perguntou o menino, também impressionado com as multidões de negros espalhados pelas praias e morros.

— Ora, Quincas, a língua dos chimpanzés, dos monos, dos gorilas e semelhados, que dúvidas!... E por falar em negrume, estás carregado dele às orelhas, nos braços, e imagino em que outros sítios mais, tantos são os meses que tua carcaça não vê água, hein? Que tomes tu um banho a cada mês, está bem, vá lá que seja, que estes são nossos hábitos, e com eles convivemos desde os tempos em que Adão era cadete; mas desde que saímos de Lisboa e de Salvador, e já lá se vão mais de três meses, não te vi molhar nem com respingos de chuva! Deves estar com morrinhas e bafuns tão fedorentos nos desvãos do corpo, que te recusariam fazer companhia até os porcos! Estás a tresandar fartum de bacalhau pescado, dessalgado e guardado desde os tempos de D. Sebastião!

— Senhora, permite-me! — interrompeu-a um anspeçada, sentado no banco defronte. — Não dês maus conselhos ao miúdo: bem sabes que os físicos-mores de Portugal condenam os banhos em excesso. Afirmam, com provas científicas, que lavar-se com água em demasia conspurca os corpos, produz doenças de pele e feridas: os líquidos entranham-se às peles e misturam-se aos sangues, aguando-os, e daí resultam fraquezas, defluxos e badagaios. Eu, por mim, e desde que nasci, só tomo banho uma vez ao ano, e mesmo assim se for bissexto! — completou cheio de ares.

— Ora, mete-te com a tua vida, ó infeliz! Que tu faças dela uma boldreguice e um monturo de sujeiras é teu problema! Mas que queiras dela tirar filosofias e ciências, vá barda merda! — reagiu D. Maria da Celestial Ajuda, dedo em riste, contrariada com a intervenção do militar miúdo, que foi proteger-se, assustado, atrás de um cônego, em banco mais próximo à proa do escaler.

— Acalma-te, senhora, acalma-te. Prometo-te ir aos banhos quando à terra aportarmos. — disse Quincas, puxando-a pelo braço.

D. Maria I desembarcou à rampa do cais, osculou a Santa Cruz que lhe foi exibida pelo reverendíssimo chantre, e, ajudada pelo filho, sentou-se em cadeirinha de braços fixada sobre um andor. Carregada aos ombros por criados da Casa Real, segue agora, debaixo de rico pálio, em direitura ao convento dos frades carmelitas, em curso processional, pelo largo do Paço. Acompanham-na à procissão a família real, o clero de alta hierarquia, a alta nobreza da Corte, os grandes da colônia e militares de patentes graúdas, sob aplausos e gritos de júbilo do povoléu que se espreme no terreiro do Carmo. Novamente estrugem salvas de artilharia das fortalezas de Santa Cruz, de São João e da Ilha das Cobras, atroam os canhões das naus portuguesas e inglesas surtas na baía, estalidam descargas de fuzis dos militares perfilados no largo do Paço, bimbalham os sinos das igrejas, produzindo sons babélicos.

Os escravos e serviçais do palácio dos Vice-Reis foram mandados fazer o transporte das bagagens da nobreza e da criadagem que desembarcou junto com a rainha. Estão agora sendo imprensados pelos guardas do palácio e pela multidão que se acotovela em frente ao chafariz do mestre Valentim.

– Dito, quela entonces quié a rainha marialoca? – perguntou Anacleto.

– Apois, Creto, adeve sê. Apensei quiera a baixinha manca qui desbarcô transantôntis – respondeu Benedito.

– E rainha adisfila nus andô afeito santa di prucissão?

– Apois, Creto: prus branco a rainha dêlis adeve tê a merma patêntis das santa. Santantonho pur cá num tem prácis di coroné di milícia?

Segue a procissão. Haverá missa e *Te Deum* na Sé, mas sem a presença da soberana, que vai direto repousar em seus improvisados aposentos no convento do Carmo, transformado em residência real.

Quincas e a mãe adotiva já desembarcaram na rampa do cais e estão a despachar, orientados pelos guardas do palácio, as canastras, baús e trouxas que trouxeram de Lisboa. Os negros são acionados com ordens ríspidas, descomposturas, ofensas.

Quincas viu sua trouxa e baú de fatos ser entregues por um guarda a um negrinho miúdo, que o encarava, com olhares curiosos, sem baixar os olhos, como procediam os escravos mais velhos.
– Como te chamas? – perguntou ao escravo miúdo.
– Venâncio, Jacinto Venâncio – respondeu o negrinho, espantado com a pergunta.
– Manuel, Joaquim Manuel – gracejou Quincas, estendendo-lhe a mão.
O negrinho espantou-se com o gesto, sorriu e apertou-lhe a mão estendida. Depois voltou a pegar a trouxa e o baú e ficou parado, a esperar ordens.
– Que tens? Por que estás parado a me olhar? – perguntou Quincas.
– Aguardo o sinhozinho seguir. Os reinóis e os brancos sempre seguem à frente dos escravos, mode mostrar o destino onde depositar a carga.
O negro Anacleto, equilibrando enorme baú à cabeça, segurando duas trouxas, dirigiu-se ao filho:
– Apois, Jacinto. Num amulesta o nhonhozinho e fazeia logo u servícis qui ti amandaram. Ségui a rábu du teo pai, qui as carga vai túdu pru mermo lugá: lá pra casa das cadeia – disse, seguindo atrás de D. Maria da Celestial Ajuda, que acenou para Quincas acompanhá-la.
Quincas sobraçou um pequeno baú e foi interpelado por Jacinto Venâncio:
– Sinhozinho vai carregar esse baú?
– Vou, ora essa. Qual é o problema?
– Branco não carrega nada por aqui e nem trabalha. É desonra. Trabalhar e carregar é coisa prá escravo, prá negro de ganho. Pode deixar que eu carrego para o sinhozinho.
– Não carece. Não sou aleijado. Carrega tua parte que eu levo esta, ora pois – retrucou Quincas e seguiu atrás de D. Maria da Celestial Ajuda.

VI

Palácio de Queluz, Lisboa, Portugal. Quarto "Dom
Quixote". Última semana de abril do Ano da Graça
de Nosso Senhor Jesus Cristo de 1806.

O infante Pedro de Alcântara, Príncipe da Beira e sucessor da Coroa portuguesa, ainda não completou nove anos de idade, mas já sonha com façanhas e feitos heróicos, deitado de costas sobre o leito do quarto de sua mãe, D. Carlota Joaquina. É provável que esses sonhos sejam motivados menos por ser atávica tal têmpera nos príncipes portugueses, e mais pela sugestão que sempre lhe inspirou, desde tenra idade, o afresco pintado no teto do quarto de sua mãe, amiúde contemplado em todos os despertares de sua infância: a imagem do Cavaleiro da Triste Figura e de seu fiel escudeiro.

Sente-se só e amargurado, nesta manhã, o miúdo príncipe, e já ordenou ao seu aio convocar o companheiro predileto de folguedos e confidências. A mãe não lhe dispensa atenções: passa a maior parte do tempo residindo no Ramalhão, a ver-se livre do marido, a quem odeia, recebendo visitantes ilustres (outros nem tanto) ao leito. D. João, pobre coitado, vive recolhido em Mafra, a escutar cantochão, cheirar incensos, ouvir missas e o hino *Te Deum Laudamus*, a extasiar-se com os agudos dos *castrati* do coro do convento, na constante e exclusiva companhia do mordomo Lobato.

Mãos cruzadas sob a cabeça, deitado de costas sobre o imenso leito, Dom Pedro esquadrinha o afresco de Dom Quixote, figura que associa à pobre avó, há muito destituída de razão e do governo, e que vive agora a passear pelos jardins interiores de Queluz, a cultivar flores belíssimas em seu jardim particular, sempre escoltada por camaristas.

O senhor D. Vasco Manuel de Figueiredo da Câmara Cabral, aio de Dom Pedro, bate suavemente à porta e adentra ao aposento:

– Príncipe, o miúdo Joaquim Manuel está aí fora, a esperar permissão para entrar, em obediência à convocação para vos distrair e fazer companhia.

– Está bem, Dom Vasco. Tens permissão para deixar o Quincas entrar – respondeu Dom Pedro, sem tirar os olhos de Dom Quixote.

Quincas foi introduzido no cômodo pelo aio, que cerrou a porta às suas costas; adianta-se até o pé do leito onde Dom Pedro continua deitado e tenta avaliar-lhe os humores do dia, espichando a cabeça por cima do batente alto. Dom Pedro do jeito que estava ficou, olhos fixos no teto, em silêncio, hipnotizado pelo herói de Cervantes.

– Príncipe, cá estou a atender vosso desejo de companhia e distração – disse Quincas depois de limpar a garganta e fazer uma reverência de mergulho.

– Aproxima-te, Quincas, e deixa-te de salamalaques! Não estamos em público nem em cerimônias. Trates-me como a um puto igual a ti. Senta aí à borda do leito que tenho cousas para te dizer.

Quincas, desconfiado, indagou:

– Não vais querer, à traição, como é teu costume, pular-me a cavalitas e fazer "upa-upa, meu rocim" trepado às minhas costas, vais?

– Não, caraças! Bota-te quedo e não fales mais asneiras! Quero somente que me faças companhia, em silêncio, e que escutes meus desabafos...

– E tem nome esse novo folguedo?

– Tem, sua besta, tem! Requisição obrigatória do orelhame dos filhos dos criados do palácio! Estás satisfeito agora? – gritou Dom Pedro.

– Seja feita a tua vontade, Príncipe. Não está mais aqui quem perguntou.

Depois de alguns instantes em silêncio, Dom Pedro desabafou:

– Não estou para brincadeiras, Quincas. Imensa tristeza acordou comigo hoje. Estou cá a andar às aranhas com o que escutei, ontem à noite, atrás das portas. São cousas muito graves e bastante sérias, que podem comprometer-me o futuro, além de terem-me causado imensa dor no coração. Novo silêncio instalou-se no aposento. Quincas, sem bem entender o que se passava, arriscou:
– Se vais contar-me que flagraram o Conde das Galveias a andar ao cabrito com o cavalariço da sua quinta, estás dispensado, não me é nova esta: o Almeidão passou-ma ontem mesmo, com muita piada.
– Não é nada disso, Quincas – retrucou Dom Pedro. – Toda a Corte já sabe e comenta que aquele infeliz vive a engatar-se com os criados e que adora atirar para os queijos. Aflige-me acontecimento muitíssimo mais grave! – e caiu em novo silêncio. Quincas sentou-se à borda do leito, e novamente especulou:
– Já sei: flagraste D. Vasco amolando a ferramenta com a Marquesa de São Miguel!
– Caraças! Só pensas em putarias, ó Quincas! Só uma mente punheteira como a tua, que vive a tocar a furriéis, poderia imaginar a marquesa a dar uma pinocada com o velhíssimo D. Vasco...
– Cebolório! Como diz D. Maria da Celestial Ajuda: "À falta de elefantes vivos, frangos mortos." Não meto a mão nesse lume... – comentou Quincas, olhos no teto, a encarar Dom Quixote.
– Escuta, Quincas, pára com essas maluquices, que confesso têm piada e me divertem, mas não são horas. Chamei-te cá para uns desabafos, de puto para puto. Promete-me que guardarás o segredo que vou confidenciar-te, e que não o revelarás para ninguém. Nem para D. Maria da Celestial Ajuda!
– Tens a minha palavra! – jurou Quincas.
Dom Pedro ergueu-se do leito, sentou-se à borda da cama, ao lado de Quincas, e bichanou-lhe à oiça:

– Estão a tramar um golpe d'Estado contra meu pai!
– Golpe d'Estado? Que diabos vem a ser isso? – perguntou Quincas.
– Quincas, valha-te um burro aos coices! Como és ignorante! Que fazes com as casquinhas de minhas aulas, a que tu assistes por mercê de meu pai?
– Só assisto às aulas de matemáticas e retórica. Esse tal de golpe de não sei lá o quê não me foi passado em nenhuma delas.
– Tens razão, homem. Não assistes às aulas de negócios, política e comércio entre Estados, dadas pelo velhíssimo doutor Monteiro da Rocha, que, aliás, são um pontapé nos colhões! Quincas: cinco nobres da Corte pretendem derribar o senhor meu pai da Regência! Estão a cometer traição, cuja pena é a forca!
– Meu pai também foi condenado à forca, por ter fugido com a minha mãe, dama de quarto da tua. Está, até hoje, coitado, pelas Angolas, a aguardar que as galinhas tenham dentes um dia... Mas, por que motivos querem apear teu pai do trono?
– Os infames estão a convencer os reis de Espanha, ah! essa raça de galegos rabudos!, de que o senhor meu pai deve ser impedido de governar porque está acometido da mesma doença da minha avó: a loucura!
– E quem são esses nobres traidores?
Dom Pedro levantou-se do leito, caminhou até à janela do amplo aposento, e declinou os nomes dos traidores:
– O Conde de Sarzedas, o Conde de Sabugal, o Marquês de Ponte de Lima e o Marquês de Alorna.
Quincas coçou a cabeça e, ainda sentado à borda da cama, enfiou as mãos por debaixo dos joelhos. Balançou as pernas suspensas e, sem tirar os olhos de Dom Quixote, perguntou:
– E têm exércitos, esses traidores?
– A isso não sei responder, mas não seriam tão burros assim em tramar um golpe d'Estado sem apoio de armas: sem ovos não se fazem omeletas! – respondeu Dom Pedro.

Quincas espichou o olhar mais para cima e alcançou o ar de bonomia de Sancho Pança, encarapitado à garupa de um burro. Depois de algum refletir, perguntou:
– Falaste em cinco traidores, mas nomeaste apenas quatro. Quem é o quinto?
– O líder, Quincas, justamente o líder! – respondeu Dom Pedro, amargurado, olhos postos em nada, além das vidraças da janela. – Os quatro são apenas uns cheira-bufas, uns adora-bundas – completou e caiu em novo silêncio.
– Cheira-bufas? Adora-bundas? Depois eu é que só penso em putarias...
– Maneira de dizer, Quincas. São pessoas que seguem a rabo do líder, fazem-lhe todas as vontades, não discutem ordens.
– E, afinal, quem é esse quinto dos infernos, Príncipe?
Dom Pedro, compungido, olhos marejados, soluçou:
– A minha mãe, Quincas, a minha própria mãe!
Ato contínuo ao desabafo, Dom Pedro, inopinadamente, caiu sobre o soalho do quarto, com estrépito, como se fosse um pesado móvel, sobrevindo-lhe estranhíssima crise: brutas sacudidelas no corpo, vigorosos espasmos de braços e pernas, cabeça esticada para trás como a querer separar-se do pescoço, bugalhos espavoridos a saltar das órbitas, tudo a se arrematar com profusa espuma branca que lhe brotava pelos cantos da boca, escapada à barreira dos dentes cerrados, sob ranger furioso.

☙

Anoiteceu. Pela hora do *angelus*, D. Maria da Celestial Ajuda transmitiu a Quincas recado de Dom Pedro para que fosse vê-lo em seus aposentos.
Dom Vasco abriu a porta do quarto 'Dom Quixote' e convidou Quincas para entrar. O Príncipe da Beira trajava belíssimo uniforme azul e branco de oficial hussardo e distraía-se com seu irmão mais novo, Dom Miguel, às voltas

com canhõezinhos de brinquedo que lhe foram presenteados pelo embaixador da Inglaterra. Nenhum vestígio havia no rosto ou nos olhos de Dom Pedro que revelasse algum resquício da medonha crise que o acometera pela manhã.
– Ave, Quincas! Os que vão reinar te saúdam! – recepcionou-o Dom Pedro, com largo sorriso. – Aproxima-te. Vem conhecer a invencível praça d'artilharia do Miguelito.

Quincas acercou-se da mesa onde se espalhavam os graciosos canhõezinhos e só então percebeu, no lado oposto do espaçoso cômodo, o Príncipe Regente a conversar reservadamente com o doutor Picanço, físico-mor da Casa Real, ambos com expressões austeras, o médico a afagar o barbarrão, Dom João a alisar a pança rotunda.

– Estás a sentir-se bem, Príncipe? – perguntou Quincas a Dom Pedro.

– Muitíssimo bem. Estou com a cara melhor que a do Miguelito, não achas? Imagina, Quincas, que o maninho ficou assim, com essa brabeza de meter medo ao gigante Pilophemo, só porque lhe pedi que examinasse mais de perto um desses canhõezinhos, que ele assegura realmente funcionarem com miúdos petardos.

– Acerto-te o cu com um canhonaço de obus com alfinete à ponta, se te atreveres a pegar algum desses canhões! – ameaçou-o Dom Miguel, do alto de seus precoces cinco anos de idade, olhinhos a relampejar ódios.

– Ai, que medo, Dom Miguel! – debochou Dom Pedro. – Proponho-te resolvermos isso em um duelo, amanhã de manhã, bem cedinho, se conseguires acordar em horas, é claro. Meus padrinhos vão procurá-lo em teus aposentos, e desde já convido o Quincas para que seja um deles, antes mesmo que tenhas tempo de mijar à cama, como é teu costume matinal, para acerto dos detalhes. A propósito: que armas sugeres, Quincas?

– Estou entre ovos e tomates. Mas se a ofensa é grave, como me parece que é, recomendaria bosta fresca de cavalo: é infalível! O perdedor perde a honra e o orgulho, além de

exalar bafum intolerável por uma semana, pelo menos – respondeu Quincas, que não nutria simpatias por Dom Miguel.
 – Para ti, lacaio nojento, prepararei um obus especial, com rombudo prego enferrujado à ponta, que vai encravar-selhe todinho à bunda. É aguardar! – rosnou Dom Miguel para Quincas, arrepanhando os canhõezinhos e saindo do quarto, furioso.
 Dom Pedro riu e comentou:
 – Já imaginaste, Quincas, se um dia Portugal tiver dúvidas sobre a sucessão do trono entre mim e Miguelito? Esse miúdo, brabo do jeito que é desse tamanhinho, avalia o que não aprontará mais graúdo!
 Dom João e o doutor Picanço, concluídas as conversas reservadas, aproximaram-se dos dois.
 – Ah, sim, o puto Joaquim Manuel! O herói do dia! Salvaste o Pedrito de maiores complicações, conforme relatou para a minha real pessoa o doutor Picanço! – saudou-o Dom João, que dá pancadinhas no lombo de Quincas, dobrado em reverência. – Bela criança, não te parece, doutor?
 – Por certo, Alteza. É um belo menino, corado, sadio. Quem são os pais?
 As faces de Dom João, exangues, passaram, num átimo, do rosado de um ventre de bacorinho para a brancura de um lençol de linho:
 – Hein?, doutor, hein? não sei se sua senhoria se lembra de lamentável facto, ocorrido há uns nove anos, quando um colega seu de ofício, até então amicíssimo da Casa dos Bragança, o físico João Francisco d'Oliveira, num assomo de insânia e comportamento obsceno, perpetrou gesto da mais alta torpeza e traição, o que me obrigou a execrá-lo do reino e condená-lo ao suplício máximo...
 – Ah! lembro-me bem, Alteza. Então este é o filho do doutor d'Oliveira! Engraçado, conheci o pai, mas o menino não lhe guarda as feições.
 – Saiu à mãe, coitada, que o Onipotente a mantenha nas Alturas! Foi-se, a pobre, picada de bexigas bravas, num con-

vento de Bernardas, no Algarve, no mesmo ano em que nasceu essa inocente criaturinha – explicou Dom João, vexado.
– E o pai, Alteza, teve notícias por onde anda? – perguntou o médico.
– Na Inglaterra, levando a vida que pediu a Deus! – respondeu Dom João, distraído, a pesquisar semelhanças no rosto de Quincas.
– Perdão, Alteza? – espantou-se o médico.
– Ou na África, provavelmente em Angola, a fritar-se nos sóis daquele inferno, não sei ao certo, doutor Picanço, é-me indiferente o destino daquele ingrato! – corrigiu-se. E dirigindo-se à Quincas: – Queria elogiar-te a pronta ajuda que prestaste ao Pedrito esta manhã. Por tua mercê, como vês, já está o nosso Príncipe da Beira ereto e garboso, em fardão de coronel dos hussardos, pronto às batalhas e à glória!
Dom Pedro abraçou Quincas, agradecido, e pediu ao pai:
– Senhor meu pai, concedei uma mercê a Quincas. Ele a mereceu.
Dom João, em pé, cansado de carregar a rotunda pança, procurou a poltrona mais próxima, refestelou-se, e batendo as mãos sobre as coxas roliças, chamou Quincas:
– É isso mesmo! Andas cá, ó puto Joaquim Manuel! Sou servido conceder-te uma graça, sem as burocracias das Ordens e da Corte. Meta lá a tua requisição, ó miúdo, que é o que mais faço para agradar aos gajos deste reino!
Quincas aproximou-se do Príncipe Regente, sentou-se-lhe ao colo, acomodou-se sobre a massa mole de banhas, olhou para Dom Pedro e para o doutor Picanço, e indagou ao Regente:
– Posso fazer o pedido, em confidência, ao pé do vosso ouvido, Alteza?
– Se assim preferes, Joaquim Manuel... – respondeu Dom João, aproximando o ouvido da boca do menino.
Por três longos minutos, Quincas, com a mãozinha encostada ao pé do ouvido do Príncipe Regente, obrou longo, detalhado e, por certo, complexo pedido, pois assim o de-

monstravam as expressões que Dom João, ora de sobrolhos arqueados e boca semi-aberta dos estupefatos, ora de olhos cerrados a fazer caretas ridículas, exibiu durante todo o peditório. Dom Pedro e o doutor Picanço entreolhavam-se, perplexos, a imaginar que tão assombroso e apocalíptico pedido era aquele, pingado com fervor à oiça de Dom João. Concluída a súplica, foi a vez do Príncipe Regente imitar o gesto de Quincas, bichanando-lhe ao pé da orelha, por longo minuto, sérias recomendações, pois a reação do menino foi a de quem acabara de engolir a sagrada hóstia da primeira comunhão.

Finda aquela sessão extraordinária de despachos, Quincas ergueu-se do colo de Dom João, olhinhos a brilhar de emoção; submisso ao Regente, cometeu galante reverência de mergulho. Dom João, meio que aparvalhado, balbuciou em voz alta:
– A ver, Joaquim Manuel, a ver. Agora vou-me, que estou com o bandulho a dar horas! Acomete-me uma bruta azia de queixos... Aos franguinhos da hora das Ave-Marias! Acompanhas-me na merenda, doutor Picanço? – disse, puxando o médico pelo braço, para fora do quarto, honrando-o com o convite.

Cerrada a porta do aposento, Dom Pedro, curioso, voltou-se para Quincas:
– E então? O que pediste ao senhor meu pai, para deixá-lo tão atrapalhado?

Quincas ajeitou os calções, olhou para o riso imbecil do Sancho Pança pintado no teto, e desculpou-se:
– Perdão, Príncipe. É segredo de confissão. Sua Alteza, teu pai, ordenou-me que assim o guardasse para todo o sempre, sob pena de desconsiderar o pedido, se eu assim não proceder.

Aquele dia terminaria glorioso e inesquecível para Quincas, não fosse pequeno incidente acontecido quando recolheu-se ao quarto de dormir, onde já ressonava D. Maria da Celestial Ajuda: feitas as orações de praxe ao Onipotente, o menino jogou-se, como era de hábito, de culapada sobre o leito, sobre o qual o aguardava, certeiro e vingativo, rombudo e pontiagudo prego enferrujado, que se lhe encravou pela metade no rabo, com os cumprimentos de Dom Miguelito: saúde e bichas, no cu três dúzias!

Um lancinante "uiuiuiuiuiuiiiiiiii" ouviu-se dos jardins frontais à cavalariça do palácio, acordando a mãe adotiva do menino que, enfurecidíssima, como de costume, sem acender o lume do quarto e pouco se importando em certificar-se dos motivos da gemedeira, desandou a cobrir o pobre Quincas de bordoadas de cego com o tamanco, na suposição de reprimir-lhe mais uma prática dos condenáveis exercícios de Onã.

⌛

Sobrado dos Menezes d'Oliveira. Rua da Carioca, Rio de Janeiro. Anoitecer de um chuvoso dia 18 de setembro do Ano da Graça de Nosso Senhor Jesus Cristo de 1889.

Completei hoje, ó Gloriosíssimo, noventa e um anos de idade, tempo de vida que acredito suficiente para que o Imperador do Brasil, o segundo Pedro da tabela de cá, há algum tempo retornado de repercutida visita aos quatro milhares de anos da civilização egípcia (oportunidade em que foi presenteado com algumas múmias antiqüíssimas pelo rei daquelas plagas), também me requisite para visitação pública, na qualidade de equivalente reverencial da raça lusitana, a ser convenientemente exposto sobre catafalco de algum museu histórico brasileiro... Foi dia cheio, Senhor, com aporrinhações à larga. Espertei desacorçoado, ainda cedinho, com um desalento de fazer chorar as pedras... Como dizem cá os bugres da terra: desgraça pouca é besteira... O dia foi um bute aos quilhos! Um pontapé nos burloques! Não imaginas, Senhor, o castigo que é constatar, a cada despertar nesta terra de bárbaros, que minh'alminha ainda está encarcerada neste cavername de carnes avelhentadas a acarunchar e de ossos a esfarelar-se... Faço tanta falta ao mundo quanto uma viola num enterro... Nestas tristes horas em que me cai a alma a uma banda, procuro confortar-me com o grande Horácio: "*Aequam memento rebus in arduis servare mentem.*"[6] Logo à alva, às horas primeiras do dia em que me ocupo em consultar o catálogo de jaculatórias a rezar, e o fichário de santos a atarefar para o dia, assoma-me ao aposento a imagem medonha e banhuda da negra Leocádia, a descerrar o cortinado da janela e a incomodar-me com claridades inconvenientes. Após grunhir as mimalhices de praxe, a crente das profundas, para variar, esfregou o pestífero babadoiro na minha boca babada; o pano era, como sói acontecer, um trapo nojento que tresandava a olores de sovaco mal lavado, talvez em homenagem ao meu natalício, posto que podia ser de cheirum pior: nos sítios por onde presumo deva ter passado aquele farrapo nauseabundo, ao menos não devem ter transitado superfluidades fisiológicas orgânicas, líquidas ou gasosas, nem tampouco vergalhos barbados à procura de abrigo... Depois da queda, coice: lá pelas dez, já tendo recebido as homenagens da minha querida família, sobreveio-me tremenda e barulhenta surpresa: a visita do riquíssimo e burríssimo (autocognominado *o terríbil*, por achar-se a reencarnação rediviva de D. Afonso de Albuquerque, o conquistador de Malaca) Comendador Albuquerque de Olibeira e Soiza. "Cada um é como cada qual" é o que essa anta responde às indagações sobre as razões da excentricidade da grafia do nome. Trata-se de comerciante português profundamente imbecil (perdoa-me a redundância, Senhor) que enricou à bruta mercando azeite e bacalhau salgado, nos trapiches do Rio, logo após a Guerra do Paraguai. Como é rico de dinheiros, imagina-se também acrescentado de cultura e donaire; acredita-se um gênio incompreendido que, nas horas vagas, quando não está a arrastar os tamancos no cais do porto, a vociferar cabeludíssimos impropérios para seus empregados, vive a botar faladuras e cultivar espirituosos aforismos, todos

---

[6] "Lembra-te de conservar o ânimo tranqüilo nas situações difíceis."

furtados do anônimo. "Assim como são as pessoas, são as criaturas" é o seu predileto, que repete, *ad nauseam,* cofiando a vastíssima bigodeira, em todas as reuniões sociais e efemérides de que participa, dando-se ares de um Aristóteles, de um Sócrates, ressumando fumos de altas filosofias. É até hoje muito comentado na Corte o episódio acontecido na cerimônia de casamento de sua única filha, em baita festança que patrocinou na então rua Matacavalos, na presença de clérigos, juízes de paz, acrescidos políticos da época e outros convidados abastados de grossos cabedais, onde assoberbou os presentes com a leitura de emocionado bestialógico, iniciado com um profundo: "... Não fosse minha mãe morta, ainda hoje estaria viva...", ao qual arrematou com disparatada homenagem aos pais do noivo: "... entrego minha preciosa filha a outro filho não menos valoroso, fruto de pais honrados e tão bem vistos na vizinhança, e que muito devem ter se empenhado para engendrá-lo, pois o gajo nos saiu um Apolo, concebido por certo em tremendas e gozosas batalhas, daquelas em que, sem testemunhas, só se pugnam dois pelejantes, que não se reclamam, que ninguém morre, a não ser de prazeres, todos a acontecerem nos países baixos... De um lado, como guerreiro lanceiro, o pai, esse cidadão exemplar e prestigiadíssimo senhor dotoire advogado das Cortes, insigne inseminador da semente apolínea; no lado oponente, como contendora, a mãe, a quem coube a missão de receber a cutilada do estoque tremendo, madama viçosa e prendada, portadora da afrodítica madre que aquele olímpico gerou, e que apesar de já não ser uma mocinha como minha filha, ainda não é de se jogar fora, pois eu mesmo muito gosto faria em com ela disputar algumas pelejas..." A reação foi um escândalo, Senhor, não era para menos. O pai do noivo, de candeias às avessas, um homenzarrão brabíssimo, mais feio do que prato de sopa cuspido, desandou a deitar labaredas de dragão pelas vibrissas eriçadas que lhe saíam pelas ventas, a mais parecerem alentadas touceiras de pêlos, e quis aplicar uma tunda, ali mesmo, no filosófico Albuquerque de Olibeira e Soiza, *o terríbil*, sendo dissuadido de levar a termo os seus violentos intentos, com muito esforço, por uma chusma de uns vinte convidados, que pelejaram literalmente para amansar aquele gigante, pois o feroso homem era um apanhado bem fornido de músculos e estava, tremebundo de ódios, a ralar os fígados, com o firme propósito de transformar o verborrágico português saco-roto em uma pasta de carne socada. Quando, ainda hoje, passados mais de dois anos do acontecido, o tapado patrício é instado, inclusive pelo Diogo Bento e por D. Maria de Lourdes, a pedir desculpas ao pai do genro pelo infeliz discurso, o homem se põe nas tamanquinhas e discorda, estomagado, a não entender as razões para tanta bulha: "... ora bolas, apenas lhe elogiei o patrimônio doméstico, má-raios! não vejo nisso ofensas..." É este paquiderme que veio visitar-me, Senhor, lá pelas dez, trazendo-me de presente de aniversário duas mantas de bacalhau dessalgado, embrulhadas em papel de jornal, presas sob o sovaco. E por que está cá esse dromedário a estragar o capítulo, Senhor? Porque, mais uma vez, enquanto Tu esfregavas um olho, o Diabo conspirou contra e meteu esse traste na história, na condição de afilhado da finada D. Maria da Celestial Ajuda, lembras dela? Esse miúdo infeliz bateu às costas do Rio, órfão de pai e mãe (que devem ter morrido de desgosto, decerto, quando perceberam o bucéfalo que tinham colocado no mundo), lá pelos idos de 1840, quando o segundo Imperador estava assumindo o trono, à pressa, ainda um menino, para acabar com a farra das Regências, no mesmo ano em que veio ao mundo meu único filho, Diogo Bento. E adivinha onde, Senhor, aquele recém-chegado trasmontano, de apenas dez aninhos de idade, com mais burrice concentrada no bestunto que todo um alentado comboio de asnos, veio matricular-se para saber se deveria andar como bípede ou como quadrúpede? Lá mesmo, Senhor, na escolinha da rua do Sabão, que à época já não mais exibia a placa de latão que encerrava o rigoroso lema *Disce aut discede* (fui obrigado a substituí-lo por *Bonus entra, melior exi*,[7] antes que o magistério me matasse de fome: todos os meus alunos tinham ido embora, em obediência ao dístico original). Jamais conheci, em minha longuíssima vida de mestre-escola, criatura com tamanha aversão às letras e aos números. Custa-me compreender, Senhor, os insondáveis desígnios que Teu Pai engendra para selecionar os viventes que devam vir ao mundo enquadrados na espécie dos animais racionais ou na das alimárias. Por certo o miúdo Albuquerque de Olibeira e Soiza constituía a personificação (ou talvez a animalização) mais exemplificativa do elo perdido entre essas duas espécies. Não são rabugens senis e intolerâncias que estou cá a suscitar, Senhor, bem sabes. Habituei-me na vida, sendo mestre de primeiras letras de brasileiros e de portugueses, a desde cedo alistar-me na confraria de Jó, pois o ofício de ministrar magistério para tal clientela é obra equivalente a um trabalho de Sísifo. Lá pelos idos de 21, quando terminei meus estudos, à força, no Seminário da Lapa, o meu bom amigo Dom Pedro I não esqueceu do leal amigo e companheiro de infância e presenteou-me, no dia da minha formatura, com uma égua catita que sabia contar, de um a vinte, batendo com o casco da pata dianteira, no chão, o número exato que lhe fosse pedido. Era muito mimosa, Senhor, a Marie Louise (era este o nome da encantadora cavalgadura, dado pelo próprio Príncipe, em homenagem a uma bailarina francesa que lhe passara uma doença secreta, e que dela só conseguira livrar-se à custa de muito quinino e copázios de sais amargos). Pois bem, Senhor, aquele pedaço de traste do Albuquerque de Olibeira e Soiza só aprendeu na vida a contar até dez, mesmo assim depois de ter sido moído a muitas pancadas e suportado uma aluvião de varadas de marmelo à bunda. Enrolava-se todo o asninho com os dedos das mãos, principalmente quando tinha que passar da contagem do cinco para o seis: "... fica-me a lembrança da contagem presa numa mão, como passar o

---

[7] Entra bom, sai melhor.

transporte do habeire cinco para a outra?", indagava a paquidérmica criaturinha enquanto eu, esgotados os recursos pedagógicos, deitava-lhe bengaladas ao lombo com o fervor dos mestres exatores, tudo com a recomendação expressa de D. Maria da Celestial Ajuda, madrinha exigente e de eternos maus humores, meus costados que o digam, Teu Pai a tenha em bom sítio, *sit tibi terra levis*.[8] Não me assaltam invejas, nem rancores, Senhor, mas que desígnios da Providência são esses que transformam uma besta, que sabe menos tabuada e aritmética que uma égua, no mais rico comerciante da rua Matacavalos? De que me adiantou tanto latinório e pretensa erudição, se passei toda a vida a contar réis, patacas e tostões para sobreviver? E olha que sempre vivi à sombra dos grandalhões e dos acrescidos de poder, por força das ocupações de criada de câmaras reais de minha finada mãe de criação. Mas nunca dessa condição tirei proveito próprio, Senhor. Devem estar aí por Teus Sítios, já passados desta para outra, a primeira Maria e o sexto João, da tabela real de Portugal, além do primeiro Pedro da tabela do Brasil, e também quarto da de Portugal, que estes Pedros são a mesma pessoa (e desta matéria entendes Tu melhor do que ninguém, pois, segundo teus prepostos cá por baixo, és Três em Uma), que não me deixariam mentir e são testemunhas do meu desapego aos bens materiais. O tal do "Com latim, rocim e florim, andarás mandarim" não me funcionou, pois o último requisito me andou sempre ao largo e avesso às minhas bolsas. Quando a sorte é maniversa nada acode ao desinfeliz...
O Albuquerque de Olibeira e Soiza, *o terríbil*, virou um mandarim, sendo ele próprio um rocim, por um golpe de sorte: alistou-se para a Guerra do Paraguai, por dinheiro, no lugar do filho de riquíssimo comerciante, que faleceu em um acidente, juntamente com o filho, tão logo a guerra acabou; a outra filha do comerciante, uma gordalhufa bagulhenta e solteira, por ele se enamorou, se é crível tamanho despautério:

---

[8] Que a terra te seja leve.

juntou-se o chulé com o pé sujo...Há tempos o Diogo Bento fez-me rir como a um perdido (já estava afêmico, e descobri que era possível rir para dentro, às gargalhadas gostosas) quando comentou com D. Maria de Lourdes, e já estava eu à palheta de uma pestana, a história que correu pela Corte, dois anos antes do casamento da filha daquela besta: morava o homem com a família na estrada de Mataporcos, tendo residido antes na praça do Capim, sítio onde dizem que ele e a família engordaram arrobas, pois por ali se empanturraram à farta da comida gratuita que a natureza lhes dava. Enricou ainda mais e mudou-se para a Matacavalos, não sem antes certificar-se de que o logradouro não se denominava estrada de Mataburros: "... pois com esse nome lá não estabeleceria domicílio, nem a cacete! Tenho amor aos meus...", dizem ter comentado com um tabelião. Sempre que me vem à lembrança esta anedota (engenho de carioca desocupado, não há dúvidas, pois esses vadios são mestres na arte de troçar dos portugueses), deito-me a rir como a um cretino, a velames despregados, pois a historinha tem mesmo muita piada. "*Ecce homo*":[9]

– Trago-te cá de presente de aniversário, meu ilustre Comendadoire Menezes d'Oliveira, esta parelha de bacalhaus dessalgados, de primeira apanha, desses que se deixam pescar por gosto de serem pescados, com bons humores, sem rabugens, sem tocar a burros, e que morrem à cagadinha, obra de ofertarem as carnes como manjares, apesar do cheirinho ligeiramente obsceno. Queria eu apertar-te em abraço afetuoso, douta figura, pois és o português mais sábio que conheci no planeta! Não há Quemões, nem Infantes Henriques Caminha, nem Vieiras da Anchieta Nóbrega, nem Mens de Estácio, nem Álvares da Gama Cabral que te igualem! Talvez te alcance D. Afonso de Albuquerque, *o terríbil*, antepassado de quem herdei a alcunha e, dizem, os jeitos! E por que continuas tu entrevado nessas preguiceiras, ó mes-

---

[9] "Eis o homem" (São João, 19, 5).

tre? Quantos desperdícios... E esses teus silêncios, criatura de Deus, que não param nunca? Cada um é pro que nasce... – discursou de roldão, de um só jorro, beijando em seguida, às ânsias, os punhos, as costas e as palmas das mãos que lhe estendera uma estupefata D. Maria de Lourdes, que, indecisa entre espantar-se ou rebentar-se de rir, olhou para o Diogo Bento, que ficou a imitar a Leocádia quando faz artes, a olhar os tetos, a certificar-se de que aquele entulho não tinha os alqueires bem medidos. E pensas que as diatribes do homem pararam por ali, Senhor? Doce ilusão... A alimária humana, sem importar-se com a presença de D. Maria de Lourdes e da negra Leocádia, e a pretexto de conversas sociais, abriu as comportas e desandou a lamentar um copioso chorrilho de intimidades domésticas: iniciou-as por uma minuciosa e inescrupulosa descrição das hemorróidas bravas da mulher, e dos detalhes de seus sofrimentos e medidas terapêuticas que adotava para lhe aliviar as dores; passou, em seguida, a lamuriar-se da tremenda prisão de ventre que o aflige há anos, e dos verdadeiros dós de peito que é obrigado a emitir, a plenos pulmões, sentado no cagatório, quando a coisa fica feia e lhe sobrevém sob a forma de sólidos tarugos, que se recusam a deixar-lhe as tripas antes que a ópera inteirinha seja cantada, para horror de toda a vizinhança; e daí pulou, aos roncos, ausente de cerimônias, sem que ninguém conseguisse interrompê-lo, para pesadas críticas ao genro, a quem acusa de não ter competência para dar-lhe um neto, já lá se vão dois anos de casório, e neres de pitibiriba da filha ficar acrescentada, que o infeliz é um Apolo de araque, mais vocacionado para um Dona-Maria-pé-de-salsa; e por aí foi, ladeira abaixo, aos trambolhões, a desancar todos os parentes e agregados, de herodes a pilatos não sobrou um, tudo de cambulhada, como se fosse conversa corriqueira entre famílias de zelosa reputação, a bradar assuntos tenebrosos que qualquer cristão bem intencionado se recusaria a revelar até em confissões ao vigário, ou ao físico da família, guardiães das mais guardadas informações. E, assim como chegou, aquele pedaço de traste se despediu, como um mico nervoso fugido da gaiola, após deflagar um terramoto na primeira loja de louças que encontrou. Distribuiu bons-dias e boas saúdes a todos, demorou-se mais que o necessário no cumprimento à negra Leocádia, de olho comprido em sua avantajada alcatra, e sumiu na poeira, escada abaixo. Ainda achas que cometi exageros, Senhor? O homem é ou não é um portento? É ou não é um poço de estrume cheio até a boca, a rebentar pelas costuras? A conversa do *terríbil* é um passeio à N. S. da Asneira; o gajo é de soltar piados do ventre pela boca, que é uma cloaca romana; o homem só não é mais estúpido, Senhor, por falta de espaço e de tempo: o padre Jacinto Venâncio, que com ele serviu na Guerra do Paraguai, revelou-me que o homem dorme como um porco, dez horas seguidas, aos roncos ensurdecedores, uma pieira que ninguém agüenta, sobrando-lhe apenas quatorze horas do dia para perpetrar suas sandices, o que, no entender dos que lhe são mais chegados, é uma eternidade! No entanto, quero fazer justiça a esse apoucado de cérebro, ó Magnânimo, posto que nunca fui homem de olhar a outrem só pelo lado que me consultam as rabugens e as conveniências. "*Aliena vitia in oculis habemus; in tergo nostra sunt.*"[10] O Diabo não está sempre atrás da porta... Não tenho notícias de que esse traste tenha, algum dia, deixado de ajudar aos mais infelizes, Senhor, e olha que eles o procuram aos magotes, pois lhe conhecem o coração bondoso e a alma caridosa. Quem lhe está por perto não passa fome nem sede, nem deixa de ter um cantinho para proteger-se do relento. Aquele estúpido é um brutoegas abastado de capital, nunca visto a aparentar que o rei lhe guarda os porcos. E o patrimônio que ele herdou do sogro, Senhor, consta que o multiplicou, trabalhando feito um negro no eito, sem gatunagens, estas sempre foram as notícias que me deram. E não Te esqueças que esse povoléu

---

[10] "Temos diante dos olhos os vícios alheios; os nossos estão atrás" (Sêneca).

maledicente é de meter o focinho onde não é chamado; está sempre com a espada desembainhada, a chorar por um olho azeite e por outro vinagre, a desancar com qualquer abastado, ainda mais se português for; e desses julgamentos solertes, Senhor, o *terríbil* sempre escapou ileso, porque santa é a alma daquela anta boquirrota. Se Teu Pai lhe concedeu um bestunto pobre e miserável, que não vale um tostão de mel coado, por certo não lhe fez economias de bondade, de generosidade e de espírito caridoso. E são por estas virtudes e qualidades, Senhor, com certeza, que os pobres do trapiche não lhe deixam roubar os azeites, nem os bacalhaus, nem os dinheiros, e o protegem dos ladrões do patrimônio alheio (que neste país existem a rodo e a não mais caber), sabedores de que tantíssima estupidez concentrada numa cachimônia como aquela pode levar um homem rapidamente à miséria; e o que seria deles sem aquele justo por perto, a estender-lhes a mão nas piores horas? Talvez, com essas reflexões, que me ocorrem a talho de foice, esteja Teu Pai a responder-me sobre os insondáveis desígnios da Providência...

As outras novidades, Senhor? Pelo que andei a escutar, continuam as conspirações dos republicanos contra os monarquistas. A Princesa Isabel está na Regência, por força das enfermidades do pai (a Guerra do Paraguai consumiu o pobre homem, que está com uma aparência bem velhinha, equivalente à minha, segundo o Diogo Bento; mas acho que há torpezas nisso: sou vinte e sete anos mais velho que o digno monarca). Pelo andar da traquitana, presumo que o Império está nas vascas da agonia e os homens do governo estão a ver-se em talas. Dizem que o Imperador de tudo tem conhecimento, e que teria comentado, a propósito dos rumores da derrubada do regime: "Tudo há-de ser vento, tudo vai numa poeira..." O Diogo Bento, a cada dia que passa, está mais rasmaguento, mais ravasca, ravinhoso mesmo. Nem me puxa mais a manta aos queixos quando chega de suas amiudadas reuniões conspiratórias nos quartéis... Cansei-me por hoje, Senhor... Vamos à deita enquanto está o sono à espreita, como diria minha finada mãe de criação... Ah! quase me ia esquecendo de Te contar a boa surpresa do dia: lá pelas horas das Ave-Marias, adivinhas quem me acode ao quarto para umas palavras de carinho e (imagina o exagero!) votos de mais anos de vida? O excelente e velhíssimo padre Jacinto Venâncio, magrinho, magrinho (a andar com o bode amarrado pelo rabo: a morte em pé!), embrulhadinho em surrada batina, provavelmente da época em que foi à guerra... Aquela santa carapinha branca me presenteou com um ramo de aromáticas flores-de-maio... Mas como está conservado o homem, Senhor! Quais as químicas que Teu Pai opera para preservar da velhice as carcaças da negralhada? Negro culto está ali, Senhor, o homem é um poço de cultura e saber, autor da famosíssima obra *Farmacopéia dos Catimbós*; e esta é outra que Teu Pai nos pregou: o que veio cá fazer, nesta continental senzala, um negro tão abastoso de luzes? Quando se viu a sós no sótão comigo, segredou-me ao ouvido um disparate tão grande, que prefiro contar-Te em outra hora, já recuperado do estupor que a nova me causou... Ainda estás a escutar, Senhor? Não saias daí, hein! que já volto, num ai, obra de uma pestana rapidinha, pois ainda temos negócios a tratar, lembras-Te? Lá vou eu, novamente, em vágados... Nas viagens sem fim... Sucumbo-me nos braços de Hipnos, o deus do sono, que a escumalha inculta da terra insiste em confundir com o filho dele, Morfeu, este apenasmente o deus dos sonhos. Se aquela escória de bugres botocudos é ignorante da História do próprio país, avalia os conhecimentos que possuem de mitologia grega!... Imbecis! "*Stultorum infinitus est numerus...*"[11]

⌛

---

[11] "É infinito o número dos tolos" (Eclesíastes,1,15).

tertius

"[...] de quantos lá vieram, nenhum tem amor a esta terra. [...] todos querem fazer em seu proveito, ainda que seja a custa da terra, porque esperam de se ir. [...] Não querem bem à terra, pois têm sua afeição em Portugal; nem trabalham tanto para a favorecer, como por se aproveitarem de qualquer maneira que puderem; isto é geral, posto que entre eles haverá algum fora desta regra."

Padre Manuel da Nóbrega, em carta de 1552.

VII

Casa da Cadeia, ao lado do Palácio dos Vice-Reis, agora Palácio Real, na rua da Misericórdia, a mais antiga rua do Rio de Janeiro. Meados de abril do Ano da Graça de Nosso Senhor Jesus Cristo de 1808.

A noite é um breu. Sob o lume mortiço de uma candeia pregada à parede, onde arde óleo de baleia, o menino Joaquim Manuel Menezes d'Oliveira, genuflexo, mãozinhas justapostas sob o queixo, engrola jaculatórias e encomenda promessinhas à Nossa Senhora de Fátima, suposto que ainda não se familiarizou com as santidades acreditadas no Brasil. Ao seu lado, também a ralar os joelhos na fria laje de pedra, D. Maria da Celestial Ajuda pede perdão pelos maus humores e praguejamentos contra a improvisada acomodação que lhes foi destinada: um lúgubre cárcere da Casa da Cadeia, pardieiro de alvenaria, velho e mal-assombrado, construído no começo da rua da Misericórdia, nos tempos do Conde de Bobadela, e que agora acomoda, mal e porcamente, toda a famulagem e a lacaiada da família real, além dos funcionários miúdos do Paço. Os presos foram transferidos para a prisão eclesiástica do Aljube, na Prainha, canto da ladeira da Conceição. O menino Quincas está desassossegado com as histórias de fantasmas e assombrações que lhe foram contadas pelo negrinho Jacinto Venâncio, em longo passeio que deram, pela manhã, do largo do Paço até o Saco da Gamboa.

— Na Casa da Cadeia em que o Nhonhozinho Quincas está instalado, também mora, aos pedaços, o fantasma do Tiradentes — comentou o negrinho, puxando o cabresto de um jumento que levava Quincas no lombo, aos sacolejos.

– Fantasma aos pedaços? *Vade retro!* E lá existe assombração às peças, feito rês carneada, ó Jacinto?
– É conforme, Nhozinho Quincas. Depois de enforcado, lá no largo da Lampadosa, que dia desses levo vosmecê prá conhecer, o corpo do pobre foi amarrado a quatro parelhas de alazões forçudos, que foram açoitados ao mesmo tempo, e arremeteram cada uma para um lado, aos galopes, despedaçando o defunto ali mesmo na rua, às vistas de todo mundo: pai Anacleto a tudo presenciou. Foi sangueira e tripalhada pra tudo que é lado... Como pode descansar assim uma alma esquartejada?...
– E as aparições do fantasma do homem? Como se dão? – perguntou Quincas, ar preocupado.
– Conforme disse ao Nhonhozinho: aos pedaços também. Ano passado a cabeça apareceu para um barbono lá pelas bandas da Cidade Nova, no mangue de São Diogo; o frade borra-se na bata até hoje, quando comenta o sucedido. No São Sebastião deste ano, nova aparição se deu, no Saco da Gamboa: o tronco e os quartos do homem deram uma carreira numa negra pejada, que correu, aos gritos de desespero, até o Valonguinho, onde pariu, na praia mesmo, três negrinhos de um só jorro. Os bacorinhos, vivinhos e chorões, foram batizados com os nomes de Gaspar, Baltazar e Melchior, a conselho de frei Rodovalho, alma santa que me ensinou a ler e a escrever, e que de lambujem ainda me ensina latim.
– E o Jacinto pretende fazer o quê com tanta sabença e latinório?
– Quero ser frade, Nhozinho Quincas, e ajudar minha raça a não ser mais escrava...
Na praia da Gamboa, deserta, seguia o jumento, em passo manso, levando ao lombo, aos sacolejos, um Quincas extasiado com a paisagem magnífica, ouvinte atento das tremendas histórias do negrinho arisco, falador e grande conhecedor da cidade. Soprava uma brisa fresca olorosa, vinda do fundo da baía de águas límpidas e verdejantes, e de praias belíssimas, de finas areias brancas, onde os peixes eram jogados à beira,

surpreendidos pelas ondas de caixote e pela rebentação, tamanha a abundância de cardumes. As gaivotas, aos bandos, iam e vinham ao sabor dos ventos, aos guinchos de alegria, e nem careciam mergulhar para se alimentar. Tendo por destino os longes da Gamboa, Quincas e Jacinto Venâncio saíram cedinho, guarnecidos de merenda em farnel, da porta da casa da Cadeia, no início da rua da Misericórdia, o mais antigo logradouro do Rio. "Aquela lá adiante é a rua São José, que passa pela do Parto", apontou-lhe o negrinho, iniciando o passeio. "Esta que nós estamos é a da Cadeia, que vai até o Largo da Carioca, e de lá em diante vira rua do Piolho. Aí mais na frente começa a rua do Cano...", prosseguiu. "E por que do Cano, ó Jacinto?", indagou Quincas. "Porque debaixo dela fica o cano que trás a água da fonte da Carioca até o chafariz do mestre Valentim, em frente ao ancoradouro do terreiro do Paço", respondeu o escravo. Passaram sob os passadiços que se construíam entre o Palácio Real e a Cadeia e o Convento do Carmo, e tocaram pela rua Direita, deixando o terreiro do Paço; o jerico passou em frente à Capela Real, com seu belo frontispício de cantaria, e ao lado da Capela dos Terceiros dos Mínimos; entrou pelo beco dos Barbeiros, contornou o convento dos carmelitas pela rua detrás do Carmo, e retornou à rua Direita, em direção à Alfândega. "Essa agora é a rua do Ouvidor, que começa lá na praia do Peixe e vai até a rua da Vala..." "E por que da Vala?" E o negrinho respondia, com detalhes, conhecimento adquirido de tanto prestar atenção às explicações de frei Rodovalho, em resposta às indagações dos nobres e clérigos estrangeiros, em viagens pelo Rio. E toca o jumento no seu passinho miúdo, sempre pela rua Direita. Surge a rua do Rosário, que passa em frente ao Hospício, e que também termina na rua da Vala, em frente à catedral, onde o Príncipe Regente e a família real foram recebidos com festas e se cantou o *Te Deum*. Em seguida, a rua detrás do Hospício, que na altura do largo da Lampadosa toma o nome de Alecrim, e vai terminar no Campo de Sant'Ana. "Essa aí em frente é a Senhor dos Passos, que principia na rua do Fogo e vai em linha reta até o Campo de Sant'Ana." O negrinho ia a pé, descalço, puxando o burrico pelo cabresto, enquanto Quincas, equilibrando-se no lombo do animal, sobraçava a cesta com a merenda, perguntando sobre tudo.

– Agora é a da Alfândega, que começa em frente a esse casarão aí, que tem uma placa lá em cima com uns latins... – comentou o negrinho. – Pára o burro, ó Jacinto. Quero ler essa latinaria!

Anno 1783
En Maria Prima Regnante e pulveresurgit,
Et Vasconcelli stat domus ista manu.

– E quem foi esse Vasconcelos, ó Jacinto?

– Foi o Vice-Rei da época, muito amigo da Rainha Nossa Senhora, que naquele tempo ainda era boa da cabeça, é o que diz frei Rodovalho.

Cruzaram as esquinas das ruas do Sabão e São Pedro, e foram em frente, com paradas aqui e ali, em direitura do Valongo, sempre pela Direita; a próxima, a rua das Violas; a seguinte, a dos Pescadores; pararam em frente à Igreja de Santa Rita e tomaram uns púcaros de água, vendidos por um negro de ganho, aguadeiro; subiram a ladeira de São Bento, sítio onde Quincas não economizou encômios e louvaminhas, nomeadamente ao mosteiro dos beneditinos e à vista da baía. Do alto do monte, o burrico aos bufos, nova parada e indagações: "E que fortaleza é aquela, ó Jacinto?" E lhe foi respondido que era a fortaleza da Ilha das Cobras, que ficava fronteiriça aos armazéns do Sal; e também lhe foi dito, pelo miúdo, que além era o trapiche de São Francisco; depois, a pedra da Prainha; mais adiante, as praias do Valonguinho e do Valongo; aquele trapiche lá longe era o do Antonio Leite; na ponta que se jogava para dentro do mar, o costão de Nossa Senhora da Saúde; naqueles areais, lá nos cus-de-judas, as praias paradisíacas dos sacos da Gamboa e do Alferes (e que este Alferes não era o esquartejado, e sim o herói Diogo de

Pina, que ajudou a expulsar os franceses em 1711, tudo muito explicadinho); seguiram, na balada, descendo o morro da Conceição; meteram-se pela rua do Aljube, para onde foram transferidos os presos da cidade; enfiaram-se pela rua do Valongo; pararam em frente ao Seminário de São Joaquim; entraram pelo beco dos Cachorros e, esgotados, tocaram para a praia do Valonguinho, onde fizeram merenda, debaixo de um oitizeiro.
– Isto cá é o Paraíso, ó Jacinto! Que cheiros! Que ventos! Que sol! Que cores! Tão diferente da Lisboa enevoada e chuvosa que deixei há quatro meses! – exultou Quincas, desembrulhando o pequeno farnel preparado por D. Maria da Celestial Ajuda. – Toma cá uma laranja e um naco de pão com carne fumada, ó criatura, que deves estar estropiado e faminto depois de tanto bater de pernas.
Jacinto Venâncio amarrou o jumento ao pé de uma amendoeira, perto de umas touceiras de capim, onde o bicho podia matar a fome.
– O Nhozinho Quincas não é obrigado a partilhar a merenda comigo, não. Os escravos comem aquilo que, sem dono, a natureza bota no mundo, e o que não falta por aí é pescado, frutas e verduras, nesse mundão de Deus. É preciso que eu seja sincero com o Nhozinho sobre os costumes dos brancos e dos escravos: reinol é reinol, escravo é escravo, e os comportamentos devem ser conformes; digo isso para o bem do Nhozinho, mode não ser repreendido pelos seus, e eu não ser mal visto pelos da minha raça...
– Deixa de ser besta, ó Jacinto! Pega logo a laranja e essa côdea de broa, e pára com esses conselhos de padre em confessionário, que deves estar com o bandulho a soltar piados! Quantos orgulhos para quem está com aparência de quem está a cair da boca dos cães! Trata-me como a um puto igual a ti, que até o Príncipe da Beira comigo assim procede! E olha que lá não sou dos maiorais da Corte!
– Como disseste? Tratá-lo como a um puto igual a mim? Nhozinho me respeite, sou preto mas tenho vergonha na cara... – reagiu Jacinto Venâncio.

– E que disse eu, ó criatura, para tanta brabeza? Sim, é claro que deves tratar-me como a um puto igual a ti, como dois miúdos que somos, dois meninos, ou já te pensas um homenzarrão?
– Nhozinho, que mal te pergunte, puto em Portugal quer dizer menino?
– Sempre foi, desde o tempo em que Adão era só no mundo, por quê? Cá não é a mesma coisa?
– Não! Isso aqui é uma ofensa, e das mais graves! Puto aqui é homem que se faz de mulher, é um invertido, é um maricas!
– Pois em Portugal a esses tipos chamamos de panasca, panilas, Dona-Maria-pé-de-salsa, e eles por lá também gostam de levar na peida, que isto me parece um vício universal, encontradiço em todos os sítios do planeta... Já os vi, à bicha, no Palácio de Queluz, e de todas as raças: franceses, espanhóis, ingleses, russos, italianos e até chinas, que devem ter o cagueiro bem apertadinho, a valer a forma dos olhinhos de cima para o de baixo... Dá-se aquele sítio, onde as costas mudam de nome, em várias línguas e raças, ó Jacinto... E, antes que me esqueça, lembra-me de te apontar um certo Conde, grandalhão da Corte, um afanchonado que muito é chegado a vergalhos grossos, e até mesmo dos mal aviados, e que gosta deveras de um putinho, e de qualquer cor, cuidate... – completou rindo às bandeirolas soltas.
– Um Conde, Nhozinho? Como deixam um nobre de alto título, dado em confiança pelo rei, praticar tais semvergonhices?
– Ora, Jacinto, a andar! O agachar a palhinha é coisa das mais antigas: são cócegas, tentações, fornicoques! É possível proibir alguém de ter fome? de dar de ventre? de soltar bufas? Se até os gregos davam, por que não o Conde? Pois te digo mais: na Corte há mulheres que só gostam de outras para as safadezas de leito...
– Isso é falta de fé, Nhozinho, é falta de religião!
Quincas soltou uma gargalhada:

– Não morras por esta, Jacinto: grande parte dessas fressureiras são monjas de conventos! E saibas que padres há, também, que pertencem à confraria dos que gostam de atirar para os queijos, e de engolir cobras vivas! Vais me dizer, por acaso, que cá neste Rio de Janeiro não existem desses e dessas que gostam de fazer o servicinho?
– Fora da senzala, onde vivo, não sei! Mas na senzala se tem decência! Preto nenhum faz lá dentro essas coisas: todos se respeitam! Maldades e covardias são os reinóis, os senhores de engenho, os capitães-do-mato, os brancos é que fazem com as negras! Nhozinho não esqueça que os pretos não vivem em cômodos particulares, e nem têm portas para guardar intimidades!
– E fornicam como? e onde? se tantos negrinhos existem, como tu?
– Nas beiras dos rios, nas praias, nos matos, no meio das plantações, à noitinha, nos escuros do dia, depois das obrigações, mas nunca nas senzalas e sempre nos concordes do casal...
– Hum, hum! correm grandes perigos essas fornicações nos matos, ó Jacinto!
– E que perigos são esses?
– Mordidas de cobra, formigas, lacraias, caranguejos, mijadas de sapo... Já tentaste obrar de cócoras, no mato, quando pressentes um bicho a mexer nas moitas? Pois é: a merda que está a sair, volta; a que ainda está por sair, desiste. Tal deve se dar com fornicações em mato mexido: a verga que subiu, desce; a que ainda não subiu, não sobe mais!

O jumento já havia consumido as duas touceiras de capim que a corda do cabresto deixava alcançar, e era a única testemunha, na vastidão da praia, da prosa dos dois meninos, entremeada de gargalhadas, vozes alteradas, gestos vários, caretas e mímicas. Terminada a merenda, retomaram o passeio pela praia do Valongo e tocaram até o Saco da Gamboa, quando o sol, à altura do meio-dia, um braseiro abanado, suspenso no céu azul, esquentou-lhes as cabeças e os obrigou a tomar o rumo de volta para casa.

Dona Maria da Celestial Ajuda já concluíra suas preces e se preparava para abafar o lume da candeia de azeite de peixe, quando Quincas, pele queimada pelo sol, ainda a rezar no catre contíguo, encareceu à madrasta:
– Não apagues ainda, Senhora, ainda não terminei minhas orações.
– E o que tanto rezas, ó Quincas? Andaste com safadezas e patifarias durante o dia? Olhes que já estás a um bom pedaço de tempo ajoelhado aí, agarrado com os santos... São cousas graves, ó miúdo?
– Senhora, o que sabes sobre esse Arrancadentes que cá ficou preso antes de morrer na forca?
– Quem? Arranca o quê? Que histórias são essas?
– O Jacinto Venâncio contou-me que um tal de Arrancadentes, Sacamolas, Sacadentes, sei lá eu a alcunha do gajo, foi esquartejado depois de enforcado, e que o fantasma do homem ainda mora por cá, na Cadeia, aos pedaços...
– História de negros, Quincas, conversa de macacos! Não te deixes levar por essas crendices idiotas. Tens é que rezar para que possamos sair vivos um dia desta terra de selvagens! E deixa-me descansar agora, que estou a agüentar os cavais: a Rainha, hoje, rebentou-me com a paciência, que já não é muita! Avia-te! Anda! À deita, enquanto está o sono à espreita! – disse e abafou o lume da candeia, mergulhando a cela num breu.
Passados alguns instantes, uma vozinha engasgada quebrou o silêncio da cela:
– Estás a ouvir uns cricris e uns crocrós, Senhora?
– A dormir, Quincas, ou te esquento o lombo! Não m'atentes! São ruídos de baratas, cupins ou ratos, que já estavam cá a morar antes de nós, na certa a reclamar antiguidades e aposentadorias... Amanhã mesmo calafeto esta pocilga com estopas alcatroadas, quero ver se essas pragas resistem... À deita! que são horas!

Quincas não pregou olho até alta madrugada, à espreita de pedaços do abantesma do Tiradentes.

Estrada de Matacavalos, no sopé do Morro de Santa Tereza, Rio de Janeiro. 14 de maio de 1808. Dia seguinte ao do aniversário de Dom João.

Uma apanha de escravos está a pintar um "PR", com cal, nas portas das setenta e cinco edificações da estrada de Matacavalos, sob as ordens do Intendente Geral da Polícia, Paulo Fernandes Viana. Idêntica providência está sendo tomada em todas as residências de bom aspecto da cidade, em obediência a alvará do Príncipe Regente. O cônego Teodoro Bandeira de Aguiar e o comerciante Pedro Ferreira de Gouvea, proprietários de pequenas chácaras na estrada, preocupados com a cena daqueles negros com broxas e baldes de cal a lambuzarem as portas das suas casas, foram pedir explicações ao recém-nomeado Intendente Geral da Polícia, que está a fiscalizar os trabalhos *in loco*, escarranchado sobre a sela de uma égua, com ares de comandante em praça de guerra:

– Muito boas tardes, senhor Intendente. Vossa Excelência poderia se dignar a nos informar qual a finalidade dessas pinturas nas portas das casas? – indagou o comerciante, chapéu preso às mãos.

– Os senhores são proprietários? – perguntou o Intendente sem desviar a atenção do trabalho dos negros.

– Sim, eu sou o cônego Teodoro Bandeira de Aguiar, da freguesia da Candelária, e este é o meu vizinho, o senhor Pedro de Gouvea, comerciante estabelecido na rua dos Latoeiros, no ramo dos secos e molhados. Somos ambos proprietários de pequenas chácaras, aqui na Matacavalos.

O Intendente girou o corpo sobre a sela, exibiu severa carranca encarando os dois, esquadrinhou-os de alto a baixo, e, voltando-se para o trabalho dos negros, disse com ar de enfado:

— Estou cumprindo alvará de Sua Alteza Real, o Príncipe Regente, que foi servido requisitar todas as residências da cidade que tenham um mínimo de dignidade e decência, para nelas pôr aposentadoria para os nobres e fidalgos da Corte.

O cônego e o comerciante entreolharam-se, carregados de dúvidas, e o clérigo insistiu:

— Requisitar, Excelência? E qual o propósito do alvará real?

— Pôr aposentadoria nas moradias para os nobres e fidalgos, como já disse. Sua Alteza houve por bem revigorar um velho alvará de 1750, conhecido como lei das aposentadorias, que obrigava os súditos proprietários de imóveis do Rio de Janeiro a ceder casa, cama, louça, mobília e escrivaninha para os Ouvidores. O novo alvará dá poderes à Intendência Geral de Polícia de fazer cumprir a vontade real, estendendo o benefício aos nobres e fidalgos da Corte recém-chegada à cidade.

— E o que significa esse "PR", Excelência? — indagou o comerciante, amassando a aba do chapéu.

— Príncipe Regente. Significa que toda casa marcada está requisitada.

O clérigo e o comerciante entreolharam-se mais uma vez, cenhos franzidos, e o cônego arriscou:

— E a partir de quando estaremos obrigados a compartilhar nossas residências com os nobres e fidalgos, Excelência?

Contrafeito, o Intendente mais uma vez girou sobre a sela:

— A partir da colocação do "PR" na porta, e o alvará não fala em compartilhar, e sim em ceder as residências, com tudo o que nelas há dentro!

— Teremos, então, de abandonar as nossas próprias casas? — indagou o comerciante.

— Por certo, a não ser que façam acordos com os novos moradores, desses pormenores não trata o alvará... — respondeu, voltando-se novamente para fiscalizar o trabalho dos negros.

O cônego, visivelmente indignado, e controlando ao máximo o tom de voz, indagou:

– Não considere a pergunta como impertinência da minha parte, Excelência, mas tem fundamento jurídico tal medida?

O Intendente, sem voltar-se, respondeu:

– Esta é a última resposta que dou, por duas razões: a primeira é que os papéis cá estão trocados: perguntas quem faz é a polícia; a segunda é que já estou com torcicolo de tanto girar na sela! Muito mais que fundamento jurídico, senhor cônego, o alvará tem foro e base real, é decisão do Príncipe, vontade soberana e absoluta de quem tem poderes concedidos por Deus para mandar! E não te olvides que esta terra é uma colônia, e que tudo que aqui nasce, existe e morre, a Portugal pertence. E mais: deve constituir uma honra para um súdito da colônia servir à Corte do Reino. E não esqueçam nunca disso!

– Não esqueceremos, Excelência, não esqueceremos... – disseram ambos em coro, reverenciais, afastando-se de rabo alçado da autoridade de polícia, que tocou a égua para o alto de uma pequena colina, onde agora exibia característica silhueta, contrastada pelo sol que se escondia atrás do morro de Santa Tereza, de uma estátua eqüestre, dessas tão encontradiças nas praças das Américas.

Miolos a ferver, a fritar ódios e cozinhar aporrinhações, o cônego e o comerciante tocaram, a passos largos, pulando e desviando da lama e dos entulhos que desciam de trambolhada dos morros de Santa Tereza e de Pedro Dias, em direção à chácara do velhíssimo advogado Francisco Viegas de Azevedo, o mais antigo morador do logradouro. "Não é possível nem crível que tal decreto, uma afronta ao direito que nem Nero, nos seus piores dias de insânia, teria tido a ousadia de perpretar, possa ser cumprido sem que o velho bacharel não interpele, como é seu costume, as doutorices ilegais baixadas pelo Paço", vociferava o cônego, limpando com enorme lenço a sudorese profusa que lhe escorria pelo cachaço. Chegaram ao portão da chácara a tempo de presenciar cena chocante: a porta principal da residência dos Viegas de Azevedo, pintada com a marca odiosa, abrira-se, e dela saía, com luvas, bengala e tricórnio emplumado presos à mão, seguido de um abatido filho mais velho do bacharel, o fidalgo José Manuel Maldonado Torresão, Oficial de Secretaria da Marinha, olhos gordos e cobiçosos, farejando e tateando tudo, a apurar as oiças, deliciado com o som da cachoeirinha ao fundo do terreno, a roer jaboticabas e pitangas colhidas no pomar.

– E não te esqueças, senhor Viegas de Azevedo Filho, que depois de amanhã, antes do toque dos laudes do convento de Santo Antônio, quero esta residência principal desocupada para que minha família possa cá instalar-se. Como teu pai está acamado e é muito idoso, e tens mulher e filhos miúdos, determina minha consciência, enquanto não arranjares outra casa para morar, que possas ocupar a casinha dos criados, nos fundos da chácara, claro está que a um estipêndio justo, que arbitrarei, e mensalmente me pagarás, a título de aluguer – disse o homem, com arrogância e firmeza, como se estivesse dando ordens a um taifeiro.

E girando sobre os saltos das longas botas de cano, afundou o tricórnio na cabeça, calçou as luvas e acenou com a bengala para dois negros de ganho que o aguardavam, junto ao pomar, ao lado de uma liteira posta sobre o chão. Os alugados, de imediato, suspenderam os varais da cadeirinha coberta e os apoiaram sobre os ombros, um à frente, outro atrás, ajoelhando-se em seguida. Com o palanquim em altura conveniente, o fidalgo subiu, jogou o rabo da casaca sobre o espaldar da cadeirinha, sentou-se e espichou um olhar comprido e libidinoso para a negra Venância, que tinha os olhos postos no chão, a dois passos atrás do patrão, humilhado. Ao passar pelo portão da chácara, onde o cônego Aguiar e o comerciante Gouvea assistiram, pasmos e boquiabertos, à insólita cena, o fidalgo tocou o castão da bengala no chapéu, cumprimentando-os, e foi-se pela estrada, já engolida pela boquinha da noite.

– Homessa, mas que pau! Nem Átila frente a exércitos derrotados! Nem Calígula contrariado! Nem Napoleão com as

úlceras a arder! – desabafou o cônego, quando a liteira sumiu na estrada. – Essa é, então, a cultura dos civilizados do Velho Mundo, senhor Francisco? – indagou ao ultrapassar o portão da chácara, passando o lenço sobre a calva suada. Viegas de Azevedo Filho, no alpendre da casa, estático, tinha o olhar perdido no morro de Santa Tereza:
– Que se há-de fazer, senhor Cônego? – deixou escapar num gemido. – Nem aqui-del-rei posso gritar: o esbulho veio a mando do próprio!
– E o senhor teu pai como reagiu a essa espoliação infame? – indagou o cônego, aflito.
– Apoquentou-se e está apoplético, deitado na cama. A Venância preparou-lhe uma infusão de camomila-romana, para acalmá-lo, até que chegue o físico Bontempo, que já mandei chamar.

Menos preocupado em apascentar a alma do velhíssimo advogado do que lhe conhecer, ainda a tempo, a salvação jurídica que evitasse a requisição de sua chácara, o cônego encareceu:
– Permita-me que vá ver teu pai agora, senhor Francisco: muita amizade e apreço tenho por ele. É ato cristão oferecer-lhe algum conforto espiritual nesse transe aflitivo. – Grande é o Pai das Alturas, que não vai me levar o homem antes da consulta, pensava, ansioso, arregaçando o burel e galgando apressado (o velho numa dessas podia bater as botas, homessa!) os degraus da escada que dava acesso aos aposentos do velho bacharel.

Para decepção do cônego, quarto e leito estavam vazios. Do alto de uma escada apoiada sobre uma portinhola aberta no forro do cômodo, descia o bacharel, à pressa, bacamarte a tiracolo, seguro pelo boldrié cruzado sobre o peito, espantosamente ágil para a avançada idade:
– Onde, o verme? Quede o reinol de merda? – gritava, aos bufos, descendo os degraus, de roupão e pantufos.
– Valham-te todos os santos, bacharel! – exclamou o cônego. – Que despropósito! Acalma-te, senhor! Nessa idade...

– Acalmar-me? Vou é encher de chumbo aquele monturo de estrume real! O Direito nesta terra, senhor cônego, para mim acabou-se! a-ca-bou-se! – desabafou já no soalho, retirando o bacamarte das costas.

Ato contínuo, socou pólvora pelo cano da arma enquanto rogava pragas para a genealogia da família real:

– Raça de degenerados, de tarados, de loucos e de putas! É espingardeá-los, cônego! Quede o peralvilho da Marinha? – vociferou olhando pela janela do quarto.

– Controla-te, bacharel, pelo amor que tens a Deus, controla-te! O homem já se foi, numa liteira de alugados, e a noite já se avizinha, acalma-te...

Atraídos pela vozearia, Viegas Filho, a mulher, o comerciante Gouvea e a escrava Venância acudiram ao cômodo.

– Por acaso convoquei audiências? assembléias? conselhos? – gritou o velho, irritado, ao ver o grupo no aposento.

Duas horas mais tarde, não se sabe mais acalmado pelos maracujás e camomilas da negra Venância do que pelos calmantes aviados pelo doutor Bontempo, o bacharel Viegas de Azevedo, ainda insone, entrou na sala de visitas, de roupão e barrete de dormir, chupando a ponta de enorme charuto apagado. O filho Francisco, o cônego Aguiar e o físico Bontempo trocavam prosa, em tom de voz baixo, junto à janela que dava para o alpendre. Lá fora, uma sinfonia de grilos, acompanhada de piados de coruja, velavam a noite.

– Uma ignomínia! Uma esbórnia! – desabafou o velho juntando-se ao grupo.

– Estás te sentindo melhor, bacharel? – indagou o físico, abrindo espaço para a chegada do velho ao grupo.

– Pior, doutor, pior! Mas não da parte que tu pensas que entendes, e sim daquela que o cônego Aguiar se arvora em conhecer: da alma! – rabujou e dirigiu-se para uma cadeira de balanço, onde se sentou e fez um sinal para a negra Venância:

– Prepara-me um escalda-pé para um pedilúvio: estou com defluxos.

O físico Bontempo divergiu:
– A essas horas não é recomendável um escalda-pé, bacharel! Seria preferível um suadouro no leito, deitado com agasalhos e sob mantas!
– Cala-te, Bontempo. Eu é que sei dos consertos que me reclama a carcaça! Entendes muito é de aviar sais para senhores com broxuras e senhoras com furores uterinos... Teus conselhos têm barbas! É um escalda-pé, e pronto! Já me bastam as imposições do corno do Dom João e do seu igualmente chifrudo chefe de polícia!
O cônego Aguiar protestou com veemência:
–Abrenúncio! *Absit invidia verbo!* "*Fortiter in re, suaviter in modo!*"[1] Que o Senhor purifique tuas palavras, bacharel! Estás a praguejar como um negro de ganho! Não te esqueças de que és um bacharel de Coimbra!
O velho Viegas deu de ombros e acendeu o charuto na chama de uma candeia. Deu duas fortes baforadas, abanou a fumaça, e retrucou:
– Latinórios! Latinórios! É só o que a Igreja tem a dizer nesta terra, cônego. O tarado do Pombal acabou com o trabalho mais puro e operoso que os jesuítas faziam para a Igreja nestas plagas. Aqueles sim, vieram cá para educar os bugres e transformá-los em gente civilizada. Tinham um desiderato social, um propósito humanitário, e muitas das vezes pagaram com a própria vida a audácia da catequese. E o que é a Igreja cá, hoje? Um bando de formigões, às sopas do bolsinho real, a ameaçar os nobres com o demônio por todos os lados, este, sim, o seu grande e principal coletor de impostos!
O cônego Aguiar, com a calva transformada em um pimentão, reagiu:
– Que Nosso Senhor Jesus Cristo se apiade da tua alma, bacharel! Estás a blasfemar contra a santa Igreja Católica!
– Conversas! A Igreja está de braços com a Coroa portuguesa, como de resto sempre esteve com as monarquias de

---

[1] "Com energia na coisa, com doçura na maneira" (Claudio de Aquaviva, jesuíta).

toda a Europa. Vosmecês estão a distâncias inimagináveis da Igreja pretendida por Cristo, a mundos remotos da sonhada por São Francisco de Assis e longe, mas muito longe mesmo, da reclamada pelos pobres e infelizes! Mas aqui se faz, aqui se paga! Não é que o cônego Aguiar também foi incluído no rol dos espoliados pelo Intendente de Polícia, de hábito, sandálias e tudo? Como explicas isso, ó cônego?

O clérigo passou mais uma vez o lenço sobre a testa e o pescoço, esboçou um riso amarelo, e respondeu:

– Fiz ouvidos moucos para essas aleivosias contra a Igreja, bacharel. De facto, o que me preocupa na verdade é essa violência do Príncipe Regente contra a propriedade. Sabem os senhores muito bem que não adquiri a chácara onde vivo com as misérias que me pingam à bolsa, quando pingam! Ganho dinheiros de sacristão: cantando eles vêm, cantando eles vão... São heranças de família, que divido com duas irmãs viúvas. Se decretos reais começam a expropriar propriedades sem reação dos atingidos, sem contestações jurídicas, estaremos consentindo, quem sabe daqui a pouco?, que nos obriguem a trabalhar como criados dos reinóis, dentro de nossas próprias casas!

– Exageros, senhor cônego Aguiar, exageros! – ponderou o físico. – Aqui não é a África!

O velho Viegas arregaçou a barra do roupão e do camisolão de dormir e mergulhou os pés no tacho de água quente que a negra Venância depositara no soalho. Com o charuto preso no canto da boca, retrucou:

– Tens razão, Bontempo, a África não é aqui, mas o que faz vossemecê pensar o Brasil melhor que aquele gigantesco celeiro de negros? Por acaso a existência de uma imprensa, de uma reles tipografia que seja? de forjas? de indústrias? de uma sociedade consciente de seus direitos? de uma gente culta? de um povo guerreiro? – ironizou. – Ah, sim! Temos cá agora uma Rainha, única majestade européia residente abaixo do Equador, e que tem tanto juízo na cachimônia quanto um papalvo sem cérebro! Com a desmiolada chegou o filho, um Regente corno, degenerado, abestalhado e fujão! Na trambolhada trouxe-se o estupor da mulher dele, que se quer tratada de majestade e é tão devassa quanto a mais rameira residente do beco da Pouca-Vergonha; e, pelo que contam, cópia escarrada da mãe, a vaca que é a atual rainha da Espanha! E herdamos, para nossa glória, e por culpa do safado do Napoleão, não sei quantos milhares de vagabundos peralvilhos, como o traste da Marinha que nos apareceu hoje; e todos esses representam a nata, o escol, a elite da Corte! E vieram cá para nos civilizar, para nos educar dentro dos bons costumes europeus... Imaginem a qualidade das gerações de brasileiros que virão por aí, senhores, tendo como exemplo esses princípios de ópera-bufa, esses valores de alcouce, essas éticas de arremedilho... Nos ensinam a pagar aluguel por nossa própria casa! Nos educam a conceder aposentadorias a vagabundos! Tens toda a razão, Bontempo: a África não é aqui! Aqui é o inferno! – completou baforando fumos.

O cônego Aguiar e o físico Bontempo, estomagados, despediram-se apressados: a noite, sabe-se lá, pode ter oiças; cisma de a brisa ficar com a língua frouxa, a soprar mexericos, a levar intrigas... Pior: calha de nessas horas Deus estar distraído, a esfregar um olho, e o Diabo de plantão...

VIII

Mesa do Desembargo do Paço e da Consciência e
Ordens. Palácio Real. Onze horas da manhã do dia
18 de dezembro de 1808. Dia seguinte ao do
aniversário da Rainha Nossa Senhora Dona Maria I.

Durante todo o ano de 1808 processou-se a instalação, à matroca, dos nobres e fidalgos nas residências requisitadas, em conformidade com a lei das aposentadorias. A polícia deu trancos em alguns recalcitrantes, distribuiu pranchadas e espaldeiradas em uma dúzia de inconformados e prendeu, no Aljube, uma chusma mais atrevida e boquirrota, entre eles o velho bacharel Viegas de Azevedo. A grande maioria dos atingidos manifestou, carneiradamente, grande alegria e honra em cumprir o "vará da puliça", para prestígio do expedito Intendente Paulo Fernandes Viana, e do Conde das Galveias, o "doutor Pastorinhas", Aposentador-Mor, que valia um nadinha na língua ferina do menino Quincas. Violências de toda a sorte foram cometidas na ocupação das casas em que se puseram aposentadorias. Houve pancadaria de espenca. A São Sebastião do Rio de Janeiro possuía, à época, não mais de quatro mil e quinhentas moradias dignas desse nome, distribuídas pelo centro e arrabaldes. Como acomodar quinze mil almas cobiçosas, frívolas, vadias, com hierarquias sobre os da terra, a lhes conferir tratamento inumano (bugres horríveis! negros imundos!), a viver sob as expensas do Real Erário e debaixo do manto da proteção do Príncipe Regente? Como conciliá-las com as sessenta mil almas que aqui já viviam, das quais quarenta e cinco mil eram de escravos negros, que nem eram considerados juridicamente como gente? Para sorte dos da terra, a maioria dos atritos, brigas e coscuvilhices ocorriam entre os próprios reinóis: "Olha a porcaria do sobrado que o Belmonte aposentou!"; "Aquela chácara não é digna do Marquês de Alegrete..."; "Que horror a casinha do Linhares na rua do Sabão!"; "Olha o pitéu que é a escrava do Caparica: que peitaria! que rabo! Vai ressuscitar o falecido!"; "Só vai para o Arraial de Mataporcos quem está à brocha com Dom João..."; "Ah!, Senhor Conde, não me consegues pôr aposentadoria em uma casita à beira-mar, com pomarzinho no fundo, já provida de escravinhos dedicados?"

Todas essas questiúnculas sobre aposentadorias de moradias entre os fidalgos eram resolvidas pelo Aposentador-Mor, D. João de Almeida Melo e Castro, o Conde das Galveias, que está, agorinha mesmo, ora que bela coincidência, em pulgas, na sala da Mesa do Desembargo do Paço, aperaltado

em suas elegantes calças de veludo de altos cós, todo almiscarado, capachinho empoado preso à cabeça, a dar piparotes (quanta imundície nesta terra de porcos selvagens!) nos bofes de renda que saem dos canhões da casaca de saragoça grená, guarnecida de botões dourados. Repimpado sobre um canapé longo, o Conde sorve, à sôfrega, ventas a dentro, generosas porções de rapé, enquanto escuta, pálpebras cerradas, os queixumes da Duquesa de Cadaval, que está a peripatetizar pela sala:
– Um estropício, senhor Conde, um verdadeiro despautério! – protesta a mulher, a arrastar os refolhos da saia pelo soalho, de um lado para o outro, a sacudir nervosamente um abanico de renda. – Sou uma Duquesa e meu esposo é o valido mais fiel de Sua Alteza Real, com o título da mais alta hierarquia na Corte! E como estamos acomodados, nós os Cadaval, desde que chegamos a esta pocilga dos trópicos? Pois eu mesma respondo, senhor Conde: enfurnados em um cortiço assobradado na rua da Misericórdia! Portugal já tratou melhor os Duques!

O Conde, achacadiço, arqueou os sobrolhos, assustado:
– Excelentíssima, comprometi-me eu mesmo com Dom Nuno a indicar-vos uma residência para pôr aposentadoria, à altura dos cabedais e das altas hierarquias da vossa digníssima família, e o farei, decerto. É ter paciência, excelentíssima, que a chácara está por vir! – argumentou polidamente, e aspirou mais rapé, irrompendo em estrepitosos espirros, efeito da pituitária excitada.

– Urge que cuideis da vossa saúde, senhor Conde! Vejais lá, hein? Estamos em terra de podridões! Isto cá é um viveiro de moléstias que se pegam nos ares! Estou convicta, e ninguém me convence do contrário, de que essa negralhada imunda exala miasmas pestíferos pela epiderme, a nos contaminar! – acudiu a duquesa.

Restabelecido, o Aposentador-Mor observou:
– Que horror! Não me digais semelhantes isso, excelentíssima! Estamos todos cá submetidos à mesma pro-

vação, e eu não chego para as encomendas! As residências recenseadas neste inferno, pelo Intendente de Polícia, não chegam a cinco milhares, e viemos nós ao triplo disto da santa terrinha! Forçoso reconhecer que esses patrícios, em grande parte, se comportam como bois a olhar para um palácio, são gente do piorio, não são maganões do alto, têm pouca embocadura, mas julgam-se todos eminências pardas, de boa cepa, criaturas de cutiliqué... Não chegarão nunca às culminâncias dos cabedais dos Cadaval, reinóis de berço, de luva calçada e muitos haveres, acostumados a tomar chá desde miúdos... – disse, e interrompeu para novas esternutações.

Apoquentado, levantou-se do canapé e foi, aos espirros, tentar capturar os ares puros da baía, abrindo a janela da sala, no segundo andar do Palácio Real. Respirou fundo os ventos que vinham da baía (é aproveitar, pensou, porque às horas das Ave-Marias o cheiro será de merda pura!) e, instantes depois, acalmou-se. À entrada do Palácio, no térreo, o Conde observou, pela janela, uma dupla de gigantes bantos cabindas, de calções curtos e tórax nus, a vigiar uma liteira com cortininhas de renda. Os negros, sentados no chão, pernas abertas, exibiam as volumosas vergonhas apertadas pelas fraldas.

Do interior da sala a duquesa retomou a conversa:

– Ah!, senhor Conde, confesso que até me desunhava por uma acatitada chácara no caminho para o Botafogo, mas o Duque meu marido frustrou-me logo: adiantou-me que já estava aposentada para o Marquês de Pombal... – comentou com azedume. – Há alguma coisa a fazer, qualquer coisa!, que sensibilize o Conde para embargo do peditório? – arrematou com voz chorosa.

Sem tirar o olho das virilhas dos negros, o Aposentador-Mor respondeu:

– Excelentíssima, a residência a que vos referis, salvo melhor juízo, pertence a um cabra comerciante, abonado de dinheiros (porque abonados há de outras riquezas... pensou), que foi morar com a família em uma fazenda da Tijuca, a duas

léguas da Corte; pelo que recordo, estava prometida aos Angeja, que não gostaram do chafariz do jardim. Posteriormente, os Pombeiro por ela se interessaram, mas depois desistiram por achá-la muito distante do Paço. O problema agora é que o Marquês de Pombal, no beija-mão de ontem, encareceu ao próprio Príncipe, e obteve a mercê, de assegurar a chácara para a família. Infelizmente, para aquela moradia, estou de pedra. Mas... – interrompeu e aspirou mais rapé.
– Mas... – repetiu a duquesa.
– A duquesa não sairá desta sala sem que eu vos ofereça, pelo menos, duas indicações precisas e seguras de chácaras habitáveis e formosas, à beira-mar, no caminho para o Botafogo, que é sítio paradisíaco, onde moro com minha mulher e filhos, para que vos digneis escolher e ma indicar a de vossa preferência! – comentou limpando o ranho que lhe descia do nariz, com um alcobaça de cor púrpura. – A propósito, a graciosa liteira que está à porta do palácio é de vossa propriedade ou de alugados?
A duquesa dirigiu-se à janela onde estava o Conde, fechou o leque, ergueu os sobrolhos e esboçou um sorriso nos cantos dos lábios carmesim:
– Aos Cadaval pertence, senhor Conde, e além dela temos uma sege de arruar: estão ambas à disposição dos Melo e Castro. E os negros também: não são alugados, e sim escravos, por quem despendemos, semana passada, 180$400 pela parelha, no trapiche do Valongo. Um deles, inclusive, que atende por Aniceto Cabinda, ou coisa que o valha, é excelente quituteiro – respondeu, voltando a vibrar o abanico, a olhar o Conde pelo canto do olho.
O Aposentador-Mor girou o corpo para o interior da sala, apoiou uma das mãos sobre o quadril e, com a outra estendida, convidou a duquesa para retornarem aos assentos. Refestelaram-se ambos no canapé longo, a Duquesa a ajeitar as incontáveis saias superpostas, o Conde a estufar o brocado de renda que lhe saía do peitilho. Ato contínuo, com muito garbo e elegância, D. João de Almeida Melo e Castro tocou uma

sinetinha; acudiu um auxiliar, mancebo de vigorosos bíceps e carantonha infestada de espinhas. O Aposentador-Mor ordenou-lhe buscar a relação das chácaras requisitadas e, após consultá-la, molhou a pena em um tinteiro e escreveu o endereço das residências prometidas em um papelucho.
– Cá está, Excelentíssima. Asseguro-vos que ficareis indecisa entre qual das duas escolher, tão aformoseadas são. Estimo que vades visitá-las ainda hoje, antes que me sobrevenham ordens irrecorríveis do Príncipe, ou mesmo da Princesa Carlota Joaquina, dado que maganões de todas as alturas estão a arruar pela cidade, à cata de pousos confortáveis. É escolher e de imediato me informar, mas... – interrompeu com o papelucho suspenso no ar.
– Mas... – repetiu a Duquesa.
– A confirmação da escolha me será passada, por escrito, assinada pelo Duque de Cadaval, e dela serão portadores os dois negros que Vossas Excelências acabaram de adquirir no Valongo, faço questão deste procedimento... E mais: alertais aos dois escravos que o Aposentador-Mor vai inspecioná-los, pessoalmente, com vistas a possível e futura utilização de ambos em serviços temporários extraordinários da Mesa do Desembargo do Paço, pelos quais o Real Erário desembolsará, naturalmente, na oportunidade, a justa indenização aos proprietários pelo aluguel provisório. Estamos combinados, Duquesa? – indagou estendendo o papelucho.
– Por certo, senhor Conde, à certa confita. Não vos gabo o gosto! Assim será feito, cruzes! Mando os negros vos procurar aonde e quando?

✑

Estrada de Mataporcos, caminho para São Cristóvão.
Ponte do "Aperta Goela" sobre o córrego
"Quebra-Canela". 10 de outubro de 1808. Antevéspera
do aniversário do Príncipe da Beira,
Dom Pedro de Orleans e Bragança.

Caía água que Deus a dava no dia em que o Oficial de Secretaria da Marinha Maldonado Torresão foi assassinado.

O sucedido deu-se perto da ponte do "Aperta a Goela", sobre o córrego do "Quebra-Canela", na estrada de Mataporcos, caminho para São Cristóvão. O assassino, de acordo com o depoimento do cocheiro da sege de arruar que conduzia o sinistrado, foi um homem mascarado, que apareceu montado em uma mula.

– E como ocorreu o crime? – perguntou Paulo Fernandes Viana ao negro de ganho que conduzia a carruagem, em interrogatório na sala da Intendência Geral de Polícia.

O negro, tremebundo, encharcado de água e sujo de lama, respondeu:

– Incelença seo dotô da puliça, valha-me! A ségi tava atolada nas lama quasi a riba da ponte, aquando intonces o hômi amascarado, achegado anum sei dadonde, apereceu amuntado numa mula ruça! Parô ao ládis da ségi, amunhecando um punhá, adismontou da mula, intrô adrento da ségi e cravô os punhá nos gragomilo da incelença, acuitádis, qui nem ateve têmpis di agritá... A incelença ficô abotando sangre pelas boca e pelos gragomilo, istribuchândis e agrogolejândis... Adispôs, o amascarado amuntô nas mula e assumiu nos temporá...

– E como era esse mascarado, que jeito o homem tinha? – perguntou o Intendente.

– Incelença seo dotô da puliça, valha-me! Assucedeu tudo num nadiquê de têmpis! Afiquei apavorádis qui nem assuntei os ajeite do hômi, incelença!

O Intendente agarrou o negro pela garganta e deu-lhe violento murro na cara. O infeliz caiu no canto da sala, desacordado, a botar sangue pelo nariz e pela boca.

– Levem esse traste negro para o Aljube e enfiem toda a porrada que ele agüentar, mas não o matem! Arranquem dele uma descrição detalhada do assassino, porque a vítima era um fidalgo da Corte e vou ser cobrado por Sua Alteza Real a solução rápida do caso! Se a memória dele continuar a falhar quando voltar a si, digam que vamos acusá-lo do crime e ele é que vai para a forca! Aliás, forca foi feita é para preto e índio mesmo! – vociferou o Intendente para os guardas. Em seguida, vestiu uma capa de chuva, cobriu a cabeça com um chapéu de aba larga e saiu da casa da Intendência, enfiando-se debaixo do temporal. Montou em uma égua e abalou para a estrada de Mataporcos.

O córrego do "Quebra-Canela" transbordava água por cima das três pontes que ligavam a estrada ao caminho para São Cristóvão. A sege que conduzia o Oficial Torresão ainda estava no local do crime, chafurdada na lama, portinhola aberta. O Intendente apeou da égua e começou a examinar o local, debaixo do chuveiro torrencial. Havia muito sangue sobre o banco da carruagem e ao longo dos sulcos deixados na lama pelo arrasto do corpo da vítima pelos policiais. A besta que puxava a sege desaparecera. O Intendente examinou as marcas das pisadas humanas e as das cavalgaduras, espalhadas em torno da sege. Procurou distinguir as do animal do assassino e especulou-lhe o trajeto. "O miserável veio de São Cristóvão e fugiu em direção ao centro da cidade", balbuciou para si. Agachou-se para examinar mais de perto as marcas das patas. "Está ferrada: é montaria da cidade e não de fazenda ou de chácara", concluiu. Grunhiu um praguejamento, imprecou contra o tempo e ergueu o corpo, caminhando em direção à égua, quando tropeçou em alguma coisa semi-enterrada no lodaçal. Era o pé de uma botina rasgada. Retirou-a da lama, mergulhou-a na água do córrego para limpar-lhe a sujeira e guardou-a no alforje preso à sela da égua. Montou no animal e tocou para o Palácio Real.

☙

Sala de Despachos do Palácio Real.
Quatro horas da tarde do dia 10 de outubro de 1808.

– Hein, Viana? como se deu a estopada, hein? Já tens o assassino? – perguntou Dom João à entrada do Intendente Geral de Polícia na sala de despachos do Palácio Real.

Paulo Fernandes Viana dobrou o corpo em reverência:
— Ainda não, Alteza, mas não demorará a vir a lume. A ser verdadeiro o depoimento do negro de ganho que conduzia a sege, o assassino foi um mascarado, montado em uma mula, que apareceu, repentinamente, sem dar a mínima chance ao Oficial Torresão.

— Um mascarado, Viana? Não foi tua a idéia de botar pelas ruas um bando de cavaleiros com máscaras, para anunciar a inauguração da praça do curro, no Campo de Sant'Ana, no dia dos anos do meu filho Pedro?

O Intendente franziu o sobrecenho e apertou os lábios, balançando afirmativamente a cabeça:

— É facto, Alteza, é facto... Há exatos dez dias uma tropa de mascarados burlescos a cavalo, recrutados entre milicianos Henriques, está convidando o povo da cidade, com bastante folia e foguetório, para a festa de inauguração da praça do curro... Mas eu nunca poderia imaginar... — lamentou-se.

— Quer dizer que o Torresão foi assassinado por um cavaleiro mascarado de tropa de linha, ó Viana? Fico mal se é vero, homem! Onde já se viu recrutar um assassino para servir nas tropas leais... Que confiança vai ter o povo nessa polícia do Rio de Janeiro? — repreendeu-o Dom João.

— Já mandei prender e recolher todos para interrogatório, Alteza, mas, francamente, custa-me crer que tenha sido um deles: seria uma afronta inominável à vossa real pessoa e, se me permitis, uma vergonha irreparável para as tropas leais ao reino! Isso é crime premeditado por gente muito sagaz, que se aproveitou da circunstância de Vossa Alteza ter autorizado que mascarados desfilassem pelas ruas, com tambores e cornetas, a anunciar a festa do dia doze de outubro.

— Urge apurar logo este caso, hein, ó Viana? O Torresão foi o primeiro fidalgo, e espero o último, a morrer de morte não natural nesta cidade, desde que cá cheguei! Quero tudo esclarecido, Viana, com a maior rapidez! O Brasil é uma terra de paz, de vassalos obedientes, que têm proporcionado à minha real pessoa os maiores transportes de alegria, e me

dado provas diárias de estima e lealdade! E tem mais: o Anadia já me manifestou a preocupação e indignação do pessoal da Marinha com a morte do homem, muito querido entre os navais, hein Viana? É apurar! Onde aconteceu a maçada?
– Na ponte do "Aperta a Goela", Alteza, na estrada de Mataporcos.
– Ponte do "Aperta a Goela", ó Viana? E qual a razão para esse nome tão infeliz, hein?
– Existem três pontes no lugar, Alteza, sobre o córrego do "Quebra-Canelas", as quais o vulgo apelidou, a primeira, de "Aperta a Goela", a segunda, de "Cala a Boca" e a terceira, de "Não te Importes". Era sítio freqüentado por assaltantes e bandoleiros que roubavam os cargueiros e escravos lá passantes, antes da chegada de Sua Alteza Real à cidade. Segundo o povoléu, os que passavam sobre a "Aperta a Goela" eram assaltados e esganados; na "Cala a Boca", eram roubados e poupados, mas não podiam dar com a língua nos dentes; na "Não te Importes", os assaltos eram tão corriqueiros que os passantes já levavam dinheiros para dar aos ladrões, e nem se importavam com o esbulho! Histórias desse Rio de Janeiro, Alteza... – respondeu o Intendente.
– Esses teus patrícios cariocas são mesmo uns pândegos, hein, ó Viana? Fazem troça até da própria desgraça, onde já se viu? Isso é lá motivo para anedotas e batismo de logradouros? Essa de cobrar tributos de peagem na tal de "Não te Importes" é de matar, hein, Viana? Verifica e apura, homem, se lá não continuam a cobrar impostos os ladrões, que isso seria o fim, hein? Tributos só à Coroa de Portugal, hein Viana? – ordenou Dom João abrindo a boceta de rapé e respirando uma porção em cada narina, sem oferecer ao Intendente, como habitualmente fazia.

Paulo Fernandes Viana percebeu a omissão da cortesia; magoado, baixou a cabeça. O homem havia conquistado a confiança de Dom João: era o único brasileiro escolhido pelo Príncipe para integrar o Conselho d'Estado, o que causou muita ciumada entre os portugueses; talvez só perdesse em grau de valimento para o mordomo Lobato, campeão imbatível: tinha virado Visconde só por caprichar na barba, limpar a roupa, cuidar da *toilette*, contar anedotas e privar da intimidade do Príncipe Regente.

– A primeira pergunta que deves fazer para apuração de um crime, Viana, e esta quem ma passou foi Lord Strangford, esses ingleses são muito bons nesses assuntos, é: "A quem interessava a morte da vítima?" Da lista tirarás, por certo, o criminoso. Segundo os ingleses, Viana, ninguém mata sem interesse. Difícil seria descobrir o criminoso se o morto fosse o filho da puta do Napoleão, tantíssimos são os desejosos do traslado da alma daquele apostema para o inferno, não é facto, ó Viana? – comentou Dom João alisando o ventre proeminente.

– Por certo, Alteza, por certo. No caso do Torresão, a resposta a essa indagação poderá ser de grande valia para as averiguações: tenho informações de que o homem era um femeeiro incansável! Tinha o hábito sujo de plantar chifres na testa de homens casados, e não aliviava nem mesmo os parentes! Consta que o irmão viajava muito para São Paulo, e era o Torresão quem lhe tomava conta da casa, mulher e filhos...

– Equivale a nomear a raposa para a intendência dos galinheiros, não é facto Viana? – motejou o Príncipe a coçar os eczemas.

– Há também, Alteza, um desafeto conhecido e fichado do Torresão: o proprietário da chácara por ele aposentada, o bacharel Viegas de Azevedo. Há coisa de dois anos, se tanto, o homem não se conformou em ceder a residência e ainda pagar aluguel ao fidalgo, pelo uso da casa dos criados. Fui obrigado a recolhê-lo no Aljube, por dois meses: o velho fazia virulentos discursos contra a vossa real pessoa e a família real, em cada esquina da cidade. Além disso, enviou carta de denúncia furiosa contra a lei das aposentadorias para o jornalista Hipólito da Costa, que a publicou integralmente no *Correio Braziliense*, em Londres.

— Lembro do facto, Viana. É um advogado velhinho, que vive de porrete à esquina, não é? Disseram-me um grande criador de casos e de bacharelices contra as decisões do Tribunal da Relação. O Lobato, ou o Parati, não sei quem ao certo, contou-me que esse velho aldrabão não consegue passar em frente ao Palácio Real sem que exiba armas de São Francisco. É vero, Viana?
— Armas de São Francisco, Alteza?
— Sim, homem, armas de São Francisco! Dizer adeus com a mão fechada: manguitos! bananas! como dizem cá no Brasil — explicou Dom João, fazendo o gesto obsceno.
— Ah! sim, é verdade, Alteza. Também por essa agravante mandei prendê-lo: desrespeito aos soberanos, à Coroa de Portugal e às Ordens. No dia das solenidades comemorativas dos anos da Vossa Fidelíssima Mãe e Rainha Nossa Senhora, o velho maluco postou-se em frente às tropas de linha e de milícias, perfiladas à porta do Palácio Real, arriou os calções aos pés e exibiu armas de São Francisco à farta, a vociferar toda sorte de imprecações e insultos contra vossa real pessoa. Prendi-o no ato!
— Mas que velho desabusado e descarado, hein, ó Viana? E soltaste essa fera só com dous meses de amanho na enxovia? Cuida que não seja esse cacaréu um espião do Napoleão, cá incumbido de subverter as ordens, hein?
— Não chega o homem a tanto, Alteza. Na cadeia foi preso comportado e manso. Lembro-me que ensinava gramática e direito romano para os companheiros de cela. Até os guardas lhe assistiam as aulas!
— Esses anarquistas são todos iguais, ó Viana! Para os de cima, cacete! Para os de baixo, agrados! É apurar o crime, hein Viana? Quero o assassino do Torresão conhecido antes dos anos do Pedrito, hein? Estás dispensado agora: estou com a barriga a dar horas! O bandulho já está a soltar apitos! Vou-me às merendas! Avia-te!

Enseada de Botafogo. Chácara da Princesa do Brasil, a
Serenissima Senhora Dona Carlota Joaquina de Bourbon.
Início de novembro de 1810.

– *Tierra de mierda! Tierra de monos*, de negros, de bugres... e de ingleses broxas! – grunhiu a Princesa do Brasil, olhos a relampejar ódios, a observar a enseada de Botafogo, pela janela do seu quarto de dormir, à beira-mar, na chácara a ela oferecida por um carioca graúdo de dinheiros.
– *My dear Princess*... – balbuciou Sir Sidney Smith, enquanto afivelava o cinto das calças e ajeitava o espadim à cintura, sentado no leito.
– *Queen!* Imbecil! *My dear Queen!* Inglês de bosta! – corrigiu-o, furiosa, D. Carlota Joaquina.
– Mas a Rainha de Portugal, D. Maria I, ainda vive, *sweet heart*... – refutou o almirante inglês.
– Que se dane aquele cacareco taralhouco! Exijo o tratamento de rainha, seu inglês de *mierda!* – gritou batendo o pé no soalho.
Sir Sidney Smith, um homenzarrão de quase dez palmos de altura, ergueu-se do leito, ajeitou o uniforme pimpante de almirante inglês, e aproximou-se da Princesa do Brasil, embrulhada em um robe encarnado.
– Nós, os homens, *my sugar loaf*, incluindo os ingleses, temos também os nossos dias... Essas coisas acontecem... – lamentou-se, segurando-lhe os ombros.
D. Carlota Joaquina deu de ombros, bruscamente:
– Sabes, Smith, como dizem em Portugal quando uma mulher está menstruada? "Que está com os ingleses na barra!" Somente hoje é que fui compreender todo o alcance e acerto da expressão! Raios! Como pode um homem desse tamanhão, tão bem abonado, ser tão rapidinho e tão pé-de-salsa! És um broxa, Smith! Um broxa! – vociferou e voltou-se, bruscamente, a encarar furiosa o inglês, olhando para cima, dos baixios dos seus parcos sete palmos de altura. – Fui educada para ser uma rainha na Europa, com súditos civilizados! E vou sê-la, Smith, custe o que custar! Que triste sina

ter que reinar nesta pocilga, tendo negros e bugres como vassalos, submetida a esses calores infernais, a respirar miasmas pestíferos e odores de bosta humana até no palácio real! E nem homens há nesta *tierra de mierda!* – concluiu. Lord Smith serviu-se de um copo de refresco de maracujá, aprovou o gosto, e repoltreou-se em uma poltrona.

– E como estão as negociações com os argentinos? Alguma novidade? – perguntou à Princesa.

– *Me cago por ellos!* Não tive, até agora, nenhuma resposta do filho da puta do Liniers sobre a ajuda que enviei para Buenos Aires! Aliás, Smith, creio que os nascidos cá na América são todos uns degenerados, não achas? Se na Europa, terra de gente civilizada, temos diferenças marcantes entre os povos... Veja um espanhol, por exemplo. É rijo, varonil, viril, digno, corajoso, macho! Retirem-lhe todos esses atributos: o que dele resulta? Um português, naturalmente! Peguem esse português, que já é um traste de nascença, e acanalhem-no por completo: o que dele resulta? Um brasileiro, não há dúvidas! Peguem esse brasileiro e dêem-lhe um tambor e uma banana: o que dele resulta? Um *mono*, por certo! – concluiu imitando gestos simiescos.

Sir Sidney Smith ria gostosamente. Divertia-lhe o espírito de D. Carlota Joaquina. "*That woman is a man, Smith!*", comentara-lhe certa feita o diplomata conterrâneo Strangford. O que faltava em coragem, firmeza e espírito resoluto a Dom João, sobejava em D. Carlota Joaquina. Conspiradora compulsiva, infidelíssima, arrogante, devassa como a Rainha da Espanha sua mãe, inimiga de banhos, avessa à higiene, parideira prolífica e eclética: nove filhos de pais diferentes! Mas o Diabo não está sempre atrás da porta: era mulher culta, preparada para reinar, poliglota, muito acima da média da nata da fidalguia portuguesa.

– E de que tanto ris, Smith? Não vejo razões! Devias envergonhar-te do homem frouxo que mora dentro de ti! Hoje deste-me prova da já famosa inapetência dos ingleses para a cama!

– Não é nada, *dear*. Agrada-me ouvir os teus ditos espirituosos. És uma mulher muito inteligente. Não me pareceste muito feliz nas festas da inauguração da praça do curro, no Campo de Sant'Ana, ao lado do teu marido e filhos. Fiquei-te observando, depois que minha esposa me chamou a atenção para teu ar de melancolia...

– E o que entende aquela vaca inglesa de melancolia, além daquela resultante de deitar ao teu lado todos os dias, e nada acontecer? Aquilo foi uma festa ridícula! Só mesmo o cabrão do meu marido, assessorado pelo doutor Trapalhada e pelo bugre chefe de polícia, poderia autorizar a realização de uma patuscada cambembe como aquela. Espetáculo de monos, Smith, de botocudos cariocas! Imagines o ridículo: construíram camarotes às centenas, com cabines de lavabos e retretes de porcelana, para os nobres; a fidalguia bugra ficou trepada em bancadas, como galinhas no poleiro, a assistir desfiles de mozambos fantasiados de botocudos, tropas de macacos cavaleiros, ciganos a dançar esquisitices, negros a batucar tambores, negras lascivas e assanhadas a remexer os quartos e os nadegões flácidos! Festa de bárbaros, Smith! Se o Diabo fosse convidado, escusaria de comparecer! E agora pasme, Smith: todos os nobres, os reinóis e os bugres adoraram a patuscada! O bugre chefe de polícia, que ainda não resolveu o assassinato do garanhão da Marinha, teve o desplante de propor ao cabrão do meu marido, e o paspalhão aprovou, a repetição da festa todos os anos, à época das folganças de um tal de entrudo! Imagina, Smith, a repetição daqueles desfiles imbecis, danças bárbaras, batida de tambores, momices idiotas e requebros burlescos da negralhada, todos os anos! É possível tamanho despautério?

Smith acendeu um cigarro inglês:

– Nós, os ingleses, *dear*, estamos mais acostumados que os portugueses e os espanhóis a conviver com os exotismos e as excentricidades dos povos colonizados. Para ser franco: muito apreciei o espetáculo dos cavaleiros e a dança das negras. Confesso que jamais vi, e muito provavelmente jamais verei, uma inglesa mexer com a bunda do jeito como fazem aquelas negras! É um espetáculo sensualíssimo! *Amazing!* O que não devem fazer aqueles demônios com um homem no leito!

D. Carlota Joaquina não agüentou:
— O que nunca terás competência para descobrir, *maricón!* Inglês broxa! Some-te daqui! Vai para *tu casita* comer a tua tábua inglesa, aquela fêmea insossa, branquela e ossuda, seu filho da puta! Some-te daqui! *Fuera!*

Sozinha, olhos baços postos na enseada de Botafogo pela vidraça do quarto, D. Carlota Joaquina acompanhou o batel que levava Sidney Smith pelo mar, até o pequeno barco sumir, ao dobrar a ponta de areia em direção à praia do Flamengo. Permitiu-se, então, liberar uma lágrima solitária: invadira-lhe jamais sentida sensação de angústia e impotência, de profunda tristeza. Incontida ambição orientara seus planos de reunificar os reinos da Espanha e de Portugal, desde que o marido ascendera ao trono na condição de Príncipe Regente. Falhara o seu plano de retirar-lhe o poder sob a acusação de sofrer da mesma moléstia da mãe. Tentava, agora, financiar rebelião em Buenos Aires, para assumir o poder local com o beneplácito da Espanha. Seu objetivo de longo prazo era anexar os territórios do Brasil e do Vice-Reino do Peru à Argentina, de onde reinaria absoluta para toda a América luso-hispânica. "Por que não para todas as Américas? Nada mais natural e conseqüente que, consolidado o novo reino, invadisse os Estados Unidos, valhacouto de subversivos, de paspalhos defensores de democracias, de idéias republicanas espúrias... Conquistados aqueles cabrões do Norte, mudaria o nome do continente: *Carlotínia... Bourbônia...* Que bela sonoridade para nomear estas terras... No trono de Portugal, no lugar do palermão do João (que oportunos franguinhos envenenados ajudariam a trasladar para os sítios celestiais, onde poderia cantar cantochão em autêntico coro de anjinhos) entronaria o Miguelito, porque na Maria Teresa e no Pedro,

demasiadamente donos de si, não se podia confiar...", pensava distraída, enquanto caía a tarde na enseada de Botafogo.
– Filisbino! – gritou da janela para o escravo que tirava mamões do pé, no pomar da chácara. O dorso do negro brilhava de suor quando entrou nos aposentos da Princesa do Brasil. D. Carlota Joaquina não era de deixar serviço feito pela metade...

IX

Prisão do Aljube, Prainha, canto da ladeira da Conceição. Rio de janeiro. Dois meses depois do assassinato do Oficial de Secretaria da Marinha.

Paulo Fernandes Viana contemplava, desolado, os dez corpos gemebundos de negros milicianos Henriques, pendurados de cabeça para baixo, mãos amarradas para trás, presos a uma longa trave que lhes passava por debaixo das pernas: era a última novidade em técnica de tortura, trazida pelo sargento Sizeno, o *Esfola-Crioulo*, um ex-capitão-do-mato de engenho.

– E isso funciona mesmo, Sizeno? Onde é que você aprendeu essa técnica de interrogatório? – indagou do mameluco miliciano.

– É craro qui afunciona, meo Intendente. Aprendi cum os paulista, qui é gente ferosa e danada, qui assêmpri tirou prazê em matá bugre e nego fujão. O pessoá acustuma dizê qui, si Deus é brasileiro, o Diabo é paulista! Ô raça ruim e danada, sô! Acúmu é qui uma criatura de Deus pódi inventá tamanha mardade dessa? Só um paulista mermo! – respondeu com um sorriso largo, enquanto checava as amarras das cordas.

O Intendente Geral de Polícia já não sabia que pistas explorar para elucidar o assassinato do Oficial Maldonado Torresão. Todas as investigações haviam resultado infrutíferas, e os eventuais suspeitos da "lista inglesa" tinham álibis poderosos: o bacharel Viegas de Azevedo consumia-se, entrevado em uma cama, abatido por furiosa gota, havia mais de quatro meses; o irmão da vítima, o comboieiro Tibúrcio Torresão, cruzava o Vale do Paraíba, em viagens, a intermediar comércio de escravos com fazendeiros paulistas, desde época bem anterior ao crime; a família Viegas de Azevedo e os escravos da chácara aposentada, à exceção da negra Venância, que desaparecera na noite anterior ao assassinato, de nada sabiam ou falavam, fechados em silêncios tumulares; a esposa da vítima só fazia chorar e lamentar a morte do homem, nada ajudando nas investigações. A única testemunha ocular, o negro condutor da sege de arruar, já estava à beira da morte, torturado ao extremo, corpo moído de pancadas e queimado por tenazes em brasa, na prisão do Aljube. O sargento Sizeno *Esfola-Crioulo*, como suplício final, besuntara com mel o corpo nu do infeliz e suspendera-o, por cordas, no galho de frondosa mangueira existente no pátio da prisão, expondo-o a picaduras de mosquitos e vespas: – o nego num viu os ajeite do amascarado, nhonhô puliça, apiedádis prum inocênti... – repetia o escravo, o corpo em convulsões.

O sargento Sizeno arrastou um enorme baú de folha para o centro da sala, abriu a tampa e explodiu uma gargalhada agourenta:

– Óia qui beleza, meo Intendente! – exclamou ao exibir os instrumentos de suplício que retirava do malotão: – Sá qui é o *anjinho*, da família das tenaz, pra apertá e esmigalhá os polegá dos nego safado; é tiro e queda! Nego boçá e tapado inté fala latins quando si aperta esses parafus aqui... Sá qui é o *vira-mundo*, esse o *colá-de-ferro*, cá a *gargalheira*, esse o *trabelho*, o *porrete*, sá qui a *placa-de-ferro*, o *tagante*, o *relho*, a *vergasta*, o *ferrete*, as *escarpe*, o *azorrague*, o *bacalhau*, o *baraço*, a *chibata*, a *máscara-de-flandre*, tudo ingenho de fabrico nacioná, mor parte deles inventado pelus paulista e mineiro... – identificou-os e em seguida descreveu a serventia de cada um.

Os negros do terço de Henriques gemiam, pendurados de ponta- cabeça na trave, Benedito entre eles. Cada um já havia tomado cinqüenta chibatadas no torso nu e nas nádegas.

– Pena qui num si tenha pur cá água corrente de rio, ou de cachoeirim, pro Sizeno amostrá pra vossência a maravilha qui faz uma *roda-d'água*... Eita! qui aquilo é qui é um suplício da gota! – blasonou.

– E que diabos é uma *roda-d'água*, sargento? – inquiriu o Intendente.

– Também é invenção de bandeirante, meo Intendente; é ingenho de gente talentosa nas árti de supliciá nego fujão e bugre tinhoso. Siguinte: marra-se o nego, o bugre ou quarqué safado qui amereça, em uma cruz de pau em forma de X; adispois si quebra os braço, os joelho e as perna du infeliz com uma barra de ferro, inté a fera ficá toda desconjuntada...

– Flagelo dos diabos! E o infeliz já não morre disso? – indagou Paulo Fernandes Viana.

– Nanja, sô! Agora é qui vem o mió: prende-se a cruz, com a peça desconjuntada marrada nela, em roda muvida pur água corrente de rio, ou de cachoeirim, e adispois si deixa o nego murrê aos pouquim, agirando afeito um cata-vento: cada vez qui a cabeça do nego evém pra fora d'água, o estrupício num sabe si geme ou se arrespira... É fixe! As água faz o resto... – completou imitando a cara do torturado, língua de fora, à banda.

Paulo Fernandes Viana levantou-se do banco de onde assistia à lúgubre conferência, rosto encovado; cruzou as mãos sobre as costas; caminhou até à janela que dava para o pátio da prisão. Era homem alto, espadaúdo, usava cabeleira de rabicho e enfatiotava-se com elegância: as mais das vezes trajava casaca de saragoça ou de briche, de cores vistosas, bofes de renda da Inglaterra, sempre muito tufado.

– E, se o infeliz realmente nada sabe, que tipo de verdade essas monstruosidades revelam? – indagou enquanto fitava o negro de ganho, corpo suspenso por cordas, na mangueira do pátio, repasto para os insetos.

O sargento mameluco aproximou-se da janela, postou-se ao lado do Intendente, e contemplou, indiferente, o corpo do infeliz envolto em uma nuvem de borrachudos e de vespas: – A verdade qui nos interessa, meo Intendente, quelas qui nóis arranca dessas pésti... É grande o favô qui nóis fazemo pra esses animá em lhes retirá a vida. Eles mermo se assuicidam, quando podem, engolindo a própria língua quando marrados nos tronco, quando não morrem de banzo, sem apiá pur semânis: é tudo peça qui num tem alma; é bicho cum ajeite de hômi, mas num é hômi. A morte prêlis é um presênti, uma graça divina: pra Igreja eles num têm alma; pra justiça eles num é genti; pros branco é coisa sem direitos: é instrumêntis qui afala, bicho afalante, inda qui má e porcamente: apreceio mais os papagaios... – motejou.

– Esse tem cabelos no coração... – pensou o Intendente, incomodado com a insensibilidade do mameluco. Decidido a suspender aquela sessão de horrores (o negro pendurado na mangueira, nas últimas, emitia fracos vagidos, picado por um enxame de insetos) e inclinado a reiniciar as investigações por meios mais civilizados, Viana foi despertado por uma visão que lhe bateu como um estalo: os botins rasgados de um dos Henriques pendurados na trave. O miliciano calçava botas rasgadas, na altura dos joanetes, com cortaduras semelhantes às do botim que achara, atolado na lama, no dia do crime do Oficial Torresão. Ato contínuo, precipitou-se até um armário de gavetões e de lá retirou a peça de investigação. Comparou-a com as calçadas pelo miliciano: as rasgaduras eram parecidas; ambas se situavam na altura dos joanetes. Examinou o botim encontrado no local do crime, comparou-o com os calçados pelo miliciano forro, constatou a equivalência de tamanhos. Um relâmpago iluminou a sala, subitamente, deixando entrever, de relance, tênue marca, antes não percebida, no revestimento interior do solado da botina. O Intendente procurou os óculos de leitura nos bolsos da casaca, colocou-os sobre os olhos, e examinou, detidamente, a marca toscamente feita, por faca ou instrumento de ponta,

na planta do calcanhar: parecia um *B*, ou um *8*, não era possível precisar.
— Descalcem este negro! — ordenou aos guardas, *incontinenti*.

Paulo Fernandes Viana acendeu um círio, embora ainda fosse dia, aproximou o lume do solado interior das botinas, que os guardas haviam descalçado do miliciano, e praguejou contra o odor fétido que elas exalavam. Lá estavam, no mesmo local, idênticas marcas toscas, feitas por canivete ou prego: um *8* ou um *B*, não importava: já possuía prova material para indiciar o miliciano do terço dos Henriques.
— Desamarrem esses negros, menos este! — ordenou apontando para o miliciano descalço. — Soltem também aquele infeliz que está pendurado na mangueira, lá fora.
— Mas, meo Intendente... — tentou ponderar o sargento mameluco.
— Sem mas, mas. Não discutas minhas ordens! — retrucou rispidamente.

Um a um os Henriques foram desamarrados e retirados da trave. Do lado de fora, no pátio, o negro de ganho foi arriado do galho da mangueira, corpo já sem vida. Os guardas tentaram reanimá-lo, baldeando-o com água de poço, mas o esforço resultara inútil: o céu da boca e a língua do negro estavam cheios de mosquitos, vespas e besouros, grudados no mel e no sangue coagulado.

No interior da prisão, segurando o botim rasgado, o Intendente acercou-se do infeliz ainda amarrado na trave, deu-lhe um tapa na cara e indagou:
— Como é teu nome, negro?

O preto grunhiu, engrolou uma algaravia e, sem controle do esfíncter, soltou uma estrepitosa ventosidade. Tomou mais dois bofetões na cara aplicados pelo sargento mameluco:
— Mais respeito, seo fio dum urubu! Cê num tá na senzala, nego safado! Fala só com o buraco da cabeça e arrespôndi à pregunta da incelença, seo fio duma égua sarnenta!

Do lado de fora, feroz tempestade tropical anunciava-se. O céu roncava, carregado de nuvens plúmbeas, escurecendo a manhã, pressagiando o dia. Ventania furiosa e incessante penetrava pelas rótulas das janelas, arrancando vagidos das colunas da pérgola e dos beirais do prédio da prisão. As aves fugiam, espavoridas, aos bandos, à cata de abrigos nas árvores do morro da Conceição. Pousada sobre um galho da mangueira, sob a qual ainda jazia o corpo do negro supliciado, uma juriti piou, nostálgica, aziaga.

– ... é Benedito... incelença... O meu nome... é Benedito – o negro conseguiu balbuciar, e desmaiou.

༄

Sala do Trono do Palácio Real. Dez horas da noite do dia 30 de dezembro do Ano da Graça de Nosso Senhor Jesus Cristo de 1808.

Dom João, agastado em tratar de audiências, ainda que sigilosas, àquelas horas altas em que as galinhas já dormem a sono solto, os galos também já se aquietaram e pararam de aporrinhá-las, e somente as corujas e os humanos brigados com o deus Hipnos ainda estão acordados, bocejava à farta, refestelado no trono encimado por grotesco baldaquino, revestido de marroquim, originalmente tingido de vermelho, agora ruço e cor de burro quando foge. O pobre monarca, a imagem do desleixo, trajava um camisolão de dormir que lhe chegava ao meio das canelas eczematosas; afundada na cabeçorra, usava uma touca, com bolota à ponta; el-Rei calçava tamancos. Má figura fazia aquele príncipe simplório, de graves defeitos e excelentes virtudes, regente de um reino tão poderoso e afamado como o de Portugal. Se o Diabo porventura exultava com suas falhas de caráter, por certo o Altíssimo muito lhe apreciava a generosidade e a simplicidade da vida espartana que levava. Mas os que estão agora a lhe rodear o trono, em reunião solicitada à última hora, são gente da intimidade doméstica de Sua Alteza, sem preocupações com o protocolo; se fossem aqueles obrigados a cumprir as regras do cerimonial de aproximação a monarcas portugue-

ses, exigidas pelos camaristas reais, por certo ali não estariam, com tanto desassombro e intimidade, àquelas horas avançadas da noite, posto que tais promiscuidades não ficam bem para um rei, ainda mais se de Portugal for.
De um lado do trono, D. Maria da Celestial Ajuda segura a mão do menino Quincas, ansioso e apreensivo, mãozinhas suadas, olhinhos aflitos a fitar o Príncipe Regente; do outro, o mordomo-mor Lobato, convenientemente trajado, cumpre, inabalável, suas intermináveis funções de auxiliar doméstico de Dom João, segurando um castiçal de mão, com três círios acesos, as luzes mortiças a bruxulear as sombras dos presentes às paredes.

– ... as evidências que o Intendente Geral da Polícia trouxe ao conhecimento da minha real pessoa são insuspeitas, além do facto de o crime, gravíssimo, ter sido cometido contra um Secretário da Marinha, e que reclamava solução urgente para satisfação aos meus súditos da Corte. Não me é possível atender ao pedido de clemência que ora me solicitas, Dona Maria – balbuciou Dom João, voz rouca e pausada.

– Alteza, muito me contraria importunar o Príncipe Regente Nosso Senhor a essas horas, com rogos de somenos, mas é o menino Joaquim Manuel quem realmente está a pedir pelo negro condenado, atenazando-me os ouvidos há dias, com choros e súplicas, implorando por esta audiência. O negro infeliz condenado ao suplício é tio de um negrinho, companhia inseparável e muito amigo do Quincas, embora eu não aprove esse tipo de amizade com escravos. Mas Sua Alteza bem sabe como é turrão este miúdo... – desculpou-se a retreta.

Dom João voltou os olhos para Quincas, sem disfarçar o suspeito amor que nutria pelo menino:

– Diz lá, ó maroto! Já te pedi que procures mais a companhia do Pedro e do Miguel. Quem é esse teu amigo negrinho que tanto prezas, hein?

– Jacinto Venâncio, Alteza, é o nome dele. E o tio, o escravo que foi condenado pelo crime do Oficial, chama-se

Benedito, e todos têm certeza da sua inocência: a prova é que ele estava de serviço, cá mesmo no Palácio Real, no dia do crime, na tropa do terço dos Henriques. O Jacinto Venâncio e o pai, Anacleto, são escravos do Paço. São gente honesta e de confiança – ponderou Quincas, voz suplicante, enquanto a madrasta lhe puxava a mão, reprimindo-lhe o comprido da resposta.

Dom João voltou-se para o mordomo:
– Quem são esses negros, ó Lobato?

O mordomo tossicou, limpou a garganta e respondeu:
– Trabalham na Ucharia Real, Alteza. São escravos obedientes, não dão trabalho.

Dom João levantou-se do trono, soprou a bolota da touca para trás da cabeça e arrastou os tamancos pela sala, entregue a reflexões. Deu tratos à bola por alguns instantes; voltou-se e postou-se em frente a Quincas. Passou-lhe a mão à cabeça, beliscou-lhe a bochecha e pediu ao mordomo aproximasse o lume do castiçal do rosto do menino:
– Tem uns aspectos, não tem, ó Lobato? – indagou do auxiliar.

O mordomo tossiu, vexado:
– O pau sempre sai à racha, Alteza.

Segurando o queixo de Quincas, Dom João decidiu:
– Como não te posso atender ao pedido de clemência para o negro condenado, em face das provas que a polícia tem contra ele, concedo-te uma compensação, suposto que os homens não se medem aos palmos: o negrinho teu amigo, e o pai dele, passam a te pertencer, a partir de amanhã, como teus escravos; estou liberando-os do serviço cá no Paço. D. Maria da Celestial Ajuda cuidará para que os dois trabalhem como teus negros de ganho, o que te aumentará a renda e a da tua mãe adotiva, e a deles próprios, se consentires em com eles compartilhar os ganhos. Determinarei as providências para os acertos de praxe, amanhã pela manhã, que já são horas... Ó Lobato, cata aí um negro disponível, com velas

acesas, e manda-o acompanhar o Joaquim Manuel e D. Maria de volta à Casa da Cadeia. Chiça! Que negrume está lá fora! Está bom para morcegos! Boas noites! – despediu-se saindo da sala, espantado com a própria sombra balofa que bruxuleava na parede.

⚘

Campo da Lampadosa, perto do Largo do Rossio. Nove horas da manhã do dia 4 de janeiro do Ano da Graça de Nosso Senhor Jesus Cristo de 1809.

Os negros condenados chegam à praça jungidos pelos braços, dois a dois, acorrentados pelos pés e pescoços. A multidão espreme-se no logradouro, avisada que fora, com antecedência, do dia, horário e local dos suplícios, pelos arautos do Palácio Real.

Os crimes de morte praticados por escravos contra seus senhores são sentenciados com hediondos castigos, em estrito cumprimento às Ordenações e Leis do Reino de Portugal, recompiladas por mandado del Rei Dom Filipe I, conhecidas como *código filipino*: pena de 200 açoites, seguida de decepamento das mãos e de morte por enforcamento, tudo em praça pública.

Jacinto Venâncio e Anacleto rezam ajoelhados ao pé da forca; suplicam a Santo Elesbão, a Santa Ifigênia, a São Benedito e a Santo Antônio do Noto, todos pretos. Quincas e D. Maria da Celestial Ajuda, também presentes ao ato público, rezam para Nossa Senhora das Correntes, protetora dos escravos, e para todos os santos brancos que não se importam em salvar almas de pretos.

Os condenados, de torso nu, vestidos com tangas de algodãozinho, são amarrados em dois pelourinhos, ao pé da forca, ao som dos rufos dos tambores da guarda. Dois algozes testam as tiras dos chicotes especiais de couro cru torcido, de sete pontas livres, os *bacalhaus*, ao tempo em que as sentenças condenatórias são lidas pelo alferes da guarda encarregada da execução.

Na praça, à pinha de gente, negros de ganho vendedores e sangradores oferecem seus serviços aos assistentes, aos berros. No meio da rua, um negro barbeiro mete sabão na cara de um comerciante branco, sentado em um caixote, enquanto o freguês aprecia a função. O barbeiro pede ao cliente que abra a boca; atendido, nela introduz um caroço seco de abacate, para ajudá-lo a melhor escanhoar a cara ensaboada do comerciante: "Fais bochechim, nhonhô, fais bochechim...", pede o negro com a navalha na mão; adiante, um escravo sangreiro aplica sanguessugas nos braços de uma senhora, sob os olhares severos do marido; acolá, uma negra mercadeja bufarinhas e oferece, aos gritos, a filha recém-parida como ama-de-leite: "... alugo por 10$ si levá o fio, ou por 20$ sem ele..."; ao fundo da praça, negras de aluguel trabalham como prostitutas, aliciando os espectadores. Todos aqueles escravos, vendedores, barbeiros, sangreiros e prostitutas ali estão mandados à praça por ordem de seus amos brancos: é preciso aproveitar a aglomeração humana, levantar ganhos extras, apurar uma boa féria; à noite, a renda será levada aos patrões, e ai daquele cuja soma auferida não for razoável: novenas ou trezenas de açoites serão os castigos inevitáveis.

Faz-se silêncio na praça. O burburinho diminui. Os látegos começam a estalar nos costados dos negros, que, a princípio, resistem, orgulhosos, à dor intensa. À falta de gemidos dos supliciados, os carrascos enfurecem-se e empregam mais força na aplicação dos golpes; afinal, o prestígio de um profissional de ofício mede-se pela proficiência do seu trabalho. Os couros zurzem; o zape-zape das relhadas é ouvido para além dos arrabaldes do Rossio; os golpes abrem sulcos profundos nas costas dos negros, rasgando a carne em lanhos; o sangue espirra molhando os chicotes, logo trocados por outros secos, de reserva, para não baixar a intensidade do castigo. À altura das três dúzias de chicotadas, os infelizes pedem arrego, gemem súplicas, soltam urros e bufos. A multidão, silenciosa, na expectativa de avaliar até que ponto os miseráveis agüentariam o suplício, sem pedir clemência ou irromper em chiadeiras, explode em aplausos e gargalhadas de alívio, tão logo os gritos iniciais dos negros quebram o silêncio. Logo, então, recrudescem os berros dos vendedores, a azáfama volta à praça, todos agora indiferentes aos castigos: muitas chibatadas ainda estão por ser aplicadas.

Cumprem-se os duzentos açoites, o negro Benedito e o companheiro de infortúnio são desamarrados dos pelourinhos, cobertos de sangue, mais mortos do que vivos. Ato contínuo, os carrascos os agrilhoam em vira-mundos, instrumentos de ferro para prender pés e mãos de escravos fujões. À ordem do alferes da guarda, golpes de machados decepam as mãos dos infelizes, agonizantes; extraem-lhes dos pulmões os últimos urros de dor, após o flagelo infame. Cães de rua disputam, rosnando, as mãos decepadas, enquanto vira-latas sarnentos, mais fracos e submissos, se contentam em lamber o sangue esparramado na terra.

Uma negra amiga de Benedito desfalece nos braços de Anacleto, que chora de dor. O escravo carrega-a, com a ajuda de outros, para fora da praça; o castigo final ainda está por vir. D. Maria da Celestial Ajuda puxa Quincas para fora da turba: "Chega! Isso não é coisa para um miúdo assistir. Torço para que esses infelizes já tenham morrido: a morte não deve ser pior que os suplícios que já sofreram! Vamos para casa, Quincas!" O menino obedece, sem reagir, olhos arregalados, sem piscar: nunca havia presenciado tanta maldade na vida.

Jacinto Venâncio não arreda pé antes de terminada a execução. Reza sem parar, as lágrimas escorrem dos olhinhos vermelhos; os lábios balbuciam gemidos quase inaudíveis: – Tio Dito... tio Dito, que Nosso Senhor Jesus Cristo te receba... no céu não tem escravidão, nem eito, nem chibata...

Os carrascos colocam os laços das cordas nos pescoços do negro Benedito e do parceiro de suplício, acusado de ter envenenado o fazendeiro seu amo; ainda estão vivos, e os sangues esvaem-se-lhes pelos cotos. As cordas passam por argolas de ferro, presas no alto das traves superiores da forca, e têm suas extremidades amarradas em parelhas de cavalos.

A um sinal do alferes, um almocreve chicoteia as alimárias, que puxam as cordas, suspendem os negros para o alto, os braços sem as mãos, corpos estrebuchantes, línguas à banda, tangas tingidas de sangue, fezes escorrendo pelas pernas.

– Todo negro escravo que tirar a vida de seu senhor ou de seu ascendente ou descendente; todo negro escravo que for pego em insurreição ou homiziado em quilombos; todo negro que tirar a vida de um branco, por motivo torpe, ou outro capitulado nas ordenações e leis de Portugal, terá o castigo hoje aqui presenciado, como rezam os códigos da lei e a aprovação da Igreja – anunciou, em voz alta, o alferes encarregado da execução, após o quarto e último escravo ter sido executado.

Tambores rufam anunciando o fim do ato público e logo a praça volta ao seu ritmo normal: vendedoras de comidas berram suas quitandas; aguadeiros carregam suas barricas; prostitutas arrastam clientes para cortiços ou para os matos, conforme a bolsa do freguês; negros de aluguel vendem cestos; moleques correm para dar recados; cães disparam atrás de galinhas; irmandades de assistência aos pretos recolhem os cadáveres dos supliciados; vão lhes propiciar enterros cristãos, também de conformidade com as bolsas dos parentes e amigos.

quartus

"... é terra desleixada e remissa e algo melancólica, e por esta causa os escravos e os índios trabalham pouco, e os portugueses quase nada, e que tudo se leva em festas, convívios e cantares..."

Padre José de Anchieta, em carta de 1585.

X

Guerra do Paraguai. Véspera da batalha de Tuiuti. Manhã de 23 de maio do Ano da Graça de Nosso Senhor Jesus Cristo de 1866. Acampamento das tropas brasileiras.

Ao final desta manhã, tive a elevada honra de conhecer o alferes da tropa de zuavos baianos, Cândido da Fonseca Galvão de batismo, que também atende por Príncipe Dom Obá II d'África, gigantesco negro de dez palmos de altura, alistado no 24º Corpo de Voluntários da Pátria. "Sou filho de africanos forros, nascido em Vila dos Lençóis, no sertão da Bahia, alistado por vontade própria, e não a pau e a corda como muitos, e trouxe comigo um milhar de liderados, todos recrutados nos sertões baianos. Por direito de sangue tenho régia estirpe: sou príncipe africano, neto do poderoso Aláàfin Abiodun, último rei do império ioruba de Oyó. O senhor reverendo, sendo da minha cor, por certo já ouviu falar...", assim se apresentou a notável figura. Fingi conhecer o rei de nome e também o seu poderosíssimo império; perdoe-me o Senhor mais este venial, mas a intenção é caridosa e tem dupla finalidade: não deslustrar a fama daquela remota realeza e não arrefecer a ufania do meu nobre interlocutor, que dela muito precisará, recém-chegado a estes campos de guerra. Jamais ouvira falar naquele potentado d'África, muito menos em seu império, mas este não é assunto para se afogar em pouca água: nas terras onde nasceram meus queridos e falecidos pais, Anacleto e Venância, reis e imperadores surgem e abundam em grandíssimas quantidades: basta um guerreiro valente abater um leão, um piedoso salvar uma tribo da fome, outro livrar uma aldeia de uma peste, um mais ousado liderar uma guerra vitoriosa entre nações, e aí teremos quatro reis, tão certo quanto o dia sucede a noite. É de conhecimento amplo que leões existem na África em significativo contingente, com certeza não em tanta quantidade quanto o de negros famintos e doentes; talvez atinjam soma equivalente ao do número de conflitos entre povos africanos. Mas Deus é grande, maior que a África, e um dia a coisa se ajeita, com comida, saúde e paz, para homens e leões, todos filhos do Criador. Louvado seja o Onipotente.

– E qual é a graça do senhor reverendo, se me faz o favor. A eminência é nascido no Brasil ou em terras d'África? – argüiu-me o alferes, respeitoso, a elevar-me a hierarquias indevidas, tirando o quepe com as iniciais "ZB", ajeitando as dragonas douradas do uniforme de calça encarnada e jaqueta azul.

– Padre Jacinto Venâncio, da irmandade de Nossa Senhora do Rosário, alistado como capelão do 24º Corpo de Voluntários da Pátria. Sou carioca, nascido em uma senzala, na Gamboa, Rio de Janeiro. Seja bem-vindo, senhor alferes – respondi estendendo-lhe a mão.

Dom Obá II a apertou com firmeza, beijou-a com reverência, e segredou-me ao ouvido: "Não me ajoelho perante a eminência porque a humildade em príncipes e reis é tão condenável quanto a falta de coragem em grandes guerreiros..." Admirei-lhe aquela soberbia pachola e disse concordar, plenamente, com aqueles princípios os quais a própria natureza os ratificava no cotidiano: "Quão lamentável seria para o mundo se leões fossem corridos por veados, gatos surrassem cães, ratos tivessem bichanos como cativos, galinhas passassem a perseguir os galos... A natureza, sábia, ela própria definia de antemão hierarquias, lugares próprios para todos no concerto do mundo: só o que nos cabia era aceitá-los, como dogmas da Criação", ponderei com seriedade. O alferes Galvão franziu o sobrecenho, olhou para os urubus que sobrevoavam o acampamento, coçou a barba à Henrique IV, meditando sobre aquelas estapafúrdias palavras, como a ganhar tempo para avaliar se ali à sua frente estava um padreca patusco muito do debochado, ou se um clérigo naturalista defensor de filosofias de altos fumos. Depois de muito pensar e muxoxear, encarou-me ressabiado, pregou um sorriso maroto na boca e, com o dedo em riste, balançando-o como os mestres fazem ao repreender os alunos arteiros, estalou uma gargalhada estrepitosa: "O reverendo é mesmo da breca, hein!", exclamou entre risos. "Bem mostra que é um carioca de espírito gozador, tem raiz, teve infância, conheceu a rua!", discursou, voltando-se para o que deveria ser o milheiro de homens recrutados no sertão baiano, sob sua liderança, ali reduzidos, na verdade, a somente uns trinta, se tanto. Deus é quem sabe onde se meteram os outros novecentos e setenta. Grande Príncipe Dom Obá II d'África.

– Alegra-me em demasia conhecer um preposto de Nosso Senhor Jesus Cristo, e da minha cor, por esses campos de batalha! – regozijou-se. – Muito conforto espiritual nossos irmãos brasileiros vão precisar, em defesa da nossa pátria e do grande monarca Dom Pedro II, meu colega de estirpe, que muito se orgulhou quando soube de minha vinda para esta guerra. – E, agachando-se até a altura do meu ouvido, sussurrou-me: – Pediu-me o Imperador que lhe tomasse conta do genro, um Conde francês, que cismou de também para cá vir brigar: sabe como são essas caturrices de família, mormente entre nobres, não é, padre? Se vires o homem por aí, não deixes de mandar me avisar... – encareceu.

Prometi-lhe que ficasse descansado: tão logo visse um Conde francês por aquelas bandas, não descansaria enquanto não lhe transmitisse a notícia, pessoalmente.

Canhões atroam ao longe, talvez em Paso de la Patria; mais provável que para as bandas do Estero Rojas, próximo das posições paraguaias em Curupaity. O General Osório chegara no dia anterior, comandando o 3º Corpo. O 2º Corpo (Porto Alegre) viera pelo rio Paraguai, de navio, para juntar-se às tropas ali concentradas.

Faço uma oração para o grupo de zuavos liderados por Dom Obá II d'África, dou-lhes bênção, ofereço-lhes palavras de ânimo, tento incutir-lhes confiança na justiça de Deus. Todos têm a cor da minha pele, como de resto negra também é a maior parte da soldadesca ali acampada, e são por milhares os infelizes: a grande maioria é constituída de escravos vendidos ao Exército por seus amos, com bom lucro, suposto que a pátria é mãe pródiga e agüenta os desatinos de seus filhos; outra parcela considerável é formada por cativos mandados à guerra no lugar de filhos e parentes de brancos influentes; outros, em não pequeno número, são escravos que transacionaram a alforria pela ida aos campos de batalha, se deles conseguirem voltar vivos; outros porque foram laçados, caçados, compelidos à conscrição. São ditos e conhecidos como "voluntários da pátria", na verdade "voluntários do laço", seqüestrados que foram nas cidades, pelo Exército, em troca da liberdade ao final da guerra e de trezentos réis de soldo por dia. Escassos são os brancos neste conflito louco e selvagem: geralmente vestem farda de oficiais, gritam ordens e distribuem surras de língua, a repetir no campo da peleja a relação entre senhores e escravos, vigente na pátria comum pela qual lutam. Em fuzil, facão e baioneta quem pega mesmo é negro, mulato e bugre, exceções feitas a uns brancos valentes e destemidos, agora mesmo vai ali adiante um deles, montado à sela de um castanho, o grande general Osório, que briga à frente de seus soldados; na África seria um rei pelo que já fez nesta guerra, tão certo quanto a Terra gira em torno do Sol, nem a Igreja recusa mais esta verdade. Outro branco, a quem muito estimo e admiro, dirige-se agora para o local onde ensarilharam os fuzis os liderados por Dom Obá II d'África; veste farda de capitão e tem um ar bondoso pregado na cara, além de uns papéis presos à mão:

– Quem são esses, padre Jacinto Venâncio? – indaga-me o capitão, com educação e urbanidade, para espanto dos negros zuavos, mais acostumados a ouvir descomposturas e fubecadas de brancos.

– São recém-chegados de Porto Alegre, depois de nove meses de marcha até estes campos da peleja, capitão, foi o que me relatou o alferes que lidera o grupo – respondi.

– E somente estes se apresentam? – indagou o capitão, folheando os papéis, espantado com a desproporção do efetivo esperado e a realidade dos minguados trinta ali presentes.

Mais espantado ainda ficou o capitão ao levantar os olhos dos papéis e deparar com o gigante de ébano que à sua frente se postou, saído de trás de um buritizeiro, onde acabara de mijar, ainda a abotoar as calças e a ajeitar a espada à ilharga, batendo-lhe, à inglesa, vigorosa continência:

– Alferes de zuavos baianos, Cândido da Fonseca Galvão, príncipe Dom Obá II d'África, sucessor do império ioruba de Oyó, líder do grupo, apresentando-se. Somos poucos agora, capitão, mas já fomos mais de mil!

O capitão, ainda impressionado com os dois metros de altura daquele alferes negro, indagou-lhe:

– E o que aconteceu aos outros? Pereceram todos em luta?

– Jamais deram nem receberam um só tiro, capitão: foram vítimas de inimigos piores e mais infames que os paraguaios: abateram-lhes o cólera, o sarampo, epidemias bravas, a peste, a fome e o frio. Eram todos escravos e libertos, valorosos e patriotas, que para a luta se apresentaram com o único propósito de sustentar a glória de nosso Soberano Monarca Dom Pedro II e a honra da pátria brasileira: anima-os, como a nós, a flama viva do sagrado amor ao nosso país! *"Dulce et decorum est pro patria mori!"*[1] E qual é a graça do senhor capitão, para quem tenho a honra de agora me apresentar, se vossência me faz o favor? – respondeu e indagou, respeitosamente.

– Capitão Diogo Bento Viegas de Azevedo Menezes d'Oliveira, do 24º Corpo de Voluntários da Pátria, consideremse a este batalhão incorporados. Teus homens têm mau aspecto, alferes. Já comeram alguma coisa hoje? – perguntou o oficial, preocupado com a má aparência daqueles negros esquálidos, caras de esfaimados, uniformes rotos e salpicados de lama.

---
[1] "Doce e honroso é morrer pela pátria" (Horácio).

– Nada ainda hoje, capitão, e muito pouco ontem, visto que as provisões se acabaram, durante a marcha, ainda na cidade do Desterro, e comemos, desde então, os bichos que se meteram em nosso caminho, incluindo cavalos sacrificados, e folhas e matos que encontramos no trajeto. De Porto Alegre até aqui, capitão, foram nove meses de chuvas e de um frio dos seiscentos diabos, que, se até a gaúcho incomodava, avalies para baianos de Vila dos Lençóis, onde galinha já bota ovo cozido, tanta quentura faz por aquelas remotas bandas. De Porto Alegre até à cidade do Desterro só se comeu, e quando havia, churrasco de carne gorda no espeto, nas duas refeições do dia, acompanhado de farinha seca apanhada na ponta da faca – respondeu o alferes.

– Algum padre ou capelão os acompanhou na marcha? – perguntei, curioso.

Dom Obá II explodiu uma gostosa gargalhada, e todo o grupo de zuavos o acompanhou, estourando em risos, não deixando a mim nem ao capitão Diogo Bento alternativa a não ser também aderir, embora sem lhes saber o motivo, tamanho foi o comprido daquela risadaria. Transcorridos alguns instantes de um interminável gargalhadear, finalmente amansaram e botaram-se quedos. O alferes Galvão enfim respondeu, recuperando seus ares monárquicos:

– Que o reverendo me perdoe o grosseiro da resposta, mas durante a marcha nossos bravos só tomaram mesmo foi bênção a cachorro, porque se alguém planejou aquela viagem só pode ter sido o próprio Demônio em pessoa...

No soflagrante, empurrado de surpresa à frente do grupo por soldados que ainda riam, um negro baixinho e magrela estancou do empurro, à frente do capitão, tentando aprumar o desjeito do corpo, sem graça com a peça que haviam lhe pregado.

– Esse aí foi quem nos fez as rezas do caminho... – comentou alguém do meio do grupo, aos risos.

A figura do negro chamava a atenção pela pequena estatura e pelo grotesco da aparência: a cabeçorra, desproporcional ao corpo miúdo, batia na altura da ilharga do alferes dos zuavos; a cara, medonha, era toda ataviada de intumescências na pele, feitas à guisa de enfeites, provavelmente por tenazes em brasa, o que lhe emprestava estranha semelhança com um bolo confeitado de chocolate; ramos de arruda presos às orelhas, gargalhadeira de dentes de javali, embornal de pele de jaguatirica a tiracolo, chocalhos e guizos pendurados no cinturão, penas de galinhas presas na fita do gorro completavam-lhe a exótica estampa.

– *Bárikà!*[2] Soldado *abókulò*[3] Zoroastro Meia-Braça, a sirvíçu du imperadô Dompredo, o segúndu das veis, e inimi dus bugre guarani! – grunhiu a figura, perfilando-se e batendo continência.

Confesso não contive o riso, que o Altíssimo me perdoe mais este venial, quando o capitão Diogo Bento, tomado de grande susto, deu um salto para trás e gritou "Vade retro!", como se o filho do capeta lhe tivesse pulado à frente.

Dom Obá II d'África franziu o sobrecenho, interpôs-se entre o negro e o capitão, levantando os dois braços ao alto para apascentar o oficial, como se estivesse a dizer: "Calma, capitão, que o Meia-Braça não é bicho: é gente!" Ato contínuo, o príncipe ioruba recuou, postou-se ao lado do feiticeiro, passou-lhe a mão sobre os ombros e, olhando para o céu, poetou:

"Não é defeito preta ser a cor
é triste, pela inveja roubar-se o valor.
Não é defeito a fealdade
se nela se esconde a humanidade.
Não é defeito a má figura
se esta apenas veste a bravura...
Pretiosum tamen nigrum."[4]

---

[2] Bem-vindo seja! (em ioruba).
[3] Feiticeiro (em ioruba).
[4] Precioso, embora preto.

Zoroastro Meia-Braça ajoelhou-se ao pé do alferes e beijou-lhe a mão estendida. *"Àbusí oluwa!"*,[5] exclamou, emocionado. Todos os do grupo de soldados liderados pelo príncipe ioruba imitaram o gesto do feiticeiro: ajoelharam-se no chão e gritaram em uníssono:
 — Vida eterna ao príncipe Dom Obá II d'África! *Abánikúòré!*[6]

O capitão Diogo Bento voltou-se para mim, confuso, sem entender o significado daquela cena inusitada, em pleno campo de batalha: um bando de soldados negros, ajoelhados, a saldar em dialeto ininteligível um gigantesco alferes, também negro, a cometer latins e ressumar ares de realeza cortejada, regozijando-se com a vassalagem que ali lhe era prestada. Estranhamente, após o beija-mão, Dom Obá II permaneceu estático e empertigado, a olhar fixamente para o céu, por um bom par de minutos, em estado de transe. O feiticeiro ergueu-se do chão e fez um gesto para que o grupo também se levantasse, mantendo-se todos em silêncio respeitoso, incluindo eu e o capitão, na expectativa de uma epifania. O alferes dos zuavos parecia captar uma mensagem divina, e a recebia diretamente da fonte, pois do céu não despregava os olhos fixos. Aproximei-me do príncipe africano, à guisa de oferecer algum tipo de ajuda, naquele átimo que parecia ser um momento aflitivo, mas o homem, imperturbável, fez um suave gesto para que eu não fizesse barulho.
 — O que olhas tão fixamente no céu, alferes? — sussurrei, intrigado com aquela concentração exagerada, dado que, por mais que esquadrinhasse as nuvens e o azul do firmamento, nada via de incomum.

O alferes, após mais alguns instantes de profundo silêncio e grande concentração, finalmente, respondeu:
 — Urubus — e mais nada disse, retornando à caluda tumular.

---

[5] Desejo a você as bênçãos de Deus (em ioruba).
[6] Amigo do peito (em ioruba).

Para quem, como eu, pela pantomima do transe do homem, estava aguardando a revelação de algum oráculo de Deus, ou até mesmo de mensagem do porte de uma ordem direta do arcanjo Miguel, de um conselho de viva voz de São Jorge, ou de um aviso pessoal de São Benedito, a resposta não poderia ter sido mais decepcionante.
— Urubus, alferes? — inquiriu-lhe o capitão, a tentar decifrar o que pareciam ser insondáveis enigmas de Dom Obá II, ao tempo em que Zoroastro Meia-Braça desandou a vibrar seus chocalhos e sacudir os guizos.
— *Latet anguis in herba...*[7] — sussurrou o príncipe ioruba.

Em seguida, arregalou exageradamente os olhos, inflou o peito como se fosse explodir, e bradou com todo o ar dos pulmões: — Todos os bravos às armas!

Foi só o tempo dos soldados empunharem os facões e os fuzis: como um relâmpago caído do céu, uma patrulha de bugres paraguaios irrompeu, inopinadamente, de dentro do macegal alto que circundava o acampamento, urrando como bestas feras, sabres às mãos. Um dos zuavos de Dom Obá II teve a cabeça dividida em duas, pelo meio, por violento golpe de sabre desfechado por um bugre guarani; Deus não me poupou de presenciar a horrenda cena de uma cabeça virar duas metades, explodindo em sangue, uma para cada lado, feito as bandas de uma melancia cortada. Um paraguaio atarracado tentou dar uma baionetada em Dom Obá II, que se esquivou e lhe deu um safanão, de cima para baixo, fazendo o bugre rolar pelo chão até estancar em um obstáculo, para seu último azar na vida, as pernas de Zoroastro Meia-Braça, que o degolou com um só golpe de facão, aos gritos de "*Àbútan!*[8] *Abíwo!*"[9] O capitão Diogo Bento, espada desembainhada, deu uma pranchada na cabeça do paraguaio que havia dividido ao meio a cabeça de um dos zuavos: o bugre

---

[7] Há uma cobra escondida na grama...
[8] Filho da puta (em ioruba).
[9] Corno, chifrudo (em ioruba).

rodopiou, tonto, grunhindo como um porco, até que teve seu pomo-de-adão perfurado pelo punhal de Dom Obá II, que ainda lhe aplicou mais três golpes no ventre. A luta, sanguinolenta, cruel e furiosa, só terminou quando os outros cinco da patrulha paraguaia foram abatidos a tiros de fuzil e de revólver, seguidos de coronhadas e degola de cabeças, liderados pelo feiticeiro Zoroastro Meia-Braça. Quando os soldados dos outros batalhões chegaram ao local da refrega, jaziam oito corpos no chão: um brasileiro e sete paraguaios.

De imediato, o capitão Diogo Bento ordenou que dois pelotões vasculhassem o macegal, para prevenir outros ataques de patrulhas paraguaias:
– É a tática de guerra preferida por eles, porque se sabem em inferioridade numérica. Fazem essas escaramuças e fogem para o meio do mato, para atrair nossas tropas, para obrigar-nos a persegui-los até o local em que a cilada estará armada, nos aguardando – comentou o capitão enquanto cumprimentava o alferes dos zuavos e o seu grupo de voluntários da pátria: – Bravos, alferes. Teu grupo é dos mais valorosos que já vi nestes campos de batalha: lutastes todos com bravura e honraram a tropa brasileira!

Dom Obá II d'África agradeceu os cumprimentos com certa sobrançaria, como sói acontecer aos monarcas quando recebem homenagens de seus vassalos:
– Foi coisa de pouca monta, capitão: em Vila dos Lençóis, na Bahia, de onde eu e estes homens viemos, a mais recatada fêmea da terra faria o mesmo, sozinha, entre o preparar e o servir de uma janta, sem atrasá-la. Só lamento, e muito, a morte do liberto Elesbão das Candongas, coitado, que foi sempre na vida homem de uma cara só, e veja o que lhe fez o destino: deu-lhe duas na hora da morte – comentou enquanto contemplava o cadáver do soldado que era levado em uma padiola.

A faina voltou ao normal no acampamento e o rancho do almoço foi servido. Todos procuraram as sombras das árvores para comer suas etapas de carne-seca e farinha. Rezei ao lado da cova onde enterraram, a quatro palmos de fundura, o corpo do negro Elesbão das Candongas. O calor era insuportável e os urubus já pousavam perto dos cadáveres degolados dos paraguaios, deixados no local em que foram mortos.

Aproximei-me do alferes Galvão, que se sentara, afastado do grupo, sobre o tronco de um buriti, onde calmamente fazia a sua refeição.

– O reverendo se achegue, para uma prosa, a eminência é bem-vinda. Não pegou ainda a sua etapa ou já terminou a refeição? – perguntou-me.

– Perdi o apetite depois de presenciar tanta violência, alferes. Mas mata-me a curiosidade: por que tanta atenção te despertaram aqueles urubus, antes do ataque dos paraguaios?

O alferes rasgou um naco de carne-seca com os dentes, misturou-o à porção de farinha d'água no prato de campanha, e levou-o à boca, mastigando-o pausadamente, antes de responder:

– Em épocas de guerra, eminência, tantas são as ocorrências de cadáveres entre as partes litigantes, que os urubus, aves das mais malandras e espertas, aprendem a seguir ambas as tropas inimigas, do alto, antes mesmo delas se enfrentarem, já no prenúncio de alentados banquetes. Quando esses bichos agourentos planam muito alto, avançando em círculos, é sinal de que seguem tropas nacionais, posto que o fartum e o bodum dos nossos é tão forte que empesteia o ar; já as tropas paraguaias, mais fortes e melhor alimentadas, não têm tantas doenças e não passam fome como as nossas; por essa razão, não cheiram tão mal, carecendo ser seguidas de mais perto, porque aquelas aves pestíferas são boas de faro, mas péssimas de visão. Quando percebi o vôo baixo daquelas pestes sobre o macegal, e o Zoroastro Meia-Braça ainda por cima começou a sacudir os seus chocalhos, não tive dúvidas: tinha paraguaio escondido no mato, e, aí, dei o alarme. Foi só isso, sem grandes ciências ou premonições.

– E o Zoroastro também percebeu a presença do inimigo? – perguntei.

– É provável, mas a essa indagação só ele pode responder, eminência: cada um tem suas artes e engenhos. O homem é curandeiro dos mais respeitados: curou muitos dos nossos, durante a marcha, com suas feitiçarias; além disso sente cheiro de paraguaio a considerável distância: os soldados do grupo dizem que o Meia-Braça tem parte com urubu! – respondeu com uma gargalhada.

Guerra do Paraguai. Combates em Punta Ñaró e em Isla Carapá. De 15 a 18 de julho do Ano da Graça de Nosso Senhor Jesus Cristo de 1866.

"Rogo ao Altíssimo forças para suportar a visão das atrocidades desta guerra insana, teatro de barbáries onde os homens estão a revelar, em ambos os lados litigantes, as bestas em que podem se transformar quando se sentem liberados do cumprimento das normas sociais mínimas de preservação da dignidade humana. Degolam cabeças e cortam orelhas; exibem-nas, ufanos, aos urros de entusiasmo, como troféus, material prova de sua bravura. As práticas contumazes de trucidamento e de fereza de comportamento são percebidas como emulação, meios adotados para se destacarem no seio dos grupos, vias únicas que elegeram para se emanciparem da condição de excluídos da sociedade de onde se originam, onde são vistos e tratados como se objetos fossem. Em muitos dos casos, nem estas razões podem ser suscitadas: apenas exibem seus dotes e talentos de assassinos profissionais, recrutados que foram como marginais, em estado bruto: outras atitudes não aprenderam a ter com seus semelhantes. Negro que sou, sacerdote por vocação e crítico da escravidão por atavismo da raça, minh'alma já deveria estar prevenida para esses desatinos, testemunha de tantos atos de crueldade de senhores brancos para com seus cativos. As almas, por mais que tentemos conspurcá-las, serão sempre salvas: quando liberadas dos estojos em que o Criador as acondiciona, são imediatamente iniciadas no aprendizado da valorização da vida espiritual e da compreensão da grandeza da vida entre os homens. E estamos todos nós, infelizes, aqui embaixo, agora, a temer a morte que se aproxima com a batalha iminente, sem esquecer que nenhum homem pode alegar ter sido inteiramente feliz antes de ter morrido, "*dicique beatus ante obitum nemo supremaque funera debet,*"[10] embora a maioria desconheça, ou nem acredite, que estamos todos aqui ressuscitados em corpos, para que nossos espíritos possam ser aperfeiçoados, para o fim colimado da Criação. Punta Ñaró, noite de 15 de julho de 1866."

Fecho meu diário, escrito sob o clarão desta noite de lua cheia, porque lumes de candeias e fogueiras estão proibidos: o inimigo está à espreita. Os oficiais discutem, ao relento, estratégias e táticas de guerra para o combate da madrugada que se aproxima. Pretendem surpreender os paraguaios, que nos infligiram pesadas baixas em Tuiuti: em apenas cinco horas de luta cruenta, em terreno alagadiço, mais de dezessete mil jovens brasileiros, argentinos e uruguaios foram mortos. Somente do 24º Corpo foram registradas quarenta e quatro baixas, e cento e cinqüenta e dois homens foram postos fora de combate, severamente feridos. Os zuavos, tendo o príncipe Dom Obá II d'África à frente do grupo, não sofreram nenhuma baixa; ao contrário: deram cabo de mais de cento e vinte paraguaios, à razão de quatro inimigos mortos para cada zuavo combatente. São eles agora vistos e tratados como heróis pelos demais batalhões de voluntários da pátria, particularmente o feiticeiro Zoroastro Meia-Braça, que inspira misto de admiração e medo pânico, mais este que aquela, entre os companheiros de farda, tamanha a capacidade por ele demonstrada em transformar em cadáver qualquer paraguaio vivo que lhe cruze o caminho. E fama só a tem quem apronta, ou faz por onde: por obra e graça do Onipotente, o feiticeiro não causou o que poderia ter sido um gravíssimo incidente diplomático com a República Argentina: foram necessários mais de dez zuavos, todos com o dobro do tamanho do homem, para dissuadi-lo, a muque, a não dego-

---

[10] "Ninguém deve ser chamado feliz antes da morte e da sepultura" (Ovídio).

lar cinco argentinos aliados, aos quais já havia derrubado ao chão com violentíssimas bordunadas na cabeça, tendo-os amarrado, todos os cinco juntos, no tronco de um jequitibá, enquanto grunhia uma canção ioruba de guerra, de olho em seu afiadíssimo facão de dois gumes, haja vista que para Zoroastro Meia-Braça qualquer sacripanta que fale castelhano, paraguaio é, para todos os efeitos, até ordem em contrário. Nosso Senhor Jesus Cristo seja louvado em ter evitado tamanha tragédia. Louvado seja o Seu Pai também, se necessário foi o Seu concurso, em face da inusitada selvageria do homem.

Vagueio por entre as barracas do acampamento do 24º Corpo. A maioria dos soldados não consegue conciliar o sono, avisados que estão da invasão à fortificação paraguaia na madrugada de amanhã, que se aproxima célere como o vento que agora sopra, empurrando as horas. Os infelizes limpam os fuzis, afiam baionetas e facões, bebem cachaça ordinária e fumam cigarros de palha. Imagino que essas tensões humanas da pré-hora da guerra as passaram romanos e etruscos, persas e gregos, celtas e vikings, portugueses e mouros; o homem será sempre o mesmo, os tempos é que mudam. Um ronco grave, barulhento, chama-me a atenção: como consegue dormir, tão profundamente, um ser humano às vésperas de uma batalha? Amanhã, a essas horas, é provável que esse infeliz nem esteja mais vivo, e pasme-se: dorme como um porco, soprando as bochechas aos relinchos, assoviando como um bico de chaleira a ferver, grunhindo como um cachaço, que o peso do sono desse homem não o agüenta Hércules. "Quem é esse que tanto ronca?", pergunto ao seu insone companheiro de barraca, que está a tirar cavacos de um pau com o punhal. "O nome dele é Albuquerque de Olibeira e Soiza, mas gosta de ser chamado de *o terríbil*: é um judeu português... nem precisava estar aqui", respondeu o soldado. "E por que está, então?", insisto. O soldado levanta a cabeça, até então baixa, levanta-se quando vê a batina, tira o gorro da cabeça e responde: "Por que é um judeu, padre.

Disse-me ele que a pataca de soldo diário que lhe dá o Exército, não a receberia de nenhum patrão no Rio, porque Deus não lhe dotou de inteligências, de matemáticas. Disse que viria para a guerra até como besta de carga, se necessário fosse... Contou, ainda, que se alistou em lugar do filho de um rico comerciante do Rio, que vai lhe pagar cem mil réis pela substituição, além da promessa de lhe conseguir uma comenda, junto ao Imperador, se voltar vivo da guerra." "Uma comenda? E o que faria com ela?", indaguei. "Também perguntei isso, e ele disse que a um Comendador todo o mundo respeita: nunca tinha ouvido um Comendador ser chamado de burro..."

Sigo adiante, por entre as barracas, refletindo sobre como pouco vale a vida humana entre os nossos: se um homem é capaz de trocá-la pela promessa de uma gratificação de cem mil réis e uma comenda, fico a imaginar a ninharia que cobraria para tirar a vida de um outro. Mas este não é o caso do temido e pequenino feiticeiro zuavo, que tira vidas por amor à pátria, e que está logo ali adiante, cercado por uma chusma de soldados estropiados, que fazem uma roda em torno do homem. Aproximo-me, à distância cautelar, porque a figura me inspira medo; na verdade, causa-me pavor, para ser sincero comigo mesmo. Esgueiro-me por detrás de um arbusto, para melhor ouvir o que ali se passa. Zoroastro Meia-Braça parece que está a dar consultas:

– Quêqui ti afrige? – pergunta o feiticeiro a um soldado que tem um pano amarrado em volta da cabeça, tapando-lhe as orelhas.

– Muitcha dô di ouvidis, *abókulò*. Mi livra dela pur apiedádi – responde o negro.

Zoroastro manda que o voluntário se ajoelhe, fecha os olhos, põe uma das mãos sobre a sua cabeça, sacode o chocalho com a mão livre, e ordena que o homem repita "*olurum li olóri àjisammi*"[11] três vezes. Cumprida a tarefa, com alguma dificuldade pelo negro, que é analfabeto, em

---
[11] Deus é a fonte da minha proteção (em ioruba).

português e ioruba, e mal arranha um dialeto cabinda, o feiticeiro prescreve a receita:

— Tu tem qui coçá us ouvídis cum o rábu di um tatu; adispôs tu lava êlis cum água de bochechim, afeito na tua boca mermo; adispôs bota um chumaz de algudão nus ouvídis, cum foia de pimenta, moiado em leite di muié prênhis; adispôs dá três pulim, e arrepéti *"olurum li olóri àjisammi"* mais treis veis: a dô si adispédi em uma hora, juviu?

O soldado, confuso, perguntou:

— I adonde vô ranjá leite di muié prênhis pur essas banda du Paraguá, *abókulò*?

Zoroastro Meia-Braça fechou os olhos, refletiu por um átimo, e sussurrou no ouvido doído do consulente:

— Sérvi leite de pica, qui êssi tu mermo tem: é só arrecolhê iscundídu nu meio das macega. *O ye ki olo*[12] — disse, dispensando o soldado. — Quêqui ti afrige? — perguntou ao seguinte, que tinha os botins seguros à mão e os pés inchados, com os dedos purulentos. O soldado respondeu que sofria de unheiro e panarício.

Zoroastro repetiu o ritual de feitiçaria do cliente anterior e prescreveu a receita:

— Tu tem qui metê o dedo no cu dum galo e adispôs dá três pulim e arrepetí *li olóri àjisammi* mais treis veis; adispôs tu mija, todas veis qui ti dé vuntádis, pur cima dus dedo dus pé, durânti um dia intero: as dô dus pé adisaparéci nu otro dia, i as inframação tumém, juviu?

O soldado, também atrapalhado, indagou:

— Iça! *Abókulò*, adonde qui o nego vai arrumá a merda dum galo, nu meio dessa brigaiada, pra módi metê o dedo nu cu dele?

O feiticeiro não se deu por vencido:

— *Aho!*[13] Sérvi cu di gênti, qui esse tu tumém tem; iscuita: o fio vai ficá adicócoris, nas macega alta, óia bem e si acuida

---

[12] Você deve ir (em ioruba).
[13] Dane-se! (em ioruba).

cum os inimi atoicaiádis, e adispôs infia teu dedo tudim no cu teu. Mais óia: tem di sê o fura-bolo, si mi fais u favô, sinão num afunciona, juviu?

Afastei-me, horrorizado, com aquela demonstração de curandeirices nojentas e insanas: o que não produz, sem limite e freios, a ignorância, meu Senhor Jesus Cristo? perguntei aos botões da batina que uso sobre a farda de campanha. E são dessas massas humanas, analfabetas e incultas, majoritárias em nosso pobre e vastíssimo Império, que o Brasil vai depender para construir o seu futuro... Que país será esse daqui a cem anos, meu São Benedito?

Retorno, em passo apressado, à minha barraca, cortando o caminho pelo meio do rebanho de bois tomados aos paraguaios, os "voluntários do espeto", como os chamam os soldados: provisões ambulantes que se deslocam com as próprias patas, acompanhando os batalhões para onde eles forem, para serem consumidos no caminho, conforme as necessidades das tropas; e a fome é negra e abundante por aqui. Ao lado dos bovinos, segue um contingente de mulheres, prostitutas e parentes dos soldados, "as voluntárias da p...", como são conhecidas por aqui, que Deus me perdoe a blasfêmia. Ó Altíssimo, por que os homens escolhem caminhos tão degradantes para solução de seus conflitos?

Há um bulício entre os oficiais reunidos em frente à barraca grande. Riem e exultam com a chegada ao acampamento de peças de artilharia e de carretas de munições de guerra e de boca. Os canhões são puxados por parelhas de bois: – São peças novas, general, bocas raiadas, La Hitte, calibre quatro! El Supremo e seus bugres guaranis vão virar picadinho para urubu comer! – grita um oficial. Risadas explodem, nervosas, descompensadas.

À hora grande tudo se agita, os soldados perturbam-se, os cavalos e as mulas inquietam-se, o gado muge. O coronel Manuel Deodoro da Fonseca pede para que eu faça uma oração para o batalhão: "... nada tão longo como uma missa,

nada tão curto como uma Ave-Maria...", cochichou-me ao ouvido. Muitos ali vão matar, alguns vão morrer. Erguem-me, pelos ombros, para cima de uma carreta de artilharia; mal me equilibro no púlpito improvisado; as palavras e as idéias baralham-se na minha cabeça. Que posso lhes falar a título de conforto ou ânimo, neste momento, Senhor? Que Teu Pai lhes perdoará e os abençoará por matarem o semelhante? Que a guerra é o único lugar permitido para que vidas humanas possam ser tiradas sem pecado? Que a própria Igreja, em nome do Teu Pai, já muito matou e ceifou vidas em guerras santas, e torrou hereges em fogueiras de autos-de-fé? Ó Altíssimo, ilumina-me a mente, disciplina-me as palavras! "*Ex abundantia cordis enim os loquitur.*"[14] São centenas os que agora me olham, bugalhos arregalados, tremebundos de frio e de medo: querem ouvir algum consolo ou uma justificativa plausível sobre a necessidade da guerra. A madrugada avizinha-se, a morte tem encontro de hora marcada com todos esses homens:
– Irmãos, que a paz do Senhor esteja convosco! O Criador nem sempre usou de caminhos e meios compreensíveis, conforme atestam as Escrituras Sagradas, para tirar os pecados do mundo, para impor Suas vontades e leis aos homens: já enviou sete pragas ao Egito, já inundou o mundo matando quase todos os seus habitantes, já deixou que o Seu Filho fosse flagelado e supliciado na cruz pelos romanos, já destruiu as cidades pecadoras de Sodoma e Gomorra com todos os seus habitantes, já permitiu que Herodes mandasse degolar, em Belém, centenas de crianças recém-nascidas, para preservar a vida de Seu Filho: só Ele detém as razões e a verdade dos Seus atos. Se Ele, que é Deus e tudo pode, Se permitiu usar do sofrimento e da violência para nos mostrar o Caminho, a Luz, que esteja Ele agora aqui presente entre vós, e vos perdoe se tiverdes de agir da mesma forma, como filhos Dele que sois, porque vós lutais por vosso país, por

---

[14] "A boca diz aquilo de que está cheio o coração" (São Mateus).

vossa pátria, e nem conheceis a face do inimigo com que ides pugnar; e estes, que também são filhos Dele, também vão lutar pelo que consideram justo. No entanto, graça divina, sempre é possível extrair lições, verdades, esperanças dessas inconcebíveis formas que os homens empregam para solução dos conflitos entre povos e países: deste púlpito bélico, por cima da boca deste canhão, que semeará a morte e o sofrimento junto às tropas inimigas, este velho padre negro, exescravo, neste momento de tensão e angústia, enxerga uma bela paisagem, que jamais presenciei em nossa amada terra, mesmo em tempos de paz: brancos, negros, mulatos e índios, lado a lado, sem ódios e rancores entre as raças, irmanados num mesmo propósito, todos trajando farda igual, capazes de ombro a ombro lutarem por um ideal comum, filhos que são da mesma pátria maravilhosa, distantes da odiosa lei da escravidão que rege as relações dos homens em nosso país, nem sequer lembrada por vós neste momento, soldados libertos pela guerra... Ó Onipotente! que estranhos caminhos insistis em escolher para promover a concórdia entre os homens, para curá-los de seus preconceitos e ódios... Viva o Brasil! Terra sagrada escolhida por Deus para abrigar homens de todas as raças e religiões. Ide lutar por vosso torrão natal! Que Deus esteja convosco na peleja!

Oficiais e soldados gritaram vivas, abraçaram-se. O príncipe Dom Obá II tomou-me a mão e a beijou, ajudando-me a descer da carreta. Zoroastro Meia-Braça osculou-me a batina e engrolou uma algaravia ininteligível:

— *Iwo má seun jojo!*[15]

As bandeiras foram desfraldadas, uma fanfarra postou-se à testa do batalhão, os metais sopraram o hino nacional e marchas militares. O 24º Corpo de Voluntários da Pátria, em pé de disciplina, marchou para a batalha.

---

[15] Você é muito bom deveras (em ioruba).

XI

Acampamento das tropas brasileiras no Paraguai.
Um mês e meio após o combate em Isla Carapá. Dia 31 de agosto
do Ano da Graça de Nosso Senhor Jesus Cristo de 1866.

Nos intervalos das batalhas e das marchas dedico-me a escrever, além do diário que trago amarrado ao cinturão da farda, sob a batina, que confesso contém reflexões por demais conflitantes com o sacerdócio que abracei, notas e achegas sobre a farmacopéia dos catimbós: trata-se de exaustiva compilação sobre as propriedades terapêuticas de centenas de ervas, folhas, arbustos, plantas, frutos e óleos vegetais, associadas à correspondente relação de males que combatem, e as formas de seus tratamentos. As informações e pormenores sobre a riquíssima flora brasileira utilizada pelos negros, carentes de físicos e de boticas, para cura e abrandamento de um sem-número de doenças, foram-me passadas por cativos, principalmente nas senzalas e nos bangüês. Cansado e indignado em presenciar a obediência cega dos negros a feitiçarias e práticas ignorantes para a cura de seus males, mergulhei com afinco nesse trabalho que considero de caridade, ao qual me entrego há cinco anos, e que muito apreciaria ver publicado, até como meio de incentivo à alfabetização dos negros. A respeito, o capitão Diogo Bento teve a fineza de ler-me trecho de carta de seu pai, o Comendador Quincas, recém-chegada do Rio: "... transmita ao padre Jacinto Venâncio que o Joaquim Manuel de Macedo manifestou vivo interesse em conhecer a sua *Farmacopéia dos Catimbozeiros*, sobre a qual o ilustre romancista de *A Moreninha* publicou pequena notícia no *Minerva Brasiliense*, jornal de ciências e de letras aqui da Corte. Recortei a pequena nota, que segue junto com esta, dentro do envelope, e que te peço entregues ao padre."

"O padre Jacinto Venâncio, da irmandade de Nossa Senhora do Rosário, presentemente prestando seus serviços religiosos como capelão alistado no 24º Corpo de Voluntários da Pátria, está revendo e corrigindo os originais de um compêndio sobre farmacopéia ervanária, após intenso trabalho de pesquisa levado a efeito junto à população das senzalas e dos bangüês. Trata-se de obra pioneira no gênero, cujos ensinamentos são passados de geração para geração, desde a África, pela tradição oral, transmitidos de pai para filho."

Ainda bem que ao Comendador Quincas, sempre rabugento, boquirroto e turrão, não dei conhecimento do teor de meu diário: se o padre *Perereca*, lente do Seminário da Lapa, para citar apenas este meu desafeto, dele tivesse tomado conhecimento à época em que viveu, por certo pediria a Roma licença para montar uma fogueira de lenhos santos no largo do Capim para, em nome da preservação da sacrossanta doutrina da Igreja e dos dogmas da cristandade, transformar em churrasco este pobre criulinho discípulo de Santo Elesbão. "*Alium silere quod voles primus sile.*"[16]

As doenças espalham-se de forma assustadora por esses campos de peleja. O cólera-morbo grassa entre os paraguaios; entre os nossos campeia o beribéri, as bexigas, a morféia, a disenteria e o sarampão. Malária não: esta não vitima negro, só branco. Ninguém tem explicação científica para o fato.

Saio da barraca à alva, como de costume: a maioria dos soldados ainda dorme. Uma neblina leitosa paira sobre as matas que cercam o acampamento; da terra evolam miasmas de guerra e uma umidade frígida é carregada pela brisa que sopra aromas agrestes e fartuns da podridão exalada pelos cadáveres insepultos. Urubus voam, em círculos, por todos os cantos dos céus, alguns à pequena altura, em manobras de descida; outros, bem mais acima, ainda a avaliar os despojos

---

[16] "O que quiseres que outro cale, cala-o tu mesmo" (Sêneca).

das refregas. Sinto calafrios com a lembrança da interpretação do vôo dos urubus, que me foi feita por Dom Obá II. "*Animus meminisse horret.*"[17]

O 24º sofrera sessenta e nove baixas em Punta Ñaró, quando enfrentou, pela primeira vez, nutrido fogo de canhões paraguaios e intensa fuzilaria de trincheiras. A luta, desesperada, terminada a munição de artilharia, resolveu-se num grande banhado, em encarniçado corpo-a-corpo: membros dilacerados por baionetas e sabres, corpos trespassados por lanças, punhaladas, pauladas, socos, tiros à queima-roupa, mordidas nas orelhas e nas carótidas: "*Macacos asesinos, canallas paulistas, embusteros!*", gritavam os paraguaios; "Filhos das putas, chifrudos, bugres de merda!", vociferavam os nacionais.

Dois dias depois foi a vez de Isla Carapá: mais cinco mortos e dezoito feridos, entre eles o alferes de zuavos, o príncipe Dom Obá II d'África, que teve a mão direita seriamente ferida pela explosão de uma granada.

– Vão me mandar de volta para o Rio, reverendo. Por ordem do coronel médico, a guerra para este alferes acabou...
– lamentava-se o bravo nobre afro-baiano, mão direita enfaixada, braço preso na tipóia. Zoroastro Meia-Braça, ao seu lado, não concordava com o "colega curandeiro branco":
– *Abánijíròro àbútan, akiri-oja!*[18] – gritou para meus ouvidos incompreensíveis. – *Atõpalótò ni, on ki ise pámpèlú!*[19]
– disse, apontando, emocionado, para Dom Obá. Com lágrimas nos olhos, o feiticeiro segurou-me pelo braço e apontou-me dois negros que riam muito, ali perto, de uma conversa animada.
– Zé Pedreiro! Tibúrcio! – convocou-os para se aproximarem. Os soldados chegaram-se e pude, então, identificá-los: um deles era o que, de cabeça enfaixada, semanas atrás,

---

[17] "Treme-me o coração só de lembrar" (Virgílio).
[18] Conselheiro filho da puta, picareta, safado! (em ioruba).
[19] Ele sozinho vale por todos, e é capaz de, também sozinho, enfrentar situações difíceis (em ioruba).

sofria de fortes dores nos ouvidos; o outro, calçado com botins, era o que padecia de unheiro e panarício. Ambos haviam sido "sarados" pelo feiticeiro. – Afalem qui agora pra Dom Obá e pru pádri Jacinto: inda ti afrigem os teus mal qui cês aviéro ajúnti arreclamá cum *Abókulò* Zoroastro? – perguntou aos negros.

– Das dô dus ouvídis tô acurádis – respondeu um.
– As dô dus pé adisapareceu – disse o outro.
– Juviu, Dom Obá? Juviu? Apurcausadiquê intonces o prínci num qué si tratá cum *Abókulò* Zoroastro? – perguntou, indignado, a um constrangido Dom Obá.

O alferes de zuavos passou-lhe o braço livre sobre os ombros e piscou-me o olho:
– Ora, ora, Zoroastro Meia-Braça! Que estupor! Muito me honraria ser aviado por sua inteligência. Tuas rezas, conselhos e ervas foram, são e serão sempre respeitados por todos, aqui estão Zé Pedreiro e Tibúrcio que não me deixam mentir, e são prova da competência das tuas artes. Mas o médico que me operou, e determinou a minha baixa, é um coronel, e sendo eu um alferes, não posso desobedecer-lhe: vai contra a disciplina do Exército.

O feiticeiro, inconformado, fechou a cara e afastou-se furioso, vociferando em ioruba, em direção ao grupo de zuavos baianos que esquentava, numa trempe, uma chaleira de água para o café.

– *Ajádi agbón li o nsoro si!*[20] – gritou, de longe, para Dom Obá II.

Sendo os zuavos baianos todos exageradamente altos, descendentes de senegaleses, intrigava-me a razão da pequena estatura daquele feiticeiro baixinho de, no máximo, metro e meio de tamanho. A explicação deu-ma o alferes de zuavos:
– O pai do Zoroastro era um pajé ioruba do meu tamanho, mas o que tinha de grandeza na altura, também a possuía na safadeza: conheceu a anã de um circo, que passou lá por Vila

---

[20] Você está traindo a si mesmo! (em ioruba).

dos Lençóis, enfeitiçou a pobre com água-de-cu-lavado, meteu-lhe a estrovenga, e daí resultou o Zoroastro, que deveria ter nascido anão, como seus irmãos paridos de outros ajuntamentos da infeliz; mas tamanha era a altura do pai, que a obra ficou a meio caminho: nem bem ele é um zuavo varapau, nem de todo um anão de circo.

A despedida do príncipe Dom Obá II d'África das tropas brasileiras no Paraguai aconteceu em manhã chuviscada, ao som de fanfarras, em solenidade de homenagem a oficiais e soldados por atos de bravura no campo da peleja. O próprio Conde d'Eu colocou-lhe a medalha ao peito, com as honras de Alferes do Exército. Também lá estavam presentes os generais Manuel Luís Osório e Antonio Tibúrcio Ferreira de Souza, os coronéis Manuel Deodoro da Fonseca, Valporto e Francisco Lourenço. Em atendimento a um pedido de Dom Obá II, o general Osório, seu grande admirador, permitiu que o alferes, embora não possuísse patente ou posto que justificasse a prerrogativa, passasse em revista o grupo de zuavos baianos, perfilado ao lado da tropa regular do 24º Corpo. O príncipe, com seu porte marcial, olhar respeitável, cheio de ufania, passou em revista o pequeno destacamento de zuavos, fechando o botão da jaqueta azul de um, ajeitando o gorro de outro, aprumando os galões amarelos do uniforme desajeitado de Zoroastro Meia-Braça. Terminada a revista, bateu para o grupo uma continência arretada, à inglesa, como apreciava, e gritou vivas ao Imperador e ao Brasil. Deu meia-volta, perfilou-se perante o Conde d'Eu e os generais e oficiais de alta patente, e repetiu os gestos e vivas. Encaminhou-se, então, porte altivo, braço na tipóia, para a carreta que transportaria os baixados de guerra até ao rio Paraguai, de onde um encouraçado os levaria de volta para o Rio de Janeiro.

– Negro bravo, corajoso e macho como um diabo. Muito me orgulho de ter lutado com ele sob o meu comando... – comentou Osório com o Conde d'Eu, enquanto a carreta se afastava. Fiquei apreciando o comboio sumir por uma picada da mata, cercado pela tropa de escolta. Grande Príncipe Dom Obá II d'África, sucessor do agora afamado e, por certo, poderosíssimo império ioruba de Oyó.

Sobrado dos Menezes d'Oliveira, rua da Carioca, Rio de Janeiro. Início da primavera do Ano da Graça de Nosso Senhor Jesus Cristo de 1889.

Queospariu! esse estrepitoso traque por pouco não me borrou a camisola! Fosse ao menos o peido-mestre... Estava eu aos almareios ou sonhando quando fui despertado por essa bufa malcheirosa? Deus do céu! se cá de dentro me vêm essas podridões, imagino a ruinaria em que se me encontram as entranhas... Que horas devem ser? Está tudo cá às escuras, nos calmeiros... Não mais me iludo: no Paraíso ainda não estou! Não há nenhuma chance desses cheiros pestíferos por lá ocorrerem... Essa fetidez talvez seja mais encontradiça nos valhacoutos das profundas, nos sítios de onde a Leocádia invoca os seus espíritos malignos, e sempre às sextas-feiras, que me parece o dia da semana escolhido por todos, cá neste Rio de Janeiro, para aprontarem das suas... Não tivessem saído do meu rego peidorreiro esses podres, convencer-me-ia de que minh'alminha já teria descido ao inferno, a respirar enxofres e pestilências, que são os olores prediletos do Grande de lá. Bate-me cá um estalo: não estava eu em vágados, mas sim ao meio de um sonho, e belíssimo, com a minha doce e saudosa Ana Carolina, companheira querida que tão cedo se foi. Estás também acordado, Senhor? Ora, que estupidez a minha: e deuses lá dormem? Esfregam um olho, quando muito, distraem-se: não fossem esses cochilos e o Diabo não se criava... Estou mais uma vez a importuná-Lo, Senhor, mas desta vez a causa é nobilíssima: reiterar minhas súplicas para que Tu continues a dedicar especial atenção e proteção à minha saudosa Carola, tenho certeza com domicílio estabelecido aí por cima, desde que nos deixou, e decerto ainda às voltas com as infindáveis bordaduras que tanto gostava de tricotar cá por baixo. Se muito bem a conheço, já deve ter-Te presenteado com um centro de mesa, ou com um gorro para dormir, ou com um par de meiões daqueles que vão até aos joelhos, ou com uma *blouse* de lã para Tua Santíssima Mãe, se é que frialdade faz por esses sítios celestiais. Se porventura temperaturas baixas por aí ocorrem, Senhor, com certeza Tu já deves ter flagrado alguns anjolas voejando com fraldelins de lã, dado que a Carola não os deixaria planar nos céus com os fagulheirinhos de fora, que são os trajos nenhuns que eles usam nos altares das igrejas cá do Rio de Janeiro, terra de tantos calores... Peço-Te que não a admoestes por essas supostas ações traquinas, a mais parecerem inconformidade ou insurgência com as regras de pudicícia, castidade e pureza que Teu Pai deve ter baixado para o bem viver no Paraíso. Somente a move a prática da caridade, o servir ao próximo, o conforto aos desabrigados: nada contra o costume, por certo avalizado por Teu Pai, de aquelas angelicais criaturinhas poderem adejar com as culatrazinhas de fora. Foi por volta do mês de março de 1829, já lá se vão sessenta anos, quando reencontrei, bem mais crescidinha que da primeira vez que a vi, a minha doce e saudosa Ana Carolina. Bátegas furiosas de chuvas caíram sobre o Rio de Janeiro, em cordas-d'água a prumo, provocando enchentes dos rios, cujas águas inundaram casas e chácaras, deixando ao desabrigo não pequeno número de infelizes. Acrescente-se a essas desgraças o fato de ter descido dos morros que circundam a cidade um jorro de imundícies e de lama, que muito dano e tristeza causaram aos que residiam às suas faldas. Tais catástrofes, provocadas pela natureza, ocorriam no Rio já ao tempo dos vice-reis; desde então, os cretinos responsáveis pelas obras da cidade estão a prometer resolver o problema. Justiça lhes seja feita: mantiveram coerência de ações e obtiveram idênticos resultados, durante todo esse tempo, quanto às providências que efetivamente tomaram para prevenir aqueles flagelos: foi um não mais parar de morrer gente a rodos, em todos os verões, desde que as promessas foram feitas. Recordo-me de que no ano seguinte à minha chegada ao Rio, o então Intendente de Polícia, um filho da terra, chegou a cunhar uma frase num edital que mandou fosse lido por pregoeiros em cada esquina com oratório da cidade: "Este foi o último ano em que enchentes e deslizamentos de morros vão desabrigar e matar os habitantes da mui heróica São Sebastião do Rio de Janeiro." Pasma, Senhor: estávamos em 1809! Oitenta anos atrás! Passados três vice-reinados, o reinado de Dom João VI, o primeiro império, as três regências e o segundo império, e os aldrabões sem-vergonhas continuam a prometer resolver o problema! E os cemitérios continuam a dar morada a uma aluvião de cariocas promitentes credores dessas promessas, incluindo os seus devedores! Reis, imperadores, nobres, governadores, políticos e autoridades em geral sempre me inspiraram desconfiança, Senhor, e Tu muito bem sabes que motivos lá os tenho! Mas, nesta terrinha brasileira, e mais especificamente neste Rio de Janeiro, a imoralidade pública dos governos sempre se situou além do tolerável! São todos uns ratos, uns pândegos, uns ladrões descarados, cujas mães são todas umas grandessíssimas... Perdão, Senhor, mil perdões! São arroubos, fumaças, rabugens de um mestre-escola caturra que levou a vida a dar surras de língua em iletrados e patifes espertalhões, que estes abundam por cá em flagrante maioria... Releva a ira de um inconformado que desta já deveria ter partido, posto essa viagem só dependa da Tua augusta vontade... Mas estou cá a tergiversar e desviei-me do assunto: contar-Te como conheci o objeto dos amores da minha vida. Como já adiantei, havia centenas de desabrigados das enchentes de 29, e o padre Jacinto Venâncio, incansável lutador por obras de caridade, indignara-se com a falta de providências da Intendência da época para com o problema, e decidira-se ele mesmo, com a ajuda da fradalhada da igreja do Rosário, arrolar todos os imóveis e estabelecimentos localizados no centro da cidade em condições de abrigar, ainda que precariamente, as vítimas da tragédia. Desnecessário dizer, mas digo, que minha escolinha da rua do Sabão foi incluída na relação dos ditos imóveis, sem que aquele padreca enxerido se dignasse a, no mínimo, consultar-me previamente sobre aquela "honraria", que era a palavra por ele usada no lugar de "requisição". Soltei-lhe os cachorros, ameacei-o de entrar com ação de revisão da alforria que concedera a ele e ao pai, quando do retorno de Dom João VI para Portugal, roguei-lhe pragas, tudo em vão: o homem nem me deu atenção: aquilo é um padre turrão e pertinaz quando encasqueta liderar ações de caridade. Devolveu-me as pragas com uma ameaça de excomunhão (o que muito me atemorizou); quanto à alforria, mandou que fosse queixar-me ao Bispo (não sei se a sério, ou por ironia). O fato é que ignorou meus reclamos e alojou, ao rés-do-chão do sobrado da escolinha, oito famílias de desabrigados, totalizando trinta e duas criaturas: "Podes perfeitamente dar tuas aulas e transferir teus alunos para o segundo andar, que sempre esteve vazio, e não vamos atrapalhar o funcionamento da escola. É coisa de no máximo um mês, e tudo estará resolvido, que esses voltam para seus lares reconstruídos. Nosso Senhor Jesus Cristo lhe será sempre agradecido e devedor", teve o desplante de me jogar à cara. Lá ficaram três meses, e nada pagaram de aluguel, pois o Senhor era o fiador. Levassem dois anos e eu nem me importaria: o padre maroto e patusco, sabedor de que eu bebia os ventos e arrastava uma asa das grandes para a neta mais velha do falecido bacharel Viegas de Azevedo, convidou-a para ajudá-lo em seu programa de caridade para com os desabrigados, com a aquiescência dos pais dela. Qual não foi a minha surpresa quando, no primeiro dia de aula, no segundo andar, eu ainda furioso, a cuspir marimbondos e abelhas africanas, já tendo distribuído varadas e bolos à farta entre a miudagem, adentra-me à sala de aula o padre e aquela que seria, para o resto da minha vida, o objeto dos meus amores. Quedei-me à cadeira, coração aos pulos, em vertigens nefelibáticas, quando a princesinha dos meus devaneios me foi apresentada pelo

Jacinto Venâncio: "Gostaria de apresentá-la, senhora D. Ana Carolina, ao generoso e grande benemérito da igreja do Rosário, mestre-escola Joaquim Manuel Menezes d'Oliveira, o meu bom amigo mestre Quincas, grande amigo de seu falecido avô, que está a fazer mais esta obra de caridade para com os desassistidos...", disse, com um sorriso de escarninho pregado nos lábios. Ah! Senhor, aquele era o moleque Jacinto Venâncio que eu, chegado de fresco de Lisboa, conheci. Avalia, Senhor, quão ladino era aquele padre: estava eu ali, havia poucos instantes, furibundo e embezerrado, a arquitetar o envio de seríssimas queixas às altas hierarquias da diocese do Rio de Janeiro, contra aquela violência invasora e a arbitrariedade das ações do padreca caturro, requerendo o rebaixamento daquele fradeca negro insolente para, no mínimo, sacristão em algum convento chinfrim de catequese de botocudos, nos confins da Amazônia, quando o maroto logrou conseguir, em um par de minutos, o que eu não lobrigara em dois anos, fazendo a corte à maravilhosa criatura. *Accidit in puncto quod non speratur in anno.*[21] "Elevada honra e muitíssima alegria em revê-la, já tão crescidinha, senhora D. Ana Carolina, são bondades do reverendo para com este humilde mestre-escola...", cumprimentei-a com as faces afogueadas e o coração entalado na glote. Em pé, à minha frente, oferecendo-me ao ósculo a mãozinha calçada em luva de renda, estava a musa de meus sonhos, a deusa da minha jamais sentida paixão, desde a primeira vez que a vira, já mocinha, havia dois anos, em uma frisa do teatro São João, acompanhada dos pais. O malandrim do padre, de imediato, desferiu-me o golpe de misericórdia: "Dona Ana Carolina foi designada, pela irmandade de Nossa Senhora do Rosário, para amadrinhar e zelar pelo abrigo das oito famílias que, precariamente, estão instaladas ao rés-do-chão deste sobrado, mercê de sua alma caridosa, mestre Joaquim Manuel. Mas, se tal gesto de benemerência vier a

---
[21] Acontece num momento o que não se espera num ano.

causar incômodos ou aborrecimentos, D. Ana Carolina por certo entenderá e poderá providenciar outra pousada provisória para esses desprotegidos da sorte", disse e, a exemplo do que fazem o Diogo Bento e a negra Leocádia, quando lhes convém despistar reações, ficou a olhar os tetos, a fingir não fazer caso da minha reação. Desnecessário dizer, Senhor, mas digo, que me derramei em obsequiosidades e em acesos elogios e aplausos às ações de caridade da Igreja, "obra de se plantar por cima a bandeira das quinas", das iniciativas do caridoso padre e, obviamente, daquela impoluta, pura, imaculada e virtuosa senhorinha, colocando-lhes à disposição até minha modesta residência na rua das Violas, caso fossem insuficientes os espaços do térreo da escolinha. "Que alma generosa tem o mestre Joaquim Manuel, não achas, padre Jacinto Venâncio?", indagou a flor dos meus encantos, com uma vozinha que lhe emprestaram os anjos. "Generosíssima, senhora D. Ana Carolina, e o que é mais edificante: desinteressada...", respondeu com a cara mais séria do mundo, o sarcástico reverendo. Viajei pelos céus, Senhor, não sei se na máquina voadora do maluco do Da Vinci, ou na passarola do taralhouco padre Bartolomeu Lourenço de Gusmão, tantíssimos me foram os arrebatamentos e transportes de felicidade. Decorridos não mais que doze meses daquele episódio, casei-me com D. Ana Carolina Viegas de Azevedo, na igreja de Nossa Senhora do Rosário, em cerimônia celebrada pelo padre Jacinto Venâncio, o mais brejeiro dos padres que conheci na vida. Não foi fácil obter o consentimento dos pais da minha deusa para o casório, visto que minha fama de femeeiro, na Corte, era muito aumentada, injustamente, pelas estripulias cometidas por Dom Pedro de Alcântara (ele mesmo, o libertador da pátria), mais conhecido por algumas senhoras casadas da Corte, muitas negras nadegudas, e alentado plantel de coristas francesas, como "o real vergalho da Quinta", e pelo sacripanta do senhor Francisco Gomes da Silva, íntimo do príncipe, um estoira-vergas cujo caráter cabia, inteirinho, na metade de um dedal de costura, parceiros meus de algumas patuscadas no passado. Ajudou-me, mais uma vez, naquelas dificuldades, o padre Jacinto Venâncio. *"Amicus certus in re incerta cernitur."*²² Ops! Barulhos no escadório, Senhor. E são de botins equipados com esporas. Lá vem de novo a cavalaria do Exército para encher-me o saco com seus baticuns, conciliábulos e conspiratas... A voz do Diogo Bento destaca-se às demais do grupo. Pelas patadas nos degraus, imagino que três ou quatro lhe fazem companhia. Ficam na biblioteca, graças ao Teu Pai, e iniciam a conversa, em vozes cabeludas e moduladas:

– A transferência do general Deodoro, de Cuiabá para o Rio, facilitará nossos planos, coronel Diogo Bento – comentou um deles.

– Veio mesmo a calhar, e nem a encomendamos, major Trompowski. O ajudante-general Floriano Peixoto, trabalhando para o Gabinete Ouro Preto, tem naturais dificuldades para coordenar articulações e dar curso a informações sigilosas; o próprio tenente-coronel Benjamim Constant não tem o perfil para ações de tropa: é um intelectual, um ideólogo, um filósofo, mas oficial honradíssimo, digno e muito respeitado em todo o Exército, e o que é mais importante: aliado da causa republicana! – concordou Diogo Bento.

– Não te esqueças, coronel, que o general Deodoro tem dívida de gratidão para com o Imperador: o monarca custeou-lhe os estudos para a carreira militar. Por essa razão, creio eu, o general estaria mais propenso à nomeação de um Gabinete menos intransigente com o Exército, e de menor grau de apadrinhamento à Guarda Nacional e às ações da Guarda Negra, para contornar a crise, mantendo o Imperador no poder. O velho Deodoro tem muito apreço e estima por Pedro II – aduziu um terceiro.

– É verdade, major Sólon, está correta sua análise. Ainda persistem esse entrave e algumas outras dificuldades por

---

²² "O amigo certo se reconhece numa situação incerta" (Ênio).

contornar para o êxito da revolução. Mas há uma questão, que reputo de superior e especial interesse, que sensibilizará Deodoro, definitivamente, para a causa republicana: a hipótese, altamente provável, do advento de um terceiro reinado, em face do precário estado de saúde de Pedro II, o que seria de todo intolerável para o Brasil. O general tem laços afetivos com o Imperador, mas não com a filha nem com o Conde d'Eu – retrucou Diogo Bento.

Como vês, Senhor, não posso ser acusado de generalizações irresponsáveis, ou de arauto de determinismos históricos, quando filosofo sobre a funesta e corrupta herança genética dos que nascem e vivem nesta terra infeliz. O brasileiro só consegue enxergar o geral, o coletivo (e pouquíssimos o enxergam), a partir da perspectiva de seus interesses particulares e pessoais, dos seus problemas paroquiais, da subordinação do interesse público ao privado. Desde Cabral, que eles acreditam ter descoberto o Brasil por acaso (fica mais romântico para a história, e eles adoram uma mentirinha), até o general Deodoro, que tem escrúpulos de consciência para derrubar a monarquia e proclamar a república, porque deve favores pessoais ao Imperador, isto cá foi, é e sempre será uma terra pândega, de muitos compadrios e cantares... Aqui entre nós, Senhor, que diferença há entre o comportamento dos tupinambás encagaçados pelos fogos do Caramuru e o desses homens de farda que estão a tramar contra a monarquia, no andar de baixo, trezentos anos depois? Convém não esquecer que o Brasil, no ano passado, se tornou o país campeão mundial em longevidade de exploração, sob patrocínio do Estado, do regime de escravidão: foram trezentos e cinqüenta anos de cativeiro humano, desde 1538 até o treze de maio de 1888! Nem o Congo Belga! Nem o reino de Timboctu! Nem o mais chinfrim país africano pode retirar do Brasil esse "galardão glorioso": último país do ocidente a abolir a escravidão! E os grandíssimos filhos das putas escravocratas brasileiros, *absit invidia verbo*, ainda querem e reclamam indenização do governo imperial pelos cativos libertos, Senhor. Estou cá a imaginar este país, daqui a cem

anos: no mínimo, os pobres terão que, a mando do governo, sustentar e pagar as dívidas dos ricos, falidos de seus bancos e comércios... Ai, minhas encomendas! Esses arroubos de indignação ainda me fazem recuperar a fala antes da minha ida para o "jardim das tabuletas"...
– Não te preocupes, Sólon, o Benjamim já incumbiu o capitão Menna Barreto de sensibilizar o general Deodoro para a causa republicana. Enquanto isso, o próprio mestre amaciará o Floriano, que anda um pouco desconfortável sob o tacão do Ouro Preto: afinal, o homem é do governo, está subordinado aos estamentos da situação. O que seria de todo desejável, agora, é que tu, o Trompowski e o Mallet trabalhassem junto à paisanada, intensificando a propaganda republicana junto à imprensa, principalmente em *O País* e no *Correio do Povo*. O mestre e eu articularemos as ações com os casacas que estão ao nosso lado: Aristides Lobo, Quintino Bocaiúva, Francisco Glicério e o doutor Ruy Barbosa. Nos quartéis, já são suficientes as lideranças do Deodoro, do Floriano e do próprio Benjamim – concluiu o Diogo Bento.

Preciso aduzir mais alguma coisa, Senhor? O sacripanta que acabou de falar carrega meus genes e os de D. Ana Carolina no cromossoma. Ai, minhas encomendas... Nem a mim Teu Pai poupou do flagelo de transmitir genes patifes! Quanta razão tinhas em teus vaticínios, bacharel Viegas de Azevedo!

XII

Campo de Sant'Ana, Rio de Janeiro. Final da tarde do
dia 13 de maio de 1809, aniversário de Sua Alteza Real
o Príncipe Regente Nosso Senhor Dom João,
por antonomásia – o Clemente.

El-Rei, no exercício interino do trono de Portugal, de antemão sabedor de que será o sexto João que entrará na fieira de monarcas do reino lusitano, aguarda com desvelo filial, elogiável humildade e reparadora paciência a sua promoção de alteza real para majestade, tão logo sua fidelíssima e sereníssima mãe seja convocada pelo Altíssimo, o que só ocorrerá daqui a sete anos. *Mors certa, hora incerta*.[23] Nos festejos desta faustíssima manhã, comemorativos do seu quadragésimo segundo natalício, o segundo celebrado em seus vastíssimos territórios americanos, Sua Alteza Real será objeto das maiores demonstrações de submissão, vassalagem e obediência, além de depositário dos mais elevados tributos de fidelidade, amor e lealdade jamais prestados a um monarca português, por seus súditos, em domínios ultramarinos. Os canhões das embandeiradas naus portuguesas e inglesas, surtas na baía, salvaram ao primeiro alvor da manhã, cujos estrondos foram acompanhados pelas artilharias das fortalezas de Santa Cruz, de São João e da Ilha das Cobras, anúncio de dia de grandes barulhos, paradas militares e festas, dado que não é todo dia que um rei faz anos. A manhã engoliu as horas, o sol já vai alto, Dom João apareceu com a família real nas janelas do palácio, sendo aclamado, ovacionado e vivado pelo imenso povo que se acotovela no terreiro do Paço. Os regimentos de linha, de cavalaria, de artilharia e de milicianos estão agora, com bizarria e pompa, a desfilar perante o Príncipe Regente, ao som de músicas militares. Aos barulhos do ribombar dos canhoneios juntaram-se o estalidar das descargas de infantaria, o estralejar do foguetório dos artefatos pirotécnicos, o badalejar dos sinos das igrejas, o fragor dos metais das bandas, a gritaria do povoléu em júbilo e os protestos dos bichos caseiros e dos de arruar, molestados com aquela barulheira dos diabos, só colocada a termo depois que a rainha D. Maria I assomou à janela do seu quarto, no segundo andar do convento dos carmelitas calçados, por cima da esquina da rua do Cano com a rua Direita, e de lá gritou coisas que não vale a pena aqui repetir, pois, se impróprias

---

[23] A morte é certa, a hora é incerta.

para andarem em bocas de sevandijas, avaliem na de uma rainha, ainda mais de Portugal sendo. Resolveu, então, Dom João, antecipar o beija-mão, que isto cá vai involuntariamente narrado em rima, posto que muito se atribulou o Príncipe com os incômodos molestos causados à rainha Nossa Senhora, sua mãe. Decidiu o Príncipe Regente, por aquela razão, que os barulhos festivos até ali produzidos eram mais que suficientes, e que tão alardeantes provas de carinho já bastavam para seu coração pejado de alegrias, a ameaçar rebentar-se com tantas demonstrações de desvelo e de amor desinteressado; silenciaram-se, então, os canhões, a infantaria, os sinos, os metais, os tambores das bandas também, o povo moderou os vivórios e as manifestações de incontido júbilo, os mosquetes voltaram para os ombros da tropa. Somente a bicharada não acatou as ordens de silêncio, e continuou a protestar nas ruas e nos quintais, tamanha a bulha ocorrida, mas estes são ruídos inevitáveis, e de difícil controle, dado que ainda não se inventaram meios de aos bichos os homens se fazerem entender.

El-Rei irá à tarde ao Campo de Sant'Ana inaugurar, *ad captandum vulgus*,[24] um bicame de madeira que traz águas do Rio Comprido até o dito campo, onde mandou construir um chafariz de pedra lavrada e uma fonte de onze bicas, enquanto não se concluem as obras dos aquedutos que deverão conduzir o rio Maracanã. O povo, feliz, romperá em aplausos e vivas quando a água pelas onze bicas jorrar, saudando o magnânimo soberano pelo elevado gesto de apreço aos seus súditos, haja vista que água para beber, lavar, limpar e matar a sede, e todos os demais usos que o asseio e a higiene dela reclamam, há muito anda escassa pela cidade, em razão de que a fonte da Carioca, que também abastece o chafariz do mestre Valentim, já não atende à demanda das populações de homens e de bichos, ambas a crescerem a olhos vistos. Mas a mão que dá é a mesma que tira: o povo ainda não sabe, mas

---

[24] Para conquistar a plebe.

em dias nas bolsas vai lhes doer, que Dom João já assinou alguns alvarás, criando tributos e majorando impostos, a fim de prover as despesas do Estado, as da Corte e as do seu Real Bolsinho, que não são poucas. Dessa forma, entre outras obrigações, taxas e emolumentos, todos os vassalos proprietários de prédios urbanos no Brasil, à beira-mar ou nos interiores do país, vão ter que pagar a décima imposta; as compras e vendas dos bens de raiz, em todo o território do Estado, pagarão à Real Fazenda siza de dez por cento do preço da transação dos ditos bens, e meia siza para as compras e vendas de escravos ladinos, assim entendidos aqueles que são havidos por aquisição feita aos negociantes de negros novos e que entram pela primeira vez no Brasil, transportados da costa da África; pagarão, ainda, a imposição de selo os livros mercantis de todo e qualquer tipo de comércio, negócio ou mercancia, bem assim como os das notas e títulos dos tabeliães, confrarias, irmandades e ordens religiosas, relativos aos assentamentos de casamentos, nascimentos, batismos e óbitos, extensiva a todo e qualquer papel judicial, escritura pública, recibo, quitação, testamento, inventário, herança, doação, sucessão, posse ou guarda de bens e de coisas, nestas incluídos os escravos. Ao final daquela esbulhadora legiferação muito pouco sobrou para ser tributado: o ar que se respira, os banhos de mar, o andar pelas ruas, o sentar nos bancos das praças, o dormir e o despertar, o dar arrotos, o soltar bufas, o dar de ventre e o verter águas, é melhor aqui pôr termo a essas informações, e idéias resguardar, suposto que a boca do tesouro do Estado, oportunista, faminta e voraz, tudo aceita, aproveita e engole, sem preconceitos. E assim, no Brasil, para todo o sempre, o Erário se comportará.

    Na contrapartida do chafariz e da fonte, e como desgraça pouca é besteira, aforismo cunhado pelos nativos da terra, Dom João foi servido baixar, na rabeira daquela aluvião de tributos, um decreto criando uma guarda real de polícia militar para a cidade, em face do crescido número de desordens públicas, gatunagens, incêndios, contrabandos e crimes de espécies diversas, que andam a ocorrer, cotidianamente, nesta mui leal e heróica São Sebastião do Rio de Janeiro, a já querer ombrear-se com as grandes cidades da Europa, é só dar uma olhada nos registros da Intendência Geral de Polícia, e verificar o copioso sortimento de práticas de patifarias de natureza vária, as quais nesta urbe encontraram terreno fértil para vicejar e acolher abundantes vocações.

A criação e majoração dos citados tributos provocou oportunos e alentados reforços no real bolsinho de Dom João, e no tesouro do Estado, necessários para fazer face às imensas despesas com a Corte, há um ano chegada ao Rio de Janeiro, muito pouco afeita ao trabalho, sempre a andar numa fufice e arrotar a postas de pescada. Os maganões, prenhes de pesporrências, recebem, e brigam por mais receber, tenças, aposentadorias, espórtulas, lotarias, propinas, lambujens, pensões, gorjetas, estipêndios e remunerações gerais, ora saídos das bolsas del-Rei, ora do Erário do reino, mais deste que daquelas, e que dom Joaquim José de Azevedo, Barão do Rio-Seco, responsável pela gestão das finanças da Casa de Bragança, muito propriamente administra com as técnicas contábeis concebidas pelos da terra, conhecidas como *tesouro um* e *tesouro dois*, sendo este o da real pessoa de Dom João, e de cujos livros e prestações de contas não é dado conhecimento ao público, sabido é que dos reis não é permitido desconfiar, muito menos fiscalizar, pois seus mandatos lhes são outorgados por vontade divina, ratificada e homologada pela Igreja, defendida pelos mosquetes das tropas e pelos canhões da armada, *ultima ratio regum*,[25] para que se dissipem de antemão quaisquer dúvidas a respeito, e a vontade de Deus seja sempre cumprida. Louvado seja o Onipotente.

Por conseqüência dessas engenhosas maquinações com as receitas do Estado, a articular e conjuminar interesses públicos com privados, financiando-se ambos reciprocamen-

---

[25] O último argumento dos reis.

te, de acordo com as conveniências do Reino e, quando possível, com as superiores necessidades da coletividade, é que os brasileiros vão dar provas futuras ao mundo dos seus elevados cabedais, e irresistível vocação para o uso miscível dos dinheiros públicos com os privados, do emprego combinatório dos capitais alheios com os próprios, e de uma inusitada e nunca dantes pensada fusão das ciências químicas com as econômicas, pois já estão sendo formados os primeiros alunos da cátedra de economia e finanças públicas, ministradas pelo doutor José da Silva Lisboa, Visconde de Cairu, nomeado que foi pelo Príncipe Regente quando na Bahia aportou, por justa recompensa ao culto homem que lhe redigira o decreto de abertura dos portos do Brasil ao mundo.

Não fossem esses superiores arranjos, não conseguiria el-Rei prover suas necessidades e sustentar seus validos, a maioria oficiais, outros nem tanto, nestes incluídos o doutor João Francisco d'Oliveira e família, e D. Maria da Celestial Ajuda, mãe de criação de seu querido Quincas, e deste secreto conluio só sabem, além del-Rei, o Lobato, o Parati, o Linhares e os beneficiados, e nisto já vai uma nutrida multidão.

El-Rei já adquiriu, à capucha, por contrato de compra e venda exarado à secreta, registrado por tabelião cuja confiança foi bem remunerada, um sobradinho catita na rua das Violas, perto do largo de Santa Rita, com recursos do *tesouro dois*, e nele vai instalar, como residentes, D. Maria da Celestial Ajuda e o menino Quincas, além de alojar no porão do dito imóvel os escravos Anacleto e o filho Jacinto Venâncio, agora propriedades da retreta da rainha Nossa Senhora, que ele não é homem de deixar na rua da amargura os que ama e os que lhe são fiéis. E para que D. Carlota Joaquina e a Corte não venham a desconfiar daquele segredo d'Estado, guardado por ele a sete chaves, vai casar D. Maria da Celestial Ajuda com o Joaquim Lobato, irmão caçula do seu mordomo-barbeiro, Visconde da Vila Nova de Magé, visto que foi servido conceder àquele jovem homem a comenda da Grã-Cruz de São Tiago, de pequenas grandezas, mas de alentadas conveniências, e razoáveis propinas, pois é sabido que fidalguia sem comedoria é gaita que não assobia. Já está tudo adequadamente arranjado e ajustado, como sói acontecer com os negócios d'Estado, sem grandes alardes ou protestos, e no ritmo do ramerrão das burocracias das mercês concedidas pelo Príncipe Regente, com o Parati e o Lobato mais velho à frente das providências de praxe, em virtude de que nem a um rei é deferido, sem despertar desconfianças, privilegiar uma retreta com tamanhos prêmios, sem que motivos razoáveis hajam para justificá-los. E tais medidas se faziam necessárias, visto que o menino Quincas começava a ficar crescidinho, a exibir nas faces umas bochechinhas caídas, uns miúdos olhinhos pedintes, uma sempre semi-aberta boquinha dos parvos, além do fato de as coxinhas começarem a engrossar a olhos vistos, e, no geral, apresentar muita parecença com os descendentes de famosa Casa da nobreza portuguesa. E o motivo deflagrador da necessidade de afastar do Paço o menino Quincas foi o episódio presenciado por D. Maria da Celestial Ajuda, num dia de beija-mão no palácio, quando a retreta flagrou D. Carlota Joaquina cruzar com o miúdo no corredor que dá acesso à sala do trono, segurando-o pelo braço: "*Mira, casquillo de mierda*, não és tu o enjeitado *hijo* daquela Eugênia de Menezes que me servia como camarista em Queluz?", indagou-lhe com rispidez. Quincas, assustado, respondeu que sim com a cabeça. Dona Carlota segurou-lhe o queixinho, virou-o para um lado e para o outro, observou-lhe o prolapso do lábio inferior, a boquinha semi-aberta dos parvos, as coxinhas grossas e a barriguinha que já principiava a debruçar-se sobre os calções, soltou uns muxoxos e foi-se pelo corredor, com ares intrigados, a sacudir o abanico de rendas: "Lembra-me este *mierdita* alguém, não sei quem...", boquejou, enquanto passava por uma espaventada D. Maria da Celestial Ajuda, reverentemente ajoelhada sobre o assoalho.

Casa da Cadeia, anexa ao Palácio Real, Rio de Janeiro.
Final do mês de junho do Ano da Graça de Nosso
Senhor Jesus Cristo de 1809.

Dona Maria da Celestial Ajuda, retreta de D. Maria I (por intercessão do Marquês de Angeja, mordomo-mor da Rainha), e mãe de criação do menino Quincas (por obra dos superiores interesses do Reino) casou-se, em segundas núpcias, com Joaquim Lobato, irmão caçula dos irmãos validos del-Rei, mancebo de vinte e seis anos, mais conhecido entre as criadas e moças de quarto do Paço como "Lobatão", apodo que elas pronunciavam aos suspiros, revirando os olhinhos e estalando a língua no céu da boca, o que muita estranheza causava aos mais desavisados, por tratar-se de rapaz desinteressante, timorato, baixote e magriço. "Mais próprio seria se ele fosse conhecido como 'Lobatinho', não é mesmo, ó Lobato?", indagou Dom João, ao se deixar fazer a barba pelo irmão mais velho do rapaz, seu mordomo-mor e valido, Visconde da Vila Nova de Magé, que após algumas hesitações e desajeitamentos, catou palavras aqui e ali para explicar ao Príncipe Regente a razão da alcunha do mano mais novo. Dom João, assustado com a justificação dada, arregalou os olhos: "Verdade, homem? Porventura teria mais de palmo?", perguntou, curioso. O mordomo-mor, constrangido, respondeu: "Melhor ficaria se medido em pés, Alteza, tantíssima é a peça..."

Os esponsais da mãe de criação de Quincas com o apendiculado rapaz tiveram lugar na apertada capela de Nossa Senhora Mãe dos Homens, na rua da Alfândega, presentes escassas testemunhas e convidados. Dona Maria da Celestial Ajuda, que já estava com quarenta e três anos mal vividos, enviuvara do primeiro marido em 1795, quando ainda residia em modesta casinha no bairro da Alfama, em Lisboa, e desde então andava desistida de homem, tamanha a frustração que lhe causara a morte do seu adorado Ôgusto, "o meu Ôgusto", como ela gostava de lembrá-lo. "Lobatão", agraciado com a comenda da Grã-Cruz de São Tiago, vivia sob a proteção dos irmãos, metido num emprego porcamente remunerado de ajudante de bibliotecário, na Real Biblioteca, sob a supervisão do padre Joaquim Damaso, das Necessidades, e do frei Gregório José Viegas. Não tinha lá o rapaz muito estudo, porém o pouco que sabia já lhe era suficiente para cometer algumas escrivinhaduras em modestos relatórios e corriqueiras correspondências, de um só parágrafo, quando muito. A bem da verdade, a taciturna e tímida criatura passava a maior parte de seu tempo, na Real Biblioteca, molhando cuspo em selos e estampilhas, limpando livros de capas de marroquim, espanando prateleiras e estantes, varrendo o piso, pois mesmo para tais encargos padre Damaso exigia ajudantes alfabetizados. Por essa e outras razões, já está vindo por aí, requisitado por el-Rei, o bibliotecário e epistológrafo português Luiz Joaquim dos Santos Marrocos, acompanhando a segunda remessa dos livros da Real Biblioteca, de Lisboa para o Rio de Janeiro.

Não era namoradiço o "Lobatão", como se poderia supor em face das peculiaridades de que a natureza o havia dotado; ao contrário: enrubescia e gaguejava ao ouvir o mais leve frufru de saias, ficava inseguro, cheio de dedos, sentia-se ameaçado. A primeira namorada só a teve aos vinte anos, mesmo assim por muita insistência da raparigaça, uma gordalhufa oferecida e desavergonhada, que alfacinhas de maus bofes freqüentavam no Bairro Alto, em Lisboa. A vulgívaga cachopa fora quem lhe dera início à fama, quando, por acaso, sem ainda o conhecer, surpreendera o rapaz segurando o mangalho, *au grand complet*, rijo, aceso e ameaçador, a verter águas sobre o caule de uma cameleira. A impudente rapariga dera, então, um portentoso grito, misto de espanto, horror, maravilhamento e cupidez, que provocou grande concurso de vizinhos ao local, e muito constrangimento ao pobre rapaz, daquele dia em diante com fama corrida, cobiça do mulheredo e inveja do rapazio, por quase todo o Chiado, Mouraria, Bairro Alto, Alfama e arrabaldes, todos a ele se referindo como Lobato, "o grande", e mais tarde, "Lobatão".

O namoro do rapaz com D. Maria da Celestial Ajuda não durara mais que seis meses e transcorrera, importante ressaltar, com muita decência e decoro, dentro das mais rigorosas regras de pudicícia e respeito à moralidade, impostas pela própria noiva, e cavalheirescamente acatadas pelo noivo.

Inicialmente surpresa com a declaração de intenções do jovem, que encarregara o irmão mais velho de transmiti-la, em seu nome, a mãe de criação de Quincas resistira um pouco à idéia de casar-se de novo: "Logo eu, senhor Visconde? Já estou passada e desistida desse estropício que é um homem na vida da gente. Já sou chão que deu uvas... O meu adorado Ôgusto levou-me a vontade e deixou-me a madre seca..." O mordomo-mor insistira: "Pois Sua Alteza Real faria muito gosto, eu e meu irmão também, D. Maria. Como sabes, o caçula é homem honrado, ainda solteiro, e muito lhe admira. Além disso, o menino Joaquim Manuel precisa de um lar para a sua boa educação, e sabemos nós, e pouquíssimos sabem, 'daquele segredo d'Estado', por cuja preservação somos responsáveis com o silêncio dos mortos, que haveremos de levar para a cova, em respeito aos superiores interesses do Reino e proteção ao nosso muito bom e generosíssimo Príncipe Regente Dom João."

Absorvida, diuturnamente, pelos achaques da Rainha D. Maria I, e o pouco tempo de sobejo consumia-o com a educação do menino Quincas, D. Maria da Celestial Ajuda já não recordava se, em alguma época de sua sofrida vida, teria dedicado atenção ou cuidados à própria pessoa. "Deus do céu! nem mais sei o que gosto ou quero da vida... Faz tanto tempo que só obedeço a ordens e cuido dos outros...", meditava, insone, na madrugada seguinte ao dia em que o mordomo-mor de Dom João lhe fizera a proposta de casamento, em nome do irmão caçula.

A viuvez repentina e trágica (o marido falecera em decorrência de violento coice de mula, que lhe acertara em cheio o crânio, depois de acalorada altercação que o bronco do homem mantivera, segundo testemunhas, com a cavalgadura, que resolvera empacar defronte das obras nunca acabadas da igreja de Santa Engrácia, perto da feira da ladra, no Campo de Santa Clara, em Lisboa), empurrara a sofrida mulher para uma vida recatada e religiosa, sempre às voltas com rosários, missas, novenas e trezenas, único e consolador refúgio que encontrara para mitigar a inenarrável dor da perda do marido. Sofrera tanto com a morte do homem, que prometera a si própria jamais apaixonar-se novamente, dado que as dores que suportara daquela paixão, desgraçadamente rompida, haviam sido por demais intoleráveis. Convém aduzir, ainda, para melhor transluzir o grau de abnegação e renúncia da pobre, que o *de cujus* era reconhecidamente um almocreve estupidarrão, um rústico que vivia de fazer carretos, com a carroça e a mula que o mataria, nos bairros da Alfama e do Chiado, e que ia aos copos de bagaceira com regular contumácia, embriagando-se todo santo dia, tendo o condenável hábito de aplicar um par diário de bofetões na mulher, quando retornava à casa ao final do trabalho, sem que motivos precisasse para agir daquela forma. "São carinhos dele, coitado, não sabe fazer outros, o meu adorado Ôgusto..." comentava a pobre com as vizinhas, geralmente com os olhos arroxeados.

"E o que teria visto em mim, esse Joaquim Lobato?", pensava a mulher, rolando no catre da cela da Casa da Cadeia, de um lado para o outro, escutando os cricris e os crocós que tanto assustavam o Quincas, a dormitar no leito ao lado. "E isso lá importava, se aquela era a oportunidade para mudar-se daquela cela infecta e mal-assombrada, para uma casa asseada e respeitável?", ponderava, afastando os temores de uma nova vida de mulher casada, animada com a possibilidade de outra residência. Logo em seguida, voltava a conjeturar, e os receios tomavam o lugar das vantagens, presságios povoavam-lhe os pensamentos: tinha idade para ser mãe do pretendente, além do que nunca fora chegada aos prazeres da cama; verdade seja dita, nunca os sentira: o seu adorado Ôgusto também era um animal sobre os lençóis, satisfazia-se como um jumento, aos grunhidos e bufos, e depois, bagos aliviados, jogava-se para o lado, roncando como um porco cachaço. O amor que D. Maria da Celestial Ajuda sentira por aquele labrego levara-a a sublimar a libido, concentrando toda sua energia de vida em cuidar do marido bruto e da casa, além de zelar pela reputação de mulher honesta que era. E o Quincas como reagiria à idéia? Como seria aquela vida a três, a bem dizer a cinco, visto que os escravos Anacleto e Jacinto Venâncio também habitariam o porão do sobrado, trabalhando como negros de ganho para a família? E assim foi a pobre, entre augúrios e alvíssaras, até amanhecer, e quando os galos começaram a clarinar, já estava um pouquinho inclinada, depois de sopesar aqui e ali, a aceitar a proposta de casamento que lhe fizera o Visconde da Vila Nova de Magé.

☙

Palácio Real do Paço. Passadiço, sobre a rua Direita, que o liga ao Convento do Carmo. Dez horas da manhã do dia 2 de junho de 1811.

O infante Dom Miguel de Alcântara, filho predileto de D. Carlota Joaquina, já completara nove anos de idade, posto ainda muito miúdo para as arrogâncias, fufices e estroinices que exibia e praticava, se é que há idade adequada para fazer tolices, e as cometia sob o beneplácito da mãe, que não admitia escarmentassem o filho pelas traquinagens havidas. Verdade é que os homens não se medem aos palmos, e o que o berço dá, a tumba o leva: tendo a mãe que tinha, não poderia ser o pau distinto da racha. "*Mali corvi malum ovum.*"[26] Dom Miguel só não se metia a besta, ou tirava farinha, era com Dom João, com a própria mãe, ou com o mano Pedro, pois estes eram os únicos a utilizar, com algum desassombro, e franco desembaraço, a única pedagogia corretiva que alcançava os

---

[26] "De mau corvo, mau ovo" (Erasmo).

bestuntos do miúdo: uns bons tabefes nas fuças, complementados por vigoroso remate nos fundilhos dos calções.
   Tirante estes três viventes, o pequeno infante, mais conhecido na Corte por Dom Miguel, "o valdevinos", não respeitava a mais ninguém que andasse sobre duas pernas, à exceção do enfezado galo de pescoço pelado, e agudíssimo esporão, que tomava conta do galinheiro real, situado ao lado da ucharia e armazém reais, localizados no pátio interno do Paço, o qual não lhe respeitava a realeza e lhe desferia, sem respeitar protocolos e cerimônias, violentas bicadas, quando Miguelito se atrevia a bulir com suas franguinhas. E o desrespeito do menino com o próximo ele o demonstrava para qualquer um, independentemente de idade, sexo ou posição social, haja vista que até aos ministros do Conselho d'Estado o miúdo os obrigava a reverenciá-lo de joelhos, quando com eles cruzava nos corredores do Paço. E não havia casualidade nesses encontros: a própria mãe ensinara ao filho esgueirar-se por detrás das portas e dos reposteiros do palácio, a aguardar a passagem dos nobres pelos corredores, para surpreendê-los e obrigá-los às humilhações. "Ajoelha-te, Angeja!", assim ele tratava o velho marquês, mordomo de sua avó rainha. "Dobra o tronco, Galveias! Agora é tua vez, ó Linhares! Está cá perante vós o futuro rei de Portugal!", gritava o estróina quando flagrava ministros e camaristas nos corredores do Paço. Quando ocorriam tais humilhações, do interior das câmaras do palácio sempre se ouviam as inconfundíveis gargalhadas de Dona Carlota Joaquina e de suas criadas de quarto.
   Grande azar tivera o menino Quincas, no dia em que se mudaria da Casa da Cadeia para o sobrado da rua das Violas. A madrasta lhe pedira fosse ao Paço para ajudá-la a carregar algumas roupas e pertences, os quais guardava, para eventualidades, no convento dos carmelitas calçados. Quincas carregava uma trouxa de roupa e saía do convento, atravessando o passadiço que o ligava ao palácio real, sobre a rua Direita, quando se deu a maçada: em sentido oposto vinha o infante Dom Miguel, vestido com a farda azul de coronel dos hussardos,

a qual Quincas, um dia, vira o príncipe Pedro usar, em Queluz.

Sabedor do incontido ódio que Dom Miguel por ele nutria, por puro despeito à amizade que sempre mantivera com o seu irmão Pedro, Quincas encostou-se na parede, à passagem do infante, e dobrou o tronco, reverente.

— Como te atreves, ó lacaio nojento? De joelhos! — gritou Dom Miguel.

Quincas, recozendo iras, obedeceu para evitar provocações e não agravar a situação.

— Onde pensas que vais com essa trouxa, ó vassalo imundo?

— Vou levá-la para D. Maria da Celestial Ajuda — respondeu Quincas.

— Cala-te! Não te perguntei nada! Vais, agora mesmo, é descer comigo para o pátio. Acompanha-me! — ordenou Dom Miguel.

Quincas, para evitar escândalo, seguiu o infante, que batia, arrogantemente, o solado das botinhas lustrosas no chão, com estrépito, para anunciar a sua passagem. Desceram as escadas e dirigiram-se para o armazém real, onde se localizava o galinheiro. Lá chegando, Dom Miguel ordenou a Quincas:

— Abre o portão do galinheiro, entra e traz-me cá para fora aquelas duas galinhas — disse apontando para as que estavam mais próximas do galo de pescoço pelado.

Sem alternativa, Quincas depositou a trouxa no chão, dela retirou um camisolão de dormir da madrasta e enfurnou-o dentro dos calções. Dom Miguel afastou-se para observar a cena com segurança, colocando-se às costas de dois guardas de bichos. "Anda! Estás muito mole com isso!", gritou às costas dos guardas. Quincas abriu a porta do galinheiro, entrou, e, de imediato, foi atacado pelo galo de pescoço pelado, furioso com a invasão de seu território. O galo bicou-o à farta, e Quincas, aos ai-ai-ais e ui-ui-uis, retirou o camisolão de dentro dos calções e jogou-o, aberto, sobre uma das galinhas, abafando-a. Com a ave, aos cacarejos, envolvida no

camisolão, colocou-a debaixo do braço, o galo a bicá-lo por todas as partes do corpo que se lhe ofereciam, saiu do galinheiro, e trancou a porta, braços e pernas sangrando. Dom Miguel ria aos velames despregados:
— Agora a outra galinha! Avia-te, ó lacaio rabudo!

Quincas libertou a galinha capturada no pátio, limpou o sangue dos braços e das pernas e, com surpreendente determinação, entrou novamente no galinheiro, sem hesitações, o que muito espanto causou a Dom Miguel e aos dois guardas. Dentro do galinheiro, instalou-se grandíssima confusão: Quincas corria de um canto para outro, perseguido pelo galo, e as galinhas, batendo asas e voando para todos os lados, caquerejando infernalmente, fizeram barulho ouvido em todo o palácio. Passados três minutos de confusão, eis que a porta do galinheiro se abre, e Quincas sai, todo rasgado e ferido, com uma ave envolta no camisolão; desta vez, porém, segurava-a pelas pernas e pelo pescoço. Arfante, estancou em frente aos dois guardas, e exibiu o animal:
— Aqui está a segunda ave, ó Dom Miguel!

O infante saiu de trás dos guardas, abafando os risos com a mão sobre a boca, e, recuperando a arrogância, parou em frente a Quincas:
— Dá-ma cá! És muito macho é com galinhas, lacaio infame! Quero que me tragas cá fora agora é o galo de pescoço pelado!

Quincas descobriu o camisolão e exibiu a ave à altura da cara de Dom Miguel:
— Pois cá está o galo! É todo teu, Alteza!

Para azar de Dom Miguel, o galo deu um salto de briga de rinha e voou-lhe sobre o corpo, aplicando-lhe, impiedosamente, sortido repertório de golpes de esporão; em seguida, desferiu-lhe violentas bicadas, nas nádegas e na ponta do nariz, agressões em que o bicho era perito. A fama da ferocidade do galo era tanta, que ninguém jamais ousara dele chegar perto, nem o próprio ex-treinador de brigas de rinha, que desistira de adestrá-lo, após ter um olho vazado e um colhão avariado.

Toda a ira que o furibundo galináceo tinha represada contra os homens, descarregou-a sobre o infante Dom Miguel, desafeto antigo, e que gritava a todos os pulmões:
– Acudam! Socorro! Aqui-del-rei! Ai-ai-ai, ui-ui-ui! Tirem esse galo filho da puta de cima de mim!
Dom João e os nobres com quem despachava na Sala do Trono, atraídos pela bulha, debruçaram-se sobre os peitoris das janelas do segundo andar, que davam para o pátio interno, espantados com a gritaria do infante e o cocoricar da ave furiosa. Informado do que realmente acontecera, pelo Conde de Belmonte, aio de Dom Miguel, Dom João determinou ao doutor Picanço que cuidasse dos ferimentos do infante e de Quincas. Mais tarde, convocou Dom Miguel à Sala do Trono. Fechada a porta, ouviram-se, do lado de fora, o estalar de dois tabefes, e o imediato choro do infante. A porta da sala abrira-se, e dela saíra Dom Miguel, aos prantos e berros, clamando pela mãe, quando Dom João chamou-o de volta:
– Vira-te, que me esqueci do complemento! – e pespegou vigoroso pontapé no traseiro de Dom Miguel de Alcântara, "o valdevinos", em dia aziago, mas que em outros, de melhor sorte, vai sentar no trono de Portugal. Os portugueses que se cuidem.

quintus

"Donde nasce também que nem um homem nesta terra é repúblico, nem zela ou trata do bem comum, senão cada um do bem particular.

Verdadeiramente que nesta terra andam as coisas trocadas, porque toda ela não é república, sendo-o cada casa."

Frei Vicente de Salvador (1564/1639), *in História do Brasil 1500-1627*, capítulo segundo.

XIII

Sobrado nº 31 da rua das Violas, hoje Teófilo Otoni, perto do largo de Santa Rita, Rio de Janeiro. Dia 21 de julho do Ano da Graça de Nosso Senhor Jesus Cristo de 1811.

"Ao S.r Francisco José dos Santos Marrócos
Meu Pay e S.r
No Paço R. de N.S.ra da Ajuda
Páteo da Opera R. em Bellem
Lisboa

Rio de Janeiro 21
de Julho de 1811 f.

Meu Pay e S.r do meu Coração. Pelo Navio Victoria escrevi a V. M.ce algũas Cartas, tendo só recebido aqui hũa do nosso Compadre Simões: de Abril; tambem me não tem chegado aqui resposta sua á minha de Cabo Verde com data de 12 de Abril. He p.ª mim a maior desconsolação q.do vejo chegar Navios de Lx.ª, e não acho cartas: entro a formar ideas sinistras, q.e me trantornão todos os meus sentidos: portanto rógo-lhe q.e me escreva sempre por todos os Navios, ainda q.e seja dar-me parte da sua saude, e da Mãy, e mais familia. Eu tenho curtido hum grande defluxo procedido do ar infernal desta terra, e tenho soffrido hũa grde. hemorragia de sangue pelo nariz; por cuja causa estou temendo os grandes calores do verão, por q.e me hão de affligir muito. Aqui estou na Livr.ª de companhia com o P.e Joaq.m Damaso (das Necessid.es) e Fr. Gregorio (Borra) com outros tres Serventes, todas pessoas aliás capazes, mas só proprias p.ª hũa Bibliotheca Fradesca: tem ficado abismados dos meus trabalhos anteriores, e nada fazem sem concordarem comigo. Eu aqui principiei a adoptar o sistema de *Maria vai com as outras*, e fui advertido por hum figurão desta terra p.ª não adoptar outro differente. O d.º Padre Joaquim he o maior valim.º p.ª o Conde de Aguiar, e o *totum continens* de Grd.es Senhores e Senhoras do Paço: mostra-se m.º meu amigo, communica-me segredos de alta politica; e eu entre cortezias e frazes de concordancia, dou-lhe duas figas, e ponho-me de reserva. Antes q.e os meus burricos me adoeção, necessito fazer-me alveitar. Recebi da mão de Joaq.m José de Azevedo 200$000 r.s em metal, do 1º semestre deste anno, não havendo aqui pagamentos adiantados; e os Serventes tambem tiverão os seus pagam.tos. A respeito de m.as fortunas devo dizer a V. M.ce; q.e S.A.R. me dá Casas pagas pela Fazenda Real, p.ª eu assistir, afim de eu exercer hum Emprego novo, q.e vai aqui a estabellecer-se, de grd.es honras, e q.e tem causado grd.e espectação: o Ordenado creio q.e é bom. Agora não me convém fazer maior declaração, o q.e a seu tempo farei, remettendo a V. M.ce o Titulo competente; pois sou obrigado a guardar segredo ainda. Não se esqueça de recomendar-me á Mãy, Tia, Manna, &, e lançando-me a sua benção me reconheça ser

De V. M.ce
Filho m.º Obd.e e aff.º
Luiz Joaq.m dos Santos Marrócos

P.S. Cumprei hũ negro por 93$600"

Passava de um quarto da meia-noite quando Luiz Joaquim dos Santos Marrocos, ajudante de bibliotecário da Real Biblioteca, autor da obra inédita, de originais desaparecidos, *Inoculação do Entendimento*, pousou a pena sobre o tinteiro e deu por terminada a quinta carta que escrevera ao pai, desde que aportara ao Rio de Janeiro, em meados de junho passado, procedente de Lisboa, após miserável viagem de mais de oitenta e cinco dias, a bordo da vagabundíssima fragata *Princesa Carlota*, ao que tudo indicava, e pelas informações disponíveis, embarcação que exibia as mesmas qualidades da madrinha que lhe emprestara o nome: "... toda a cordoalha estava estragada, menos as enxárcias, e por muitas vezes se suspendeu a navegação pelas calmarias podres, misturadas com ventos contrários e contracorrentes...", comentava o homem, ainda abatido com a sofrida viagem, naquela sua primeira ceia como inquilino de Joaquim Lobato e de D. Maria da Celestial Ajuda, no sobrado da rua das Violas. Faziam-lhe companhia à mesa, além dos senhorios e do menino Quincas, outros dois inquilinos do sobrado: um oficial da Secretaria dos Negócios Estrangeiros e um clérigo. Os três inquilinos pagavam, por cabeça, o aluguel mensal de uma *dobra*, ou 12$800 réis, às expensas da Fazenda Real, estratagema financeiro engendrado pelo espertíssimo Barão do Rio-Seco, gestor do Real Bolsinho, que vai proporcionar à D. Maria da Celestial Ajuda e a "Lobatão", por tabela ao miúdo Quincas, receita mensal extraordinária de 38$400 réis, tudo pago pelo contribuinte. Desnecessário informar que Joaquim José de Azevedo chegou a Marquês, e por pouco não foi a Duque do Rio-Seco, este grande e pioneiro financista, injustamente não reconhecido como patrono e grande mentor dos contabilistas brasileiros, insigne introdutor, no país, da técnica tupiniquim de gestão contábil-financeira conhecida como *tesouro 2*, que muito sucesso fará no futuro entre banqueiros, capitalistas, industriais, comerciantes, políticos e brasileiros abastados em geral, escusado dizer que inadimplentes contumazes com o fisco.

– ... todas as velas estavam esgarçadas e se rasgavam com qualquer viração... a tripulação era imprestável... a água para beber tornara-se corrupta ao oitavo dia de viagem... não havia botica suficiente para os doentes a bordo... a fragata *Princesa Carlota* era um calhambeque que navegava no oceano como uma carroça estropiada rola em uma estrada atoladiça... – lamuriava-se o homem, à mesa.

– Se a Sereníssima tomasse conhecimento dessa afronta ao seu nome, o ministro da marinha perderia o emprego... – observou o clérigo, molhando uma côdea de pão no caldo de galinha fumegante.

– E o atual ministro da marinha é o Conde das Galveias, a quem a Princesa Carlota Joaquina só chama de *doutor Pastorinhas*, sabe-se lá por que razões... – comentou o oficial de Secretaria.

— Devemos ficar por aqui com essa conversa, senhor oficial de Secretaria — interrompeu D. Maria da Celestial Ajuda. — A propósito, senhor Marrocos, fale-nos sobre as ocupações que Vossa Mercê tinha em Lisboa, pois meu marido está deverasmente impressionado com a atuação de Vossa Mercê na Real Biblioteca, sendo o senhor tão moço ainda, não é mesmo Lobato?

"Lobatão" assentiu com um movimento de cabeça, enquanto mastigava alentado pedaço de galinha ao molho pardo.

— Sou escritor, senhora D. Maria, mas quem desse ofício pensar sobreviver em Portugal, e acredito que cá no Brasil também, mui precocemente irá morar na "quinta dos calados", por certo morto de fome. Meu próprio pai, para quem vou escrever ainda hoje, autor do *Mappa Alphabetico das Povoações de Portugal*, é professor régio de Filosofia Racional e Moral no Real Estabelecimento do bairro de Belém, e bibliotecário da Bibliotheca Real da Ajuda. Não fossem estes dois últimos empregos, e muito provavelmente este humilde criado não estaria hoje aqui a parolear, nesta honrada residência.

— Muito interessante, senhor Marrocos — aparteou-o o oficial de Secretaria. — Conheço muito bem a Bibliotheca Real da Ajuda: muito asseada, organizadíssima e de rico acervo. O senhor teu pai e tua família porventura residem no bairro de Belém?

— Sim, desde que nasci, há trinta anos, senhor oficial — respondeu Luiz Marrocos.

— E que outros recreios e hábitos dão prazer ao senhor Marrocos? — indagou D. Maria da Celestial Ajuda, curiosa por mais informações sobre o novo inquilino.

O ajudante de biliotecário soprou a colher de caldo de galinha, sorveu-a, e respondeu:

— Como o senhor Lobato já deve ter notado, nas raríssimas folgas que temos na Real Biblioteca, senhora D. Maria, sou um incorrigível epistoleiro.

"Lobatão" engasgalhou-se com a resposta e regurgitou o caldo de galinha por sobre o babador, que mantinha amarra-

do ao pescoço, causando não pequeno constrangimento aos comensais.
 – Como é isso, ó Marrocos? Pistoleiro nas horas vagas? – perguntou, espaventado, o desastrado marido de D. Maria da Celestial Ajuda, saindo do seu estado natural de rigoroso mutismo.
 O oficial de Secretaria e o clérigo não resistiram à estultice do "Lobatão" e explodiram em gargalhadas: "O que Deus cria sem esterco!", motejou o padre; Marrocos, polido, apenas sorriu discretamente, limpando os lábios com o guardanapo; Quincas, a madrasta e o "Lobatão" entreolharam-se, sem entender a razão da hilaridade dos inquilinos.
 – Epístolas, senhor Lobato, cartas! Eu gosto de escrever cartas, foi o que eu quis dizer – respondeu Marrocos, com elegância.
 – Pois seja muito bem-vindo a esta terra, senhor Marrocos, que esses teus afazeres e prazeres são raros por cá – aproveitou, o clérigo, o gancho da resposta. – Este Brasil é terra infestada de muita gente ignorante! – arrematou o religioso e, de imediato, envergonhado, pigarreou alto, limpando inexistentes travos na garganta, quando percebeu a gafe que acabara de cometer. Uma vermelhidão tomou-lhe conta da calva e da cara, visto que o fitavam, com severas carrancas, "Lobatão" e D. Maria da Celestial Ajuda.
 O oficial de Secretaria, com a experiência diplomática adquirida após longa folha de serviços prestados à Coroa portuguesa, no exterior, resolvera dissipar aquele embaraço e desanuviar os espíritos:
 – Mas, diga-me lá, senhor Marrocos, como está a nossa saudosa Lisboa governada pelos sacripantas franceses?
 – Está salva da sanha daqueles celerados, senhor oficial, e graças ao bravíssimo e invicto Lord Wellington, que deu uma surra nas tropas de um marechal francês, um tal de príncipe de Eslinge, batendo-os até expulsá-los do Reino! – respondeu Marrocos.
 – Alvíssaras, senhor Marrocos! Portugal, então, está livre das garras do Dragão Guerreador? – indagou o clérigo.

– Não tenho ainda esta certeza, senhor padre: as guerras de hoje em dia não são como as dos tempos dos romanos, que invadiam, saqueavam, tomavam conta do país derrotado e o anexavam ao império – respondeu Marrocos.
– E quais as diferenças para as guerras de hoje, senhor Marrocos? – indagou o clérigo.
Luiz Marrocos limpou os lábios com o guardanapo, olhou para D. Maria da Celestial Ajuda, comprimiu e puxou o lóbulo da orelha:
– Estava daqui, ó, este caldo de galinha, senhora D. Maria. Há muito não saboreava pitéu caseiro tão gostoso: estava de comer e chorar por mais!
– Bondade de Vossa Mercê, senhor Marrocos – agradeceu a senhoria, desfazendo a carranca e abrindo largo sorriso.
Marrocos voltou-se para o clérigo:
–As guerras hodiernas, senhor padre, são contingenciais, táticas, não há mais interesse no domínio do país conquistado: o país vitorioso toma as terras do derrotado pelo tempo que julgar necessário, normalmente o requerido para compensar os gastos havidos com a guerra, ou para superar o impasse que a motivou, geralmente de ordem econômica ou comercial – respondeu.
– A transmigração da família real e da Corte para o Brasil foi, no meu entendimento, uma estratégia perfeita, e vai ao encontro dessa sua observação, senhor Marrocos: Napoleão só estava interessado em aprisionar Sua Alteza Real, o Príncipe Regente, e negociar a sua libertação com a Inglaterra, em troca de acordos comerciais favoráveis à França e prejudiciais aos interesses ingleses e portugueses – observou o oficial de Secretaria.
– Exatamente, senhor oficial: sem a presença da família real em Lisboa, o Corso ficou sem meios para barganhar e pressionar a Inglaterra – aduziu Marrocos.
"Lobatão" resolvera, mais uma vez, sair do seu mutismo:
– Então, se assim são esses guerreares modernos, prenhes de *atacares* e de *fugires*, essa nossa vinda para cá foi

muita parra e pouca uva: gastou-se um imenso, milhentos cruzados e *trocentas* aporrinhações, um oceano inteiro de viagem, estamos todos cá a comer candeias de sebo, e tudo isso poderia ter sido evitado, ficando-se lá por Portugal mesmo...
– Perdão, senhor Lobato: como poderíamos ter obtido os mesmos resultados conseguidos com a transmigração, permanecendo a família real e a Corte em Portugal? – indagou o oficial de Secretaria.
– Era simples, homem: esvaziávamos Lisboa de alfacinhas, fugíamos todos para Trás-os-Montes, e lá ficávamos escondidinhos, por uma boa quadra! – respondeu "Lobatão", com a boca cheia de pão embebido em molho pardo.
– Essa é de meter a barba no cálice sem dizer a missa! E que me diz dos franceses, quando, invadida Lisboa, descobrissem que apenas tínhamos fugido para logo ali adiante, obra de dia e meio de viagem? – insistiu o oficial, incrédulo.
– Não descobririam os franceses coisa alguma, pois nós os enganaríamos: fincávamos no Rocio, no cais de Belém, na Alfama, no Aljube, no Chiado e no Bairro Alto umas tantas tabuletas com o aviso: PORTUGAL MUDOU-SE! VÃO EMBORA! NÃO ADIANTA INSISTIR! – respondeu o homem com a cara mais séria do mundo.
Fez-se um silêncio controlado e forçado: ninguém piou ai nem ui. Marrocos cobriu os lábios com o guardanapo, mais uma vez; o clérigo abriu a boca, espantadíssimo, e começou a pigarrear e a tossir, insistindo em limpar a garganta; o oficial de Secretaria ficou mudo, paralisado, dando tratos à bola, indagando-se se aquela torre de piolhos estrumada falara a sério ou motejara. Passados alguns instantes, resolvera tirar a dúvida:
– Senhor Lobato, que mal pergunte, apenas por desencargo de consciência: essa idéia das tabuletas foi dita a sério ou por brincadeira?
– Ora, punfas! Sou lá de *chalaçarias*? Todo burro come palha, o caso é saber dar-lha! – respondeu. Fez-se novo silêncio. Vendo que os três inquilinos o contemplavam ainda

mais incrédulos, caras de pasmo absoluto, "Lobatão" aduziu:
— Está claro que as tabuletas seriam escritas na língua deles, estás a ver, ó viroscas?
O clérigo voltou-se para D. Maria da Celestial Ajuda e, respeitosamente, observou:
— Senhora D. Maria, minh'alma está parva! Vosso marido é um assombro! Esse homem tem ciência a potes!
"Lobatão" e D. Maria da Celestial Ajuda, enfunados de soberbias, agradeceram e recuperaram o humor pelo resto da ceia. Quincas dormitava na cadeira, queixo enfiado no peito.

※

> Estrada de Matacavalos, sopé do morro de Santa Tereza. Chácara do bacharel Francisco Viegas de Azevedo, Rio de janeiro. Dia 12 de outubro do Ano da Graça de Nosso Senhor Jesus Cristo de 1808, décimo aniversário do infante Dom Pedro.
>
> ESCRAVA FUGIDA
>
> Encontra-se desaparecida, desde o dia 10 de outubro do corrente, negra da nação cabinda, 26 anos de idade, de bonita figura, beiços grossos, nádegas e peitos grandes, cheia de corpo, com todos os dentes, que atende pelo nome de Venância. É amigada com um preto chamado Anacleto, escravo que trabàlha no Paço, e que com ele teve um filho, que está com 10 anos, de nome Jacinto Venâncio. Pede-se a quem dela souber e a pegar entregar à Estrada de Matacavalos n° 47, chácara da família Viegas de Azevedo, de onde a escrava fugiu, que receberá 100$ de alvíssaras. Também se protesta contra quem a tiver acoitado. (*Gazeta do Rio de Janeiro*, de 12 de outubro de 1808).

O velho bacharel Viegas de Azevedo lia a *Gazeta do Rio de Janeiro*, sentado em uma espreguiçadeira na varanda da chácara de sua propriedade, enquanto chupava, preso no canto da boca, gigantesco charuto apagado. Conferia os termos do anúncio que mandara publicar, oferecendo alvíssaras para quem informasse o paradeiro da escrava Venância, sumida desde a manhã do dia do assassinato do oficial de Secretaria da Marinha José Manuel Maldonado

Torresão. A morte trágica do fidalgo fizera com que sua viúva e filhos mudassem para a casa de parentes no caminho para o Botafogo, liberando a posse da chácara aposentada para o bacharel, em definitivo.
– Ó de casa! Pode-se entrar, bacharel Viegas de Azevedo?
– alguém gritou do portão da chácara.
O velho bacharel abaixou a folha do jornal, franziu os sobrolhos e tirou o charuto da boca:
– Depende! Quem se anuncia?
– A palavra da Igreja! Sou eu, bacharel, o cônego Aguiar, seu vizinho! – respondeu quem se anunciava.
– A primeira eu dispenso, pode ficar aí fora mesmo! Quanto ao vizinho, as normas da boa educação impõem que eu o receba em paz: achegue-se, padre! – gritou em resposta.
O cônego Teodoro Bandeira de Aguiar venceu, com passinho miúdo e rápido, as vinte braças que separavam o portão do alpendre.
– Bons dias, bacharel! Folgo muitíssimo em vê-lo novamente neste avarandado: acabei de saber que a família do sinistrado se mudou para o caminho para Botafogo, é facto?
– indagou enquanto apertava a mão estendida do velho.
– Foi o que a viúva me afirmou, cônego, declarando-me quando se despediu. Quem me garante que o *doutor Pastorinhas* não manda outro bando de fidalgos aposentados para cá, em substituição aos Torresão?
– Não acredito, bacharel, não acredito! Eu e minhas irmãs, há dois meses, passamos novamente a ocupar a nossa chácara: o conde de Redondo e família desaposentaram-na, e mudaram-se para a rua dos Latoeiros. Estamos nós, cá na Matacavalos, muito longe do Paço: nenhum fidalgo gostaria de aposentar residência tão longe da Corte... – retrucou.
– Carrapato não escolhe lombo, padre! Sanguessuga só obra onde há sangue! – redargüiu o bacharel.
O cônego Aguiar procurou mudar o rumo da conversa:
– Torcendo o bico ao prego: e o assassinato do fidalgo, hein, bacharel? Que coisa horrorosa! Há muito não se via

barbárie desse jaez no Rio de Janeiro! – comentou enquanto se acomodava na espreguiçadeira vaga.

O velho Viegas de Azevedo levantou o dedo, abriu a boca, mas manteve-se calado, por instantes: resolvera, num átimo, abortar o comentário que intentara fazer: a longa experiência adquirida nos processos jurídicos em que atuara, como causídico, no Tribunal da Relação e no Desembargo do Paço, aconselhara-o a não expor a negra Venância, fugida Deus sabe para onde, e cujo desaparecimento, ao que tudo indicava, poderia ter relação direta com os maus tratos, agressões sexuais e sodomias que o defunto Torresão lhe infligia, quase todos os dias, desde que tomara posse da chácara, conforme as queixas que a própria negra, aos prantos, diversas vezes fizera ao bacharel.

– Sim, bacharel? Ia comentar alguma coisa? – argüiu o padre, ávido por novas.

– Aquilo foi desavença entre fidalgos, padre, rixa entre quem freqüenta o poder. Preto não teria aquela ousadia, com esse código filipino aí em vigor... – tangenciou.

– E o Conselheiro Fernandes Viana já tem suspeitos? – perguntou o padre.

– Desconheço. Fui convocado para prestar depoimento na Intendência Geral de Polícia, mas aleguei estar padecendo de crise de gota, e pedi para ser ouvido aqui em casa: o calabouço do Aljube causa-me arrepios! O Intendente Viana mandou avisar-me que virá aqui, amanhã, colher as minhas declarações. Perda de tempo: não vi e não sei de nada – respondeu o bacharel.

– *Cui prodest scelus, is fecit!*[1] – ponderou o cônego.

– *Faber est quisque suae fortunae!*[2] – replicou o bacharel.

A conversa foi interrompida por palmas no portão:

– Ó de casa! Pode-se entrar, bacharel?

Viegas de Azevedo bateu com a bengala no piso, franziu os sobrolhos e apertou os olhos em direção ao portão:

---

[1] "Cometeu o crime aquele a quem ele trouxe benefícios" (Sêneca).
[2] "Cada qual é obreiro da própria sorte" (Pseudo-Salústio).

– Diabos! Por acaso convoquei assembléias? audiências? conselhos? Quem vem lá? – gritou.
– É o físico Bontempo, bacharel – antecipou-se o cônego, vistas voltadas para o portão, protegendo-as do sol com a palma da mão.
– Ah! tinha esquecido. Veio ver como anda a minha gota. Se o Bontempo não estiver acompanhado do *Ferrabrás*, seu miserável buldogue, acene para ele entrar, padre.
O médico, grandalhão e obeso, levou um bom tempo para chegar à varanda, arrastando-se, lentamente, por sobre o caminho de pedras que dava acesso à entrada principal da chácara.
– O Bontempo ainda chega até aqui esta semana, padre? – ironizou Viegas de Azevedo, inquieto com a morosidade do médico.
– O físico Bontempo está muito gordalhufo, bacharel, e o que é pior: não pode ver uma baba-de-moça, uma cocada-puxa, um rebuçado... Se flagra doce em mão de criança, toma, sem remorso... – comentou o cônego, preocupado.
– Pois olhe, cônego: aquela baleia lusa que aí vem revelou-me, dia desses, que ainda vai às putas duas vezes por semana, sem deixar de cumprir, em casa, regularmente, com a obrigação conjugal hebdomadária, segundo ele... – motejou Viegas de Azevedo.
– Respeita-me, bacharel! Essas não são conversas para ter com um representante da Igreja, fora do confessionário! – indignou-se o padre, sem se alterar, dado que já conhecia o temperamento do vizinho.
– Bons dias! Bons dias! – cumprimentou-os, ofegante, o médico, aproximando-se da varanda. – Foi uma maldade, cônego Aguiar, Deus ter criado os seres humanos para andar sobre duas pernas... – lamentou-se.
Viegas de Azevedo explodiu uma gargalhada:
– Mas isso acontece por pura teimosia de brasileiros e portugueses, Bontempo! Ambas as raças ficariam melhor assentes, consentaneamente com suas índoles e cérebros, se

trotassem sobre as quatro, ou se subissem em árvores com as superiores, apoiadas nas inferiores! Mas, como se vê, são raças caturras: insistem em andar como bípedes! – gracejou Viegas de Azevedo.

– Qual a razão para tanta prevenção contra brasileiros e portugueses, bacharel? O mundo também é habitado por franceses, italianos, espanhóis, ingleses, judeus, russos... – protestou o cônego.

– Porque portugueses e brasileiros, padre, vieram ao mundo para esculhambar com o destino da humanidade: os primeiros, pela burrice atávica, que é o principal atributo distintivo da raça; os segundos, pela canalhice genética de seus caracteres, safadeza vocacional que já correu o mundo! – vociferou o bacharel.

O médico, arrastando-se pela varanda, procurou um banco largo para sentar-se, temeroso de que as cadeiras não lhe agüentassem o corpanzil. Sentou-se, soltou uns gemidos de cansaço, e comentou:

– O bacharel está a cometer severa injustiça com nós lusitanos, grandes navegadores e descobridores deste país. De facto, não somos um povo que tenha lá muito gosto pelas letras e pelos estudos: somos, em grandíssima maioria, gente simples, que gosta de amanhar uma lavoura, de cultivar oliveiras e parreiras, de criar cabras e porcos, de construir naus, de pescar bacalhaus e sardinhas. São atividades que mais exigem braços e pernas do que cérebros; contudo, somos uma gente a querer sobreviver, com dignidade, no mundo, da mesma forma que as outras raças. Quanto à burrice atávica do povo português, alegada pelo bacharel, a ciência já comprovou: nascemos todos os seres humanos, independentemente de raça, mais burros que uma porta, asnados até à quinta-essência, e quem não se ilustra, asno permanece, vá lá que sejam essas simplificações, apenas para argumentar. Mas, bacharel, daí a afirmar que um povo tem canalhice por herança genética, já vamos muito longe com essas licenças filosóficas absurdas, dado que ninguém nasce canalha: a

canalhice é adquirida, e não hereditária! – contra-argumentou o médico.
– Apoiado, doutor Bontempo! Assim é que se fala! – defendeu-o o cônego.
– Ademais, fundado em quais argumentos o bacharel nos brinda com tão radicais e generalistas teses? – complementou o físico Bontempo.
– Muito simples de explicar, Bontempo: quando queres conhecer as origens dos males dos teus pacientes, à primeira consulta, como procedes? – insistiu o bacharel, irrequieto, mãos sobrepostas apoiadas sobre a bengala.
O físico começou a abanar o rosto com um abanico de renda que estava sobre a mesa:
– Procedo ao que chamamos de anamnese do paciente, bacharel.
– Brilhante, Bontempo! Considerariam, Vossas Mercês, por acaso, algum absurdo aplicar esse procedimento científico na investigação dos males de um país? – indagou o bacharel, chupando o charuto apagado, irritadiço.
O físico, exausto, ajeitou os nadegões sobre o assento do banco, gemicou uns ais e uis, desabotoou a casaca de saragoça, e respondeu:
– Como? Anamnese de um país, bacharel? Não me consta ser possível: tal paciente é impessoal, não fala. Como investigar os males que o afligiram? Como conhecer-lhe a vida pretérita?
– És uma vítima das tuas confessas simplificações, Bontempo! – exclamou o bacharel. – Já ouviste falar em História? Também é ciência, sabias? É método que permite conhecer, transmitir e, por conseqüência, avaliar as origens, tradições e costumes dos povos!
O cônego Aguiar, enfadado com a conversa, resolvera sair do silêncio:
– Não me consta, bacharel, que os livros de História do Brasil e de Portugal revelem indícios ou denunciem a canalhice daqueles ou a burrice destes.

– É óbvio, cônego! A História é aquilo que escrevem os historiadores! E quem são esses que a redigem? São validos de majestades, louvaminheiros do poder, aduladores de potentados: narram as 'verdades' que são convenientes àqueles de quem vivem a soldo, informam o que agrada aos que mandam, enaltecem aqueles que decidem e julgam sobre a vida e a morte, aqueles que detêm o primado espiritual. Os delfins de França, equivalentes aos infantes de Portugal, eram educados com clássicos latinos expurgados, em edições *ad usum Delphini*,[3] como se diz. Imaginem se daqui a cem anos os brasileiros descobrissem que Dom Pedro, o atual sucessor da Coroa Portuguesa, tinha uma avó louca, um pai corno e uma mãe puta! E tudo isso ao mesmo tempo! O que não iriam pensar sobre a atual realeza lusitana?

– Senhor bacharel! Reprovo-te os argumentos e repugno esse linguajar de negro de ganho! Respeita-me a estamenha, pelo menos! – protestou o cônego, enquanto Viegas de Azevedo ria, sarcasticamente.

O físico Bontempo tentou desviar o rumo da conversa:

– Vim cá visitar-te, bacharel, para lhe avaliar a hiperuricemia: já estou muito velho para aprender a interpretar corretamente a História. Por falar nisso, bacharel, como está a tua gota?

– Não tergiverses, Bontempo. Se te faltam argumentos para rebater os meus, não te protejas, covardemente, nos escaninhos da tua ciência! – vociferou o bacharel.

O físico abanou as mãos à frente do corpo, desculpando-se pela interrupção, e vagueou o olhar perscrutando o interior da residência, ansioso por uma limonada com biscoitinhos de goma, sempre ofertados às visitas dos Viegas de Azevedo.

O cônego Aguiar, aflito por mudar de assunto, tentou precipitar o fim da arenga do bacharel:

– Admitindo, *ad argumentandum tantum*, as opiniões defendidas por Vossa Mercê, aonde exatamente o bacharel quer chegar? Na formulação de alguma nova tese sobre a gênese?

---

[3] Para uso do Delfim.

— Não chegaria a tanto, padre: abandonando minhas preocupações com Portugal, visto que há muito lá não vivo, muito me aflige, por ter filho brasileiro, o alto grau de canalhice do povo desta terra: esses infelizes são, em sua grande maioria, uns estróinas, uns pândegos, uns sacripantas de baixa extração, porém forçoso é reconhecer: têm uma patifaria latente, que só se manifesta, essencialmente, quando dois valores se lhes apresentam, oferecidos ou passíveis de serem conquistados: dinheiro e poder. Fora disso, quando essas variáveis não estão em jogo, comportam-se como os botocudos de quem são originários: preguiçosos, festeiros e supersticiosos, e, até mesmo, criativos e inteligentes, nisto diferenciando-se dos portugueses.

— Então, Jesus-Maria, o bacharel formulou uma tese para explicar a safadeza latente do brasileiro? — indagou o cônego, ansioso para pôr termo à catilinária de Viegas de Azevedo.

— Não uma, padre Aguiar, mas três teses! — corrigiu o bacharel.

O físico Bontempo não agüentou e interrompeu:

— Antes de as apresentar, bacharel, Vossa Mercê se importaria em pedir que me tragam um copo com água fresca da moringa?

— Mas é para já, Bontempo! Senhora D. Maria Eduarda! O doutor Bontempo acabou de perguntar quando vai sair a limonada com biscoitinhos? — gritou para a nora, no interior da chácara.

— Três teses, bacharel? Que exagero! Tanta teoria assim só para explicar a safadeza do brasileiro? E por acaso elas são complementares entre si? — indagou, incrédulo, o cônego.

— Aí é que está o busílis, padre: elas concorrem entre si, tão robustas são, pois não se originam das mesmas hipóteses!

— Se o bacharel pudesse nomeá-las e resumi-las... — solicitou o cônego, meio contra a vontade, apenas por delicadeza com o dono da casa.

— Com indizível prazer, padre: a primeira tese a titulei de *Teoria dos Genes Patifes*; a segunda, de *Teoria dos Miasmas*

Pestíferos e dos Ventos Acanalhadores; a terceira, de *Teoria das Matrizes Raciais Vagabundas* – apresentou-as o bacharel, com indisfarçável satisfação.
— Santo Deus! Pelos títulos gongóricos que possuem, o bacharel precisaria de uns cinco dias para enunciá-las e desenvolvê-las... – atemorizou-se o físico Bontempo, sequioso.
— Não mais que cinco minutos, Bontempo: concluirei antes mesmo que dês o primeiro gole na tua limonada!
— Por acaso a limonada vai demorar, bacharel? – indagou, aflito, o médico.
— Um nadinha de tempo, escutem só: a *Teoria dos Genes Patifes* explica, com fundamento biológico, e esta tese só alcança os nativos da terra, que todo brasileiro nasce com um par de genes patifes no cromossoma, um de origem materna, outro de origem paterna. Os genes em causa só se manifestam, isto é, só acanalham o portador, como já explicado, se a ele é oferecido poder ou dinheiro. Nestas situações, quando ocorridas, o brasileiro liberal vira conservador, e vice-versa; o beato vira estróina, e vice-versa; o anjo vira diabo, e vice-versa; o honesto vira patife, e nesta condição permanece, posto que não há retorno para o comportamento anterior, hipótese em que se baseia a tese. Estou absolutamente convencido de que, se os brasileiros estivessem na rua, em Jerusalém, no dia do julgamento de Jesus, com certeza Barrabás ganharia por maior margem de votos, sabido é que os ladrões e os canalhas fazem muito sucesso por estes sítios, principalmente os salafrários bem-sucedidos, regularmente titulares dos mais altos postos de importância do país!", comentou, com escárnio.
— Que Jesus se apiade da tua alma, bacharel! Estás a blasfemar contra todo um povo, com essa tese tão absurda, ofensiva e generalista! – lamentou-se o cônego, puxando enorme lenço para enxugar o suor da calva e do pescoço.
O bacharel Viegas, caturro, retrucou:
— Bem sabes, padre, o quanto sofremos nós com essa odiosa lei das aposentadorias, desencavada por Dom João:

até alugueres fomos obrigados a pagar dentro de nossas próprias casas! E qual foi a reação da grandíssima maioria daqueles que foram esbulhados? Vergonhosamente adularam, e até hoje o fazem, os reinóis que lhes tomaram as casas! Alguns até ofereceram as mulheres como parte usufrutuária do patrimônio aposentado! – denunciou o bacharel, carótida aos pulos.

– E a *tese dos ventos*, bacharel? – indagou o físico, botando panos quentes na conversa, agoniado com a demora da limonada.

– Fundamenta-se na geografia física, Bontempo: explica o mau caráter dos que aqui vivem pela localização geográfica do Brasil. Moramos cá num sítio onde a terra exala miasmas pestíferos, que por sua vez se misturam, de forma luciferina, com os ventos podres que sopram da costa ordinária da África, intoxicando todos que vivem por estas plagas. Esta tese também alcança os estrangeiros que por cá vivem, haja vista a existência de abundantes provas de que a maioria esmagadora dos adventícios que para cá vieram residir se acanalharam com espantosa rapidez. A teoria dos *Miasmas Pestíferos e dos Ventos Acanalhadores* abrange, obviamente, contigente muito maior de pessoas, até com relação à teoria das *Matrizes Raciais Vagabundas*, como veremos a seguir.

O físico, desconfortado, ajeitou-se no banco, enquanto o cônego Aguiar balançava a cabeça, desaprovando as teses do bacharel.

– Vamos logo à terceira tese, bacharel, para conclusão dessa impiedosa avaliação da gênese dos brasileiros... – desabafou o cônego, visivelmente contrariado.

– Titulei-a *Matrizes Raciais Vagabundas* – reiniciou o bacharel. – Por certo não se poderia desprezar a explicação, altamente plausível, da razão do mau-caratismo dos brasileiros, como decorrência da deletéria influência das três raças matriciais que, promiscuamente, se cruzaram entre si, e formaram esse povo tão sem-vergonha, a saber: o português, o índio e o negro.

A senhora D. Maria Eduarda assomou à varanda, vinda do interior da residência, carregando uma bandeja de refrescos e de biscoitos de goma, provocando incontidos regozijos do cônego e do físico: "Hosana a Deus nas alturas!", "Bálsamo da providência divina!", exclamaram, e levantaram-se para cumprimentar a nora do bacharel.

Viegas de Azevedo, irritado com a interrupção, batia com a ponta da bengala no piso, ansioso por dar continuidade à explanação sobre suas teses, visto que há muito não desfrutava de platéia tão seleta e oportuna para destilar suas diatribes:

– Já chega, D. Maria Eduarda, está tudo muito bem servido e arrumado! Deixe-nos agora, senão esse dois desfalecem com tantas gentilezas, e ficam mal acostumados! E tu aí, ó Bontempo, tira a mãozinha desse biscoito, que ainda não são horas! – reclamou dando uma bengalada no tampo da mesa.

O padre, desalentado, resolvera voltar à espreguiçadeira, e o físico, em crise de sede e fome, aboletou-se de novo no banco largo, gemelhicando.

– Prossigamos: por que vagabundas, as raças matriciais do povo brasileiro? – recomeçou a catilinária, o bacharel. – Nada mais fácil de constatar e de provar, senão vejamos: a primeira matriz, o português colonizador, foi, é, e sempre será, de longe, o mais burro dos europeus: aposto qualquer coisa, com quem quer que seja, como daqui a cem anos o português continuará sendo o povo menos brilhante e o país mais atrasado do continente europeu; a segunda matriz, o índio brasileiro, que é, incontestavelmente, o silvícola mais imbecil que o Criador colocou sobre a face da Terra: não deixou para os pósteros nenhuma escrita, nenhum alfabeto, nenhuma pirâmide, nenhum calendário, nenhuma manifestação artística ou cultural de relevância, a exemplo do que fizeram os incas, os maias e os astecas, para citar apenas os índios da América; pelo contrário: o índio brasileiro sempre se distinguiu por sua inutilidade e alta estupidez: disputava com os tamanduás formigas para comer, e sempre perdia!; a terceira, e última matriz, o negro, que o português ainda importa e escraviza, em face da imprestabilidade para o trabalho do índio brasileiro: os que para cá são trazidos constituem a escória da África, originários da costa ocidental, e são infinitamente inferiores aos negros da costa oriental e da região norte daquele pestífero continente, notadamente os hauçás e os senegaleses, a nobreza da negralhada. Concluindo, senhores: as três raças vagabundas e imbecis que aqui se misturaram, para a formação do povo brasileiro, são povos de baixa extração, de quinta categoria, que deram ao mundo a demonstração mais desavergonhada da história da colonização dos povos: enrabam-se e comem-se, uns aos outros, até hoje, numa grande bacanal bordelenga, não sendo difícil identificar a única característica comum que os distingue: a irresistível vocação para a patifaria, para a tratantada, para a safadagem! – concluiu Viegas de Azevedo, dando uma bengalada no tampo da mesa.

– Santo Deus! Perdoai-lhe, Senhor, pelas blasfêmias e aleivosias. O bacharel não sabe o que diz... – desabafou o cônego, as duas mãos levantadas ao céu.

O físico Bontempo aproveitou o átimo de silêncio, enquanto o bacharel ofegava, raivoso com o discurso que proferira, e, levantando-se do banco, desabafou:

– Isto posto: aos biscoitos!

Cadeia Pública do Aljube, Prainha, canto da ladeira da Conceição, Rio de Janeiro. Dia 13 de outubro do Ano da Graça de Nosso Senhor Jesus Cristo de 1808.

DEPOIMENTO DE FRANCISCO VIEGAS DE AZEVEDO, COLHIDO E REDUZIDO A TERMO AOS TREZE DIAS DO MÊS DE OUTUBRO DO ANO DE MIL OITOCENTOS E OITO, RELATIVO AO PROCESSO DE INVESTIGAÇÃO PARA APURAÇÃO DO CRIME DE MORTE, OCORRIDO AOS DEZ DE OUTUBRO DO MESMO ANO, DO QUAL FOI VÍTIMA O *DE CUJUS* JOSÉ MANUEL MALDONADO TORRESÃO, OFICIAL DE SECRETARIA DA MARINHA.

"Aos treze dias do mês de outubro de mil oitocentos e oito, de ordem do Exmo. Senhor Conselheiro Intendente Geral de Polícia da Cidade de São Sebastião do Rio de Janeiro, foi colhido o depoimento do advogado Francisco Viegas de Azevedo, que prometeu dizer a verdade, na residência do depoente, sita à Estrada de Matacavalos, número quarenta e sete, nesta Corte, relativamente ao processo de investigação para apuração do crime de morte do qual foi vítima o oficial de Secretaria da Marinha José Manuel Maldonado Torresão, fidalgo português acreditado junto a esta Corte, beneficiário usufrutuário da supracitada residência, em estrito cumprimento ao Alvará, com força de lei, que foi servido decretar Sua Alteza Real, o Príncipe Regente Nosso Senhor Dom João, diploma legal que é mais conhecido como lei das aposentadorias, do qual eu, Joaquim Teixeira de Macedo, escrivão de polícia, reduzi a este termo, cujas perguntas e respostas foram colhidas na presença do Exmo. Senhor Intendente Geral de Polícia, Conselheiro Paulo Fernandes Viana, conforme se segue:

Perguntado qual era seu nome, profissão, naturalidade, estado civil, religião e idade, respondeu que se chamava Francisco Viegas de Azevedo, que era advogado bacharelado em Coimbra, natural da cidade de Lisboa, viúvo e adepto do agnosticismo, idade de sessenta e nove anos e dois meses. Perguntado pelo Exmo. Senhor Intendente Geral de Polícia sobre o significado da palavra 'agnosticismo', declarou que só dava aulas gratuitas para ignorantes pobres e desvalidos; para ignorantes investidos de cargos de autoridade ou abastados em geral, cobrava a módica quantia de 5$ réis a aula. Ameaçado de prisão pelo Exmo. Senhor Intendente Geral de Polícia, caso não respondesse à indagação que lhe fora dirigida, declarou que 'agnosticismo' era uma doutrina que ensinava a existência de uma ordem de realidade incognoscível, cujo dogmatismo considerava fútil a metafísica. Perguntado onde se encontrava, e se tinha meios de o provar, na manhã do dia dez de outubro do ano corrente, respondeu que se encontrava de cama, havia mais de oito semanas, por ordem do físico Bontempo, para tratamento de uma gota, e que do leito só se levantara para sentar-se na comadre, que mantinha sob a cama, com o fito de exonerar-se de superfluidades orgânicas, sólidas e líquidas, posto que as gasosas as expelia deitado no leito mesmo. Alertado pelo Exmo. Senhor Intendente Geral de Polícia de que a omissão ou sonegação de informações à Polícia, em depoimentos feitos sob juramento, constituía crime de perjúrio, passível de severíssima punição, acrescido do agravante de o depoente já ter sido sentenciado, no passado, com a pena de prisão por ofensas públicas às autoridades do Reino, respondeu que conhecia o preceito do Direito Canônico *scienti et conscienti non fit injuria*.[4] Perguntado se o desaparecimento da escrava de nome Venância, de sua propriedade, sobre o qual fizera publicar anúncio na *Gazeta do Rio de Janeiro*, de doze de outubro do corrente ano, tinha alguma relação ou implicação com o crime objeto desta investigação, respondeu que, a princípio, achava que não, pois na mesma edição daquele jornal haviam sido publicados outros quarenta e dois anúncios de negros e negras procurados, o que, no seu entendimento, constituía prova material e irrefutável da imbecilidade e ineficiência da polícia. Ameaçado, novamente, de prisão pelo Exmo. Senhor Intendente Geral de Polícia, caso não retirasse a ofensa à Corporação que chefiava, respondeu que o termo 'polícia', a que se referira, originava-se do grego *politéia*, derivado do vocábulo latino *politia*, que significava o conjunto de leis impostas ao cidadão para fins de assegurar a moral e ordem públicas, razão pela qual a sua crítica era dirigida aos princípios que nortearam a sua elaboração, e não à Corporação responsável pela repressão à criminalidade. Perguntado se tinha alguma cousa mais a acrescentar ao que havia declarado, respondeu que sim. Reinquirido sobre o que se tratava, respondeu que o último a sair não esquecesse de passar o trinco no portão de saída da chácara. E, assim, deu o Exmo. Senhor Intendente Geral de Polícia por acabadas as perguntas e respostas, as quais foram lidas à testemunha, que as achou em conformidade com o que tinha sido perguntado e respondido, mas que gostaria de ressalvar, relativamente ao texto que lhe fora apresentado, os solecismos, pleonasmos, anacolutos e vícios de linguagem de que estava eivado, além de erros de concordância, sintaxe, regência, ortografia e outras barbaridades gramaticais nele abundantes, mas que o assinaria por

---

[4] A quem sabe e consente não acontece injustiça.

representar a verdade do que havia sido dito. Nestes termos, eu, Joaquim Teixeira de Macedo, escrivão de polícia, escrevi e assinei, seguindo-se as assinaturas de Paulo Fernandes Viana, Intendente Geral de Polícia, e de Francisco Viegas de Azevedo, depoente. Exarado nesta Corte da cidade de São Sebastião do Rio de Janeiro, aos treze de outubro do Ano da Graça de Nosso Senhor Jesus Cristo de mil oitocentos e oito."

— Velho filho da puta! Debochado! Descarado! — vociferou o Intendente Geral de Polícia, ao terminar a leitura do depoimento do bacharel Viegas de Azevedo, na cadeia pública do Aljube. — Esse macróbio sicofanta sabe muito mais coisas que as declaradas neste depoimento anódino, velhaco e ofensivo!... *o último a sair não esquecer de passar o trinco...* Arrenego! anarquista filho da puta! — gritou e deu um soco na mesa.

O escrivão de polícia Macedo, em silêncio, assentia com movimentos de cabeça; sua única preocupação com aquele depoimento estava voltada para descobrir, no texto, os barbarismos de linguagem denunciados pelo bacharel, pois um escrivão experiente e requisitado, a seu ver, deveria estar sempre muito mais atento à forma que ao conteúdo.

— Macedo, escreve-me o rascunho de um alvará de Sua Alteza Real para o governador de São Paulo, requisitando a transferência, para esta Corte, do sargento Sizeno *Esfola-Crioulo*, lotado na brigada de polícia daquela província. Aflige-me a solução desse crime: estou dando voltas, em círculos, com a merda desse assassinato! Não consigo descobrir nada, a não ser uma botina rasgada, que nem sei se alguma relação tem com o caso... O sargento Sizeno *Esfola-Crioulo* é um miliciano facinoroso, graças a Deus do nosso lado, e que pratica suas perversidades a favor da Coroa; não tem ninguém que, sob seu interrogatório, lhe agüente as maldades e as torturas: o infeliz por ele flagelado é capaz de lembrar e descrever até como foi o próprio parto!

XIV

Guerra do Paraguai. Saque à Vila de Peribebuí, em território paraguaio, pelas forças do Império do Brasil. Dia 13 de agosto, sexta-feira, do Ano da Graça de Nosso Senhor Jesus Cristo de 1869.

Hoje é sexta-feira, dia treze, data aziaga para os supersticiosos, mas para um sacerdote, que tem a missão de apascentar almas em conflito e de levar a palavra de Deus aos incréus, é um dia como outro qualquer. Estou há mais de três anos nesta guerra insana; rogo ao meu bom Santo Antônio de Categeró não me deixar perder a ternura nem a capacidade de me indignar, tantas são as perdas de vidas humanas que testemunho, diuturnamente. Os infelizes, de ambos os lados da peleja, têm suas vidas ceifadas aos magotes; nesta altura do conflito, a maioria dos mortos do lado paraguaio é constituí-da de mulheres e de crianças, sabido é que os homens adultos já foram quase todos dizimados. O grande general Manuel Luís Osório, enfermo, deixou o Exército, e o marechal Caxias também não está mais à frente das tropas; temo pela sorte deste conflito, pois o Conde d'Eu, que assumiu o comando das tropas aliadas, fez um pacto com o Diabo pela vitória, liberando de dentro de si, escondido sob a pele da Alteza polida e educada, um assassino cruel e desumano. Na invasão à vila paraguaia de Peribebuí, as tropas nacionais gastaram toda a munição de guerra e de boca para vencer a tenacidade da defesa guarani, que respondia ao pesado canhoneio, e à intensa fuzilaria do 24º Corpo, com pedras, pedaços de paus e cacos de vidro.

Do interior da vila ouviam-se somente gemidos, além do choro de mulheres e de crianças, quando o facinoroso Conde comandou, pessoalmente, a invasão: "Nenhum paraguaio sairá daqui vivo, ainda que doente ou inválido! À vitória, camaradas! Ao saque!", gritou o sócio do demônio, fardado de marechal-de-campo. A turba de soldados, aos gritos, invadiu a vila, lanceando os minguados adultos ainda vivos, degolando com facões os que, heroicamente, ainda lutavam contra nossas forças, infinitamente superiores. Armei-me com um pedaço de pau, indignado, e bati, com vigor, no lombo de um soldado brasileiro que estuprava, com selvageria, uma menina paraguaia que lhe mordia as orelhas e os ombros, aos gritos de "*Asesino! Macaco!*"

O capitão Diogo Bento, montado sobre a sela do seu cavalo, repreendia com severidade, ao meio de um caos, envolto em poeira suspensa e fumos de pólvora, tiros e gritos, de triunfo e de dor, um voluntário que trespassara com uma lança o peito de um menino, de não mais de dez anos, e repetira o golpe mortal em uma velha, que tentara defender a vida da criança: "Não percas a dignidade, tu és homem e soldado, e não uma besta-fera assassina, seu filho da puta desalmado!", gritava o meu afilhado, espada desembainhada; um justo cavaleiro medieval, no meio da balbúrdia incontrolável, entre bárbaros ensandecidos.

O soldado Albuquerque de Olibeira e Soiza, o dos roncos ensurdecedores, saqueava as casas da vila, alheio a tudo que acontecia à sua volta, enfurnando num embornal todas as quinquilharias que o seu pobre bestunto lhe aconselhava como de valor. Segurava uma picareta à mão, e cavoucava, celerado, as paredes das casas, onde ouvira dizer os paraguaios escondiam seus tesouros. Parecia não se importar com o conflito que explodia a uma braça de seu nariz: mordia as moedas que encontrava para lhes testar o valor; experimentava roupas; fuçava gavetas e arcas; arrancava lustres de tetos; encafuava castiçais; bebia pelo gargalo, sofregamente, garrafas de vinho e de licores; mastigava mantimentos que surrupiava das despensas; corria atrás de galinhas e as embornalava, indiferente à guerra que pipocava em torno.

Vez por outra, surgia, inopinadamente, ao meu lado, saído Deus sabe de onde, e ajudava-me a arrancar os soldados de cima das mulheres e das meninas que estupravam, dando-lhes chutes nos costados e cachações: "Aos saques! Aos saques! Isso não, seus putos!", gritava, com respaldo na lei, posto que a Tríplice Aliança, celebrada entre Brasil, Argentina e Uruguai, havia legalizado o saque e a pilhagem dos despojos do inimigo comum. Zoroastro Meia-Braça e os zuavos baianos não participavam do butim nem das violências contra as mulheres: comiam e bebiam, calmamente, aboletados nas cadeiras e mesas de uma das casas invadidas, o alimento e a bebida encontrados. Sempre atento e ágil, o pequeno feiticeiro, de tempos em tempos, sem sair do banco em que se sentara, sacava do fuzil e disparava contra um paraguaio que se mexia no chão, ou que saía de um esconderijo. Encareci a ele e aos zuavos que me ajudassem a conter aquela violência dos nossos contra as mulheres e as crianças paraguaias, vítimas inocentes daquela guerra, e que já não tinham homens para defendê-las. Fiz-lhes ver que aquelas violações e crueldades eram condenadas por Deus, atos de covardia para com seres indefesos, além de representarem uma ignomínia, uma desonra para o Exército Nacional, do qual Dom Obá II participara com tanta dignidade, valor e hombridade, e que aqueles fatos muito entristeceriam o Príncipe Herdeiro do Império Ioruba de Oyó, caso tomasse conhecimento daquelas covardias, e soubesse que os zuavos não tomaram a iniciativa de coibi-las. "*Mo mbòwá*",[5] balbuciou o feiticeiro na sua algaravia ininteligível, mas que parecia ser uma resposta de concordância. Levantou-se do banco, armou o fuzil e, sem olhar para o alvo, deu um tiro para cima, em direção ao forro da casa, de onde, logo em seguida, desabou, mortalmente ferido, um soldado paraguaio ali escondido. "*Emi àbí iwo! Àbútan! Abíwo!*",[6] exclamou, olhando para o cadáver. Ato contínuo, fez um gesto de convocação para os zuavos, complementado por uma ordem: "Vâmu

---

[5] Eu estou indo (em ioruba).
[6] Eu ou você! Filho da puta! Corno! (em ioruba).

ajudá u pádri Jacinto a acabá cum a disavergonhada *ìsepánságà*[7] dus hômi, purém sem matá: só nas burdunada!", grunhiu com a voz roufenha, que lhe saía aos gorgorejos da garganta. Senti um frêmito de medo, e agradeci ao meu bom Deus o respeito a mim dedicado por aquele homem-bicho, e a inolvidável sorte de tê-lo ao lado das forças do Império neste conflito. Zoroastro à frente, os zuavos baianos saíram à rua, bordunas nas mãos, eu atrás a apontar e denunciar os nossos que estupravam as mulheres paraguaias. "Adôndi, padri Jacinto?", gritava o feiticeiro. "Ali tem um, olhem! Tem outro lá dentro daquela casa, em cima da mesa!", denunciava eu, aos berros, aflito em pôr termo àquela selvageria, enquanto a matança e a fuzilaria continuavam à minha volta. O feiticeiro correu até o primeiro estuprador, que bufava sobre uma menina, violando-a aos roncos e palavrões, e desferiu-lhe violentíssima bordunada no cachaço, desacordando o soldado, que soltou um vagido de dor. "*Se gāfárà fun mi! Mase rúfin mo!*",[8] grunhiu para o homem desfalecido, puxando-o pelo cangote, e retirando-o de cima da menina. Os zuavos espalharam-se pelas casas e saíram distribuindo cacetadas nas cabeças dos estupradores que encontravam, tirando-lhes os sentidos com apenas um golpe, violento e certeiro, na base do crânio, aos gritos de "*Ìtá! Láfojúdi!*".[9] Um dos estupradores, gigantesco sargento, branco e musculoso, de cabelos e barba ruivos, conseguira dar um safanão no zuavo que fora reprimi-lo; armara-se de uma pistola e continuava a fornicar, com as calças arriadas até os calcanhares, as grandes nádegas brancas subindo e descendo por cima de uma mulher paraguaia, enquanto gritava: "Quem si aproximá e vié atrapaiá eu mato!", apontando a arma para o zuavo, enquanto segurava a mulher com o outro braço. Zoroastro

---

[7] Fornicação (em ioruba).
[8] Desculpe-me! Não faça esse erro outra vez! (em ioruba).
[9] Canalha! Insolente! (em ioruba).

Meia-Braça, empunhando uma colher de pau de cabo grande, surgira, como num passe de feitiçaria, do lado oposto do cômodo, às costas do estuprador, e jogou-se como um felino por sobre o lombo do sargento, cravando-lhe o cabo da colher de pau no ânus, no exato instante em que o estuprador empinava a bunda para o alto, para mais uma estocada. Foi o mais lancinante grito de dor que já ouvi um ser humano emitir: o sargento soltou um urro que estremeceu as paredes do cômodo. Ato contínuo, quando o sargento largou ao chão a pistola que lhe apontava, o zuavo aplicou-lhe violenta bordunada no crânio, provocando o seu desfalecimento. "*Mo fí igi ti i!*",[10] exclamou Zoroastro Meia-Braça, enquanto socava mais fundo o cabo da colher no ânus ensangüentado do sargento. "Tuma mais *orógùn*[11] nu cu, *ódájú!*",[12] vociferou.

Terminadas a luta encarniçada e as violências contra as mulheres, a poeira evolava-se no ar; gemidos e gritos de dor quebravam o silêncio que se instalara na vila com o fim da refrega; um cão uivava, faminto e ferido, diante de um dantesco mar de cadáveres espalhados pelas ruas. Não pude conter as lágrimas: foram contados perto de setecentos mortos: todos soldados-meninos, que defenderam, tenaz e heroicamente, a vila de Peribebuí.

– Ainda tem soldado paraguaio vivo? – inquiriu o Conde d'Eu ao tenente-coronel Hipólito Coronado, que assumira o comando da brigada no lugar do general João Manoel Menna Barreto, morto em combate.

– Somente doentes, Alteza: estão todos num hospital velho, lá no fim da rua principal – respondeu o oficial.

– Pois queime o hospital, com todos eles dentro, que aquilo deve ser um ninho de cólera e de sarampão! – ordenou Sua Alteza, friamente, ainda irado com a morte do general brasileiro.

---

[10] Eu o empurrei com um pedaço de pau (em ioruba).
[11] Colher de pau (em ioruba).
[12] Pessoa sem-vergonha (em ioruba).

Oh! Senhor meu Deus, como permitis tamanha violência? Jamais me sairão da memória os gritos desesperados de dor daqueles doentes, aprisionados na fogueira em que foi transformado o velho hospital, onde foram todos queimados vivos, como nos autos-de-fé da Inquisição. Quanta provação, Senhor, para este pobre velho negro, que mal consegue levar a Vossa palavra aos homens desta guerra: estão todos transformados em feras, incluindo os que educação tiveram, e que deveriam dar exemplos de dignidade e de respeito para com o semelhante.

🖉

Guerra do Paraguai. Véspera da batalha de Acosta Ñu.
Noite do dia 15 de agosto do Ano da Graça de Nosso
Senhor Jesus Cristo de 1869. Acampamento das tropas
do Império do Brasil em território paraguaio.

Estamos sentados em volta da fogueira, aquecendo-nos da friagem da noite paraguaia, apreciando, em silêncio, a água da chaleira ferver sobre a tempre, absortos sob um soberbo firmamento, salpicado de astros tremeluzentes. Três anos de convívio diuturno na guerra criam fortes laços de amizade entre os homens, que até no silêncio se comprazem. Estão espalhados em redor do fogaréu, além do feiticeiro Zoroastro Meia-Braça, o zuavo Aláfiyèsí Afunrèrè, que toca uma melodia muito triste em uma flautinha de bambu; o capitão Diogo Bento, que lê, iluminado pelo clarão das chamas, os verbetes do meu manuscrito sobre a farmacopéia dos catimbós; o soldado Albuquerque de Olibeira e Soiza, que somente há pouco tempo descobriu que sou padrinho de casamento e velho amigo do seu idolatrado mestre-escola Joaquim Manuel Menezes d'Oliveira, o mestre Quincas, pai do capitão. Este mundo é um ovo.

– Vosso pai é um gênio, capitão! É o português mais sábio que conheci na vida! O ilustre mestre sabe contar números pra mais de mil, enquanto este pobre infeliz só vai, aos trancos e barrancos, principalmente na hora que tenho de trocar de mãos para continuar a contagem, até dez, mesmo assim à custa de muita varada no traseiro. Vosso pai era muito severo! – comentou o terríbil, com o capitão Diogo Bento, que não conseguia conter o riso.

– Não seja tão rigoroso com vosmecê, Olibeira e Soiza: os homens não se medem apenas pela cultura mas também por sua dignidade, por seu caráter, por sua bondade, e estes atributos vosmecê os possui – confortei-o.

– Gbérè![13] – grunhiu, concordando, o feiticeiro zuavo. – U pádri Jacinto i u purtuga Buquéqui Olibera i Suíza tem inúfunfun.[14] Ògákò Diogo Bento tumém! – completou, enquanto amarrava o cabo de um de seus chocalhos com uma corda de sisal.

– A prosa está muito boa, mas amanhã vamos marchar cedo, em direção a Acosta Ñu, onde estão nos aguardando, bem fortificados, muitos paraguaios, talvez mais de dois mil. É melhor todos irem dormir cedo, para enfrentar a peleja com mais disposição – aconselhou o capitão, restituindo-me o manuscrito.

Isto dito, levantou-se do tronco de buriti onde estava sentado, deu boa-noite e sumiu no breu da noite, em direção às barracas dos oficiais.

– Que tal um joguinho a valer uns tostões, ó Zoroastro?
– propôs o terríbil ao feiticeiro, assim que o capitão se afastou.
– Não aconselho: acho melhor não – tentei desestimular.
– O marechal Caxias proibiu jogo de baralho no acampamento: se vocês forem pegos, a punição será severa; o homem já se demitiu da guerra, mas o regulamento disciplinar ficou – aduzi.
– Ora pois, pois, padre Jacinto, é um voltaretezinho só, um joguito inocente de miúdos, a valer meia pataca o ponto. E então, Zorô, vamos a ele, tu e mais eu e o Afunrèrè? – insistiu.

---
[13] Muito bem! (em ioruba).
[14] Bom coração (em ioruba).

— *Lya re nkó?*",[15] grunhiu Zoroastro. – Olibera i Suiza faz *òjõró!*[16] E é jugadô *oníyànje!*[17] É *ojúiaféni!*[18] qui gosta di roubá *abókulò* nu jogo! É *olójukokoro!*[19]

— Má-raios! Se meus bestuntos já são malcriados na minha própria língua materna, avalia, padre, o meu entendimento sobre o que essa criatura está a grunhir! – troçou Albuquerque de Olibeira e Soiza.

— *Olóri-ogun*[20] Caxis num apermíti jogo di barálhu i *abókulò* tá sabêndu da pruibição du hômi. Num vai jogá! Olibéra i Suiza é *òkòbó!*[21] E tem mais: *abókulò* é *dúponjù*[22] e *olófò*[23] – retrucou Zoroastro, enquanto apertava a corda de sisal em volta do cabo do chocalho.

— Estou cá a sentir-me como o Almirante Cabral, no dia em que o apresentaram ao primeiro botocudo do Brasil: cara de asno, olho de coruja e palrar de papagaio! – gracejou Olibeira e Soiza. – Finalmente, ó Zorô, tu queres ou não queres um joguinho a valer uns tostões com o portuga cá?

Zoroastro, concentrado na amarração do cabo do chocalho, engrolou umas palavras ininteligíveis em resposta, provavelmente calões em ioruba, pela cara enfezada que fazia.

— *O há gídágídá!*[24] – bramiu o feiticeiro, exibindo o chocalho.

— E o que seria isso, Jesus-Maria? Um sim, um não ou um latido? – indagou o português, rompendo numa gargalhada.

O feiticeiro zuavo ergueu-se do chão, empunhou sua famigerada borduna, sacudiu-a ameaçadoramente no ar, e

---

[15] Como está sua mãe? (em ioruba).
[16] Trapaça em jogos (em ioruba).
[17] Trapaceiro (em ioruba).
[18] Amigo falso (em ioruba).
[19] Pessoa ambiciosa (em ioruba).
[20] General-chefe de um exército (em ioruba).
[21] Mentiroso (em ioruba).
[22] Pessoa pobre (em ioruba).
[23] Perdedor (em ioruba).
[24] Está completamente amarrado (em ioruba).

apontou-a na direção do portuga, que, assustado, correu e veio proteger-se às minhas costas:
— Acuda-me, padre, que a fera está a querer moer-me os ossos! Sou inocente, juro, nada fiz! – gemeu atrás de mim.

Levantei-me do banquinho de campanha, ergui o braço pedindo calma ao feiticeiro, que exibia cara de pouquíssimos amigos e, como era sabido por todos no 24º, quando o homem ficava daquele jeito, era alta a probabilidade de o céu, ou o inferno, receberem mais almas.

— Acalme-se, Zoroastro, baixe essa borduna — encareci. — O portuga só estava mangando de vosmecê — tentei apaziguar, confesso que com meu habitual temor, pois a cara do homem, ataviada de intumescências, já era feia em estado de repouso, avalie-se enfezada.

— *Abókulò* num dimíti mangação! Si u purtuga num fô drumi gorinha já, *abókulò* bota ele pra drumi pra sêmpri! – vociferou o homem, sacudindo no ar a borduna.

Olibeira e Soiza não perguntou que horas eram nem deu boa-noite: escafedeu-se à pressa, correndo em direção à sua barraca, demonstrando que podia ser um portuga apoucado de cérebro, mas pejado de juízo.

— *Ódájú!*[25] *Aláfowóra!*[26] – berrou o feiticeiro para o espaventado português.

Ato contínuo, como se nada tivesse acontecido, Zoroastro Meia-Braça retornou para o lugar onde estava, encostou a borduna no tronco de um buriti, e sentou-se no chão.

Aláfiyèsí Afunrèrè em nenhum momento interrompera a melodia triste que soprava na sua flautinha de bambu, música que parecia muito agradar aos ouvidos do feiticeiro zuavo, que agora exibia um surpreendente sorriso de gozo e satisfação, muito raro em seu semblante; ninguém estimaria que instantes atrás lhe passara pela cabeça matar o português roncador.

---
[25] Pessoa sem-vergonha (em ioruba).
[26] Ladrão de galinhas (em ioruba).

Sentei-me novamente no meu banquinho de campanha, e fiquei observando aquela estranha criatura, que agora olhava com ternura para o céu estrelado, e gemia, baixinho, com voz de falsete, provavelmente um lamento ioruba, acompanhando a flauta de Afunrèrè. Que pensamentos povoavam a cabeça daquele homem? perguntava-me, curioso por conhecer-lhe a intimidade, que ele mantinha indevassável. Naqueles três anos de guerra jamais o surpreendera lamentar-se ou reclamar de qualquer coisa; fizesse frio ou calor, a comida estivesse péssima ou insuficiente, escasseassem os mantimentos ou as munições, acordassem-no no meio da noite para a peleja: nem um muxoxo, nem um amuo de zanga, não reclamava de nada. Tampouco freqüentava as prostitutas que acompanhavam as tropas: jamais o vira sequer conversando com uma mulher. Fazia as suas refeições afastado de todos, um olho no macegal alto, o outro nos urubus que planavam no céu. Tomava banho de rio, de manhã bem cedinho, antes do clarim da alvorada; por diversas vezes o flagrei em conversas com o gado, que a soldadesca defendia das tentativas de roubo dos paraguaios, com desvelo e respeito pelos próprios estômagos. As suas feitiçarias, mezinhas e "consultas", as praticava com severa seriedade e ar divinal, como se fosse o instrumento de um Deus Supremo; e ele acreditava nisso, pois certa feita me afirmara, com insuspeita convicção, que recebera sua missão na Terra de um sonho que tivera com o seu grande Deus Odùdúwà, filho de Olódúmarè, bisneto de Noé, versão iorubana de Jeovah. Naquela oportunidade, noite de lua cheia propícia à prosa, aproveitei-lhe a rara loquacidade e tentei aprofundar-me na investigação sobre sua exótica personalidade, capaz de matar o inimigo e, logo em seguida, praticar uma boa ação, com o mesmo semblante, as mais das vezes em atos concomitantes. Indaguei-lhe quais as três mais lindas palavras iorubas, no seu entender. "*Òmnira*,[27] *aláfia*[28]

---

[27] Liberdade (em ioruba).
[28] Paz (em ioruba).

e *ìmó*[29]", respondera-me, sem vacilar ou refletir. Maior fora a minha surpresa quando me traduzira os seus significados. Naquela noite, vergado de culpas, pedi perdão ao meu bom Deus, e orei muito em intenção de Zoroastro Meia-Braça, envergonhado com o mau julgamento e preconceito em tê-lo qualificado, desde o dia que o conheci, como um bicho desalmado, um monstro. Jamais um ser desalmado escolheria tão maravilhosas e sagradas palavras; eu mesmo as selecionaria no meu idioma, se idêntica indagação me fosse feita. A flauta de Afunrèrè silenciara após longa execução. Zoroastro tomava mate quente na caneca, e servia a infusão para o companheiro flautista. Depois de algum tempo, ambos em silêncio absoluto, bebericando o chá aos golinhos, vez por outra esfregando as mãos para espantar o frio, o feiticeiro zuavo ergueu-se do chão, e, de pé, olhou longamente para o espetacular céu paraguaio, coalhado de estrelas. Ajoelhou-se no chão, abriu os braços em forma de cruz, gesto que foi imitado por Afunrèrè, e engrolou uma provável jaculatória ioruba, verbosa e carregada de lamentos. Terminada a oração, levantou-se, caminhou em minha direção, e indagou-me se eu queria que ele apagasse a fogueira, porquanto ia recolher-se à sua barraca. Pedi-lhe que apagasse o fogo, pois a noite ia alta, pondo termo à véspera da batalha anunciada. Zoroastro jogou o resto da água da chaleira sobre o fogo, apagando-o.

– *Okú-alé,*[30] pádri Jacinto. U Sinhô teje cuntigo – cumprimentou-me, e meteu-se no breu da noite, na companhia do zuavo flautista.

Permaneci sentado no meu banquinho de campanha mais algum tempo, orando para o meu bom Santo Antônio de Categeró e para Santo Elesbão, os da minha devoção, pedindo proteção para todos na batalha que iria ser travada, naquela segunda-feira, em Acosta Ñu. Decidi-me, em seguida, pelo

---

[29] Saber (em ioruba).
[30] Boa noite (em ioruba).

habitual passeio entre as barracas dos soldados, antes de recolher-me. Já não era percebida, tanto tempo se passara desde o início daquela guerra, a excitação e a ansiedade dos soldados às vésperas das batalhas: à morte e à luta também se acostumam os homens. Fui despertado daquelas divagações por um ronco inumano e familiar, de bochechas soprando uma espécie de relincho, seguido de um assovio agudo de bico de chaleira a ferver, arrematado por um som gutural, semelhante ao zurro de um jegue. Decerto tratava-se de Olibeira e Soiza, o *terríbil*, dormindo na profundidade a que as profundas do inferno não chegam, talvez ao meio de um pesadelo, correndo de um negro baixinho, de borduna na mão, a querer arrancar-lhe fora o crânio, a fim de livrá-lo da sofrida vida que levava neste mundo.

✎

Comandado pelo general José Luiz Menna Barreto, parente do general morto em combate, em Peribebuí, o 24º Corpo levantou acampamento às seis horas da manhã do dia 16 de agosto, segunda-feira, dando início à marcha para Acosta Ñu. A estratégia era perseguir a retaguarda dos escassos defensores de *el Supremo, Gran Mariscal* Solano López, em fuga desesperada e batida para o interior do charco paraguaio, protegido por sua brigada pessoal. Ao 24º juntara-se o 2º Corpo do Exército, comandado pelo brigadeiro Vasco Alves Pereira, e a 3ª Divisão de Infantaria, liderada pelo coronel Herculano Sancho da Silva Pedra, esta por sua vez composta de três brigadas, entre elas uma chefiada pelo coronel Manuel Deodoro da Fonseca, à qual ficaram subordinados os zuavos baianos.

O coronel Manuel Deodoro da Fonseca, informado que fora, ao receber o destacamento de zuavos para lutar sob seu comando, da quase tragédia diplomática ocorrida em Tuiuti, em maio daquele ano, quando cinco argentinos estiveram na iminência de serem degolados por um soldado zuavo, expediu uma ordem escrita, de próprio punho, que chegou às mãos do capitão Diogo Bento, antes do início da marcha daquela manhã:

"Ao comandante do destacamento conhecido por 'Zuavos Baianos', alerto e determino sejam tomadas todas as providências ao alcance do oficial em tela, para que não se repitam, em Acosta Ñu, os lamentáveis acontecimentos ocorridos em Tuiuti, quando um dos soldados zuavos quase tirou a vida de cinco valorosos aliados argentinos, confundindo-os com o inimigo. Os imprescindíveis aliados daquela nação irmã voltarão a integrar, juntamente com as tropas brasileiras, a força que invadirá Acosta Ñu, todos sob o comando geral de Sua Alteza, o Conde d'Eu, comandante-em-chefe das forças do Império do Brasil, razão pela qual determino sejam dadas orientação e instrução especiais ao sobredito conscrito, relativamente à ação conjunta de tropas brasileiras e argentinas na operação. Cumpra-se. a.) Cel. Manuel Deodoro da Fonseca. Cmte. da 3ª Brigada de Infantaria, da 3ª Divisão. Quartel do acampamento das tropas brasileiras em Peribebuí, 13 de agosto de 1869."

O capitão Diogo Bento requisitou a minha ajuda, para auxiliá-lo na difícil missão de ensinar a Zoroastro Meia-Braça as diferenças entre os fardamentos e cores dos exércitos brasileiro, argentino e paraguaio; não pouca dificuldade teve o capitão tentando convencer o feiticeiro zuavo de que os argentinos, apesar de falarem a mesma língua que os paraguaios, eram deles inimigos figadais, e que a circunstância de falarem o mesmo idioma não os fazia amigos uns dos outros, muito pelo contrário: odiavam-se mutuamente.

Albuquerque de Olibeira e Soiza observava, a pequena distância, a aflição do capitão em transmitir a Zoroastro Meia-Braça as diferenças entre um argentino e um paraguaio. Pedi a palavra ao capitão e, com modos suaves, repeti para Zoroastro todas as advertências e orientações feitas, além de lhe exibir o bilhete manuscrito do comandante da brigada, o que, estranhamente, lhe causou enorme espanto e perplexidade quando examinou, longa e atentamente, a letra do coronel Deodoro. Sem tempo para indagar-lhe o motivo daquela estupefação, obtive dele a promessa de que não incorreria mais em confusão entre argentinos e paraguaios: – *Abókulò* intendeu tudim. *Ko se eku, ko se eiye àjao...*[31] – murmurou.

O capitão Diogo Bento, em pânico, indagou-lhe que diabo era aquilo que ele tinha dito; o feiticeiro respondeu que se tratava de uma expressão ioruba, usada para designar uma pessoa quando ela não era amiga nem inimiga.

– Que Deus se apiade de nós e especialmente dos argentinos! – desabafou o capitão Diogo Bento, elevando as mãos para os céus, dando por terminada a instrução militar, e retornou à barraca dos oficiais, resmungando imprecações pelo caminho.

O terríbil, que a tudo observara, com visível expressão altaneira, carregada de soberbias, aproximou-se de mim e do feiticeiro zuavo, e meteu o bedelho na conversa:

– Mas que estropício, padre Jacinto! Quantas ciências! Quantas matemáticas para explicar uma caganifância como aquela! – argumentou com ares superiores, na bruteza do seu linguajar habitual. Contrariado e temeroso, indaguei-lhe qual seria a sua sugestão de explicação ao Zoroastro sobre o assunto.

– É muito simples, padre: quando o Zorô tiver dúvidas, agarra o gajo pelo gragomilo e sapeca-lhe às ventas: "Ó pá! és paraguaio ou és argentino?" Se o estupoire responder que é paraguaio, rebenta-lhe a borduna na torre dos piolhos! Se o traste responder que é argentino, bate-lhe uma continência e sai para outro! Se o sacripanta nada responder, rebenta-lhe o crânio assim mesmo, para que não se desperdice a viagem e o tempo, e não o mate o outro! Tudo muito simples! Sem matemáticas! – respondeu.

Confesso que no momento daquela resposta, muito me inclinei a compreender as radicais teses do mestre Quincas,

---

[31] O morcego não é rato nem pássaro (em ioruba).

que as aprendera com o avô de sua esposa, o falecido bacharel Viegas de Azevedo, sobre a suposta arquiburrice dos portugueses, tese esta que sempre refutei e condenei, pelos óbvios generalismos e determinismos que encerra. Mas aquela do Olibeira e Soiza era de cabo de esquadra! Sem paciência para lhe ouvir mais bobagens, mandei-o calar-se, retirar-se dali e ir procurar o que fazer antes que a marcha começasse, conselho que obedeceu com espantosa rapidez, em face da enfezada cara que Zoroastro Meia-Braça lhe retribuíra, após o infeliz comentário.

Depois de duas horas e meia de marcha, cruzando no caminho com centenas de cadáveres de mulheres e crianças paraguaias, mortas de fome, de doenças e das violências da guerra, presenciando cenas horripilantes de paraguaios civis, coléricos e chagásicos, a esticar os pescoços, implorando serem degolados pelos nossos oficiais que, a cavalo, lhes cruzavam o caminho, chegamos a um lugar de nome Ñhu Guaçu ou Campo Grande, local em que recebemos os primeiros impactos das granadas das baterias guaranis.

As tropas dispersaram-se, ao comando de suas chefias, e organizaram-se em posições e formações pré-combinadas, sob a forma de colunas e quadrados, dentro dos quais ficavam os oficiais a comandar ordens de viva voz, ou por meio de toques de clarins. As baterias de artilharia foram assentadas sobre pequenas elevações do terreno, que circundavam uma extensão de quase três léguas de um banhado coberto por um macegal alto, de onde provinha o fogo paraguaio. A nossa artilharia dispunha de modernos canhões Whitworth de 32 libras e peças La Hitte de bocas raiadas, calibre 4 e começaram suas descargas perto das nove horas da manhã, com nutrido, ribombante e medonhamente grande fogo de artilharia, jamais visto ou escutado abaixo da linha do Equador, que teve a duração de seis horas, ininterruptamente.

Paralela e concomitantemente às descargas de artilharia, o Conde d'Eu encarregara, pessoalmente, o seu tenente-ajudante, um jovem oficial de vinte anos, de nome Manoel

Francisco Vargas, de atear fogo em volta de todo o macegal alto e ressecado, fechando o círculo que circundava o terreno, para desalojar o inimigo ali escondido. Ao cabo de três horas de queimada, por volta do meio-dia, e sob um calor canicular, o céu toldado de espessos fumos que se misturavam à fumaça dos canhões, foi ordenado aos milhares de soldados brasileiros e argentinos que arremessassem suas lanças na direção de não pequena multidão de infelizes, saídos do interior do macegal em chamas para o meio do banhado. As lanças, arremessadas em quantidade incontável, cobriram o céu sobre o banhado, como num balé ensaiado, no momento em que as baterias silenciaram e eram deslocadas para pontos mais estratégicos do terreno. Depois de atingirem o ápice de suas trajetórias, as hastes de madeira caíram do céu vertiginosamente, no meio do banhado, produzindo longos silvos, provocados pelas pontas de ferro rasgando o ar.

Oh! meu bom Deus, eu que havia pensado, pretensão tola, já ter presenciado as mais medonhas atrocidades na guerra, "*tam multae scelerum facies*"[32], não resisti às lágrimas quando ouvi uníssonos gritos de dor dos corpos trespassados, dobrados sobre os mesmos, agarrando as hastes que lhes furavam os ventres, os peitos e os costados, aos últimos urros pungentes arrancados dos seus pulmões.

As tropas brasileiras e argentinas que aguardavam, em silêncio, de cima das elevações do terreno de onde arremessaram as lanças, o desfecho do vôo mortal daquelas armas sobre os infelizes que chafurdavam no meio do banhado, explodiram em vivas e gritos de júbilo, quando ouviram os gritos de dor dos alvos atingidos.

Ato contínuo, foi comandada carga de cavalaria e de infantaria sobre o esfarrapado, faminto e doente bando de sobreviventes daquele inferno dantesco, muitos dos quais mulheres e crianças que queimavam, ainda vivas, fugidos do fogo do macegal.

---

[32] "Tão múltiplas são as faces do crime" (Virgílio).

As oito peças da artilharia paraguaia silenciaram após o assalto de uma das brigadas de infantaria, realizado a baionetas caladas, dizimando todos os artilheiros guaranis. Na noite daquele dia infernal, registrei em meu diário de guerra o saldo daquele morticínio: dois mil cadáveres de paraguaios, a maioria crianças e mulheres, milhares de prisioneiros, contra sessenta mortes das forças aliadas e três centenas de feridos. O Diabo esteve presente no Paraguai naquele dia. O inferno fica em Acosta Ñu.

XV

Terreiro do Paço. Palácio do Rio de Janeiro e Capela Real. Aniversário de Sua Majestade Fidelíssima, a Rainha Nossa Senhora, comemorado em conjunto com o batizado do Sereníssimo Senhor Infante recém-nascido, filho da Princesa D. Maria Teresa e do Infante de Espanha, D. Pedro Carlos. Dia 17 de dezembro do Ano da Graça de Nosso Senhor Jesus Cristo de 1811.

"Eu o Príncipe Regente faço saber aos que este alvará virem, que tendo a Divina Providência abençoado o feliz Consórcio da Princesa D. Maria Teresa, Minha muito Amada, e Prezada Filha, e do Infante de Hespanha, Meu muito Amado, e Prezado Sobrinho, D. Pedro Carlos, com o Nascimento de hum Filho: e querendo que este seja considerado, havido e reconhecido nos meus Reinos, Estados e

Domínios com o mesmo Título, Dignidade, e Preeminência, de que goza seu Pai: Hei por bem que elle goze do Título, e Tractamento de Infante, e todas as Honras, Preeminências, e Precedências, que como tal lhe são devidas, assim, e da mesma sorte que goza o mesmo Infante seu Pai. E este se cumprirá como nelle se contém, sem embargo de quaisquer leis em contrário, as quais hei por derrogadas para este effeito somente, ficando aliás em seu vigor; e valerá como Carta passada pela Chancellaria, ainda que por ella não haja de passar, e o seu effeito haja de durar hum, e mais annos, não obstante a Ordenação em contrário. Dado no Palácio do Rio de Janeiro aos 9 de Dezembro de 1811.- O PRÍNCIPE.- Conde de Aguiar."

Hoje, e em todas as datas em que majestades, altezas e os grandes do Reino fazem anos, nesta Corte da mui leal e heróica cidade de São Sebastião do Rio de Janeiro, será dia de grande festança, ensurdecedores barulhos memorativos, e alardeantes vivórios de júbilo dos vassalos cariocas; as celebrações deste faustíssimo dia serão duplas e inusitadas, nestes ainda selvagens domínios americanos, o que não justifica sejam dobrados os fragores festivos, pois Dom João, mui cautelosamente, sabido é que cachorro mordido por cobra tem medo de lingüiça, já mandou indagar de Sua Majestade Fidelíssima, sua mãe, através do mordomo-mor da Rainha, o velhíssimo Marquês de Angeja, se porventura a molestariam, nas comemorações deste venturoso dia, umas rápidas descargazinhas de infantaria, e uns canhoneiozinhos de artilharia, das fortalezas e das naus surtas na baía, dado que os militares são doidos por essas manifestações de fidelidade aos grandes do Reino, e ficam amuados quando não as podem fazer; e se também poderiam os campanários das igrejas e das capelas demonstrar a alegria do clero, pelos mesmos motivos, com seus sinos, em justo preito à felicíssima data memorativa do seu septuagésimo oitavo aniversário, a ser festejado em conjunto com os quarenta e sete dias de vida do seu bisneto, primeira flor americana de seu real tronco, que vai hoje ser batizado. "Que essas terríveis bombas explodam, no máximo, por um quarto de hora pela manhã, e equivalente tempo pela tarde, e nem um pio mais depois da hora das Ave-Marias, que nesta terra ainda mando eu!", foi a resposta que o Marquês de Angeja transmitiu, literalmente, a Dom João, por ordem da Rainha Nossa Senhora, posto que, verdade seja dita, não foram exatamente aquelas as palavras pronunciadas pela soberana ao seu velho mordomo, haja vista que, em lugar de "terríveis" e de "terra", ela vociferou típicos calões de negros de ganho, que se não ficam bem verbalizados em bocas de almocreves, avaliem proferidos por uma rainha, ainda mais de Portugal sendo. Isto acertado, avalizados os procedimentos cerimoniais pela Rainha, liberados os militares, o clero e o povo, após autorização verbal de Dom João, para manifestar seu incontido júbilo pelo ditoso dia, iniciaram todos as suas respectivas e tradicionais saudações, explodindo canhões e descargas de mosquetes uns, badalejando sinos e entoando hinos outros, vivando e aplaudindo aqueloutros, que este povo carioca é festeiro e pândego, e isto já foi aqui dito e repetido, *ad nauseam*, em nome da verdade, não sei quantas vezes, suposto que a História é o que lhe escrevem os historiadores, e isto também já foi dito lá atrás por alguém, dá-se um doce ao leitor que lembrar quem. Cumprido o quarto de hora aprazado, a barulheira foi posta a termo, nela somente prosseguindo, como sói acontecer, a bicharada presa nos quintais, e as alimárias de arruar, pelos motivos que já foram, preteritamente, sobejamente explicados.

Pelas onze horas da manhã, o sol a queimar e a produzir calores só aqui sentidos e no Senegal, procedeu-se ao beija-mão à Corte, para os grandes e notáveis do Reino, que ao Paço concorreram em grande gala, com muito asseio e distinção, ficando, como sempre, o povo do lado de fora, a trajar roupas de ver a Deus, todos curiosos em assistir o desfile daqueles nobres em direitura do Paço, as senhoras a exibir jóias e sedas, penachos e rendas, capas e mantilhas e demais atavios, os senhores a trajar casacas de saragoça e tricórnios, calções e meias de veludo, canhões de renda nos punhos, sabido é que o sonho dos que ficam cá fora é levar a vida dos que estão lá dentro, assim será sempre o mundo, *dives ubique placet, pauper ubique jacet*.[33]

À tarde houve grande parada no terreiro do Paço, com o concurso de imenso povoléu, justificativa bastante para lá irem trabalhar, vendendo garapas e aguardente, Anacleto e Jacinto Venâncio, negros de ganho do comendador "Lobatão" e senhora, D. Maria da Celestial Ajuda, que foi recentemente promovida de retreta a camareira, e nisto há o dedo de Dom João, do Marquês de Angeja e do Visconde de Vila Nova de Magé. Quincas também foi assistir à procissão, e está ao lado de Jacinto Venâncio, que, vez por outra, lhe passa canecas gratuitas de refresco, pois, neste, e em outros tempos, onde é que já se viu escravo cobrar de patrão? Já estão ambos bem crescidinhos, com treze anos cada um, Jacinto assiste como sacristão na Igreja de N. S. do Rosário e São Benedito dos Homens Pretos, e toma aulas de latim com um padre daquela paróquia, que lhe prometeu encaminhá-lo para a vida clerical; Quincas está matriculado no Seminário da Lapa, por intercessão de frei Antônio de Arrábida, preceptor do Príncipe Dom Pedro, e tem como professor o padre Luiz Gonçalves dos Santos, por antonomásia "Padre Perereca": compra briga feia com o reverendo quem assim o chamar.

---

[33] O rico deleita-se em todo lugar, o pobre deita-se em todo lugar.

À hora da Ave-Maria, ordenou Dom João que saísse do Paço para a Real Capela a procissão da Corte, aberta pelos milicianos da Guarda Real, que puxavam um cabo para separar a plebe da nobreza, enfileirando-se, na ordem processional, observadas as precedências e preeminências, os moços da cana, seguidos dos que portavam as maças de prata e pelos arautos passavantes; logo atrás, vinham os reis d'armas com as suas cotas, sucedidos por longa comitiva de distintíssimas pessoas, que precediam os moços da Câmara, guarda-roupas e os oficiais da Casa Real, e então, até que enfim, surgiram os titulares, todos cobertos, por expressa determinação de Dom João; logo em seguida, já não era sem tempo, começaram a aparecer os grandes do reino: já lá são vistos o Marquês de Lavradio, segurando a bandeja de maçapão, o Marquês de Pombal, a portar a bandeja com a veste cândida, o Duque de Cadaval, com o esplêndido círio, que sem estas peças não há batizado, quando, finalmente, louvado seja o Onipotente, surge o Príncipe Regente Nosso Senhor, acompanhado dos ministros estrangeiros e do Marquês de Angeja; o ideal é que por aqui se pusesse termo a este infindo desfile de pessoas, mas, o que se há-de fazer?, segue a procissão, agüente-se que aí vem mais gente: o Conde de Pombeiro e, Deus nos proteja de seus olhares furiosos e desprezos, a Sereníssima Princesa D. Carlota Joaquina, precedendo o pálio, cujas varas seguram-nas o Marquês de Tôrres Novas e os Condes de Belmonte, de Aguiar, de Louzã, de Linhares, de Cavaleiros, da Ponte e de Caparica, este debaixo do sobrecéu, a trajar pimpante opa de damasco de ouro branco, carregando a Sereníssima Sua Alteza Batizanda nos braços, já até havíamos esquecido do pequerrucho infante, tantíssimos foram os que lhe precederam, razão pela qual deixaremos de nomear os que lhe vão suceder, e ainda há nutrida multidão dentro do Paço, a aguardar as precedências protocolares; por essa razão vamos apenas informar, sem lhes dar os nomes, que se trata do restante da família real, à exceção de D. Maria I, que não sai de seus aposentos nem que a vaca tussa, e dos camaristas e mordomos do palácio, além dos arqueiros da Guarda Real, que cerram a fila. E este intérmino desfile de conspícuas criaturas só foi possível ser descrito, porque o anotou, com rigorosa exatidão, lápis e caderno de notas à mão, de pé, equilibrando-se sobre uma barrica de vinho, no meio do povoléu, o padre Luiz Gonçalves dos Santos, professor do menino Quincas, louvaminheiro sacerdote que sobre aquela procissão, e outras efemérides, pretende escrever um livro, e que mui generosamente permitiu lhe copiassem as anotações sobre a ordem processional daquela aluvião de nobres, cuja extensão da fileira equivale-se ao tamanho do nome de batismo de Sua Alteza Batizanda, conforme se segue: Sebastião Gabriel Carlos João José Francisco Xavier de Paula Miguel Bartolomeu de São Germiniano Rafael Gonzaga, bom tempo levou Sua Excelência Reverendíssima para entre rezas dizê-lo, mas que, infelizmente, por tão vasta e linda fieira de nomes não será o miúdo Infante conhecido, dado que Dom Miguel, "o valdevinos", vai apodá-lo de "Dom Tião", e o apelido desafortunadamente vai pegar, de nada valendo os esforços dos padrinhos em selecionar nomes apropriados para aquela miúda alteza; esse Dom Miguel não tem mesmo jeito.

☙

Acotovelados no meio do povoléu, que assiste, extasiado com a pompa jamais vista por estas plagas, à procissão da Corte, entre o palácio e a capela real, na cerimônia de batismo do novo infante do Reino, Quincas, Jacinto Venâncio e Anacleto também estão presentes no terreiro do Paço, o primeiro aproveitando a folga do Seminário, com o feriado do dia, estes últimos trabalhando como negros de ganho, no meio da multidão.

— Aquele padreca fuinhas, trepado em cima daquela barrica, é o meu professor de gramática latina no Seminário — comentou Quincas com Jacinto Venâncio, que vendia uma caneca de garapa para um reinol.

– Feio como o diabo! – replicou o negrinho, avaliando-lhe o aspecto.
– E tu ainda não o ouviste falar: parece um pato-do-mato agarrado pelo rabo, e comporta-se como uma perereca! – complementou Quincas, com depreciativo julgamento.
– Como uma perereca, nhozinho Quincas?
– Porque é pequenininho e todo nervosinho, não vês? Além disso, só não é mais chato porque não lhe cabe mais chatice naquele tamaninho – respondeu, manifestando seu desapreço pelo padre.
– Na certa os seminaristas já lhe puseram uma alcunha, em homenagem à sua chatice, ou não? – indagou Jacinto Venâncio.
– Claro! É *Padre Perereca*! Eu mesmo a coloquei! Mas já ando preocupado com isso, Jacinto: o homem soube da zombaria, está furioso, e anda indagando dos seminaristas quem é o autor da chacota.
– E como ele ficou sabendo do apodo que o nhozinho lhe deu?
– Os imbecis dos meus colegas espalharam a troça para os irmãos e primos, e agora, quando o padre passa nas ruas das casas onde moram, gritam a zombaria e escondem-se atrás de janelas e portas. O padre fica possesso, interrompe a caminhada, e corre na direção de onde vieram os gritos, desesperado para descobrir o zombeteiro; por certo na intenção de aplicar-lhe um corretivo, ou passar uma sarabanda nos pais, foi o que me contaram, às gargalhadas, na sala de aula.
– E o que ele está fazendo, trepado em cima daquela barrica, anotando tudo o que vê na procissão? – perguntou o negrinho.
– Sei lá! Aquilo é um padre doido! Ele tem um inimigo terrível lá no seminário, um tal de padre Feijó, que dá aulas para uma turma superior à minha, e que diz, para quem quiser ouvir, que o padre *Perereca* é um puxa-saco dos poderosos, um baba-ovo dos grandes da Corte. *Pessimun inimicorum*

genus laudantes[34] – respondeu Quincas. – Olha para ele agora, Jacinto: o padreca enfiou o caderno e o lápis no bolso da batina só para aplaudir a passagem de Dom João na procissão. Por que não cais da barrica, ó chato? – indagou, gracejando.

Jacinto Venâncio riu do remoque de Quincas e acenou para o pai, Anacleto, que caminhava na direção dos dois, saído da rua Direita, segurando um tabuleiro de garrafas de aguardente apoiado sobre o ventre, pendurado à nuca por uma tira de couro:

– Deus ti acriscênti, nhozim Quinca. I vassuncê, fio: acúmu vai tua féria ôji? Pru seo pai u muvimêntu tá muitcho bão, mode qui as cachaça já si cabô tudim: vige! qui êssis cariôco sinrosca pruma parati! – sussurrou Anacleto.

– Acho melhor que aconselhes teu filho, Anacleto, a parar de me servir garapas de graça, porque o "Lobatão" é um mão-de-porco muito do sovina: ele confere o conteúdo de cada barrica, medindo-as com canecas de água de barrela! – alertou Quincas, em tom de zombaria.

– Juviu, fio? Juviu nhozim Quinca afalá u qui seo pai assêmpri ti arricomendô? Mai Jacinto num iscuita, Jacinto num bidece u seo pai: si tua afalecida mãi inda tivéssi vívis, aí Jacinto iscuitava... – lamentou-se Anacleto.

– Já vendi bastante garapa, pai. Nhozinho Quincas está é mangando com vosmecê: se nhô "Lobatão" manda nas barricas de garapa e de aguardente, nhá Maria da Celestial Ajuda é quem manda nele! É por ordem dela, e não dele, que nós ganhamos metade daquilo que a gente vende, não te esqueças disso – retrucou Jacinto Venâncio.

– E a metade que fica com ela, guarda num cofre para pagar a alforria de vocês dois, para desespero do "Lobatão", que não concorda, mas fica quieto para não contrariá-la – lembrou Quincas, orgulhoso do senso de justiça e da generosidade da mãe de criação. – Olha lá de novo o *Perereca*, Jacinto: está a bater palmas, com os braços levantados, para

---

[34] Os aduladores, a pior espécie dos inimigos (Tácito).

o Conde de Aguiar, chamando a atenção do ministro sobre a sua pessoa! Ô padrecazinho lambe-botas! As bandas militares, distribuídas pelos quatro cantos do terreiro do Paço, começaram a tocar modinhas e marchas, chamando a atenção do povo, que em torno delas se juntava, com transportes de alegria, tamanha era a novidade, tão logo o último arqueiro da guarda entrou na capela real, que abrigava agora toda a procissão de nobres.

– Aquele não morre mais! Olhem quem vem lá, braços dados com D. Maria, ao lado daquele casal e de um velho: o "Lobatão"! E como está pimpão, o homem! – exclamou Quincas, apontando para o grupo, que passeava no lado oposto do terreiro.

Trajando uma comprida casaca que lhe cobria os calções e caía até a altura dos joelhos, "Lobatão", todo aperaltado, braço dado com a esposa, cumprimentava todos por quem passava, tirando e recolocando na cabeça o chapéu de palha de aba larga, feliz e enfatuado. Ao seu lado, D. Maria da Celestial Ajuda exibia um ar de satisfação e alegria que não lhe era comum, e que havia muito não transparecia, desde a morte de seu adorado "Ôgusto": tinha as faces coradas e os olhos brilhantes, ressumando um semblante de quem estava de bem com a vida; o segundo casamento fizera-lhe bem. O casal e o velho que lhes faziam companhia eram Viegas de Azevedo Filho e esposa, D. Maria Eduarda, que trazia no colo a filha mais nova, de um ano de idade, e o velho bacharel Viegas de Azevedo, a resmungar coisas ininteligíveis e olhar, com desprezo e ar de mofa, para os nobres que ficaram de fora da capela real, entupida de gente. As famílias passeavam pelo terreiro do Paço, juntamente com ranchos de senhoras e militares vestidos com uniformes de gala, a desviar-se dos negros de ganho, de torsos nus, reluzentes de suores, que berravam seus produtos e serviços, todos aguardando o início do espetáculo dos fogos de artifícios, armados perto do mar, em frente ao chafariz do mestre Valentim, e que à noite seriam acesos, após o término da cerimônia religiosa de batismo do novo infante.

Dona Maria da Celestial Ajuda já havia flagrado Quincas no meio do povo, ao lado dos escravos da família, e acenava-lhe para que se aproximasse do seu grupo, com a intenção de apresentá-lo aos Viegas de Azevedo.

– Este é meu filho de criação, Joaquim Manuel, mais conhecido como Quincas: é seminarista do Seminário da Lapa, muito inteligente e estudioso, um bambambã em latinórios! – apresentou-o, com ar de orgulho, aos Viegas de Azevedo.

– O menino é bom nos latins, foi o que eu ouvi? – indagou o velho bacharel.

– Sou ainda um seminarista de primeiro ano, senhor, mas já tinha aprendido alguma coisa da língua com frei Antônio de Arrábida, quando ingressei no seminário – respondeu-lhe Quincas.

– Pois muito bem, vamos a ver a quantas andam esses conhecimentos: o que quer dizer "*a bove maiore discat arare minor*", senhor Quincas? – inquiriu-lhe o velho.

– O boi mais novo aprenda a arar com o mais velho – respondeu Quincas de pronto.

– Esplêndido! E com que rapidez! – admirou-se Viegas de Azevedo. – E "*asinus asinum fricat*"? – insistiu, testando-o.

– Um burro coça outro! – respondeu Quincas, na bucha.

– Esse menino tem latim a potes! Sabe mais que o cônego Aguiar! Precisas ir visitar-me lá na minha chácara da Matacavalos, para uns dedos de prosa, em língua de gente civilizada, senhor Quincas! Dona Maria Eduarda, minha nora, sabe fazer uns refrescos de carambola e de tamarindo, servidos com biscoitinhos de goma, e pastéis de Santa Clara, que são de plantar por cima a bandeira das quinas! – comentou, entusiasmado; e dirigindo-se ao neto, de uns cinco anos, que lhe segurava a mão, observou: – Vovô quer ver o Viegas Júnior inteligente e estudioso como esse senhor Quincas, que acabei de ter o prazer de conhecer!

– Esta é a senhora D. Maria Eduarda, nora do bacharel, e este o seu esposo, senhor Viegas Filho. A menininha no colo da mãe, de um aninho de idade, chama-se Ana Carolina – disse D. Maria da Celestial Ajuda, apresentando Quincas ao resto da família.

Quincas cumprimentou a todos e olhou a criaturinha enrolada numa mantilha, segura no colo da mãe; fez-lhe um afago na bochechinha, elogiando-lhe a formosura, sem imaginar que acarinhara, pela primeira vez, aquela que, dezoito anos mais tarde, se tornaria sua esposa.

✑

No dia 27 de dezembro, fechando aquele ano de 1811 com fumo de luto, o mesmo Deus que proporcionou, dez dias atrás, as alegrias das comemorações de mais um natalício da Rainha Nossa Senhora, e do batizado de "Dom Tião", recrutou para Seus Domínios o velhíssimo Marquês de Angeja, mordomo-mor de Sua Majestade Fidelíssima, vitimado por um ataque de apoplexia, no exato momento em que se preparava, pela milésima vez, para ajoelhar-se, com a paciência que nem Jó teria, à frente de Dom Miguel, "o valdevinos", em obediência às estroinices do desabusado infante, que o flagrara em frente à sala do trono, aguardando ser recebido por Dom João. Entre os distintíssimos títulos que o velho marquês colecionara durante seus setenta anos de vida, destacaram-se o de governador das armas desta Corte, general de infantaria e marechal do exército, presidente do Desembargo do Paço e da Mesa da Consciência e Ordens, gentil-homem da Câmara da Rainha Nossa Senhora, grã-cruz das Ordens de Santiago, e da Torre e Espada, conselheiro d'Estado, e de guerra, alcaide-mor da vila de Terena, senhor das vilas de Bemposta, e Peniche, conde e senhor da Vila Verde dos Francos, marquês e senhor da vila de Angeja. Morreu abrindo um imenso de vagas na Corte, suposto que nunca no Brasil alguém acumulou tantos cargos; mas uma longa caminhada começa com o primeiro passo, e do uso desta regra, nesta terra, os que vão lhe suceder serão pródigos. Como punição por tamanha e desalmada tropelia, transcorrido o período de três dias de luto oficial pelo passamento do marquês, decretado por Dom João, foi Dom Miguel convocado à sala do trono, onde lá o esperava não só o Príncipe Regente como também a Sereníssima Princesa D. Carlota Joaquina e o mano Dom Pedro, todos furiosíssimos com o infante, oportunidade em que apanhou dos três a valer, não ao mesmo tempo, como adiante se verá, posto tudo tenha sido feito a portas fechadas, visto tratar-se de exemplar não a qualquer um, mas a um príncipe de Portugal, respeitadas as ordens e preeminências protocolares: primeiro Dom João, que lhe pespegou estalado bofetão nas fuças, e lhe acertou um remate na culatra, ausentando-se enfurecido da sala; depois D. Carlota Joaquina, que o premiou com um par de doídos cascudos no cocuruto, desferindo-lhe também vigoroso pontapé no fagulheiro, retirando-se indignada do cômodo; finalmente, o mano Pedro, que, a sós com o irmão na sala, plantou-lhe dois sopapos nas ventas e, para não viciar a rotina, desfechou-lhe um chute nos colhõezinhos, o que obrigou Dom Miguel a andar de perninhas abertas por uma semana. Esse Dom Miguel não tem mesmo jeito.

sextus

"[...] Entre todos estes que hoje vieram, não veio mais que uma mulher moça, a qual esteve sempre à missa e a quem deram um pano com que se cobrisse. Puseram-lho a redor de si. Porém, ao assentar, não fazia grande memória de o estender bem, para se cobrir. Assim, Senhor, a inocência desta gente é tal, que a de Adão não seria maior, quanto a vergonha. [...]
[...] Porém o melhor fruto, que dela se pode tirar me parece que será salvar esta gente. E esta deve ser a principal semente que Vossa Alteza em ela deve lançar."

Deste Porto Seguro, da vossa Ilha da Vera Cruz, hoje, sexta-feira, primeiro dia de Maio de 1500. PERO VAZ DE CAMINHA.

XVI

Sobrado n° 31 da rua das Violas, propriedade do casal
Joaquim Lobato e senhora, dias 31 de março e 3 de abril
do Ano da Graça de Nosso Senhor Jesus Cristo de 1812.

No local e período de tempo assinalados na epígrafe que antecede o início do capítulo, como sói acontecer em todas as mudanças espaciais e temporais ocorridas neste novelo de histórias, Luiz Joaquim dos Santos Marrocos escreveu duas epístolas para a família: a primeira, para a sua mana Bernardina, a qual reproduzimos adiante, *ipsis verbis*, dando conta, notícias e outras coscuvilhices sobre esta indigníssima terra e seus bárbaros e, por que não dizer, selvagens costumes para festejar o Carnaval, e cumprir as penitências da Quaresma, ambos autorizados por uma Pastoral do Bispo da terra; a segunda, para o pai, longuíssima, razão pela qual lhe reproduzimos apenas alguns excertos, onde o epistológrafo bibliotecário descreve, entre outras informações curiosas, o escravo negro que adquiriu no Valongo, a quem deu o batismo de Manoel Luiz Cabinda, sem requerer os serviços da Igreja nem o dos meirinhos, dado que escravo no Brasil não é gente, é *coisa falante*, bem patrimonial escritural, ser inumano, objeto de uso, conforme ordenamento jurídico vigorante. Ouçamo-lo à primeira:

"Rio de Jan.ro 31 de
Março de 1812

Minha querida Manna do C. Depois de estar considerando na causa verdadeira de eu não ter recebido Carta algũa tua, se seria por estares arranjando os caracóes do teu cabello, ou por estares afinando os gorgomillos para algũa Aria a Duo; eis senão quando, entra por esta barra dentro o Navio Victoria, e por elle recebo hũa Carta tua, q. me alegrou summam.te. Por ella soube da tua saude, e do Pay, da Mãy e mais familia; que a Ignez está fiando a sua têa do costume; q. padece grandes flatos; o vistoso do Pateo, q. criou m.tos cardos, &c. Desejarei q. não te esqueças de me continuares a mandar tres borrões teus; pois ainda q. seja cousa borrada, eu lhe darei bom uso.

Daqui só te posso mandar informações fastidiosas: a terra he a peior do Mundo; a gente he indignissima, soberba, vaidosa, libertina; os animaes são feios, venenosos, e muitos; em fim eu crismei a terra, chamando-lhe *terra de sevandijas*; por q. gente e brutos todos são *sevandijas*. Passei já huma Quaresma aqui, comendo carne ao jantar todos os dias, menos Quarta feira de Cinzas, Vespera de S. Matheus, e toda a Semana Santa; isto foi concedido por hũa Pastoral do Bispo. Entrudo horrivel foi o q. aqui se passou: houverão desgraças, e eu estive clausurado, e mesmo assim fui attacado em casa: nunca vi jogar mais brutalmente. Em fim tudo aqui vai huma maravilha.

Quando me escreveres conta-me novid.es desse Paiz abençoado; por q. aqui falla-se a torto e a direito; e como eu estou de rixa velha com esta podengaria, mando-os á fava, quando me importunão com séccas; e por isso tenho granjeado o appellido de Soberbo, por q. os não aturo.

Dá muitas lembranças á Ignez, e aos nossos visinhos de Cabeleira e sem ella, e a todos aquelles, q. forem do conhecimento da nossa Casa.

Manda-me noticias das Cupidas; se são mais clarinhas e menos asninhas: e das cagonas do Paço Velho.

Ora Deos te faça hũa Santa e te livre do Rio de Janeiro: Sou

Manno m.to am.te
Luiz

P.S. Boas Festas e festinhas."

Logo após findar esta carta, Marrocos sentiu vontade de também escrever para o pai, e pensou inicialmente em fazê-lo no dia seguinte, primeiro de abril, mas desistiu da idéia: fora informado pelo "Lobatão" tratar-se de data, no Brasil, consagrada à mentira, razão pela qual, em futuro remotíssimo, dias comemorativos de golpes militares, quarteladas e outros feitos dos que venceram, eventualmente ocorridos na ridicularizada data, serão antecipados ou postecipados, pelos escrevinhadores da história, de forma a evitar sejam confundidos com a motejada eféméride. Resolvera Marrocos, então, escrevê-la em 3 de abril de 1812, conforme os excertos que se seguem:

"[...] Morreo o Off.al Maior da Secret.ª d'Est.º dos Neg.os Estr.os, Guilherme Cypriano de Souza, e em seu lugar ficou o Off.al Pedro Franc.co X.er de Brito, a viuva daq.le ficou com hũa pensão de 450$000 r.s. Morreo o Fisico João Manoel Nunes do Valle, tendo padecido mil necessid.es, e a sua familia fica morrendo de fome: devo dizer-lhe que o sobred.º Pedro Franc.co X.er de Brito tem padecido m.to e está em risco de vida. O Fisico Mór Manoel Vieira, soube eu hontem q. mandara chamar á pressa hũ Confessor, em razão de hum repentino ataque de não sei de que. Aqui he o q. se ouve: e q.do se encontra qualq.r pesoa, não se pergunta *se tem saude*, mas sim *de q. se queixa*?
[...] O meu Preto se recomenda a todos q.tos delle se lembrão: só tem levado hũa duzia de palmatoadas por teimoso, mas quebrei-lhe o vicio. He m.to meu amigo, e eu não sou menos delle. He m.to habilidoso, e tem muito tino. Serve á meza m.to bem. Tem m.to cuidado no asseio do meu vestido e calçado, escovando-o &. He m.to caprichoso em andar asseiado: e já tem muita roupa. He m.to fiel, sadio, e de grd.es forças. Tem hum grd.e rancor a mulheres e a gatos. Quando eu o puder dispensar, hei de mandar ensina-lo a rezar e Doutrina, q. disso pouco sabe; eu não tenho paxorra; e aqui ha Clerigos inhabilitados, que vivem de ensinar Doutrina aos Escravos. Como elle he de Cabinda, e tomou o nome de Manoel no Baptismo; compuz-lhe todo o seu nome Manoel Luiz Cabinda. Tem elle a singularid.e de fazer-me sentinella ao pé de mim, quando eu estou dormindo a sésta, só com o fim de enxotar as moscas, p.ª me não acordarem. Em fim, se elle não mudar, ou não tiver molestia grave, q. o rape, espero q. elle venha a ser um hum bom escravo, sem pancada, e levado só pelo brio e amizade.
Nada mais me resta a dizer a V. M.ce, se não q. me conceda a sua benção. acceitando todas as possíveis expressões do meu

filial respeito e amor, q. eterna e inviolavelmente protestarei consagrar-lhe; sendo, como devo,

De V. M.ce
Filho M.to am.te e obd.e Cr.
Luiz Joaq.m dos S.tos Marrócos

P.S.
S.A.R. mandou dar de pensão annual 6 mil cruzados ao Conde da Louzan, p.ª fazer Corte, em quanto lhe não conferia Despacho competente."

Dentro desta carta, Luiz Marrocos mandou um bilhete ao pai, num pedaço de papel, com o seguinte escrito, *in verbis*, como se segue:

"Meu Pay,
Depois de acabar hũa Carta p.ª V. M.ce vi-me obrigado a dirigir-lhe este bilhete a pedir-lhe hũa cousa, q. já em outra Carta añunciei a V. M.ce; e he: q. não mostre nem fie de pessoa algũa as m.as Cartas, q. daqui for lhe escrevendo. Eu sei q. a m.ª Carta escrita junto de Cabo Verde, e que V. M.ce ou mostrou ou confiou de algũas pessoas, foi notada e até copiada, pelo grd.e desacordo de eu fallar em *falta de providencias*, vindo aqui ter essa Nota ás mãos de q.m a soube escarnecer, por q. não era de m.ma estofa. E como V. M.ce não sabe quem pertende deslumbrar-nos (tentando em vão), he por isso mui necessaria esta reserva. Espero merecer-lhe este favor mui especial.
Nem tambem communique esta m.ª advertencia."

O que Marrocos não escreveu nem deu conta à mana, tampouco ao pai, foram os gravíssimos comentários dos inquilinos do sobrado da rua das Violas onde alugava quarto, e dos comentários dos prédios vizinhos, da direita e da esquerda (dizem até que das casas em frente se ouviram queixas), e nisto não vai nenhuma bisbilhotice fescenina, suposto que ele também ouvira, com as próprias oiças, os nada respeitosos e, por que não dizer, obscenos gritos noctívagos de D. Maria da Celestial Ajuda, quando se entregava à prática de exercícios conjugais com o marido: "Ai, que me matas, meu rico! Ai, que me levas à loucura com esse teu vergalho, que te presentearam os deuses do amor! Ai, como me chegas longe, meu Joaquinzão...", gritara a mulher, à farta, à última noite, madrugada a dentro, a alardear sem censura os prazeres que jamais lhe haviam sido proporcionados pelo seu adorado "Ôgusto", e agora a tentar recuperar o tempo perdido, muito contribuindo para isso a concupiscência do "Lobatão", fogoso executor de priapescas copulações.

O que mais surpreendia Marrocos e os outros dois inquilinos do sobrado, os agora já conhecidos clérigo Placídio do Amor Divino e oficial de Secretaria Perácio Dagoberto Paranaguá, era o fato de D. Maria da Celestial Ajuda comportar-se durante o dia como uma beata religiosíssima, sempre de rosário à mão, a rezar intermináveis novenas e trezenas, constituindo exemplar figura de mulher honesta, de ilibadíssima reputação, sempre pejada de pudicícias, e afogada em moralismos.

– Mas à noite, Santo Deus, toma-lhe o Demônio o juízo, e a carrega para os sítios da sem-vergonhice despudorada! – comentou o clérigo, constrangidíssimo, sentado à mesa com o bibliotecário Marrocos e o oficial Paranaguá, na sala de refeições, aguardando o café da manhã ser servido, na manhã seguinte àqueles madrugadores gritos, ainda ausentes da sala D. Maria, "Lobatão" e Quincas. – Assim age o Demônio: tem preferência por corromper almas supostamente virtuosas, haja vista que com as pecadoras contumazes não há que se preocupar: elas já sabem, direitinho, o caminho para o inferno, sem carecer da intercessão do Senhor das Trevas! – concluiu o clérigo com expressão grave, dedo indicador apontado para cima.

– Confesso que não consegui conciliar o sono durante esta noite, padre. E o pior é que essas "funções" ocorrem dia sim, dia não: com o apetite daqueles dois não agüentariam Afrodite nem Eros! – motejou o oficial Paranaguá.

– Vejam como é estranha a natureza humana, senhores: o senhor Lobato é homem timorato, pacato, quieto, mal abre a boca para falar... – interviera Marrocos.
– Mas quando abre, Santo Deus! É um canhão que só vomita asneiras! – interrompera o clérigo, desculpando-se pela intervenção, pedindo ao bibliotecário que fizesse a gentileza de continuar com seus comentários.
– Falava eu da natureza taciturna do senhor Lobato no cotidiano, e da igualmente tranqüila índole da senhora D. Maria da Celestial Ajuda. Essas duas criaturas, que freqüentam a igreja diariamente, e disso dou meu testemunho pessoal, não conseguem perceber que as manifestações e ruídos de alcova constituem barulhos que só ao casal interessam, mas inexplicavelmente se comportam ambos como bacantes sem censura, sem freios na língua, e somos todos obrigados a participar, como ouvintes, dessas orgias licenciosas! O meu próprio preto, coitado, que dorme no porão do sobrado com os escravos do casal, e é um cabinda virgem e pudico, que tem verdadeira aversão por mulheres, ouve, envergonhado, os uivos e vagidos da senhora, misturados aos roncos e bufos do senhor Lobato, já me tendo o pobre confessado as suas vergonhas, nas noites em que ocorrem as funções orgíacas, e que os gritos obscenos do casal também o escutam os escravos do casal, pai e filho, este um negrinho religiosíssimo, sacristão da igreja de N. S. do Rosário! – concluiu Marrocos.
– "*Triste est omne animal post coitum, praeter mulierem et gallum*"[1] – comentou o clérigo, sem conter o riso, não percebendo que naquele instante entrava, na sala de refeições, D. Maria da Celestial Ajuda, segurando um tabuleiro com bules de café e de leite, que fumegavam pelos bicos, acompanhada do "Lobatão", que equilibrava uma bandeja com cestas de pão e queijos.
– Bons dias a todos! Folgo em vê-lo tão sorridente, logo pela manhã, padre. O que quer dizer esse latim, a propó-

---

[1] "Depois do coito, todo animal é triste, salvo a mulher e o galo" (Galeno).

sito? – indagou uma alegríssima e radiante D. Maria da Celestial Ajuda.

Grande rubor tomou conta da cara do padre, que imediatamente iniciou a tosse que usava como recurso para disfarçar gafes e ganhar tempo para pensar como repará-las.

– Bom dia, senhora, quer dizer, isto é... – tossicou mais um pouco e continuou: – Em primeiro lugar permita-me elogiar Vossa Mercê, pois muito bem cheira esse café e esse leite, com certeza esta casa tem o melhor passadio da cidade!

Marrocos e o oficial Paranaguá haviam se levantado das cadeiras para cumprimentar o casal.

– Fico muitíssimo agradecida, senhor reverendo, meus inquilinos são todos muito gentis... Mas, então, o latim que pronunciaste, e que tantos risos provocou, o que quer dizer? – insistiu a mulher.

O clérigo Placídio, vendo que daquela resposta não poderia escapar, soltou um sorriso amarelo, limpou inexistente travo na garganta, e respondeu:

– É um provérbio latino, senhora, que diz que as cigarras e os galos são os únicos bichos que cantam antes de o dia clarear – mentiu.

Dona Maria da Celestial Ajuda pediu que todos se sentassem à mesa para que ela servisse o café e o leite:

– Interessante, padre. Mas confesso não consegui atinar com o significado desse ditado: o que pretende ele dizer? – indagou enquanto derramava café nas xícaras.

– É muito simples, D. Maria: à noite e à madrugada, enquanto a maioria dos seres descansa de suas fainas diárias, há os que começam as suas, indiferentes às necessidades de repouso daqueles... – respondeu o clérigo, olhando de soslaio para o bibliotecário e para o oficial, implorando-lhes cumplicidade para aquela patranha.

– Ah! agora, sim, eu entendi! Nada como conversar com pessoas cultas como o senhor, padre. Pois olha: o meu Quincas também é muito bom nos latins, que aprendeu antes mesmo de entrar para o seminário, e muito aprecia ser

desafiado nas traduções da língua para o nosso português. Quando Quincas chegar para o café, se Vossa Reverendíssima puder fazer-me o favor, repita-lhe o ditado e peça-lhe que o traduza, está bem?
— Com muito gosto, senhora, farei isso com prazer — murmurou o padre, tossegoso, com ar meio sem graça.
— E os senhores passaram bem a noite? Dormiram bem com a fresca que soprou da rua? — indagou a mulher.
Os inquilinos entreolharam-se, escabreados. Marrocos limpou os beiços com o guardanapo para esconder o sorriso, o clérigo tossiu e o oficial Paranaguá aproveitou a deixa para uma provocação:
— Só consegui conciliar o sono muito depois da hora grande, senhora, pois antes me foi humanamente impossível: quero crer que os telhados deste sobrado serviram de palco para que um casal de gatos safados emitisse, sem parar, por boa parte da noite e da madrugada, uma sinfonia de miados, vagidos e gemidos, creio que por parte da fêmea, que se misturavam aos furiosos roncos e arfantes bufos do macho, sabe-se lá o que essa bichanada não andou a fazer pelos telhados, àquelas horas, boa coisa não havia de ter sido! A senhora e o senhor Lobato não ouviram a gemedeira?
"Lobatão" engasgou-se com o café quente:
— Gatos? E bichanos lá roncam e bufam, senhor oficial? — indagou, com o ar de vacuidade que lhe era habitual.
Os três inquilinos perceberam quando "Lobatão" levou um pontapé, por debaixo da mesa, dado por D. Maria da Celestial Ajuda.
— Também estranhei, senhor Lobato, com efeito, também me causaram espécie aqueles ruídos — respondeu o oficial com uma ponta de ironia. — Pareceu-me que os miados da gataria se misturavam com gemidos e lamentações humanos, provavelmente os estertores de um pobre vizinho doente, às voltas com um ataque de dispnéia, acudido pela mulher, se não me falharam as oiças, chorosa com o sofrimento do homem, tanto que a infeliz parecia lamentar-se, aos vagidos,

solidária com o seu sofrimento! – completou o oficial, sorvendo um gole de café, enquanto espichava o olhar para os outros dois inquilinos, ambos a não mais saber o que fazer, e a que artifícios recorrer, para evitar os risos.

"Lobatão", sem nada perceber, aceitara a explicação e encheu a boca com nutrido naco de pão com queijo, molhado no café com leite. Dona Maria da Celestial Ajuda, desconcertada, não sabia onde meter a cara, e exibia um sorriso amarelo, incompatível com a esfuziante alegria com que, instantes atrás, ingressara na sala.

Quincas assomou à porta da sala, cara de sono, sobraçando cartapácios amarrados em uma cinta de couro, dando bom-dia a todos.

– Muito bom dia, meu rapaz. Fiz uma promessa à senhora D. Maria da Celestial Ajuda, e pretendo agora cumpri-la: diga-me lá, meu jovem, o que quer dizer "*Omnis amans amens*"?

– inquiriu o clérigo a Quincas.

– Todo amante é demente – respondeu Quincas, indiferente e prontamente, provocando os aplausos e dando azo para frouxos de riso de Marrocos, do oficial Paranaguá e do clérigo Placídio do Amor Divino.

– Bravos! Bravos! meu rapaz. É isso mesmo! Sábias palavras! – cumprimentou-o efusivamente o clérigo, batendo-lhe tapinhas às costas.

Dona Maria da Celestial Ajuda deixou cair ao chão uma colherinha de café, e enfiou-se por debaixo da mesa, lá ficando algum tempo, de quatro, escondida sob a toalha, ruminando praguejamentos por não encontrar, pelo menos era o que reclamava, o fugidiço utensílio.

☙

Estrada de Matacavalos, hoje rua do Riachuelo, chácara do bacharel Francisco Viegas de Azevedo, Rio de Janeiro. Meados do mês de setembro do Ano da Graça de Nosso Senhor Jesus Cristo de 1812.

Chamava-se Aniceto, e era originário de Cabinda, o preto escravo que o bacharel Viegas de Azevedo arrematou no cais do Valongo, ao preço de 120$000 réis. – Chega de escrava fêmea aqui na chácara! – argumentara com o filho, antes da compra do negro, decidido a substituir a negra Venância, ainda desaparecida. – Nós, os portugueses, e, por cópia, a raça safada dos brasileiros a que pertences, apreciamos mais que qualquer outro povo do mundo a bunda fornida de uma negra! Quando encimada por um alentado par de tetas, então, nem é bom falar! Os lusitanos e os brasileiros fazem qualquer loucura! Por isso não quero mais pretas fêmeas aqui na chácara! Vou levar para a cova as lembranças das terríveis putarias que o defunto Torresão praticou com a coitada da Venância, sabe-se lá onde se meteu aquela. – E complementou, baixando o tom da voz: – A propósito, filho, pelas informações que me chegaram por um coscuvilheiro de fé, o qual não revelarei o nome, soube que tu andas freqüentando o rabo de uma preta, que atende por Orozimba, portadora, pelo que me bichanaram às oiças, de vastíssimo nadegueiro, e que pertence ao cônego Aguiar, que me contaram também freqüenta, com assiduidade, aqueles sítios da negra, ah! padreca safado! Cuida-te, hein? Essas cabindas de culatras grandes são todas feiticeiras, e te inoculam, sem que percebas, mandigas brabas que te entram vergalho a dentro, e se isso acontecer, filho, estarás preso a ela para sempre!

Aniceto Cabinda, o escravo comprado por Viegas de Azevedo, era um negralhão de quase nove palmos de altura, vinte e poucos anos de idade, espadaúdo e rijo, cabeça lisa, rapada à navalha, que brilhava ao sol e à lua, e que chamara a atenção do velho bacharel, quando exibido pelo mercador de escravos, no cais do Valongo:

– Olhai os dentes desta peça, Excelência, reparai as presas e as mandíbulas! Já vistes braços mais fortes? Isto agüenta o eito por todo o clareado do dia e vara o breu da noite, sem cansar! Julgai com vossos próprios olhos o peitoral e os costados desta criatura: uma parelha de bois forçudos não empurra moenda melhor que este animal! E são só 150$000 réis, preço de ocasião, para essa peça de ébano! – gritava o homem, cutucando, com o cabo de um azorrague, as partes que descrevia do corpo do escravo.

– Dou 90$000 réis! – gritou Viegas de Azevedo, desviando o olhar para uma gaiola de galinhas, também à venda, dissimulando o interesse no negro.

– Vossa Excelência está a botar preço de pangaré num puro-sangue! Convenhamos, senhor: este aqui não é nenhum preto velho com tísica! – redargüiu o mercador. – Mostrar-vos-ei, agora, a agilidade e a graça dessa montanha de músculos: dá uns pulos aí, ó negro! Vamos! Dança aí para a Excelência reparar nas tuas artes, dança! – gritou, cutucando o escravo com o azorrague.

O negro, torso nu, vestido com uma fraldinha de algodão que mal lhe cobria as vergonhas, começou a pular como um bailarino, sacudindo os quartos, grunhindo gritinhos de guerra, levantando alto as pernas musculosas, revelando habilidades de bailarino, demonstração que muita estranheza causou ao bacharel Viegas de Azevedo.

– Que te parece? – perguntou o bacharel ao filho, ao seu lado.

– Não sei ao certo, senhor meu pai, a peça é meio estranha: exibe aparência e corpo de macharrão, mas, pela andadura e pela dança, dá umas parecenças de negro puto.

– Negro puto? E tu entendes lá disso? Putice de homem é mais encontradiça em branco, feito aquele safado do Conde das Galveias! É coisa rara de ver em preto! O negro está te confundindo porque ele é muito arisco, ágil, trejeiteiro! Isso aí deve agüentar a puxada de um roçado com o mesmo desembaraço de um serviço doméstico de casa – replicou em tom baixo de voz.

– Dou 100$000 réis e não subo mais que isto! – gritou para o mercador, cruzando os braços sobre o peito.

O mercador balançou a cabeça negativamente e, ato contínuo, passou a exibir para a assistência de compradores as outras peças que estavam à venda: um negro velho, de uns quarenta anos, que ele oferecia pelo "preço de um papagaio mudo"; uma negra peituda, muito feia e desprovida de bunda, de quem dizia "aceitar lances de oferta"; e uma negra pejada, de quatro meses, de nádegas grandes, de uns dezoito anos, que ele anunciava como parideira inigualável e ama-de-leite de úbere opulento, capaz de alimentar uma tropa de bebês famintos.

– Ofereço-te 110$000 réis pelo negro dançarino, e acabamos logo com essa pendenga! – gritou Viegas de Azevedo, já irritado, o que despertou a curiosidade dos passantes e dos presentes, que fizeram um pequeno círculo em torno do bacharel.

– Diabos! Por acaso convoquei assembléias? audiências? conselhos? – praguejou para os circunstantes.

Como o mercador não lhe deu trela pela última oferta, Viegas de Azevedo gesticulou-lhe um par de manguitos, usando ambos os braços, agarrou o filho pelo ombro, puxando-o para fora da assistência, e deu as costas para o estrado onde se realizava o leilão, tomando o rumo da rua do Valongo. Não dera meia dúzia de passos, ele ainda praguejava contra a carestia de vida no Rio de Janeiro nos ouvidos do filho, quando ouviu um grito atrás de si:

– Se a Excelência bater 120$000 réis, o negro é de vossa posse e propriedade!

Foi dessa forma que Aniceto Cabinda, que pertencera à duquesa de Cadaval, que por sua vez o vendera ao Conde das Galveias, depois que o nobre flagrara o negro em frente ao Paço, esparramado no chão, de pernas abertas e vergonhas à mostra, ao lado da liteira da duquesa, passou a fazer parte do patrimônio dos Viegas de Azevedo, indo trabalhar na chácara da Estrada de Matacavalos nº47; todas essas informações o mercador as omitira do bacharel, incluindo a fama de vida torta e a alcunha do negro na cidade, como mais adiante se verá.

A prometida visita de Quincas ao bacharel Viegas de Azevedo somente pôde ser cumprida depois de transcorrido pouco mais de um ano da data do convite original, que fora por diversas vezes reiterado pelo velho, acontecendo, finalmente, na manhã de um sábado de verão, do mês de janeiro de 1813, às vésperas das comemorações do santo padroeiro da cidade. Fazia um calor infernal, quando o senhor e senhora Joaquim Lobato, acompanhados do seminarista Quincas, apearam de liteiras de aluguel, no portão da chácara da Estrada de Matacavalos, convidados por D. Maria Eduarda, nora do bacharel e, em futuro remoto, sogra de Quincas, para passar todo o dia de sábado, com direito a refrescos, sucos de frutas, doces, bolinhos, merenda e ceia, em visita que se prolongou até perto do final da tarde.

O bacharel, no momento exato da chegada das visitas, estava deitado em uma rede estendida na varanda, tendo atrás de si o escravo Aniceto, que lhe espantava o calor e as moscas com um grande abano de palha.

– A incelença tá cum avisitântis nus portão da chácris – alertou Aniceto para o amo.

– Por acaso é um padre careca e um gordalhufo, de cartola e casaca escura? – indagou o bacharel, deitado, de costas para o portão.

– Nonada, nhô Viéguis. É um nhonhô baixim, uma nhanhá asseadíssima i um nhonhozim muitcho du bunitim!

– Diabos! Por acaso convoquei assembléias? audiências? conselhos? E tu, preto descarado, respeita-me e pára com esses modos de falar de negra vadia, senão te tiro o couro no tronco! – replicou o bacharel, erguendo-se e voltando o corpo, comprimindo as pálpebras em direção ao portão:

– Quem vem lá? – gritou.

– Somos nós, bacharel! – gritou "Lobatão" do portão.

– Nós quem, diabos? Nós é o mundo todo!

– O comendador Lobato, a da Celestial Ajuda e o Quincas! – antecipou-se a mulher, antes que "Lobatão" replicasse com outra sandice.
– Ora, ora, até que enfim! Já não era sem tempo! Pois entrem, meus filhos, sejam bem-vindos! Não esqueçam de passar o trinco no portão ao fechá-lo! Viegas Filho! Dona Maria Eduarda! Venham cá ver quem chegou! – exultou o velho, levantando-se da rede.

Após um agradável e reconfortante passeio pelo pomar da chácara, sombreado pelo morro de Santa Tereza, Viegas de Azevedo convidou os visitantes para uma degustação de doces, refrescos e sucos no alpendre, onde uma farta e sortida mesa já estava posta. No meio das iguarias, sobressaía uma enorme travessa oval, de metal prateado, cheia de cocadas brancas e pretas, dispostas de forma intercalada, proporcionando gracioso efeito visual.

– Mas que linda travessa, D. Maria Eduarda, por acaso são cocadas baianas? – indagou D. Maria da Celestial Ajuda.

– São sim, e foram feitas pelo nosso escravo, o Aniceto Cabinda, que está nos saindo um cozinheiro e tanto! Que mãos celestiais para fazer iguarias! – respondeu a nora do bacharel.

Todos se acercaram da mesa e passaram a deliciar-se com os refrescos e sucos de manga, abricó, laranja, cajá, carambola e tamarindo, servidos com bombinhas de nata, pastéis de Santa Clara, doces em compotas, queijos curados, além de variadas frutas e duas tábuas, envoltas em papel colorido, onde avultavam duas gigantescas tortas: uma de nozes, outra de chocolate.

– Ai, que hoje se me arrebentam os botões dos calções! – exclamou "Lobatão", inaugurando cedo o seu repertório de intervenções inconvenientes.

– Que não seja na frente das senhoras! – ironizou o bacharel.

A comezaina das iguarias já ia ao meio, e jogava-se muita conversa fora, sabido é que o empanturrar-se de doces tem o condão, sabe-se lá por que razões, de vadiar a prosa, afrouxar o riso e infantilizar os comportamentos dos adultos, haja vista ser impossível sustentar palestras sérias com os beiços besuntados de nata e de chocolate, quando, no soflagrante, o gigante de ébano Aniceto Cabinda, todo vestido de branco, tendo enrolado à cabeça, cobrindo-lhe as orelhas, um igualmente alvíssimo turbante, assomou à varanda, atendendo a um chamado de D. Maria Eduarda.

"Lobatão", estupefacto com aquela aparição, deixou cair das mãos um pratinho de louça, cheio de doces, que se espatifou no piso da varanda, com estrépito:
– Mas é o Aniceto "Cabunda"! A "rainha da cocada preta"! – exclamou em voz alta, pasmo com a visão do negralhão.
– Nhô "Lobatão"! O nhonhozão pur acá? – bradou o negro, igualmente surpreso com a presença de Joaquim Lobato.

Houve um breve lapso de tempo em que todos ficaram em silêncio, entreolhando-se mutuamente, constrangidos e incrédulos com aquelas inusitadas manifestações de intimidade entre o escravo e o comendador da Grã-Cruz de São Tiago. Quebrou-o Viegas de Azevedo pai:
– Cabunda? Foi o que eu ouvi Vossa Mercê chamar esse negro, senhor Lobato?
– Cabinda!, senhor bacharel. Eu quis dizer Cabinda, Aniceto Cabinda! – corrigiu "Lobatão", dissimulando a gafe, visivelmente desconcertado.
– Mas "rainha da cocada preta" eu ouvi pronunciado com todos os *efes*-e-*erres*, e não pode ter sido um engano: saiu com muita espontaneidade! – insistiu Viegas de Azevedo, cofiando a barba branca, ressabiado.

"Lobatão" agachou-se no chão para recolher os doces e os cacos do pratinho que deixara cair, e respondeu:
– Ora, pois, pois: "rainha da cocada preta", sim, senhor! Pois era assim que ele era conhecido, e fazia questão de ser chamado, quando vendia cocadas em um tabuleiro armado na esquina da rua do Cano com a detrás do Carmo, todo vestido de branco como está agora, não é facto, ó Aniceto?

O negro, encostado na parede, espalmou as mãos sobre os quartos, apoiou a sola do pé descalço sobre a canela da outra perna, e balançando os quadris respondeu, buliçoso:

– Anicetu assêmpri afoi uma preta quituteira, nhonhô Viéguis, i já trabaiei pra duquesa dus Cadavai, i adispôs u nego foi avendídu pru côndi das Galveis, pra aquém Anicetu trabaiávis, transânti di trabaiá pru nhonhô Viéguis, acúmu preta de gânhu, avendêndu cocádis nu terrêru du Páçu!

– Preta quituteita? Negra de ganho? Ou tu és um negro muito do safado, com vida pregressa de mancebia, ou nunca soubeste a diferença entre gênero masculino e gênero feminino, seu infeliz! – vociferou o bacharel, irritado.

– Ora, senhor meu sogro, o Aniceto é apenas um preto delicado e sensível, cheio de prendas e habilidades domésticas: seria impossível para um homem bruto preparar essas delícias que estão sobre a mesa. Vossas Mercês ainda não sabem as maravilhas que ele preparou para a merenda! – redargüiu D. Maria Eduarda, acalmando os ânimos.

O negro emocionou-se com as palavras da nora do bacharel, e caiu em prantos, escondendo o rosto com as duas mãos.

– Passa já para dentro, Aniceto Cabinda, e só voltes cá quando fores chamado! – ordenou o bacharel. Ato contínuo, segurou "Lobatão" pelo braço e levou-o para a extremidade oposta da varanda, onde não poderiam ser ouvidos, e sussurrou-lhe ao ouvido: – Deves-me algumas explicações sobre a vida pretérita desse negro, ouviste, ó Lobato? Não engoli aquela do "Cabunda" e a da "rainha da cocada preta", não, estás compreendendo? Conversamos em outra hora, dado que o momento não é apropriado para falar sobre promiscuidades escabrosas: temos senhoras e um seminarista por cá!

Viegas de Azevedo retornou para o grupo, rosto afogueado, segurando o braço de "Lobatão", disfarçando a contrariedade ao máximo, quando cruzou olhares com o filho, encostado em uma das colunas que sustentavam o alpendre. Viegas Filho tinha um ar de galhofa estampado na cara, e tapava a boca com um lenço de alcobaça para disfarçar o riso. Quando

passou pelo filho, o bacharel rosnou pelo canto da boca, para não ser ouvido:
 - E tu tira esse ar de mofa da cara, e esses risinhos de frufru dos beiços! Já sei que estás doidinho para jogar-me à cara que me alertaste sobre a putice desse negro. Caluda e respeita-me, hein?
 Superado o incidente, Aniceto sumiu no interior da casa, as senhoras sentaram-se em um canto da varanda para permutas de receitas de quitutes e de pontos de crochê, além de colocarem em dia as últimas modas exibidas nas casas de comércio da rua do Ouvidor. No canto oposto, Viegas Filho, "Lobatão" e Quincas ouviam, silentes, o bacharel desfiar duas de suas catilinárias prediletas: a Corte abastardada, libertina, depravada e corrompida dos reinóis portugueses, e a canalhice atávica do povo brasileiro.
 Impressionado com a prosa rebuscada e com a originalidade das teses defendidas, entusiasticamente, pelo bacharel, Quincas foi o único dos três assistentes que lhe deu atenção, e ouviu, com indisfarçável admiração, as diatribes verbais do velho, sempre proferidas com pelo menos três ingredientes dialéticos pelos quais o seminarista tinha especial estima: a ironia socrática, o sarcasmo ferino e o humor corrosivo. A rica, controversa e multifacetada personalidade do bacharel, além do pleno vigor da sua lucidez, apesar da idade avançada, seduziu-o a tal ponto que nascera ali, naquela tarde de sábado, uma grande amizade entre os dois, fato raro naqueles tempos, considerando-se que o bacharel tinha setenta e quatro anos de idade e Quincas apenas quinze. Indagado por Quincas sobre a que atribuía a sua lucidez ferina, a rapidez de raciocínio e a coragem pessoal em criticar os poderosos, o bacharel Viegas de Azevedo, percebendo, com satisfação, que conquistara um discípulo, passou-lhe o braço por sobre os ombros, arrastou-o de volta para o pomar e, passeando sob mangueiras e goiabeiras, deu início a um diligente proselitismo, que tinha por fundamento básico a rejeição e a abominação a qualquer forma de governo entre os homens:

– Sou um iconoclasta, e dos mais pérfidos, filho! Rejeita sempre qualquer forma de tradicionalismo, de idolatria ou de culto a pessoas, imagens ou símbolos. Vê a natureza, o céu, o mar, os bichos e as montanhas: nunca precisaram de tratados filosóficos ou de contratos escritos para terem essa harmonia exuberante que exibem, dia após dia, humildemente, para nós, pobres bárbaros selvagens!

E por aí foi o velho, a instilar suas curiosas e sarcásticas filosofias na cabeça fresca do discípulo novo, que se extasiava com as sedutoras e avançadas maneiras pelas quais o bacharel rearrumava o mundo, quebrava imagens, destruía símbolos, pulverizava valores, até então tidos por Quincas como imutáveis, inatacáveis e sacrossantos, desancando com o poder e esculhambando com os poderosos, a enaltecer o *paradoxo socrático*,[2] a confrontá-lo com a lógica formal e a ética originárias do aristotelismo.

Caía o sol por detrás do morro de Santa Tereza, quando os negros de aluguel apoiaram sobre os ombros as liteiras que transportaram os Lobato e Quincas de regresso para a rua das Violas.

XVII

Sobrado dos Menezes d'Oliveira, rua da Carioca, Rio de Janeiro. Primeira semana de outubro do Ano da Graça de Nosso Senhor Jesus Cristo de 1889.

Caia-me a broa ao chão, Senhor, com a banda amanteigada virada para baixo, se raras não foram as vezes que presenciei o estupor da negra Leocádia a chorar, como está a pobre agora, coitada, enquanto abre os cortinados da janelinha da

---

[2] "Ninguém faz o mal voluntariamente, mas por ignorância, pois a sabedoria e a virtude são inseparáveis."

minha água-furtada. O dia ainda não havia clareado, e eu já estava acordado (por que Teu pai foi inventar essa regra biológica besta de que todos os macróbios só podem dormir um pouquinho, se logo em seguida Ele sempre os convoca para dormirem para sempre? Esse Teu pai tem cada uma!), às voltas com minhas infindas jaculatórias, na tenção de obter a graça que o Senhor dela tem já conhecimento a uma aluvião de tempo, e deves estar com o pote da Tua paciência cheio até à boca, de tanto que a repiso, quando a preta me entrou ao quarto, lamurienta, me limpou a baba que escorria *incontinenti*, dessa vez com a barra do lençol da minha cama, e não com os pestíferos babadoiros, louvado seja o Senhor, Teu Amantíssimo Pai e o Altíssimo Espírito Santo por mais esta mercê, me trocou as flores do vaso com que Jacinto Venâncio me presenteara à última visita, abriu as cortininhas da janela, e caiu em pranto convulsivo.

Sabes muito bem, Senhor, que as rabugens e os maus humores, que me acompanharam por toda a vida, foram decorrentes do penosíssimo e vilissimamente remunerado ofício de mestre-escola, exercido nesta indigníssima terra, e que acredito permanecerá tendo retribuições pecuniárias miseráveis até o dia do Juízo Final, mas que, graça divina, jamais foram capazes de me petrificar o coração: sempre abominei e repudiei qualquer tipo de sofrimento humano ou de violência, discípulo que fui do grande filósofo e bacharel Viegas de Azevedo, Teu Pai o tenha em bom lugar, apesar daquele grande homem não acreditar na existência Dele, muito menos na Tua, tampouco na do Paraíso Celeste, sítio que para ele fica aqui mesmo, mais precisamente na tasca da Mãe Joaquina, mulata quituteira que lhe preparava uma moqueca de siricandeia que, afirmava ele, o retirava temporariamente deste planeta, deixando-o em estado gozoso por dias.

– O céu e o inferno são aqui mesmo, Joaquim Manuel, no mesmo sítio onde porfias tua sobrevivência como vivente, onde és santo e demônio cotidianamente! Anjo e capeta todos somos na vida, pois ambos coabitam a carcaça de cada ser humano, disputando a prevalência das ações e atitudes do ser que lhes é hospedeiro. Por essa razão, confies sempre em tuas intuições, porque elas sempre serão a resultante consensual das tertúlias e quebras-de-braço desses dois espíritos locatários, que estão sempre a negociar pelas iniciativas do vivente que habitam, passando a rasteira um no outro, pactuando barganhas, treteiros que são entre si! – filosofava-me o velho, a peripatetizar pelo pomar da chácara da Matacavalos.

Acoitado-me, e entristece-me o coração, ver e ouvir a negra Leocádia verter lágrimas em choro convulso: ao que tudo indica, quem dessa vez levou um rabo-de-arraia dentro dela foi o anjo, e quem está de pé, a gargalhadear sarcasticamente, é o capetinha, com certeza. Procuro a negra com os olhos, para que me encare, não com o olhar rabugento que normalmente lhe acerto, mas com o mais terno que ainda posso conseguir, e para isso invoco, mais uma vez, Teu auxílio, Senhor, pois a causa desta feita é nobre, e o que Te peço é que dês só mais um pouquinho de lume à minh'alminha, quem sabe um pouco mais de viço, por um átimo que seja, nas minhas "velhinhas dos olhos", para que a Leocádia perceba que estou pesaroso e com ela solidário. Jesus-Maria! Mais uma vez me escutaste! Benza Teu Pai! A negra olhou-me e parou de chorar! Estou com a fé em dia, hein, Senhor? A preta sentou-se à borda do leito (essa negralhada é assim: dá-se o dedo, querem a mão; olha-se com carinho, dão-se a confianças e a intimidades), pegando-me a mão entre as suas, apertando-a, alisando-a, acarinhando-a:

– Nhoquinzim, a nêga tá muitcho disinfiliz: meo hômi mi trocô pur uma neguinha disavergonhádis, qui num adeve tê nem idádis pra sê mãi, u safádis! A nega Leocádi sábi qui Nhoquinzim num pódi arrespondê, mas tumém sábi qui pódi acumprendê, num é mermo? Apurcausadiquê Nhoquinzim tá oiando a nega cum êssis óio tão cheio di amô e di dó? Oje é a Leocádi qui tá incafifádis, i Nhoquinzim tá cum carim di santim du pau ôcu, os óio tá briando acúmu os di um mininim traquim... Meo hômi, u safádis, bota cártis, joga búzis, fais divinhação e demândis numa têndis qui afica lá pelas banda da rua Barão di Santuféliquis, apertim das instação dus trem Dão Predo II, i u senvergonho, só apurcausadiquê ganhô um dinheirim porreiris, ingora só qué sabê di neguinha mocim, di avesti farpé i chapé di brâncu, di andá pelas rua cum ajêiti di urubu malândris, i di afalá mode gênti mitida, a dizê prus cântus dus múndu qui é heró du Paraguá... I u merdim é um neguim baixim, muitcho du adiscarádis, qui tem idádis pra sê vô da Leocádi: u cásu é qui a nega é loca di amô puraquêli trásti disavergonhádis, qui diz ingora só qué sabê di neguinha nóvis, u salafrás. Acúmu as reza i as demândis qui u istrupis du neguim fais tá dându túdu acértis, u adiscarádis apegô fâmis i tá cum nômi in tuda as Côrti: o pôvu só afala na têndis du Pai Zoroástri di Orixalá, qui é o nômi du sacripântis baixim feticero... – lamentou-se a pobre da negra.

É sempre a mesma história, não é Senhor? Não seria melhor para a coitada dessa negra ajuntar-se com um homem da idade dela, com ofício de gente? Mas não: prefere comer abacaxi sem tirar a casca: apaixona-se por um negro mais velho, ainda por cima macumbeiro, e metido a branco: que futuro pode ter essa infeliz tendo semelhante sicofanta como parceiro?

A manhã engoliu as horas, a negra já está mais calma e cantarola um lundu, passando pano molhado nas vidraças. Latoeiros e jornaleiros miúdos berram na rua. Do largo da Carioca chega-me o burburinho dos carris puxados a burro e das carroças que por ali trafegam. Ouço passos leves que sobem o escadório que dá acesso à minha água-furtada. E quem me aparece à soleira da porta do quarto, segurando um ramo de cheirosíssimas flores-de-maio, estamenha surrada e carapinha branquinha? Ele mesmo, o padre Jacinto Venâncio, que estende o braço e passa a mão sobre a cabeça da Leocádia, ajoelhada, que lhe beija a mão com devoção, e cai em novo choro lamentoso.

– E o porquê desse choro, minha filha? Vamos, levanta-te, arruma essas flores sobre o criado-mudo de Nhoquincas –

pede o padre, ajudando-a a erguer-se do chão. – E como está se sentindo o nosso ilustre Comendador, hein? – indaga-me, sentando-se à borda do leito, segurando-me a mão entre as suas, a santa e iluminada criatura de azeviche.

Fodido, padre, sinto-me como um velho fodido, doidinho para que o Altíssimo me transfira para a "quinta dos calados", é o que tento responder com os olhos, mas logo em seguida espicho o olhar para a negra Leocádia e retorno-o para o padre, que sorri e comenta:

– Ela está enrabichada por uma criatura que eu conheci no Paraguai, um zuavo baiano conhecido como Zoroastro Meia-Braça, tipo curiosíssimo, instinto de tigre e alma de pombo, que montou uma tenda de quiromancias, cartomancias e outras feitiçarias, na rua Barão de São Félix, no centro, e que soube está ganhando muito dinheiro, com clientela branca e rica. O homem deve ter uns sessenta anos, é bem baixinho, feio como a necessidade, mas ainda é rijo e ágil.

Preta escrota! Negra burra! Ganha a liberdade dos brancos para ingressar no cativeiro de um negro baixinho macumbeiro!

Alargo as órbitas e depois pisco as pálpebras, que é o meu código com o Jacinto Venâncio para ele continuar a prosear, contando-me o que se passa e o que se ouve nas sarjetas, atenção que o padre jamais se eximiu de dedicar-me, coitado, monologando à beira do meu leito um inusitado *quid pro quo*,[3] onde só um pergunta e ao mesmo tempo responde, só um fala e replica, eu arregalando os bugalhos e arreganhando os beiços, demonstrando espanto ou contentamento, e o padre, generoso, a abrir a burra das novidades da rua.

– Sobre esse derriço da Leocádia com o feiticeiro Zoroastro Meia-Braça passou-me a informação o pobre do Dom Obá, coitado, que está morando num cortiço, também na Barão de São Félix, quase esquina com a rua do Valongo. O homem está passando necessidades com a miserável pensão que recebe

---

[3] Isto por aquilo; uma coisa por outra.

como alferes do Exército: imagina, Nhoquincas, um cidadão livre e de cor, herói da Guerra do Paraguai, príncipe sucessor de um império africano, que até pelo Imperador Pedro II é recebido em audiências públicas no Paço da Quinta, terminando a vida numa casa de cômodos na África Pequena, perto do *Cabeça de Porco*... Que tristeza! Na mesma rua, mais adiante, fica o candomblé do pai-de-santo João Alabá, inimigo figadal do Zoroastro Meia-Braça, que lhe faz feroz concorrência, e disputa com ele a clientela mística do centro – comentou o padre, pesaroso.

– Eh-eh! Êssi Jão Alabá já atentô passá a Leocádi nus bêiçu, módi irritá Zoroastri, qui meaçô di degolá u pai-disântu si cruzá cum u hômi na rua! Vige! qui si Zoroástri é di acumpri as demândi dusoutro, magina as própri! – interveio a negra Leocádia, enquanto arrumava as flores no vaso sobre o criado-mudo.

Mas essa negra nadeguda está muito da saída e da atrevida! Imagina, Senhor, a infeliz é disputada por um pai-de-santo e por um feiticeiro, podendo ser motivo de crime passional em plena Barão de São Félix, pertinho do quartel-general do Exército! Essa negra descarada nunca me enganou! Dá-lhe um piparote no quengo, padre Jacinto!

– Já te disse repetidas vezes, Leocádia, sempre que me pedes conselhos, que não se pode acender uma vela para Deus e outra para o Diabo! Essa tua maluquice de assistir missa na igreja do Rosário e de participar do candomblé do João Alabá, como filha-de-santo, ainda vai te render muita confusão na cabeça e inimizades dos dois lados – alertou-a o padre.

– Padim Jacintu: Tia Ciata di Oxum, mais Maria Joana i mais Tia Gracindis, muié du pai-di-sântu Assumanu Minis du Brasi, jurô pra Leocádi qui túdu qui é nego i nega pódi tê duas rigilião, sinsinhô: afalaram pra nega quisso é sincretísmi, i qui nas baía túdu já si ajuntô, regilião católiquis mais cãodomblé, rézi di brâncu cum rézi di nego... – redargüiu a negra.

Jesus-Maria! Essa negra herege está a parecer uma mistura de beata de igreja com uma pomba-gira desorientada!

Preta escrota! Nem sabe do que está falando! E o Jacinto Venâncio ainda está a lhe dar trela! Arrenego!

– Não sabes o que dizes, minha filha: sincretismo religioso é apenas uma fusão, quer dizer, é uma correspondência entre crenças ou culturas diferentes, ou até mesmo opostas que, por razões que não cabe aqui discutir, precisam conviver conjuntamente, mantendo seus valores e princípios originais... Ó, meu bom Deus: que complicação! Como é que explico de maneira mais simples o que é sincretismo católico-fetichista para a Leocádia, Nhoquincas? – indagou o padre, agoniado, fitando-me com um sorriso nos lábios.

Não expliques, padre! Essa preta safada já tem a alma a soldo do Anjo Dissidente! Não gastes cera com ruins defuntos!

– Escuta, Leocádia, minha filha, presta atenção: se tu nasces numa tribo e aprendes, desde miúda, a ter uma crença, a amar a um Deus e a teus santos, e aí vem um outro povo, mais forte e mais poderoso, domina tua tribo, e te obriga a acreditar em outro Deus e em outros santos, tu, para sobreviveres e evitares castigos, aceitarás o que lhe é imposto, mas não esquecerás do que aprendeste desde miúda; criarás, então, uma combinação entre as duas crenças, do tipo: Iemanjá é N. S. da Conceição, Ogum é S. Jorge, Oxossi é S. Sebastião, Oxumaré é S. Bartolomeu, Xangô é S. Gerônimo, Orinsalá é Deus, apenas para citar a relação entre orixás iorubas e santos católicos: isso é que significa sincretismo religioso, minha filha. Mas, para que mantenhas teu espírito em paz e tua fé possa ajudar-te a cuidá-lo em equilíbrio, é preciso que faças uma escolha, e para isso tu és agora livre, e não precisas ter vergonha da tua opção religiosa: consulta teu coração, ouve os que te são caros, subordina-te à fé do grupo que te acolhe – aconselhou o padre.

– Pra tê Zoroástri Meabrácis di vorta pra mim, meu padim, a nega péla pra túdu: Santantonho nas igrêgis i Ogum nus cãodomblé: nunca a nega sube qui sântu i orixá seje briguêntu unconsotro apurcáusi di dispútis pelas fé dum devótis, quisso

é coisa di pai-di-sântu cum feticero, tarquá Jão Alabá i Zoroástri di Olorixá... – insistiu a negra.
Herege! Negra ímpia! Preta treteira! Está aí a prova, padre Jacinto Venâncio: esse estropício já está sob o controle do *coisa-ruim!* Já faz qualquer tratantada para ter seus intentos satisfeitos! E o que é pior: reza para o céu e para o inferno, com a mesma devoção, para ter um infeliz de um macumbeiro, velho e baixinho, de volta! Essa negra safada não é de perder a viagem, hein?

– Está bem, minha filha, faz o que o teu coração mandar, mas depois não venhas reclamar que eu não te avisei sobre os sofrimentos e intranqüilidades que podem te trazer essas tuas misturas de religiões, crenças, santos e orixás – disse o padre, encerrando o assunto, no exato momento em que entraram no quarto o coronel Diogo Bento, acompanhado de D. Maria de Lourdes e de meu neto mais velho, Francisco Viegas de Azevedo Neto, um rapagão de vinte anos, trajando um uniforme de cadete da Escola Militar.

Leocádia pediu licença e ausentou-se do aposento, fazendo profusos salamaleques.

Meu filho abraçou o padre, seu velho companheiro de guerra, beijou-lhe a mão, gesto que foi imitado por minha nora e pelo meu neto, o qual se virou para mim, me pegou a mão, a beijou, e disse:

– Vim para me despedir de Vossa Mercê, meu avô: estou indo para o sul do país, em viagem de instrução militar, que deve durar uns dois meses. Prometo escrever para casa, sempre que me for possível.

Jacinto Venâncio meteu a mão no bolso da batina, e de lá retirou um livrinho, cujas páginas abrigavam muitos santinhos. Escolheu um, o de São Cristóvão com o Menino Jesus, e estendeu-o para o meu neto:

– Toma, meu filho, guarda-o contigo por toda a viagem. São Cristóvão te protegerá. Vou orar por ti e por teus companheiros de jornada, para que a viagem seja tranqüila e sem atropelos.

Dona Maria de Lourdes interveio:
– Vem, filho, despede-te mais uma vez do teu avô, e vamos terminar de arrumar a tua mala de viagem – ausentando-se em seguida do aposento, juntamente com meu neto.
– E então, coronel, como vão os ânimos entre os teus companheiros de armas? – indagou o padre, quando ficamos os três a sós no cômodo.
– Exaltados, padre, há grande insatisfação no seio do Exército com o governo do Império. Não temos mais entre nós os grandes generais da velha guarda que controlavam a tropa, a morte os levou a todos: Caxias, Osório, Caldwell, Andrade Neves, Menna Barreto, Polidoro, Porto-Alegre e outros tantos... Os oficiais do Exército de hoje gostam mais de estudar Lafitte e Comte do que Von der Goltz: preferem discutir política e literatura a dedicar-se a estudos de estratégias e exercícios de guerra – respondeu Diogo Bento, em tom cavo.
– Mas a que atribuis esse estado de coisas, coronel? Temos um Imperador honrado e amado pelo povo! – insistiu Jacinto Venâncio.
Diogo Bento ia responder de pronto, conheço meu filho, mas preferiu engolir o que iria sair de impulso. Preferiu olhar para mim, depois para o padre, como quem diz com os olhos "tenho segredos a guardar"; desafivelou o cinturão, refestelou-se na única poltrona do quarto e apontou para o padre a beira do meu leito, para que se acomodasse.
– Nada temos contra o senhor Dom Pedro II, padre: o Imperador muito estima o militar na guerra, embora não lhe tenha a mesma consideração na paz. Está hoje o país, e também nós os militares, à mercê dos interesses e conveniências pessoais dos "casacas", nossos políticos civis do Ministério do Imperador, que por sinal nem Casa Militar possui, caso único entre as monarquias do nosso tempo. Os "casacas" estão agora a fortalecer a Guarda Nacional e a Guarda Negra, transformando-as em guardas pretorianas do monarca, enquanto tentam enfraquecer o Exército, pulverizando seus efetivos, espalhando-os em pequenos contingentes por todo

o país! Obviamente que isso veio a mando do Paço Isabel, quem sabe do próprio consorte da Princesa Regente... As crises entre os militares e os governos do Império estão se acumulando desde o Gabinete Cotegipe, agravadas com a saúde debilitada do Imperador, que não esconde a sua franca inclinação pelo terceiro reinado, com a filha no poder, e por esta sucessão está se empenhando, firmemente, esse teimosíssimo Visconde de Ouro-Preto, chefe do atual Gabinete – respondeu Diogo Bento.

– Mas há indisciplina no Exército, coronel? – indagou Jacinto Venâncio, com um travo de preocupação.

– Se há uma palavra que o Exército abomina, padre, é esta: indisciplina! Temos orgulho da nossa disciplina, que exercitamos cotidianamente, e que não é muito encontradiça entre os políticos civis do governo. Há é muita inquietação na tropa, isso sim! Bem sabes, padre, pois lutamos juntos nos charcos do Paraguai, que o Exército se fortaleceu naquele conflito: descobrimos ali nossa unidade territorial e racial! Pela primeira vez nordestinos e nortistas lutaram, ombro a ombro, ao lado dos sulistas, por uma causa comum: a soberania da pátria! Brancos e negros, mulatos e índios, porfiaram solidários e irmanados na peleja, e o que me parece especialmente relevante de ser destacado: emancipamos civilmente o escravo, dezoito anos antes da abolição da escravatura, dando-lhe liberdade e conferindo-lhe cidadania, como justo prêmio por ter arriscado sua vida pela pátria, e tantos lá deixaram as suas... Tenho muito orgulho da instituição a que pertenço e da minha carreira, padre, que entendo e avalio, semelhantemente à tua, como um sacerdócio, onde tudo nos é exigido, todos os sacrifícios nos são impostos, e nos contentamos com o pouquíssimo que nos é dado em retribuição. Somos acostumados ao sacrifício, mas não à desonra! Não encaminhei meu filho para uma escola de direito, nem de medicina, tampouco de engenharia, mas para uma escola militar, padre! – concluiu com a voz embargada e os olhos brilhantes.

Senhor, a coisa está ficando mais preta que a Leocádia! Não me recordo ter ouvido o Diogo Bento fazer discurso tão emocionado! A encrenca, pelo menos dessa vez, está para além dos soldos miúdos! Aproveita e leva-me logo para Teus Domínios, Senhor, que essa monarquia está nas vascas da agonia, e devem vir por aí agitações à fartazana! Não me deixes acordar na república, ó Onipotente! Não sou mais homem desta época nem deste mundo! *O tempora, o mores!*[4]

XVIII

Quilombo de Manoel Congo, matas de Santa Catarina, Pati do Alferes, Província de Vassouras, hoje Estado do Rio de Janeiro. Meados do mês de novembro do Ano da Graça de Nosso Senhor Jesus Cristo de 1838.

Deitada de costas sobre o mato, a negra Venância olhava para o céu estrelado de Pati do Alferes, em Vassouras, enfurnada nas matas conhecidas como de Santa Catarina, onde se escondia o Quilombo do escravo Manoel Congo, ferreiro de ofício, coroado como rei, ao lado de sua fêmea e rainha, a rezadeira Maria Crioula. Alquebrada sob o peso dos seus cinqüenta e seis anos de idade, Venância vivera fugindo e pulando, de quilombo em quilombo, nos últimos trinta anos. Do filho Jacinto Venâncio, do companheiro Anacleto e do irmão Benedito nunca mais ouvira falar nem tivera notícia de seus paradeiros, desde que fugira da chácara do bacharel Viegas de Azevedo.

Da sua fuga não avisara nem participara a ninguém, por duas razões: a decisão fora tomada poucas horas depois que tomara conhecimento do plano de fuga de um escravo de uma fazenda vizinha, que sofria maus tratos do seu senhor; a

---

[4] "Ó tempos, ó costumes!" (Cícero).

segunda, e a principal, fora a vergonha e o sentimento de intensa humilhação em ter de dar conhecimento ao companheiro, ao filho e ao irmão das torturas, sevícias e sodomias a que o oficial Maldonado Torresão a obrigara a se submeter, desde que aposentara a chácara do bacharel Viegas de Azevedo. A arriscada fuga lhe fora sugerida, casualmente, pelo negro Tibúrcio, escravo de uma fazenda de café na estrada de Matacavalos, cujo senhor o açoitava diariamente, por pura diversão. Tibúrcio fazia um mês havia se decidido pela fuga: seu irmão mais novo, um dos líderes de um quilombo localizado em Bacaxá, no litoral norte do Rio de Janeiro, perto de um lugar conhecido como Saquarema, desenhara-lhe um mapa com um plano de fuga, que incluía uma viagem noturna de traineira, em noite sem lua, com saída pela praia do Peixe, no centro do Rio, até Saquarema. Do plano de fuga Venância só tomara conhecimento poucas horas antes, por acaso, quando Tibúrcio fora dela despedir-se, mandado pelo seu senhor para dar um recado ao oficial Maldonado Torresão, na chácara vizinha. Desabava sobre o Rio um chuveiro torrencial, que alagara a estrada de Matacavalos, transformando-a em um mar de lama, cobras e sapos.

– Tô cum veja di vassuncê, Tibúrci. Cê vai si livrá das vergonhera qui é a vídis das gênti. Tô tão adisisperádi qui já inté mi passô pelas cabêcis tumá uma pução di venênu i dá lógu cábu da disfilicidádi qui é minha vídis! – lamentou-se diante do negro, enquanto a água da chuva escorria-lhe pelo corpo.

– Qui é íssu, Venânci! A vídis acumeça i nace túdu sântu dia: é um presênti qui Nossosinhô deu pra nóis, i qui a gênti num havera di tê ajêiti di dela adispô! Purcausidiquê tu num vem cum o nego Tibúrci? Nas trainera adeve tê sêmpri lugá pra mais um: o nego Chico Gegê adisistiu da viaje, cum arreceio do nhonhô dêli, qui é muitcho malvádu, i já matô um nego fujão qui trabaiava prêli – animou-a o negro.

A chuva forte que lhe encharcava o corpo e caía em gotas grossas sobre a sua cabeça clareou-lhe as idéias e fustigoulhe o rosto como um aviso divino, uma epifania que deveria ser obedecida a todo custo. Por que não fugir? ocorrera-lhe. O oficial Maldonado Torresão não a procuraria aquela noite: passara o dia, com a família, em visita à chácara da Princesa Carlota Joaquina, na praia de Botafogo, e com aquela chuva não voltaria para casa, com certeza. O bacharel Viegas de Azevedo e a família ficariam, como sempre, enfurnados dentro da casa dos criados, nos fundos da chácara. Ninguém dela daria falta até a manhã do dia seguinte. Sopesadas rapidamente todas essas circunstâncias, decidira-se ir embora com o negro Tibúrcio, do jeito que estava, descalça e vestida com o trapo encharcado que lhe cobria o corpo.

Daquela noite de fuga, que se dera em 9 de outubro de 1808, até essa noite de novembro, deitada sob o céu estrelado de Pati do Alferes, trinta anos depois, Venância levara outra existência, exatamente como lhe prometera o negro Tibúrcio, a quem tomou por companheiro, levando vida de quilombola, gerando-lhe dois filhos: Tibúrcio e Anacleta. O primeiro nascido em 1820, a segunda em 1824, ambos paridos em quilombos. Tibúrcio fora capturado por uma milícia da Guarda Nacional em 1836, ao ser desbaratado o quilombo de Baomba, tendo sido arrematado em um leilão, mais tarde, por um fazendeiro de Campos, passando a levar vida de escravo num canavial. Anacleta fugira em 1837 do mesmo quilombo, para amigar-se com um mulato sexagenário, dono de uma plantação de café em São Paulo, o qual a abandonou, ainda grávida do primeiro filho, internando-a num prostíbulo no interior do Estado, de onde recebia uma paga de 30$000 mensais. De ambos, desde aquelas épocas, Venância nunca mais tivera notícias.

Das infinitas coleções de estrelas que o céu de Pati do Alferes exibia, naquela noite, sobre o quilombo de Manoel Congo, Venância escolhera seis, deitada de costas sobre o mato, com o intento de dar-lhes novos nomes: as três primeiras, a que o vulgo dava o nome de "as três Marias", rebatizou-as de Tibúrcio pai, Tibúrcio filho e Anacleta. Às três restantes, que ficavam, desalinhadas, logo abaixo daquelas famosas, usara de critério mais elaborado para dar-lhes nomes: à primeira, bem pequetitinha, que tremeluzia fraquinha, batizara-a de Jacinto Venâncio; à outra, mais próxima, com luz mais robusta, dera-lhe o nome de Anacleto; à terceira, mais afastada, de brilho mortiço, alcunhara-a de Benedito.

Venância assustou-se com o mato que mexeu atrás dela: – Sô ieu: Tibúrci! – disse o negro, aproximando-se, saído do breu da noite, com um mosquete na mão. – Mané Congo afoi informádi qui otra trópis cuma cambádis di miliciânu das Guarda i di um tar di Ejércitu Nacioná avém pra cá, saídis di Nicteró, di márchi-márchi, pra módi distruí u quilômbu! – comentou, bugalhos arregalados, onde só se enxergava a alvura das escleróticas.

– Num há di sê nádis, Tibúrci! Nóis vâmu difendê u quilômbu acúmu das ôtra vez! – replicou a mulher.

Tibúrcio sentou-se ao seu lado, olhou para a fogueira que ardia, mais adiante, na praça central do quilombo e desabafou:

– Mia nega, nóis nunca infrentô êssi tar di Ejércitu Nacioná, qui diz qui avém pra cá cum bômbi di canham i qui tem pra mais di vinte dúzis di sordádi, tudim cum mosquêtu nas mão. Nóis só tem uma dúzis di mosquêtu acúmu êssi, qui nem sei si inda tira!

– Mai nóis tem facam, faca, preda, únhis, ráivis i ódjo, Tibúrci, nóis tem muitcho ódjo dêlis. Nóis mata brâncu só cum grítis de ráivis! – vociferou Venância.

Na praça central do quilombo, em torno da grande fogueira, o rei Manoel Congo, tendo ao lado a rainha Maria Crioula, pedia silêncio a todos, homens, mulheres e crianças, para que rezassem, junto com ele e a mulher, pela sorte dos revoltosos na grande peleja que se aproximava. Lembrara a todos sobre a vitória dos quilombolas sobre os guardas nacionais comandados pelo coronel Francisco Peixoto de Lacerda Werneck, que liderara uma incursão fracassada, na semana anterior, na qual seus súditos haviam infligido severo revés a uma nutrida tropa de soldados, cheia de oficiais e de inspetores de quarteirão:

– Nóis colocâmu túdu pra corrê i quem aficô murreu! Saiu túdu di rábu alçádi, currendo pelus mátu: coroné, tenênticoroné, majó, us diábu! I ninhum quilombó murreu! Ingora Mané Congu sube qui deixô Nicteró, transantônti, muitcho hômi dêssi tar di Ejércitu Naciuná. Vâmu botá pra currê êssis mérdi tumém! Nóis súmu nego, mais súmu gênti cum hônris! U quilômbu di Mané Côngu num foi acriádu módi fazê bandidági, mais pra vingá us nego sassinádu prum fazendero disinfíliz i animá di nômi Mané Viera dus Ânju, qui matô, cuvardimênti, Antonho Côngu, João Cabinda, Antonho Anju i Maria Congu, i adispôs um otro facínoris, di nômi Manué Chicu Xavié, qui sassinô, a pauládis, a Camílu Sapatero, nas fazêndi Maravílhis, qui pertim – discursou Manoel Congo, com voz exaltada, a todo momento interrompida por aplausos e gritos de guerra dos negros revoltosos.

Em seguida, a rainha Maria Crioula iniciou uma reza em voz alta, que foi acompanhada por todos os quilombolas, ajoelhados em volta da fogueira.

☙

Tendo à frente o major Luís Alves de Lima e Silva, futuro Duque de Caxias, uma força regular do recém-criado Exército Nacional, composta de cento e cinqüenta homens, chegou a Pati do Alferes, próximo à fazenda Maravilha, nas matas de Santa Catarina. O oficial já havia adredemente estudado o terreno e colhera relevantes informações do grupo que remanesceu da fracassada legião comandada pelo coronel Werneck, corrido de lá pelos quilombolas. Sabia do erro cometido pelo coronel, que tinha seguido as trilhas e picadas deliberadamente abertas pelos revoltosos, a mando de Manoel Congo, para forçá-los a marchas sobre escarpas escorregadias e caminhos pedregosos, provocando fadiga e exaustão da tropa, atraindo-a, posteriormente, para um vale da serra das Araras, com ruídos simulados de negros trabalhando com machados e de mulheres brigando com os filhos, local em que

Manoel Congo e seus súditos emboscaram os guardas nacionais, com sucesso.

O major Luís Alves de Lima e Silva determinou que a tropa não seguisse pelas picadas e trilhas, dividindo-a em duas falanges, sob a forma de um V, postando a infantaria, sob a forma de cunha, com espaço de quatro metros entre os homens, ao longo dos braços da letra; no vértice, posicionou os morteiros da artilharia, a quem deu ordem de fogo à vontade e incessante sobre as matas que circundavam a clareira, de onde provinham os sons de homens trabalhando e mulheres cantando.

Com fogo cerrado dos morteiros sobre as matas, muitos dos negros que ali se emboscavam, apavorados com os estrondos dos galhos e troncos das árvores, que se despedaçavam com as explosões dos morteiros, correram para o centro da clareira, onde foram facilmente alvejados pela infantaria, postada à esquerda e à direita da clareira.

Venância, agitando um facão, avançara, aos gritos, em direção a um grupo de soldados de infantaria, quando recebeu um tiro de mosquete no peito, caindo ao chão já morta.

Tibúrcio e Manoel Congo renderam-se às tropas do Exército, e foram enforcados, no ano seguinte, em 6 de setembro de 1839. O major Luís Alves de Lima e Silva foi recebido na Corte como um herói. Os fazendeiros Manuel Vieira dos Anjos e Manuel Francisco Xavier, indiciados pelo assassinato de vários escravos em suas fazendas, foram absolvidos por falta de provas materiais sobre as acusações a eles imputadas. As "Três Marias" preservaram o nome de batismo com que ficaram famosas, e as outras três estrelinhas desalinhadas, logo abaixo delas, continuaram anônimas.

☙

Palácio Real, Terreiro do Paço, Rio de Janeiro. Dia 16 de dezembro do Ano da Graça de Nosso Senhor Jesus Cristo de 1815. Véspera do último aniversário, em vida, de Sua Majestade Fidelíssima, D. Maria I Nossa Senhora.

Como soía acontecer em todas as vésperas do aniversário de sua Augustíssima Mãe, o Príncipe Regente Dom João, animado com a paz que naqueles tempos reinava na Europa, e intentando dar assento a Portugal no Congresso de Viena, foi servido assinar importantíssimo decreto que encheu de ufania e pacholice os brasileiros, e muita aporrinhação e ciumeira causou entre portugueses, d'aquém e d'além mar: a elevação do Estado do Brasil à categoria e preeminência de Reino, unido aos de Portugal e Algarves, conforme texto de Decreto Real que vai a seguir copiado, *ipsis litteris*, para que doravante não mais se chamasse esta terra de colônia, nem de domínio, nem de Terra Papagalli, tampouco de Sítio dos Botocudos, muito menos de Terra dos Macacos Falantes, ou de Valhacouto de Bugres Antropófagos, Botocúndia e outros depreciativos nomes, decisão real que muito inconformismo gerou entre os lusitanos, aqui e lá fora estabelecidos, muito ciosos de sua condição de reinóis de berço e de colonizadores rapaces por estas plagas americanas, África, Arábia, Índia, Pérsia, Goa e em todos os sítios do planeta onde fincaram o marco das quinas, disputando com ingleses, espanhóis, franceses e holandeses, todos com idênticos propósitos de exploração de povos estrangeiros menos favorecidos pela sorte, e equivalente folha corrida de práticas de rapinagem pelo mundo.

"*Decreto - D. João por graça de Deus, Príncipe Regente de Portugal, e dos Algarves d'aquém e d'além mar, em África de Guiné, e da Conquista, Navegação, e Commércio da Ethiópia, Arábia, Pérsia, e da Índia e etc. etc. Faço saber, aos que a presente Carta de Lei virem, que tendo constantemente em Meu Real Ânimo os mais vivos desejos de fazer prosperar os Estados, que a Providência Divina confiou ao Meu Soberano Regímen: e dando ao mesmo tempo a importância devida à* vastidão, e localidade dos Meus Domínios da América, à cópia, e variedade dos preciosos elementos de riqueza, que elles em si contêm: e, outrossim, reconhecendo quanto seja vantajosa aos Meus fiéis Vassalos em geral uma perfeita união, e identidade entre os Meus Reinos de Portugal, e dos Algarves, e os Meus Domínios do Brasil, erigindo estes àquela graduação, e categoria política, que pelos sobreditos predicados lhes deve competir, e na qual os ditos Meus Domínios já foram considerados pelos Plenipotenciários das Potências que firmaram o Congresso de Viena, assim no Tractado de Alliança, concluído aos 8 de abril do corrente anno, como no Tractado final do mesmo Congresso: Sou portanto servido, e Me Apraz Ordenar o seguinte:

1º Que desde a publicação desta Carta de Lei, o Estado do Brasil seja elevado à dignidade, preeminência, e denominação de - Reino do Brasil

2º Que os Meus Reinos de Portugal, Algarves e Brasil formem d'ora em diante hum só, e único Reino, debaixo do Título de - Reino Unido de Portugal, e do Brasil, e Algarves

3º Que aos títulos inherentes à Coroa de Portugal, e de que até agora Hei feito uso, se substitua em todos os Diplomas, Cartas de Lei, Alvarás, Provisões, e Actos Públicos o novo Título de - Príncipe Regente do Reino Unido de Portugal, e do Brasil, e Algarves d'aquém e d'além mar, em África de Guiné, e da Conquista, Navegação, e Commércio da Ethiópia, Arábia, Pérsia, e da Índia etc. etc. - E esta se cumprirá como nella se contém. Pelo que Mando a huma, e outra Mesa do Desembargo do Paço, e da Consciência e Ordens; Presidente do Meu Real Erário; Regedores das Casas de Supplicação; Conselho de Minha

Real Fazenda; e mais Tribunais do Reino-Unido; Governadores das Relações do Porto, Bahia, e Maranhão; Governadores, e Capitães Generais, e mais Governadores do Brasil, e dos Meus Domínios Ultramarinos; e a todos os Ministros de Justiça, e mais pessoas, a quem pertencer o conhecimento, e execução desta Carta de Lei, que se cumpram, e guardem, e façam inteiramente cumprir, e guardar como nella se contém, não obstante quaisquer Leis, Alvarás, Regimentos, Decretos, ou Ordens em contrário; porque todos, e todas Hei por derrogadas, para este effeito somente, como se dellas fizesse expressa, e individual menção, ficando aliás sempre em vigor. E ao Doutor Thomaz Antonio de Villanova Portugal, do Meu Conselho, Desembargador do Paço, e Chanceller-Mor do Brasil, Mando que a faça publicar na Chancellaria-Mor do Reino de Portugal; remetendo-se também as referidas cópias às Estações competentes; registrando-se em todos os lugares, onde se costumam registrar semelhantes Cartas; e guardando-se o Original no Real Archivo, onde se guardam as Minhas Leis, Alvarás, Regimentos, Cartas, e Ordens deste Reino do Brasil. Dada no Palácio do Rio de Janeiro, aos dezesseis de Dezembro de mil oitocentos e quinze.

*O príncipe com Guarda
Marquês de Aguiar"*

 Havendo sido os brasileiros erigidos à condição de reinóis, num rasgo de generosidade e de amor à terra que D. João foi servido premiar o Brasil, desejaram aqueles, nomeadamente os comerciantes abastados, estabelecidos nesta mui leal e heróica cidade, dar prova de seus mais efusivos agradecimentos ao Príncipe Regente por tão magnânimo gesto, oferecendo à Sua Alteza Real uma subscrição voluntária para formação de um capital, cujo rendimento anual seria destinado à educação pública e à promoção da instrução nacional, gesto que ficou conhecido entre os subscritores, e mais tarde por todo o Rio de Janeiro, como "Livro de Ouro", dado que o assinaram, contribuindo com polpudas verbas, riquíssimos negociantes desta miserabilíssima cidade, constituindo episódio que servirá de exemplo, e que se propagará, no futuro do país, feito fogo vivo em palha seca, toda vez que alguém tiver idéia de fazer um levantamento de fundos com capitais privados, de olho e interesse em recompensas futuras de capitais públicos (já estão a fazer artes as primeiras fornadas de financistas tupiniquins, formados na cadeira de economia e finanças públicas do Visconde de Cairu).

Mesmo não requerendo patente nem o pagamento do que os ingleses chamam de *royalties*, pelo uso das criativas e eficientíssimas técnicas contábeis e de gestão financeira, conhecidas como "Tesouro Dois" e "Livro de Ouro", de concepção e lavra genuinamente nacionais, os financistas brasileiros vão assombrar o mundo, que delas fará largo emprego, posto que, verdade seja dita, acarretaram reações internacionais de revolta e repúdio, notadamente entre governantes ciganos, árabes e judeus, povos cujos capitalistas, à semelhança dos de cá, são sabidamente avessos a pagamentos de impostos às respectivas Fazendas Reais em seus países.

Como desgraça pouca é bobagem, versão alternativa de aforismo cunhado pelos da terra, de ampla recorrência como desabafo para animar súditos pessimistas, D. João sugeriu, e os comerciantes aceitaram, que tais subscrições fossem realizadas por meio de compra de ações do Banco do Brasil (olhem aí os meninos do Cairu, de novo pontificando, para orgulho das ciências econômicas tupiniquins), e que a relação de subscritores-doadores deveria ser submetida, a cada seis meses, para registro na Mesa do Desembargo do Paço e ao conhecimento do Excelentíssimo Senhor Marquês de Aguiar,

Director Presidente da Juncta do Banco do Brasil, pioneira entidade bancária do país, cujo primeiro dirigente nativo foi, não por coincidência, um dos comerciantes subscritores daquele fundo, e que mais tarde se envolverá em ligação de natureza extrabancária, supracomercial e, por que não dizer, inframoral, com a Rainha D. Carlota Joaquina, o que lhe resultará, como escarmento, na morte horrível de ente queridíssimo de sua família; é melhor aqui pôr termo a essas coscuvilhices: os interessados em se aprofundar nesses fatos que tratem de escarafunchar os livros de História. O que cabe cá ressaltar, por importante ilação que do episódio se pode tirar, é o fato de que, pela primeira vez, a sociedade brasileira conheceu, *au grand complet*, a experiência nacional inaugural, que no futuro soerá acontecer, amiudadamente, da explosiva combinação dos seguintes ingredientes e atores sociais: "sexo, dinheiros públicos e privados, poder, banqueiros, bancos, governo, polícia, crime e, jóia rara de chavão do judiciário dos botocudos: *arquive-se por falta de elementos comprobatórios de culpabilidade*." *Verba movent, exempla trahunt.*[5]

☙

Convento dos Carmelitas Calçados, Terreiro do Carmo,
hoje praça Quinze de Novembro, Rio de Janeiro. Dia 19
de março do Ano da Graça de Nosso Senhor Jesus Cristo de 1816.

Findava-se o primeiro trimestre de 1816, e já estavam D. João e seus ministros a dar retoques nos alvarás, decretos, cartas de lei, regimentos, ordens, nomeações e exonerações de pessoal, concessões de mercês e outros atos administrativos, que seriam publicados quando da comemoração de seu quadragésimo nono natalício, no mês de maio que se aproximava, nesta preeminente terra, agora guarnecida de manto, cetro e coroa, despida que fora, em dezembro do ano passado, da tanga de penas, da borduna e do cocar, quando, desafor-

---

[5] As palavras movem, os exemplos arrastam.

tunadamente, nuvens negras anunciadoras da morte estacionaram sobre a Corte: agravara-se o havia muito debilitado estado de saúde de Sua Majestade Fidelíssima, a Rainha D. Maria I Nossa Senhora, que já recebera o sacramento da extrema-unção e as últimas absolvições da Igreja.

Saíram, então, às ruas do centro, em procissões, entoando preces e ladainhas, como era costume em Portugal quando os soberanos corriam perigo de vida, o clero das quatro paróquias da cidade, os carmelitas, os franciscanos, os beneditinos, as ordens terceiras e as demais entidades religiosas existentes no Rio, com a imagem do Cristo na cruz, todas em direitura à Real Capela, onde, lá chegando, recitaram antífonas e rezaram as orações competentes, perante o Santíssimo Sacramento. A agonia da Rainha deixara D. João (que daqui a um ano – seis meses de luto rigoroso, seis meses aliviado, pela morte da Rainha – usará o número seis, em romano, depois do nome, visto que já exercia o reinado na qualidade de Príncipe Regente), lavado em lágrimas e afrontado de dor.

O povoléu saiu às ruas em silêncio e lotou o Terreiro do Carmo, concentrando-se, pesaroso, debaixo da janela de rótulas cerradas do quarto da agonizante soberana, no segundo andar do Convento do Carmo, esquina da rua do Cano com a rua Direita, local de onde presenciaram e ouviram, por tantas e repetidas vezes, o vigor saudável dos berros e gritos da querida rainha, não necessariamente a proferir as palavras santas que agora rezavam, muito antes pelo contrário, dado que Sua Majestade ali aparecia somente para arrear a bagagem e mandar todos para aquela parte, ou para lembrar aos circunstantes a ocupação, nada recomendável, que ela atribuía às suas respectivas progenitoras. E outras orações mais competentes, em intenção do pronto restabelecimento da monarca, fizeram todos os grandes da Igreja lotados no Rio, todavia, debalde foram as suas súplicas: às onze e quinze da manhã do dia 20 de março de 1816, deixou este mundo, para o outro que a Igreja diz que é melhor, Sua Majestade

Fidelíssima, D. Maria I, aos oitenta e um anos, três meses e três dias de idade. *Requiescat in pace.*

Dobraram, plangentes, os sinos das igrejas do centro e dos arrabaldes; salvaram vinte e um tiros de canhão as fortalezas e as naus estrangeiras e nacionais surtas na baía; os militares, apesar de consternados com o passamento da Rainha, demonstraram grande excitação em poder dar livres descargas de canhoneios, a cada dez minutos, até à meia-noite, durante três dias seguidos, conforme rezava o protocolo, haja vista que a única voz de protesto contra aqueles barulhos bélicos já estava calada para sempre.

O padre *Perereca*, bloco de anotações e lápis à mão, corria aflito para aqui e para lá, a indagar isso e aquilo, intrometendo-se ali e alhures, coscuvilheiro, pois não era investido em cargo clerical que lhe abrisse as portas do Paço, muito menos do Convento do Carmo, transformado em residência da Rainha, e ligado ao Palácio Real por um passadiço sobre a rua Direita. Tinha o propósito, o padre enxerido, de registrar as cerimônias, o vestuário dos nobres, o rito da encomendação do corpo, as circunstâncias da morte e o cerimonial do funeral da única soberana européia que vivera na América. Bisbilhoteiro como ele só, o padre encontrou um jeitinho, brasileiro que era, de esgueirar-se pelos vãos das portas palacianas, persuadindo reposteiros, pingando patacas nas mãos dos guardas, prometendo absolvições futuras a uns, pretéritas a outros, alvíssaras para aqueloutros, e eis o reverendo metediço dentro do Palácio, a cometer apontamentos de pormenores, registros das formalidades do cerimonial exequial, anotações dos atos solenes, agoniado em não perder as preciosas observações para o livro de memórias que pretende publicar para os pósteros; não fosse a bisbilhotice do reverendo, não seria possível este relato.

As criadas de Sua Majestade Defunta cerraram os olhos de sua augusta ama, que tinha o corpo estendido sobre o leito, em seu modesto quarto, e vestiram-lhe as roupas interiores; por cima destas, trajaram-na com um vestido de cor preta, não por intenção de autoluto, mas pelo fato de ser viúva; sobre aquele, depositaram as bandas das comendas das quais era grã-mestra; sobre estas, o manto das mesmas ordens; sobre este, o manto real de veludo carmesim, bordado de estrelas de ouro e forrado de cetim branco; sobre este, da cintura para baixo, cobriram-na com um cobertor de damasco de ouro. Antes de a meterem no caixão, dela despediram-se, ajoelhados, beijando-lhe a mão inerte, caída ao lado do corpo, a família real, os grandes da Corte e os eclesiásticos seculares e regulares, fechando a íntima cerimônia do beija-mão funéreo o círculo restrito das distintíssimas pessoas que a serviam, entre elas D. Maria da Celestial Ajuda. Pelas dez horas da noite, meteram o corpo em rico caixão de cedro, forrado de lhama branca fina, externamente revestido de veludo preto, guarnecido interiormente de um colchão de cetim preto e de uma almofada do mesmo tecido. Posteriormente, introduziram o caixão de cedro dentro de outro maior, de chumbo, o qual estava previamente forrado de folhas e drogas aromáticas, pondo-lhe por cima a tampa, também de chumbo, que sobre ela tinha gravada, em alto relevo, uma inscrição com os seguintes dizeres, encimados por uma coroa e cetro abertos a punção e, embaixo, por uma caveira com dois ossos encruzados:

D.O.M.
D. MARIA I.
UNITI REGNI PORTUGALIAE, BRASILIAE ET ALGARBIORUM
REGINA FIDELISSIMA
ORTA SEXTO DECIMO CALEND. JANUARII MDCCXXXIV.
PETRO III.
EJUS AVUNCULO NUPSIT ANNO MDCCLX.
VIXIT CONJUGATA ANOS XXVI.
IN STATU VIDUALI ANNOS XXIX, MENSES IX, DIES XXV.
CUM AUTEM REGNASSET ANNOS XXIII, ET EJUS LOCO
INFIRMITATIS CAUSA ANNOS XVI.
JOANES VI.

EJVS FILIUS.
DIEM CLAUSIT EXTREMUM ANNO MDCCCXVI
IN CIVITATE FLUMINIS JANUARII

AETATIS SUAE LXXXI. ANNOS. MENSES III. DIES III.
R.I.P.
ULULATE CIVES, ULULATE POPULI
QUORUM LACRYMAS EXTERSIT VIVA
MORTUA EAS EXPETIT.

O féretro com o real caixão seguiu, em coche ricamente ornado de fúnebres atavios, puxado por seis cavalgaduras enfeitadas com negros penachos, pelas ruas do centro, alcatifadas de folhas de laranjeiras e flores aromáticas, saindo da porta principal do Paço, em direitura da rua Direita, passando pela rua dos Pescadores, entrando pela da Quitanda até à esquina da Ouvidor, prosseguindo por trecho desta e pela rua dos Ourives, e desta até à do Parto, terminando o trajeto na rua da Ajuda, onde foi o caixão real entregue à guarda das religiosas do Convento de mesmo nome, sendo ali depositado em câmara ardente.

septimus

> "Com arte e com engano
> Se passa meio anno;
> Com engano e com arte
> Se passa a outra parte."

Extraído de carta enviada pelo bibliotecário e epistológrafo Luiz Joaquim dos Santos Marrocos para o seu pai, datada de 11 de janeiro de 1812, em resposta à indagação de como pretendia fazer carreira no Brasil.

XIX

Palácio da Quinta da Boa Vista, São Cristóvão, Rio de Janeiro. Segunda quinzena do mês de outubro do Ano da Graça de Nosso Senhor Jesus Cristo de 1824.

Sua Majestade Imperial Dom Pedro I convocara ao palácio da Boa Vista o amigo de infância dos tempos de Queluz, o jovem mestre-escola Quincas, que montara uma escolinha particular de primeiras letras, num sobrado da rua do Sabão. O rapaz resolvera dedicar-se ao ensino, para sobreviver, após ter concluído os cursos de teologia dogmática, lógica, filosofia racional, latim, retórica, poética e geografia, no Seminário da Lapa, em razão de ter sido desligado desta prestigiosa e rigorosa entidade de preparação para a vida clerical, depois de rumorosa e grave dissensão com o seu professor de gramática latina, o padre Luiz Gonçalves dos Santos, por antonomásia *Padre Perereca*.

O motivo da convocação do mestre-escola para uma audiência particular com o Imperador Constitucional e Defensor Perpétuo do Brasil estava relacionado com a educação da princesa Maria da Glória, de cinco anos de idade, filha primogênita de Dom Pedro I e da Imperatriz Maria Leopoldina Carolina Josefa.

– Pedi que para cá viesses, meu bom amigo, porque fui obrigado a dispensar os serviços de Lady Maria Graham, preceptora de minha filha Maria da Glória, uma inglesa que com somente um mês de trabalho, aqui na Boa Vista, arranjou tantas confusões com meus auxiliares palacianos, que a própria Imperatriz chegou a temer por sua vida! – desabafou o Imperador, recepcionando Quincas na sala do trono, tendo ao seu lado o inseparável e fiel amigo, escudeiro, companheiro de farras, conselheiro e Primeiro-Secretário, Francisco Gomes da Silva, mais conhecido pela alcunha de o *Chalaça.*

– Aquela inglesa era uma pedante, Majestade: estava a estragar o caráter da princesa Maria da Glória, que nós, os portugueses, tão bem sabemos moldar em nossos miúdos! – observou o Chalaça, pimponeado dentro de elegante casaca de saragoça verde musgo, canhões de renda nos punhos e calças de linho marrom. – Além disso, preocupava-se somente em falar inglês e francês com a princesa, além de incutir-lhe hábitos e costumes típicos daquela Ilha de sórdidos exploradores de Portugal! – completou, sem ser interpelado pelo Imperador.

Dom Pedro I caminhou pela sala, olhou para o tempo através das vidraças do palácio, segurou Quincas pelos ombros, e indagou-lhe:

– O que me dirias se eu te convidasse, Quincas, para integrar uma junta de professores que se responsabilizará pela educação da princesa Maria da Glória. Tu aceitarias?

Quincas surpreendera-se com o convite: não se julgava suficientemente preparado e maduro para incumbir-se, ainda que integrante de uma junta de professores, da educação de uma herdeira da Coroa; pelo menos não se supunha com os padrões de cultura de um frei Antônio de Arrábida, que fora preceptor do próprio Imperador Dom Pedro I. Ainda atônito, e, refletindo sobre a resposta que daria ao Imperador, ponderara: se a tarefa se limitasse a umas explicações sobre gramática e língua portuguesa, vá lá que seja, considerava-se preparado; até mesmo transmitir conhecimentos de latim, para conversação e redação, o seu forte no seminário, não haveria problemas: sentia-se capacitado para tal. Mas daí a educar uma herdeira do trono havia uma grande distância. Além disso, convinha considerar o fato, por todos na Corte sabido, que a Boa Vista era comandada, do lado de fora, por D. Domitila de Castro, futura marquesa de Santos, concubina de Dom Pedro, que mantinha às sopas de sua rica bolsinha vários serviçais do palácio, incluindo o próprio Chalaça. Lady

Maria Graham, por ter se recusado a aceitar aquela influência, fora vítima de sucessivas intrigas e maledicências dos fiéis e bajuladores amigos palacianos do Imperador: o João Carlota, o Plácido de Abreu, o Leme, o Gordilho de Barbuda, o Berquó e o próprio Chalaça, para citar apenas alguns entre os estribeiros, palafreneiros, cocheiros, auxiliares de cozinha e de limpeza, cafetões, barbeiros e amansadores de cavalos, a quem Dom Pedro nomeava para cargos de importância, no palácio e na Corte, retribuindo a fidelidade.

– Majestade, muito me desvanece tão honroso convite, mas, se me permitis, julgo não preencher os requisitos para desincumbir-me a contento de tão nobre e elevada missão: ainda me considero muito jovem, com pouca experiência e vivência na Corte, para ministrar conhecimentos a uma herdeira do trono. Meus alunos, na escolinha de primeiras letras, que mantenho no centro da cidade, são todos filhos de comerciantes e de fazendeiros, com os quais me comprometi, apenas, a desasná-los, retirá-los do estado de ignorância em que se encontram, para que, mais tarde, quando muito, não arruinem os negócios de suas famílias – respondeu Quincas, com humildade.

– Mas é exatamente o que a princesa Maria da Glória está a precisar, homem! Apenas desasnar! Quero lá vê-la a portar-se como uma inglesa ou como uma francesa? Arrenego! Maria da Glória, quando crescer, deverá ser como o pai: saberá cavalgar um ginete, dar ordens e se impor perante nobres e militares, terá pulso forte, coragem, dinamismo e grande ascendência e liderança sobre seus súditos! Mas, para desenvolver tais atributos, terá de pisar o chão com os pés descalços, tomar banhos de rio e de chuva, nua em pêlo, terá que açoitar escravos e escravas, cavalgar pelas matas com o vento a bater-lhe na cara; afinal, não foi com essa educação que o Imperador Constitucional e Defensor Perpétuo do Brasil foi criado? – redargüiu, jactando-se.

Ouvindo o Imperador ufanar-se de sua educação, Quincas recordou os comentários, ácidos e corrosivos, sempre eivados

de ironia e sarcasmo, que o falecido bacharel Viegas de Azevedo amiúde fazia sobre a família real:
– Esses Braganças são uma raça de degenerados, meu filho! A louca da Rainha Maria I casou-se com o próprio tio, muito mais velho que ela! Resultado: o cruzamento de um tio senil com uma sobrinha demente só poderia ter gerado um príncipe da laia de um Dom João: abestalhado, chifrudo, porcalhão e inculto! O monarca balofo tinha tanto medo das idéias revolucionárias francesas, que preferiu manter os filhos analfabetos, para que delas jamais tomassem conhecimento! Repara nos seus filhos varões, o Pedro e o Miguel: são duas mulas! Aliás, pelo que sempre se comentou na Corte, à boca pequena, sobre a paternidade do menor, pairam grandes dúvidas entre atribuí-la ao jardineiro da quinta do Ramalhão ou ao Marquês de Marialva, haja vista o singular ecumenismo de D. Carlota Joaquina quando se tratava de levar um homem para o leito: a vaca ia do sublime ao ridículo, com a mesma proficiência e descaramento! Aqui entre nós, Quincas: boa bisca não dará esse libertador da pátria dos negros e dos botocudos, tendo na ascendência um avô senil, uma avó louca, um pai corno e uma mãe puta! – comentara com Quincas, logo após a independência do Brasil, ano em que falecera, vítima de tifo.

Enquanto Quincas recordava as diatribes verbais do velho bacharel, uma jovem feia, pescoçuda e gordota, de cabelos ruivos e intensíssimos olhos azuis, vestida com roupa de montaria, calças de homem e botas de cano alto, adentrara no cômodo, sem se fazer anunciar, provocando o imediato aprumo do Chalaça, que se recompusera, refestelado que estava no trono, perna apoiada sobre o braço da imperial cadeira.

Quincas curvou o tronco, reverente, gesto que foi imitado pelo Chalaça, com visível contrariedade e má vontade.

– Leopoldina, este é o jovem mestre-escola Quincas, professor de gramática portuguesa e de latim. Cresceu junto comigo e com o Miguel, em Queluz e Mafra – disse apresentando-o à Imperatriz.

– Vossa Mercê cresceu junto com o meu marido? Quem são seus pais, senhor professor? – indagou D. Leopoldina.
– Meu pai, Vossa Majestade Imperial, é o doutor João Francisco d'Oliveira, que era físico-mor do Senhor Dom João VI, e atualmente é Conselheiro d'el-Rei, em Lisboa. Minha mãe, D. Eugênia José de Menezes, já falecida, era dama de quarto da Rainha D. Carlota Joaquina. Fui adotado por uma criada de quarto da Rainha D. Maria I, como seu filho de criação, logo após a morte da minha mãe – respondeu Quincas.
– O senhor foi adotado? Seus pais não eram casados, senhor? – indagou a Imperatriz, curiosa.
– Desafortunadamente, não, Majestade. O físico João Francisco d'Oliveira havia muito já constituíra família quando minha mãe ficou pejada. Por aquela prenhez bastarda, el-Rei Dom João VI considerou-se traído e aplicou-lhes severo castigo, condenando meu pai à morte, despojando minha mãe de todos os bens. Meu pai fugiu para a Inglaterra, e lá se exilou com a família, por longos anos, tendo sido recentemente perdoado pelo bondoso soberano, Nosso Senhor Dom João VI, que lhe perdoou e o nomeou seu Conselheiro, em Lisboa. Minha mãe faleceu logo após o meu nascimento, num convento de Bernardas, em Portugal – respondeu Quincas, sem demonstrar constrangimento.
– O professor tem muita semelhança física com o senhor meu sogro, o Rei Dom João VI – comentou D. Leopoldina, revelando simpatias pela espontaneidade e humildade demonstradas por Quincas, ao revelar a delicada história de sua vida familiar.
– Sabe-se lá por onde andou o velho senhor meu pai naqueles tempos de Queluz, não é mesmo, Quincas? – interveio Dom Pedro, estalando uma gargalhada.
Postado atrás da Imperatriz Leopoldina, Chalaça fez um gesto para o Imperador, como a lembrá-lo de algum compromisso àquela hora.
– Leopoldina, minha cara, julgo que o mestre-escola Quincas tem todas as credenciais para fazer parte da junta de

professores que precisamos nomear para a educação de nossa filha Maria da Glória, em face da experiência frustrada com Lady Graham. Tenho compromisso inadiável, dentro de uma hora, no Paço, razão pela qual apreciaria que a senhora minha esposa continuasse esta entrevista com mestre Quincas. Adianto-lhe que ele está um pouco relutante em aceitar o convite que lhe fiz. Peço-te, tão somente, que não o julgues demasiadamente jovem para a tarefa, ou para ser um mestre-escola, haja vista que tenho a mesma idade dele, e já sou um Imperador! – pediu Dom Pedro, beijando a mão da esposa, reverentemente, e ausentando-se da sala, na companhia de seu Primeiro Secretário.

Após alguns instantes em silêncio, Quincas, em pé, no centro da sala, chapéu e bengala presos às mãos, a Imperatriz a avaliar-lhe a estampa, da cabeça aos pés, ouviram-se gritos de dor e o barulho de vergastadas vindos do pátio externo do palácio. Dona Leopoldina dirigiu-se à janela, e fez um sinal para Quincas aproximar-se.

Do lado de fora, João Carlota, cocheiro de Dom Pedro I e capataz dos escravos da Quinta da Boa Vista, além de amigo íntimo e conselheiro do Imperador, açoitava dois negros amarrados nas argolas de um tronco.

– Aquele provavelmente faria parte da junta de professores ao gosto de meu marido: seria o instrutor de açoites de minha filha Maria da Glória – comentou a Imperatriz, apontando o capataz. – Chama-se João Carlota, e, entre outras habilidades, é exímio torturador de negros, afamado amansador de cavalos e grande aliciador de negrinhas para namoros com nobres... O professor, por acaso, compartilha da opinião de meu esposo sobre a necessidade de uma educação menos ortodoxa, comparativamente aos padrões europeus, para os herdeiros do trono do Brasil? – indagou, provocando Quincas.

Quincas, tenso, deixou arriar os ombros e os braços, respirou fundo por um átimo, e respondeu:

– Majestade, se me permitis uma breve digressão: na Áustria, vossa terra natal, provavelmente devem adotar padrões de educação para os sucessores da Coroa diferentes dos empregados para os delfins da França. Na Inglaterra e na Espanha, outras variações e exigências são eleitas com o mesmo propósito. E em todas elas, Majestade, o fator prevalecente e determinante do nível, rigor, alcance e diversidade da educação dos herdeiros do trono estará sempre subordinado à visão que os próprios pais monarcas têm do mundo e do que, para eles, signifique a expressão "cultura". Vossa Majestade, com a devida vênia, provavelmente está condicionada a uma visão "austríaca" do problema, e Sua Majestade o Imperador do Brasil, certamente o enxerga sob uma óptica "luso-brasileira", considerando que para cá veio ainda uma criança. Ainda não sabemos, e só o tempo dirá, se a princesa Maria da Glória reinará no Brasil, ou em Portugal, e ambos os países têm valores culturais e morais próprios, resultantes de séculos de práticas e costumes sociais, desde as suas origens. Há que perseguir, salvo opinião contrária de melhor fundamento, uma combinação inteligente de todos aqueles valores mencionados, os paternos, os maternos e os dos países envolvidos com a sucessão, com vistas a buscar uma educação eficaz para a princesa herdeira do trono.

– Devo entender, então, que o jovem mestre-escola preconiza uma educação para minha filha que lhe transmita valores culturais e morais do meu marido, meus, do Brasil e de Portugal?

– É a minha modesta opinião, Majestade. Não podemos fugir ou olvidar-nos das realidades e circunstâncias que cercam nossas vidas. Creia-me, Majestade: é impossível manter um estilo de vida europeu no Brasil, e vice-versa. Eu mesmo, que para cá vim miúdo, e aqui vivo há dezesseis anos, tive de assimilar todos os hábitos, costumes e regras sociais dos cariocas, dado que tal adaptação é vital para a sobrevivência nestas plagas.

– Vital, professor?

– Sim, Majestade, vital: o físico José Maria Bontempo, velho conhecido do Paço, renomado doutor em anatomia, medicina e biologia, teve a pachorra de pesquisar, entre os seus inúmeros pacientes, a natureza e estilo de vida que levavam os que sobreviviam e os que faleciam de febres nervosas e de moléstias pestíferas, no Rio de Janeiro. Todos os que não resistiram àqueles males, sem exceção, mantiveram, no Rio, teimosamente, os mesmos hábitos de alimentação, vestuário, higiene e conduta social que tinham na Europa; os que se adaptaram aos hábitos e costumes locais adquiriram, *grosso modo*, uma espécie de defesa do organismo, que os salvou da morte decorrente daquelas enfermidades, e lhes prolongou a vida.

A Imperatriz, que parira, até àquele ano de 1824, quatro filhos do Imperador Dom Pedro I, desde que aqui chegara, em fins de 1818, refletiu sobre seu estado de saúde constantemente enfermiço, e na morte do seu segundo filho, João Carlos, com apenas onze meses de vida, ocorrida dois anos antes.

Dona Leopoldina dirigiu-se até a um canapé da sala, sentou-se, e convidou Quincas a acomodar-se no canto oposto.

— Mas, no seu entendimento, professor, também faria parte desse processo de adaptação social aos costumes da terra o comer com as mãos, o açoite de escravos, o uso do mato e das valas para necessidades fisiológicas, a consideração da ignorância como virtude, a promiscuidade de nobres com criados mais afeitos às regras de convivência de uma estrebaria? — indagou D. Leopoldina, encarando Quincas.

Sem fugir do olhar inquisitivo da Imperatriz, Quincas respondeu:

— Majestade, segundo os romanos "*saepe res gestae virtutibus anteponuntur*", isto é, muitas vezes as ações são preferidas às qualidades do espírito. Obviamente não tenho a opinião de que maus hábitos de higiene, a ignorância e a promiscuidade com escravos e gente inculta constituam valores para a educação de ninguém: apenas entendo que não devam ser desconsideradas as realidades dos costumes e dos hábitos sociais locais. Apenas para exemplificar, Majestade:

uso fatos de tecidos leves, e minha alimentação a adaptei à culinária local. Quantos da Corte Vossa Majestade ainda vê trajar fatos de sarja, de lã, de veludo e de saragoça, absolutamente impróprios para os calores, e totalmente refratários às brisas salutares que sopram nesta terra? Outro exemplo: o hábito de lavar o corpo, com água e sabão, diariamente, é um imperativo de higiene e de saúde para aqui se bem viver: é humanamente impossível manter, no Rio de Janeiro, sem que isso traga conseqüências negativas para a saúde, o costume lusitano do uso parcimonioso da água para o banho do corpo, que os reinóis trouxeram de Lisboa, e que insistem em preservar.

Não pouco agradara e surpreendera à Imperatriz Leopoldina a maneira honesta e desassombrada de emitir opiniões do jovem mestre-escola Quincas, sobre as diferenças culturais entre reinóis e mazombos, entre europeus e brasileiros. Não se recordava a Imperatriz de ter lido ou ouvido opiniões semelhantes sobre o tema, nem mesmo de seus professores em Viena. Apesar de muito jovem, aquele mestre-escola, incrivelmente parecido com o seu sogro, o bondoso Rei Dom João VI, por quem tanto a Imperatriz se afeiçoara, decididamente a havia cativado.

– E quais os atributos de personalidade que o professor julga fundamentais para que um futuro rei ou rainha seja amado e respeitado por seus súditos? – indagou D. Leopoldina.

Quincas sorriu-lhe, levantou-se, fez uma elegante reverência, e respondeu:
– Integridade de caráter, dignidade, decência, honestidade e senso de justiça, Majestade. Por certo estou a nomear os Vossos traços de personalidade, dado que são exatamente estes os que Vossos súditos não cansam de repetir pelas ruas do Rio de Janeiro, quando se referem a Vossa Majestade. Sois considerada a mãe do Brasil!

Escola de Primeiras Letras 'Dona Eugênia José de Menezes', rua do Sabão, n° 38, hoje rua General Câmara, Rio de Janeiro. Meados do mês de novembro do Ano da Graça de Nosso Senhor Jesus Cristo de 1824.

O sobrado nº38 da rua do Sabão exibia um frontispício decorado, até à altura do piso do segundo andar, de azulejos originários da ilha da Madeira. Sobre a porta principal, de vinhático-do-campo, brilhava, tanto à claridade do dia como à noite, à luz mortiça dos lampiões de azeite de peixe, uma sempre polida placa bronzeada de latão com a seguinte inscrição:

Escola de Primeiras Letras
Dona Eugênia José de Menezes
Instrucção Paga
DISCE AUT DISCEDE
MDCCCXXIII

No andar térreo do sobrado, na austera sala de aula que dava frente para a rua, não mais que uma dúzia de toscas mesas e rústicas carteiras escolares se alinhavam, em quatro filas, defronte a uma pedra plana de ardósia, presa à parede por um caixilho de madeira, que ainda exibia, escrita à greda, a lição daquele dia. Acima da pedra, uma cartonagem pendurada na parede por uma correntinha, continha, manuscrita à tinta, a inscrição: *Sala Advogado Francisco Viegas de Azevedo (1739-1822)*; ao lado da pedra, segura por uma cordinha pendurada num prego, jazia uma palmatória circular de madeira, com cinco orifícios dispostos em cruz, conhecida pelos alunos como "menina de cinco olhos", freqüentemente usada nas aulas de tabuada e de leitura, realizadas aos sábados, como castigo para aqueles que não haviam estudado as lições da semana.

Passava das onze horas da manhã. O mestre-escola Quincas, terminadas as aulas do dia, já havia dispensado os

alunos e corrigia os exercícios por eles riscados, nas lousas individuais, empilhadas sobre a mesa, quando ouviu batidas suaves na porta aberta da sala:
– Bons dias, mestre-escola Quincas! Pode-se entrar para dois dedos de prosa? – cumprimentou-o o Chalaça, ajanotado em uma casaca de linho cor de vinho, calças beges do mesmo tecido, peitilho bufante de seda fina branca e canhões de renda nos punhos.
– Faça o favor, Conselheiro, a casa é sua – respondeu Quincas, levantando-se e apertando a mão que lhe estendera o valido do Imperador.
O visitante adentrou à sala, olhou em volta com sobranceria, à busca de uma cadeira para sentar-se, demonstrando fastio quando verificou ali só haver acanhadas e rústicas carteiras escolares.
Quincas, percebendo-lhe o embaraço, ofereceu-lhe a cadeira com respaldo em que estava sentado, privativa do mestre-escola:
– Queira fazer a gentileza, Conselheiro. Esta é uma escola modesta, sem condições de oferecer o conforto dos salões aos quais o Senhor está acostumado – disse empurrando a cadeira na direção do visitante, indo sentar-se na carteira da primeira fila.
Chalaça colocou a bengala e a cartola sobre a mesa, sentou-se na cadeira do mestre-escola, ajeitou o vinco das calças, cruzou as pernas e pregou um sorriso cínico nos lábios. Encarou Quincas por alguns instantes, em silêncio, enquanto descalçava as luvas.
– Como vão os negócios, mestre Quincas? – indagou, apagando o sorriso dos lábios.
– Não posso me queixar, Conselheiro. Estou no segundo ano de funcionamento da escola e já consegui duas turmas de alunos. Considero um feito, haja vista que a educação escolar neste país ainda não tem tradição.
– Sem falar nas aulas que o mestre ministra, duas vezes por semana, no Paço da Boa Vista, para a princesa Maria da Glória, desde duas semanas atrás.

– De facto, Conselheiro: Suas Majestades Imperiais não aceitaram eu ter declinado do convite, e insistiram em que eu integrasse a junta de professores designados para ministrar aulas à princesa Maria da Glória.
– Sabes que és o único professor da junta que não foi indicado por intercessão da marquesa?
– Da marquesa, Conselheiro?
– Sim, homem: da Marquesa de Santos, D. Domitila de Castro, a preferida do Imperador!
– Desconhecia esse facto, Conselheiro.
– Esse e, provavelmente, o mais importante de todos!
– E qual seria, Conselheiro?
– A necessidade da preservação da integridade física, da segurança pessoal e da vida do Imperador Dom Pedro I!
– E elas estão sob ameaça, Conselheiro?
– E por acaso o mestre tem dúvidas? Pensas que, após a separação do Brasil de Portugal, não existem, neste país de imbecis, grupos secretos que cultivam idéias revolucionárias francesas e outras sandices contra a monarquia?
– Não imaginava que a política neste país andasse nesse pé, Conselheiro.
– Pois anda, homem! Por essa razão, um grupo de reinóis portugueses, fiéis amigos e irrestritos colaboradores do Imperador, está, sob o consentimento de Sua Majestade Imperial, fiscalizando e coordenando as nomeações e ações de todos na Corte, de forma a prevenir que traidores e indivíduos de baixa extração passem a fazer parte dos círculos de poder, além de investigar a existência de possíveis grupos interessados na sublevação da ordem e na prática de outros crimes contra a monarquia, e contra a real pessoa de Sua Majestade Imperial Dom Pedro I!
– Por acaso seriam portugueses, inconformados com a independência do Brasil de Portugal?
– Claro que não! São brasileiros mesmo, botocudos e imbecis! Entre eles há até os que estavam a discutir, em duas assembléias constituintes consecutivas, uma carta magna,

liberalíssima até para padrões europeus, avalia para este sítio de macacos e bugres! Mas o nosso Imperador não aceitou nenhuma das duas propostas de constituição, e enfiou goela abaixo desses incivilizados a que melhor consultava os seus interesses! Participei, com colaborações de próprio punho, da redação do texto de alguns artigos, pois com esses sacripantas tupiniquins não há meio-termo: dá-se a mão, querem o braço; dá-se um Império Constitucional, querem a República Federativa! Têm ódio de nós, portugueses, que tivemos a grandeza de lhes dar uma constituição, talvez o nosso maior erro: dependesse de mim, retirava-lhes tudo de novo, a chicote, porque entendimento com negro e gentio botocudo só é possível com azorrague estalando no lombo!

– É facto que existem sociedades secretas que querem derrubar a monarquia no Brasil, Conselheiro?

– Ora, pois: a própria maçonaria, da qual fazem parte esses irmãos Andradas, em boa hora demitidos do ministério pelo Imperador, defende, abertamente, a república federativa para o Brasil! Imagina, mestre Quincas, que o cínico do José Bonifácio chegou ao desplante de propor incluir, no texto constitucional, projetos de civilização dos índios, de mudança da capital do país para o interior e, Jesus-Maria, vê quanta ingenuidade e ignorância: de extinção do tráfico e abolição da escravidão, uma das maiores fontes de receita do país!

– Vivemos um transe difícil, Conselheiro. Pelo que ouço nas ruas, os brasileiros sentem-se desconfortados com o fato de a independência do país ter sido feita por um português, além da circunstância, que me parece altamente significativa, de que somos hoje a única monarquia da América do Sul, estando cercados de repúblicas por todos os lados! – ponderou Quincas.

– Conversas! Ainda não terminamos nós, os portugueses, com o processo de educação e colonização desse povo de energúmenos! Para o fim desse ano, com o fito de pôr cobro à onda de rebeliões de fanáticos, mandaremos para a pendu-

ra, na forca, um frei liberal pernambucano, um tal de Caneca, padreca literário incendiário que teve a ousadia de participar de movimento separatista e de denegrir a imagem de Sua Majestade Imperial – objetou o Chalaça, levantando-se da cadeira e passando a andar pela sala, mãos cruzadas às costas, ar professoral. Tossicou e continuou: – Por essas e outras rebeldias, mestre Quincas, voltando ao ponto de partida de nossa conversa, portugueses patriotas e fiéis ao nosso Augustíssimo Imperador, entre os quais me incluo, organizaram-se para defender a honra e a vida de Sua Majestade Imperial, além de preservar seus reais interesses, que sempre serão inequivocamente idênticos aos nossos, sejam eles quais forem! Mas a ordem é pobre e os frades são poucos: toda organização que se preza tem gastos, necessita de recursos para sobreviver, razão pela qual estipulamos uma contribuição sobre os estipêndios e tenças ganhos pelos nobres da Corte e auxiliares palacianos, nomeados por Dom Pedro I.
– Uma contribuição, Conselheiro?
– Sim, homem: trinta por cento, a título de espórtula, sobre aqueles rendimentos, para custeio das despesas com a segurança do Imperador. É muito pouco para tão grande propósito!
– Sem dúvida, Conselheiro. O pagamento terá que ser feito a quem, e quando, ou a contribuição já virá descontada de meus estipêndios?
– O pagamento deverá ser feito por Vossa Mercê diretamente ao Plácido de Abreu, no próprio Paço da Boa Vista, quando do recebimento de sua paga como professor da princesa Maria da Glória.
– Plácido de Abreu? Ele não é o palafreneiro de Sua Majestade Imperial?
– Não, homem. Esse é o João da Rocha Pinto, que agora é gentil-homem do Paço. O Plácido de Abreu é o barbeiro de Dom Pedro I, agora promovido a tesoureiro do Paço!
Quincas horrorizara-se com aquelas revelações, controlando-se ao máximo para não demonstrar ao Conselheiro

Gomes da Silva já ser de seu conhecimento as patifarias praticadas pela camarilha que cercava o Imperador. Dona Maria da Celestial Ajuda, antes de retornar definitivamente para Lisboa com o marido, na comitiva que acompanhou Dom João VI de regresso a Portugal, confidenciara ao filho adotivo a índole promíscua de Dom Pedro de Alcântara: "Prefere conviver com negrinhas, estribeiros e cavalos a privar com pessoas asseadas. Saiu à mãe!", disse-lhe num rasgo de indiscrição, posto não fosse sua natureza maldizer de ninguém, haja vista seu temperamento naturalmente introvertido, submisso, boquissumida que era; anos e anos ouvindo inconfidências e segredos nas câmaras reais a haviam ensinado a mais ouvir que falar, obediente à máxima: "A natureza dotou os seres humanos de duas oiças, e apenas uma boca, para fazê-los mais escutar do que tagarelar."

☙

Paço da Quinta da Boa Vista, São Cristóvão, Rio de Janeiro. Primeira semana do mês de fevereiro do Ano da Graça de Nosso Senhor Jesus Cristo de 1825.

As aulas de gramática portuguesa ministradas pelo mestre-escola Quincas à Princesa Maria da Glória, herdeira da Coroa de Portugal, realizavam-se sempre aos sábados, à tarde, no Paço da Boa Vista. Na parte da manhã, a escolinha da rua do Sabão virava um sobrado de lamentações, choros e palmatoadas, palco das temidas sabatinas, onde eram tomadas as lições de tabuada, leitura e composição, dadas durante a semana. Após a janta das onze e trinta da manhã, mestre Quincas tomava seu habitual banho de tina, de água fria, com sabão de coco. Banhado e perfumado com água-de-cheiro, Quincas enfatiotava-se em trajes de linho, ordenava ao negro Anacleto buscar uma sege ou traquitana de aluguel no largo de Santa Rita, e abalava-se, à fedelhota, para o Paço da Boavista, tendo o hábito de ler o *Diário Fluminense*, enquanto o coche rolava pelo poeirento e acidentado caminho para São Cristóvão. Naquela tarde de fevereiro, a carruagem aos sacolejos, comovera-se com a notícia estampada na primeira página:

"Dia 13 de janeiro próximo passado, foi executado, no patíbulo do largo das Cinco Pontas, na villa do Recife, província de Pernambuco, às nove horas da manhã, o frei Joaquim do Amor Divino Caneca, tendo padecido morte natural, em cumprimento à sentença da commissão militar que o julgou por crime de sedição, rebelião e alta traição ao Império do Brasil e à Sua Majestade Imperial, depois de ser desautorado das ordens da igreja do Terço, na forma dos sagrados cânones. O réu foi fuzilado, amarrado à trave da forca, por ordem do Exmo. Sr. Brigadeiro General Francisco de Lima e Silva, presidente da commissão de julgamento e governador interino da província de Pernambuco, em razão de não poder ter sido enforcado, como exarava a sentença que o condenou à morte, por desobediência dos carrascos. Durante o período em que ficou preso, para apuração do processo que o julgou e o sentenciou à morte, juntamente com os outros réus da rebelião separatista fracassada, conhecida como Confederação do Equador, os grandes da província Manoel de Carvalho Paes de Andrade, Agostinho Bezerra Cavalcanti e Francisco de Souza Rangel. O sacerdote sinistrado, que era lente de geometria, retórica e gramática portuguesa, produziu algumas obras literárias, entre as quais a poesia que se segue:

1
Entre Marilia e a pátria
Colloquei meu coração:
A pátria roubou-mo todo;
Marilia que chore em vão.

2
Quem passa a vida que eu passo,
Não deve a morte temer;
Com a morte não se assusta
Quem está sempre a morrer.

3
A medonha catadura
Da morte feia e cruel,
Do rosto só muda a cor
Da pátria ao filho infiel.

4
Tem fim a vida daquelle
Que a pátria não soube amar;
A vida do patriota
Não pode o tempo acabar.

5
O servil acaba inglório
Da existência a curta idade;
Mas não morre o liberal,
Vive toda a eternidade."

Quincas emocionara-se com a notícia: a gramática portuguesa que levava no embornal, selecionada como guia didático e livro básico para as aulas que ministrava à princesa Maria da Glória, era da autoria do frei sinistrado. Colocara o jornal no assento, desafivelara o embornal, e de seu interior retirara um livrinho brochado, cujo frontispício, impresso na face da folha de rosto, continha os seguintes dizeres:

BREVE COMPENDIO
DE
GRAMMATICA PORTUGUEZA

ORGANISADO EM FORMA SYSTEMATICA, COM
ADAPTAÇÃO A CAPACIDADE DOS ALUMNOS

Poucas regras e muita reflexão
Com uso mui frequente, eis a maneira
De as artes aprender com perfeição.

DUCLOS

POR

Frei Joaquim do Amor Divino Caneca

— Diabos! Quando um país começa a matar gramáticos e poetas, é sinal de que a coisa vai mal! — desabafara Quincas em voz alta.
O negro de aluguel que conduzia a sege, gritara da boléia:
— A incelença dêu arguma órdis?
— Sim, homem! Toque essa cavalgadura mais rápido para o palácio da Boa Vista!

Quincas aguardava a princesa Maria da Glória em um dos salões do segundo pavimento do palácio da Boa Vista, enquanto apreciava, atrás das vidraças da janela, a verdejante vista que circundava o palácio. Passava das duas da tarde, e a informação, que lhe fora transmitida pelo guarda-roupa João Maria da Gama Freitas Berquó, por alcunha "Broco", futuro Marquês de Cantagalo, era que a princesa D. Maria da Glória ainda estava praticando equitação com o Pedro Dias Paes Leme, estribeiro de Dom Pedro I, que já estava na bica para ser nomeado Marquês de Quixeramobim. "Esse Pedro de Alcântara não tem mesmo jeito", boquejara Quincas, quando, no soflagrante, se surpreendera com o coche imperial entrando, a galope, pelo pátio interno que dava acesso aos cômodos da ala dos fundos do palácio. Da carruagem apearam o Imperador e uma mulher gorda, nadeguda, de quadris largos e, vestida com espalhafato: pescoço e braços ornados de colares e jóias, tendo um penacho de pena de pavão preso ao cabelo por um diadema.

– É a barregã! Entrando pelos fundos do palácio, trajada como uma corista francesa, a olhar para os lados, aflita, a ferver, feito uma negra fujona, empurrada pela cintura por Dom Pedro I, que disfarçava o priapismo com o tricórnio emplumado pressionado sobre as virilhas! Não havia dúvidas: D. Domitila de Castro ia dar um trato à verga tumefacta do libertador da pátria dos negros e dos botocudos, em pleno palácio, nas fuças da Imperatriz! Assim narraria a cena, se estivesse vivo, o bacharel Viegas de Azevedo! – especulara Quincas, por detrás das vidraças da janela.

– Tão jovem e já falando sozinho, professor Quincas? – indagou-lhe D. Leopoldina, atrás dele, parada sob a soleira da porta.

Quincas sentiu um frêmito pelo corpo e, rapidamente, virou-se; deu dois passos à frente, para evitar que a Imperatriz se aproximasse da janela, e cometeu vigorosa reverência, mergulhando a cabeça quase à altura dos joelhos.

– Pensando alto sobre a minha sofrida vida de mestre-escola, Vossa Majestade Imperial – dissimulou.
– E é tão penosa assim a vida de um mestre-escola? – perguntou D. Leopoldina, aproximando-se de Quincas.
– Pelo menos era o que diziam os gregos, Majestade: *Quem dii oderunt, paedagogum fecerunt*, isto é, a quem os deuses odeiam, fazem-no professor – respondeu.
– Que exagero, professor Quincas! Um ofício tão digno, tão importante para o progresso da humanidade! Não posso acreditar que os gregos conceberam a sério esse aforismo... – redargüiu a Imperatriz.
– Se me permitis retorquir, Vossa Majestade Imperial, os gregos eram sábios que possuíam grande descortino e invejável capacidade de antevisão do comportamento e filosofia humanos. Eles sabiam o que estavam predizendo: no meu país de origem, Portugal, a grandíssima maioria do povo é analfabeta, sofre de misossofia, e cá, nesta terra brasileira, os letrados correm até risco de vida, haja vista as dificuldades aqui passadas por Lady Maria Graham, como é do Vosso conhecimento! – retrucou Quincas.
– São situações contingenciais, típicas da fase de evolução da humanidade em que nos encontramos, professor. No futuro serão decerto superadas; Vossa Mercê não acredita nisso?

Quincas pediu licença para dirigir-se até à mesa onde colocara o embornal, que lhe tinha serventia de pasta, e de seu interior retirou o livrinho de gramática portuguesa e o *Diário Fluminense* que lera a caminho do palácio.

– Por acaso Vossa Majestade Imperial leu esta notícia? É sobre a morte de um dos maiores conhecedores da língua portuguesa, o brasileiro frei Caneca, cuja gramática tomei a liberdade de adotar para as aulas que ministro à Sua Alteza Real, a princesa D. Maria da Glória – disse, estendendo o periódico para D. Leopoldina.

A Imperatriz sentou-se em um canapé e leu, com desalento, a notícia do jornal.

– Que triste notícia e que bela poesia, professor. A segunda estrofe é uma preciosidade literária:

*"Quem passa a vida que eu passo,
Não deve a morte temer;
Com a morte não se assusta
Quem está sempre a morrer."*

– Quanta verdade encerra esse verso, professor... – lamentou-se D. Leopoldina, em tom de desabafo, como se aquelas palavras refletissem seu próprio estado de espírito.

– Confiei que Sua Majestade Imperial Dom Pedro I concederia a graça do indulto ao sacerdote Caneca, coitado. Morreu por acreditar numa pátria livre para o Brasil... – lastimou Quincas.

– Mas o professor Quincas não acredita que o Brasil já não seja um país livre?

– País soberano, Majestade, o Brasil está livre do jugo estrangeiro. Não somos livres como na Inglaterra, por exemplo, onde todos os poderes que governam aquela monarquia representativa e parlamentar são independentes entre si, sem a ascendência de um sobre o outro, e todos subordinados aos mesmos ditames constitucionais, incluindo o rei.

Naquele exato instante, a princesa Maria da Glória entrara na sala, trazida ao colo pelo João Carlota, ambos às gargalhadas:

– Uma verdadeira amazona, senhora! Essa miúda nasceu para cutucar as barrigas das cavalgaduras com os calcanhos, e para lhes fustigar os quartos com a chibata: saiu ao pai! Que fúria! – comentou, excitado, o amigo e conselheiro de Dom Pedro I, sem se dar conta de que não prestara as reverências protocolares à Imperatriz, e que adentrara à sala sem se fazer anunciar, carregando a herdeira do trono de Portugal nos braços, como se estivesse na cavalariça, lugar em que era mais encontradiço, a cometer estripulias com as mucamas do palácio.

Dona Leopoldina, sem se levantar do canapé, retribuiu-lhe o comentário com um olhar de severa reprimenda e uma ordem contida:
— Queira fazer a gentileza de colocar a princesa D. Maria da Glória no chão, senhor João Carlota! A aula de equitação terminou lá embaixo, quando as cavalgaduras foram desmontadas. Nesta sala, a lição que será dada será de gramática portuguesa, que exige mais intelecto, e modos mais educados para o seu aprendizado!

João Carlota, espaventado, caíra em si, dando conta de sua falta de modos: apagou da boca o arreganho dos dentes cariosos, e colocou, com cuidado, a princesa sobre o assoalhado; em seguida, retirou o chapéu de palha da cabeça. Meio sem jeito, ensaiou um salamaleque mambembe, à guisa de reverência.
— Vossa Mercê está dispensado! — ordenou-lhe D. Leopoldina, em resposta ao cumprimento.

Assim que o cavalariço se ausentou da sala, Quincas fez uma reverência para sua mais ilustre aluna, curvando o espinhaço.
— A princesa Maria da Glória deve ir fazer a toalete e trocar de vestes, antes da aula de gramática portuguesa — recomendou a Imperatriz à filha.

A princesa respondeu com um amuo e um muxoxo:
— Não estou suja e já estou vestida! Hoje aprendi nova palavra complicada, mestre Quincas!
— Verdade, Alteza? que palavra foi?
— *Prátria!*
— Com certeza Vossa Alteza quis dizer *pátria*, que é a pronúncia correta — ensinou-lhe Quincas. — E quem ensinou a palavra a Vossa Alteza?
— O João Carlota!
— E ele comentou com Vossa Alteza o significado?
— Não. Foi assim: nós estávamos cavalgando as éguas, nas matas dos arredores da Quinta, quando um bando de negros nos saudou, ajoelhando-se no chão. Aí o Carlota me disse que em Portugal não se tem esse costume de o povo

saudar a realeza de joelhos, só aqui na *prátria*, quer dizer, pátria dos negros e dos botocudos!

Dona Leopoldina trocou olhares de reprovação com Quincas, que, antecipando-se a uma iminente corrigenda da Imperatriz, resolvera dar início à aula de gramática portuguesa daquele sábado:

— Vossa Augusta Mãe, Alteza, tem nas mãos um jornal que noticia a morte de um sacerdote, aquele mesmo cujo nome Vossa Alteza achou engraçado, autor do compêndio de gramática portuguesa que serve de guia para nossas aulas. Pois bem, desse falecido frei Caneca vou pedir emprestado a explicação por ele dada, no ano da independência do Brasil, sobre *pátria*, da qual tomei conhecimento, por acaso, um ano depois, como seminarista, em conversa com um amigo, o padre Jacinto Venâncio.

A princesa Maria da Glória foi sentar-se ao lado da mãe, enquanto Quincas, de pé, procurava puxar pela memória a conversa que mantivera, sobre o tema, com Jacinto Venâncio, grande admirador de frei Caneca. A própria indicação do compêndio de autoria do sacerdote morto fora de Jacinto Venâncio.

— *Pátria*, Alteza, é uma palavra de origem grega, que significa família, nação. O significado evoluiu ao longo do tempo, e *pátria* deixou de ser apenas o lugar em que nascemos, para também ser o lugar que escolhemos para morar e para viver: é o lugar que nos vai bem. O grande Cícero dizia que todo indivíduo tem duas pátrias: uma de natureza, outra de direito do cidadão. Julgava aquele grande orador e filósofo romano que pátria era a terra em que nascera, e aquela em que era recebido. Afirmava, ainda, que o homem não devia se limitar a amar e a respeitar, apenas, o lugar em que nascera, mas sim ser um cidadão de todo o mundo, como se este fosse a sua cidade natal. Entendia Cícero que os homens, como as árvores, os animais e as plantas, deviam pertencer a todos os países — iniciou a explicação Quincas, catando palavras simples na memória, que facilitassem a compreensão daquela alteza pequerrucha, que o fitava com algum interesse.

De pé, garimpando as palavras e procurando associá-las às conversas que mantivera com Jacinto Venâncio, além de rememorar as leituras de frei Caneca, Cícero e Quintiliano, sobre o assunto, prosseguiu:

– Não escolhemos o lugar em que nascemos: isto se dá por acaso, da mesma forma que não escolhemos nossos pais; contudo, a nós é dada a oportunidade de escolher o lugar em que vamos viver, que vamos ser cidadãos, e este lugar é sagrado, visto que representa a existência da liberdade, a mais elevada, sublime e digna qualidade do ser humano, o seu atributo distintivo, isto é, o predicado que nos diferencia dos animais irracionais. O lugar em que nascemos é a nossa pátria forçada; aquele em que vivemos é pátria forçosa. Nem todos os homens têm pátria de lugar, mas não há um só que não seja cidadão de algum lugar do mundo, e esta é a sua pátria de direito – concluiu.

A sala ficou em silêncio por breve instante. À princesa Maria da Glória, futura Rainha Maria II de Portugal, agradara a explicação de Quincas, menos pelo conteúdo e alcance das palavras, como era compreensível, mais pela maneira simples e tranqüila que o seu mestre-escola sempre escolhia para falar sobre assuntos por ela considerados confusos e complicados de entender. Com aquela explicação de improviso, D. Leopoldina afastara as últimas resistências que ainda fazia ao mestre-escola, em face do que ela considerava sua pouca idade para o ofício de preceptor.

XX

Guerra do Paraguai. Perseguição ao ditador Francisco Solano López pelo interior do país. Meados de fevereiro do Ano da Graça de Nosso Senhor Jesus Cristo de 1870.

Farei, no próximo dia primeiro de março deste ano de 1870, setenta e dois anos de idade, e a guerra, que já era para ter acabado, está quase no fim, graças ao meu bom Santo Antônio de Categeró. Verdadeiro milagre é o facto de o capitão Diogo Bento, Zoroastro Meia-Braça, Albuquerque de Olibeira e Soiza, Alafiyèsí Afunrèrè e eu próprio, juntos há quatro anos neste inferno, ainda estarmos vivos, nem tanto pelas balas e granadeiras do inimigo, que há muito não se ouvem: nesta altura do conflito, as tropas paraguaias reduziram-se a crianças, mulheres e homens inválidos; a graça divina está em não termos contraído cólera, nem beribéri, nem morféia, nem bexiga brava, tampouco sarampão. Louvado seja o Altíssimo.

O marechal e marquês de Caxias demitiu-se do comando das tropas brasileiras há mais de um ano, quando invadiu e conquistou Assunção, tendo oficiado à Corte o fim da guerra. O Imperador Pedro II e a Tríplice Aliança não concordaram: a guerra só terminaria com a eliminação de *el Supremo*, escondido no interior do país com pouco menos de uma centena de homens da sua guarda pessoal. Sem Caxias, e sem Osório, o conde d'Eu ficou no comando das tropas, ordenando o massacre do que sobrou do povo paraguaio, na busca obsessiva de capturar Solano López. A última notícia que nos chegara dava conta que o ditador paraguaio escapara de Caxias pelo potreiro de Marmol, e agora estava fugindo na direção de Cerro Corá.

Quando da invasão e conquista de Assunção, em janeiro do ano passado, as tropas nacionais e argentinas, depois de três dias de cruentos combates contra os poucos remanescentes do exército paraguaio, pilharam e saquearam templos, casas e prédios públicos, e até violaram túmulos, em busca de ouro, ao meio de um butim medonho e selvagem. Mais uma vez fui ajudado por Zoroastro Meia-Braça e pelos zuavos baianos na repressão aos estupradores e degoladores de cabeça. Ao nosso grupo juntou-se um voluntário negro, forte e espadaúdo, de seus cinqüenta anos, transferido do 3º Corpo, e que fora incorporado ao Exército no lugar do filho de um fazendeiro de Campos. A este negro valoroso e destemido também muito incomodavam as violências sexuais praticadas por nossos soldados contra as mulheres paraguaias:

- Pódi acontá cumigo, pádri. Num tem inimi qui ajustifíqui uma safadês dessa cum muié, minina i véia. Meo nômi é Tibúrci, i tô aqui pra judá o reverendo.

Terminada a refrega, Assunção arrasada e em chamas, entrei em uma igreja semidestruída. As balas de canhão haviam derrubado a torre e o campanário, o telhado afundara sobre a nave, e do altar principal somente restara a imagem de Cristo, sem cabeça, pregado na cruz. Ajoelhei-me e orei, envolto em muita fumaça, respirando olores de pólvora. Albuquerque de Olibeira e Soiza, *o terríbil*, veio consultar-me se incorreria em pecado caso levasse alguns castiçais da igreja, que estavam misturados aos destroços. Respondi-lhe que a igreja era a casa de Deus, e tudo que ali jazia no chão, apesar de entulho, a Ele pertencia. "Não se subtrai os pertences de quem se conhece o dono, ainda mais sendo de propriedade do Criador!", disse-lhe. De imediato, o trêfego português abriu o enorme saco pendurado às costas, e despejou no chão todo o seu conteúdo: imagens de santos, cálices para a oferta de hóstias, castiçais, caixa de óbulos e um sem-número de bufarinhas religiosas.

A gritaria da soldadesca aliada, ufanosa com a destruição da principal cidade paraguaia, entrou pela noite; voluntários embebedavam-se com os licores e vinhos saqueados às casas, e os oficiais exultavam com a decisão do Marquês de Caxias, que oficiou ao Imperador Pedro II o fim da guerra, em 14 de janeiro de 1869. Mas o Imperador e o comando da Tríplice Aliança não aceitaram aquela decisão do marquês: ordenaram ao velho marechal que continuasse a guerra até a liquidação total do Paraguai e a captura do ditador Solano López.

- Não serei coveiro de mulheres e de crianças: demito-me do comando das tropas! López jamais se entregará vivo, e para matá-lo teremos de liquidar com o que restou do povo paraguaio, até chegar a ele. O exército paraguaio não existe mais, e eu só combato tropas! Sou um soldado, e não um assassino de mulheres e de crianças! - reagira o velho marechal quando lera as ordens do Imperador Pedro II.

— Atitude honrada e limpa! Digna de um soldado do Exército Brasileiro! — comentou o capitão Diogo Bento, ao tomar conhecimento da decisão do comandante-em-chefe das tropas nacionais. — O Exército sairá engrandecido desta guerra, padre, apesar das barbaridades e violências cometidas! — vaticinou, rosto iluminado pelo clarão da gigantesca fogueira, onde ardiam, entulhados, os despojos do inimigo, na principal praça de Assunção.

— Engrandecido, meu filho? — indaguei-lhe, correndo o olhar por aquele cenário de destruição, morte e miséria.

— Sim, padre. Antes desta guerra, o Exército Brasileiro sempre foi considerado a escória das forças militares nacionais. Servir ao Exército representava um castigo, uma desonra; as tropas eram recrutadas entre bêbados, criminosos e vagabundos. Perseguíamos escravos fujões de engenhos e de fazendas, e combatíamos quilombos. A Guarda Nacional sempre teve mais prestígio junto ao Imperador, além de possuir oficialato exclusivamente formado por fazendeiros ricos e nobres da Corte. O próprio Imperador a nós sempre se referiu como "força bruta", e todas as vezes que o Brasil, antes desta guerra, precisou armar forças de combate para fazer face a conflitos externos, recorreu a mercenários estrangeiros, que até comandavam nossas tropas! — respondeu Diogo Bento.

O negro Tibúrcio aproximou-se, espavorido, bateu continência e pediu licença ao capitão Diogo Bento para interromper:

— Um voluntá tá murrendo e pidiu um pádri pra encomendá a alma dêli!

Pedi licença ao capitão e apressei o passo atrás do negro Tibúrcio, que abria caminho por entre a soldadesca barulhenta, excitada com as labaredas da fogueira dos despojos do inimigo, e com as pilhagens e saques praticados, à larga, na Assunção arrasada.

Sobre uma maca de campanha, jazia um soldado negro, com o ventre rasgado, intestinos à mostra. O médico ainda tentava estancar a hemorragia, mas pela expressão do seu rosto, aquela batalha já estava perdida. Ajoelhei-me ao lado do voluntário moribundo, beijei a estola que coloquei em volta do pescoço, retirei do bolso o pequeno recipiente dos santos óleos, e iniciei as orações da extrema-unção. O pobre balbuciava alguma coisa; debrucei-me sobre seu corpo e aproximei o ouvido de sua boca para ouvi-lo:

– ... u nego qué fazê... uma cunfissão... ântis di murrê... – murmurou num fio de voz quase inaudível.

– Fala, meu filho. Nosso Senhor Jesus Cristo está te ouvindo. Tua alma está pedindo perdão pelos teus pecados, e tu aqui os terá, em nome de Deus. Fala, filho – boquejei, encostando o ouvido à sua boca.

– ... meo nômi é Orozimbo, pádri... sô fio du bandídu Jaquim Ináci da Costa... di alcunha "Ôrêias"... foi êli qui matô... fais mais di sessenta ano... uma incelença da côrti... Torresão das marinha... di órdis i mându... das rainha Carlóti Jaquina... Um nego inocênti... di nômi Binidito... sordado dus hinríquis... foi quem pagô pelo crími... nas forca... Orozimbo tá querendo si livrá... do peso dessa disverdádi... qui meo pai... mi brigô a guardá... pur toda mia vídis... – conseguiu sussurrar, arquejando, com imenso esforço.

– E por que a Rainha Carlota Joaquina mandou teu pai matar o nobre da marinha, meu filho? – sussurrei-lhe ao ouvido, com o coração aos pedaços.

– ... apurcausadiquê... Torresão das marinha... num quiria mais furnicá... cum a rainha... Carlot... – e interrompeu a confissão: uma golfada de sangue saíra-lhe pela boca, seguida de um ronco gorgolejante. Morreu com os bugalhos bem abertos, arregalados de pavor.

Cerrei-lhe as pálpebras ao mesmo tempo que uma dor indescritível me trespassou o coração, como se atingido por uma lança. Ah! meu tão incompreensível Deus! Quanta maldade e flagelo foram praticados contra meu tio Benedito! Quanto sofrimento e humilhação não teve de suportar aquele pobre homem, antes de morrer, por um crime que não cometera...

Controlei a emoção, pois aquela dura verdade me havia sido passada em confissão. A alma daquele corpo que jazia sobre a maca precisava ser encomendada: o dever e a caridade em primeiro lugar; meu sofrimento pessoal teria de esperar.

Na noite daquela terrível revelação, após o sepultamento do soldado negro e de dezenas de voluntários em uma colina nos arredores da cidade, distanciei-me da tropa e fui sentar-me sob uma árvore, à beira de um lago. Meu coração e espírito estavam carregados de ressentimento e ódio; necessitava conversar com Deus para purgar a alma daqueles sentimentos negativos que a confissão do pobre voluntário me trouxera. Tantos negros morriam naquela guerra, que cheguei a cogitar existir uma estratégia dos brancos do Império em aproveitar o conflito para reduzir o contingente da raça no país, pobres coitados que eles próprios, brancos, haviam caçado nas praias ocidentais africanas, jogando-os no cativeiro, e agora não sabiam como deles se livrar. Minhas apreensões não eram exageradas: alguns políticos e literatos do Rio e de São Paulo já defendiam, havia algum tempo, a tese da necessidade de "branqueamento" do povo brasileiro, como "solução" para o país e a sociedade alcançarem maiores estágios de desenvolvimento. O "privilégio" de morrer honrosamente nos campos da peleja no Paraguai, pelo visto, era privativo da raça negra. Os brancos, os filhos de fazendeiros ricos, os nobres e os que, de uma forma ou de outra, traficavam influência na Corte poderiam escolher outros óbitos que melhor lhes aprouvessem; ficassem aquelas "glórias" para os negros... E Vós, Senhor, por que escolhestes um, entre milhares, talvez milhões, dos negros que morreram nesta guerra, para, antes de Vos entregar a alma, revelar-me aquela terrível verdade... O que pretendei comigo, Senhor? Repetir as maldades que perpetrastes contra Jó? A quantas provações mais Vós pretendeis submeter minha raça desde que criastes o mundo? Defendeis Vós, por acaso, a hegemonia de raças? Seriam os negros a reencarnação hodierna dos judeus da Galiléia? dos cristãos da época dos romanos? Concebestes os negros, como os brancos e a Vosso Filho, realmente à Vossa semelhança, ou, como motejam alguns safardanas, modelastes os negros à semelhança dos macacos? Pelo menos, a ser verdade essa afronta da Criação, poupastes os símios e os fizestes mais felizes que meus irmãos de cor, dado que aqueles vivem livres nas florestas e matas e não são escravizados por espécies superiores!... Perdoai-me, Senhor, essas blasfêmias... O demônio teceu-as. Sou um homem pecador, frágil e velho, passível de fraquejar quando uma dor me atinge pessoalmente. Ajudai-me a resistir a essas tentações luciferinas, pois jurei ser Vosso mais humilde servo! Ajudai-me a cumprir, com dignidade e perseverança, a missão que me delegastes de conduzir e apascentar almas em conflito. Mas como é sofrido e duro ser negro neste mundo que criastes, Senhor!

Levantei-me do chão, enxuguei as lágrimas dos olhos com a barra da estamenha, virei o corpo para retornar ao acampamento, e deparei com uma tropa silenciosa, atrás de mim, na certa a vigiar-me e proteger-me do inimigo: Zoroastro Meia-Braça, à frente de uma dúzia de zuavos baianos, todos armados de mosquetes, lanças e sabres.

– Não se preocupem comigo, não existem mais paraguaios: conseguimos liquidar todos! – agradeci, com desalento.

– Mais ixísti us sprito dêlis, pádri Jacinto. Sprito ruim tumém mata! *Abókulò* intêndi di sprito! – retrucou o feiticeiro zuavo na sua linguagem algaraviada.

– Os espíritos não fazem mal a ninguém, Zoroastro. Quando se libertam das carcaças que são nossos corpos, nada mais que carnes que se putrefazem com a terra, vão buscar o caminho da luz e do aperfeiçoamento, recebem missões de proteção e salvamento de outros espíritos em conflito, ainda aprisionados em corpos com vida. Os espíritos não tocaiam ninguém para lhe tirar a vida. Quem tira a vida é Deus, e somente Ele – redargüi.

Retornamos, em passo lento, ao acampamento. Zoroastro e os zuavos a espreitar no caminho até pios de coruja e coaxar de sapos, todos negrejando sob o clarão da lua cheia, bugalhos arregalados, escleróticas a branquejar.

– Ocorreu-me agora lembrar, Zoroastro: há muito gostaria de te perguntar, mas sempre o assunto foge-me da memória... – retomei a conversa, durante a caminhada.

– Quêqui ti afrige, pádri Jacinto?

– Não te preocupes: não estou sofrendo de nenhum mal. Recorda quando te exibi uma ordem, manuscrita pelo coronel Deodoro para o capitão Diogo Bento, antes do combate de Acosta Ñu, para instruí-lo sobre as diferenças entre argentinos e paraguaios?

– *Abókulò* si alembra.

– Por que fizeste cara de espanto e de surpresa quando te mostrei aquela ordem?

– Purcausadiquê u hômi coroné qui iscreveu as órdis vai sê imperadô du Brasi!

– O coronel Deodoro vai suceder o Imperador Pedro II? Ora, que despautério, Zoroastro, jamais ouvi tão rematada tolice! Existe tanta gente na frente do coronel para assumir o trono do Império: a Princesa Isabel, que é a herdeira natural e de direito; no próprio Exército, ao qual pertence o coronel Deodoro, avultam homens e patentes de maior hierarquia que a dele, como o Marquês de Caxias, o General Osório, e outros tantos.

– *Abókulò* num díssi qui vai sê gorinha qui vai cuntecê: inda vai demorá...

– Ora, Zoroastro, se tuas premonições se confirmassem, tu já estarias rico, homem! – comentei entre risos.

O feiticeiro zuavo sacudiu um de seus chocalhos, olhou para o céu estrelado, e soltou um riso gutural.

– E o que foi isso, agora, homem? – indaguei-lhe.

– *Abókulò* tumém sábi qui tem otro hômi, pur aqui, um tenênti, qui vai sê gênti impurtânti nu Brasi, adispôs do coroné Deodó...

– Outro futuro Imperador do Brasil, brigando aqui no Paraguai, Zoroastro?
– Nanja. Êssi qui tá aqui vai sê pai dêli!
– Esse tenente vai ser pai de um futuro Imperador do Brasil?
– É. I o hômi nem naceu inda, inté agora!
– E quem seria esse tenente, pai de um imperador, que ainda nem nasceu, ó fantasiosa criatura?
– U hômi tem o nômi di Mané Franchico Vargas, i é tenênti-ajudânti du côndi di barbichim, qui mandô butá fogo nu hospitá de Nhu-Guaçu.
– O tenente-ajudante do Conde d'Eu?
– Apois: êli mermo! U fio dêli vai sê Imperadô du Brasi, muitcho adispôs du coroné Deodó...

Sempre alertei meus superiores eclesiásticos e meus pares da igreja de N. S. do Rosário e de S. Benedito dos Homens Pretos de que o imaginário religioso dos negros cativos do Brasil derivaria, inevitavelmente, para o fantástico e para o místico, haja vista a doutrina cristã pregada e acreditada por seus senhores brancos, que lhes impomos, não os aliviar, tampouco os livrar, das dores e dos sofrimentos do cativeiro. Sua única saída era resgatar as crenças religiosas originárias de suas tribos africanas, apelar para deuses místicos, feitiçaria e candomblé, jogo de búzios, cartomancia, quiromancia e quejandos. Refletindo assim, eu compreendia e tolerava as parvoíces premonitórias de Zoroastro Meia-Braça, que nelas acreditava como verdades divinas. A antevisão do coronel Deodoro e do, ainda por nascer, filho do tenente-ajudante Manoel Francisco Vargas como futuros Imperadores do Brasil extrapolava qualquer senso equilibrado e juízo conseqüente.

🖉

Sob o clarão do luar paraguaio, às margens de um lago nos arredores do acampamento das tropas brasileiras, em

Assunção, quatro voluntários da pátria praguejavam, aguardando a vez, na fila, reclamando da negra Anacleta, para que ela se desocupasse do soldado fornicador da vez. O motivo das reclamações era o cabo Damasceno, um negralhão de quase uma braça de altura, que havia mais de meia hora copulava em cima da negra, e ainda não gozara. Anacleta resolvera, então, mudar de posição: ficou de quatro sobre o mato, com a cara voltada para o lago, e pediu que o cabo terminasse o "serviço" na cavalgação: "... módi acabá lógu cum íssu, mô fio, qui tem mais hômi apricisando da nega...", desabafou. Enquanto o cabo lhe cavaleava, Anacleta avistou, na outra margem do lago, um padre preto, de carapinha branca, a sentar debaixo de uma árvore. O sacerdote parecia falar sozinho, visto que gesticulava muito, sacudindo a mão fechada por sobre a cabeça, a olhar para cima. "Si num foi cagádis di pômbu, o pádri indoidiceu: paréci qui tá reliando cum Deus!", pensou em voz alta, ao mesmo tempo que sua montaria ejaculou e soltou um grito de alívio.

– Prôntu, mô fio, adismonta. Bota uns tustão aí nas cambuquim i repia qui a nega inda tem selvíçu pra fazê! – disse enquanto se limpava com um trapo de farda, permanecendo na mesma posição.

– A nega num vai si virá? – indagou o soldado da vez, ao perceber que Anacleta se mantivera de quatro sobre o mato.

Anacleta nem prestara atenção ao soldado: do outro lado do lago, o padre preto chorava, esfregando os olhos com as mãos e, vez por outra, enxugava as lágrimas com a barra da batina. A negra prostituta estava duplamente abismada: nunca havia visto, antes daquele, um padre da sua cor, e muito menos um que chorasse. Desde que se incorporara ao contingente de prostitutas, que seguia junto com as tropas brasileiras no Paraguai, "as voluntárias da pica", como elas eram conhecidas pelas tropas, Anacleta alimentava a esperança de se confessar com algum sacerdote que encontrasse por aquelas bandas, e a Providência lhe fora pródiga: mandou-lhe um padre, da sua cor, de carapinha alva, cara doce, que não se envergonhava de chorar, e usava uma batina sobre o uniforme de campanha. Mas Anacleta alimentava sérias dúvidas sobre a conveniência de as putas se confessarem: em seu entendimento, as pessoas se confessavam para remir seus pecados, e a confissão importava na obrigação de não mais praticá-los, como promessa a Deus e ao confessor. E o que seria da vida dela se tivesse que fazer tal promessa? Morreria de fome, pois jamais aprendera outro ofício na vida, a não ser o de abrir as pernas e satisfazer os homens. Além disso, o mais importante: como arranjaria dinheiro para pagar as alforrias das suas duas filhas, que eram escravas na fazenda do coronel Galdino Mendonça, únicas que vingaram, entre os quase trinta abortos que fizera na vida? Tinha consciência de que já estava velha para aquele ofício, e que só aquela guerra providencial é que a salvara da rejeição dos homens, garantindo-lhe o sustento. Pelas suas precárias e duvidosas contas, já passara dos quarenta e cinco anos de idade, e desde os doze, quando fugira do quilombo de Baomba, para amasiar-se com um mulato velho que a carregou para São Paulo, ingressara naquela vida infame, depois que parira um filho natimorto.

— A nega num vai se virá? — insistiu o soldado, arreliado.
— Qui aperreio, sô! Num vô não, hômi! Si quisé é assi mermo, qui tô cum os lômbu doendo qui só u diabo! Cum vassuncê, só oje já foi pra mais di vínti! Nem égua güenta tanta pica, mô fio! — respondeu, sem tirar as vistas do outro lado do lago, onde o padre tinha, agora, atrás de si, sem que ele tivesse percebido, a companhia de uma dúzia de voluntários.

O soldado praguejou, arriou as calças e montou em Anacleta, que riu, pois nem sentiu o homem lhe penetrar, tão mal aviada era a criatura. Do outro lado do lago o padre se havia levantado do chão, e sacudia a terra da batina, quando então percebeu que tinha companhia. Anacleta viu que o sacerdote abraçou um soldado negro, baixinho, de cabeça grande e penas de galinha presas na fez. Depois afastaram-se todos, em conversas, na direção do acampamento.

Levando vida de puta desde menina, até que estava durando muito, pensara consigo, a ver o padre e os voluntários sumirem no meio do mato. Por onde andava sua mãe Venância? e o pai Tibúrcio? quede o irmão? Os pais, se vivos, estariam com mais de oitenta anos; o irmão já deveria ter uns cinqüenta, ou perto disso. Muita idade para um negro viver no Brasil: no cativeiro, os negros já eram muito velhos aos quarenta; as negras, com um pouco mais, mesmo assim se dessem sorte de trabalhar na criadagem da casa-grande. Caíssem no eito, duravam muito menos. "Já dêvu tá nus fim da vida, i apriciso mi cunfessá cum quêli pádri", pensou, fechando os olhos, encostando a testa sobre o braço que lhe escorava o corpo das estocadas do soldado.

Quando recebeu dentro de si o último soldado da fila, Anacleta já se sentia encorajada a procurar o padre negro. Feliz com a decisão, resolvera comemorar, premiando aquele último com uns requebros e uns gemidos, que só dedicava aos homens que "lhe falassem ao xibiu", conforme lhe ensinara Rita Baiana, sua primeira cafetina. O negro gozou, e ela deixou que ele ficasse dentro mais que o habitual, arquejando no seu ouvido. Fez-lhe um carinho na nuca e perguntou-lhe o nome.

– Tibúrci – respondeu o voluntário, ainda arfando.

– É o mermo nômi dum irmão qui tive, fais têmpu, i qui pirdi nêssi mundão di Deus – redargüiu.

– Cuntéci, muié. Nóis túdu tâmu aqui di negóci cum a vídis i cum a mórti. Nus êitu, é mórti quási certa; nas guérri, as vídi têm arguma chânci. Quem sábi teo irmão num tá pur aí, nêssi mundão di Deús? Cadum cum seo distino: o nego di sordado, a nega di puta, os boi ali diânti esperându virá churráscu.

– Puracauso o nego sábi quem é o pádri prêtu qui acumpanha as trópis, acúmu capilão?

– Pádri Jacinto é o nômi dêli.

– O nego cunhéci êli?

– Cunhêçu. É hômi bom i muitcho quirido, tântu pur prêtu acúmu pur brâncu.

– O nego puracauso sábi si êssi pádri Jacinto fais cunfissão pra puta?
– Adévi fazê, muié. Nas missa qui êli reza nus mato pras trópis, já vi êli cunversá cum muié das vida, acúmu vassuncê.
– E o nego pódi mi ajudá a preguntá pru pádri si êli ricébi minha cunfissão?
– Apois, muié. Quequié íssu? Tá cum vergônhis du teo ufício? É trabaio acúmu quarqué otro! Nosso Sinhô Jisuscristo é pai di tôdu múndu! Si Êli, quié Êli, pirduou, apurcausadiquê us pádri num vai ti pirdoá?
– O nego credita em Deus?
– Craro! e nus mato tumém!
– Nus mato? E apurcausadiquê nus mato?
– Apurcausadiquê Deus é grândi, mais us mato é maió!

XXI

Cidade de Salvador, Província da Bahia. Meados do mês de outubro do Ano da Graça de Nosso Senhor Jesus Cristo de 1876. Baixa dos Sapateiros.

– Um homem não vive só de honrarias, Raiza-me! – desabafou com a mulher o ex-alferes do Exército Cândido da Fonseca Galvão, após ler o comunicado do comandante do Quartel do Asilo dos Inválidos da Pátria, cientificando-o do cancelamento da ajuda de subsistência que lhe era concedida pelo Exército, para sustento da família, desde que retornara da guerra. – Quanta vergonha! Como pode um país tratar assim um herói de guerra, vítima de cruel enfermidade adqui-rida nos campos da peleja? Será por que sou preto? baiano? de régia estirpe? Ou será que o príncipe herdeiro do império ioruba de Oyó terá de viver da prática de feitiçarias e de adivinhações, como o Zoroastro Meia-Braça? Pior: será que terei de pedir esmolas nas escadas do Bonfim? – lamentou-se.

– Te avexes, não, Cândido: tu ainda podes escrever para o ministro da Guerra, que é, como tu mesmo dizes, um soldado honrado, que te conhece muito bem dos tempos do Paraguai – animou-o a mulher.

Dom Obá d'África olhou para a garrafa de aguardente quase vazia, sobre a mesinha-de-cabeceira, e sentiu a boca salivar.

– É verdade: o marechal, hoje, já é um duque, e nunca deixará de ser um companheiro de farda, um camarada da guerra, um colega de nobreza! – ufanou-se.

– És mais que isso, Cândido: és um nobre de sucessão, de ascendência real, de régia estirpe, a exemplo do Imperador D. Pedro II. O Duque de Caxias teve seu título de nobreza conferido pelo Imperador – lembrou-lhe a mulher.

Dom Obá II soergueu-se, com dificuldade, do sofá em que estava sentado e, cambaleante, dirigiu-se até à mesinha-de-cabeceira. Entornou o restante da garrafa de cachaça no copo, e fez um brinde, levantando-o acima da cabeça:

– À pátria de merda! – bradou, jogando os dois dedos de aguardente goela a dentro.

A mulher, D. Raiza-me Abiodun, abraçou-o pela cintura, e levou-o de volta para a poltrona.

– Não fales assim, Cândido. Um rei não usa essas palavras tão rudes. Não te esqueças que és um brasileiro livre e honrado, e que lutaste por tua pátria na guerra. Do Paraguai retornaste herói, por todos reconhecido, até pelo Imperador.

– ... que não é capaz de conceder-me uma pensão digna como recompensa... – redargüiu o alferes, olhos postos na claridade da janela. – Estamos na mais humilhante miséria, mulher. Que país é este? Eles, os brancos, só se lembram de nós para morrer na guerra, em lugar deles; para alegrar as festas do entrudo e dançar lundus; para levar nossas mulheres para o leito, e fazer as safadezas que não têm coragem de praticar com as mulheres deles; para encomendar demandas e despachos de macumba contra seus desafetos...

– Cândido, escuta: hoje, na Bahia, o negro livre não tem mais lugar para ganhar a vida de forma decente; não há mais trabalho no eito nem na cidade; as plantações de algodão, fumo e açúcar estão arruinadas e abandonadas; não te esqueças, também, que não se tem mais comércio de escravos, há muito tempo, e a venda de escravos é que movimentava o comércio aqui na Bahia. Só se fala, agora, em plantação de café, a única coisa que o estrangeiro está interessado em comprar; e café, Cândido, só vinga produtivo nas terras do sul – comentou a mulher.

– Raiza-me: por acaso estás querendo dizer que temos de ir embora da Bahia? – indagou Dom Obá II.

– Estou, Cândido: Hilário "Lalau de Ouro", como ele é conhecido por lá, e Tia Bebiana já foram embora para a Corte há uns quatro anos, e escreveram para os parentes dando conta que estão levando uma vida bem melhor que aqui. Hilária de Oxum está indo embora ainda este mês: a Bahia de cor está fugindo para a Corte.

Dom Obá soltou um muxoxo e riu:

– Também o Zoroastro, dia desses lá no Chega-Nego, andou deitando falação sobre a dificuldade de viver de feitiçaria e de adivinhação na Bahia: reclamou que baiano não paga por demanda nem por adivinhação: faz por conta própria, em casa mesmo! – comentou, e soltou uma gargalhada.

A mulher riu e dirigiu-se ao fogão, para passar um café. Enquanto abanava o braseiro, manteve o olhar no marido, como a cobrar-lhe uma resposta pela proposta que fizera.

Dom Obá d'África afundou-se na poltrona, esticou as compridíssimas pernas sobre o piso e, retribuindo o olhar para a mulher, comentou com voz cava:

– Está certo, mulher, vamos pensar no assunto. Mas, antes, vou tentar mais uma saída para a gente ficar por aqui mesmo: escreverei para o Marechal Caxias, pedindo minha incorporação à Companhia de Inválidos da Província da Bahia. Aqui, pelo menos, sou um preto da terra, com realeza reconhecida por meus súditos da Barroquinha, Baixa dos

Sapateiros, Graça, Itapagipe, Barris, Ribeira, Massaranduba, Campo da Pólvora, praça da Sé, ladeira do Quebra-Bunda e arrabaldes de Salvador, sem falar em Lençóis. Na Corte serei apenas mais um preto: quando der conta aos cariocas de minha régia estirpe, por certo lá apenas reconhecida por meu augusto colega, o Imperador Dom Pedro II, vão logo me chamar de negro maluco ou, no mínimo, de crioulo metido a besta.

※

Pelourinho, Salvador, Província da Bahia. Dia seguinte, último domingo de novembro do Ano da Graça de Nosso Senhor Jesus Cristo de 1876.

Ajanotado dentro da farda de gala de alferes do Exército, Dom Obá II descia uma das ladeiras do Pelourinho, arrastando atrás de si uma chusma de negrinhos barulhentos, extasiados e curiosos com aquele gigantesco negro a trajar uniforme ataviado e colorido, guarnecido de dragonas douradas, com enorme espadagão preso à ilharga, todo pimpante e lampeiro. O autoproclamado rei do império ioruba de Oyó desfilava pelo Pelourinho enfunado de pacholice, donaire e ufania, a retribuir com acenos os efusivos cumprimentos e saudações gritados do alto dos sobradões, das casas de comércio e dos cortiços. Marchava, garbosa e cadenciadamente, batendo o solado das botinas lustrosas contra as pedras lisas da ladeira, em passo marcial de garça-real.

– Viva el-Rei!; Salve Dom Obá!; Vida longa ao Príncipe d'África! – saudavam-no os negros, das janelas e das soleiras das portas dos sobradões. Os pretos mais humildes ajoelhavam-se à sua passagem; outros, embora topando pela primeira vez com aquela figura gigantesca e pernalteira, curvavam o espinhaço, reverentes, mesmo sem saber de quem se tratava, suposto que aquela figura negra, de altura incomum, fardado como branco, exibindo triunfais ares de realeza, só poderia tratar-se, no mínimo, de alta majestade africana em visita à Bahia.

Dom Obá II desfilava gabola, feliz, cheio de pacholice, distribuindo ademanes para um lado e para o outro da ladeira, inchado de alegria com as homenagens e vassalagens que lhe eram prestadas por aqueles negros a quem ele se referia, orgulhosamente, como "meus fiéis e valorosos súditos". De quando em quando, um conhecido mais chegado o saudava com intimidade, oportunidade em que o alferes de zuavos, sem qualquer constrangimento, pedia-lhe, discretamente, "algum" adiantado para a feira das crianças, ou para fazer face às despesas de seu real bolsinho. E o súdito, obsequioso, sem demonstrar contrariedade, escorregava-lhe alguns réis ou patacas, como se estivesse recolhendo a obrigação do pagamento da siza para a fazenda real. Tantas eram as "doações" feitas em seu trajeto, que, não raro, quando chegava ao final da rua, o príncipe d'África já havia embolsado o suficiente para as despesas da semana com a despensa.

No final da ladeira, frente a um sobradão bolorento, caindo aos pedaços, de frontispício enegrecido pela sujeira e de paredes ensebadas, o alferes de zuavos parou: chegara ao seu destino. Pendurada sobre a porta principal do imóvel, uma tabuleta de madeira ordinária balançava, fazendo ruído, tocada pelo vento encanado que soprava, ladeira abaixo. Entalhada na madeira, a tabuleta continha a seguinte inscrição, em cuja ortografia e sintaxe Dom Obá, à época de sua confecção, ajudara:

TENDA ESPÍRITA

PAI ZOROASTRO DE ORIXALÁ

Banhos de descarrego, demandas, quiromancia e serviços espirituais.

☠

Dom Obá II bateu à porta e, após alguns instantes de espera, com o bando de negrinhos a gritar e a fazer festa em torno do príncipe, abriu-a o próprio Zoroastro Meia-Braça, trajando longa e surrada bata anilada de tecido ordinário, salpicada de estrelinhas douradas de papel brilhante, coladas sobre o roupão, tendo enrolado à cabeçorra um turbante branco usado nos candomblés nagôs. – *Àbusíoluwa*,[1] prínci Dom Obá II! – saudou-o o feiticeiro, abrindo um largo sorriso e, em seguida, beijando-lhe a mão.

Dom Obá II retirou a cobertura da cabeça, abaixou-se para passar sob o vão da porta, e entrou no longo, úmido e escuro corredor que dava acesso aos cômodos do andar térreo. Um bafio bolorento invadiu-lhe as ventas, quando Zoroastro fechou a porta atrás de si, após xingar e balançar os colhões para os negrinhos que, da rua, debochavam de seu traje.

A sala em que o feiticeiro atendia seus clientes localizava-se no fundo do corredor: colocada sobre um pedestal, no alto da parede de frente para a porta, avultava uma imagem de Iemanjá; a de São Jorge guardava uma parede lateral; na oposta, pontificava a de Santa Bárbara. No meio do cômodo, jazia uma mesa redonda, forrada com uma toalha rasgada, de renda vermelha, que tinha ao centro, onde deveria estar uma bola de cristal, uma grande concha piramidal, um copo vazio e uma garrafa de cachaça. Uma poltrona empoeirada, cheia de nódoas e ensebada, postava-se à frente da cadeira, à guisa de trono, onde se sentava o feiticeiro. "Meia-Braça" era uma alcunha que Zoroastro sepultara no passado, dado que a avaliava como um gracejo de tropa, mais própria para as estripulias que faziam com seu nome na guerra, muito pouco condizente com o ofício de vidente quiromante que agora exercia. Por essa razão, mudara o nome para Pai Zoroastro de Orixalá, em homenagem ao Deus supremo dos iorubas na Bahia, escolha que fizera menos pela alta hierarquia da divindade do que por suas responsabilidades no culto nagô: as funções sexuais da reprodução.

---

[1] Eu desejo a você as bênçãos de Deus (em ioruba).

– Zoroastro, velho amigo, não estavas, por acaso, atendendo a algum cliente, estavas? – indagou Dom Obá, descalçando as luvas brancas de cetim.

– O úrtimo criente qui atindi, prínci, afoi sumana passádis: um véio, caquétiquis, fazendero di cacau, pôdri di rico, qui mi apariceu pur cá prênhi di jagunçu in vorta dêli, quiquiria Zoroastro fizéssi uma feitissaria pras estrovenga dêli subi! Óia, qui o hômi era mais véio qui Adão, e tinha pra mais di nuventa ano! – respondeu o feiticeiro, sentando-se no seu trono.

– E como Zoroastro se safou, dessa? Resolvcu o problema do velho broxa? – indagou, Dom Obá, curioso.

– Nanja, qui num sô Jisucristo. Pra móde resolvê quêli pobrema, só um milágri, e Zoroastro num é Deus! Só u Hômi das Artura, e o Fio dêli, é qui fais rissucitá difunto!

– E o velho se conformou?

– Nanja. Díssi qui pagávis um conto di réis si Zoroastro acunssiguíssi, pelas mena, aculucá us mangálhu dêli a meabomba!

– E Vossa Mercê aceitou a proposta?

– Já tô inté gastându a mitádi, qui u véio mi pagô, pur conta. Apriparei prêli uma bebirage di catuaba, amisturada cum ovo de pomba preta, pôpis de bacáti vêrdis e mé di abel, túdu mixido nágua de coco. Adispois, Zoroastro botô túdu em déis garrafádis de litro, e mandei o véio di vorta pra fazêndis dêli em Ilhéus, cum arricumendação di tumá, dando três pulim cada vês, inté cabá, as garrafádis, três canéquis pur dia: uma, di manhã, ajunte cum o café; otra, ajunte cum as janta du armoço; otra, nas cea, ajunte cum as refeição finá do dia.

– Então, pelo visto, os teus negócios não vão tão mal, Zoroastro.

– *Abókulò* num pódi arriclamá das vida, e o prínci bem sábi qui núnquis arriclamei di nádis: tem vês di tempo bão, tem vês di tempo ruim, e nus permei nóis vívi! Me adiscúrpi, prínci, mas é imprissão minha ou Dom Obá tá macambúzis?

– Estou me sentindo ultrajado, Zoroastro. Imagine Vossa Mercê que, ontem, recebi um comunicado do comandante do

quartel do Asilo dos Inválidos da Pátria notificando-me do cancelamento da ajuda de subsistência que recebo, há quase dez anos, do Exército. Como é que agora vou poder prover os meios para sobrevivência de minha mulher e dos meus filhos? Não posso viver só da caridade de meus súditos nem consigo arranjar trabalho com esta mão estropiada!
— Mais isso é uma guinomínia, Dom Obá! Adonde é qui já si viu um rei tê qui trabaiá? Rei num trabaia: rei fais reinação! O prínci otoriza qui *Abókulò* apripare um selviço di carregação, mode rebentá cum êssi cumandânti dos Asilo dus Inválidis?
— Não, não, Zoroastro. O coronel, afinal de contas, nem tem tanta culpa: o problema são os meus vizinhos, invejosos de minha régia estirpe e alta realeza, que enviaram cartas anônimas para o comando do Exército, na Bahia. Difamamme! Denunciam que só ando bêbado pelas ruas, a ofender as autoridades, os escravagistas e os republicanos, e que gasto toda a ajuda que recebo do Exército com mulheres-damas da Baixa dos Sapateiros!
— Máis isso é uma disguinidádi! Dom Obá é um prínci, e êssis safardânis num têm derecho di falá assim dum rei! Si eu fôssi Dom Obá, crivia gorinha mermo pru seo culega nas Côrti, o Imperadô Dompredo, o segúndu das vês!
— Foi exatamente esse o conselho de Raiza-me, Zoroastro. Ainda hoje vou escrever uma carta para meu augusto colega, Imperador do Brasil, e outra para o Marechal Caxias, pedindo a revogação do cancelamento da minha ajuda. Quanta vergonha estou sendo obrigado a passar, Zoroastro!
— O prínci puracauso tá apricisando di argum pras dispesa? *Abókulò* inda num gastô túdu qui o véio bróxis di Ilhéus mi diantô!
Dom Obá ajeitou-se na poltrona, desconfortado, e olhando para a garrafa de cachaça sobre a mesa, murmurou, voz cava:
— Aceitarei, agradecido, por entender não constituir desonra para um rei aceitar tributos de seus súditos. Contudo, não esquecerei de repará-los, a tempo oportuno, quando os

ventos bonançosos da fortuna deixarem pandas as velas da prosperidade de meu reino! E, se não for incômodo para o nobre amigo, parceiro dos gloriosos campos da peleja, muito apreciaria brindar esse teu magnânimo gesto com uma dose dessa branquinha que tens aí, com tão pouco uso, em cima da mesa.

Pai Zoroastro de Orixalá, *incontinenti*, retirou o turbante da cabeça e do seu interior desenfurnou dez mil réis, passando a nota para o alferes de zuavos:

– Qui Dom Obá fassa bão uso dessa mudesta culaboração de *Abókulò*.

– Que Odùdúwà te acrescente, Pai Zoroastro.

– Dom Obá é abánikú-òré![2] E mais qui túdu: Dom Obá é rei, e nu Brasi aquém num é amígu di um rei tá lascádis! – filosofou Zoroastro, enquanto abria a garrafa de cachaça, limpava o copo vazio na toalha da mesa e servia uma dose de dois dedos para o alferes de zuavos.

– Se o amigo não se incomodar, o apetite das realezas tem tamanho equivalente às suas hierarquias: mais um dedo, ou dois, da branquinha não cairia mal para Dom Obá, se me faz o favor, amigo Zoroastro.

Enquanto servia a segunda dose para o príncipe d'África, que já havia jogado a primeira goela adentro, e fazia uma careta dos diabos, Zoroastro indagou:

– Aquidevo a hunrosa visitação do prínci? Puracauso o grândi Dom Obá passô a creditá nus selviço de Pai Zoroastro, e aveio cá nas tenda do nego mode fazê uma cunsultazim? *Abókulò* fais di grácis, mais só pru prínci!

– Não, não, meu bom amigo. Não vim fazer consultas; estou aqui apenas para visitá-lo e trocar dois dedos de prosa; rever o camarada que porfiou comigo nos gloriosos campos da peleja, em defesa da pátria, no solo inimigo. Dia desses sonhei com todo o grupo mais chegado: com o padre Jacinto, com aquele portuga afanador de galinhas, o capitão Diogo Bento,

---

[2] Amigo do peito (em ioruba).

com aquele teu amigo tocador de flauta, com o glorioso grupo de zuavos baianos e também contigo, Zoroastro. Tempo de feitos heróicos e de muita honra e ufanismo. É só o que resta para este ex-voluntário da pátria: viver das boas recordações do passado.

– Mais Dom Obá indé muitcho nôvu: tem muitcha reinação pelas frênti! Teus súdis, cá nas Bahia, fais muitcho gôstu de tê um rei d'África pur cá, inda pur cima heró de guérri!

– Mas a Bahia não tem mais trabalho para gente livre de cor; para um inválido como eu, então, nem se fala. Todos os escravos da Bahia estão sendo vendidos para o sul, Rio, Minas e São Paulo, onde há eito produtivo. Aqui na Bahia, Zoroastro, agora é só brisa na cara, palma balançando nos coqueiros, falta de comércio, e essa leseira que parece brotar da terra e que tira a vontade do baiano trabalhar. A Bahia está falida, meu amigo: só consegue vender escravos! – lamuriouse, enquanto a goela recebia a segunda dose de cachaça.

– Oxênti: vâmu nóis pras Côrti tumém! Getúli Marim já foi! Hilária, Viridiana, Pirciliana di Santuamaro, Améli de Aragão, as baiana já tá túdu indo ou já si foi pras Côrti, Dom Obá! Nóis, dia dêssis, têmu qui ir pra lá tumém: si farta cumérci, farta demândis, e sem demândis num caréci selviço ispirituá! Póbri num páguis pur feitíssu: póbri fais feitíssu pur conta própris! Piriga de *Abókulò* tumém passá pur nicissidádi!

– Se me faz o favor, Zoroastro: mais uma dosezinha para arrematar e calçar as tripas. Mas a que ponto chegamos, hein, amigo? Já não se poder viver nem de feitiçaria na Bahia!

O negrume da noite já abocanhara o Pelourinho quando Dom Obá, de moringa cheia, se despediu de Pai Zoroastro. Escorando-se nas paredes dos sobrados, tentou subir a ladeira íngreme, em direção à praça da Sé, sem o passo garboso e marcial com que chegara. Trôpego, passada curta e receosa, a olhar o oscilante lume mortiço dos lampiões de azeite de peixe, ouvira imaginárias saudações de reverência; retribuiu com um aceno oblíquo ao "Salve Dom Obá!", só por ele ouvido, tendo por testemunhas a ladeira deserta e as janelas e portas cerradas dos sobradões. Um negrinho de rua, moleque de recados, que dormia num dos muitos porões dos sobrados do Pelourinho, reparando-lhe a dificuldade em vencer a subida da ladeira, segurou-lhe o braço e ofereceu ajuda:

– Vâmu, meu rei! O muléqui ti ajuda a chegá inté a Sé!

octavus

"*[...] ...e por esta causa pôs nome à terra que havia descoberta de Santa Cruz e por este nome foi conhecida por muitos anos. Porém, como o demônio com o sinal da cruz perdeu todo o domínio que tinha sobre os homens, receando perder também o muito que tinha em os da terra, trabalhou que se esquecesse o primeiro nome e lhe ficasse o de Brasil, por causa de um pau assim chamado de cor abrasada e vermelha com que tingem panos, do qual há muito, nesta terra, como que importava mais o nome de um pau com que tingem panos que o daquele divino pau, que deu tinta e virtude a todos os sacramentos da Igreja, e sobre que ela foi edificada e ficou tão firme e bem fundada como sabemos. [...]*"

Frei Vicente de Salvador (1564/1639),
in *História do Brasil 1500-1627*, capítulo segundo.

XXII

Sobrado dos Menezes d'Oliveira, Rua da Carioca, Rio de Janeiro. Terceira semana de outubro do Ano da Graça de Nosso Senhor Jesus Cristo de 1889.

Figas, canhoto! T'arrenego! Hás-de dar muito coice no inferno, ó mata-sanos filho de uma grandessíssima putanheira! Não calças pelo meu sapateiro, bastardo filho de milhentos pais! Melem-me se tua mãe e as fêmeas da tua família não trabalharam, pela vida inteira, em lupanares, todas a dar os entrefolhos para labregos, a esmerilhar o fundo das costas em gregórios de quebra-esquinas, a agachar a barbada-da-luneta sobre paus barbados de sabujos! Estás a aproveitar da ausência de D. Maria de Lourdes do cômodo, ó sicofanta, para provocar-me com tuas felustrias e gabolices que nem originais são, ó chupa-vergas! Não adianta me ameaçares com esse teu instrumento cirúrgico de examinar culatras alheias, porque não me meterás a alma no inferno, ó cheira-cus!

– Tendo por exclusivo desiderato vosso bem-estar, comendador Quincas, sabedor que muito apreciais o mingau de goma que vos prescrevo como dieta, regime absolutamente desnecessário, verdade seja dita, suposto que não sofreis de problemas digestivos, renová-la-ei, com expressa recomendação a D. Maria de Lourdes de vos servir aquela gosma grudenta por mais três meses, por pura precaução, espero que entendais, na vossa idade... – sussurrou-me o barbaças assassino, olhando de sorrate para a porta do quarto, assegurando a incolumidade do comentário velhaco e malévolo.

Hás-de me pagar essa tua esperteza saiola, ó cagalhão engomado! Minh'alminha já está prestes a adejar para os

anjinhos, enquanto a tua irá a butes para os quintos dos infernos, ó esculápio cara de bode! Vê-lo-emos!
— Cá está uma limonada bem fresquinha, em vez do copo com água que pediste, doutor Ludovico Caparelli. Espero que aprecies — disse D. Maria de Lourdes, de retorno ao quarto, seguida da negra Leocádia, que portava uma bandeja com a garapa.
— Agradeço sensibilizado, senhora, não precisava se incomodar. Aproveito a oportunidade para parabenizá-la pela sensível melhora e reação positiva do comendador Quincas à rigorosa dieta de mingau de tapioca que prescrevi, há três meses. Intento renová-la por igual período, posto dispensável, visto que não nos custa fazer a vontade do comendador, que parece muito apreciar aquele acepipe... — redargüiu o patife, a fitar-me de esconso, com um sorriso maroto nos cantos dos lábios.
— Fazer a vontade do meu sogro, com aquela goma de mosteiro, doutor Ludovico? Não me parece que ele aprecie aquele mingau que, há três meses, eu e a Leocádia lhe servimos, duas vezes ao dia, como Vossa Mercê recomendou. Creio que o pobre sente falta de uma refeição mais salgada, de uns caldos, de umas carnes, de uns cereais, coitado! — retrucou minha santa nora. — Para ser franca, doutor Ludovico: meu sogro já tem noventa e um anos de idade! Fico a me perguntar se vale a pena privá-lo do único prazer que o pobre ainda pode em vida... — complementou, boquejando ao pé do ouvido do barbaças canalha, para que eu não ouvisse.
— Devagar com o andor, D. Maria de Lourdes. Priva-se do prazer, mas prolonga-se a vida, que é uma dádiva irrestituível que recebemos de Deus! — replicou o cínico esculápio.
Ocorre que a tua vida a recebeste por intercessão do demônio, grandíssimo filho da puta! Chifrudo parido num puteiro! Agasalhador de vergalhos! Tua mãe é uma fornicária! Tua filha, uma franjosca! Tua avó, uma ambulatriz! Tua tia, uma marafona! Tua irmã, uma arrombada! A outra, uma cadelona! Mais fêmeas tivesses na família, cá te ofereceria as

ocupações delas, a escolher: busca-amante, culatrona, arruadeira, cascaio, bagaxa, calhandeira, ervoeira, frascaria, chiborra, estardalho, mulher de porta da rua, galdéria, marreta, rateira, tacoa, pataqueira, panacha, tolerada, samarrão, súcula, zoina, xandra, vaca, tronga, e que tu não te atrapalhes na hora de distribuir os títulos, ó aliviador de vergas tumefactas!
– Vá lá que seja, D. Maria de Lourdes, vá lá que seja! Não quero cá passar por verdugo do comendador Quincas! Creio que uma ou duas vezes por semana, nunca mais que isso, uma sopinha de náufragos, bem ralinha, sem muito sal, de preferência coada em peneira fina, não lhe cairia mal... – aquiesceu o barbaças sarnento.
– Sopa de náufragos, doutor Ludovico?
– Decerto, é assim que a chamam em Portugal: caldo de carne com poucos feijões a boiar.
Combinassem as fêmeas da família desse degenerado irem aos banhos na lagoa Rodrigo de Freitas, inventada estaria a sopa das putas náufragas; fossem os machos, que não acredito a família dele os tenha, inaugurado estaria o caldo dos afanchonados náufragos... Ó doutor Bontempo! Tu, que já estás aí no andar de cima há algum tempo, bem que poderias interceder junto ao Senhor em meu favor, e representar-me contra esse teu colega tupiniquim, patife até aos recônditos d'alma!...
– Muito bem, vamos aos testes finais de rotina, para avaliarmos a quantas andam os reflexos do nosso bom velhinho – propôs o barbaças fedegoso, abrindo a sua maleta de instrumentos de tortura.
Já te disse e repito, bastarda criatura: bom velhinho é a pata que o pôs!
– Vejamos essas vistas, há muito ausentes de meninas dos olhos, na certa já recolhidas em asilos gerontológicos... – gracejou para minha nora e para a preta Leocádia, que caíram em frouxos de riso.
Pior é a tua mãe, ó traste encimado por uma torre de piolhos: aquela fez uma opção preferencial de vida nos puteiros!

— Ainda reveladoras de anemia, mas o olhar permanece com laivos de inexplicável agastamento... — comentou, arreganhando as presas, acertando-me um olhar velhaco. — Por enquanto, julgo que estes exames são suficientes, D. Maria de Lourdes: nosso paciente tem uma saúde de ferro, apesar da provecta idade. Não fosse a afemia de que foi vítima, com certeza o comendador Quincas ainda estaria em plena atividade! — complementou.

— O Nhonhô dotô num vai afazê oje u tésti das mão cum o cumendadô Nhoquinzim? — indagou a negra Leocádia, em raro e felicíssimo instante de conspiração das forças cósmicas do universo a favor do seu cérebro.

— Não há necessidade! — respondeu o sacripanta com rispidez, fechando a maleta, surpreso com a lembrança da negra.

De imediato, arregalei os olhos ao máximo e comecei a piscar as pálpebras nervosamente, para chamar a atenção da Leocádia, sabedora do meu código de comunicação com o padre Jacinto Venâncio.

— Óia! Nhá Maria de Lúrdi: aquando o cumendadô Nhoquinzim afica cum os óio assim, afeito pisca-pisca, é purcausadiquê êli tá querendo dizê qui qué qui u tésti das mão seje afeito! — exclamou a percebuda crioula.

O Altíssimo te acrescente, ó farrusca dos meus afetos!

— Já disse que não há necessidade! Já sei das reações dele a esse teste! — redargüiu o esculápio repolhudo, irritadiço.

— Ora, doutor Ludovico, que mal faria atender a esse pequeno desejo do meu sogro? O coitado fica entrevado o dia inteiro na cama, sem ter com que se distrair. O que custa lhe proporcionar essa pequena satisfação? — insistiu a santa mãe dos meus netos.

Sem esconder o temor de nova ofensa pantomímica, dissimulando a contrariedade, o barbaças remelento repetiu o ritual da visita anterior, instando-me a tentar mexer a mão e os dedos.

Nunca me faltaste, Senhor, e não seria agora, nesta oportunidade única e rara de extravasar meus ímpetos d'alma, que sonegarias uma ajudazinha para este Teu discípulo inválido, embora Tu já saibas, de antemão, que a intenção não é das mais nobres; mas mossa alguma faria ao mundo se atendida. Para quem perdoou as rapinagens de São Dimas, as descrenças de São Tomé, as diatribes de São Pedro, as travessuras de Santa Maria Madalena, que diferença faria conceder esse modesto favor a um pobre coitado, condenado à economicidade de gestos até à morte?... Debalde foram meus esforços: não sinto forças para sequer mexer o dedo mindinho, muito menos o polegar, tampouco o fura-bolos, inerte está o pai-de-todos, o imita o seu-vizinho... Pior de tudo: aturar o olhar zombeteiro, de satisfação, que me acerta o salafrário hipocrático, regozijando-se com a falência das minhas articulações.

– Lamento, D. Maria de Lourdes, julgo que a artrose das articulações agravou-se desde a última visita, e não lhe permite mais o movimento dos dedos. Paciência: não há por que desesperar. Fico cá a imaginar o quanto já não aprontaram essas mãos, quando energia e saúde tinham, minhas palmas da mão que o digam: cascudos, palmatoadas, beliscões... – ironizou o estupor das ciências, desferindo debochado olhar para a negra Leocádia, que coraria, preta não fosse.

Pelas alminhas de quem lá tem, Senhor! Vais permitir que esse parlapatão das boticas se vá na poeira sem, pelo menos, receber uma tamancadazinha no bestunto? Que covardia é essa comigo? Eu cá, nonagenário, entrevado neste leito a suplicar, diuturnamente, para tudo quanto é habitante canonizado dos Teus Sítios, a contar, mentalmente, pudesse as ensebaria, as cento e sessenta e cinco contas do rosário, e tens Tu a má vontade, *absit invidia verbo*, de não me querer prestar essa cagagésima ajuda, como retribuição mínima por tanto esforço e fé? Olhes que jogo tudo para o alto e peço à Leocádia que cá me traga o tal de Zoroastro de não-sei-lá-o-quê, negro macumbeiro com ela amancebado, que dizem até fazer subir mangalho de velho impotente, quanto mais uma caganifância dessas de mexer com os dedinhos da mão!...

— Queira aceitar os meus respeitos e votos de melhoras para o comendador Quincas, senhora D. Maria de Lourdes. Caso o quadro do paciente sofra alguma alteração, não hesite em mandar prontamente avisar-me. Boas tardes, e faça-me a gentileza de providenciar seja cumprida com rigor a medicação e, principalmente, a dieta que prescrevi. Rogo a gentileza de apresentar minhas recomendações e saudares ao coronel Diogo Bento — disse despedindo-se o físico microcéfalo. Jesus-Maria! Ouviste-me! Já sinto comichões no furabolos e no mindinho! Quanta presteza, Senhor! Não queres mesmo perder esta ovelha para as bandas do Teu Desafeto, hein? Que efeito não faz uma ameaçazinha quando se trata de perder uma alminha... Perdão, Senhor, estou cá a blasfemar... Releves essas rabugens, ó Altíssimo: são caturrices heréticas de um macróbio, que não tem o direito de tratá-Lo como a um igual... Perdão, Senhor... Devolve-me a falência à mão se achares que incorri em atitude e pensamento blasfemos contra Tua Santíssima Pessoa: não me queiras mal e não me abandones... Além disso, que gesto poderia eu fazer para o barbaças vingativo só com o fura-bolos e o mindinho, que ainda estão a me comichar? Precisaria do polegar para fazer a rosca, Senhor!... Como dizes? O nome do barbacena patife? É Ludovico Caparelli, Senhor; o infeliz é filho de um inimigo irreconciliável, que comigo estudou no Seminário da Lapa, autor de funestíssima e imperdoável torpeza, que me alterou para sempre os planos de vida! Se ele tem ascendência italiana? Mas é claro, com um nome desses! Sim, eu sei que os italianos também têm o seu repertório de gestos, mas o que posso fazer só com o dedo mindinho e o fura-bolos funcionando? Como dizes? Ohhh! apanhei-Te a idéia, Senhor!

— Óia! Óia lá, Nhá Maria de Lúrdi! Óia, dotô Ludovíquis! O cumendadô Nhoquinzim tá afazendo um siná cum os dêdu das mão! — gritou a negra Leocádia, santa criatura de azeviche, da porta do cômodo.

O barbaças assassino deu meia-volta e, atônito, retornou para perto do meu leito, onde eu, orgulhoso e feliz, exibia, em

sua homenagem, braço levantado, o dedo mindinho e o furabolos retesados na mão direita, recolhidos os outros três, típica gesticulação italiana de identificação de chifrudos portadores de galhadas na torre dos piolhos. Olhas cá, ó cornudo de milhentos homens! Eis cá o que te enxergo à testa, como prêmio pelo que anda tua mulher a fazer com os sevandijas da vizinhança, ó flibusteiro da física!
— O que o meu sogro está querendo dizer, doutor Ludovico? — indagou D. Maria de Lourdes, curiosa com o gesto que eu fazia.
Oh! Senhor! Quanta alegria me invadiu o espírito ao contemplar a expressão do barbaças assassino: a cara, a semelhar um par de nádegas murchas, salpicadas de brotoejas; os bugalhos, rútilos de ódio, a dardejar-me fagulhas de ira; o semblante, cagalizado, de quem se sabe impotente para revidar a ofensa; as mãos, crispadas, a torcer a alça da maleta como se fosse o pescoço de uma galinha destinada à panela.
"*Si tacuisses, philosophus mansisses*".[1]
— Ignoro, senhora. Desconheço o significado de tal gesto... Talvez uma facécia, um sinal chistoso... O comendador sempre foi muito espirituoso... — respondeu mentindo, e empurrou a cartola na cabeçorra, furioso, despedindo-se, de rabo alçado.

⌛

Escola de Primeiras Letras 'Dona Eugênia José de Menezes', rua do Sabão, n° 38, Rio de Janeiro. Meados do mês de julho do Ano da Graça de Nosso Senhor Jesus Cristo de 1847.

— Quanto mais choras, menos mijas! — vociferou mestre Quincas, enquanto aplicava um par de palmatoadas no aluno choroso, que errara a argüição sobre numerais cardinais, em latim. — *Dezoitum* é latim das mulas, das antas! O cardinal dezoito, em latim, é *duodeviginti*, ó burrancas! Já disse aos senhores alunos que prefiro o silêncio da ignorância ao

---
[1] "Se tivesses ficado calado, terias continuado filósofo" (Boécio).

asnear inconseqüente: errar pelo silêncio, uma palmatoada; errar pela asneirada, duas palmatoadas, visto que a burrice irreprimida requer duplo castigo! Vás sentar-te e mais estudar! – complementou, esquadrinhando a turma, à escolha do próximo a ser argüido.

Espaventados, os rapazelhos fugiam do olhar do mestre-escola, tentando escapar à chamada.

– Tu aí, ó Ludovico Caparelli! Anda cá à frente! – apontou com a palmatória para um fedelho gorducho, sentado na última fila de carteiras.

O menino ergueu-se da cadeira e, com cara de choro, pernas bambas de medo, deslocou-se até à frente da sala.

– Não careces ter medo, ó Ludovico! Não estou cá para te infligir castigos gratuitos: o propósito é colocar conhecimentos nessa tua cachimônia fresquinha e vazia, suposto que no futuro vais me agradecer. Acalma-te! A propósito, que ofício pretendes abraçar no futuro, ó miúdo? – indagou, intentando acalmar o menino.

– Físico-barbeiro, como meu pai... – gaguejou o menino.
– Bela profissão! Bem que poderias começar a exercê-la desde já, procurando lavar-se quando acordas, pois estás remeloso e com raposinho nos sovacos, estás a ver, ó criatura? Higiene! Esta deve ser a principal preocupação dos físicos! Estudaste os números cardinais em latim, como pedi na última aula?

O aluno respondeu afirmativamente com a cabeça.
– Pois muito bem: como se diz vinte e cinco?
– *Viginti quinque*.
– E vinte e seis?
– *Viginti sex*.
– E vinte e *oito?*
– *Viginti* octo.
– Ohhh! Ias tão bem, ó Ludovico! Dá cá a patinha para um par de palmatoadas! Vinte e oito é *duodetriginta*, ó anta juvenil! *Viginti octo* é latim de negro de ganho! – bramiu mestre Quincas, aplicando um par de vigorosos bolos nas

palmas das mãos de Ludovico Caparelli, que, aos berros, retornou para a sua carteira.
— Agora tu, ó Diogo Bento! Não será pelo facto de seres filho do mestre-escola que cá terás privilégios! Anda cá à frente para a argüição! – exclamou, convocando o próprio filho, à época com oito anos, mesma idade que Ludovico Caparelli.

Diogo Bento sentava na segunda fila de carteiras, ao lado de um mulatinho fraco, raquítico e epilético, um pobre de Cristo, protegido de Jacinto Venâncio, de nome Joaquim Maria.
— Diz para teus colegas, ó Diogo Bento, a exemplo do Ludovico Caparelli, que ofício pretendes seguir no futuro? – indagou do filho.
— A carreira d'armas, mestre.
— Pois muito bem: poderias começar a exercê-la por agora, tendo mais organização com os teus livros e com a tua mesa de aula. Olha a bagunça que fazes na tua carteira: nem dás espaço para o pobre Joaquim Maria arranjar-se com a sua lousa... A carreira militar requer muita disciplina e organização para ser bem-sucedida, ó Diogo Bento! Estudaste o latim para hoje?
— Estudei, mestre.
— Incluindo os numerais ordinais?
— Sim, mestre.
— Décimo sexto, diz lá como é!
— *Sextus decimus*, mestre.
— E décimo sétimo?
— *Septimus decimus*, mestre.
— E décimo oitavo?
— *Octavus decimus*, mestre.
— Ohhh! Ias tão bem, ó Diogo Bento... Infelizmente tropeçaste no último. Dá cá a patinha para um par de bolos... Décimo oitavo em latim é *duodevicesimus*, ó burrico de milícias! *Octavus decimus* é latim de almocreve! – exclamou, pespegando dois bolos nas palmas do filho, que retornou para a carteira de cara fechada, reprimindo o choro. – Agora tu, ó

Albuquerque de Olibeira e Soiza, fenômeno da incompreensão humana!

Olibeira e Soiza já ia para o sétimo ano de repetência na escolinha. Era o mais velho da turma e sentava-se na última carteira. Não fosse afilhado da falecida D. Maria da Celestial Ajuda, Quincas já o teria liberado do estudo, atendendo-lhe o desejo de ganhar o sustento, em horário integral, como burro-sem-rabo, ofício que só exercia quando não estava em aula, fazendo carretos pela cidade. Dormia no porão do sobrado da rua das Violas, o mesmo que Jacinto Venâncio e Anacleto habitavam no passado, quando ainda escravos. O infeliz parecia aceitar, resignado, a fraca cachimônia que a Providência lhe dotara: atendendo à convocação do mestre-escola, encaminhou-se para a frente da sala com ambas as mãos já estendidas.

– Qual a razão para essas patas estendidas, ó criatura de Deus! – indagou-lhe mestre Quincas.

– Os números e a letras vivem em desacordo comigo, mestre... Meu mundo é para os suores, para as cargas, a disputar com as cavalgaduras quem faz o mais rápido carreto... Toma cá meus cascos por conta, não sei por que insistes em que eu tenho jeito para os estudos... – respondeu.

– Mas, criatura desamparada por Deus, não queres nem tentar responder aos numerais em latim? – insistiu Quincas.

– Com todo o respeito, mestre, se cá não encaixo os números em bom portuga, avalia em latinório... Não nasci para as letras, nem para os números, como o Joaquim Maria. Toma cá meus cascos por conta, no adiantado, e cumpre com a obrigação dos mestres: estou cá costumado aos trancos!

– Infelizes daqueles que entregam as armas antes da luta começar! Não há dificuldade na vida que não possa ser enfrentada! A burrice é defeito que pode ser consertado: basta que se tenha humildade e perseverança para ler e disciplina para estudar. Sem jeito mesmo é o mau caráter: para isso não há conserto! Nunca se teve notícia que um sicofanta de baixa extração haja se transformado de mau em bom caráter... E tu, ó criatura desassistida pelos deuses da inteligência, posto sejas uma anta das mais tapadas que já topei na vida, tens bom caráter e boa índole: és um rapazote que não enveredaste pelo caminho da vadiagem e dos maus costumes. Louvado seja o Onipotente! É uma pena que não te animes a deixar entrar algumas luzes na escuridão do teu bestunto, é uma pena... Dá cá ambas as patas, ó alimária humana, que vais levar castigo compatível com o teu peso, idade, tamanho e essa nímia resignação com a burrice! – exclamou, aplicando meia dúzia de palmatoadas em cada mão do rapazola.

– Agora é a tua vez, ó Joaquim Maria! Anda cá à frente!

O mulatinho Joaquim Maria, de oito anos de idade, de aparência enfermiça, tímido e raquítico, era de origem muito humilde. Freqüentava a escolinha, gratuitamente, por intercessão do padre Jacinto Venâncio, atendendo a um pedido do vigário da igreja da Lampadosa, onde o menino assistia como sacristão. O menino era criado pela madrasta, mulata lavadeira e cozinheira de um colégio em São Cristóvão. Depois das aulas, a pobre criaturinha vendia pelas ruas as balas que a madrasta fazia; em retribuição à ajuda que prestava, como sacristão, às missas na igreja da Lampadosa, o vigário lhe dava aulas gratuitas de latim. Jacinto Venâncio sabia como chegar ao coração mole do caturro e rabugento mestre-escola:

– Faz mais essa caridade para este teu amigo, mestre Quincas: o menino é órfão de mãe, mulato, muito pobre e epilético. A madrasta é lavadeira e cozinheira; o pai um pintor de muros e paredes. Contou-me o vigário da igreja da Lampadosa, seu mestre de Latim, que a criaturinha é um fenômeno de inteligência: fala latim e francês, com apenas oito anos de idade, apesar de toda a miséria que o cerca e a desgraceira que herdou desde o seu nascimento. Não te custaria, meu bom amigo, permitir que ele assista às tuas aulas, graciosamente, haja vista que os pais são miserabilíssimos e não podem custear o ensino daquela criança infeliz. Nosso Senhor Jesus Cristo vai saber recompensar-te por mais essa caridade – choramingou o padre.

– Diz para teus colegas, Joaquim Maria, que ocupação pretendes seguir no futuro? – indagou mestre Quincas, para o tremebundo aluno, que, em resposta, balbuciou algumas palavras ininteligíveis, visivelmente nervoso. – Como disseste? Mais alto, ó criatura de Deus!
– ... gostaria de escrever romances... – gaguejou o menino.
– Ohhh! Então temos cá um futuro Balzac tupiniquim! Quem sabe um Cervantes! Um Sthendal! Estás me saindo melhor que a encomenda, ó Joaquim Maria! Um escritor! Ora, melem-me se isso cá não me traz satisfação à labúrdia! Contudo, tenho a obrigação de adverti-lo, filho: temo pela tua sorte de não conseguires escapar de morrer de fome, se fores desse ofício viver no Brasil! Isto cá é terra de gente muito ignorante, com pouquíssimo gosto pela leitura, que não sabe ler nem calões garatujados a carvão nos muros... Mas vamos à argüição: estudaste os cardinais e os ordinais em latim?
– Sim, mestre.
– Digas-me o cardinal dezenove.
– *Undeviginti*, mestre.
– E vinte, como é?
– *Viginti*, mestre.
– E vinte e um?
– *Viginti unus*, no nominativo masculino, mestre.
– Ohhh! Esplêndido, Joaquim Maria! E como seria no feminino?
– *Viginti una*, mestre.
– Poderias declinar o ordinal um no neutro?
– *Unum, unum, unius, uni, uno*, mestre.
– Brilhante! Dás-me tanta satisfação com tua aplicação aos estudos, Joaquim Maria, que, fosse eu inteiramente honesto comigo mesmo, pagaria para ser teu mestre! Todavia, reitero-te minhas preocupações, filho: larga dessa idéia maluca de, no futuro, escrever romances, que isso é coisa para franceses, ingleses e russos. Poderias, isso sim, ser um mestre-escola como eu, ou um vigário como o Jacinto Venâncio, por que não? Não serias abastado, por certo, longe disso! Mas

ganharias o suficiente para uma vida minimamente digna. Viver de escrever livros no Brasil é o mesmo que pintar quadros para cegos, ou tocar música para surdos!... Tira essa doidice da cabeça! – aconselhou-o mestre Quincas.

Posto que os conselhos do mestre-escola Quincas fossem eivados de boas intenções, obrou bem a Providência em forcejar no mulatinho a perseverança e o gosto pelos escritos: oito anos mais tarde cometeu a criatura a sua primeira poesia, publicada na *Marmota Fluminense*, e daí em diante compôs uma sucessão de peças teatrais, poesias, contos e, principalmente, romances de muito sucesso, em cujos frontispícios das obras a humilde e modesta criatura jamais mandou inscrever o prenome. Assinava, simplesmente, o sobrenome que recebera dos pais: Machado de Assis.

XXIII

Inauguração da praça do Curro. Campo de Sant'Ana, Rio de Janeiro.
Quatro horas da tarde do dia 12 de outubro do Ano da Graça de
Nosso Senhor Jesus Cristo de 1818, segunda-feira.

Sua Majestade el-Rei do Reino-Unido de Portugal, Brasil e Algarves, Domínios Ultramarinos, d'África de Guiné, Comércio e Navegação da Ethiópia, Arábia, Pérsia, Goa etc. etc. já está a assinar a cifra real *D. J. VI*, desde 6 de fevereiro deste ano de 1818, faustíssimo dia em que foi coroado legítimo monarca soberano das terras e comércios supracitados, após cumprir luto de um ano pelo passamento de sua fidelíssima mãe, agora livre de regências e interinidades. Quis a Providência Divina coroá-lo a primeira majestade do Novo Mundo, entronizado nas terras da Botocúndia, nome pelo qual também era conhecido o Brasil em Portugal, por puro despeito lusitano, verdade seja dita, dado que os brasileiros podiam até ser acusados da invenção e prática de canalhices jamais antes conhecidas no concerto das nações, mas culpa nenhuma lhes cabia se a Corte e a nobreza lusitanas, encagaçadas com a invasão das tropas francesas, para estas terras se tivessem abalado, em fuga desesperada e humilhante, com medo de *Napalião*, como no Brasil era conhecido *o Corso*, pelos negros cativos e forros. Hoje, como sói acontecer em todo 12 de outubro, será dia de prósperas e grandiosas festas nestas antes ignotas plagas americanas, memorativas do vigésimo natalício de Sua Alteza Real Príncipe D. Pedro de Alcântara, e dos seus ditosos e venturosos esponsórios com a Arquiduquesa d'Áustria, a Sereníssima Princesa Maria Leopoldina Josefa Carolina, realizados no ano passado. Para a solenização das festas públicas comemorativas daquelas efemérides, mandou o senado da Câmara erigir monumental obra, espécie de coliseu romano, no vasto Campo de Sant'Ana, para ali realizarem cavalhadas, corridas de touros, desfiles de carros alegóricos, pândegas de mascarados e bailes de dançarinos, logradouro que os portugueses batizaram com o estranhíssimo nome de "praça do Curro", título a eles familiar, ecos da velha Lisboa, denominação inteiramente desprovida de significado para os brasileiros, que outra designação à obra vão atribuir, com a proverbial criatividade e ousadia lingüística dos cariocas, como adiante se verificará.

A referida obra, custeada com o dinheiro do contribuinte e generosas doações dos comerciantes nesta urbe estabelecidos, é constituída de um mui amplo anfiteatro, de seiscentos e um palmos de extensão por trezentos e cinqüenta e três de largura e setenta e sete e meio de altura, tendo encravada em seu interior uma praça de forma elíptica, com piso de saibro, circundada por extensas arquibancadas de madeira, perto de três centenas de camarotes de alvenaria, com cobertura de telhas, e de magnífica tribuna real, tudo sustentado por cento e quarenta e oito colunas de sólidas pedras de cantaria, guarnecidas de molduras douradas, cornijas ornadas de arabescos, medalhões de gesso, paredes revestidas de seda, alvenarias com coloridas pinturas, cobertas por uma platibanda almofadada assentada sobre a cimalha geral. O camarim real, revestido na frontaria e interiores de granito e mármore, é provido de janelas envidraçadas e cobertura de telhas azulejadas, e possui um salão anexo, nele existente um paradisíaco jardim, destinado às delícias das majestades e altezas reais, que ali vão degustar finos acepipes e abundantes refrescos, nos intervalos dos espetáculos. O desenho da obra é da lavra de *monsieur* Grand-Jean de Montigny, arquiteto pensionado d'el-Rei, a quem os cariocas dispensavam o carinhoso tratamento de "messiê Janjão de Montinho", aqui aportado em 1816, na companhia de *monsieur* Debret, ambos chegados com a missão artística francesa contratada por D. João VI, para iluminarem, com suas artes e culturas, as incultas trevas destas terras ignotas e selvagens.

Para as festas de inauguração da dita praça do Curro, que vão durar seis dias, o senado da Câmara providenciou a distribuição de muitos mil convites para as arquibancadas, e chaves para os camarotes, entre os membros da Corte, da nobreza, do corpo diplomático e as mais distintas e asseadas pessoas da cidade, ficando de fora, obviamente, o povoléu, que se contentou em apreciar, do lado de fora da praça, a chegada dos carros alegóricos e dos bandos de dançarinos e de mascarados fantasiados, vindos do centro, pela rua do Alecrim, ali a vaguear, aguardando a hora do desfile.

El-Rei e a família real chegaram à praça do Curro, que já está a arrebentar pelas costuras de tanta gente, pelas quatro horas da tarde, tendo sido saudados com intensíssimos aplausos e uníssonos vivórios, ao som de estridentes sons de trombetas, atabales e charamelas, tangidos por timbaleiros e menestréis, e do espocar de fogos volantes, girândolas e busca-pés, que provocaram as delícias da assistência. Indisposto com o almoço (rojões de porco com repolho, ao molho de sarrabulho), emalado à pressa, el-Rei, aproveitando a barulheira que fazem os menestréis e timbaleiros, enquanto saúda os súditos, de pé, debruçado sobre o parapeito do camarote real, está a expelir flatos rijos e sonoras ventosidades anais, de barulhos surdos e prolongados, que felizmente é impossível ouvir, posto inevitável serem sentidos, haja vista que a Sereníssima Rainha D. Carlota Joaquina, sentada às suas costas, já está a entupir as ventas com alentadas porções de rapé e a fazer caras de podres para o monarca, o qual, a cada levantar de braço para acenar aos vassalos, ejeta incontidos e sucessivos petardos intestinais, cujos putrefactos e nauseabundos olores já se fazem sentir por todo o palanque real, abundante de majestades e realezas, todos a entreolharem-se com caras de nojo, sorrisos amarelos, assim ficando por boa quadra, até que, graça divina, se entendeu por oportuno responsabilizar, mediante tácito acordo e unânime conveniência, o autor daquelas sulfurosas fedanças, convergindo todos os olhares de indignação e raspança para o pobre do Dom Miguel, "o valdevinos", que foi de imediato convidado a retirar-se do palanque pelo irado irmão Dom Pedro, haja vista que a Princesa Leopoldina, aos badagaios, já não se agüentava em pé com aqueles cheiros pestilenciais. "Não fui eu! Não fui eu!", gritava Dom Miguel, sabemos nós inocente, culpado de plantão de todas as traquinagens havidas na família real, em face de seu passado de miúdo travesso e estouvado, enquanto era arrastado pelo braço para fora do camarote real, pelo mano mais velho, sob os olhares espantados da miúda realeza "Dom Tião", seu sobrinho, seguro à mão pela mãe, a princesa viúva D. Maria Teresa, suposto que cá nestas terras, tal como em Portugal, França, Inglaterra, nos confins da Rússia ou em qualquer reino civilizado, é impensável alguém presumir que um monarca solte bufas em público, sendo defeso a qualquer súdito, sob risco de severas sanções, sequer pressupor semelhante venialidade.

    Sossegadas as saudações barulhosas, conjurada a revolução intestinal d'el-Rei (com a administração de abundantes chícaras de chá carminativo, antiflatulento, aviado e prescrito pelo doutor Picanço, preparado com a infusão de uma leguminosa nativa conhecida como fedegoso), aromatizados os ares do palanque real com aspersão de água-flórida e defumação de incensos, sabe-se lá como por ali foram parar um hissope e um turíbulo, deu-se início aos festejos daquele primeiro dia, que a seguir vão sumariados, tendo por fé, e cópia fidedigna, mais uma vez, os judiciosos e detalhados apontamentos do louvaminheiro padre Luiz Gonçalves dos Santos, por antonomásia *Padre Perereca*, que tão gentilmente permitiu os compulsasse o escriba desta narrativa; fosse este sacripanta plagiário minimamente honesto, concedia àquele coscuvilheiro reverendo a co-autoria deste novelo de histórias.

Magnífico e aformoseado carro alegórico, homenageando a América, ofertado pelos latoeiros da cidade, adentrou à praça iniciando o desfile, debaixo de aplausos, vivas e "ohs" de espanto, tão catita era a trapizonga: constituía-se de uma vasta concha de madrepérola, conduzida por uma parelha de cavalos marinhos, os quais lançavam água pelas ventas, governados pelo deus Neptuno (mais conhecido em Portugal como "Zé do Garfo"), que seguia sentado na borda frontal da concha, a fazê-la de proa; cobria-lhe os costados uma capa de veludo carmesim, ornada de ouro e prata; cingia-lhe a cabeçorra uma enorme coroa de ouro, a sugerir que ali estava o imperador dos mares. Na borda superior da concha descansavam dois golfinhos dourados, a também lançar águas pelas fuças, cujo mecanismo de funcionamento, de inusitada complexidade, se acionava quando se movimentavam as rodas do carro, empurrado por uma dúzia de forçudos negrões. No meio de um pedestal, ao centro do carro, assentava-se a América, vestida de opa de cetim branco, debruada de franjas douradas e manto real de veludo carmesim, ornado com bordaduras de ouro e prata, tendo à mão direita as armas do Reino Unido, e à esquerda arco e flechas metidos numa aljava, em clara referência aos primeiros habitantes do continente. Precedia a geringonça alegórica um bando de duas dúzias de botocudos estilizados, trajados com saiotes de penas e cocares, armados de arco e flecha, corpos untados de tintas, a usar perucas de cabelos lisos, pois se tratava de rapazes brancos, filhos e parentes dos latoeiros da cidade, a cometer gracinhas patuscas, que muito influenciarão, no futuro, a filharada da burguesia, nas pândegas entrudescas cariocas.

Após o carro ter aguado toda a pista, dando uma volta completa em torno dela, estacionou em frente à tribuna real para que seus integrantes prestassem vassalagem e reverências às majestades e realezas ali presentes, sendo aquela a primeira vez, provavelmente a última, que se viram índios botocudos a dançar o vira, a bater continências e a curvar os espinhaços em reverências, sob os aplausos delirantes da platéia.

– Ridículo! Tudo isso é profundamente ridículo! Tanto o carro, que é um bestialógico alegórico, como esses índios de araque, de lusitanas pernas cabeludas de fora! Ridículo! – vociferava o bacharel Viegas de Azevedo, sentado na arquibancada, espremido entre Quincas e "Lobatão".

– Fala mais baixo, bacharel. Aqui dentro só está a elite da cidade, e vivem todos às sopas d'el-Rei! – repreendeu-o Quincas, apesar de abafado o comentário do velho pelos aplausos e vivórios da assistência.

Terminada a apresentação dos "selvagens" e o desfile do carro da América, ingressou de imediato à pista uma chusma de ciganos, homens e mulheres, todos ajaezados de ouro, bandanas carmins às cabeças, vestidos com roupas multicoloridas, de seda e de cetim, os quais iniciaram várias danças espanholas, de graciosas coreografias, sobre o estrado colocado à frente da tribuna real, fazendo as delícias da platéia. Findas as danças, foram os ciganos ovacionados, de pé, pela assistência das arquibancadas, dos camarotes e da tribuna real, incluída a Rainha D. Carlota Joaquina, saída de seu profundo mau humor para aplaudir as músicas e bailados espanhóis.

– Segurem as bolsas e guardem as jóias! Esses ciganos agora devem cobrar pelo espetáculo! – comentou o bacharel Viegas de Azevedo, debochando, ao meio dos aplausos, que mais uma vez lhe abafaram as maledicências.

El-Rei, encantado com a recuperação do humor da Rainha e com os aplausos de regozijo da platéia, levantou-se do trono improvisado e discursou, emocionado:

– É disso que este país e este povo precisam: de festas! Jamais vi, entre todos os povos que conheci, tamanha vocação e tanta aptidão para a alegria, para o folguedo, para o chiste, para gozar o bem-bom da vida! Não percebo cá a tristeza atávica dos portugueses, a arrogância dos espanhóis, o libertarismo subversivo dos franceses, o belicismo dos saxões, o pedantismo dos ingleses. O que vemos cá entre esses brasileiros felizes? Mansidão, paz, alegria, brejeirice, mistura pacífica de raças, escravidão branda, Igreja submissa, povo festeiro e pândego! Julgo que o Brasil é, definitivamente, o Paraíso Terreal, não achas Carlota? – indagou da esposa, ao seu lado.

A Rainha, ainda estomagada com a festa a que o protocolo a obrigara a comparecer, soltou um muxoxo, e agitando, nervosamente, um abanico de rendas, respondeu:

– *Mira*, Senhor meu marido, já me daria por feliz se parasses de rasgar baieta em público, infestando os ares com tuas podridões intestinais! Melhor farias se fosses te desculpar com o Miguelito, que está até agora a chorar de raiva, no toalete deste ridículo coliseu de bugres! O que eu acho desta terra já repeti milhentas vezes: somos cá soberanos de negros e de botocudos, e o Brasil, arrenego!, é um valhacouto de antropófagos esfaimados, que até bispo comem, com batina e tudo!

Saídos os ciganos, entraram na pista três dúzias de cavaleiros mascarados, montados em cavalgaduras guarnecidas de arreios ajaezados de prata, selas forradas de telizes coloridos, ornadas de penachos amarelos, presos às cabeçadas de couro preto. Exibiram várias escaramuças, jogos e cavalhadas, demonstrando muita habilidade e destreza. Ao final da exibição, mereceram as mais ruidosas manifestações de contentamento da platéia.

Na boquinha da noite, encerraram-se os espetáculos do dia, tendo o senado da Câmara ofertado um suntuoso *dessert* a Suas Majestades e Altezas, no salão anexo ao camarote real, para aquele fim especialmente construído.

No dia seguinte, às quatro horas da tarde, lotou-se novamente a praça do Curro, prosseguindo os festejos comemorativos do natalício e dos esponsais de D. Pedro de Alcântara. À chegada da família real ao camarote, espocaram muitos fogos no ar, ensejando maledicente comentário de D. Carlota Joaquina ao esposo: "*Mira*, Senhor meu marido, não vás te animar a também soltar os teus estampidos, que quase nos matam intoxicados ontem, hein!" O espetáculo do dia começou com a entrada do carro da América, a aguar a pista, precedido da mesma *troupe* de botocudos estilizados, que repetiram as danças e graçolas do dia anterior.

– O Brasil deve ser o único país do mundo onde espetáculo de mau gosto é bisado! – comentou o bacharel Viegas de Azevedo, espremido na arquibancada lotada, entre Quincas e "Lobatão".

– Pois muito apraz a meus olhos este espetáculo, bacharel – redargüiu "Lobatão", vivamente emocionado com o vira do Minho repisado pelos botocudos.

– Está direito, ó Lobato, não me surpreendes. Sabias tu, por acaso, que as hienas fornicam apenas uma vez por ano, comem merda todo dia, e mesmo assim vivem a gargalhar por toda a vida? Há gosto para tudo, ó Lobato! – replicou, irritadiço, Viegas de Azevedo.

– Não assimilei bem, até agora, foi esse nome de "praça do Curro" para este coliseu, bacharel – interveio Quincas, pervagando o olhar pela construção.

– É outra estupidez lusitana, filho. Curro, em Portugal, é o nome que eles dão aos touros que participam de uma tourada. Esta praça está mais para hipódromo do que para qualquer outra coisa! – retrucou Viegas de Azevedo.

– Mas aqui não haverá corrida de cavalos, para que a chamemos de hipódromo, bacharel, apenas cavalhadas e touradas – ponderou Quincas.

– Então, filho, isto cá também poderia ser batizado de *tauródromo*, apesar de que a tourada portuguesa nada tenha que ver com a espanhola: os espanhóis pelejam com o touro, e o matam no final; os portugueses só aborrecem e cansam o bicho, mas o deixam vivo.

"Lobatão" resolvera participar da tertúlia:
– Na minha opinião, nem hipódromo nem *tauródromo*: isto cá é uma praça de festas, para desfiles de cavalos, touros, mascarados, bandas de música e carros alegóricos. No meu entender, deveria chamar-se *festódromo!*
– Não digas besteiras, ó Lobato! O radical *dromo*, que vem do grego *drómos*, quer dizer corrida, lugar para correr. Fosse ele usado indiscriminadamente para batismo de quaisquer lugares onde se realizam festas, pândegas, desfiles e pugnas, não teríamos casas de alcouce, e sim *putódromos;* rinhas de galo seriam *galódromos;* igrejas seriam *rezódromos;* feiras seriam *feiródromos*, e assim por diante. Aqui ninguém corre: só há desfiles, gracinhas e danças! – ensinou o bacharel.

– Então, isto cá poderia ser um *dançódromo!* Ou um *desfilódromo!* – insistiu "Lobatão".

– Acho melhor ficar praça do Curro, mesmo... – comentou Quincas, jogando água fria na fervura, ao notar a furiosidade crescente do bacharel com as intervenções do "Lobatão".

Saídos da praça o carro da América e o bando de índios estilizados, adentrou à pista, recepcionado com um "ohhhh" geral de deslumbramento, soberbo carro de triunfo à romana, oferta do corpo do comércio da cidade. A traquitana era guarnecida de uma talha com as figuras dos reis D. Afonso Henriques, fundador da monarquia portuguesa, e D. Manuel, monarca português à época do descobrimento do Brasil.

– Essa famigerada dupla é a responsável pela existência no mundo das civilizações portuguesa e brasileira. Fossem ambos vivos, a humanidade os mandaria linchar em praça pública por prática de crime de lesa-humanidade! – boquejou o bacharel nas oiças de Quincas.

Na parte central do carro alegórico do comércio, postavam-se vários mascarados, fantasiados de antigos soldados

portugueses, guarnecidos de capacete, lança e escudo embraçado, trajados de calções e coletes de cetim branco e capas de cetim gredelim e amarelo, bordadas de ouro e prata. Feita a volta em torno da praça, o carro estacionou frente à tribuna real, oportunidade em que os soldados fantasiados dele pularam e se posicionaram sobre o estrado, iniciando uma dança muito séria e solene, acompanhados de uma banda que tocava uma ária medieval, logrando obter muitos aplausos da platéia.
– Isso é de um ridículo profundo! Não existe um só herói português em toda a História de Portugal! Todo português nasce e morre cagão! – exclamou o bacharel, abafado pelos aplausos.

O terceiro carro a entrar na pista, oferta dos ourives da cidade, representava o triunfo do Rio de Janeiro, por sediar o desposório do Príncipe Dom Pedro com a Princesa D. Maria Leopoldina. O estranho e inexplicável carro trazia na frontaria uma enorme carranca de um china mal-encarado, de compridos e finos bigodões, cabeçorra enrolada por um turbante. No meio do carro, avultava um palacete fingindo mármore, ornado de colunas e de sereias que descansavam nos sobrearcos, todas empunhando emblemas dos três reinos unidos, das quinas portuguesas, da esfera brasileira e dos sete castelos. Nas quatro faces do castelo de mármore, figuras representavam as quatro partes do mundo, Europa, América, Ásia e África, encimadas pelos dizeres: *Todas conhecem do cetro do Senhor Rei Dom João VI.*

– Se nem a Rainha Carlota conhece do cetro dele, avaliem as partes do mundo... – sussurrou o bacharel Viegas de Azevedo na oiça de Quincas, que explodiu uma gargalhada, tendo sofrido severa raspança de D. Maria de Celestial Ajuda.

– Deixa cá o puto Quincas divertir-se, D. Maria, que estamos a prazeirar umas chalaças inocentes! – justificou-se o bacharel para a enfezada camareira.

Na traseira do carro dos ourives estava assentada a figura do Rio de Janeiro: mistura de fonte de águas, que banhava quatro meninos pelados, a segurar uma bacia cheia de flores; ao fundo, um obelisco encimado pelas armas do Brasil, a tocha do Himeneu, grinaldas de flores, dois corações, a inscrição das cifras dos Príncipes Reais e uma récua de gênios, adornados de flores.

– Má-raios! A concepção dessa tragalhadança só pode ter sido feita por ourives bêbados ou desprovidos de razão! O diabo da alegoria não diz coisa com loisa! É a própria representação do carioca taralhouco! Nunca vi tanta confusão de trastes para representar o Rio de Janeiro... Mas alto lá com o charuto! Aí está, ó Quincas: provavelmente essa é a idéia que devem estar querendo passar! Captei-lhes a engenharia! O carro deve estar a representar a grande esculhambação que é esta cidade! Até que não está mal, não é mesmo?

– debochou o bacharel, à passagem do carro.

Em seguida, foi a vez do desfile do carro oferecido pelos marceneiros e, por último, o dedicado pelos sapateiros e alfaiates, conduzindo portugueses e ninfas, onde figuravam a barra do Rio de Janeiro, o Pão de Açúcar e uma grande concha de madrepérola, sustentada por um par de robustíssimos jacarés, a agüentar nas costas a baía de Nictheroy. Descansando sobre a concha, um índio trajado de saiote de penas e cocar à cabeça segurava uma borduna, tendo sobre as costas um manto real, a representar o Brasil emancipado. No centro do carro, jovens portugueses mascarados e ninfas (moçoilas filhas de comerciantes, que fingiam nuas, vestidas de meias cor da pele, com as grenhas hirsutas de quem acabou de sair da chuva, a sugerir a impressão que tinham emergido do fundo da baía de Nictheroy) dançavam engraçadíssimas coreografias, que muitos aplausos arrancaram da assistência.

– Esse carro está mais a parecer a casa de alcouce da Maria Corneteira, protegida do Chalaça, não é mesmo, ó Quincas? Putas e paneleiros por todos os cantos, acompanhados daquele índio ridículo de manto nas costas, que está na cara é um português disfarçado, visto jamais se ter notícia de um botocudo a usar peúgas e abafadores de chulé, a exibir bigodões e pêlos nas pernas! Olhando com alguma condescendência, até que não está mal a figuração do carrinho safado: o país de tanga, com a espoliação da colonização, e a população, colonos e colonizados, a exagerar nas promiscuidades e no "crescei e multiplicai-vos". Chamam isso de processo civilizatório... Queospariu! como faz sentido esse carro alegórico com a realidade deste país! – comentou o bacharel.

Concluídas as danças e terminado o desfile dos carros alegóricos, serventes d'Estado entraram na pista para limpá-la, secundados pelos capinhas (que em Portugal têm a função de aborrecer a paciência do touro, enquanto o toureiro não entra na pista), para a arrumação de cavaletes, caixotões, traves para pulo e outros equipamentos necessários para a corrida que encerraria o espetáculo do dia. Enquanto se preparava a pista, era permitido que os assistentes das arquibancadas descessem e nela passeassem, de forma a lhes possibilitar apreciar, de longe, os interiores dos camarotes da nobreza e do corpo diplomático acreditado na Corte (soube-se mais tarde que a idéia do *footing dos arquibaldos* partira da própria nobreza, sempre necessitada de ser apreciada e invejada pelas classes inferiores), todos a fazer poses e exibir pedantismo e arrogância; os homens, enfunados, ajanotados dentro de caríssimas saragoças de lã colorida, perucas empoadas e ruge carmim nas maçãs do rosto; as mulheres, fúfias e jactanciosas, pejadas de embófias e empáfias, a arrotar a postas de pescada, a farfalhar rendas e sedas, penachos de pena de pavão presos às tiaras, saias-balão de abundantes véus sobre as armações de arame. Durante o passeio, encontraram-se na pista, onde trocaram recíprocos cumprimentos, o bibliotecário Luiz Joaquim dos Santos Marrocos e sua esposa, D. Ana Maria de S. Tiago e Sousa, o clérigo Plácido do Amor Divino, o oficial Perácio Dagoberto Paranaguá, os quais muitas festas fizeram quando cruzaram com "Lobatão" e D. Maria da Celestial Ajuda; o bacharel Viegas de Azevedo, acompanhado do filho, nora e netos, e do seminarista Quincas, muitas pilhérias cometeu ao encontrar o doutor Bontempo e esposa, na companhia do cônego Teodoro Bandeira de Aguiar; também lá estava, como sempre elétrico, fuçador e por tudo curiosíssimo, caderno e lápis à mão, o bisbilhoteiro *Padre Perereca*, a farejar coscuvilhices, registrar minudências e a fazer muitos exagerados salamaleques e reverências, sempre que passava à frente da tribuna real, e por ela cruzou dezenas de vezes, ainda que estivesse vazia de majestades e altezas, a sinalizar que lhes prestava vassalagem até em suas ausências e impedimentos. No soflagrante, ouviu-se do meio da multidão, não se sabe se provindo das arquibancadas ou dos que passeavam pela pista, um grito alto, de chacota, repetido por um par de vezes, que ecoou por toda a praça:

– Padre Perereeeeeca! Padre Perereeeeeca!

O reverendo, afrontado, de candeias às avessas, como que atingido por um raio, metamorfoseou-se, de imediato, de pacato clérigo mexeriqueiro em furioso algoz da Santa Inquisição: trombudo, calva e faces avermelhadas, olhar arrelampado a esquadrinhar toda a praça, mãos apoiadas nas cadeiras, boca espumando ódios, começou a gritar, iracundo:

– Quem gritou? Onde o covarde? Apresente-se se honra os calções que veste!

Não obtendo resposta, o padre passou a indagar, às ânsias, irritadiço, a um e a outro passante: "Vosmecê viu quem foi?"; "De onde veio a zombaria?"; "Quem gritou o apodo infame?" Debalde foi a procura: ninguém se acusou; ninguém foi denunciado; tampouco alguém vira ou ouvira coisa alguma. Grunhindo de ódios, a mostarda subindo-lhe às ventas, o padre gritou em desespero:

– Por Deus! Digam-me quem foi o sacripanta!

Um jovem seminarista ali presente, seu aluno, tentou acalmá-lo levando-o, pelo braço, para um dos botequins localizados debaixo das arquibancadas, e pagou-lhe uma garapa de maracujá, manifestando solidariedade com a indignação do vigário.

– São uns moleques! Ah! se os pego... O que eu não faria para obter a informação do autor da alcunha abjeta! – desabafou, arquejando, enquanto ingeria o refresco, à sôfrega.
 – Acalmai-vos, mestre. Entendo vossa indignação, mas é preciso manter a serenidade. Vossa saúde e tranqüilidade de espírito estão acima dessas baixezas que fazem convosco. Contenhais essa ira insalubre... – confortou-o o aluno.
 O reverendo, penhorado com a solidariedade do rapaz, recuperou o equilíbrio e desabafou:
 – Sou-lhe muito grato, Gianfrancesco Caparelli. És um mau aluno de latim, desculpe-me a franqueza, o pior que já tive, mas tens um coração generoso e solidário para com o próximo. Não me esquecerei desse teu gesto de apreço para com teu velho mestre.
 – Move-me a mais pura intenção de vos ajudar, ó mestre Gonçalves dos Santos. Tenho o espírito despido de outros interesses e a alma desarmada de outros intentos que não sejam o de vos dedicar a minha mais estrita solidariedade e apoio. Como diria o grande Sêneca: "*Irorum furoris breviorum sunt.*"
 O padre gemeu, como se lhe tivessem apunhalado a alma:
 – "*Ira furor brevis est!*"[2] É assim a pronúncia correta do aforismo, Caparelli! E o autor é Horácio, e não Sêneca!
 – Mas foi exatamente isso que eu quis dizer, mestre. Que desatenção a minha! De quantas luzes vossas ainda careço para bem aprender o latim!
 – Dez sóis de luzes, Caparelli! Provavelmente todas as luzes do universo, tamanha a escuridão da tua ignorância na língua de Virgílio... – lamentou-se o padre. – De qualquer forma, agradeço-te mais uma vez a gentileza da tua atenção. Já estou menos afrontado... Preciso voltar agora à arquibancada para registro do resto do desfile. Deus esteja contigo, Caparelli – agradeceu e sumiu, amuado, no meio dos assistentes, no seu passinho miúdo e rápido.

---
[2] "A cólera é uma loucura breve" (Horácio).

Os menestréis e timbaleiros tangeram seus instrumentos, anunciando o reinício do espetáculo, tão logo a família real retornou para a tribuna. O mestre-de-cerimônias da tourada (a quem os portugueses chamam de *neto*) entrou à pista montado em bela cavalgadura, e, dirigindo-se ao real palanque, fez as cortesias de estilo para a família real, retirando o chapéu emplumado da cabeça, levando-o ao peito e meneando a cabeça para baixo, ao tempo em que o animal, reagindo a esporadas no ventre, dobrou as patas dianteiras, reverenciando el-Rei D. João VI, que se levantou do real assento e retribuiu o cumprimento, arrancando um prolongado "ohhhh" da platéia, seguido de intensíssimos aplausos.

– *Asinus asinum fricat*,[3] não é mesmo Quincas? – sussurrou o bacharel Viegas de Azevedo, aos risos, na oiça do seminarista, que caiu na gargalhada, ensejando nova sarabanda de D. Maria da Celestial Ajuda.

Como soía acontecer em Portugal, para grande escárnio e deboche dos espanhóis, as touradas lusitanas restringiam-se ao molesto dos touros pelos toureiros e capinhas, sendo a eles defeso sangrar o animal, impensável matá-lo, sabido é que os portugueses são homens de bom coração para com as alimárias em geral. Gracejam os brasileiros maledicentes que tal bondade é movida pelo instinto de preservação da espécie.

O primeiro touro entrado à praça, um robusto e peitudo miúra de grandes chifres, olhar assassino, argola dourada pendurada às fuças, logo correu atrás de um capinha anão que, pela curteza das pernas, foi rapidamente alcançado pelo animal enfurecido, que, cabeceando-o pelos fundilhos, o arremessou para o alto, jogando-o fora da pista, indo cair o pobre, assim quis a Providência, sobre os colos de duas gordalhufas senhoras, sentadas nas arquibancadas, que lhe amorteceram a queda, sob grandes aplausos de regozijo da platéia. Depois desse episódio, que grande divertimento proporcionou à assistência, verdade seja dita, a primeira grande

---

[3] Um burro coça o outro.

emoção da tarde, desde a inauguração da praça, foi notada, nomeadamente pelos reinóis portugueses da gema, para seu grande espanto, constrangimento, pesar e vergonha, certa torcida e simpatia dos brasileiros para com os touros, em detrimento dos toureiros e dos capinhas, o que muita consternação e indignação causou à nobreza e aos estrangeiros do corpo diplomático, especialmente os embaixadores d'Espanha.

A partir da entrada do segundo touro, recebido com verdadeira ovação pela platéia, para estranheza do próprio animal, mais acostumado a apupos e injúrias, comprado que fora com fama de fazedor de viúvas na Ilha da Madeira, passaram os assistentes a hostilizar ostensivamente os toureiros e os capinhas, a cada finta bem-sucedida ou demonstração talentosa da arte de bem tourear.

– Mas, hein?, ó Lobato! O que está a suceder, criatura? Estou ficando taralhouco, ou estão os brasileiros a torcer pelo touro? – indagou um estupefacto D. João VI ao mordomo-mor.

A Rainha D. Carlota Joaquina de Bourbon, espanhola de quatro costados, igualmente horrorizada com a reação inusitada da platéia, vociferou entre dentes:

– *Mira*, Senhor meu marido: se a tourada portuguesa já corrompera a nobre e viril arte ibérica, transformando-a numa peleja para *maricóns*, visto que em Portugal o touro sai da arena com vida e arrogância, e o toureiro, geralmente, com os fundilhos rasgados, que me dizes agora dessa reação dos botocudos antropófagos, a incentivar e a aplaudir os touros, já não bastassem as desmoralizações e vergonheiras que os portugueses fizeram com a heróica, milenar e honrada arte de tourear?

– Deve estar havendo algum engano por parte deles, Carlota. É a primeira vez que os brasileiros assistem a uma tourada em uma praça de Curro: os inocentes não devem ter sido avisados das regras das touradas... Ó Lobato! Chama cá o neto, e manda o gajo instruir a platéia sobre como ela deve portar-se nas corridas de touros! Manda informá-los que o vilão cá é o touro, má-raios!

No intervalo da apresentação do segundo para o terceiro touro, o neto, ajudado pelos toureiros e pelos capinhas, percorreu a pista, a cavalo, junto às arquibancadas e, a cada intervalo de dez braças, parava e instruía os espectadores sobre as boas regras das touradas. Muita espécie causou ao neto, aos toureiros e aos capinhas o repetido facto de terem sido atingidos, repetidas vezes, enquanto transmitiam as instruções, por bagaços de laranjas chupadas, arremessados das arquibancadas, sob os gritos de "Cala a boca, burro!", "Ninguém te perguntou nada, ó animal!" e coisas do gênero. Reiniciada a tourada, foi o terceiro animal recepcionado com aplausos muito mais ruidosos e intensos que os dedicados a el-Rei quando chegara à praça. Foi um delírio, repetido a cada eventual queda de um toureiro, ou de um capinha, decorrente de escaramuças malsucedidas. Quando o touro, excitado com a manifestação da platéia, aumentava a fúria e corria com todos os que estavam à pista, os quais se escondiam, espavoridos, atrás dos tapumes de segurança, a multidão explodia em aplausos de regozijo e arrebatamento.

Ao término da quarta tourada, tendo a platéia continuado com o inusitado comportamento, o embaixador da Espanha levantou-se do seu camarote, acintosamente, e, olhando com sobrançaria e repúdio para as arquibancadas, prestou protocolar reverência, a distância, à tribuna real, retirando-se indignado da praça, com a família, ainda a tempo de ouvir, gritado do meio da assistência, sem que se pudesse identificar o autor:

– Já vai, ó *maricón*?

Muitas gargalhadas deram o bacharel Viegas de Azevedo e o seminarista Quincas, na sege de aluguel que os levou de volta ao centro da cidade, terminados os festejos, daquele dia, na praça do Curro.

– Por acaso achas, como eu, bacharel, que aquela manifestação a favor dos touros teve algum laivo de manifestação política dos brasileiros contra os reinóis portugueses? – indagou-lhe Quincas.

— Não acredito, filho. Os bugres ainda não têm cultura para cometer crítica política tão sofisticada. Aquilo foi é molecagem mesmo, de que eles tanto gostam e que manifestam por atavismo e instinto, tão pândegos e patuscos são! Como não têm estirpe nobre, e porfiam em incipiente civilização de pouco mais de trezentos anos, gostam de exibir seus defeitos como se virtudes fossem, ridicularizando os costumes dos povos mais civilizados – respondeu o bacharel.

— Mas não é exatamente essa quebra de valores e de princípios, impostos pelas classes dominantes, que o bacharel cotidianamente preconiza, e me aconselha adotar como filosofia de vida?

— Há que distinguir, filho, anarquismo e iconoclastia, que têm a resistência à ordem estabelecida como fim colimado, da molecagem e da safadeza, típicas manifestações bárbaras e primitivas do comportamento humano! – redargüiu o bacharel.

O que se soube por outras fontes, dado que o *Padre Perereca*, sobre aquele constrangedor episódio da praça do Curro, não registrou um só apontamento (alegou o reverendo ao escriba desta narrativa que escrevia memórias para servir e não para desservir o Reino do Brasil), é que el-Rei D. João VI, profundamente magoado, querendo manifestar solidariedade com a Corte, nobreza e corpo diplomático, especialmente com os embaixadores da Espanha, ordenou que fossem suspensas as corridas de touros e as cavalhadas na praça recém-inaugurada. Desde então, jamais conseguiram os portugueses, muito menos os espanhóis, introduzir no Brasil as tradicionais touradas ibéricas, em razão de que os brasileiros sempre demonstraram, nas frustradas tentativas realizadas, muito mais estima pelo touro, na contrapartida de incontroverso e acerbo ódio pelo toureiro, sabe-se lá por que estranhas razões. Por este único e exclusivo motivo, nunca revelado nos livros de História, por inexplicável consenso tácito entre os historiadores, passou a ser conhecido aquele coliseu tupiniquim, ocioso de touradas e cavalhadas, como *Campódromo de Sant'Ana*.

XXIV

Rua da Alfândega, nº 31, lado direito, logo adiante da capela de N. S. Mãe dos Homens, Rio de Janeiro. Meados de janeiro do Ano da Graça de Nosso Senhor Jesus Cristo de 1813. Novo domicílio do epistológrafo Luiz Joaquim dos Santos Marrocos.

"... *e não sentirei falta daqueles fingidos, caríssimo pai, suposto que as relações enriquecedoras se fundam na sinceridade e na nobreza de espírito, pilares da boa amizade, predicados tão ausentes nos moradores daquele corrupto sobrado da rua das Violas, onde residi por mais de ano e meio, convivendo com a hipocrisia e a dissimulação, as quais espero nunca mais ter como companhias de inquilinato. O casal de senhorios, D. Maria da Celestial Ajuda, uma retreta do Paço, e o marido, um auxiliar de biblioteca apoucadíssimo de cérebro, são ambos uma lástima: ela, que à luz do dia é beata religiosíssima e caturra, à noite se transforma em devassíssima barregã; ele, um estupidarrão trasmontano, de quem dizem recomendou-lhe o alfaiate usar calções de três pernas, em face de seu sobejo mangalho, objeto das delícias noctívagas da esposa, pelo menos não se metamorfoseia, à noite, em ser de luzes cerebrais, mantendo a mesma paupérrima cachimônia que exibe durante o dia. O clérigo Amor Divino e o oficial Paranaguá, os outros inquilinos, só viviam a me indagar, insistente e constrangedoramente, sobre o conteúdo dos manuscritos da Coroa que passei a manusear, organizar e conservar desde que, por intercessão do ministro Visconde de Vila-Nova da Rainha, fui convidado por Sua Alteza Real para transferir-me da Real Biblioteca para o Paço. Quando aqueles dois coscuvilheiros tomaram conhecimento de que eu, todos os dias, por volta das sete horas da manhã,* beijava a mão d'el-Rei, cuja câmara real se localizava logo abaixo da Sala Nova do Despacho do Real Gabinete, onde passei a assistir, foi um Deus nos acuda: comecei a ser tratado por todos no sobrado, e pelos vizinhos da rua das Violas, como se fosse o Czar de todas as Rússias, o totum continens do Paço, todos a cumular-me de sabujices e adulações, dado que nesta miserável terra estes são os únicos meios conhecidos e eficazes para se obter prestígio e ascensão social. Estou tão escandalizado com este Brasil, que dele nada quero, e, quando daqui sair, não me esquecerei de limpar as botas à borda do cais, para não levar o mínimo vestígio desta desprezível terra, que nem aos seus perdoa.

Meu pai: quando se trata das más qualidades do Brasil, é para mim matéria vasta em ódio e zanga, saindo fora dos limites da prudência; e julgo que até dormindo praguejo contra esta indigníssima terra.

Quanto às notícias sobre a família real, anda cá tudo sem grandes novidades, à exceção de uma maledicência, que corre pela cidade, sobre a doença que anda molestando D. Carlota Joaquina: uma junta de físicos recomendou à Princesa Real (e este facto é verdadeiro) passar uma estação numa vila de montanha, chamada Sítio do Pau-Grande, que fica no caminho de Minas, onde encontraria bons ares para a sua saúde. O que se diz pela cidade, à boca pequena, com muita piada, é que a Princesa está interessadíssima e ansiosa por conhecer os provinciais daquela remota vila, os quais ela imagina deram fama e batismo àquele sítio, já tendo até experimentado sensível melhora de seus males, só em pensar no tratamento que lá a espera... D. João, apesar da erisipela na perna, não pára quieto na Corte: está sempre pulando do Paço para o palácio de São Cristóvão; deste para a Ilha do Governador, onde assiste em casa de campo com tapada e extensos coutados; desta jornadeia para a fazenda de Santa Cruz, para onde vai por meio de coches de posta; de lá, através de galeota, abala para a Ilha de Paquetá, pela festa de São Roque, da qual é juiz perpétuo. O que de S.A.R. posso ainda informar é que ele continua cá, como se mantinha aí, pelo que comentam os camaristas, invicto de banhos, tamanho horror tem à água e ao sabão. No entanto, já providenciou vidas sossegadas para os três Lobatos, por pleito do mais velho, seu valido in pectore e mordomo-mor, cumulando-os de tenças, aposentadorias e pensões; fico cá a dar tratos aos bestuntos quem poderia imaginar renderiam tantas mercês o cuidar da toalete d'el-Rei, o fazer-lhe a barba, o limpar-lhe o real traseiro a cada alívio de tripas, o contar-lhe anedotas toda vez que as reclamarem os amuos, e sabe-se lá que outros favores mais não lhe faz o Visconde da Vila Nova de Magé, deixe-me cá silenciar e emperrar a munheca para não dar curso transoceânico às maledicências que andam pela Corte boquejando línguas viperinas. O infante D. Pedro de Alcântara, apesar de rapazinho de apenas quatorze anos, já não sabe de jovem camareira, retreta ou mucama, dos Paços do Carmo e de São Cristóvão, que não lhe conheça o vergalho, sabido é por toda a Corte que o herdeiro da Coroa é um femeeiro voraz e insaciável, a não escolher hora nem lugar para abater suas frágeis presas, a sempre obedecer a seus instintos quando lhe batem as vontades, e elas batem-lhe várias vezes ao dia; prova material desta verdade é que já abundam na Corte, no Paço e no palácio de São Cristóvão senhoras, senhorinhas e escravas acrescentadas de rotundos ventres, sabido é que o infante é um ecumênico em assuntos de sexualidade, todas as suas vítimas a germinar nos úteros, bastardos da real semente, acredita-se em número tão expressivo que, se adultos todos já fossem, proveriam, com folga, as necessidades de matalotagem de robusta caravela, sobrando ainda marujos para a equipagem de um bergantim. O infante D. Miguel, sempre instigado e protegido pela mãe, que lhe devota clara preferência em relação aos demais filhos, cá continua a cometer toda sorte de estripulias, humilhando, com seu comportamento presunçoso e pejado de soberbias, qualquer ministro, nobre, membro da Corte, reinol, mazombo, negro ou bugre que lhe cruze o caminho, obrigando-os a ajoelhar-se à sua frente e reverenciá-lo como futuro rei de Portugal.

Cá travei conhecimento também com um provecto português, bacharel em Direito por Coimbra, muito amigo do casal de senhorios do sobrado da rua das Violas, velhinho muito do debochado e detrator dos costumes lusitanos (diga-se de passagem, também não morre de amores por esta terra e pelo povo que nela vive), as mais das vezes sempre a comportar-se como um antimonarquista, embora também o seja antirepublicano, anticlerical, antigovernista, antiimperialista, antiimigrantista, antiaristocrata, antimilitarista, antiescravagista, que o diabo do velho é contra tudo ou qualquer coisa criada, vigente, em pé ou estabelecida, sendo-me difícil classificar-lhe a ideologia, dado que ainda não descobri de que é aquela criatura a favor. Como aquele iconoclasta pérfido já está entrado em anos, portanto próximo de mudar seu domicílio definitivo para a 'Quinta dos Calados', pouco se me dariam suas opiniões subversivas não fosse o macróbio grande conselheiro e amigo do seminarista Quincas, filho adotivo de D. Maria da Celestial Ajuda, rapazelho a quem sempre prezei e admirei, nomeadamente por se tratar de jovem com apego às letras, ao latim e à cultura, jóia rara de inteligência neste valhacouto de selvagens ignorantes. E o apreço que dedico àquele jovem nada tem que ver com a grande admiração que também lhe devota, por coincidência, S.A.R. o Príncipe Regente D. João; fico cá a me perguntar por que razões o nosso bondoso soberano confere ao rapazinho tanto valimento. Não será por carta que transmitirei a V. Mercê a coscuvulhice que me pingou à oiça a língua viperina de frei Joaquim Damaso (e ele a conserva mais ferina, maledicente e suja que a dos negros de ganho do terreiro do Carmo e que das negras lavadeiras de roupa do chafariz do largo da Carioca) sobre as origens da inusitada dedicação d'el-Rei ao seminarista. Quando o Onipotente me conceder a ventura de retornar a Portugal, liberando-me do degredo neste inferno infestado de moléstias e podridões, habitado por indigníssima e inculta gente, contarei a V. Mercê, de viva voz, a absurda e fantasiosa versão que me foi passada por aquele clérigo boquirroto sobre o assunto.

Quanto ao meu preto, Manoel Luiz, já vai melhor de saúde, o infeliz, depois de uns dias de achaques corruptos, que lhe fizeram expelir, em devolução, por cima e por baixo, tudo o que lhe batia ao estômago, mal decerto causado pelos miasmas pestíferos e ventos podres que exalam e sopram nesta vilíssima terra, a sempre tresandar odores pestilenciais dos excrementos de todas as espécies que vivem sobre o seu solo, e que cá correm, a céu aberto, por valetas negras no meio das ruas. Apliquei-lhe uns purgativos e reduzi-lhe as refeições por uma semana, e a melhora do negro foi tanta que já restabeleci a rotina de dar-lhe pancadas diárias, conselho recomendado pelos brasileiros, que afirmam ser o preto amanhado e moído na bordoada diária melhor trabalhador, o que comprovei, como facto verdadeiro. Tirante as suas mácriações, preguiças e constantes fomes, que corrijo com palmatoadas e vergastadas no lombo, o negro é-me muito fiel, pede-me a bênção três vezes ao dia, enxota-me as moscas quando estou a dormir a sesta na rede, esfrega-me as costas nos banhos de tina, rapa-me a barba e apara-me o bigode, cuida-me das roupas e pule-me os borzeguins, prepara-me a mesa e vela-me o sono, à noite, dormindo ao pé de minha cama. Como vê V. Mercê, continuo a não precisar de mulher para cuidar-me da casa, mantendo-me no celibato e na religião; peço que transmita esse meu estado ao tio Manuel, cônego da Sé de Braga, e à senhora minha mãe, de quem estou deveras saudoso.

Não tendo mais novidades a contar, por hoje, caríssimo pai, só me resta rogar ao Altíssimo nunca necessitar V. Mercê um dia ter de viver no Rio de Janeiro, e pedir que me conceda a sua bênção, e também a da mãe. Quanto à mana Bernardina, diga a essa ingrata que ela não mais existe para mim, até que me escreva uma linha, tarefa a que se desobrigou há mais de ano, não sei se porque lhe asneou o português, lhe abundam namoricos ou lhe tomam o tempo as coscuvilheiras do Paço Velho, que ela sabe quem são. Esta seguirá pelo bergantim Sant'Anna, que parte para Lisboa em duas horas; o homem da posta já mandou avisar-me que está a selar a mala do correio.

*De Vossa Mercê
Filho muito amante e obediente
Luiz Joaquim dos Santos Marrocos*

P.S.

Reitero a V. Mercê os cuidados para que não fie de pessoa alguma em dar conhecimento desta, ou das outras minhas cartas, sabido é que intrigantes e invejosos de toda a espécie por aí abundam e vicejam, mais que pulgas em lombo de cão sarnento, e que podem arruinar-me a carreira e a privança que cá obtive junto a S.A.R. Encareço a V. Mercê não dê trela a nenhum deles, ainda que se apresentem como historiadores eruditos, pesquisadores de documentos e quejandos, que estes são os piores: copiam-nas e depois as vendem, como se seus escritos fossem, pouco se importando em enxovalhar a vida alheia, os miseráveis escribas."

Desta carta não tomou conhecimento o pai de Marrocos, dado que a missiva jamais chegou ao seu destino; muito menos alguém lhe tem o original ou cópia, nem mesmo a Real Biblioteca da Ajuda, em Lisboa, estabelecimento onde estão depositados os originais de todas as correspondências enviadas do Rio para Lisboa pelo epistológrafo lusitano. O bergantim *Sant'Anna*, que transportava a mala do correio que continha esta correspondência, foi, desafortunadamente, tragado pelas águas do Atlântico, em algum ponto entre o Recife e as Ilhas de Cabo Verde, nunca mais se tendo notícia da embarcação, nem dos tripulantes, tampouco da carga que transportava.

Estrada de Matacavalos. Chácara do bacharel Viegas de Azevedo, Rio de Janeiro. Meados de abril do Ano da Graça de Nosso Senhor Jesus Cristo de 1813.

Para corroborar a máxima de que esse mundo é um ovo, quis a Providência reunir em fresca manhã de um domingo de outono, na chácara dos Viegas de Azevedo, para um almoço de confraternização comemorativo dos setenta e cinco anos do velho bacharel, o casal José de Sousa Mursa e D. Francisca das Chagas de Santa Teresa, gente muito asseada, digna e de alentadas posses, amigos dos donos da casa, pais de D. Ana Maria de S. Tiago Sousa, senhorinha de vinte e um anos de idade, que vai conquistar o invicto coração do celibatário Luiz Joaquim dos Santos Marrocos; fará mais que isso, a jovem senhora: o bibliotecário, impiedoso crítico do Brasil até conhecê-la, passará a amar este país como se o Paraíso Terreal fosse.

Também lá estavam, como convidados para o almoço, além do próprio Marrocos, "Lobatão" e D. Maria da Celestial Ajuda, o seminarista Quincas, o cônego Teodoro Bandeira de Aguiar, o físico José Maria Bontempo e esposa, além dos familiares do bacharel, Viegas de Azevedo Filho, D. Maria Eduarda e filhos. Na mesa ampla, coberta de toalhas de renda, montada na varanda, sobre cavaletes, avultava a figura do aniversariante à cabeceira.

Um bacorinho assado no espeto, ao molho de sarrabulho, acompanhado de batatas inglesas cozidas, temperadas com salsinha, orégano, manjericão e alho; dois frangos capões, dourados em fogo lento, recheados com farofa de manteiga, misturada com pedaços de ameixa e pêssegos; magnífico cherne, inteiriço, assado na brasa, rodeado de alfaces frescos, tomates, molho de agrião e rodelas de limão-bravo e laranja-da-terra: este, o cardápio do pantagruélico almoço que o negro Aniceto Cabinda preparara para os convidados.

– Pra fazê banquêti, dexa cumigo: nem Nero, muitcho menas Napalião, num havera di reclamá, qui Aniceto sábi fazê festim prus dêusis... – jactava-se o negro, na cozinha da chácara, azafamado, correndo de um lado para outro, para uma D. Maria Eduarda extasiada com os aromas celestiais que impregnavam o ar.

Servida a mesa, pratos fumegantes, os olhos do físico Bontempo iam e vinham, incessantemente, dos frangos para o peixe, deste para o leitãozinho, daí para as travessas de guarnições, destas para as molheiras; "Lobatão", a regurgitar saliva pelos cantos dos lábios, alisava o ventre murcho, como a pedir-lhe paciência para a comezaina que se anunciava; o cônego Aguiar arrotava ansiedades de estômago muito pouco acostumado a papazanas como aquela. Provocado pelo bacharel Viegas de Azevedo, a respeito da pertinência da classificação da gula como pecado capital, o clérigo, olhos pregados nos pratos, antecipando a auto-absolvição, admitira, entre risos nervosos, debaixo das gargalhadas do aniversariante, o exagero da Igreja: "Venial, bacharel, no máximo, venial!" O bibliotecário Marrocos fora o único dos comensais que se mantivera indiferente ao abundante repasto servido: seus olhos, coração, mente e sentidos haviam sido inteiramente subjugados pela senhorinha de olhos amendoados e cabelos negros sentada à sua frente.

Todos à mesa, o cônego Aguiar levantou-se da cabeceira oposta à do aniversariante, cálice de Porto à mão, e propôs um brinde:

– Gostaria de convidar os presentes para que me acompanhassem nesta saudação, que ora proponho, em homenagem a uma das mais impolutas e íntegras figuras desta mui heróica São Sebastião do Rio de Janeiro: o bacharel Francisco Viegas de Azevedo. Exemplar avô, extremado pai e estimadíssimo amigo e vizinho, invoco-lhe a bênção do Altíssimo pela veneranda idade alcançada, em pleno estado de lucidez e intensa participação na vida social desta cidade, sabido é que ainda milita no exercício de sua nobre profissão de advogado. Tem pautado sua vida no Brasil, desde que Portugal o perdeu, juntamente com sua família, em 1755, em decorrência do terrível terramoto que destruiu Lisboa, por uma existência honrada e merecedora dos maiores encômios. Desde que se trasladou com a família para este Brasil, então ignoto...

– Trasladei-me! Ouviram bem o que o cônego disse? Não "transmigrei", como alguns trânsfugas... – aparteou o aniversariante. (Risos gerais.)

– ... com o desiderato de reconstruir suas vidas. Rogo aos céus que esta efeméride seja comemorada por muitos anos ainda. Felicidades e vida longa, doutor Viegas de Azevedo! – completou o cônego, levantando o cálice de vinho, gesto que foi imitado por todos os convivas.

O aniversariante levantou-se da cabeceira, agradeceu a presença de todos e os elogios do cônego Aguiar:
– Que o Altíssimo não te ouça, cônego Aguiar! A própria velhice é uma doença, como disse Terêncio. Não vão convencer-me, a esta altura da minha vida, que existe glória ou benefício na longevidade. De qualquer forma, pouparei a todos de um discurso, neste momento, para que o almoço não esfrie; além do mais, ninguém escuta nada de mala vazia.

O epistológrafo e bibliotecário Marrocos, embora não mais fosse inquilino do sobrado da rua das Violas, mantivera a amizade com o seminarista Quincas, mesmo após a mudança de seu endereço para a rua da Alfândega. Interesses literários comuns, gosto pelos escritos e pelas leituras estreitaram a relação entre ambos. Quincas apresentara Marrocos ao bacharel em uma das visitas de Viegas de Azevedo ao sobrado da rua das Violas. De imediato, o velho estendera ao bibliotecário o convite, anteriormente feito a Quincas, para participar das tertúlias literárias que o bacharel promovia em sua chácara, aos sábados, reuniões que serviam apenas de pretexto para o velho desancar a tudo e a todos, e, invariavelmente, desfiar suas exóticas teses sobre o caráter geral dos brasileiros e dos portugueses. Eis a razão de o bibliotecário Marrocos estar presente àquele almoço de confraternização.

Incomodado com os insistentes olhares de Marrocos para sua filha, sentada à frente do bibliotecário, o senhor Mursa indagou do aniversariante, em tom baixo de voz:
– Quem é o senhor que está sentado em frente à minha filha, senhor bacharel?
– O nome de família é Marrocos, senhor Mursa. Trata-se de bibliotecário paceiro, chegado de Lisboa há uns dois anos. É pessoa da confiança de D. João, suposto que lhe foi entregue

a guarda e conservação dos manuscritos da Coroa. Bom rapaz; meio esquisitão, mas bom rapaz – respondeu o bacharel.
– Meio esquisitão, bacharel? – estranhou o comerciante.
– É, mas não do tipo de esquisitice que tem esse aí... – comentou, espichando o beiço inferior em direção ao negro Aniceto Cabinda, que acabara de passar, rebolando os quartos, com uma travessa fumegante de arroz. – É apenas um rapaz macambúzio, meio sorumbático, como todo bibliotecário – completou.
– Muito bem, se é somente por isso, ainda não entendi o porquê de o homem ser esquisitão!, insistiu.
– Porque já passou dos trinta, e não o percebo lá muito interessado em mulheres. Parece-me um desses celibatários convictos e invictos, não sei se Vossa Mercê me entende...
– Então, bacharel, pelo pouco que me foi dado a observar do rapaz, creio que minha filha acabou de quebrar-lhe o encanto: o bibliotecário não lhe desvia o olhar.
– Ora, deixe para lá, Mursa, assim conversam os tímidos: olhares oblíquos e bocas fechadas. Garanto-lhe que o rapaz é inofensivo, culto e com muito prestígio junto aos poderosos, qualidades que, convenhamos, constituem combinação raríssima entre os validos de majestades – observou o bacharel.
O encantamento do bibliotecário Marrocos pela senhorinha Ana Maria fora percebido pela jovem, que se fingia absorta e concentrada na refeição; vez por outra deixava escapar uma olhadela fugidiça na direção do rapaz, como a encorajá-lo a fazer-lhe a corte.
– Estás te sentindo bem, Marrocos? – indagou-lhe Quincas, sentado ao lado do bibliotecário, ao notar o amigo em completa alheação.
Marrocos despertou do transe e, meio sem jeito, limpou os lábios com o guardanapo:
– Sensação estranhíssima, Quincas, como nunca senti antes. Mas não te preocupes: é-me agradável; deliciosamente agradável, para te ser franco – respondeu esboçando um sorriso sem graça.

O almoço trancorrera agradável, entremeado de conversas amenas, os comensais a rir de qualquer frase espirituosa, todos a demonstrar interesse exagerado por quaisquer assuntos suscitados, por mais prosaicos que fossem. Servidas as sobremesas e o café, o bacharel Viegas de Azevedo quebrou o rumorejo das conversas, batendo com uma colherinha em uma jarra de vidro.
– Peço a atenção de todos! Chegou a hora do pagamento da siza, imposto pelo aniversariante: usarei da palavra para um discurso de agradecimento.

O cônego Aguiar e o físico Bontempo trocaram rápidos olhares de preocupação; Viegas de Azevedo filho, a pretexto de ir apanhar um paliteiro na ponta da mesa, boquejou, de passagem, às costas do pai:
– Pelo amor de Deus, pai, não vás discursar tuas teorias sobre o caráter geral dos brasileiros, hein?

O velho bacharel, espírito animado por quatro taças de vinhos, olhou para o filho com sobrançaria, esboçou um sorriso maroto, e deu início ao seu discurso:
– Estou cá a comemorar, junto com parentes e amigos, mais um ano de existência nesta terra brasileira, cujos habitantes primitivos não nos pediram que fossem achados nem que os colonizássemos. Mesmo assim, impusemos-lhes, sem direito a contestações, nossa moral cristã, nossos valores e doutrinas lusitanas. E que valores foram esses, caros amigos? Diriam os puristas da raça: "Os de nossa civilização européia, aperfeiçoados ao longo de séculos, por seres superiores aos que aqui viviam, e estamos cá ainda a cristianizá-los e a educá-los." Pois muito bem, isso realmente se deu, e ainda se dá, aos trancos e barrancos, mas cabe cá a indagação: tais valores "transmigrados" eram, efetivamente, os mais consentâneos com as realidades desta terra? Tenho nenhumas dúvidas e carradas de convicções a respeito, caríssimos, senão vejamos: por acaso conhecem, os senhores e as senhoras aqui presentes, terra onde a preguiça tenha encontrado sítio mais propício no mundo para instalar-se e

vicejar? Por certo que não, responderiam todos: o Brasil é o país da preguiça. Basta que cá se crie uma tarefa, surja um trabalho, se imponha uma obrigação, e ouviremos sempre dos brasileiros, sejam eles botocudos, negros ou mazombos: "... ora, vamos deixar essa maçada para amanhã...; "... arre! não dá para fazer isso depois?..."; "... já vou, 'péra' um pouquinho..."; "... logo eu? não tem outro pra fazer isso não?..."; "... vige! quanta pressa! parece que o pai tá indo para a forca!"; e outras desculpas do gênero. E os senhores e as senhoras já tentaram refletir sobre a origem dessa indolência brasileira? Sim, responderiam alguns: são os calores caniculares que cá fazem, e lhes amolecem os bestuntos; facílimo de explicar, diriam outros: é a herança dos índios brasileiros, avessos a qualquer tipo de trabalho; teriam a resposta na ponta da língua aqueloutros: são os escravos negros que para cá vieram, trazendo sua atávica indolência africana. Pois lhes digo, com absoluta certeza, que nenhuma dessas explicações se aproxima da verdade. De onde vem, então, tanta preguiça, santo Deus, preguiça que conseguiu contaminar todos os habitantes desta terra? Respondo-lhes com a mais serena de minhas convicções: de nós mesmos, dos colonizadores lusitanos, dos superiores seres europeus, que para estes sítios vieram educar os botocudos antropófagos e os negros boçais que aqui vivem! Desde tempos remotos que a nós, os portugueses, e isso também se aplica aos espanhóis, sempre nos pareceu muito mais digno exibir uma bela ociosidade do que calos nas mãos. Sempre cultivamos repulsa, horror, ojeriza ao trabalho, historicamente visto por nossos antepassados senhoriais como um castigo, e que para eles somente tinha serventia para disciplinar escravos e sevandijas. E essa postura nós, os lusitanos, a copiamos dos gregos, que atribuíam à contemplação, à busca dos prazeres e à filosofia os valores máximos de uma sociedade superior; mas os gregos, diferentemente dos ibéricos, eram homens sábios, com grande preocupação com a cultura, com as artes em geral, com a literatura, com o teatro, com a arquitetura, escultura, filosofia, enquanto nós, os ibéricos, nos contentávamos em descobrir terras ignotas e povos remotos, com o intento exclusivo de lhes explorar as riquezas e cativá-los para o trabalho. Vejam, por exemplo, como é encarado o trabalho nos países onde predomina o protestantismo: há solidariedade entre aquelas gentes, há ajuda mútua, o trabalho é feito por todos, com alegria e operosidade. Na religião deles, o trabalho é visto como meio de libertação e salvação da alma. E o que vemos em Portugal, Espanha e neste Brasil, infestado de seres ignorantes, que acreditam em qualquer bobagem que se lhes conte? Pois eu mesmo lhes respondo: desunião, anarquia, horror ao trabalho, um a querer passar a perna no outro, a querer tirar vantagem em tudo o que se lhes apresenta, a dedicar todo o tempo disponível em armar ciladas para o próximo, a cultuar chistes e deboches, a não ter um pingo de solidariedade para com o vizinho, muito pelo contrário: regozijam-se com a desgraça alheia, não compartilham o que lhes sobeja na mesa, têm a mais profunda indiferença pela miséria humana, acerbo gosto pelo ócio e pela vida senhorial fundada na hereditariedade. E, onde, então, meus amigos, poderiam a indolência, o ócio, o gosto pela vagabundagem e a preguiça germinar e criar raízes com mais sucesso? Cá, sem dúvida! Nós, os portugueses, somos, portanto, os pais da preguiça e da vadiagem brasileiras. E tenho dito!

Os aplausos foram apenas protocolares, nada entusiásticos, ao final do discurso do bacharel. Servidas as sobremesas e o café, Viegas de Azevedo convidou os homens para fumar charutos, enquanto passeavam pelas aléias do pomar, sombreadas pelas frondosas e ramalhudas árvores frutíferas que abundavam em todo o terreno da chácara:

– Vamos lá, incluindo tu, ó Quincas, todos a bater pernas pela natureza! Reduz as protuberâncias abdominais, afasta o sono e solta a língua! – exclamou, charuto preso no canto da boca, puxando a fila.

– Como se ele precisasse desse pretexto para soltar a dele... – sussurrou o cônego Aguiar ao pé do ouvido do físico Bontempo.

Marrocos aproximou-se do aniversariante, que seguia adiante dos convidados, e, querendo fazer-lhe boa figura, indagou-lhe:

– Muito interessante, bacharel, a tese defendida por Vossa Mercê sobre as origens da preguiça brasileira. Confesso que jamais me havia ocorrido semelhante interpretação para o fenômeno.

– Pois fui até contido e polido, em respeito às senhoras e miúdos presentes à mesa, senhor bibliotecário. A coisa foi muito mais grave e escandalosa: nós, os portugueses, sob a inspiração da cretinice católica *Ultra aequinoxialem non peccari*,[4] como se a linha que divide o mundo em dois hemisférios também separasse a virtude do vício, perpetramos no Brasil a colonização mais devassa que o mundo ocidental teve conhecimento, em todos os tempos! Primeiramente, pasme, sem ter sido preciso usar de nenhuma violência sexual, dado que contamos com a surpreendente colaboração, e incontida admiração, das próprias índias brasileiras, absolutamente encantadas com o tamanho de nossos mangalhos, consideravelmente mais alentados do que os de seus companheiros botocudos! – replicou o velho, provocando uma gargalhada geral do grupo, à exceção do cônego, que balançava a cabeça em sinal de reprovação.

– Respeita-me, bacharel! Não são conversas! – reclamou o padre, que dava o braço para o físico Bontempo apoiar-se, caminhando com vagar.

– Ora, cônego, Vossa Mercê não desconhece que muitos dos frades que para cá vieram mandaram às favas o celibato eclesiástico e caíram todos na gandaia. Houve até um, vejam só a artimanha do safardana, que chegou ao requinte de sacralizar as suas safadezas, batizando o próprio farfanho de *hissope purificador de pecados*. Avaliem quantas infelizes tiveram de pagar penitências sendo *aspergidas* pelo mangalho do padrecas descarado!

---

[4] Não existe pecado além da linha do Equador.

O cônego Aguiar, furioso, reagiu:
– Se esse infeliz realmente existiu, e não é produto de uma imaginação pervertida, já deve estar excomungado pela Igreja, senhor bacharel! E esse pecadoraço seria uma exceção, um espírito corrupto, no meio de tantas almas virtuosas que para o Brasil vieram, da elevada pureza e espírito de abnegação e renúncia, da craveira de um Nóbrega, de um Anchieta!
– Ora, ora, cônego Aguiar, aquilo foi apenas o início da orgia! A coisa pegou fogo, mesmo, foi quando aqui aportaram as escravas negras cabindas, benguelas, angolas e moçambiques, com seus traseirões nadegudos e apetitosos... – ironizou o aniversariante, olhando de soslaio para o cônego.
O físico Bontempo, caminhando lentamente, resolvera apartear:
– O país precisava ser povoado, bacharel. Nada mais faziam aqueles que obedecer às palavras de Deus: *Crescite et multiplicamini!*"[5]
– Não blasfemes, Bontempo! – censurou-o o cônego, apertando-lhe o braço. – Retira a palavra de Deus dessa conversa herética! Existem verdades que não podem ser ditas, dado que a natureza humana é frágil, falha e pecadora. Suas eventuais revelações resultariam em enormes transtornos para a humanidade, além de servirem para a deseducação dos jovens! – completou, olhos postos no seminarista Quincas.
– Cebolório, cônego! A Igreja conseguiu, ao longo da História da humanidade, atrasar, sabotar e até subverter o avanço das ciências, em defesa de suas verdades falaciosas, de seus dogmas quiméricos. *Vide* a quizila ridícula que sustentou com o coitado do Galileu; e tudo para negar uma verdade cientificamente comprovada! – retorquiu Viegas de Azevedo.
– A Igreja sempre teve razões superiores para assim agir, bacharel, em defesa do primado espiritual que detém, em nome de Jesus Cristo – replicou o padre.

---

[5] "Crescei e multiplicai-vos" (Gênesis 1,28).

O grupo, caminhando com vagar, havia chegado ao final da aléia principal, onde avultava espaçoso caramanchão. Viegas de Azevedo convidou todos a se acomodarem nos bancos de madeira e de pedra, para um descanso debaixo de enorme mangueira que sombreava o abrigo. Deu duas vigorosas baforadas no charuto, pousou os olhos ferinos na figura do cônego, vítima predileta de suas provocações, e boquejou no ouvido de Quincas: "Atento, agora, com a tréplica. Vejamos como se sai desta o fradalhão arrábido!" E levantando a voz para todos ouvirem:

– E como o eminente cônego explica o escândalo de a Igreja aceitar, legitimar, até conceder indulgências papais, além de ela própria manter e comercializar escravos negros d'África?

O cônego, acomodado em um banco de madeira, puxou do bolso um enorme lenço e limpou o suor da calva e do cachaço. O senhor Mursa, Marrocos, Quincas, "Lobatão", Bontempo e Viegas Filho sentaram-se nos bancos em torno da mesa de pedra, no centro do caramanchão, todos atentos aos lances do debate entre o bacharel e o padre.

– Tomamos-lhes os corpos, bacharel, porque em troca lhes damos uma alma, o sacramento do batismo, a evangelização. Os negros d'África, enquanto crentes em conjuros, politeístas e místicos, são seres inferiores que precisam ter seus espíritos salvos pela cristianização. O papa Nicolau V, através da bula *Romanos Pontifex Regini Celestes Claiger*, evidenciou os inúmeros benefícios e títulos de glória de Portugal em adotar o sistema de envio de negros cativos para os seus reinos, elogiando tal prática – respondeu o cônego, expressão cava, rosto afogueado.

O bacharel trocou rápidos olhares com Quincas, deu outra forte baforada no charuto, dardejou um olhar fulminante para o padre, e replicou:

– Mas, então, explique-nos, cônego: não é verdade que os negros também foram criados por Deus, sendo, portanto, também seus filhos, tanto quanto nós, os brancos, e que a

palavra do Seu Filho, exarada nos Evangelhos, condena a escravidão e a exploração dos homens pelos homens?
— Há controvérsias, bacharel, há controvérsias! Existem documentos da Igreja, elaborados por cardeais e bispos da Santa Sé, que afirmam serem os negros filhos "do maldito", e que o único caminho para a salvação de suas almas seria servirem aos brancos com resignação e devoção. O papa Inocêncio IV editou bula revelando que os negros não têm alma e, por essa razão, escravizá-los seria sempre um benefício, um gesto humanitário, dado que lhes propiciaríamos um batizado e, assim, ao morrer, o infeliz poderia ir para o céu, como prêmio — objetou o padre.

Viegas de Azevedo rebentou uma gargalhada:
— Muito conveniente, padre, essa Igreja Católica é mesmo das arábias!

Marrocos resolvera participar da conversa:
— Pois o meu preto, a quem batizei de Manoel Luiz, porque nem nome tinha, trouxe da África alguns misticismos e outras tantas manias que ainda não lhe consegui entender nem corrigir. Por exemplo: o infeliz tem horror a mulheres e a gatos!
— Pois o meu preto, senhor Marrocos, e que ninguém mais nos ouça, não só não gosta de mulheres como também adora levar uma encomenda por trás! — retorquiu o bacharel, sarcasticamente.

Todo o grupo explodiu em gargalhadas, à exceção do padre, que gritou:
— Que horror! Pois aí está, bacharel: essas práticas sodomitas, esses receios de bichos domésticos, essas ojerizas pelos semelhantes têm o dedo de Lúcifer, que os educou à semelhança dele!

Viegas de Azevedo chupou o charuto nervosamente, abanou a fumaça e desferiu nova provocação:
— Mas comer o rabo de escrava negra a Igreja condena como pecado, não condena, não, cônego?

O padre iniciou um nervoso tossicar, que foi se avolumando e tomando corpo, avermelhando-lhe toda a cara e a calva.

Viegas Filho, constrangido, olhava para o alto, fingindo apreciar a passarinhada que gorjeava nos galhos da mangueira que sombreava o caramanchão. "Lobatão", ar preocupado, intrigado com as sanções da Igreja para os pecados sexuais, indagou ao cônego Aguiar, que ainda tossia:

– Que mal lhe pergunte, padre, para não perder a viagem e tomando boléia na pergunta do bacharel: por acaso, comer rabo de negro também é pecado?

A tosse do padre encompridou e sobreveio-lhe terrível dispnéia, provocando a imediata intervenção do físico Bontempo, que gritou lhe fossem buscar a maleta dos remédios na casa, enquanto abanava o padre com a sobrecasaca que tirara do corpo. Viegas de Azevedo e Quincas, pressurosos, imitaram-lhe o gesto, abanando o padre com as respectivas casacas. Na verdade, dissimulavam, ambos, a quase incontida vontade de se arrebentar em risos.

nonus

"Os brasileiros são entusiastas do belo ideal, amigos da sua liberdade, e mal sofrem perder as regalias que uma vez adquiriram. Obedientes ao justo, inimigos do arbitrário, suportam melhor o roubo que o vilipêndio; ignorantes por falta de instrução, mas cheios de talento por natureza; de imaginação brilhante, e por isso amigos de novidades que prometem perfeição e enobrecimento; generosos, mas com bazófia; capazes de grandes ações, contanto que não exijam atenção aturada, e não requeiram trabalho assíduo e monotônico; apaixonados do sexo por clima, vida e educação.

Empreendem muito, acabam pouco. Sendo os Atenienses da América, se não forem comprimidos e tiranizados pelo despotismo."

José Bonifácio de Andrada e Silva, Patriarca da Independência do Brasil.

XXV

Cais do largo do Paço, em frente ao chafariz do mestre Valentim. Dez horas da manhã do dia 26 de abril do Ano da Graça de Nosso Senhor Jesus Cristo de 1821.

– Acabou-se a papa doce, hein, ó Lobato? – desabafou el-Rei, olhos úmidos de tristeza, ao ver o Pão de Açúcar apoucar-se ao longe, à saída da barra da baía de Guanabara, por uma janela entreaberta do castelo de popa da nau *Dom João VI*, que o levava de volta a Portugal, após permanecer por treze anos, um mês e dezenove dias no Rio de Janeiro. A mãe, a Rainha D. Maria I, e o genro, o infante D. Pedro Carlos, que lhe haviam feito companhia na viagem de ida para o Brasil, também o acompanhavam na volta, agora lacrados em caixões de chumbo. Sabia el-Rei, de antemão, que seus dias de sossego e tranqüilidade haviam terminado. Prova material, para ele, de que a partir de então tudo iria mal, fora o embarque, esfusiante e festivo, em plena luz do dia, da Rainha D. Carlota Joaquina, em flagrante contraste com o dele, soturno e tristonho, na noite anterior.

– Afinal volto para terra de gente! Desta, arrenego! não levo nem a sujeira dos sapatos! – gritava a Rainha para os que estavam no cais, arremessando o calçado nas águas da baía, tão logo embarcara na galeota que a transportaria até a fragata. – *Tierra* de monos e de bugres! Arrenego! – gritou, com a embarcação já em movimento; ato contínuo, cuspiu nas águas da baía e brandiu uma banana em direção aos que lhe acenavam lenços brancos do cais do terreiro do Paço.

– Deixastes cá vosso estimado filho, Majestade. O Príncipe saberá manter o Brasil para Portugal – despertou-o do transe, tentando confortá-lo, o mordomo-mor.

– Deixei cá dois filhos! Bem o sabes! – corrigiu-o Dom João. – E também meu coração e os anos mais felizes da minha vida... Nunca mais Paquetá e os festões de São Roque, hein, Lobato? E Santa Cruz, com seus bestiais tapados e coutados? E a Boa Vista? Jamais vi tanta passarinhada a gorjear sobre as árvores. Nunca mais o cantochão do padre José Maurício. Ai, minhas encomendas! são tantos nunca mais...
– Quem sabe podeis voltar um dia, Majestade? São vossos domínios!
– Não me engano, Lobato. Portugal está a perder o Brasil: é coisa de miúdo tempo, de um ver se te avias, disso sei eu há um porradão de tempo, e já deixei o Pedro alertado. Fosse possível à minha real pessoa escolher um reino para ficar, cá permaneceria, até o fim da minha vida.
– E Portugal, Majestade?
– Já me estava nas tintas! Preferia perdê-lo! Observaste a alegria da rainha no embarque? Quando aquela lá festeja, eu cá lamento; quando cá fico feliz, e me arrebentam os calções de tanto rir, aquela lá dana a lamuriar-se. E ela está a rir agora, Lobato, feliz da vida, enquanto eu, pobre de mim, estou a ir para o cadafalso: na Europa agora é moda cortar fora cabeças de reis; até o *Dragão Guerreador* deixaram apodrecer no calabouço! O que estará a reservar-me o destino em Portugal? Boa coisa não deve ser...
– Aquelas violências contra reis foram francesias, Majestade. Nós, os portugueses, nunca tivemos, nem nunca vamos ter, essas índoles revolucionárias. Gostamos mesmo é do passar lento do tempo, a ver a brisa soprar, sem grandes atribulações; o que nos apraz é derribar raparigas nos relvados, à sombra de cameleiras; emalar uns torresmos e uns tremoços, aos golos grandes de um bom vinho; degustar umas punhetinhas de bacalhau e umas sardinhas, aos beberetes de umas cervejolas; dançar um vira do Minho em torno de uma fogueira de São João... E, quando nos fartamos, e se nos vai a paciência, mandamos às naus uns tontos, mares a fora, a descobrir terras novas para Portugal!

– E que terras novas mais são essas, ó Lobato? Todas as que estavam por achar já foram descobertas, criatura! Estás a te esquecer de que as terras antes ignotas que cercam o Brasil já são todas repúblicas independentes da Espanha? Esconjuro! – desabafou el-Rei batendo três vezes com os nós dos dedos na janela do castelo de popa.

– Tomastes a decisão mais acertada, Majestade. Portugal está muito a precisar de vossa paternal e real presença para apaziguar os ânimos daqueles liberais, que agora só querem saber de constituições.

– Esconjuro, Lobato! Já te proibi de pronunciar essas palavras heréticas frente à minha real pessoa! Arrenego!

– Mil perdões, Majestade! Castigai-me se tive a mais ínfima intenção de vos arreliar com vocábulos que vos fazem mal ao espírito! Por falar nisso, Majestade, por acaso constituiria incômodo para vós se pudésseis repetir-me as palavras que estou proibido de pronunciar em vossa presença, para que eu não mais incorra no erro?

– Claro que sim! Dá-me repugnâncias! É de dar fezes, ó Lobato!

– Espero que compreendais minhas aflições, para não vos arreliar, Majestade: falecem-me já os bestuntos, arruinados e emperrados de tanto conviver com a bugrada do Brasil. Fazei essa caridade com este vosso mais humilde vassalo, senhor, imploro-vos!

– Vá lá que seja, Lobato, mas advirto-te de que será pela última vez! Se tiveres a ousadia de repetir quaisquer desses calões na minha real presença, castigar-te-ei mui severamente, e tu já sabes de antemão como: não te deixarei fazer-me a barba por uns dois meses nem te permitirei que me limpes o rabo por igual período! Substituo-te pelo Almeidão, hein? que está com o cu aos pulos para te tomar o lugar! A ver: *república*, a pior delas; *liberalismo*, a mais imoral; *constituição*, a mais imbecil; *franquias democráticas*, as mais subversivas; *libertários*, é mandá-los todos para a forca; *revolução*, só a tolero nas tripas; *gazeta livre*, dá-me engulhos e vontade de

enfiá-las goela abaixo dos editorialistas; *democracia*, dá-me ganas de garrotear seus adeptos; *eleições*, só as permitiria para a escolha dos judas do ano, nos sábados de aleluia; *direitos*, só deveria existir um: servir e obedecer ao rei; *cidadãos*, vassalos é o que todos são; *assembléias,* é dissolvê-las todas!... Arre! Arrenego! Esconjuro! Chega! que isto já está a me dar ânsias de vômito! Já estou a chamar pelo gregório! Guardaste bem os calões infelizes, ó Lobato? Embrulha e mete na tulha! Nunca mais repitas, hein?
– Nunca mais, meu Senhor! Nada seria mais terrível que deixar de vos servir. Que Deus me livre e guarde dessa tortura!
– E como está o Thomaz Antônio lá no tombadilho? Ainda a lamentar-se pelo embarque forçado?
– Está, sim, Majestade. O desejo dele era ter permanecido no Brasil com a mulher e os filhos. Vossa Majestade pregou-lhe bela surpresa convidando-o para vir a bordo despedir-se de vós. Por aquela o ministro não esperava...
– Não tive alternativa: o Thomaz Antônio é um caturra. Depois mando-lhe buscar mulher e filhos. Se eu fosse servido mandar chamar toda a família do homem a bordo, para as despedidas, desconfiariam. Não tive outra saída, vou muito precisar dele em Portugal. A propósito, Lobato, sabes que me ocorreu, até o último momento do embarque, usar do mesmo ardil para também levar o Quincas, acreditas?
– O Joaquim Manuel, Majestade?
– E que outro Quincas haveria de ser, homem?
– Pretendíeis vós levar o jovem seminarista à força para Lisboa, Majestade?
– Passou-me pela malha, Lobato. Gosto muito e bebo os ventos por aquele puto, bem o sabes. Desisti de levá-lo porque daria fumos para que um sacripanta qualquer, valido da rainha, lhe pingasse à oiça alguma coscuvilhice que despertasse desconfianças. E aí ficaria eu às aranhas: pior que estragado.
– Agistes bem, Majestade, por certo desconfiariam. Se os nobres não aturaram, até hoje, o mano "Lobatão" como

comendador, é de imaginar o que não falariam do Quincas em Queluz. Aquele pau saiu à real racha, Senhor: o rapaz está parecidíssimo com Vossa Majestade: é cara de um, cu...
— Dobra a língua, ó Lobato! Vê lá como a usas, que não sou teu igual, hein?

O mordomo-mor ajoelhou-se e beijou os pés de Dom João VI:
— Mil perdões, Majestade, mil perdões! É que sou um bruto, um tosco de Trás-os-Montes! Não tive a intenção de ofender Vossa Majestade...
— Estás desculpado, mas proíbo-te de usar perante minha real pessoa essa linguagem de almocreve, de negro de ganho, de labrego da feira da Ladra. Estás na presença d'el-Rei de Portugal e Algarves!
— E do Brasil, Majestade? Não sois mais rei?
— O Brasil é chão que já deu uvas, Lobato. São cebolas do Egito... Já tirei o cavalinho da chuva... Libero-te agora uma inconfidência, fique ela entre nós, como sempre: mais tranqüilo ficaria eu se em lugar do Pedro pudesse ter deixado o Quincas, como príncipe regente do Brasil.
— Mas o Quincas é um bastardo, Majestade!
— Dobra a língua de novo, Lobato! Estás com ela corrupta hoje, hein? Real fruto adulterino é que o Quincas é. A bastardia foi mal que atingiu os Braganças só até o João que me antecedeu, o quinto da tabela, meu Augusto Avô, que de tanto fornicar até um depósito tinha, em Palhavã, para passadio e comedia de pencas de bastardos da real semente, que abundavam no reino! Pedrito a ele saiu, e será sempre um femeeiro incontrolável e impulsivo. Não hesitará nunca na escolha entre uma barbada-da-luneta e as obrigações d'Estado: a via-de-adiante levará sempre vantagem. Pela via-de-trás de uma negra nadeguda, então, que Deus proteja o Brasil: Pedrito declararia guerra à Inglaterra! Aquele tem o mangalho na cabeça! O seu principal valido, confidente e amigo, o vigarista do Gomes da Silva, como sabes, nunca foi boa bisca, muito menos o pai, a quem saiu, que é um sacripanta de baixa extração, um alcocheta, um aldabrão! Comigo não vai ele à missa!

– Acreditais, realmente, Majestade, que sob a regência de Quincas ficaria o Brasil mais seguro?

– Com certeza, Lobato. Restaria saber para quem: se para os brasileiros, ou se para os portugueses. Quincas tem fumos de clérigo, jeitos de mestre-escola, à semelhança de frei Antônio de Arrábida. Tem a cachimônia prenhe de latins, os bestuntos pejados de filosofias de altos butes, dá o cavaquinho por leituras e escrivinhaduras, prefere refletir a agir. O que lhe condeno é a amizade que nutre por aquele decrépito bacharel, anarquista e descarado, que tinha por vício gesticular manguitos contra minha real pessoa. A propósito, sabes o que me contou o Fernandes Viana? Que aquela múmia insepulta está a escrever um livro sobre o caráter geral dos portugueses e dos brasileiros, onde desanca a tudo e a todos, e diz o diabo e o rabo do capeta sobre os dois povos! Só mazelas e maledicências! Aquela besta só pode ter nascido no cu das rússias, nos entrefolhos das mongólias, ou no centro de convicções das índias, o sacripanta!

– Vossa Majestade não deve olvidar que dois dos cabecilhas da sublevação que resultou na decisão de vosso retorno para Lisboa eram clérigos: os tais de padre Góes e padre Macamboa; o primeiro, jogador inveterado e mulherengo; o segundo, advogado e muito amigo do bacharel Viegas de Azevedo, que tanto vos estomaga.

– Com efeito, Lobato. Já não se fazem reverendos como antigamente. Tivesse eu jogado na enxovia aqueles dois padrecas de merda, e teria conjurado a sublevação daqueles liberalões. Mas, paciência, o que se há-de? O Pedrito interveio, legitimou-lhes a decisão, e persuadiu-me a concordar com uma constituição (arrenego!) que ainda nem existe e que ainda vão escrever. Dei-me por feliz em não me terem pedido a coroa!

– Tendes razão, como sempre, Majestade. Vosso último ministério vos foi imposto pelas tropas e pelos revoltosos. De que vos adiantaria ser rei, no Brasil, sem autoridade para escolher os próprios auxiliares?

– Apenas ratifiquei a decisão do Pedrito, ó Lobato. Ali tinha o dedo do conde das Barcas, que aquilo é um cheira-bufa do príncipe, hein? Não tivesse o Pedrito tomado a frente das negociações com a turba, estaria eu, até agora, a ganhar tempo entre os pareceres do Palmela e os do Thomaz Antônio, e nisso levaria um bom lustro de anos, que sentar em cima é comigo mesmo, hein, ó Lobato?

– Mas já não estava decidido, desde janeiro, que Vossa Majestade permaneceria no Brasil, e o Príncipe Real é que partiria para conjurar a revolta das cortes em Lisboa?

– De facto, Lobato, já estava tudo acertado. Mas D. Leopoldina estava pejada, no penúltimo mês de prenhez. A pobre veio implorar-me, às lágrimas, cá ficar com o marido, coitada. Não lhe resisti aos rogos: bem sabes como sou um manteigueiro nessas horas. Portugal ter-me-á de volta por conta de uma prenhidão, Lobato! Vá lá entender as artimanhas do destino e os desígnios da história!

– Não vos lamenteis, Majestade, que estamos todos de torna-viagem, a acompanhar o grande el-Rei Dom João VI, *o Clemente*, de retorno à terrinha; se não tem ela a Boa Vista, tem Queluz; se não tem o Carmo, tem Mafra; se não tem Santa Cruz, tem Sintra e o Ramalhão; se não tem o cais do terreiro do Paço, tem o de Belém, que este pelo menos não cheira a cocô o dia inteiro!

A frota que acompanhava el-Rei de retorno para Portugal deixou a barra da baía. Além da nau *D. João VI*, seguiam duas fragatas e nove embarcações de menor porte, transportando cerca de quatro mil reinóis. O Erário mais uma vez fora raspado, e os dinheiros do Banco do Brasil sumidos: cinqüenta milhões de cruzados, o custo do butim. A metade do que Dom João trouxera de Portugal.

– Que tal uma barba, Majestade? Percebo-vos já com uns pêlos nas bochechas... – sugeriu o mordomo-mor, tentando confortar o entristecido rei, a despedir-se do Rio de Janeiro pela janela do castelo de popa.

– Falta-me ânimo e vontade, Lobato. Deixemos isso para outro dia: teremos uns cinqüenta pela frente, até Lisboa, se é

que não vou finar-me na viagem, a botar as tripas pela boca, vítima desses corruptos enjôos navais!
— Cruzes, Majestade! Esconjuro! Ides viver ainda para enterrar-me em Trás-os-Montes!
Não era bom de augúrios e vaticínios o leal mordomo-mor d'el-Rei. Morreu Dom João VI dali a cinco anos, em Queluz, dizem que envenenado por franguinhos. Imagine-se lá por conta e a mando de quem. Arrenego!

> Guerra do Paraguai. Localidade de Cerro Corá, à margem do riacho Aquidabán-Nigui. Território paraguaio. Dia dois de março do Ano da Graça de Nosso Senhor Jesus Cristo de 1870.

"Cerro Corá, noite de 2 de março de 1870.

Ontem, dia 1º de março de 1870, completei setenta e dois anos de idade. A guerra acabou. O ditador Solano López, cercado pelas tropas do Império do Brasil, preferiu morrer lutando contra a multidão de soldados que o cercavam. *Muero com mi patria!* gritou López, sobre a sela do cavalo, brandindo a espada, em resposta à ordem de rendição que lhe fora dada pelo general Câmara. Ao ouvir a negativa de *el Supremo*, o voluntário Chico Diabo perfurou-lhe o ventre com uma lança, provocando-lhe a queda da cavalgadura. Ato contínuo, Zoroastro Meia-Braça acertou-lhe a testa com um facalhão de arrasto. O capitão Diogo Bento advertiu-o de que seria morto, caso não se rendesse. *Muero com mi patria!* repetiu, debilmente, o ditador, caído à beira do riacho, a esvair-se em sangue. O capitão Diogo Bento precipitou-se sobre ele e, segurando-lhe o punho, tentou tirar-lhe a espada da mão. A um gesto de reação do ditador, entendido como uma tentativa de agressão ao capitão, Zoroastro Meia-Braça fuzilou López pelas costas, matando-o. Igual destino tiveram os cinco jovens oficiais paraguaios (umas crianças!) que faziam a defesa pessoal do seu líder, e que também recusaram a rendição. O tenente Genésio Fraga acercou-se do cadáver do ditador paraguaio e cortou-lhe fora uma orelha, exibindo-a para a tropa com um urro de júbilo. Fora o sinal. Aos gritos, os soldados caíram sobre o cadáver do ditador e começaram a retalhá-lo: um voluntário escalpelou-o; outro lhe cortou os dedos das mãos; um zuavo cortou-lhe fora os testículos; um alferes arrebentou-lhe os dentes com a coronha de um fuzil; os demais cuspiram, chutaram e urinaram sobre o corpo dilacerado. Tentei intervir para pôr cobro àquela hediondeza, própria de animais irracionais, mas fui seguro pelo capitão Diogo Bento. 'Deixe-os', disse-me, 'López não está mais ali.' Em seguida, abandonando o corpo dilacerado do ditador, a turba cercou a carruagem onde estavam a mulher de López e sua filha, ambas protegidas pelo coronel Pancho, filho do ditador, e pelo vice-presidente do Paraguai, um velho paralítico. Foram ambos fuzilados e degolados. A soldadesca preparava-se para estuprar a mulher e a filha de Solano López, depois de arrancá-las do interior da carruagem, aos urros de júbilo, quando o capitão Diogo Bento, atendendo minhas súplicas, descarregou o seu revólver, com tiros para o ar, impedindo a consumação da violência. Que horror, meu Deus, que horror! Deixo registrada neste diário minha preocupação com os destinos do Brasil. Que futuro nos aguarda como nação tendo ainda presente tal estado de barbárie entre seus filhos, quase ao limiar do último quartel do século XIX? O conde d'Eu a tudo assistiu, impassivelmente. Não parecia ainda satisfeito com a carnificina. Queria mais sangue paraguaio. Tivéssemos nós a mesma determinação e equivalente espírito aguerrido para debelar as mazelas internas do Brasil, não haveria mais escravidão no país, nem fome, tampouco miséria, e não estariam nossas elites a gastar tempo e energia com preocupações tolas como a necessidade de 'branqueamento' do povo brasileiro, como solução para nossos problemas, os quais foram criados, e são mantidos, exclusivamente pelos brancos... O general Câmara pediu-me oficiar, amanhã, a missa pela vitória. Chamam a isso de vitória? *'Ubi solitudinem faciunt, pacem appellant.'*[1]

Dediquei-me, por toda a manhã seguinte, antes de oficiar a missa pela vitória, a receber confissões e a impor penitênci-

---

[1] "Onde fazem o deserto, dizem que estabelecem a paz" (Tácito).

as aos que desejavam se confessar. Longa fila de soldados e de mulheres aguardava-me, à beira do riacho Aquidabã. A última era uma mulher negra, de uns cinqüenta anos.
– Como é seu nome, minha filha? – indaguei-lhe.
– Anacleta, pádri – respondeu sem me encarar, olhos postos no chão.
– Vosmecê é companheira de algum voluntário?
– Di quási toda as trópis qui tá aqui, pádri.
– Vosmecê é prostituta?
– Nanja, pádri. Sô puta mermo.
– É a mesma coisa, minha filha.
– U pádri tumém dá cunfissão pra puta?
– É claro, minha filha. Se para Jesus Cristo nunca houve diferenças entre os seres humanos, não pode haver para a Igreja, tampouco para os padres. Abra seu coração e fale: vosmecê também é filha de Deus.
– As guérri cabô mermo, pádri?
– Acabou, minha filha. Os últimos soldados paraguaios foram mortos, juntamente com o líder deles. Mas vosmecê não me parece muito feliz com o fim da guerra...
– Purcausadiquê qui, cum us finá désta guérri, acumeça otra muitcho pió pra Anacleta.
– E que guerra pior seria essa, minha filha?
– Guérris das fômi e das miséri, pádri: cum qui gânhu cá é qui mi sustêntu i ajunto argum pra módi pudê forriá duas fia, qui são escrávis nu São Paulo.
– Vosmecê pode arranjar outra ocupação mais digna quando retornar para casa.
– Qui u pádri adiscurpe as guinorança, mas Anacleta num sábi afazê otra coisa qui num seje abri pérnis, pádri.
– Há quanto tempo vosmecê está nessa vida?
– Ihhhhh! Fais têmpis, pádri. Sei acuntá, não. Pra mais di trinta ânu, adévi sê, pur aí. Dêsdi neguinha qui Anacleta arricébi hômi...
– Vosmecê tem família? Seus pais ainda são vivos?
– Nanja, já viraro difúntis, us dois, fuziládis pelo ejércitu nacioná, nus quilômbu di Mané Côngu, qui foi adôndi Anacleta

naceu e afui acriádis ajunte cum mermão Tibúrci, qui tumém nunca vi mais.

– Vosmecê vai encontrar nas orações a paz de que precisa, minha filha, abrindo seu coração para Jesus Cristo. Vamos, fale, o que é que te aflige? – indaguei, e não pude conter o riso, surpreendendo-me ao repetir a pergunta com que Zoroastro Meia-Braça iniciava suas "consultas".

– Quarquié a grácis, pádri?

– Não é nada, minha filha. Estou-me lembrando de outra pessoa, que também está aqui na guerra: ele é meu concorrente de rezas.

– I tem otro pádri puraquí?

– Não, minha filha, é um curandeiro baiano, da tropa dos zuavos, que faz as suas rezas e mezinhas junto à soldadesca. Mas vamos logo com a confissão dos seus pecados, minha filha, que estou atarefado e ainda tenho de oficiar missa.

– Anacleta sêmpri arrispeitô nossossinhô, as ingreja, as riligião, us pádri, i, si num aprucurei ajúdis ântis, afoi apurcausidiquê assêmpri tive intindimêntu qui puta i ladrão, as cupação mais disavergonhádis qui hômi i muié pódi tê nas vídis, num divia si apirmiti nem chegá pértu das cási di nossossinhô. Apurum acauso, pádri, as ingreja apirmíti juda pra qui uma puta acúmu ieu possa sê um dia muié di arrespêitu?

– Quer saber se a Igreja pode ajudar vosmecê a deixar essa vida de mundana? Claro que sim, minha filha. A única exigência é que tenha fé em Deus: Ele mora dentro de cada um de nós. Basta que O invoquemos, e façamos da nossa parte, que Ele fará por ajudar aqueles que sofrem e que pedem alívio para suas dores. Mas é preciso muita força de vontade e fé, minha filha. Não se esqueça de que Jesus Cristo morreu na cruz para nos salvar.

– Vixe! qui Anacleta vai murrê di vergônhis só di pensá nu quêqui u nossossinhô, qui móra drentro d'eu, num adévi pensá das safadês qui fáçu túdu sântu dia!...

– Não pense assim nem se amofine por isso, minha filha: Jesus Cristo perdoou, e levou para o céu, ao arrependido

Dimas, o bom ladrão que morreu na cruz ao Seu lado; e ainda o transformou em santo. Santa Maria Madalena, que também era mulher mundana, à época em que Cristo viveu neste mundo, foi por Ele perdoada e santificada. Deus está acima das coisas terrenas, minha filha. Não existe, para Ele, classes ou hierarquias entre as pessoas. Somos todos iguais perante o Senhor.

– Máis acúmu nossossinhô apódi sê tão bão assi, né, pádri? Purquê us hômi num é túdu assi?

– Por isso Ele é Deus, minha filha. Para merecê-Lo, temos de obedecer aos mandamentos da Igreja e à Sua palavra.

– Isprica pra Anacreta, pádri, qui num tem ajeito d'eu intendê: ixísti Deus quié pai, i Deus quié fio?

– Deus, minha filha, são três pessoas em uma só: O Pai, o Filho e o Espírito Santo.

– Cumplicádu pra daná, num é, pádri?

– Aceite assim, e creia.

– I quarquié us generá, dus três, módi Anacleta num pirdê têmpis cum demândis pra sórdadi chinfrim?

– Já disse que os três são uma só pessoa: se vosmecê rezar para Deus, estará rezando também para Jesus Cristo e para o Espírito Santo. Não há hierarquias ou chefias entre Eles.

– U pádri pódi judá Anacleta a largá vídis di muié rampera?

– Posso ajudar, minha filha, mas vou viajar de volta para o Rio de Janeiro; a guerra acabou, graças a Deus. Hoje vou escrever o meu endereço num pedaço de papel, e vosmecê poderá procurar-me, na igreja de N. S. Senhora do Rosário e de S. Benedito dos Homens Pretos, lá na Corte. E as suas filhas que moram em São Paulo? Vosmecê não vai vê-las, agora que a guerra acabou?

– Vô acumprá as fôrria das duas, acuitadas, qui num quero murrê sem dá prelas u qui muitcho poco tive nas vídis: liberdádi, pádri. Adispôs, si nossossinhô assi apirmiti, ieu aprucuro u pádri lá nas Côrti, si num fô incumudá, é craro!

– Quais as idades de suas filhas?

– A mais véia, Leocádia, tá cuns adizesséti, pur aí; a Venância, tá cuns quínzi. As duas trabaia acúmu mucama numa fazêndis di café nu São Paulo.
– Está certo, minha filha. Procure-me, amanhã, na minha barraca do acampamento, que eu vou lhe passar meu endereço no Rio de Janeiro. Agora, ajoelhe-se, e reze comigo uma Ave-Maria e um Padre-Nosso.
– Num sei rezá, não, pádri. Nunca tive têmpis pra prendê.
– Repita comigo, então, minha filha – pedi-lhe, e rezamos juntos, ajoelhados, lado a lado.

✐

Despeço-me do Paraguai e dos horrores desta guerra. O acampamento está uma azáfama, e são apenas seis horas da manhã. A bruma leitosa que cobre as copas das árvores deixa entrever, quando se esgaça em fendas, revoadas de urubus planando na altura das nuvens, vigilantes na movimentação das tropas vitoriosas; apenas aguardam nossa partida, para iniciar a pilhagem aos cadáveres insepultos dos paraguaios e o butim dos despojos do conflito. Deixarei aqui, nestes esteros e carriçais, quatro anos de minha vida, em que presenciei toda a sorte de misérias humanas e ouvi (decerto guardarei para sempre na memória) os galopes medonhos dos quatro cavaleiros do apocalipse, que por aqui encontraram terra fértil para grassar suas misérias, terrores e ignomínias. Nesta tenebrosa quadra de tempo ministrei mais extremas-unções e impus mais penitências que em toda minha vida sacerdotal. Meu Deus! Já nem devo lembrar-me do sacramento de um batismo, quiçá de uma crisma, dos ritos de uma procissão eucarística, de uma cerimônia de casamento, dos sacramentos que enaltecem e celebram a vida... O bulício da tropa, na faina dos preparativos para a viagem de volta para casa, não revela a alegria dos vitoriosos nem a esperança de uma vida futura de paz. As expressões dos rostos dos homens ressumam sobressalto e espanto; mal conseguem acreditar que vão sair vivos deste inferno, onde tantos encontraram a morte na trajetória de uma bala, na ponta de uma baioneta, na agonia do cólera-morbo, no flagelo da fome e do frio, na lâmina de um sabre, nos incêndios dos macegais, no ferro de uma lança. Horror! Quanto horror, meu Deus!

– Marcharemos por dois dias até o rio Paraguai, e lá embarcaremos de volta para casa! – respondeu a um tenente o recém-promovido major Diogo Bento, acercando-se, a cavalo, da minha barraca de campanha, onde apeou e aceitou a caneca de café quente que lhe ofereci.

– Graças a Deus, meu filho. Pensei que este sofrimento não teria mais fim. Mas foi realmente necessário aniquilar todo o povo paraguaio para a guerra terminar? Não se oferecem mais rendições ao inimigo? – indaguei, pesaroso.

– Padre, o que fizemos aqui foi um morticínio, o extermínio de um povo, e essa macabra decisão não partiu dos comandantes do Exército, como sabes. Razões outras, que não consultam a lógica da guerra nem a consciência humana, nos levaram a praticar esse holocausto contra o povo paraguaio. O padre testemunhou a maneira pela qual foi conduzida a guerra, à época em que as tropas eram lideradas por Osório e por Caxias. Bastou que esse famigerado conde francês assumisse o comando, para que toda a sorte de crimes de lesa-humanidade fossem cometidos aqui no Paraguai!

– E o porquê disso, meu filho? O conde é um homem tão culto, refinado, educado no estrangeiro. Qual a razão para tanto ódio na alma?

O major Diogo Bento serviu-se de uma caneca do bule de café que fumegava sobre a tempre, olhou em silêncio para os terrenos alagadiços ao longe, onde se espalhavam centenas de cadáveres paraguaios, e respondeu:

– Razões políticas, padre, não existem outras. O Conde d'Eu jamais nutriu simpatias pelo povo brasileiro, e esse sentimento sempre foi recíproco. Muito argutamente, o Imperador, sogro dele, preparou o caminho para glorificá-lo como herói nesta guerra: aproveitou o pretexto da saída do Marquês

de Caxias do conflito para transformá-lo no homem que vingou o Brasil; o valoroso nobre, consorte da princesa sucessora do trono, que teve a coragem de caçar e liquidar o responsável pela morte de tantos patriotas nacionais! E sabia muito bem o Imperador que matar Solano López só seria possível com o extermínio do povo paraguaio, como afirmou Caxias, visto não haver diferença entre os soldados e a população civil: eram todos, militares e civis, um só corpo, em defesa da liberdade de seu país e do seu líder. Jamais existiu no Paraguai, desde o começo do conflito, uma população civil apartada da guerra. Todo o povo se engajou na luta, incluindo velhos, mulheres e crianças. Tenho minhas dúvidas, padre, se seria possível a ocorrência desse fenômeno de amor à pátria com o povo brasileiro!
– E por que duvidas disso, meu filho?
– Porque ainda não temos, no Brasil, o que poderíamos identificar como "povo brasileiro", padre. Somos a resultante de um caldeamento de raças, de culturas, crenças e interesses que não guardam semelhanças entre si; diria até que com caracteres mutuamente distintos e conflitantes. Olhe à sua volta, padre, para não precisarmos ir muito longe: observe ali adiante o zuavo Meia-Braça e o praça Albuquerque de Olibeira e Soiza. O que eles têm em comum? Nada. Um é afro-baiano e negro; o outro, português e branco. Um acredita em N. S. de Fátima; o outro, num deus cujo nome nem sei pronunciar. Lutaram ambos pelo Brasil? Não, antes pelejaram por suas sobrevivências e interesses pessoais. O português veio para cá em busca de uma compensação financeira que lhe foi prometida, e de uma comenda para possibilitar sua ascensão social; durante toda a guerra locupletou-se com saques e pilhagens ao inimigo. O feiticeiro zuavo alistou-se em troca de sua alforria, e para ter um soldo, que jamais ganharia de onde veio, além de fazer jus às terras que lhe foram prometidas pelo governo, que duvido muito sejam concedidas. Por que aquele negro matou tantos paraguaios? Pelo Brasil? Não, padre, para permanecer vivo, e cobrar o que lhe foi prometido por lei.

– Mas e Dom Obá, major? Já era um príncipe, um homem liberto antes da guerra! Não é Dom Obá um patriota desinteressado em recompensas materiais, e que para cá veio lutar pela sua pátria, como se ufanava?

– Dom Obá alistou-se para a guerra, padre, porque a monarquia brasileira foi ultrajada, o que, no entendimento dele, era uma violência que também o atingia, desrespeitava a sua régia estirpe de nobre africano, de sucessor de um império. Dom Obá veio para o Paraguai defender a monarquia e combater a república, padre! Diferentemente dos paraguaios, todos os voluntários que aqui estão, e que não integravam as tropas regulares do Exército antes da guerra, estão fazendo um negócio com o Império, trocando interesses com o Brasil. Muitos nem isso queriam, dado que foram preados, recrutados a laço e à força; muitos "voluntários" foram seqüestrados e vendidos por 5$000 para o Exército, que pagava aos seqüestradores sem perguntar pelas origens dos recrutados, ou ao menos indagar a forma de recrutamento. Perdi a conta de quantos "voluntários" foram embebedados, nas cidades do interior do país, vítimas de recrutamentos típicos dos piratas dos séculos passados: quando os infelizes despertavam de suas bebedeiras, já estavam conscritos como praças de pré, sem nenhum direito a reclamar o retorno à condição de civis livres. Uma nação civilizada age assim, padre?

– Não estás sendo muito radical em tuas avaliações, meu filho? Faz-me lembrar teu pai em seus momentos mais exaltados!

– Não há a menor inverdade no que afirmei, padre. Não aumentei nem reduzi nada. Só tomei conhecimento desses fatos porque os presenciei, com meus próprios olhos, por força da minha condição de oficial do Exército!

– Mas eu fui testemunha de demonstrações de heroísmos de soldados e de generais brasileiros! – redargüi, para reparar injustiças.

– Não nego, mas apenas por parte dos soldados profissionais! Do ofício das armas fizemos fé e profissão! Nada mais digno e honroso para nós, militares profissionais, que pelejar contra inimigos que ameaçam a soberania do Brasil, que defender a honra da pátria ultrajada. Mas fomos menos de dez por cento de todo o contingente que foi mobilizado para a guerra, padre! A grande maioria veio para cá, repito, forçada, seqüestrada, vendida; e os que vieram por iniciativa própria o fizeram em troca de alguma coisa, que nada tem com patriotismo! Bem diferente do sentimento que notamos nos paraguaios em defesa do seu país!

– Mas não te ufanas da vitória brasileira, major? Não reconheces o papel digno e heróico de Caxias e de Osório nesta guerra, apenas para citar os generais? – indaguei com o fito de quebrar-lhe o pessimismo, e mexer com seus brios.

– Ufano-me, sim, padre, mas com um travo na garganta. Muito orgulho tenho dos meus camaradas de peleja e da vitória que logramos, mas não me dou o direito de toldar ou olvidar as mazelas e ignomínias de que se revestiu este conflito. Talvez não tenha chegado ao seu conhecimento, padre, mas saiba que o Marechal Caxias está sendo alvo de uma campanha de descrédito na Corte, por se ter demitido do comando das tropas no ano passado. E sabemos nós as razões humanitárias que inspiraram aquele digno gesto. Pois bem: o estão acusando, na imprensa que vive às sopas do Império, de covarde e, pasme, de ter roubado mulas do Exército durante a campanha!

– Deus do céu! E qual a razão para tanta injustiça com aquele honrado homem, major? – indaguei, perplexo.

– Apenas porque Caxias denunciou as atrocidades desta guerra, padre, além de ter contrariado interesses dos poderosos do Império, que retardaram, deliberadamente, o fim do conflito.

– E que interesses foram esses, major?

– Em primeiro lugar, dos próprios argentinos: quanto mais tempo demorasse o conflito, mais aumentaria a dívida do Brasil com a Inglaterra, dívida que já passou dos trinta milhões de libras, desestabilizando nossa economia e fragilizando nossas possibilidades de brigar por uma posição hegemônica no continente; além do fato, cruel, inconfessável, mas verdadeiro: quanto mais se prorrogasse o fim da guerra, mais voluntários brasileiros morreriam, comparativamente com os argentinos, reduzindo-se o efetivo do Exército Brasileiro e nossa ascendência militar no continente, e equiparando-nos, estrategicamente, ao exército de Mitre. Em segundo lugar, por interesse da Corte do Imperador, receosa de que o Exército Brasileiro saísse engrandecido deste conflito, sobrepujando em popularidade as forças da Guarda Nacional, além de conferir-lhe força política para reivindicar participação mais ativa nas decisões sobre o futuro do país. Em terceiro lugar, por incrível que possa parecer, por interesses dos nossos barões comerciantes, fornecedores dos materiais e suprimentos de guerra, que aumentaram incomensuravelmente suas fortunas pessoais: mais tempo levasse o conflito, mais contratos vantajosos e lucros exorbitantes inchariam suas burras de dinheiro. Por fim, interesse da própria Tríplice Aliança: por acordo formal entre os três Estados aliados, a guerra só findaria com a captura e morte de Solano López, de forma a permitir que Brasil e Argentina anexassem a seus territórios nacionais, como tributos de guerra, léguas e mais léguas de terras paraguaias sempre cobiçadas pelos dois países. Eis a face oculta da guerra, padre, que dificilmente um dia virá à tona, e por certo será sempre guardada a sete chaves, em nome dos superiores interesses das elites brasileiras.

– Mas até o Imperador Pedro II, major, teria interesse em enfraquecer o Exército Brasileiro, após esse triunfo que ceifou a vida de tantos voluntários?

– O Imperador jamais nutriu simpatias pelo Exército, padre, ao qual sempre se referiu como a "escória nacional fardada!" Nunca fomos vistos pelo Imperador, e jamais o seremos, como tropa de confiança. A monarquia, desde a Regência, sempre teve uma força militar própria e inteiramente afinada com seus propósitos e interesses: a Guarda Nacional e seus nobres oficiais!

— Quanta ignomínia, major, quanta perfídia... A serem verdadeiros esses libelos contra o Império, só me resta lamentar a morte de tantos inocentes nesta guerra, em favor da satisfação de caprichos, de interesses tão torpes e levianos! Quantos infelizes perderam suas vidas... Deus meu! Esses homens do Império não têm consciência? – indaguei, revoltado com a gravidade daquelas revelações.

— Somos um país constituído de gente muito inculta e ignorante, padre, fácil de ser manipulada e conduzida, e o que é pior: incapaz de fazer uma revolução libertadora, como a que fizeram os franceses há oitenta anos. Somos um povo individualista por atavismo, fomos colonizados assim, conformados com as misérias da nossa terra, tolerantes com as arbitrariedades de nossos governantes, complacentes com os interesses de nossas elites.

— Não exageres, major. Não temos lá tantas diferenças com os povos vizinhos da América do Sul – redargüi.

— Não, padre? Confira comigo: fomos o último país do continente a fazer a sua independência, e assim mesmo porque o filho do rei, aqui deixado como Regente, querendo tornar-se um imperador, resolveu fazer má-criação para o pai em Lisboa; onde o povo? Fomos o último país do continente a ter uma escola! O último a ter uma universidade! O único que ainda adota o regime de escravidão humana, juridicamente legalizado! Somos a única monarquia da América do Sul, já quase ao findar do século XIX, em flagrante contradição com nossos países vizinhos, repúblicas soberanas e independentes, com governantes eleitos pelo povo! Não temos diferenças com esses povos, padre?

— Deus do céu, major! Só me fazes recordar as teses do teu bisavô, que foram continuadas pelo teu pai! O bacharel Viegas de Azevedo, que Deus o tenha em bom lugar, sempre vaticinou um futuro muito sombrio para o Brasil, em face da qualidade da gente brasileira, que ele considerava de categoria inferior à dos demais povos. "Brasileiro é gente de baixa extração!", é o que vivia repetindo o velho, e deixou isso em escritos para o teu pai, que até hoje os guarda.

– Não concordo com essas generalizações nem com determinismos históricos. Mas advogo uma verdade, que reputo insofismável: todo povo inculto será sempre conduzido à sua revelia, e nunca forjará o seu destino...
– E a saída, major? Qual seria a saída?
– A república, padre! O povo escolhendo seus governantes! A criação de escolas para desasnar nossos bugres! O fim da escravidão, suposto que não se constrói uma nação de gente civilizada com essa chaga social como fator de produção! Precisamos abolir esse flagelo interno, que só desmoraliza nosso país no concerto das nações. Somos o único país do planeta que ainda mantém a escravidão humana, sob patrocínio do Estado, e com ordenamento jurídico para lhe conferir legalidade! Infelizmente, padre, não temos ainda um povo capaz de ter consciência dos problemas do país, preparado para lutar pelo rompimento desse estado de coisas! Há um grande fosso entre a elite brasileira, constituída pelos barões, pelos grandes comerciantes e industriais, pelos fazendeiros e pelos nobres que vivem dos favores do Império, e as classes mais baixas dos funcionários públicos, militares e pequenos comerciantes, além das multidões de miseráveis, lacaios, escravos e analfabetos, que constituem a grandíssima maioria da população do nosso país. Existem conflitos de interesses entre essas classes? Não são percebidos! E, quando eventualmente ocorrem, são prontamente abafados, não raro com violência, prisão ou morte dos responsáveis.

O toque estridente de um clarim soou por todo o acampamento, anunciando a convocação para o rancho. Churrasco de carne gorda de gado, confiscado dos paraguaios, em lugar do café da manhã, que andava escasso. As tropas necessitavam estar bem alimentadas para suportar a longa marcha de volta, até às margens do rio Paraguai, onde seria embarcada de volta para o Brasil. Acorreram todos, oficiais e soldados, em direção às churrasqueiras improvisadas, fazendo filas, segurando seus pratos de campanha e canecas, em frente aos caldeirões de feijão e de farinha d'água. O major Diogo Bento também se afastou, mas antes se desculpou pelo tom inflamado de voz que sustentara em suas críticas. Excelente homem, inteligente, patriota e honesto, pensei comigo. Ele próprio era a negação do pessimismo que nutria por seus compatriotas. E suas críticas não me irritavam tanto quanto as assacadas pelo pai dele, o mestre-escola Quincas, porque despidas de sarcasmos e de ironias. Fundamentava-as. Exemplificava-as. Revelava suas preocupações com o destino do povo a que pertencia. Não diminuía, não ironizava, era incapaz de humilhar o semelhante.

A negra prostituta saiu de trás do tronco de uma palmeira, onde se escondia; aguardava o término da minha conversa com o major Diogo Bento.

– Anacleta veio si adispidi du pádri, e pedi a sua bença – murmurou com os olhos postos no chão.

Enfiei a mão no bolso da batina e entreguei-lhe um pedaço de papel com o endereço da igreja de N. S. do Rosário e de S. Benedito dos Homens Pretos.

– Quando vosmecê for ao Rio de Janeiro, entregue este endereço a uma pessoa que saiba ler, e ela lhe ensinará a localização da igreja, minha filha – disse, estendendo-lhe o papel.

– Acúmu é mermo o nômi du lugá qui fica 'sa ingreja, pádri? – indagou-me, olhando para o pedaço de papel.

– Fica na rua da Vala, no final da rua do Rosário, no centro do Rio de Janeiro. Que Deus proteja vosmecê e a encoraje para a nova vida que pretende seguir, junto com tuas filhas.

A negra beijou a mão que lhe estendi, enfiou o pedaço de papel no embornal que segurava às costas, e afastou-se, sem olhar para trás, em direção às filas do rancho.

✐

Na marcha de volta para casa, o major Diogo Bento conseguiu-me lugar num carretão, guarnecido de cobertura de lona, que transportava os feridos de guerra. Logo atrás, pezunhando a lama em marcha lenta, seguia o pelotão dos zuavos, em duas filas, à testa do que sobrara do 24º Corpo de Voluntários da Pátria.

– O que vosmecê vai fazer agora na vida, praça Zoroastro? – perguntei ao feiticeiro, tentando tirá-lo do macambuzismo.

– Vorto pra Lençóis, pádri. Primero vô inté a Bahia, módi sabê quiquié feitu di Dom Obá; adispôs vorto pru mermo lugá dadôndi ieu vim! – respondeu, vergado sob o peso do mochilão que carregava às costas.

– E vossemecê, praça Olibeira e Soiza? Vai retornar para o seu burrinho-sem-rabo, no Rio?

– Querias, padre! Com os cem mil réis que ganhei para cá vir brigar, estabeleço-me! Não sei se monto uma frota de burros-sem-rabo, ou se abro um botequim; ando cá às dúvidas! Mas que o gajo cá vai ser patrão, não há duvidanças, padre! – respondeu o português, igualmente arriado sob a imensa mochila às costas e pelas sacolas que segurava nas mãos, carregadas de quinquilharias e teréns.

No descampado à direita da carreta, seguiam os "voluntários do espeto", tocados pelos praças boiadeiros, rebanho insuficiente para alimentar toda a tropa até o final da jornada. Era preciso acelerar a retirada. Do lado esquerdo, seguiam, a pé, as mulheres dos soldados e as prostitutas; não consegui distinguir Anacleta entre elas. Estranha guerra esta, Senhor, em que mulheres, vacas e bois marcham silentes, lado a lado, no mesmo grau de serventia e importância para os homens.

Não ressumavam, aqueles sobreviventes, semblantes de vitoriosos, não exibiam rostos de quem voltava feliz para casa, a sonhar com recompensas ou com as glórias dos vencedores. Semelhavam vencidos; mais pareciam pecadores a expiar as culpas, receosos do que lhes reservava o destino. Não conversavam enquanto marchavam. Os únicos sons que se ouviam eram os chape-chapes dos botins no terreno lamacento, além do rangido das rodas das carretas e das peças de artilharia, puxadas por cavalgaduras e bovinos, arrastando-se, ronceiras, a estalar e gemer ao peso das cargas. Os oficiais, a cavalo, percorriam, a galope, as colunas dos soldados, alertando-os sobre os trechos pantanosos, chamando a atenção para os atoladouros, bradando palavras de ordem para evitar quebrar o ritmo da marcha.

O céu enfarruscou-se, repentinamente, e ventos frios trouxeram nuvens carregadas, tornando-o pardacento. Um chuveiro torrencial desabou sobre o extenso descampado, tornando ainda mais estafante e dificultoso o deslocamento das tropas. A marcha não poderia ser interrompida: esqueciam a fome, enquanto caminhavam. Se parássemos seria pior, e os oficiais sabiam disso: não havia comida para todo o mundo.

– Não parem! Marchem! Chuva forte é bom para lavar a alma! Quede os repentistas do 24º? Onde Severino e Raimundão para animarem a gente com um desafio? – gritou da sela do seu cavalo, o major Diogo Bento.

– Aqui Severino, major! – respondeu um, mais distante.

– Raimundão, aqui! – atendeu o outro, ao pé do carretão.

– Pois subam os dois na carreta dos feridos, saquem de suas violas e soltem o verbo, homens! – ordenou o major.

Os voluntários repentistas jogaram seus teréns para cima da carreta em movimento, pularam para seu interior, aboletaram-se sobre bancos improvisados, tiraram as violas das mochilas e, protegidos do aguaceiro sob a cobertura de lona, deram início à cantoria em duelo.

Vou cantá pra Raimundão
Qui a guerra acabô
Quem ganhô foi o Brasil
Quem perdeu foi o ditadô
Num caréci qui se diga
qui quem sêmpri a guerra vênci
Recrúti menos baiano
Convóqui mais cearense...

Fôssi honesto o Severino
E subesse inxergá
Veria qui os búgri perdeu

*Com os cearense do Paraguá.
Se o Brasil a guerra venceu
Muito deve ao nordestino
Da Bahia e Pernambuco
Nadinha ao Ceará do Severino...*

*Num digo qui num caréci
Pra guerra trazê gênti da Bahia
Qui pra cozinha e feitiçaria
É qui esse povo tem serventia.
Mas na hora das peleja
Cearense é quié bom de lutá
Búgri paraguaio murria é na faca
E não de macumba e vatapá...*

*Pois te digo Severino
Aos contrá do Ceará
Na Bahia hômi e muié se divide
Pras lides da casa apurá.
O que se estranha é na tua terra
Sabê qui muié odeia panela
Veste calça e usa cueca
E qui os hômi é que fais de donzela...*

*Meu cumpádri Raimundão
No Ceará tem disso não
Mais respeito com a gênti
Baiano não é mais hômi não.
Sêmpri si sube no Brasil
Que as encrenca tá na Bahia
Muié só é inté meia-noite
Hômi só é inté meio-dia...*

*Possa sê qui na Bahia
Aos contrá do Ceará
Os hômi vão pra cozinha
E as muié pra rua brigá.
Mas na Bahia sêmpri se sube
Qui no Ceará anda tudo istragado
As cearense é qui báti nus hômi
Os cearense é qui fica pejado...*

E assim foram os dois, com provocações recíprocas, por boa quadra, arrancando da tropa muitas risadas, pois o que mais diverte o brasileiro é fazer sátira de si próprio. O duelo levou quase uma hora e terminou quando já não havia rimas nem provocações para ser trocadas; os raios do sol romperam as nuvens pesadas, e os ventos afastaram-nas para longe, descortinando um céu azul-ferrete, desprovido de urubus, trazendo bons augúrios para todos nós, precisados. Louvado seja o Altíssimo por ter preservado nossas vidas neste conflito. Louvado seja.

XXVI

Sobrado da rua das Violas, n° 31, Rio de Janeiro. Uma semana antes do embarque de D. João VI e da Corte de volta para Portugal. Mês de abril do Ano da Graça de Nosso Senhor Jesus Cristo de 1821.

– Ai, Jesus! Ai, minhas encomendas! Não hei de conformar-me com a tua recusa a retornar comigo para nossa saudosa terrinha, ó Quincas! Podias muito bem lá completar teus estudos e ordenar-te padre, filho, como sempre foi teu desejo! Tu bem sabes que eu conseguiria costurar os arranjos com o mano mais velho do meu Lobato, e dele para chegar a el-Rei era o tempo de um traque! – lamentava-se, voz embargada, D. Maria da Celestial Ajuda, a tentar convencer Quincas a com ela seguir viagem de retorno para Portugal.

Quincas ponderara que seria muito mais fácil ordenar-se padre no Brasil, onde a concorrência era bem menor, e as vagas para a carreira eclesiástica em número muito maior que em Portugal.

– Além disso, senhora, já estou cá ao Brasil adaptado: formo-me padre ao final deste ano, se tudo correr bem; tenho uma vocação e uma carreira a seguir – completou.

– Cuida-te, filho, que a Igreja, depois de ordenar-te, pode muito bem transferir-te para uma paróquia das Alagoas, para catequizar os caetés! Lembras-te de dom Fernandes Sardinha? O pobre era um bispo, e mesmo assim os bugres o merendaram por inteiro!

– Mas, senhora, aquele facto se deu há trezentos anos! Há muito não se tem notícia da prática de antropofagia no Brasil!

– Cebolório! Esses bugres nunca vão perder o gostinho, depois que experimentaram o primeiro: roem até os ossos por um patrício dourado no espeto! Quem comeu um come um cento! Se for um padre, então, nem se fala: aquelas feras sabem que é melhor ainda: a vianda já vem benzida e abençoada!

– Não se corre mais esse perigo cá, senhora. Os botocudos já foram amansados.

– E se cá no Rio surgirem dificuldades, filho? Como vais te arranjar? Bem sabes tu que o Brasil é um valhacouto de negros e de bugres perigosíssimos; nem os brancos desta terra são confiáveis!

– Não há por preocupar-se, senhora. Tenho cá no Rio a amizade do bacharel Viegas de Azevedo e da família dele, que poderão ajudar-me em eventuais dificuldades; além disso, não te esqueças de que, em última instância, o Príncipe Dom Pedro, que cá permanecerá como Regente, não negaria uma mercê para seu companheiro de infância.

D. Maria da Celestial Ajuda enxugou as lágrimas na barra da sobre-saia de chamalote, abriu uma pequena arca que estava sobre a mesa de refeições, e de lá retirou um maço de papéis, amarrado em uma fita de cetim.

– Deixo-te cá, filho, porque não sei se te vejo mais nesta vida, a escritura de transferência deste sobrado para o teu nome, que providenciei semana passada, ao convencer-me da tua decisão de não voltar para Portugal. Também cá estão, conforme teu desejo, as cartas de alforria do negro Anacleto e do filho, Jacinto Venâncio – disse, estendendo os papéis para Quincas.

– Se eu estivesse no teu lugar, meu rapaz, rasgava essas cartas e mantinha aqueles dois negros no cativeiro, que a gente nunca sabe o dia de amanhã; terias sempre a possibilidade de uma fonte de renda na hora de um aperto! – interveio "Lobatão".

– É-me de todo incompatível, como futuro sacerdote e homem de fé cristã, possuir escravos, senhor Lobato – retorqüiu Quincas, refutando a proposta.

– Mas, se todo padre que se preza, neste Rio de Janeiro, até compra e vende escravos, por que serias tu diferente? Qualquer mosteiro ou convento desta cidade tem lá sua senzala e seus cativos, ó rapaz! – redargüiu "Lobatão".

– Sigo a minha consciência e não a dos outros. Além disso, pelo que me consta, Anacleto e Jacinto Venâncio já pagaram por suas alforrias, com seus próprios trabalhos! – replicou Quincas, procurando os olhos da mãe de criação.

– É facto, filho, é facto! – confirmou D. Maria da Celestial Ajuda, retirando de dentro da arca uma caixa de lata, cheia de notas e de moedas.

– Nesta lata estão, contadinhos, cento e trinta mil réis e sessenta tostões, arrecadados pelos dois nestes últimos anos, em que trabalharam vendendo garapas e cachaça como negros de ganho – comentou a mulher passando a lata para o "Lobatão".

– Valem muito mais aquelas duas peças, ó mulher! Só com o negro mais novo era de apurar, no cais do Valongo, miserabilmente, uns duzentos mil réis! Imaginem o leiloeiro a anunciar um escravo com pouco mais de vinte anos, a saber ler e escrever, em português e em latim!, e, a não bastar, com não sei quantos anos de experiência como sacristão da igreja de N. S. do Rosário, e outros tantos no comércio como negro de ganho! Era para regatear oferta de duzentos e cinqüenta mil réis, ó D. Maria! – exclamou o marido, arrebatando-lhe a lata das mãos. E continuou: – Estamos todos cá nesta pocilga a negócios, não a caridades, má-raios! Agora, se faz favor, ó Quincas, assina cá esta letra que te obriga a nos enviar para Portugal, a cada seis meses, dois terços dos rendimentos que auferires com os aluguéres dos cômodos deste sobrado, ficando certo que o mínimo será de cento e vinte mil réis por semestre completo, mesmo que tu não os alugues!

Quincas pegou o título que "Lobatão" lhe estendera, leu-o, e indagou:

– Se eu não conseguir alugar os cômodos, por qualquer motivo, como vou enviar esse rendimento, se o que vou perceber como padre são, sabidamente, parcas quantias da Igreja!

– Vende o imóvel! Que este sobrado deve valer uns 3.000$, apesar de o cemitério dos pretos ficar aqui perto, no largo de Santa Rita. E, se assim procederes, está aí inclusa a cláusula que te obriga a nos enviar sessenta e seis vírgula sessenta e seis por cento do valor da venda; aí então, caso ela se concretize, estarás livre dessa letra, e com boa fazenda na burra! – respondeu "Lobatão".

Quincas releu o documento, preparado em cartório, refletiu por um átimo, e propôs:

– Aceito e assino, mas com uma condição!

– E qual é?

– Anacleto e Jacinto Venâncio poderão continuar a morar no porão do sobrado, sem pagar aluguel, enquanto o imóvel não for vendido!

"Lobatão" fez cara de espanto, ergueu as duas mãos para o alto como a pedir a clemência de Deus para aquela maluquice, e respondeu:

– Vá lá que seja, que o problema é teu! Quem pariu Mateus que o crie! Sabe-se lá que mandingas não fizeram aqueles dois negros para te enfeitiçarem a alma, meu rapaz. Primeiro os alforria, agora lhes dá teto de graça! Entenda-se lá teu toutiço!

– Não foram mandingas, senhor Lobato, e sim amizade e caridade, que aprendi inspirado em Jesus Cristo.
– Não sem motivo Aquele foi pregado à cruz. Enfim! se é assim que tu queres, escreve aí ao pé da letra a condição que propões para aqueles negros, que eu e D. Maria assinamos, e depois assinas tu em baixo!
Foi assim, dessa forma e jeito, que a partilha do sobrado da rua das Violas se deu, apesar dos protestos de D. Maria da Celestial Ajuda para com o marido, insistindo em que a divisão se desse a meias, entre o casal e o seminarista. Mas "Lobatão" trepara nas tamanquinhas e ficara irredutível:
– A meias? Se somos três, ó mulher! A *treias* é o que faremos!

༄

Seminário da Lapa, Rio de Janeiro. Término do período letivo do Ano da Graça de Nosso Senhor Jesus Cristo de 1821. Mês de dezembro.

– Todos de pé! – gritou o monitor da turma, ao perceber que o padre Luiz Gonçalves dos Santos surgira no final do comprido corredor que dava acesso às salas de aula. No interior da sala, vinte seminaristas aguardavam, ansiosamente (as bulhas cardíacas quase se ouviam), os resultados dos exames finais da cadeira de gramática latina, a mais difícil e temida do curso.
Sobraçando uma pilha de provas, o padre Gonçalves dos Santos, homem de compleição franzina, baixa estatura e macérrimo, adentrou à sala de aula e, com um gesto, pediu a todos que se sentassem. De pé, sobre o estrado de madeira que amparava a mesa e a cadeira do professor, encarou, por um par de minutos, em silêncio, o rosto de todos os seminaristas. Ato contínuo, fechou os olhos e rezou uma rápida jaculatória, como era de praxe. "*Dominus vobiscum*", disse ao final. "*Dominus tecum*", responderam os alunos. Em seguida, o padre sentou-se na cadeira, com ar circunspecto.

— Esse padre é uma falange indecifrável! — boquejou o seminarista Gianfrancesco Caparelli para Quincas, sentado ao seu lado.
— Uma esfinge indecifrável, Caparelli! — corrigiu-o Quincas, também sussurrando.
— Ou isso! O *Perereca* hoje está com cara de poucos amigos!
O padre ergueu-se da cadeira, cruzou as mãos às costas e, olhando para as sandálias, iniciou um ir-e-vir, em silêncio, sobre o estrado. De repente parou, como se algo lhe tivesse ocorrido; encaminhou-se até à ardósia presa à parede, pegou um pedaço de greda, e riscou na pedra:

FINIS CORONAT OPUS

Virou-se para a turma e disse:
— *Finis coronat opus*.[2] Infelizmente, somente quatro seminaristas desta turma lograram obter aprovação nos exames finais de gramática latina, e honraram este belo aforismo latino. É de lamentar, profundamente, este triste resultado, sabido é que o conhecimento do latim para a vida sacerdotal é muito mais importante que, até mesmo, o domínio da língua do país de origem. Agora peço que fiquem de pé os seminaristas Joaquim Manuel, João Deoclécio, Antônio da Anunciação e Trajano Rodovalho.
Os quatro nominados ergueram-se das carteiras, assustados.
— Recebam minhas congratulações! — cumprimentou-os o padre. — Tenho convicção do vosso preparo e qualificação para o exercício da vida clerical. Já os considero prontos para o ordenamento, particularmente o seminarista Joaquim Manuel Menezes d'Oliveira, que logrou obter a nota máxima e o primeiro lugar da turma na cadeira: sem consultá-lo, já o recomendei ao bispo diocesano D. José Joaquim Justiniano Mascarenhas Castelo Branco, para que, no próximo ano

---

[2] É o fim que coroa a obra.

letivo, exerça a instrutoria auxiliar da cadeira, assistindo o titular, substituindo-o em seus impedimentos, iniciando, enfim, promissora carreira no magistério deste estabelecimento de ensino religioso. Receba meus cumprimentos especiais pelo brilhantismo com que concluiu o curso, seminarista Joaquim Manuel. *"Scire tuum nihil est, nisi te scire hoc sciat alter."*[3]

Emocionado, Quincas recebeu os cumprimentos dos colegas de sala; com a permissão do padre Gonçalves dos Santos, todos, individualmente, abraçaram-no e beijaram-lhe as faces.

– Tu só podes ser um anormal, Joaquim Manuel! Tirar o primeiro lugar num exame que reprovou dezesseis é façanha horácica! – exclamou Gianfrancesco Caparelli, enquanto o abraçava.

– Façanha homérica, Caparelli. Homérica! – corrigiu-o Quincas, que era todo sorrisos e agradecimentos. Seus pensamentos, enquanto recebia os cumprimentos dos colegas, voltavam-se para os amigos, conselheiros e pessoas que o haviam encorajado e, de alguma forma, ajudado a levar a bom termo aquela jornada: D. Maria da Celestial Ajuda, agora em Lisboa, para quem tencionava escrever uma carta, ainda naquela noite, dando-lhe conta das boas notícias que acabara de receber; o velho bacharel Viegas de Azevedo, que tanto o incentivara nos estudos, e a quem entregara a administração do sobrado da rua das Violas, após a viagem da mãe de criação e do marido, de volta para Portugal; frei Antônio de Arrábida, que o iniciara, ainda menino, nos estudos de latim, a bordo da nau que os trouxe para o Brasil, quase quatorze anos atrás; os alforriados Jacinto Venâncio e o pai, Anacleto; o bibliotecário Marrocos, que finalmente se casara com D. Ana Maria de S. Tiago Sousa, e que agora só vivia a falar bem do Brasil, e a desancar Portugal, razão pela qual passara a ser alvo de toda a sorte de chacotas e pilhérias do bacharel Viegas

---

[3] "Saber o que sabes não é nada, se outro não souber que o sabes" (Pérsio).

de Azevedo, que o elegera paradigma referencial da sua tese sobre a influência dos *Miasmas Pestíferos e Ventos Acanalhadores* sobre o caráter dos estrangeiros que emigravam para o Brasil, acanalhando-os; o próprio Príncipe Regente, embora o tenha preterido por outras amizades (em face das obrigações do celibato e da conduta decorosa a que estava Quincas obrigado, como seminarista); e, finalmente, o próprio Rei, agora distante, em Lisboa, que tanto o protegera, e que lhe mandara comunicar, recentemente, por meio de carta que enviara ao filho, haver cumprido a promessa que fizera a Quincas, cochichada ao pé do ouvido, em Queluz, no ano de 1806: perdoara ao físico doutor João Francisco d'Oliveira, e revogara a terrível sentença a que o condenara, promovendo-o a Conselheiro do Rei. "*Truditur dies die.*"[4]

Na noite feliz daquele dia, em sua cela no Seminário, Quincas escrevia, após rezar as completas, sob o lume mortiço de uma lamparina de azeite, a carta que dava notícia à mãe de criação da sua aprovação nos exames finais, e do convite que recebera para exercer o magistério no Seminário da Lapa, quando bateram de leve à porta.

– Quem é? – perguntou, interrompendo a escrita da carta.
– É o Caparelli! Abre! Preciso te falar com urgência!
Trajando camisola de dormir e segurando a lamparina à altura do rosto, Quincas abriu a porta e deu com a cara transtornada de Gianfrancesco Caparelli.
– Que aconteceu? Estás com cara de quem viu assombrações por aí, criatura! – comentou Quincas.
– Antes fosse! Deixa-me entrar! Tenho coisa terrível para te dizer!
Quincas deixou-o entrar e cerrou a porta. Encostado à parede da cela, Caparelli, lábios trêmulos, boquejou:
– O *Perereca* já sabe!

---
[4] "Um dia é empurrado pelo outro" (Horácio).

– Já sabe o quê, criatura?
– Já sabe quem foi o autor da alcunha abjeta que ele tanto odeia! Não tive culpa, Quincas, o padre é pessoa muito ardilosa e envolveu-me com suas perguntas e promessas! – desabafou Caparelli, transtornado.
– Santo Deus, Caparelli! Denunciaste-me para o padre Gonçalves dos Santos como o autor da alcunha *Perereca?* – indagou Quincas, sobressaltado.
– Arrancou-me! Não resisti à pressão do interrogatório do padre... Aquele deve ter trabalhado como inquisidor da Igreja, no passado!
– Meu Deus! arruinaste com minha carreira eclesiástica! A essas horas o padre já deve estar redigindo uma denúncia para o bispo, solicitando minha expulsão do seminário e contra-indicando minha ordenação para padre!
– Não pode ser, Quincas! Tiraste o primeiro lugar da turma! O próprio *Perereca* já te recomendou ao bispo, para que sejas, no ano que vem, instrutor da própria cadeira! – ponderou Caparelli, sem muita convicção.
– Não importa, criatura! A questão em causa é de natureza disciplinar, que aqui dentro vale tanto ou mais que o aproveitamento nos estudos! Por que fizeste isso comigo, Caparelli? Quantos favores te prestei... Quanta cola te dei, sob risco, durante todo o curso... – desabafou Quincas, desarvorado, apertando as têmporas com as palmas das mãos.
– Foi-me irresistível, Quincas! Imagina que fui procurar o padre, no início da noite, em sua cela, para lhe pedir revisão de prova, e para que me fosse concedida mais uma oportunidade para aprovação, em face da ameaça de meu pai de deserdar-me de alguns bens, em favor do meu irmão, caso eu não fosse aprovado este ano no Seminário. Eu estava em pânico, Quincas! Já vou para o terceiro ano de repetência no raio dessa matéria!
– E daí, Caparelli? Que tenho eu que ver com isso?
– O padre aproveitou-se do meu desespero e do meu choro incontido e disse, após um longo discurso do qual nada

entendi, arrematando no final: "Posso examinar a possibilidade de avaliar vosso pleito, desde que satisfeita uma condição: quero o nome do autor da alcunha de *Padre Perereca!*" Não pude resistir, Quincas, tanto era o meu desespero; então, revelei o teu nome, para grande surpresa e decepção do padre, diga-se.

– És um ser abjeto e idiota, Caparelli! Destruíste oito anos de estudo e toda a minha carreira clerical! Então não percebeste, ó imbecil, que tanto eu como tu seremos desligados do Seminário? Que o padre te engabelou com falsas promessas de rever teu exame? E agora? O que vou fazer da minha vida? Você tem família abastada, que pode te perdoar os desatinos e te prover a vagabundagem! E eu? – vociferou Quincas, expulsando-o da cela.

No dia seguinte, tendo passado a noite em claro, Quincas dirigiu-se ao refeitório do Seminário, após o ofício das matinas, das laudes e da prima. Lá encontrou, já sentados à mesa, todos os professores, que não lhe pouparam severos olhares de reprovação, à sua entrada no recinto. A notícia correra mais rápido que pensara, e o padre Gonçalves dos Santos não estava presente ao refeitório. "Mau sinal", avaliou, enquanto o cozinheiro lhe servia uma cumbuca de canjica e uma broa de milho.

– Prepara-te para o pior! – sussurrou alguém, atrás dele. Era o seminarista Antônio da Anunciação, que aguardava a vez de ser servido, segurando uma bandeja. – O Conselho de Disciplina reuniu-se ontem à noite, extraordinariamente, e foi convocado para nova reunião, esta manhã, às onze horas. Tu e o Caparelli estão arrolados em denúncia de falta disciplinar gravíssima, por denúncia do padre Gonçalves dos Santos. Prepara-te para o pior! – completou, entre dentes, olhos sempre baixos.

À saída do refeitório, Quincas recebera de um bedel a ordem do Superior do Seminário para que permanecesse em sua cela, até ser convocado para comparecer à reunião do

Conselho de Disciplina, ainda naquela manhã. A mesma instrução fora passada para Gianfrancesco Caparelli. Na cela, após mais de quatro horas de espera, e de várias idas à retreta, onde deu vazão a intermitentes desarranjos intestinais, provocados pelo estado emocional abalado, finalmente lhe bateram à porta, por volta do meio-dia. Quincas tentou arrumar a estamenha amarrotada, passou a mão sobre os cabelos em desalinho, e saiu para o corredor, onde o aguardava um velho sacerdote, que o acompanhou até à sala do Conselho de Disciplina.

Na sala ampla e austera, o corpo docente do seminário estava sentado à direita da mesa diretora; a figura do bispo D. José Joaquim Castelo Branco avultava na cadeira de respaldo mais alto, e era ladeada por quatro dos sacerdotes mais antigos do seminário. À esquerda da mesa diretora, sentado ao lado do sacerdote que fazia de meirinho, o padre Luiz Gonçalves dos Santos dardejou furioso olhar de recepção a Quincas, quando este se sentou, em cólicas, pernas trôpegas, na cadeira que lhe fora indicada pelo clérigo da guarda, colocada à frente da mesa diretora.

A um gesto do bispo, o meirinho iniciou a leitura do libelo acusatório, a ser julgado em rito sumaríssimo, em face da gravidade da denúncia apresentada pelo presbítero Luiz Gonçalves dos Santos, que se considerava atingido em sua honra e integridade moral pelos seminaristas Joaquim Manuel Menezes d'Oliveira e Gianfrancesco Caparelli: o primeiro, por ofensa gravíssima à honra e à dignidade religiosa do padre, em vista da acusação de autoria de abjeta alcunha depreciativa, pela qual o denunciante passara a ser publicamente conhecido, e diuturnamente ridicularizado, com danos morais irreparáveis e irremovíveis, visto que, segundo o ofendido, a publicidade do apodo havia ultrapassado as fronteiras da cidade, e do país, tendo chegado a Lisboa, sendo prova disto o fato de o futuro editor português da obra literária *Memórias Para Servir à História do Reino do Brasil*, de autoria do denunciante, passar a exigir do autor, como condição contratual para sua publicação, estampar a vil alcunha no frontispício do livro, em lugar do seu nome de baptismo, sob a alegação de que o padre era mais conhecido pelo apodo do que pelo nome, além de constituir a alcunha chancela literária mais comercializável, de acordo com as palavras do prefalado editor; o segundo acusado, por comportamento torpe e infame, além de revelar notória deficiência intelectual, que o contra-indicava para a vida clerical, por ter denunciado colega de seminário com o fito de beneficiar-se de vantagem vil, a pretender uma reavaliação de seu aproveitamento nos exames finais da cadeira de gramática latina, tendo o cônego ofendido constatado o seu completo despreparo para a vida sacerdotal, haja vista que a confissão, que constitui parte sigilosa e indizível do sacramento da penitência, havia sido facilmente obtida, mediante rápido interrogatório, o que revelava a fraqueza moral do seminarista.

Terminada a leitura do libelo acusatório, o bispo Dom José Joaquim, que presidia o Conselho de Disciplina, indagou de Quincas:

– O seminarista Joaquim Manuel Menezes d'Oliveira ouviu a denúncia e a acusação. Responda, apenas, sim ou não: O seminarista confirma a denúncia de que é o autor da alcunha *Padre Perereca*, pela qual ficou conhecido o mestre-presbítero Luiz Gonçalves dos Santos, lente da cadeira de gramática latina?

As cólicas aumentaram, as pernas fraquejavam, e Quincas, sem alternativa, sabendo que a negativa da autoria da alcunha provocaria, fatalmente, acareações com outros seminaristas, podendo prejudicá-los, respondeu:

– Sim, Reverendíssimo, mas não inventei o apodo com o intuito de difamar o padre Gonçalves dos Santos; o propósito foi apenas fazer uma...

– Responda, apenas, sim ou não! Sem comentários, que não lhe foram pedidos! – interrompeu-o, energicamente, o bispo. E repetiu a pergunta.

– Sim, Reverendíssimo – respondeu Quincas, constrangido.

– Responda, apenas, sim ou não: O seminarista reconhece que a alcunha depreciativa que inventou teve por conseqüência a mácula da honra, a depreciação da dignidade, a humilhação da pessoa e a exposição ao ridículo do religioso, cônego prebendado, ilustre mestre da língua latina, respeitado e estimado por todos os pares, padre Luiz Gonçalves dos Santos?
– Não, Reverendíssimo – respondeu Quincas.
O bispo franziu os sobrolhos, surpreendendo-se com a resposta de Quincas.
– Não? E por quê? – indagou o bispo, voz cava.
– A falecida rainha, D. Maria I, era conhecida por todo o Reino Unido de Portugal, Brasil e Algarves como *a Louca*, e nem por isso deixou de ser respeitada e amada por seus súditos. Acredito que, assim como o hábito, a alcunha também não faz o monge. "*Alium silere quod voles primus sile.*"[5]
– respondeu Quincas.
O bispo arregalou os bugalhos, e o sangue subiu-lhe às ventas.
– O meirinho não registrará nos autos a resposta do indagado, em face de sua impertinência e ousadia! – vociferou o bispo. – Responda, apenas, sim ou não, à última pergunta: O seminarista concorda com a premissa de que um padre, para o exercício confiável de seu ministério, necessita ser respeitado por seus fiéis, e de que a sua ridicularização, junto aos seus paroquianos, compromete a plena execução e a eficácia de suas funções sacerdotais?
– Sim, Reverendíssimo – respondeu Quincas, aos soluços, não contendo as lágrimas.
Enquanto o meirinho ultimava a escrituração do depoimento findo, fez-se um silêncio hostil e comprido na sala. O único ruído ali ouvido era o do bico da pena do meirinho, arranhando o papel apergaminhado. Das lajes do piso e dos azulejos das paredes pareciam evolar-se miasmas gélidos que

---

[5] "O que quiseres que outro cale, cala-o tu mesmo" (Sêneca).

se misturavam aos bafios de mosteiro, olores de círios a arder, aromas adocicados de flores, cheiros de incensos; pelas janelas, chegava o som do burburinho rumorejante das águas do pequeno chafariz existente no pátio interno. Ao meio-dia, o campanário da capela do seminário tocou a hora canônica sexta, que pareceu despertar o bispo do transe a que estava entregue, absorto no severo silêncio monasterial.

– O seminarista Joaquim Manuel Menezes d'Oliveira deverá aguardar em sua cela, incomunicável, a decisão deste Conselho de Disciplina. O clérigo da guarda deverá acompanhá-lo. Suas refeições serão servidas na cela, até que o resultado do julgamento seja conhecido. O seminarista está dispensado – proclamou o bispo.

※

"Diocese da Cidade de São Sebastião do Rio de Janeiro
Seminário Diocesano da Lapa
Sexta Reunião Extraordinária do Egrégio Conselho de Disciplina
Julgamento disciplinar dos seminaristas Joaquim Manuel Menezes d'Oliveira e Gianfrancesco Caparelli.

Sua Excelência Reverendíssima, Bispo da Diocese da Cidade de São Sebastião do Rio de Janeiro, Dom José Joaquim Justiniano Mascarenhas Castelo Branco, Digníssimo Presidente do Foro Eclesiástico desta Cidade, tendo em vista o julgamento levado a efeito, aos vinte dias do mês de dezembro do Ano da Graça de Nosso Senhor Jesus Cristo de mil oitocentos e vinte e um, pelo Egrégio Conselho de Disciplina do Seminário Diocesano da Lapa, com base nos elementos de denúncia, provas testemunhais e declarações de culpabilidade dos seminaristas Joaquim Manuel Menezes d'Oliveira e Gianfrancesco Caparelli, em face dos atos de indisciplina por eles praticados contra o padre Luiz Gonçalves dos Santos, lente da cadeira de Gramática Latina deste Seminário, tudo em conformidade com os autos do processo que está depositado nos Arquivos do Seminário, e cuja cópia foi enviada à Mesa do Desembargo do Paço e da Consciência e Ordens, para lá ficar depositada, para todos os efeitos legais e canônicos, houve por bem, no âmbito de sua competência jurisdicional eclesiástica, acolher a decisão do julgamento daquele Egrégio Conselho Disciplinar, e pronunciar a decisão, definitiva, em caráter irrevogável, de desligamento sumário dos supracitados seminaristas do Seminário Diocesano da Lapa, alcançando aquela decisão a proibição de os punidos, em qualquer tempo, regressarem à carreira clerical. Esta decisão se cumprirá, como nela se contém, em caráter irrevogável e definitivo, determinando seja à mesma dada ampla divulgação e notícia a todas as Dioceses existentes no Brasil, pelos meios julgados exeqüíveis pela Cúria do Rio de Janeiro. Dada no Seminário Diocesano da Lapa, na cidade de São Sebastião do Rio de Janeiro, aos vinte dias do mês de dezembro do Ano da Graça de Nosso Senhor Jesus Cristo de 1821. O BISPO DA DIOCESE DO RIO DE JANEIRO."

☙

Estrada de Matacavalos. Chácara do bacharel Viegas de Azevedo, Rio de Janeiro. Dez dias depois do desligamento de Quincas do Seminário Diocesano da Lapa. Ano da Graça de Nosso Senhor Jesus Cristo de 1822.

– O que farás da tua vida agora? Ora, Quincas, só para a morte é que não há jeito; quanto ao resto, tudo se arranja. Tens apenas vinte e três anos de idade, e sabes mais latim que todos os habitantes desta cidade, tirante uns dois ou três latinistas eméritos aqui perdidos. *Ab amicis libenter moneamur.*[6] Por que não montas uma escolinha de primeiras letras, e começas a desasnar as imensas turbas de miúdos ignorantes que abundam nesta urbe? Estou sempre a repetir-me, suposto que não me ouvem, ou não enxergam: terão sempre êxito os que no Brasil procurarem explorar quatro tipos de atividades de comércio, que julgo com clientela e mercado assegurados: escola, armazém, botica e funerária, dado que ignorância, fome, doença e defunto nunca terão carestia neste país! São negócios para explorar e sobreviver

---

[6] Deixemo-nos de bom grado advertir pelos amigos.

com tranqüilidade! É como vender milho para pinto! Bacalhau para português! Chá para inglês! Aproveita o estudo que o seminário te deu, e vai tentar a vida de mestre-escola, que abundam nesta Corte legiões de iletrados, miúdos e graúdos! – aconselhou o bacharel a Quincas, que fora consultá-lo sobre se devia retornar a Lisboa, em face do seu desligamento do seminário.
– Não achas, bacharel, que seria mais prudente eu vender o sobrado da rua das Violas e retornar a Portugal? Se permanecer aqui, posso ser vítima de perseguições da Igreja.
– Bobagem! Daqui a um mês todos já esqueceram o incidente do seminário. O que tem o brasileiro de ignorante, pândego e de esfaimado, por atavismo, não o tem de memória, que é comparável à dos galos! Já se esqueceram até do rei velho, que há menos de um ano ainda estava cá! Agora só falam no filho, o Regente femeeiro que nos governa. Deixes de pessimismos, Quincas, que eu sei, há mais tempo que tu, o que é ser perseguido e injustiçado: jogaram-me na enxovia não sei quantas vezes, e olha que eu já era velho e bacharel! Nem por isso me faltaram clientes e causas, que isto cá é a terra rainha do desrespeito ao direito! – retorquiu o bacharel.
Como lhe doía a gota, após a caminhada pelas aléias do pomar da chácara, acompanhado de Quincas, o bacharel convidou o jovem amigo, acabrunhado e desesperançado, para sentarem-se no alpendre da casa. O bacharel deitou-se na rede estendida, apontou uma preguiçadeira para Quincas acomodar-se, e gritou para o negro Aniceto Cabinda vir balançar-lhe a rede e espantar as moscas.
– A idéia da escola de primeiras letras pareceu-me boa, bacharel, mas faltam-me recursos e meios para isso – ponderou Quincas.
– Faltam-te recursos? Isso é o que não te falta, rapaz: e o dinheiro que apuras com o aluguel dos cômodos do sobrado da rua das Violas? São trinta mil réis por mês, Quincas, esqueces-te? Somente dez te pertencem, já sei, pelo que examinei dos papéis que me entregaste para cuidar, mas dá,

perfeitamente, para encomendar umas carteiras escolares e uma pedra de ardósia. A tabuleta que pregarás na porta, com o nome da escola, eu mesmo ta dou de presente. O resto é com a tua cabeça e o teu trabalho; os primeiros alunos te ajudo a recrutar na vizinhança.
— Não tenho espaço no sobrado para esse fim, bacharel. Os cômodos estão alugados, estou me apertando no quartinho do segundo andar, e Anacleto e Jacinto Venâncio ocupam o porão.
O bacharel ergueu o tronco da rede, e gritou para o interior da casa:
— Ó Aniceto! Quede essa peste que não atende? Venha cá balançar-me a rede, ó traste! Onde se meteu aquele tição careca? — Deitou-se novamente, encarou Quincas por um átimo, e retomou o fio da conversa: — O local! Realmente este é o problema! Onde instalar a escola? Tem de ser em sítio no centro da cidade, onde os miúdos possam ir a pé de suas casas. À noite, poderias desasnar os graúdos, que têm vergonhas de freqüentar escolas de dia, juntamente com as crianças... Chiça!
— O que foi, bacharel? — espantou-se Quincas com a exclamação do velho.
— Ocorreu-me cá lembrar-me de um sobradinho desocupado, que está há tempo para aluguer, na rua do Sabão, prédio um pouco modesto e acanhado, é facto, a carecer umas reformas na alvenaria, mas que viria a calhar, ó rapaz!
— Não tenho como pagar aluguéres, bacharel, bem sabes — retrucou Quincas.
— E quem falou em pagar aluguer? O proprietário é um comerciante português, de secos e molhados, que tem um estabelecimento na rua Direita. Aquele sacripanta me deve dinheiros e favores, pelas dezenas de vezes que fui defendê-lo, no Tribunal da Relação, das inúmeras tramóias e sonegações de impostos que o aldrabão apronta nos negócios. Falo com aquele alcocheta ainda amanhã: vou propor-lhe a quitação das dívidas que tem comigo, e oferecer-lhe gratuidade de

meus serviços advocatícios, por um ano, na contrapartida do uso gracioso do sobrado, por igual período. Ao final deste ano, estimo que tu já terás condições de pagar o aluguer dos cômodos, do teu próprio bolso, pelo menos os do rés-do-chão, com as mensalidades que cobrarás dos alunos. Verei o que posso fazer. Não te asseguro que vou conseguir, mas vou tentar, e logo voltaremos a conversar a respeito. Enquanto isso, por que não dás trato ao teu criativo toutiço, e cunhas um nome para a escolinha, hein, ó rapaz?

Quincas sorriu, pela primeira vez, desde que fora desligado do seminário. Encantava-lhe a maneira pela qual o bacharel o animava a enfrentar, pragmaticamente, as vicissitudes da vida; invejava-lhe a capacidade de gerar idéias, de construir soluções rápidas para os problemas que se apresentavam. Logo ele, um iconoclasta militante, destruidor de valores, crítico impiedoso de tudo aquilo que não lhe agradava, e tantas coisas não lhe agradavam! Fascinante criatura, pensara Quincas. A mesma capacidade que tinha para demolir, usava-a para construir.

– Ficarás para o almoço, Quincas; obrigo-te, por quatro razões: a primeira, naturalmente, pelo prazer da tua companhia; a segunda, para que testemunhes o assassinato de um negro desobediente e sem-vergonha, que não atende aos meus chamados; a terceira, porque estou só para o almoço: Viegas Filho, D. Maria Eduarda e meus netos foram passar a semana na fazenda dos pais dela, nas selvas remotas de Nictheroy: sabe-se lá se voltam vivos dos bugres tamoios que vivem naqueles baldios!; a quarta, e última, porque gostaria de mostrar-te, e oferecer-te como presente, alguns escritos meus que gostaria guardasses, e continuasses no futuro, se assim entenderes conveniente, é claro. Combinado? Pois muito bem, vamos agora à biblioteca, mas antes daremos uma passadinha na cozinha, para investigar que artes anda o meu preto fazendo. Ó Aniceto! Já estou a ir, negro vagabundo! Prepara-te para deixar a pele no tronco, preto desobediente e safado! – praguejou, aos gritos, enquanto se erguia da rede com a ajuda de Quincas.

Aniceto Cabinda escapara do assassinato anunciado, por ter revelado, a tempo de salvar-se da ira do bacharel, o motivo de não ter ouvido os gritos de chamamento do velho: estivera, boa parte da manhã, nos fundos da casa, mergulhando e limpando, em uma bacia de água limpa de poço, duas fiadas de siris-candeia, para o almoço.
– Moqueca de siri-candeia? É o que estás a preparar para o almoço, ó negro? – perguntou o bacharel, ressumando espanto de satisfação.
– Qui prendi fazê cum mãi Juaquina, nas tásquis délis! – respondeu o escravo.
– Tu és mesmo um preto muito do ordinário e sabujo! Descobriste ou alguém te contou que moqueca de siri-candeia é o meu prato predileto, só para te livrares das minhas rabugens, não é, preto descarado?
– Nanja, nhonhô Viéguis. Aniceto num sabia não, júris! – confessou, dedos cruzados sobre os beiços grossos.
– Vê, Quincas, como são ladinos esses negros: o infeliz conseguiu arrefecer-me a ira, e ainda por cima a substituiu por uma fome dos seiscentos diabos! Já me dói cá o guarda-comidas! E que hora vai ficar pronta essa moqueca, seu tição xexelento?
– Gorin, gorin, nhonhô Viéguis! Já num tá sintim us cheirim du moio di dendê?
O bacharel dirigiu-se até o fogão a lenha, levantou a tampa do panelão que estava ao fogo, e inspirou, profundamente, os vapores quentes que escaparam, evolando-se para o teto.
– Só Deus, Quincas, só Deus! O Diabo nem chegaria perto! – exclamou, de olhos fechados. – Isso merece antes uma dose de bagaceira! Não! Melhor: uma branquinha purinha, que tenho cá escondida! Deu-ma o usineiro Napomuceno, fazendeiro abastado de Campos.
– Não bebo aguardente, bacharel – desculpou-se Quincas.
– Não bebias! Esqueceste que já não pertences à confraria da fradalhada? Vais tomar umazita, sim, para começares a

usufruir dos prazeres da vida, às claras, posto a maioria daqueles padrecas o fazem às surdas, os hipócritas sacripantas!

Dito isso, subiu em um banquinho, abriu a portinhola mais alta do armário da cozinha, e de lá retirou uma botija. Pegou três púcaros de barro e neles serviu três generosas doses da aguardente.

– Toma cá a tua, Quincas. Prova e sente que delícia! – disse estendendo-lhe o púcaro. – E tu aí, negro xexelento, anda cá e pega tua dose. Mas aviso-te: se te pego a bebericar desta branquinha, à capucha, vais deixar a pele no tronco, rasmaguento! – vociferou para o escravo.

Aniceto Cabinda, que não parecera surpreendido com o convite, soltou um risinho de satisfação, e, segurando o púcaro, jogou a dose de aguardente, de uma só vez, goela abaixo, fazendo uma careta, de boca torcida e bugalhos arregalados, desabafando:

– Crus crédis, nhonhô Viéguis! É fôguis púris! Inté as álmis árdis!

– Isso é bebida de homem, negro safado! Como tu és um vidrinho de cheiro, um bandejeiro, um pisa-flores descarado, ficas com esses perliquitetes de senhorinha. Avia-te, urubu! Apura logo essa moqueca, enquanto estou à biblioteca com a visita – vociferou, puxando Quincas, pelo braço, para fora da cozinha.

Literatura vária e erudita lotava as quatro paredes da biblioteca da chácara. Quase um milhar de in-fólios, pequenas brochuras, imensos cartapácios, títulos com capas de marroquim, grossos fólios de convento, almanaques, palimpsestos, pergaminhos, papiros, livros de todo tipo: em rolo, brochados, carcelados e cartonados. Na estante da primeira parede enfileiravam-se obras de Ésquilo, Eurípedes, Sófocles, Terêncio, Virgílio, Horácio, Sêneca, Homero, Epicuro; na segunda parede, volumes de Marco Aurélio, Pascal, Montaigne, Descartes, Santo Agostinho, Maquiavel, Montesquieu, Platão, Galileu; na terceira, literatura dos descobrimentos e da expansão portuguesa: João de Barros, Camões, um *sermonário* de Vieira, as *cartas* de Nóbrega e de Anchieta, Diogo do Couto, Pêro de Magalhães de Gândavo, padre Manuel Godinho, Garcia de Resende, padre Simão de Vasconcelos, Gomes Eanes de Zurara; na quarta parede, miscelânea: Shakespeare, Ulpiano, Lope de Vega, Cervantes, livros de direito, um volume de *Orlando Furioso*, de Ludovico Ariosto, um exemplar de *Lazarillo de Tormes*, outro de *Arte de Furtar*, o Alcorão, *De plantis* e *De vegetalibus*, de Aristóteles, as *Punicas*, de Silius Halicus, entre centenas de outros.

— Nossa! — admirou-se Quincas. — O bacharel já leu isso tudo?

— Quase tudo. De cabo a rabo, mesmo, só uns três quartos do que está trepado nas estantes; o resto foi só folheado, lido aos saltos. Alguns deles estavam jogados nas ruas de Lisboa, entre os entulhos do terramoto de 1755. Como ninguém os reclamou, nem os donos achei, trouxe-os para o Brasil.

Quincas passeou os olhos pelas estantes, demorando-se mais em um ou outro título, neste ou naquele autor, intentando descobrir o tipo de literatura que mais agradava ao bacharel ou mais lhe despertava o interesse; mas desistiu: a diversidade era muito grande.

— Perdes teu tempo: vão da mais louca quimera ao mais árido e rigoroso método! Da ciência pedante à coscuvilhice literária! Do sublime ao ridículo! — comentou Viegas de Azevedo, ao observar a dificuldade de Quincas em fixar a atenção em uma estante. — Foram colecionados sem uma lógica, tampouco preferência por gênero, ou por autor. O que me caiu às mãos li. Hás-de convir que, até à chegada de D. João VI ao Brasil, não tínhamos cá uma única biblioteca na cidade, e as publicações disponíveis para leitura eram raríssimas, a maioria proibida. Como pensas que eu matei o tempo, e me resignei com a viuvez precoce, enfurnado nestes ermos da Matacavalos? — completou.

Feito o comentário, o bacharel foi até à secretária, tirou dois enormes charutos de uma caixa e ofereceu um a Quincas.

– Obrigado, mas não fumo, bacharel – recusou Quincas.
– Não fumavas! Vais experimentar este baiano, que tem qualidade superior aos do Caribe! – insistiu o bacharel, cortando as pontas dos charutos com uma pequena faca.
– Mas antes do almoço, bacharel? Não é contra os hábitos e costumes? – indagou Quincas, aceitando o charuto a contragosto.
– Por isso mesmo! Basta ser contra os hábitos e costumes para que o prazer seja maior! Anda cá! acende a ponta do teu a este lume. É preciso que sugues com força, lábios bem comprimidos, língua pressionando a ponta, para que não te engasgues com a fumaça! – advertiu-o, estendendo-lhe o lume de uma lamparina.
Quincas tossicou, achou o charuto ardido, posto o aroma não lhe tenha desagradado.
– A maioria dos prazeres de um homem, quando experimentados pela primeira vez na vida, têm o gosto de uma provação, ainda que seja uma sedutora mulher de boa cama, de um vinho de boa safra ou de um esplêndido charuto das ilhas espanholas. A partir da segunda vez que os desfrutamos, o Diabo prepara o recibo, pede-nos a assinatura e vai cuidar da vida, dado que a tentação já está comprada. Um dia, mais tarde, quando nem o beber, tampouco o fumar, muito menos o fornicar já não nos dão mais vontades, ou provocam prazeres, o rabudo voltará, para cobrar-nos a contrapartida. Portanto, Quincas, quanto mais conseguires prorrogar o desfrute dos prazeres da vida, mais afastado de ti permanecerá o "pai do mal", que não te importunará, convencido que ainda mereces continuar na confraria – divagou o velho, soltando uma forte baforada, risinho maroto pregado nos lábios.
Quincas foi até à estante dos gregos e dos latinos, e de lá retirou um volume de Horácio.
– Este te fará primeiro rir; logo depois, ao te refazeres, irás refletir, e recuperarás, então, a gravidade – comentou o bacharel. – Virgílio é elegante, tem gosto elevado, é preciso na

palavra; com Juvenal saborearás o mel e o fel, ao mesmo tempo; Sófocles é profundo, amoroso; Eurípedes é judicioso e moral; Homero é, paradoxalmente, grandioso e modesto; Sêneca tem agudeza crítica e lógica inimitáveis; Ludovico Ariosto é uma furiosa besta; Epicuro um papa-miúdos, pândego; Pascal um papa-hóstia parvo, beato furibundo; Descartes um gênio; fora da ciência, Shakespeare é grande na dramaturgia; Cervantes, imbatível na novela e romance de crítica de costumes; Homero, na heróica... – complementou, apontando para as obras, ao acaso, espalhadas pelas estantes.

– O bacharel poderia guiar-me nesse fantástico mundo da literatura, indicando-me leituras que me seriam úteis e me enriqueceriam o espírito – solicitou Quincas.

O velho deu duas fortes baforadas no charuto, encarou-o, e encaminhou-se de volta à secretária. Abriu uma gaveta, e de lá retirou um calhamaço de folhas manuscritas, presas em fitas de pano ordinário.

– Julgo que seria mais producente e eficaz se aprendesses esse caminho sozinho, Quincas, pesquisando-o por tua própria conta. Seria desonesto da minha parte, e ingênuo da tua, se procedêssemos como pediste. A grande força do mundo, sua graça e principal mola, reside, exatamente, nas diferenças entre as pessoas: o que para mim pode representar uma obra de grande valor, para ti pode ser justamente o oposto, e o mundo não fica pior com essa discordância; muito pelo contrário, melhora: não te esqueças que é da fricção que nasce a vida, e é com a fricção que ela se aperfeiçoa. De que valeria eu te dizer para não deixares de ler os grandes filósofos gregos, Shakespeare, Vieira, Camões, as novelas espanholas de cavalaria? Se fores homem de boa índole e curiosidade intelectual, que sei que és, tu os lerás, inevitavelmente, neste ou noutro momento da tua vida. O importante, Quincas, não é quem ou o que lemos: a virtude está em saber identificar que tipo de contributo a obra traz para quem a lê. Isto, sim, parece-me algo valioso para ser evidenciado: um livro só deve ser considerado digno de valor se o leitor, após terminá-lo, já não

se sentir a mesma pessoa que começou a lê-lo. Eis aí o que eu considero uma obra de arte.
– E que folhas são essas que o bacharel tem às mãos? São os manuscritos de que me falaste no alpendre?
– São, mas não quero que os leias agora, nem amanhã, nem daqui a um mês. Escolhe uma época no futuro, de preferência quando eu já não estiver neste mundo, e então poderás desatar as fitas e ler. Combinado?
– Não vou ler tão cedo, então, bacharel. Ainda vais viver muito, se Deus quiser.
– Pois acho que Ele não anda querendo muito, não, Quincas. Já me dói muita coisa, além de já ter vencido idade pouco comum, a considerar os ares pestíferos e as podridões desta terra: farei oitenta e três anos este ano! Sou mais velho que a Sé de Braga! Mais antigo que o azeite e o vinagre nas tendas!
– Pelo menos, bacharel, poderias adiantar-me a idéia geral dos manuscritos, sem precisar descer a detalhes.
– São divagações filosóficas, Quincas, tentativas de ensaios, devaneios literários sobre a maneira de ser dos brasileiros e dos portugueses, além de algumas reflexões sobre a colonização do Brasil, a escravidão, e alguns vaticínios e exercícios premonitórios sobre o futuro desta terra. Para ser-te franco, Quincas, o que eu gostaria mesmo é de ter escrito uma crônica, uma novela satírica, um romance picaresco, à maneira de um Cervantes, de um Diego Hurtado de Mendoza, de um Sebastián de Horozco, sobre a História do Brasil; infelizmente, faltou-me talento para isso. Os deuses da literatura não conspiraram a meu favor, nem Vieira me emprestou o seu estalo, e saiu-me isto: o que se há-de? Já lembrava o grande Horácio: *"Sumite materiam vestris qui scribitis aequam viribus."*[7]
– Têm título os manuscritos? – indagou Quincas, sopesando o calhamaço de mais de trezentas laudas.

---

[7] "Vós que escreveis, escolhei um assunto correspondente às vossas forças."

CRÔNICA SOBRE A COLONIZAÇÃO DO BRASIL ATÉ
SUA ELEVAÇÃO À CATEGORIA DE REINO UNIDO
E REFLEXÕES SOBRE O CARÁTER GERAL DOS
BRASILEIROS E DOS PORTUGUESES.

– Pois lerei com muito interesse, pelo menos até o final deste século! – redargüiu Quincas.
– Faz esse favor, Quincas. Leva-os e arbitra o que fazer com eles depois de lê-los. Se entenderes que servem apenas para alimentar o fogo de uma trempe, joga-os lá, sem titubear, com a minha aprovação, em espírito. Mas, se o que aí está escrito, durante a leitura, te provocar alguma comichão, uma coceira na ponta do nariz, um torcegão no queixo que seja, é sinal de que alguma coisa neles valeu a pena; se isto ocorrer, peço-te que os continue, corrigindo-os, acrescendo-os, reduzindo-os, não importa. Pode ser que tenham algum valor. Se o trabalho prosperar para um ensaio sério, de cunho filosófico, esquece as brincadeiras: sê exato, metódico, científico, discursivo, busca a precisão da palavra, enche-o de pesquisas e referências bibliográficas de obras de nomeada. Se, por oposição, o trabalho desembocar numa narrativa pícara, muito melhor, porque o assunto, em seus núcleos e periferias, pede essa saborosa forma de narrativa; deverás, então, dar vazão à tua verve satírica, despertando o Lazarillo adormecido dentro de ti. Todavia, se pressentires que o trabalho poderá não só ensinar como também instruir, e ao mesmo tempo proporcionar diletantismo e prazer, terás chegado perto dos grandes, Quincas, quem sabe da narrativa superior, a que ensina, diverte e critica a vida, simultaneamente... Caracha! Mas que cheiros divinais!
– O que foi, bacharel? O que aconteceu? – espantou-se Quincas, com a exclamação abrupta do bacharel.
– Não sentes no ar, Quincas? É o estágio supremo do guisado de siris! É o ponto de fusão, da comunhão coletiva dos sargaços daqueles crustáceos com o dendê, o leite de coco, a salsa, a cebola, o limão e a pimenta-de-cheiro... Se o paraíso

celeste tem cheiros, Quincas, e acredito que os tenha, este é um deles. Se por acaso não os tiver, rogo ao Onipotente que para lá não me leve: pode deixar-me cá mesmo, jogado nos fundos do quintal da tasca da Mãe Joaquina, para meu descanso eterno!

XXVII

A Revolta do Vintém. Esquina de rua do Rosário com rua Uruguaiana (antiga rua da Vala), Rio de Janeiro. Dia 1º de janeiro do Ano da Graça de Nosso Senhor Jesus Cristo de 1880. Onze horas da manhã.

Um negro gigantesco, vestido com apuro, cartola preta luzidia enfiada à cabeça, sobrecasaca abotoada de sarja marrom, calça grená, calçado com luvas brancas, *pince-nez* de aros dourados e lentes azuladas preso ao nariz, guarda-chuva fechado seguro à mão, bengala de castão dourado à outra, discursava para pequena multidão de pretos libertos e alugados, em altos brados, trepado sobre um caixote de banha, esquina da rua Uruguaiana com a rua do Rosário:
– Fiéis e valorosos súditos! É um verdadeiro despautério esse aumento de um vintém nas passagens dos bondes no primeiro dia do ano! Insensibilidade e arrogância dos poderosos para com os humildes de toda sorte, essa decisão do Gabinete presidido pelo nobre colega Visconde de Ouro Preto. Como príncipe, e homem de régia estirpe que sou, tenho a obrigação moral de vos defender dessa fria sanha dos gananciosos de dinheiro, só dirigida para o lado dos pobres, cujas vidas já são tão cheias de espinhos e carestias! Rebelemo-nos! Mas não contra meu augusto colega, D. Pedro II, nosso amado e respeitado Imperador, como querem alguns sevandijas, aproveitando-se da situação para pugnarem pela adoção de exótico regímen de governo para o Brasil: rebelemo-

nos contra a carestia, contra a miséria, contra a escravidão, mas sempre a favor da monarquia!
– Salve o príncipe Dom Obá II d'África! Apoiado! Vamos atacar e incendiar os bondes! Arrancar os trilhos das ruas! – alguém gritou da turba, ao meio de aplausos e gritos de apoio às palavras do alferes Galvão.
– Acalmai-vos! Acalmai-vos, amados súditos! Não estou vos instigando à baderna, pois esta é a maneira pela qual reagem as catervas dos bugres, dos republicanos, dos liberais e dos escravagistas, quando têm seus interesses contrariados! Somos pobres, pretos e humildes, mas civilizados, ordeiros, conservadores e monarquistas; faremos uma revolta silenciosa, pacífica e de grande efeito junto a esses avaros jacobinos: não mais andaremos de bonde, até que a tarifa Ouro Preto caia e retorne para o preço anterior! Asseguro-vos que há somente um meio de dobrar a vontade desses gananciosos: emagrecendo-lhes as bolsas! Sonegando-lhes o vil metal que eles tanto adoram! – bradou com fala grossa.
Dois velhinhos, de pé sobre os degraus da portaria da igreja de N. S. do Rosário, assistiam ao discurso do príncipe africano, a pequena distância da turba.
– Aquele negro quanto tem de grande tem de pernóstico, hein, padre Jacinto? Reparaste a intimidade com que ele trata o Imperador e o Presidente do Conselho de Ministros? – comentou mestre Quincas.
– Aquele é Dom Obá II. É o príncipe africano, sucessor de um grande império, de quem tanto já te falei, e que foi voluntário da pátria no Paraguai, alistado no mesmo Corpo que o teu filho Diogo Bento – redargüiu o padre Jacinto Venâncio.
– Se eu sempre desconfiei de negro que fala imitando branco, avalia então quando o infeliz veste sobrecasaca, usa cartola à banda, bengala e *pince-nez*, e ainda por cima se diz da realeza! Aquilo ali ou foi falta de tronco, ou pouco relho no lombo, ou o amo era frouxo em demasia! Duas coisas aprendi com a vida, padre Jacinto, e jamais me arrependi de obedecer

a elas: não emprestar dinheiro para pobre, e nunca dar confiança para negro pachola! Está claro que isso não tem nada que ver contigo, posto sempre foste pobre e preto, mas és meu amigo de infância, e portanto, estás fora da regra!
— Quanto mais envelheces, Quincas, mais ficas caturra, rabugento e preconceituoso. Devias respeitar-me, pelo menos, a estamenha e a carapinha branca. Essa tua postura preconceituosa contra os negros é só da boca para fora, porque te conheço bem: és um boquirroto provocador, mas já estás bem velhinho para esses chistes e bazófias! Para um homem, como tu, que não seguiu a vida religiosa apenas por acidente, e ainda por cima sendo letrado, não ficam bem essas idéias depreciativas sobre os negros. Se consultares tua consciência, e sei que a tens, generosa e lúcida, verás que meus irmãos de cor são vítimas de uma escravidão que já deveria ter sido abolida no Brasil, como já foi, de resto, em todo o mundo! – repreendeu-o o padre.

Um estrondo interrompeu a conversa e tomou os velhinhos de susto: a turba, ensandecida, desaparelhara as cavalgaduras de um bonde e virara o coletivo no meio da rua Uruguaiana, tirando-o dos trilhos. Ato contínuo, passaram a arrancar, aos gritos, com picaretas e barras de ferro, os trilhos da rua. Uma milícia da polícia surgira na esquina da rua Sete de Setembro, disparando tiros para o alto, soprando apitos e brandindo enormes cacetes negros de madeira. A turba de negros, mais numerosa, resolveu enfrentar os policiais com pedras, pedaços de pau e com o que tinham à mão: barras de ferro, picaretas e garrafas. Dom Obá II destacava-se, no meio da multidão em desordem, guarda-chuva e bengala suspensos no ar, a bradar gritos de concórdia, pedindo calma e ordem à turba:
— Não é assim que devemos protestar! Acalmai-vos! Acalmai-vos! – gritava o príncipe, mas ninguém lhe obedecia.

O embate entre a polícia e os manifestantes foi violento: socos, cacetadas, pedradas, tiros; até Dom Obá II foi obrigado a reagir com guarda-chuvadas e bengaladas nos policiais que lhe baixavam o cacete, agredindo-o, numa zaragata infernal.

O padre Jacinto Venâncio, preocupado com o numeroso reforço policial que se aproximava, em corrida acelerada, do local do conflito, vindo das bandas do largo da Carioca, ordenara ao velho Quincas entrar na igreja; em seguida, correu ao encontro do alferes Galvão, que sem perder o porte altivo, e mantendo a cartola à banda sobre a cabeça, distribuía bengaladas e guarda-chuvadas à farta:

– Sevandijas de farda! Vassalos desobedientes! Inimigos da monarquia! – gritava, enquanto acertava a cabeça e as pernas dos policiais, golpeando-os de cima para baixo, aproveitando-se da privilegiada altura.

– Dom Obá, venha comigo para dentro da igreja, que a coisa vai esquentar e vão prendê-lo, com certeza! – gritou o padre, puxando-o pelo braço.

– Eminência! – exclamou um espantado Dom Obá com a presença do padre ali. – O padre por aqui? E logo no meio desse caceteio? Para onde é a igreja?

– Por aqui! Venha rápido! – respondeu Jacinto Venâncio, apontando para a igreja de Nossa Senhora do Rosário, e correram ambos em direção ao templo religioso.

Mestre Quincas aguardava o padre Jacinto Venâncio no interior da nave da igreja, em frente ao altar de São Benedito dos Homens Pretos, quando Dom Obá e o sacerdote entraram pela porta principal, espaventados, ambos arfantes pelo esforço despendido com a correria.

O velho Quincas, vendo pela primeira vez aquele negro ajanotado, de altura desmedida, bigode espesso e cavanhaque pontudo, cartola à banda, *pince-nez* de vidros azulados ainda trepado sobre o nariz, a não perder a pose e a pacholice, tirando a poeira da sobrecasaca, não resistiu, e caiu numa risada de deboche, que ecoou por toda a nave.

Dom Obá, incomodado com o remoque, dardejou olhar severo em direção ao velho Quincas, e indagou do padre Jacinto Venâncio:

– Quem é esse cidadão, carregado de anos, e de riso tão fácil, padre?

– Ele é o pai de um oficial do Exército que lutou com o príncipe no Paraguai, e a quem Dom Obá muito preza e admira – respondeu Jacinto Venâncio.

Como Quincas continuava a rir, à solta, Dom Obá aproximou-se do velho mestre-escola e, encarando-o de cima para baixo, por cima das lentes azuladas, perguntou com ironia:
– Deveras? E quem seria o oficial de quem essa longeva e macróbia criatura seria pai? Do marechal Caxias? Do general Osório?

Mestre Quincas parou de rir e fechou a cara.

– Ele é o pai do tenente-coronel Diogo Bento, que à época da guerra era capitão do 24º Corpo de Voluntários da Pátria – apressou-se em responder o padre.

– Do capitão Diogo Bento? Grande homem! Patriota! Valente! – exclamou Dom Obá, agradavelmente surpreso.

E tirando a cartola da cabeça, descalçou as luvas, prendeu o guarda-chuva e a bengala debaixo do sovaco, e estendeu a mão para cumprimentar o mestre Quincas:

– Príncipe Dom Obá II d'África, legítimo sucessor do Império Ioruba de Oyó, alferes honorário do Exército Brasileiro, Cândido da Fonseca Galvão! E qual a graça do distinto cidadão, pai de tão honrada pessoa, se faz o favor de ma declinar! – disse, pachola, cumprimentando mestre Quincas.

– Comendador Joaquim Manuel Menezes d'Oliveira, mestre-escola aposentado – apresentou-se mestre Quincas, riso apagado da boca.

– Muita honra tive em combater ao lado de vosso filho, nos gloriosos campos de peleja do Paraguai, em defesa da nossa pátria e de nosso bondoso soberano, meu augusto colega Dom Pedro II! Grande homem o capitão Diogo Bento!

– Tenente-coronel Diogo Bento – corrigiu-o mestre Quincas.

Do lado de fora da igreja, a algazarra, pancadaria e gritaria grassavam à solta, entre policiais e manifestantes. Dentro da igreja, novo estrondo fora ouvido, fazendo supor a virada de mais um bonde na rua.

— Foi aquele negro grandão ali! Ele é que estava incitando os pretos arruaceiros à desordem, tenente! — gritou um soldado, da porta principal da igreja.

Dom Obá II, mestre Quincas e padre Jacinto voltaram-se, assustados, em direção à porta da igreja.

— Fiquem todos parados onde estão! — gritou o tenente, revólver à mão, à frente de meia dúzia de policiais militares.

— Prendam e algemem o negrão ajanotado! — ordenou o oficial para os soldados.

— Dobra essa língua e respeita-me, policial! Deves tratar-me com a reverência que a minha realeza exige, e pela qual protesto! Sou o príncipe Dom Obá II d'África, sucessor de um império africano, um rei! Além disso, por merecimento e reconhecimento, sou alferes honorário do Exército! — reagiu Dom Obá, recolocando a cartola, à banda, na cabeça, brandindo o guarda-chuva na direção do tenente.

— E ainda por cima o negrão é lunático! Algemem esse tição de betume arruaceiro, e prendam-no por incitamento à desordem em via pública! — gritou para os soldados.

— Moderai essa linguagem o senhor oficial de polícia, ou farei uma queixa contra vossa pessoa junto ao meu augusto colega, o Imperador Dom Pedro II! — reagiu Dom Obá II, vibrando a bengala no ar.

O tenente e os soldados caíram na gargalhada.

— Doido varrido, pernóstico e com mania de grandeza! Como é besta esse negrão! Esse aí teve pouco castigo, e lambada de menos na bunda! Baixa essa bengala, negro sujo! Vagabundo! — vociferou o oficial.

O padre Jacinto Venâncio interveio:

— Os senhores não têm o direito de invadir a casa de Deus, assim! Tampouco podem efetuar uma prisão no interior de uma igreja! Por acaso têm algum mandado da justiça?

— Fecha essa tramela, ó padrecas! Só não te levo preso, também, porque usas batina! Onde é que já se viu necessidade de mandado para botar negro na enxovia? Vamos lá, homens:

arrastem esse pé de jaboticaba enfeitado para a intendência de polícia! – respondeu o oficial com truculência.

O velho Quincas irritou-se com a arrogância do tenente de polícia:

– Alto lá! Assim também não! O tenente se está excedendo, e ofendendo o padre e o alferes. Nem a patente de vossemecê nem a função de polícia te dão o direito de destratar esses homens livres, cidadãos respeitáveis!

– E cala a boca também, velhinho de merda, que ninguém está pedindo a tua opinião! Se abrires mais a boca, e isso vale também para esse carapinha de batina, levo os dois presos junto com esse pau-de-sebo preto! – vociferou o tenente.

Mestre Quincas, iracundo, praguejou e arremessou sua bengala para cima do tenente, e destemperou a voz:

– Velhinho de merda é a puta que te pariu, seu polícia de bosta! Tua mãe, tua mulher e todas as fêmeas da tua família devem estar, a essas horas, cansadas de tanto dar o rabo para capoeiras e tribofes, em algum puteiro da Gamboa ou da Lapa, seu tenentinho pederasta, corno e bastardo! – explodiu em ira o velho Quincas.

O tenente de polícia, tomado de fúria, partiu para cima de mestre Quincas, levantando o enorme cacete negro para surrar o velho, mas só conseguiu ir até a metade do caminho: uma violenta bengalada, desferida por Dom Obá II, afundou-lhe o fez na cabeça, provocando-lhe imediata perda dos sentidos, após soltar um vagido de dor. Ato contínuo, os soldados voaram para cima de Dom Obá, derrubaram-no ao chão, e o imobilizaram com algemas, sob os esperneios e protestos do príncipe. O velho Quincas revirou os olhos, e desmaiou nos braços do padre Jacinto Venâncio: acometera-o um ataque de apoplexia.

☙

Igreja de Nossa Senhora do Rosário e de São Benedito
dos Homens Pretos. Cruzamento da rua Uruguaiana
com rua do Rosário, Rio de Janeiro. Meados de junho
do Ano da Graça de Nosso Senhor Jesus Cristo de 1877.

O padre Jacinto Venâncio terminara de rezar a primeira missa do dia, às seis horas da manhã. Como de hábito, o ofício religioso fora, quase que exclusivamente, assistido por negros libertos e de ganho, que iam pedir a proteção de N. S. do Rosário e de S. Benedito, antes de iniciarem as fainas diárias como vendedores ambulantes, barbeiros, quituteiros, aguadeiros, moleques de recado e outros ofícios, pelas ruas e praças da cidade. No banco da primeira fila da nave da igreja, duas jovens negras permaneceram sentadas, ao lado de trouxas e sacos de viagem, enquanto os demais assistentes se retiravam. Uma delas, a aparentar a mais velha, segurava um pedaço de papel à mão, e acenava para o padre Jacinto Venâncio, pedindo que ele se aproximasse.

– O que queres, minha filha? Que tens aí nesse pedaço de papel? – indagou o padre, ainda paramentado, acercando-se da jovem.

A negra restringiu-se a estender o papel para o padre, em silêncio. Jacinto Venâncio desdobrou a tira, amarelecida pela ação do tempo, e reconheceu a própria letra: lembrou-se do endereço que escrevera para uma prostituta negra, no Paraguai, ao fim da guerra.

– Vossemecês são as filhas dela? – indagou, já esquecido do nome da mulher a quem dera aquele endereço, sete anos antes.

– Súmu, pádri: ieu sô a Leocádis; iessa é a Venâncis – respondeu.

– E a mãe de vossemecês onde está?

– Se finou-se, pádri, logo adispôs qui pagô a furria d'eu i da Venâncis; mais ântis di murrê, mãi Anacreta pidiu qui nóis apercurássi o pádri, qui nas Côrti, módi judá a gênti a ranjá lugá decênti pra trabaiá.

Padre Jacinto Venâncio pediu que ambas o seguissem, até à sacristia.

– Vossemecês têm onde ficar? Têm parentes aqui na Corte? – indagou o padre, enquanto uma beata servia café, leite e pão para as negras, na mesa de refeições da sacristia.

– Nóis num tem não, pádri – respondeu a que atendia por Leocádia.
– E qual foi o último trabalho de vossemecês? – perguntou o padre.
– Nóis trabaiava cúmu mucâmis na fazêndis du coroné Gardino di Mindunça, em Campínis, nu São Paulu. Adispôs qui mãi Anacreta pagô as furria di nóis, u coroné num quis mais sabê di nóis pur lá, i aí mandô a gênti s'imbora.
– Depois que vossemecês saíram da fazenda do coronel, foram para onde? – insistiu o padre, curioso da vida pregressa das duas.
– Fômu ajúnti cum iela pra capitá, mais mãi Anacreta murrêu nas viaje, aí tivêmu qui interrá iela nas bera das istrádis mermo, cum a juda dumas gêntis santas. Aí nóis dicidímu viajá pras Côrti, pra apercurá u pádri, acúmu mãi Anacreta pidiu.
– E como vossemessês conseguiram viajar de São Paulo até aqui?
– Fais uns treis mês qui nóis tá viajându, pádri! Di riba di mula, di carcânti pé, di carrócis, di canoa, sêmpri difavô, i cum juda di Nossossinhô, qui núnquis dexô di protegê a gênti tôdu têmpis!
– Deus seja louvado! – exclamou o padre, impressionado com o relato. – Agora, diz-me, minha filha, diz-me a verdade: vossemecê e sua irmã alguma vez tiveram de exercer, por qualquer razão, o ofício a que sua mãe Anacleta se dedicava para sobreviver?
– Nanja, pádri: nóis num intêndi nem sábi fazê ártis di circo!
– Circo, minha filha?
– Num foi u qui u pádri aperguntô? Mãi Anacreta trabaiava num circo, qui curria u Brasi tudim, inté prus istrangêru ia, era quiela falávis pra gênti!
– Ah! Circo! Pois é... Ela trabalhava em circo! – repetiu o padre, balançando a cabeça.
– Purum acáusu mãi Anacreta mintiu pra nóis, pádri?

O sacerdote enxugou o suor da testa com a manga da surrada batina, fechou os olhos e, em silêncio, pediu perdão a Deus por ter de cometer mais um "venial da série":

– Não, minha filha, sua mãe Anacleta não mentiu, não. Era num circo mesmo que ela trabalhava... Rogo a Deus que ela esteja descansando, agora, no céu. Vocês duas deverão sempre louvar a mãe de vocês e orar por ela, que muito trabalhou na vida para comprar a liberdade que ambas têm hoje. Pois muito bem, os sinos já tocaram as matinas, os laudes e a prima, a primeira missa já se foi, e o dia mal começou! Logo que vossemecês acabarem com esse café, a beata Maria da Piedade vai levá-las para o abrigo dos pobres da irmandade, onde vão lavar-se, descansar e fazer as refeições do dia. Amanhã de manhã bem cedinho, quero as duas, Leocádia e Venância, aqui na igreja, assistindo à primeira missa do dia, na primeira fila, como hoje. Após o ofício, darei a vossemecês notícia das visitas que farei, ainda hoje, em casas de amigos – concluiu o padre, fazendo um sinal para a beata, que aguardava suas instruções.

Na tarde daquele mesmo dia, padre Jacinto Venâncio enfiou-se no meio do povoléu, pela estreita rua Uruguaiana, em direção à fonte do largo da Carioca. Para evitar as calçadas congestionadas de vendedores ambulantes, preferiu caminhar sobre as lajes de pedra, existentes no meio da rua, ali mandadas colocar, no vice-reinado do Conde da Cunha, para cobrir a vala de águas corruptas, sujeiras e detritos que corriam pela sarjeta, desde a lagoa da Ajuda até a Prainha.

Na altura da fonte do largo da Carioca, construção de pedra lavrada que jorrava água por trinta e sete bicas de metal sobre um tanque estreito, onde negras lavavam roupas e as alimárias de arruar bebiam água, o padre embicou para a rua da Carioca. Logo após passar pela lateral do convento de Santo Antônio, parou defronte a um sobrado de dois andares, encimado por uma água-furtada. Deu três batidas na argola de ferro presa à porta do sobrado. Passados alguns instantes, uma senhora de uns quarenta anos, cabelos agrisalhados, enrodilhados num coque atrás da cabeça, vestido escuro de gola alta rendada, abotoada com um camafeu púrpura, no nó da garganta, abriu a porta.

– Padre Jacinto Venâncio, que agradável surpresa! – exclamou a mulher, com sincera alegria. Ato contínuo, abriu a folha da porta e convidou o reverendo a entrar. – Ontem mesmo meu sogro reclamou a visita do padre! O comendador está lá em cima, fechado no cômodo da água-furtada, sempre entretido com aqueles intermináveis escritos e leituras! – comentou, enquanto cerrava a porta.

– Como têm passado o major Diogo Bento e seus filhos, senhora D. Maria de Lourdes? – indagou o padre.

– Estão todos bem, com a graça de Deus. Os meninos estão no ateneu, e o meu esposo está no quartel.

– Posso trocar dois dedos de prosa com D. Maria de Lourdes, aqui embaixo, antes de subir para ir ter com o comendador?

– Decerto, padre. Não aceitarias um café? Vamos até à copa, e lá conversaremos, enquanto passo um bem fresquinho.

Sentado à mesa de refeições, enquanto apreciava D. Maria de Lourdes a coar o café, o padre indagou sobre o eventual interesse da senhora em contratar uma criada, para substituir a falecida negra Efigênia, dedicada criada que prestara serviços de doméstica, por anos seguidos, no sobrado dos Menezes d'Oliveira.

– Sofremos muito com a morte da Efigênia, padre, a qual já era por todos nós considerada um membro da família. Se nos afeiçoamos aos bichos, avalia às pessoas. Diogo Bento ainda não embarcara para a guerra, quando alforriamos a Eugênia, e mesmo assim ela quis continuar conosco. Deixou muita saudade aqui em casa – lamentou-se D. Maria de Lourdes.

– Tenho lá no abrigo dos pobres da irmandade, chegadas de fresco de São Paulo, duas jovens negras, filhas de uma criatura que conheci no Paraguai, soube hoje já morta, e a quem prometi ajudar. As duas eram mucamas numa fazenda

de café, em Campinas. A mãe comprou as alforrias de ambas, e o amo as dispensou em seguida. Estão ambas procurando ocupação, aqui na Corte.
– Quais as idades delas, padre?
– A mais velha, Leocádia, tem vinte e quatro anos; a mais nova, Venância, vinte e dois. Têm ambas muito boa aparência, bons dentes, são quietas e pareceram-me asseadas – respondeu o padre.
D. Maria de Lourdes serviu o cafezinho para o padre, em silêncio, como se estivesse refletindo sobre a proposta; colocou açúcar nas duas xícaras, mexeu a sua, aprovou o gosto com um sorriso e propôs:
– Vamos combinar assim, padre Jacinto: prometo conversar com meu esposo sobre o assunto. Com a aposentadoria, o comendador Quincas passou a ficar mais tempo em casa, raramente saindo, aumentando as tarefas da casa e exigindo nossos cuidados. O próprio Diogo Bento havia sugerido contratarmos uma moleca liberta, ou forra, para me ajudar. Se ele estiver de acordo, podemos avaliar a possibilidade de ficar com uma delas, para uma experiência. Como os meninos já estão crescidinhos, e o comendador, pela idade, já exige atenções especiais, julgo que a mais velha das duas, a princípio, seria a mais adequada para nos servir aqui em casa – concluiu.
No final daquela mesma tarde, após concluir exitosa visita à residência de outro velho conhecido seu, o comendador Albuquerque de Olibeira e Soiza, o *terríbil*, na estrada de Matacavalos, o padre Jacinto Venâncio, depois de muito comer e soltar boas gargalhadas com as diatribes verbais do amigo *nouveau-riche*, deixou acertada a contratação da negra Venância, obtida a anuência da esposa do portuga sortudo.

✎

Chácara dos Viegas de Azevedo. Estrada de Matacavalos, Rio de Janeiro.
Oito horas da manhã do último sábado do mês de novembro do
Ano da Graça de Nosso Senhor Jesus Cristo de 1822.

"*Acta est fabula.*"⁸ Com estas três palavras latinas, as últimas proferidas pelo imperador Augusto, e com as quais se anunciava o fim do espetáculo no antigo teatro romano, o bacharel Viegas de Azevedo despediu-se da vida, vítima de uma febre tifóide que o consumiu em menos de duas semanas.

Quincas fora avisado da morte do amigo através de recado, passado aos prantos, pelo negro Aniceto Cabinda, logo após ter concluído as aulas da turma da manhã, na escolinha da rua do Sabão. Chovia a rodo. Afrontado com a notícia infausta, ordenara, de imediato, ao negro Anacleto, a quem pagava pelos serviços de bedel e zelador da escola, que lhe chamasse uma sege de aluguel, na rua Direita.

Durante o trajeto até a estrada de Matacavalos, a traquitana rolou, aos solavancos, por terrenos acidentados, debaixo de copioso aguaceiro e de um vento rijo, que borrifava gotas de chuva para o interior da carruagem. Quincas, faces lavadas de lágrimas e chuva, tinha os pensamentos voltados para o velho companheiro que se finara. Chorava mais que a morte do amigo: lamentava a perda do conselheiro, do confidente e protetor, do pai que nunca tivera na vida, pois o verdadeiro jamais lhe respondera as cartas que enviara para a Inglaterra, tampouco a que remetera para Lisboa, ao tomar conhecimento do perdão e da mercê que el-Rei D. João VI fora servido conceder-lhe, promovendo-o a conselheiro do Reino. Lastimava, também, não poder o velho bacharel testemunhar o término exitoso do primeiro ano de funcionamento da escolinha, com duas turmas de quinze alunos cada, que a custo conseguira arregimentar e matricular, o que já lhe permitiria pagar o aluguel do sobrado no ano seguinte, conforme previra o bacharel.

Quincas pressentiu a presença da morte quando entrou na casa da chácara dos Viegas de Azevedo: olores litúrgicos impregnavam o ar; fazia um silêncio de claustro; os móveis

---
⁸ "A peça acaba de ser representada" (Augusto).

já estavam cobertos com panos pretos; o céu roncava furioso, e bátegas de chuva caíam do lado de fora. O cônego Aguiar já ministrara ao defunto, em seu leito de morte, os óleos do sacramento da extrema-unção, e ouvia o físico José Maria Bontempo, na sala de espera da casa, boquejar seus lamentos pela perda do vizinho e amigo:
– Tudo o que estava ao alcance da ciência foi feito. Desafortunadamente o mal já se instalara, irreversivelmente.
– Agora é com Deus, doutor Bontempo: a ciência saiu para dar lugar aos desígnios da Providência, que são mais poderosos – redargüiu o cônego, mão apoiada no ombro de Viegas de Azevedo Filho, que mantinha a expressão serena de quem já esperava o desenlace.
A uma indagação do cônego sobre o desejo, manifestado pelo bacharel em vida, de ser sepultado ao lado da pequena capela localizada nos fundos da chácara, Viegas de Azevedo Filho respondeu:
– Cumpriremos a vontade de meu pai.
E assim foi. Na manhã seguinte, por volta das onze horas, céu ainda nublado, mas sem chuva, a urna funerária do bacharel foi baixada à cova, adredemente preparada ao lado da capelinha, após breve ofício religioso rezado pelo cônego Aguiar, na presença de poucos familiares, amigos mais íntimos e os criados da chácara. O negro Aniceto Cabinda pela primeira vez na vida vestia preto: paletó rasgado sobre o torso nu, calças rotas e pés descalços. Amarfanhava na mão um chapéu de palha, tentando conter o choro.

Quincas aproximou-se da cova, jogou um molho de flores do campo sobre o caixão, e sussurrou: "*Nil admirari: prope res est una, solaque quae possit facere et servare beatum.*"⁹

Ao cair da noite daquele triste dia, Quincas decidira recolher-se mais cedo ao quartinho dos fundos, no segundo

---
⁹ "Não admirar nada: talvez seja o único meio, e o melhor, para tornar e conservar alguém feliz" (Horácio).

andar do sobrado da rua das Violas, tendo antes dispensado o caldo de galinha que lhe preparara o negro Anacleto. A tristeza inibira-lhe a fome. Vestiu o camisolão de dormir, acendeu duas lamparinas de azeite de peixe, para melhor alumiar o aposento. Abriu o gavetão superior da cômoda do quarto, e de lá retirou a ruma de maços de folhas, atadas com fitas de pano ordinário, com que o presenteara o bacharel Viegas de Azevedo. Cumpriria a promessa feita ao velho amigo, como preito de despedida.

Com a noite chegou a chuva, acompanhada de um vento gélido, bafejado da baía, que soprava, sibilante, agitado, fustigando os beirais e as gelosias dos sobrados, forçando as rótulas das janelas cerradas, enregelando o quarto. Quincas fez as orações a que se habituara no seminário, meteu-se debaixo das cobertas, e desatou as fitas dos manuscritos. Um envelope sobrescrito, a ele endereçado, com lacre de cera, caiu-lhe sobre o peito, liberado pelo desatamento da ruma de papéis. Assestou as cangalhas sobre o nariz e abriu o envelope com uma espátula.

"Ao jovem e estimado amigo
Mestre-escola Joaquim Manuel Menezes d'Oliveira
Neste mundo

Meu prezado Quincas,

Quando estiveres dedicado à leitura desta, decerto já não pertencerei a este planeta. Se tal circunstância traz para ti algum desconforto, lembra-te que, provavelmente, és um dos raros viventes destinatários de carta remetida por uma alma de outro mundo. Quanto a mim, consola-me pensar que, se porventura não mais escutarei a saborosa e brejeira algaravia dos pardais, bem-te-vis e sabiás despertando-me às alvas, é lícito presumir que também não me doerá mais a gota nem vou mais angustiar-me com a falência de meu pré-falecido mangalho, como justa compensação. Assim é a vida, como imagino deva ser também o que vem depois da morte: vantagens para um lado, desvantagens para o outro. Seja como for, amanhã é que anda a roda! Espero que a essas horas, se não me traíram as vontades, minha carcaça já esteja a repousar no buraco que mandei meu filho abrir, ao lado da capelinha da chácara, a inaugurar o sepulcrário da família Viegas de Azevedo. Bem sabes o quanto me desagrada compartilhar espaços com ricos e privilegiados, em catacumbas debaixo dos altares das igrejas, ou mesmo nas valas dos vagabundíssimos cemitérios existentes, para o resto do povo, nesta pestífera cidade. No adro da capelinha da chácara, pelo menos, virão regar-me as flores da tumba D. Maria Eduarda, Viegas Filho, meus netos e, quem sabe, o negro Aniceto Cabinda, provavelmente a dar chiliques e a rebolar os quartos. Em compensação, a prevalecer, para todas as situações, o regímen de vantagens e desvantagens, terei meus dias aziagos de defunto quando vier visitar-me o túmulo o malencaradíssimo 'Ferrabrás', buldogue inglês do doutor José Maria, cão desprezível que sempre me odiou, e que me arruinou os fundilhos de, pelo menos, um par de custosas calças, para urinar-me em cima da tumba, todas as vezes que se evadir do quintal dos Bontempo e me farejar os cheiros, o filho da puta!

Quanto a ti, assalta-me tranqüila convicção de que concluirás, com absoluto sucesso e êxito, o primeiro ano de funcionamento da tua escolinha de primeiras letras. E, nos anos que se seguirem, o sucesso repetir-se-á, pois te conheço a cultura elevada, o caráter nobre e o senso de responsabilidade apurado, qualidades que reputo essenciais para o sucesso de um mestre-escola, tanto quanto farinha de trigo excelente, massa bem preparada e padeiro honesto fazem a boa fama de um pão. Mas é importante que não te deixes abater pela dificuldades que se apresentem!! Persevera! '*Tu ne cede malis, sed contra audentior ito.*'[10] Nunca te esqueças que moras no Brasil: e educação para brasileiro tem a mesma importância que mulher tem para eunuco! Comportam-se como bois a olhar para o palácio! '*Asinus ad lyram!*'[11]

Quando meu testamento for conhecido, verás que leguei para ti boa parte dos livros de minha biblioteca, nomeadamente os

---

[10] "Não cedas às calamidades; antes, arrosta-as corajosamente" (Virgílio).
[11] "Um asno perto de uma lira" (Cratino).

gregos e os latinos, os quais recomendo leia todos, mais de uma vez, pelo resto da tua vida, porque te valerá a pena. Não acredito possa o futuro produzir semelhantes sábios, homens de tão elevada estatura moral, com tanta capacidade de observação e sensibilidade, de caracteres tão ricos e conhecimentos tão profundos. Tu já conheces a minha opinião sobre a evolução dos homens, ao longo da história da humanidade: a sempre ascendente curva dos progressos materiais estará na razão inversa da sempre descendente curva dos progressos sociais e morais. Terás mais oportunidades e tempo que eu para verificar a justeza deste vaticínio.

Agora é tempo de despedir-me de ti, dado que, até para um defunto, esta carta já vai mais longa que a légua da Póvoa: nem a uma alma do outro mundo deve permitir-se a prolixidade e as repetições, e estas já me coçam. Além do mais, horrorizar-me-ia fazer um panegírico de minha própria vida. Adeus! Vou-me, também, porque este mundo anda uma bosta! '*Barbarus hic ego sum, quia non intelligor ulli!*'[12] Quem sabe já não durmo a imensa e eterna noite, sob os silêncios dos espaços celestes, e não seja exatamente isto o que vem depois da morte, para expiar nossas culpas, dando oportunidade para que outros melhorem essa porcaria de planeta? A versão de que reencarnaremos após a morte, e para aí voltaremos, é história de espíritas para adormecer corujas insones! '*Vitae summa brevis spem nos vetat inchoare longam.*'[13] Fui-me.

Vejas como te arranjas com esses manuscritos, que escrevo desde que cheguei ao Brasil, em 1755, fugido de uma Lisboa arrasada. Procede ao que combinamos, quando eu ainda vivia: se merecerem o Olimpo, leve-os tu mesmo até lá, com tua própria prosa. Se não, *aquila non captat muscas,*[14] jogue-os ao fogo da lareira, que estarei igualmente servido. Faça bom proveito da tua vida. *Vale.*

<blockquote>Do fiel amigo do outro mundo e criado obrigadíssimo
Sempre teu
Francisco Viegas de Azevedo, bacharel."</blockquote>

---

[12] "Eu aqui sou um bárbaro, porque não sou entendido por ninguém" (Ovídio).

[13] "A duração breve de nossa vida proíbe-nos alimentar uma esperança longa" (Horácio).

[14] A águia não pega moscas.

Quincas sorrira ao terminar a leitura da carta. Ali estava, por inteiro, o velho bacharel Viegas de Azevedo. Ficara com a sensação de tê-lo ouvido, a voz metálica e esganiçada, dita entre baforadas de charuto, expressão de sarcasmo e risinho maroto nos lábios, ao final de cada aforismo ou achega. Na folha de rosto, das mais de trezentas que compunham os manuscritos, avultava o título, já anteriormente revelado:

CRÔNICA SOBRE A COLONIZAÇÃO DO BRASIL
ATÉ SUA ELEVAÇÃO À CATEGORIA DE REINO UNIDO
E REFLEXÕES SOBRE O CARÁTER GERAL DOS
BRASILEIROS E DOS PORTUGUESES.

Quincas folheou os escritos, dando rápidas e pequenas leituras, dado que o texto, em grande parte, se restringia a notas, achegas e observações, sem notar-se a preocupação de encadeá-las sob a forma discursiva de uma narrativa, à maneira dos ensaios literários. Nas primeiras folhas, Viegas de Azevedo tratara da descrição dos aspectos físicos e geográficos do Brasil, suas terras e costas litorâneas, matas, climas e posição geográfica no continente:

"... abaixo da linha do globo que separa a virtude do pecado: demasiado perto da África, demasiado longe da Europa..."

Na observação seguinte, justificava a razão pela qual escolhera a matéria que dera início ao trabalho:

"... acredito, piamente, na influência direta do meio físico e da geografia sobre o caráter e a cultura dos homens: não à toa os nórdicos são todos branquelos e pálidos, consentaneamente com os frios medonhos e sóis chinfrins que fazem em seus sítios, em flagrante contraste com o negrume da pele dos africanos, que têm de suportar canículas luciferinas e frios nenhuns nos infernos em que vivem. A pedantaria dos ingleses, por exemplo, que os faz olhar para os outros europeus sempre de rabo alçado, e com os narizes apontados para cima, tem muito que ver com a separação física de suas terras do continente, boiando destacados e soberbos no Atlântico, de frente para os desprezíveis vizinhos, como se o Criador lhes tivesse conferido uma distinção, um privilégio em relação aos demais mortais europeus. Nós, os portugueses, muito sofremos com essas imperfeições na concepção do mundo, dado que, apertados entre a pedanteria britânica e a estultice galega, não nos restou alternativa senão lançarmo-nos ao mar (graças a Deus ainda nos deixaram um pedacinho de costa) em busca de alívios territoriais, suposto que nossos vizinhos, no dia em que decidiram a divisão das terras da Europa, resolveram que caberia a Portugal tão-somente ser a orelha do continente: 'e lambam os beiços, ó portugas, que é somente a oiça esquerda!', é o que, à época, devem ter gritado para nossos antepassados."

A partir daquelas observações, sempre chistosas, como era habitual em seu linguajar, o bacharel passou a discorrer sobre as terras brasileiras, *locus* que ele imaginava ter o Criador, quando da concepção e organização do planeta, deixado por último, já cansado das mercês conferidas à Europa, dos castigos atribuídos à África e das maluquices inventadas para a Ásia.

"... típicos desvarios divinos, como sói acontecer quando os deuses resolvem trabalhar. *'Tantaene animis caelestibus irae!'* "[15]

Na América, último continente criado por Deus, segundo o bacharel, o Brasil, sabe-se lá por que razões, tinha sido igualmente o último sítio a ser concebido, suposto que, àquela altura da Criação, já estava o Onipotente entediado, e com algum remorso, após ter distribuído sobre a Terra muitos vulcões, desertos, sítios inóspitos, geleiras, calores infernais e terras movediças, entre outras vicissitudes, para aperreio dos homens e dos bichos:

"... 'chega de tantas provas e dificuldades!', teria desabafado o Criador. 'Arrematarei a obra com a criação de um sítio semelhante ao que moro: um Paraíso Terreal, onde os mares serão sempre mansos, e nunca haverá maremotos; as terras serão

---

[15] "Tanto pode caber de ira no coração dos deuses!" (Virgílio).

sempre assentadas, em solos de terrenos bem acomodados, onde jamais ocorrerão terramotos, tampouco vulcões; os ventos soprarão sempre comportadas e refrescantes brisas: não conhecerão seus habitantes os tufões; não existirão desertos, e sim terras amplas e férteis, banhadas no interior por caudalosos rios, e, nas costas litorâneas, por paradisíacas praias; o clima será o que haverá de melhor no planeta: sempre temperado, nunca os sóis africanos, jamais os frios europeus. Cá gostaria Eu de ter nascido e vivido!', teria dito o Criador, quando deu por acabado o gigantesco e privilegiado sítio, cobrindo-o de verdejantes florestas e matas. Desafortunadamente, calhou de, no exato momento em que arbitrava os moldes dos caracteres dos felizes habitantes que povoariam aquelas benfazejas terras, acometer-Lhe grave desarranjo (sabe-se lá o que comem os deuses!), e deu-se, então, a única tragédia, a terrível falha original da Criação: os bugres primitivos, os primeiros brasileirinhos, foram engendrados em momento muito pouco favorável ao Criador, suposto que, ao mesmo tempo em que lhes dava vida, o Onipotente gemia dores de fortíssimas cólicas, e desandara a expelir flatos rijos, e soltar estrepitosas e incontidas bufas, que lhe baralharam sobremaneira as divinas inspirações gerativas, para grande azar daqueles infelizes..."

Quincas ria aos velames despregados, esquecido de que fora para a cama em jejum e de que participara, ainda pela manhã, do enterro do melhor amigo. Os textos dos manuscritos o surpreendiam: o bacharel alternava passagens sérias, de considerável valor ensaístico, com saborosas achegas de muita piada, reproduzindo anedotas populares que animavam os salões, botequins, albergarias e tabernas do Rio de Janeiro e que tornaram famosos os habitantes desta cidade, grandes gozadores da própria terra em que nasceram.

Já ia alta a noite, e os azeites já escasseavam nas lamparinas, quando Quincas, na altura da vigésima página do manuscrito, iniciou a leitura das observações sobre a colonização do Brasil pelos portugueses:

"... assim, aqui encontraram os mistagogos lusitanos, nos primórdios do achamento do Brasil, inocentes selvagens que viviam em plena comunhão com a natureza mais exuberante jamais vista, e que tinham os bestuntos equivalentes aos dos bugios, papagaios e demais bichos com que compartilhavam a terra, pelos motivos preteritamente narrados. Em compensação, verdade seja dita, não conheciam aqueles inocentes bugres o baralho, tampouco o álcool, e fornicavam todos com suas mulheres, e também com as mulheres dos outros, sem hipocrisias, poligâmicos que eram, sendo rara, provavelmente inexistente, a homossexualidade entre eles. Chegamos, então, nós, os civilizados, sob inspiração e desígnios divinos, e trouxemos-lhes a monogamia hipócrita, de braços dados com o adultério; o vinho, junto com o vício; a sodomia e a pederastia, como novidades sexuais; Deus e o Diabo, comandando o céu e o inferno, para impor-lhes limites, prêmios e temores, a acenar-lhes com gozosas estadas nas Alturas, e terríveis passadios no Inferno; trouxemos-lhes a gonorréia, a sífilis, o escorbuto e febres malignas; ensinamos-lhes o pecado e a dissimulação; já eram aqueles inocentes preteritamente puros, antes de conhecerem hóstia, religião ou igreja. Trouxemos-lhes nossa pureza civilizatória, e os conspurcamos..."

Mais adiante, a incontida verve picaresca e sarcástica ressurgia, corrosiva:

"... as bugras tinham suas vergonhas e sovacos glabros, e ensinamos-lhes que naqueles protegidos e recônditos sítios deveriam elas deixar crescer os pêlos, para recenderem sargaços, e segregarem pruridos, tão ao gosto de nossas esquisitas taras e gostos eróticos, para semelhá-las às nossas cachopas, habitualmente ali deliciosamente fedegosas e peludas. Para os bugres, exibimos, ufanos, nossas barbas, pêlos, e mangalhos, mais alentados que os deles, zombando de sua condição de machos lisos, pouco abonados; trouxemos-lhes nossa sujeira corporal e ojeriza aos banhos, para terras em que a natureza fora pródiga em rios e mares; mudamos-lhes os nomes próprios, porque lhes achamos feios os Tibiriçás, Araribóias, Itagibas, Paraguaçus, Aimorés e outros grunhidos nominativos, e os trocamos por Joaquins, Manuéis e Marias, dado que para nós apenas estes nomes sempre nos bastaram, para a grandíssima maioria dos casos; ensinamos-lhes que os vitoriosos de guerras não deviam comer os derrotados, mas comemos-lhes nós as mulheres, ensinando-as a ficar de quatro, quando nos assaltavam vontades, a pretexto de corrigir-lhes as feias posturas do descansar de cócoras..."

Nas folhas seguintes, Viegas de Azevedo descrevia, à sua peculiar maneira, como se dera a formação do novo povo brasileiro, após a Criação original, fruto da mestiçagem dos portugueses degredados, náufragos e outros párias lusitanos, aqui deixados pelas naus, com as índias que viviam nas tribos da costa atlântica:

"... iniciamos cá, por volta dos dois primeiros quartéis do século XVI, nomeadamente nos sítios onde se assentaram patrícios degredados, náufragos e matalotes fugidos das naus, que se homiziaram com a indiada local, uns criatórios de gentes mamalucas, que são como chamam as paridas dos cruzamentos dos nossos com as bugras brasílicas, sob os auspícios de uma patifaria a que deram o nome de *cunhadismo*, instituição social muito da sem-vergonha, que nada mais era que o aproveitar-se de um antigo hábito dos selvagens de incorporar, às suas comunidades, estranhos ou inimigos derrotados em guerras, que por quaisquer motivos não lhes aprazava devorar. Cediam-lhes os bugres, então, índias como esposas, deferindo-lhes direitos de se aparentarem com as famílias delas, e de escolherem tantas outras bugras quantas lhes aprouvessem, para gerar outras proles, forjando novas parentalhas. Sabedores de que os bugres, ao fazerem prisioneiros, somente devoravam os machos tidos como valentes e destemidos, para assimilar-lhes as bravuras, nossos patrícios ladinos, prestes na arte de engabelar terceiros, deixavam-se levar mansos para os cevadouros, e comiam e fornicavam à labúrdia, durante a engorda, com todas as bugras que lhes entrassem nos cercados, e elas brigavam entre si para neles entrar, à sorrelfa, atraídas por nossos alentados mangalhos, de mais que o dobro, em extensão e calibre, que os de seus machos. Quando, após a cevadura, período em que os bugres, todas as manhãs, vinham apalpá-los e avaliar se já estavam em condições para o moquém, nossos patrícios desandavam a chorar e a gemer pedidos de misericórdia, cagalizando-se todos, borrando-se pelas pernas, porque ceroulas mais não tinham, vertendo lágrimas de acerba cobardia, grunhidos de bacorinhos indo à capação, e outras tantas artes de impressionar, que nós, os lusitanos, tão bem sabemos fazer. Os indignados bugres, vendo aqueles estropícios a exibir tanta poltranice e miserábil cobardia, desistiam logo de devorá-los, temerosos de que aquelas fraquezas lhes revertessem, e os contaminassem, caso lhes comessem as carnes. Por tais vergonhas e receios, deixavam que aqueles cagarolas se agregassem às tribos, tratando-os como poltrões e truões da comunidade, logo abaixo dos cães, pouco acima dos soíns, para a disfarçada e grande alegria das bugras, que faziam fila para brincar com seus chourições, quando iam os maridos às caças e às guerras. E foi com base nessa pouca-vergonha de organização social, chamada de *cunhadismo*, que os tais criatórios de gente mestiça se estabeleceram pela costa atlântica do Brasil, gerando as primeiras levas do que viria a ser o novo povo brasileiro, após as primitivas catervas aqui expelidas pelos desarranjos do Criador. O primeiro daqueles bandidos poltrões que por cá se homiziou, cunhadisticamente, foi um tal de João Ramalho, lá pelas bandas dos sítios de Piratininga, hoje São Paulo, onde fundou a paulistanidade, e procriou para mais de um milheiro de filhos, netos, bisnetos e tetranetos, tantas foram as bugras em que passou o farfanho. Fez sociedade com outro patife, de nome Antônio Rodrigues, e com ele fundou o primeiro comércio do Brasil de que se tem notícia: intermediava o escambo de índios cativos, aprisionados em guerras havidas entre tribos hostis, com piratas e comerciantes europeus, de qualquer nacionalidade, que aportassem às costas paulistas, e lhes oferecessem machados de ferro, espelhinhos de vidro, tecidos coloridos, facas de cortar, miçangas, aguardentes, baralhos, figurinhas desenhadas em papéis, objetos de aço e de couro, e tudo aquilo que fosse novidade para a indiada aliada vitoriosa nas guerras, a quem distribuíam a menor parte dos lucros, a menos de dinheiro, que no Brasil não tinha valor e serventia alguma. O estropício do João Ramalho andava nu como os índios, balançando as vergonhas enquanto caminhava; era sempre barbado, falava grunhindo feito um cachação, e, quando não estava a mercar índios cativos, fornicava até com as próprias filhas e netas, e também comia de carne moqueada de índio, o aldabrão, paulistão de truz, que essa corja tem a quem sair!

Pelas bandas da Bahia, à mesma época, pontificava outro patrício, tal de Diogo Álvares, por alcunha *O Caramuru*, que se tornou o pai da baianidade, e que pelas costas daqueles sítios naufragou, no início do século XVI. Também na base do *cunhadismo*, o espertalhão lusitano lá se transformou em semideus para os tupinambás, que o chamavam de 'filho do trovão', porque andou por lá a fazer graçolas, disparando tiros de arcabuz e deitando lume em aguardentes, que muito espanto e pânico causaram entre os inocentes tupinambás, livrando-o do moquém. Ao contrário do sacripanta do João Ramalho, o Diogo Álvares assentou-se bem com a sua indiada, e gerou imensa parentalha pelos sítios baianos, sem praticar as bandalheiras do tráfico de índios cativos, muito ajudando a Coroa portuguesa na colonização da região, na expulsão de estrangeiros invasores e no combate aos botocudos hostis. Teve perto de quinhentos filhos e descendentes, pois dizem que quando não estava a dormir, ou entregue ao desfrute de repastos, vivia para cumprir com suas obrigações de semideus local, fornicando com todas as bugras tupinambás, casadas, solteiras, viúvas ou virgens, honra que lhe imploravam os pais e os maridos de todas as tribos da região. Consta que *O Caramuru* não envergonhou Portugal, e muito contribuiu para a fama de femeeiros dos patrícios, mais tarde muito abalada com a chegada da Corte portuguesa ao Rio de Janeiro, escoltada por nutrida leva de sodomitas, pederastas, papa-rapazes e paneleiros, praticantes de todas as espécies de sem-vergonhices e perversões sexuais.

Nos sítios de Pernambuco, ainda com base no *cunhadismo*, homiziou-se com a indiada da terra outro patrício, parente de dom Afonso Albuquerque, o *terríbil*, de nome Jerônimo de Albuquerque, afamado femeeiro da Corte de Lisboa, onde praticava, com contumácia, o condenável hábito de plantar chifres nas cabeças de fidalgos cujas esposas lhe falassem ao mangalho, patrício que por essa razão, e para poupar-lhe a vida, que não valia nem um ceitil em Lisboa, el-Rei D. João III degredou para Pernambuco, onde o sacripanta exilado se incumbiu, com grande competência e êxito, de desfraldar não o mastro da bandeira das quinas portuguesas, mas o próprio mastaréu, embrenhando-se nas glabras balseiras das bugras tabajaras, que eram como se chamavam as índias daqueles sítios, e que igualmente gostavam de fazer *nhã-nhã* e *fuque-fuque* com as pendurezas dos nossos. Gerou aquele Albuquerque, que era cunhado de dom Duarte Coelho, donatário da capitania, outro milheiro de mamalucos pernambucanos, sabido é que, por não haver muito o que por lá fazer, fê-lo fornicando, à ralaça, com toda bugra que lhe cruzou o caminho, pousou os olhos, repartiu comida ou assistiu missa junto.

Já nos sítios do Rio de Janeiro, não se teve notícia de nenhum *cunhadista* patrício que tenha pontificado pelo uso patriótico do marsapão, ou que tenha gerado grandes proles como os antes citados, devido à forte concorrência que cá imperava: franceses, ingleses e até galegos dizem que cá faziam *cunhadismo* discreto, com as bugras dos tamoios, para não chamar a atenção das autoridades portuguesas cá residentes, e nutridamente armadas e fortificadas, porque as ricas e aformoseadas terras da baía de Guanabara eram mais cobiçadas pelos estrangeiros invasores que as glabérrimas pardalinhas das bugras da região.

E essas orgias cunhadísticas tanto se generalizaram pela costa atlântica do Brasil, que a Coroa portuguesa resolveu pôr cobro a tamanho despautério, colocando em execução, pelos idos de 1532, o regime de donatarias, com o fito de povoar estas ignotas terras com um sistema de colonização que, pelo menos, privilegiasse mais o desenvolvimento da economia colonial que os pecados da carne. E é disso que trataremos a seguir."

Já era alta madrugada quando Quincas parou de rolar de rir, retirou as cangalhas de sobre o nariz, pois já lhe pesavam as pálpebras, embora não lhe tivesse diminuído o interesse pela leitura dos manuscritos. As lamparinas, quase secas de azeite, luminavam mortiçamente o quarto. Depositou as folhas sobre o criado-mudo, deixou acesos os lumes das lamparinas para que se esvaíssem, e fechou os olhos, tendo no pensamento as palavras de Viegas de Azevedo quando lhe entregara o manuscrito:

– ... se o que está escrito, durante a leitura, te provocar alguma comichão...

O vento agitado que varrera por algumas horas a rua das Violas no começo da noite amansou na madrugada, e foi substituído por uma brisa fresca, que trazia o fartum das podridões jogadas à baía pelos escravos negros, *os tigres*, em grandes tonéis que levavam, à cabeça, cheios de excrementos humanos. Pouco antes do anoitecer, como era hábito, filas de *tigres* cruzavam a cidade, carregando as imundícies do dia, desde as residências de seus amos até às margens da baía que banhavam o centro, em frente ao terreiro do Paço, nas praias de dom Manoel e dos Mineiros, na Ponta do Calabouço, nas praias de Santa Luzia e de N. S. da Glória, em frente aos Armazéns do Sal, na Pedra da Prainha, no Valongo e Valonguinho, no Costão de N. S. da Saúde, nos Sacos da Gamboa e do Alferes. A cidade fora tomada por odores pestilenciais, mas Quincas nem percebera: dormia profundamente, divertido e satisfeito com a leitura dos escritos do bacharel Viegas de Azevedo.

decimus

"República no Brasil é coisa impossível porque será verdadeira desgraça. Os brasileiros estão e estarão muito mal-educados para republicanos. O único sustentáculo do nosso Brasil é a monarquia; se mal com ela, pior sem ela. Não te metas em questões republicanas, porquanto república no Brasil e desgraça completa é a mesma coisa."

Marechal Manuel Deodoro da Fonseca, proclamador da República dos Estados Unidos do Brasil, em carta ao seu sobrinho Clodoaldo da Fonseca, de 30 de setembro de 1888.

XXVIII

Cais do porto. Cidade Baixa, Salvador, capital da Província da
Bahia. Primeira semana de fevereiro do Ano da Graça de
Nosso Senhor Jesus Cristo de 1877.

O alferes Cândido da Fonseca Galvão, Príncipe Dom Obá II d'África, já havia embarcado com a mulher, D. Raiza-me, filhos e bagagens na terceira classe do vapor que os levaria para a Corte, no Rio de Janeiro, e aguardava, preocupado, a chegada de Pai Zoroastro de Orixalá, que com eles também viajaria, mas ainda não aparecera no cais do porto. A sofrida decisão de deixar a Bahia, tomada um mês antes, decorrera da absoluta insolvência do alferes, atolado em dívidas, cansado de esperar pela superação da crise de carestia e desemprego que assolava a província. Nenhum baiano da capital tinha mais dinheiro para nada, fosse rico ou pobre, sabido era que até os escravos estavam sendo vendidos para o Rio de Janeiro e São Paulo. A crise econômica baiana, sem precedentes na História, começara muito antes, em 1850, com a proibição do tráfico de escravos africanos, duro golpe para a economia da capital da província, principal porto de chegada de negros cativos vindos da costa d'África, que eram redistribuídos e despachados, com altos lucros, para outras regiões do Império. Em 1870, a economia baiana chegara ao fundo do poço: as exportações de açúcar, café, algodão, fumo e cachaça tinham caído a níveis insuportáveis, e suas receitas nem mais cobriam os custos da produção. A quebradeira era geral, vindo a reboque suas crias diretas: o desemprego, a fome e a carestia de gêneros alimentícios. Na realidade, a migração dos negros baianos, libertos e forros, principalmente para o Rio de Janeiro e São Paulo, começara havia cinco anos, quando a crise já revelava sinais de difícil reversibilidade.

Muita tristeza invadira o coração do alferes Galvão ao ter de tomar a decisão de deixar a Bahia que tanto amava, junto com a mulher e os filhos, quando se viu sem dinheiro até para comprar mantimentos para alimentação da família. No início de janeiro daquele ano de 1877, um conselho de investigação do Estado-Maior do Exército, na Bahia, havia solicitado o desligamento do alferes do Asilo de Voluntários por *embriaguez habitual, audácia em recusar obedecer a ordens superiores, emitir grosserias e expressões injuriosas para qualquer pessoa que não lhe reconhecesse sua autoproclamada realeza e régia estirpe (sic).*

– Vamos embora da Bahia, Raiza-me, decidi-me. Miserável e desafortunado é o rei cujos súditos não podem nem têm como pagar tributos à realeza! Vamos para a Corte, onde me apresentarei aos iorubas que lá vivem, e que devem estar muito carentes de uma majestade étnica, africana, dado que têm, apenas, ao meu companheiro de nobreza, Sua Majestade Imperial, Dom Pedro II, Imperador do Brasil, para prestar submissão e vassalagem – desabafou, com a voz cava.

Pai Zoroastro de Orixalá, que participava da conversa, aplaudira o alferes pela decisão:

– Muitcho bem! Axim qui si fális, Dom Obá! Vâmu picá as múlis di Salvadô, qui fais mais di treis meis qui *Abókulò* num péguis nim úmis dimandazinha, nem um efozim, nem divinhação di búzis, nádis di bânhu di discarrego, qui o coiso tá prêtis pra gênti, xênti! – desabafou o feiticeiro zuavo, que já andava morando de favor, num cortiço da Barroquinha, desde que fora despejado do centro espírita do Pelourinho, por falta de pagamento de aluguel.

Em menos de um mês, Dom Obá vendera todos os trastes e móveis, liquidara as dívidas mais antigas, fizera outras mais prementes, todas miúdas, com os "súditos" que com ele seguiriam viagem para o Rio de Janeiro.

Intrigado com o atraso de Zoroastro, o alferes pediu à mulher que olhasse as crianças no convés, enquanto ele iria

até à amurada do navio, para observar o movimento de chegada dos passageiros. A terceira classe não tinha cabinas, muito menos camarotes; dormiam todos sobre redes estiradas no convés, que era coberto apenas com um toldo de lona. No trajeto até à borda do navio, o alferes Galvão abençoou um casal de jovens negros iorubas, que se ajoelharam à sua frente e pediram a bênção do príncipe para a recente união em casamento dos dois.
– Que Odùdúwà dê muitas alegrias e longa união para vossemecês – abençoou-os o príncipe.
Naquele exato instante, ouviram-se tiros, correrias e intensa confusão no cais. O alferes Galvão precipitou-se até à amurada do convés, e viu Pai Zoroastro de Orixalá correndo, espavorido, com enorme mochilão às costas, sobraçando dois baús de folha, vinte passos à frente de meia dúzia de jagunços forçudos, que o perseguiam com caras de pouquíssimos amigos.
– Acúdi! Acúdi! Us jagúnci qué matá Pai Zoroastri! – esgoelava-se o feiticeiro zuavo, quase alcançando a prancha de madeira que dava acesso ao embarque para o navio.
Antes que Zoroastro conseguisse chegar à prancha de embarque, um dos jagunços alcançou-o, segurou-o pela mochila e sustou-lhe a correria.
– Sigurei o bicho, coroné! Sigurei o nego xibungo! – gritou o jagunço, agarrando Zoroastro pelo cachaço.
Bem atrás do grupo de jagunços, que logo alcançou o feiticeiro zuavo e seu perseguidor, fazendo um círculo apertado em volta dos dois, um velhinho, ainda sacudido, usando chapelão de feltro e terno branco, apertava o passo atrás deles, com ares de maus bofes, brandindo no ar um bengalão:
– Não esperem por mim! Desçam logo a porrada em cima desse negro filho da puta, homens! Amoleçam o lombo dele, vamos! Não percam a viagem! – vociferava o velhinho, tentando ir o mais rápido que podia, apesar da idade avançada.
Vendo que a coisa estava ficando preta para Zoroastro, o alferes Galvão resolveu intervir: desembarcou à pressa do

navio, espadagão da farda de alferes preso à ilharga, posto trajasse roupas civis, e chapelão de palha de abas largas, e foi ao encontro do grupo de jagunços que espremiam Zoroastro num círculo apertado. Obedecendo às ordens do coronel, os jagunços já haviam estalado uns tabefes na cara do feiticeiro, além de lhe terem aplicado vigorosos cascudos e chutes no traseiro, gritando-lhe toda a sorte de impropérios e um chorrilho de blasfêmias e xingarias.

– Parem! Parem com isso! – gritou o alferes Galvão, agarrando o musculoso braço de um mulataço membrudo, que sufocava Zoroastro com uma poderosa gravata em torno do pescoço do feiticeiro.

O jagunço fez um gesto brusco para livrar-se da manopla de Dom Obá que lhe puxava o braço.

– Tira as pátis di riba di mim, ó negão! U pau di zeviche pênsis qui é quem? – rosnou para o príncipe.

– Dobra a língua, ó mulato! – reagiu Dom Obá, segurando o cabo do espadagão. – Sou o Príncipe Dom Obá II d'África, sucessor do império ioruba de Oyó, alferes honorário do Exército Brasileiro! Larguem esse homem indefeso, que luta sozinho contra tantos, e vamos resolver a pendenga como gente civilizada!

– Desçam a porrada nesse tição gigante também, homens! – gritou o velhinho, a aproximar-se do grupo, ainda a brandir o bengalão, furioso.

Dom Obá desembainhou o espadagão, ao estilo Osório, vibrou-o no ar, e gritou para o velhinho que o ameaçava com o bengalão:

"*Ibêre ki ijeki enia k osina; enitti ko le bêre, ni npón ara rè loju!*"[1]

O velhinho espantou-se com o vozeirão do príncipe, que chamara a atenção de toda a negralhada sobre o cais, e da que estava debruçada sobre a amurada do convés do navio. Sem

---

[1] As perguntas livram o homem dos erros; aquele que não pergunta entrega-se aos problemas (em ioruba).

entender o nagô do príncipe, o velhinho não perdeu a pose: apertou os olhinhos azuis, fulo de ódio, e exclamou:
– E fala! Latindo, mas fala! E eu cá a pensar que isso só subisse em árvore!
– Dobra a língua, vosmecê também, velho abusado! Veja lá como fala com uma realeza! Peça desculpas, agora mesmo, ou vai levar uma pranchada no traseiro! – explicou Dom Obá.
O comandante do navio, acompanhado de alguns marinheiros e taifeiros, aproximou-se à pressa do grupo, e tentou apaziguar os ânimos:
– Parem todos com essa discussão! Vosmecês estão atrapalhando o embarque e atrasando a partida do navio com toda essa confusão! Vamos resolver isso em paz! Vocês aí: larguem o negro miúdo! – gritou para os jagunços, empunhando um revólver. – Qual é a acusação que o senhor tem contra esse negro baixinho? – indagou do coronel, que reclamava com seus homens por terem parado com os tabefes no feiticeiro zuavo.
– Esse negro fedido, feiticeiro e charlatão pregou-me uma peça: paguei-lhe para resolver-me um problema de saúde, e o miserável a arruinou ainda mais, com as beberagens que me aviou, o filho da puta!
– Mas o senhor, um homem branco, de olhos claros, provavelmente de ascendência européia, a ressumar berço e cultura, foi consultar a saúde com esse traste de negro baixinho? – indagou, surpreso, o comandante.
– Isso não te diz respeito, capitão! Faço com meu dinheiro e da minha vida o que eu quiser, e nunca dei satisfações disso a ninguém! – retrucou o velho, carótida aos pulos.
Pai Zoroastro de Orixalá, ainda seguro pelo cachaço por um dos jagunços, resolveu esclarecer a quizília:
– U coroné mi pagô pra fazê mezim i bebirage pra módi suspendê us mangálhu dêli. Zoroastro num é *akiri-ojà!*[2] A bebirage di catuaba afunciona pruns, i num afunciona protros!

---

[2] Picareta (em ioruba).

U coroné tem mais di nuventa ânus! Nem sêmpri pau qui dá im Chícu dá im Franchícu! Xênti!
— Mas vê o que me fizeste, seu feiticeirinho de merda: não só aquela água suja que preparaste não surtiu efeito algum como ganhei uma baita de uma caganeira que não me larga há dois meses, seu tiçãozinho filho de uma puta! Quero meu dinheiro de volta! — redargüiu o velho, encolerizado.

Fez-se um breve silêncio após o queixume do velho, e, logo depois, começaram a pipocar, aqui e ali, uns risinhos contidos, que logo se transformaram em sonoras gargalhadas, contaminando todos os presentes: Dom Obá, o capitão do navio e seus marinheiros, os negros do cais e os do navio, todos se rolaram de rir, a menos dos jagunços, e do coronel.

Após um par de minutos de risos, o comandante do navio, recuperando a seriedade, limpou a garganta, e ponderou com o velho:

— O senhor deve procurar a Intendência de Polícia, aqui em Salvador, e apresentar queixa contra o negro miúdo, caso esteja se sentindo lesado por ele. Exija seus direitos na justiça!

— Que polícia e justiça, que nada! Onde é que já se viu um branco ter de apelar ou precisar da polícia para exemplar um negro? Estamos no Brasil! Aqui é a Bahia! Essa corja de negros bem conhece a justiça que faz cá um azorrague, com tiras de couro molhadas em água de sal grosso! — vociferou o coronel. — Vamos levar esse negro safado, agora mesmo, para Ilhéus, onde vai trabalhar no eito até me indenizar pelos prejuízos que me causou! — gritou, sacando o revólver do coldre, gesto imitado por todos os seus jagunços.

O comandante do navio, o único ali armado com arma de fogo, e seus marinheiros, intimidados, recuaram.

Dom Obá olhou para os negros que estavam no cais, depois para os que estavam debruçados nas amuradas do navio, e gritou para todos ouvirem:

— *Alaso àlà ki ilo ioko si iso-elépo!*"[3]

---

[3] Quem usa roupa branca não se senta na graxa (em ioruba).

Em seguida, ergueu o espadagão, e elevou ainda mais a voz, como se estivesse comandando um batalhão a distância: – *Owó dõdo li o nsán lo!*[4] Se não: *Igi dá!*[5]

Como se tivessem ensaiado, os negros que estavam embarcados desembarcaram; os que trabalhavam sobre o cais a eles se juntaram ao pé da prancha de embarque, todos em silêncio, formando uma pequena multidão. Começaram, então, a caminhar, em bloco, lentamente, em direção ao grupo, causando grande espanto e intimidação aos jagunços, que rapidamente devolveram os revólveres às cintas. A negraria, com caras ameaçadoras, acercou-se do grupo, e fechou-o dentro de um círculo, assim permanecendo, por um par de minutos, em silêncio, todos a olhar fixamente para o coronel, que ainda mantinha a arma na mão.

Alguém no meio dos negros gritou:

– Salve Dom Obá II d'África! Vida longa para o rei de Oyó!

Fez-se novo e pesado silêncio. Em seguida, sem que se ouvisse nenhuma voz de comando, os negros abriram um buraco no círculo que circunscrevia o grupo em conflito. Um negralhão espadaúdo, tão alto quanto o alferes Galvão, esticou o braço em direção à passagem aberta no círculo, e convidou o coronel e os jagunços a por ali saírem:

– Si nus fais u favô, incelença: casu u coroné quisé saí nas pais, mais us teo jagúnci, as passági é purali, túdu im fila, um trás du otro, cum as bença di Nossosinhô... – disse com vozeirão sereno e intimidador.

O coronel, sem outra alternativa para enfrentar aquela negralhada disposta, espumou de ódio impotente, cara vermelha contrastando com o terno alvo; enfiou o revólver de volta ao coldre preso à cinta, e fez um sinal para que os jagunços o seguissem.

– Nos vemos por aí, negro! – rosnou o velho para Dom Obá, quando passou por ele.

---

[4] Ele vai embora de mãos vazias! (em ioruba).
[5] O pau quebra! (em ioruba).

– Será um prazer, coronel! – redargüiu o príncipe, enfiando o espadagão de volta à bainha.

☙

Sobrado dos Menezes d'Oliveira. Rua da Carioca, Rio de Janeiro. Final do mês de julho do Ano da Graça de Nosso Senhor Jesus Cristo de 1877.

– Uiuiuiiiiiiiiiiii! Mi arrespêitchi, Nhoquinzim! Si cumpórtise, hein? Si dotra veis qui a nega Leocádis intrá nus quártu du Nhonhô, pra fazê selvíçu, Nhoquinzim dé mais argum biliscão nas popa da nega, vô minfezá i cuntá tudim pra dônis Maria di Lúrdi, hein? Iela num vai gustá di sabê qui Nhoquinzim fais 'sas indelcênci cum a Leocádis! – vociferou a negra, após levar vigoroso beliscão-de-frade na bunda, ao passar pelo comendador Quincas, sentado à secretária.

– Vossemecê vem ao meu quarto é para xeretar e provocar-me, negra! Bem sei que gosta de levar uns torcegões nesse requeijão, pensa que me engana? Negra que entra aqui tem de pagar pedágio! A Eugênia, que Deus a tenha, chegava a reclamar quando não lhe dava, pelo menos, uma palmada no rabo por dia!

– Num sô 'sas nega di rua, não, juviu? Mi arrespêitchi!

– Pois tens sorte, negra: tivesse eu cinco anos a menos, e não perderia tempo com beliscões não: passava-te é o mangalho mesmo, devante a ré! – jactou-se o velho Quincas, levantando a cabeça dos escritos, riso maroto nos lábios.

– Afe! Qui Nhoquinzim é um véio muitcho indelcênti i sanhádu! A nega Leocádis só trabaia aqui há dois mês, e já levô pra mais di vinti biliscão du cumendadô! Óia qui a Leocádis um dia sinfeza i cunta tudim pru pádri Jacíntu, qui num sábi 'sas ártis du Nhoquinzim, hein? Mi arrespêitchi!

– Vais contar nada! Tu bem que gostas! E agora avia-te daqui, que preciso escrever e não tenho tempo para discussões com negrinhas!

A negra apagou a zanga da cara, e espichou os olhos arregalados por cima dos ombros do comendador Quincas, que voltara aos escritos.
– Quê qui u cumendadô tântu crévi?
– Deixa de ser enxerida e vai cuidar do que tens a fazer!
A negra fez um biquinho nos beiços:
– U cumendadô Nhoquinzim bem qui pudia insiná a nega Leocádis a lê i a crevê... – comentou com voz dengosa.
– Ué? Não querias denunciar-me à minha nora e ao padre Jacinto Venâncio, instantes atrás?
– Leocádis tava só mangându du Nhoquinzim. A nega sábi qui u Nhonhozim é hômi bão, i num qué fazê mal cum a nega.
Do rés-do-chão ouviu-se o som forte da batida das aldravas na porta da rua.
– Vixe! Qui tão batêndu nas pórtis! – exclamou a negra, largando a vassoura, e desceu as escadas, aflita, para atender a porta da rua.
Era visita do padre Jacinto Venâncio, que trazia um ramo de flores-de-maio, e as ofereceu para D. Maria de Lourdes, que abrira a porta antes que a negra Leocádia conseguisse alcançá-la.
– Vim para fazer duas visitas: uma à senhora, curioso para saber como está se saindo a nova criada da casa, cuja indicação é da minha responsabilidade; a outra é ao comendador Quincas, a quem não vejo há tempo. Ele está? – indagou o padre.
– Está, sim, padre. Faça a gentileza de entrar, por favor – convidou-o D. Maria de Lourdes. – Leocádia! Vá lá em cima avisar o comendador Quincas de que o padre Jacinto Venâncio veio nos fazer uma visita – ordenou à criada, que limpava as mãos no avental, ao pé da escada, toda risonha para o padre.
– Como estás, minha filha? Estive, ontem, na residência do comendador Albuquerque de Olibeira e Soiza, e vi tua irmã Venância, que me revelou estar muito feliz trabalhando naquela casa – disse o padre, estendendo a mão para Leocádia, que a beijou com devoção.

D. Maria de Lourdes conduziu o padre até à sala de estar, enquanto Leocádia subia as escadas, célere, para avisar o comendador Quincas da visita.
– E, então, D. Maria de Lourdes? Como está se saindo a nova criada da casa? – indagou o padre, sentando-se na marquesa da sala.
– Vai indo bem, padre. É um pouco estabanadinha e arisca, ao contrário da Eugênia, que era mansa e taciturna. Mas ainda é jovem, e aos poucos vai entrar no ritmo da casa. Qualidades ela já demonstrou, e algumas já posso adiantar: é muito prestativa, operosa, e o mais importante: é pessoa em quem se pode confiar.
– Fico muito feliz e aliviado com esse julgamento, senhora. Sinto-me responsável pela indicação da moça, e não me perdoaria caso ela cometesse alguma falha grave ou causasse alguma decepção.
– Ora, padre, nem me passou: não carece preocupar-se. Conheço quando uma pessoa tem educação dada pelos pais. A mãe, ou o pai dela, não sei bem quem, porque até hoje ela não fez comentários sobre nenhum dos dois, deve tê-la educado dentro dos mais rigorosos preceitos de caráter e decência, apesar de ter sido cativa.
O padre Jacinto Venâncio agradeceu, em silêncio, ao seu padrinho Santo Antônio de Categeró, por ter vindo de pele escura ao mundo: o Criador poupou os negros de ruborescerem as faces de vergonha.
– Como vai, padre? Quais são as novidades da cidade, além dos bondes a burro e da iluminação a gás, que já têm barbas? – cumprimentou-o o comendador Quincas, entrando na sala.
– Vivo com o pouco que Deus foi servido me dar, comendador, o que para mim é muito. "*Vivitur parvo bene.*"[6] – respondeu o padre, levantando-se e apertando a mão do velho amigo. – Novidade acontecendo na cidade é a chegada

---
[6] "Vive-se bem com pouco" (Horácio).

ao Rio, em grandes levas, de negros libertos e forros vindos da Bahia, fugidos da crise de carestia que, dizem, anda castigando a cidade de Salvador.
– E eles estão indo morar onde? – perguntou Quincas, sentando-se ao lado do padre.
– Em cortiços, lá pelas bandas da África Pequena.
– África Pequena? E onde fica isso?
– Fica espalhada pelos distritos de Santo Cristo, Saúde e Gamboa; abrange as ruas em torno do cais do porto, indo do Valongo até Praia Formosa e o Saco do Alferes. Estende-se até a cidade nova sobre o mangue.
Fez-se um breve silêncio entre os dois, do qual se aproveitou D. Maria de Lourdes para ausentar-se da sala, a pretexto de preparar um chá com bolinhos.
– O padre se lembra do primeiro passeio que deu comigo, quando cheguei à cidade? – quebrou o silêncio, o velho Quincas, ainda absorto, olhando para o tapete da sala.
– Como se tivesse acontecido ontem. Puxei um burrico pelo cabresto, com o comendador escarranchado sobre o lombo do bicho, desde o terreiro do Paço até o Saco do Alferes. Um pedação de passeio! Isso já faz quase setenta anos, comendador!
– Meu Deus! Tudo isso? Esquecemo-nos de morrer, padre!
– Era uma região deserta, com muita vegetação e praias paradisíacas, o comendador lembra? Os peixes só faltavam pedir que os pescassem...
A conversa era intercalada por longos silêncios, reciprocamente entendidos e não interrompidos, como se ambos estivessem transportados para as épocas evocadas. A sineta do bonde puxado a burro, a gritaria dos vendedores ambulantes da rua da Carioca, o sino do convento de Santo Antônio a tocar a hora canônica noa, anunciando as três horas da tarde, eram os únicos sons ouvidos na sala.
– ... e hoje é só sujeira, e mau cheiro... – sussurrou o velho Quincas, ainda absorto. – Espero que o Onipotente não se

tenha esquecido de nos chamar, padre. Que diabos ainda estamos fazendo neste mundo?
– A campanha abolicionista está de novo nas ruas, e tomando novo fôlego, comendador! – comentou o padre, tentando animar a conversa.
O velho soltou um muxoxo de descrédito.
– O comendador não acredita? Pois olha: desde 71, com a lei Rio Branco, os filhos dos escravos já nascem livres, e os cativos já adquiriram personalidade jurídica! Não são mais "coisas que falam"; os escravos já podem possuir bens, e tranferi-los aos herdeiros. Aos poucos estamos chegando lá, comendador! – regozijou-se.
– Ufanias tolas, padre! Toda injustiça neste país, toda chaga social, todo atraso só caem de podre, nunca por vontade, rebeldia ou imposição da sociedade! O povo brasileiro é acarneirado, é gente que convive com esses atrasos com indiferença, uns até com gosto. Se o governo distribuísse merda empanada gratuita, comeriam com prazer, e lamberiam os beiços! A nossa escravidão, única existente ainda no mundo, vigora há mais de trezentos anos, para nossa vergonha internacional! A independência do país teve de ser feita por um português, porque, se dependesse de um brasileiro, éramos colônia até hoje! – reagiu o velho Quincas, com um sarcasmo que lembrava o bacharel Viegas de Azevedo.
O padre Jacinto Venâncio balançou a cabeça, discordando:
– Somos um povo cordato, comendador: gostamos de paz, não fazemos a História aos saltos nem com arroubos ou insurgências. É da nossa natureza não queimar etapas para a evolução da sociedade. Respeitamos o ritmo do tempo! – retrucou o sacerdote.
– Aí é que está o busílis, padre! – reagiu o velho Quincas dando uma palmada na coxa. – O que é da natureza deste povo é a frouxidão, a incúria, a indiferença social, tão individualistas e egoístas são! Conscientes dessa falha de caráter, os brasileiros inventam interpretações oníricas para suas condutas sociais, e transformam, cinicamente, defeito

em virtude: dizem os sacripantas que são um povo pacífico, que não precisam deflagrar rebeliões para resolver as mazelas do país, pois sabem superá-las de forma sedutora, ordeira, patusca, amantes da música e da dança que são, além de praticantes dos esportes que aqui mais vingaram: a rasteira, o rabo de arraia, a porrada, o cuspe a distância, a olimpíada do arroto ou da bufa mais alta, o correr da polícia com o bacorinho do vizinho nas costas.... Conseguem fazer troça da própria ignorância! Acham a malandragem o máximo da inteligência, os sicofantas!
– Escolhemos o caminho da gradualidade, comendador. Amamos as soluções dos conflitos por meios pacíficos, é da índole do nosso povo. Veja o mau exemplo do nosso grande país irmão do norte, os Estados Unidos da América: para acabar com a escravidão por lá, mataram-se uns aos outros, aos milhares, em sangrenta guerra fratricida! – replicou o padre.
– Seria até preferível que tal acontecesse por cá, padre! As revoltas contra a injustiça, as insurgências contra a crueldade humana sempre fizeram parte da História da humanidade, desde os tempos de Cristo! Nem os sábios gregos eram contrários às guerras, pois sabiam que fazendo-as é que os homens ganhavam a liberdade, se livravam das tiranias, da exploração dos povos invasores; sabiam também que existiam situações que só se corrigiam com violência igual ou contrária à praticada pelo opressor. Trate a tísica com chás e mezinhas, e vê o resultado! *Paritur pax bello!*"[7] – treplicou o comendador.
– Há que considerar, comendador, que, se a abolição vier muito rápida, a economia do Brasil se desorganiza toda! Não temos braços para substituir os escravos na lavoura, que ainda é a base da economia do Império. Temos de pensar também no país: de que adiantaria a liberdade dos negros chegar junto com o caos? – ponderou o padre Jacinto Venâncio.

---

[7] Obtém-se a paz pela guerra!

O velho Quincas soltou uma gargalhada forçada e debochada, dando outra palmada na própria coxa:
— É incrível, padre, como o bacharel Viegas de Azevedo conseguia ter, há tantos anos, uma antevisão tão lúcida sobre o povo que somos hoje! – exclamou.
— Ora, comendador, o bacharel Viegas de Azevedo era um anarquista, um homem que não acreditava nos homens nem na esperança de uma humanidade melhor. Jamais conheci na vida espírito tão amargo, tão pessimista!
— A lucidez e a verdade incomodam, padre, nomeadamente os espíritos que se resignam na lassidão, no enfastiamento, incapazes da autocrítica. O bacharel, e ele deixou isso por escrito, vaticinou o futuro do povo brasileiro, explorando exatamente esse paradoxo: os brasileiros são tão resignados a seus sofrimentos que, quando não lhes enxergam saída ou solução, são capazes de eleger motivos ponderáveis de justificação das ações de seus algozes, chegando ao ponto de acreditar tanto neles, que chegam ao requinte de amar seus próprios carrascos!
— Ora, isso é um absurdo, comendador! Como posso dar ouvidos a uma maluquice dessas? – reagiu, indignado, o padre.
— Viegas de Azevedo batizou esse fenômeno psicológico de "Síndrome do Capitão-do-Mato", de extração genuinamente brasileira. Segundo o bacharel, seria um derivativo do aforismo "Se não podes derrotar teu inimigo, alia-te a ele". Vaticinava ele que a Síndrome do Capitão-do-Mato traria conseqüências tão funestas para o futuro dos brasileiros, supostamente atacados pela total ausência de autocrítica, memória curta e incipiente histórico de lutas coletivas, que quando o voto fosse introduzido no país, como meio para eleger seus governantes, como já o faziam todas as nações civilizadas, os brasileiros sufragariam nas urnas, inevitavelmente, os nomes dos próprios carrascos para governá-los!
— Quanta imaginação delirante, comendador! Todos os povos, guardadas as diferenças étnicas e culturais que lhes

são peculiares, não diferem muito em suas ações e reações nos campos da política, da moral e da ética. O brasileiro não revela, na sua maneira de ser, agir e pensar, nada que o faça diferente dos demais povos; além disso, suas eventuais deficiências, o individualismo exacerbado, e a dificuldade de se perceber no coletivo, são observáveis em outros povos. Convenhamos! – retorquiu o padre Jacinto Venâncio.

– Pois olha, padre: exatamente essa tua última consideração também foi abordada, com rara visão profética, pelo bacharel. Chama-a de "repertório das típicas reações defensivas dos brasileiros": quando se vêem sem argumentos para contestar as falhas de caráter que lhes atribuem, usam de um recurso dialético, de lavra genuinamente brasílica: a *isonomia do erro!* Sim, se os romanos fundaram o princípio jurídico da isonomia de direitos, os brasileiros inventaram a do erro, democratas simétricos que são, para justificar as próprias mazelas! Aqui entre nós, padre: na lógica de sua argumentação, se falhas de caráter são observáveis entre os outros povos, esse "padrão" passa a ser tolerável ou compreensível como norma de conduta? – provocou o velho Quincas.

– O comendador Quincas está fazendo jogo de palavras! Essas generalizações sobre os traços de caráter de um povo são imprecisas, injustas e subjetivas, além de não levarem a nada! Servem, apenas, para dar subsídios a teses radicais e racistas sobre nossa sofrida gente, como é o caso, por exemplo, dessa ridícula teoria da necessidade do "branqueamento" do povo brasileiro, como exigência para o desenvolvimento do país! – retrucou o padre.

– Nos manuscritos do bacharel, que até hoje releio com indizível prazer, ele comenta o aforismo "Farinha pouca, meu pirão primeiro!", criado pelos brasileiros, e, segundo ele, revelador do caráter da raça. Dizia o bacharel que, caracteristicamente, aos brasileiros mais importa que não lhes mexam os ciscos existentes nos fundos dos quintais de suas casas do que nos destinos das ruas ou dos bairros onde moram. Suportam que lhes roubem o país, mas não admitem que lhes xinguem as mães. Toleram o crime, mas não o vilipêndio. Como são sempre explorados e espoliados pelos que os governam, entendem que o Estado está sempre em débito com eles, razão pela qual enxergam o roubo como rebeldia, e a inadimplência de impostos como reparação das dívidas dos governantes para com o povo. Há que admirar a extrema argúcia do bacharel Viegas de Azevedo na crítica do comportamento dos brasileiros, padre.

— E quanto à teoria do "branqueamento", o que o comendador tem a comentar? — indagou o padre.

— Falarei da minha própria opinião, já que o bacharel fazia muito já havia morrido quando ela veio a lume. Vou dar ao padre apenas um dado numérico, absolutamente preocupante, que confirma que essa idéia já foi transformada em plano, em plena execução, há algum tempo, pelo Império: o Brasil, antes do início da Guerra do Paraguai, tinha uma população de 2.500.000 negros, que correspondia a perto da metade de toda a população do país; no último censo realizado após a guerra, em 1875, portanto há dois anos, a população de negros era de 1.500.000 almas, que representam, hoje, cerca de quinze por cento de toda a população brasileira. Padre: um milhão de negros morreram pelo Brasil na guerra em que vosmecê e meu filho foram lutar. O que me diz a respeito? Não existe apenas uma teoria do "branqueamento": já há um plano sórdido, em pleno processo de execução! E pasme: um milhão de infelizes morreram em terras paraguaias, e o país ainda mantém o regímen de escravidão até hoje! Quantos não voltaram da guerra como heróis e surpreenderam o pai, a mãe ou um filho no tronco, levando chibatadas do feitor? Este é o país em que vivemos, padre.

Padre Jacinto Venâncio surpreendeu-se com aqueles números e evidências. Fechou os olhos, e assim permaneceu, em silêncio, por alguns minutos, como se estivesse orando. Em seguida, abriu-os, respirou fundo e desabafou:

— Jesus Cristo foi, e até hoje é, unanimemente reconhecido como o Homem mais generoso e justo que já passou por este planeta, dado ser Filho de Deus. Apesar de todas as Suas inquestionáveis e irrefutáveis virtudes, foi flagelado e crucificado, a pedido dos rabis do Seu próprio povo. A História da humanidade, é só olharmos para trás, jamais trilhou os caminhos da perfeição, da lógica ou da concórdia entre os homens. Por essa razão, sempre acreditei que a missão dos seres humanos na Terra é o contínuo e permanente aperfeiçoamento do espírito, como fim colimado da Criação. Graças a Deus somos, hoje, melhores do que já fomos no passado, inquestionavelmente. A humanidade tem melhorado sempre, e progressivamente! Quanto às tuas críticas ao povo brasileiro, meu amigo, não sejas injusto: concordo com que somos, em flagrante maioria, uma gente pobre e profundamente ignorante, mas boa, trabalhadeira e muito sofrida, que é obrigada a brigar pela sobrevivência todo dia, com trabalho sacrificado, vilissimamente remunerado e explorado por uma elite perversa, esta, sim, a responsável por todas as mazelas e atrasos deste país! Tuas críticas, Quincas, devem ser dirigidas aos verdadeiros responsáveis pelo sofrimento do povo brasileiro: suas elites e seus governantes, sempre distanciados das necessidades do povo.

— Ora viva! Enfim convergimos. Concordo com tuas ponderações, padre, e as aceito. *Ille ego sum, quamquam non vis audire, vetusta poene puer puero iunctus amicitia.*[8] — disse, sorrindo, o comendador.

— "*Idem velle atque idem nolle ea demum firma amicitia est*"[9] — replicou o padre Jacinto Venâncio.

☙

Rua Barão de São Félix, n° 132. África Pequena, centro do Rio de Janeiro. Cortiço O Cabeça de Porco. Dia primeiro de março do Ano da Graça de Nosso Senhor Jesus Cristo de 1884. Quatro horas da tarde.

---

[8] Eu sou aquele, ainda que não o queiras saber, que sou ligado a ti por antiga amizade quase desde a nossa infância.

[9] "Querer a mesma coisa e não querer a mesma coisa, eis, afinal, a verdadeira amizade" (Salústio).

Pai Zoroastro de Orixalá, desde que chegara da Bahia, fazia sete anos, residia com sua "negrinha da vez" no diminuto espaço de um dos oitenta e nove quartos do mais famoso cortiço do Rio de Janeiro, O Cabeça de Porco. Durante o dia o feiticeiro zuavo trabalhava na estiva do cais do porto, e à noite tentava fama e clientela, ainda sem grande êxito, como quiromante e jogador de búzios, pois sofria a concorrência de negros feiticeiros mais bem-sucedidos, havia mais tempo residentes na cidade. Entre eles, o pai-de-santo João Alabá, dono do mais famoso centro de candomblé nagô da cidade, na mesma rua Barão de São Félix, o africano Quimbambochê, e o crioulo muçulmano Assumano Mina do Brasil, casado com Gracinda, a negra mais linda da cidade. Passava das quatro da tarde, e Zoroastro, como era seu hábito aos sábados, após o almoço melhorado da semana, vadiava na cama com sua negrinha, caso novo de duas semanas, quando um alvoroço nos corredores do cortiço, acompanhado de intensa gritaria de meninos, tirou-lhe a concentração:

– Diábu! Jústi nas horim das vadiage é qui êssis muléqui fidaputa vem cá fazê gritaria i disórdi nas minha pórtis! Sái di cima, minha frô, qui vô vê qui diábu qui tá cuntecendo lá fóris! – vociferou, irritado.

Peito nu, toalha sebenta de mesa enrolada à cintura, Zoroastro abriu a porta e quase morreu de susto e vergonha: em pé, no corredor, impecavelmente trajado com vistosa farda de gala de alferes do Exército, espadagão preso à ilharga, tricórnio emplumado à cabeça, acompanhado de um padre preto velhinho, e de uma negra nadeguda vestida com asseio, o príncipe Dom Obá II d'África dardejou-lhe um olhar de raspança, por sobre o *pince-nez* de aros dourados:

– O Zoroastro ainda não está pronto para nosso encontro adredemente aprazado? – indagou o alferes, com sua voz de garrafão, de uma altura improvável para o nanico feiticeiro.

– Vixe! Qui misquici-me! *Agogo melo?*[10] Já vórtu, Dom Obá, já vórtu! Mi adiscúrpi: é coisim di um tempim, dum

---

[10] Que horas são? (em ioruba).

tráquis! – gritou, e fechou a porta, deixando os três no corredor do cortiço.

Uma pequena multidão, formada por negrinhos moleques e moradores do cortiço, logo se acercou dos visitantes, fazendo uma roda em torno, atraídos pelo apuro de suas vestes. Queriam admirar mais de perto, extasiados que estavam, a gigantesca e exótica figura daquele negro elegante, vestido com uniforme de branco, que calou a gritaria dos moleques, bocas abertas de pasmo.

Em todo dia primeiro de março, o governo do Império comemorava, como soía acontecer desde 1871, o aniversário do término da Guerra do Paraguai. O Imperador Dom Pedro II e a família imperial, nesse dia, abriam os salões do Paço de São Cristóvão, e recepcionavam, com o tradicional *beija-mão*, autoridades civis, militares e eclesiásticas, além do corpo diplomático e dos oficiais superiores ex-combatentes da guerra. Dom Obá, que jamais perdera nenhuma daquelas solenidades no Paço, oportunidades que aproveitava para insinuar-se junto ao Imperador e conquistar-lhe a admiração, por suas demonstrações de incondicional fidelidade à monarquia e inequívoco amor ao Império do Brasil, convidara o padre Jacinto Venâncio e Zoroastro para acompanhá-lo à solenidade daquele ano. O padre, com o propósito de atender antigo desejo da negra Leocádia, de conhecer o Paço da Boa Vista, resolvera levá-la, com a autorização do coronel Diogo Bento e de D. Maria de Lourdes.

– Esse Zoroastro continua o mesmo trapalhão e avoado, padre! – desabafou Dom Obá, irritado com a demora do feiticeiro, e já incomodado com aquela roda de capoeiras, prostitutas, moleques, malandros e desocupados, que não arredava pé em torno deles, sobremaravilhados com a pacholice do príncipe. Com o intento de livrar-se daquela situação embaraçosa, o alferes Galvão resolveu dirigir-se à turba:

– Para os que ainda não me conhecem pessoalmente, mas com certeza já ouviram falar da minha real pessoa, gostaria de apresentar-me: sou o príncipe Dom Obá II d'África, único e legítimo sucessor do império ioruba de Oyó, alferes honorário do Exército Brasileiro, herói medalhado da Guerra do Paraguai! – exclamou para a turba de miseráveis.

Aplausos demorados, vivórios e gritos de júbilo foram as reações da turba, absolutamente encantada com a gabolice admirável do príncipe.

– E este padre velhinho, que está aqui ao meu lado, glória da gente da nossa cor, também é insigne herói da Guerra do Paraguai, onde serviu como capelão do Exército Brasileiro: padre Jacinto Venâncio da Gamboa! – gritou o alferes, apontando para o padre, que ficou passado de vergonha com os aplausos e vivas que recebera da turba. – E esta jovem, ao lado do padre Jacinto, é filha de uma heroína daquela guerra, que igualmente honrou o Império com suas ações nos gloriosos campos da peleja no Paraguai! – gritou, concluindo as apresentações.

A negra Leocádia ficou varada de encabulação com os assovios e aplausos que recebera.

– Qui rábu! – exclamara um preto velho, à frente da turba, sobraçando uma galinha, basbaque com o traseirão e as formas arredondadas da negra Leocádia.

Como o grupo não arredava pé, Dom Obá, temendo que a proximidade cada vez maior da molecada lhe sujasse o impecável fardamento metido em goma, alisado a ferro de engomar, tentou dispersar a roda, cada vez mais crescida de gente:

– Muito bem, agora que todos já me conhecem, já apresentei o padre e a moça e lhes matei as curiosidades, peço que retornem a seus afazeres e nos deixem aqui sozinhos, sossegados, aguardando Pai Zoroastro de Orixalá.

Indiferentes ao pedido do príncipe, ninguém da turba se mexeu, permanecendo todos ali parados, em volta deles. O preto velho que sobraçava uma galinha, em vez de ir embora, aproximou-se ainda mais da Leocádia, desferindo olhares cobiçosos para o traseirão da negra.

– Por que o senhor não volta a fazer o que estava fazendo? – indagou o príncipe, irritado com os olhares impertinentes do preto velho.

– Apois! U véio tá fazêndis a merma coisa qui afazia ântis, ué! – respondeu o preto velho.
– E o que era, se me faz o favor? – insistiu o alferes, sem entender.
– Nádis. U véio cuntinua a fazê u qui tava fazêndis ântis: nádis.

De inopino, a porta do quarto do feiticeiro zuavo abriu-se, e surgiu, enfim, Pai Zoroastro de Orixalá, ao lado de sua companheira: ele, trajando uma sobrecasaca enxadrezada, de quadrados pretos e amarelos, calças brancas, sapatranca de duas cores, um surrado chapéu-coco de feltro vermelho, guarnecido de penas de galinha e de pavão, enfiado à cabeça, e um guarda-chuva quase do seu tamanho, pendurado no braço; ela, toda sorrisos amarelos, cheia de acanhamentos, vestia uma saia comprida de chitão vermelho, casaquinho amarelo e sapatos cor de abóbora.

O casal foi recepcionado com aplausos e assovios pela turba, e com as gozações de praxe do cortiço, quando um vizinho ia para a rua mais bem trajado: "Vai levá cocô pru dotô zaminá, Pai Zoroastri?"; "Adôndi é as quadrílhi?"; "Vão si cunfessá cum us bíspu ou cum us papa?" Zoroastro teve vontade de sacudir os bagos para a turba, como soía fazer quando lhe enchiam a paciência, mas conteve-se, em respeito à presença do padre Jacinto Venâncio. Feliz em revê-lo, Zoroastro ajoelhou-se e beijou-lhe a mão, recomendando à companheira que fizesse o mesmo. Em seguida, repetiu o gesto com Dom Obá. Tomou-se de grande e agradável espanto quando foi apresentado pelo padre à negra Leocádia, mas dissimulou quando percebeu que a companheira lhe notara o embaraço.

O grupo abriu passagem no meio da turba, Dom Obá à frente, e dirigiu-se para a rua.
– Qui rábu! – repetiu a exclamação, o preto velho, vendo a negra Leocádia afastar-se de costas.

Com Dom Obá cumprimentando a todos os que lhe saudassem, ou não, pelo caminho, o grupo andou um bom pedaço, indo da rua Barão de São Félix até o largo de São Francisco de Paula, onde pegaram uma maxambomba, de doze passageiros, que fazia o trajeto largo de São Francisco, Caju, Cancela e São Cristóvão. Acomodados no interior da diligência, puxada por uma parelha de cavalos, o grupo sacolejou e comeu poeira por todo o trajeto, em vista do estado precário da estrada que ligava o centro da cidade ao palácio imperial da Quinta da Boa Vista.

Zoroastro, sentado à frente da negra Leocádia, não lhe tirava o olho das pernas e da peitaria, impressionado com a exuberância das formas da negra. Vez por outra, disfarçava, e dava um beijinho na face da companheira, sentada ao seu lado.

– Zoroastro tem visto sempre o pessoal da Bahia que veio para a Corte? – indagou-lhe Dom Obá.

– Tuda sumana, prínci: vai túdu si riuni nus cãodomblé du João Alabá! – respondeu o feiticeiro.

– E quem é que comparece às reuniões lá?

– Perciliana, Calu Boneca, Lili Jumbeba, Carmem do Ximbuca, Tia Ciata, a buniteza da Gracinda, i u trásti du marídu délis, u feiticêru Assumânu... – respondeu Zoroastro.

Dom Obá virou-se para o padre Jacinto Venâncio, e comentou:

– A Gracinda, padre, é a negra mais bonita do Império. O padre conhece-a? Vê o que é a crueldade do destino: a pobre casou-se com um feiticeiro muçulmano, Assumanu Mina do Brasil, crente de seita islâmica que não permite que ele tenha fêmea na cama mais de três vezes por mês, e ainda por cima o impede de morar com a própria mulher. Não é um despautério isso, padre? A pobre da Gracinda vive a se queixar com o Assumanu, de quem ela gosta muito, da infeliz carestia de homem que é obrigada a sofrer, por conta desse estropício de religião que o homem foi arranjar para ser crente!

– Um baita dispeldíçu, Dom Obá! Si é cumígu era us contrá: Gracinda ficávis probídis di vadiá menas de três veis pur dia!

– Zoroastro! Respeita o padre e as meninas aqui presentes, e apaga da boca essa linguagem de estiva! Além disso, Assumanu é homem de respeito, meu leal súdito e amigo, e a mulher é muito fiel a ele! – admoestou-o o alferes Galvão.
– Mi adiscúrpi u prínci, pádri i as mocim, num tívi tenção di fendê as pissoa... – desculpou-se o feiticeiro.
– Alguém da Bahia já está bem de vida na Corte, Zoroastro? – perguntou Dom Obá, desconversando.
– Só uma nega mermo é qui ricou aqui nas Côrti, prínci: Josefa Rica, lembra délis?
– Claro que me lembro! Grande quitureira, doceira de mão cheia! Ficou rica fazendo doces a Josefa, Zoroastro?
– Nanja, prínci. A nega ricou mermo afoi fazêndis otras coisas, nas Lapa, adôndi é badessa di um castelo... – respondeu com um sorriso maroto nos lábios.
Dom Obá, constrangido, fechou a cara e comentou com o padre, voz cava:
– Todos os viventes procuram meios, ou licitamente ou ilicitamente, em vista da natureza de promover os meios de adquirir o pão cotidiano para si e suas famílias.
Ao chegarem ao portão externo do palácio imperial da Quinta da Boa Vista, onde as carruagens de aluguel não podiam entrar, Dom Obá e seus convidados apearam da diligência, pagaram ao cocheiro, e caminharam pela longa alameda que dá acesso à entrada principal do palácio. A grande maioria dos convidados à solenidade trafegava em tílburis e coches particulares, e, quando cruzavam pelo grupo pedestre, não se furtavam a dar uma olhada para trás, para se certificarem do que tinham realmente visto: um negro gigante, fardado, de espadagão a arrastar pelo chão, tricórnio emplumado à banda, a marchar pela alameda como se estivesse a desfilar pelos campos elísios, à frente de estranho e exótico grupo: um padre negro, velhinho, de batina surrada e carapinha branca, um negro baixinho, extravagantemente trajado, e duas negrinhas bem feitas de corpo, metidas em vestidos coloridos.

O movimento de convidados à entrada do palácio era intenso. As autoridades civis, militares e eclesiásticas, ao passar pelo corpo da guarda imperial, recebiam a saudação protocolar de "apresentar armas", prestada pelos militares ali em serviço.

Dom Obá empertigou-se todo ao aproximar-se do corpo da guarda: ajeitou o espadagão à cintura, acertou o tricórnio à cabeça, olhou altaneiramente para os que o acompanhavam, estufou o peito e cruzou o portão, sem que o guarda lhe saudasse nem lhe apresentasse armas, ou sequer esboçasse a menor reação. Irritado com o que considerou uma falta de respeito para com sua pessoa e patente, o príncipe foi tomar satisfações com o guarda que lhe negara as honrarias e formalidades, às quais ele se julgava com direito.

– Guarda! Posso saber por que vossemecê não apresentou armas saudando minha real e augusta pessoa?

– Só tenho ordens para apresentar armas a autoridades superiores, e o senhor não me parece uma delas – respondeu o guarda.

– Como ousa recusar-me as honrarias a que tenho direito pela minha régia estirpe, seu indisciplinado? – reagiu o príncipe, furioso.

O tenente comandante do corpo da guarda imperial, ao perceber o bate-boca do guarda com o gigantesco negro exoticamente fardado, correu em direção aos dois:

– Mas o que está havendo aqui? – indagou aos gritos.

– O que está havendo é que esse seu soldado indisciplinado se recusa a saudar-me com as honrarias a que tenho direito! – respondeu o alferes.

– Mas, pelo regulamento, o senhor não tem direito a essa saudação, que é exclusiva para autoridades superiores! – explicou o tenente.

– Dobra a língua, tenente: sou muito mais que um oficial superior! Sou uma majestade! Príncipe Dom Obá II d'África, único e legítimo sucessor, após a diáspora, do império ioruba de Oyó, e colega do augusto Imperador Dom Pedro II!

– E esse negro baixinho, aí ao seu lado, carregado de penas de galinha no chapéu, deve ser, no mínimo, o primeiro-ministro do seu império, não é? Pois eu sou Alexandre Magno, disfarçado de tenente, e o guarda na guarita é o Duque de Caxias, reencarnado! – ironizou o tenente.

– Como ousas, seu tenentinho de merda, vassalo insubordinado, sacripanta fardado de meia-tijela! Em guarda, seu vidrinho de cheiro! – reagiu Dom Obá, sacando o espadagão da bainha.

O tenente, *incontinenti*, desembainhou sua espada e tomou posição de defesa.

A quizília estabelecera grave tumulto na portaria do palácio, impedindo que várias autoridades, políticos, embaixadores e ministros, acompanhados das respectivas esposas, pudessem ingressar nas dependências do Paço. Padre Jacinto Venâncio tentava, a todo custo, conter os ânimos de Dom Obá, sem êxito. Zoroastro, ao contrário, queria briga, pois se sentira ofendido com as aleivosias do tenente: armado com seu imenso guarda-chuva, vibrava-o no ar, emitindo gritos de guerra em ioruba, causando não pequenos temores à guarda imperial.

Os sons da confusão chegaram até à sacada da frontaria do palácio, onde o Imperador conversava animadamente com um grupo de pessoas, entre elas os marechais Deodoro e Floriano Peixoto, o conselheiro doutor Ruy Barbosa e o escritor Machado de Assis.

– Deus meu! Aquele é o Obá! – exclamou o Imperador, aflito, pedindo licença ao grupo, e abalou-se pelas escadarias do palácio, tomando o caminho do corpo da guarda.

Àquela altura da confusão, Dom Obá e Zoroastro já esgrimavam com toda a guarda, composta pelo tenente e quatro soldados. O príncipe manejava o seu enorme espadagão, com dificuldade, por conta da mão direita estropiada na guerra; Zoroastro, com mais desembaraço e desassombro, distribuía guarda-chuvadas à farta nos soldados, e já conseguira espetar as nádegas do tenente, com a ponta de sua arma, pelo menos uma vez.

— Parem com isso! — gritou Dom Pedro II, em pessoa, ao chegar ao local onde se dava o conflito. — Quem é o oficial responsável pelo comando do corpo da guarda imperial? — indagou o monarca, sustando a briga.

O tenente embainhou a espada, correu e perfilou-se perante o Imperador:

— Tenente Amaral Pacca, oficial de dia em serviço, Vossa Majestade Imperial! — apresentou-se, aflito e nervoso, batendo continência.

— O senhor poderia explicar-me o que está acontecendo aqui? Qual a razão dessa desavença com o príncipe Dom Obá?

O tenente ficou lívido: começaram a tremer-lhe as pernas, enquanto se perguntava como era crível o próprio Imperador conhecer aquele negro maluco? E o que era mais impensável: sabia-lhe o título de nobreza! Não é que aquele crioulo doido era um príncipe mesmo?

— Pedimos humildes desculpas a Vossa Majestade Imperial e à majestade africana, cujo título de nobreza e a régia estirpe nem eu nem os guardas conhecíamos. Por esse desconhecimento, deixamos de lhe prestar as saudações regulamentares à sua passagem pelo corpo da guarda — respondeu o tenente, suando muito, sem desfazer a continência.

— Pois da próxima vez, tenente, ordene à guarda que apresente armas ao príncipe Dom Obá, que é merecedor dessa honraria, não só pelo título de nobreza que possui como também por ser alferes honorário do Exército Brasileiro, patente recebida como prêmio pela sua heróica passagem pela Guerra do Paraguai, em defesa do Império do Brasil! — recomendou o Imperador.

Dom Obá abriu passagem entre as pessoas que cercavam o Imperador, aproximou-se dele, dobrou um dos joelhos sobre o chão, tomou-lhe da mão e beijou-a:

— Deus conserve a preciosa saúde e a vida de Vossa Majestade Imperial, como todos os brasileiros havemos mister. Sou vosso mais reverente e submisso súdito.

O Imperador deu um sorriso largo, e convidou a todos ali presentes a entrar no palácio, para o início da solenidade, incluindo o príncipe Dom Obá, a quem ajudou a erguer-se do chão.

– Iremos em seguida, majestade, com muita honra e elevado respeito à vossa augusta pessoa! – agradeceu Dom Obá, enquanto tirava a poeira do fardamento.

Enquanto o Imperador retornava para o palácio, cercado por uma pequena multidão de convidados, que lhe elogiavam a humildade, serenidade e o respeito com que tratava seus súditos, o alferes Galvão chamou Zoroastro, o padre Jacinto e as duas moças negras a um canto.

– O que foi, agora, Dom Obá? Alguma coisa ainda errada? – indagou o padre Jacinto Venâncio, aflito.

– Ainda não sei, padre, mas vou verificar agora mesmo, e terei a resposta em seguida. Aguardem-me aqui, por uns instantes, se me fazem o favor.

Ato contínuo, arrumou o tricórnio emplumado sobre a cabeça, puxou a casaca por debaixo do cinto, esticando-a, ajeitou o espadagão à ilharga, e encaminhou-se, cheio de pacholice, para fora do portão da guarda, cruzando-o em direção ao portão externo do palácio. A uns dez metros do corpo da guarda, parou, deu meia-volta, estufou o peito, tirou o *pince-nez* do bolso do fardamento, colocando-o sobre o nariz, e iniciou garbosa marcha de retorno ao palácio.

– Apresentar armas! – gritou o tenente, batendo continência à inglesa, quando o príncipe cruzou a guarita.

O guarda, perfilado, postou o mosquetão à frente do corpo, e prestou a saudação de "apresentar armas", apontando o queixo para cima, marcial.

Dom Obá respondeu, batendo continência, e em seguida se encaminhou até a guarita, tirou uma nota de 2$000 da carteira, a enfiou no bolso da calça do guarda e lhe sussurrou ao ouvido:

– Para o menino se divertir nas folgas e tomar umas cervejolas por aí...

Em seguida, acenou para o grupo que o acompanhava, e tomou o caminho do palácio, pejado de ufanias, numa gabolice de fazer gosto.

XXIX

Sobrado da rua das Violas n° 31, Rio de Janeiro. Dois dias depois da morte do bacharel Viegas de Azevedo. Mês de novembro do Ano da Graça de Nosso Senhor Jesus Cristo de 1822.

Quincas terminou o jantar, sardinhas fritas e batatas, acompanhadas de um púcaro de vinho barato e uma côdea de pão, que lhe preparara o negro Anacleto, e recolheu-se ao quarto, pouco depois do anoitecer. Planejara continuar a leitura dos manuscritos do bacharel, interrompida na madrugada anterior. Acendeu o par de lamparinas de azeite, enfiou-se num camisolão de dormir, cerrou a rótula da janela, e deitou lume sobre gravetos aromáticos e pedaços de casca de laranja, depositados sobre uma tigela de barro, para amenizar o fartum das pestilências que, àquela hora, sopravam da baía, empesteando todo o centro da cidade.

"... com o regímen de donatarias, substituía-se o sistema de povoamento e colonização mais miserábil de que se teve notícia no mundo, o tal de *cunhadismo*. Houve el-Rei Dom João III por bem, então, pelos idos de 1534, fatiar a colônia em pedaços, como fazem os magarefes com os bois ainda vivos, a ensinar aos filhos os segredos da profissão, e repartiu-a em imensos e vastíssimos quinhões de terra, de milhentas léguas quadradas cada, medidas desde as praias da costa oceânica até à ignota linha das Tordesilhas. Convém esclarecer, em breve explicação parentética, que nossos patrícios foram sempre prestes nas artes de marear, mas inteiramente avessos às geografias das fronteiras, razão pela qual, não tendo aqueles brutos encontrado ou topado, em suas incursões pelos sertões brasílicos, linha alguma, seja esticada com barbante ou corda sobre as terras, seja riscada no chão, ou mesmo avisados por miserábil tabuleta que fosse, a alertá-los que ali passava a linha do famoso tratado, desgraçadamente a ultrapassaram de muito, e se embrenharam pelos ermos já espanhóis, quase chegando aos refolhos da América. Esta a principal razão de este país ter o bestial tamanho que tem, a semelhar vasto terreno baldio para morada de gigantes: é mais fruto da aversão dos nossos às geografias do que das vigilâncias dos galegos nas fronteiras, dado que na divisa de Tordesilhas não fincaram marcas nenhumas.

– Mas de que adiantam tantas vastidões de terras, se lá somente porfiam bugres dessemelhantes e bugios, majestade? – indagou dom Duarte Coelho a el-Rei Dom João III, ao ser beneficiado com a doação da mais rica das donatarias, a de Pernambuco.

– Nisso já havia adredemente minha real pessoa pensado, dom Duarte: por essa razão, decretei a transladação forçada de degredados para lá, e também permitirei o couto e homizio de sevandijas miseráveis e criminosos sentenciados à morte, que temos cá a rebentar pelas costuras em nossos calabouços. Para o Brasil despacharemos essa corja, com a missão de emprenhar a indiada à vontade, pois muito melhor é perder-se nas fétidas e glabras brenhas daquelas bugras, a serviço do reino, do que deitar fora a língua, a borrar-se pelas ceroulas, dependurado à ponta da cordoalha de uma forca. Além do mais, levareis na matalotagem vosso cunhadinho femeeiro, dom Jerônimo de Albuquerque, que tanto se jacta de possuir o côvado de verga mais freqüentado pelas damas do reino, e que agora há-de redimir-se de seus pecados e sem-vergonhices, ajudando Portugal a povoar o Brasil, a não ser que prefira ele cá ficar e morrer na ponta de um florete de um dos milhentos maridos em quem plantou galhadas às testas – respondeu-lhe el-Rei.

– E não seria de bom alvitre também levar para o Brasil homens honestos e de bem, majestade? – indagou dom Duarte.

– Eles são burros, mas não tanto, dom Duarte. Onde os mais estúpidos súditos do reino, e eles cá abundam à fartazana, que aceitariam arriscar suas vidas naqueles sítios remotos da Terra, com grande chance de serem merendados pelos bugres brasílicos, que tantas provas já deram do imenso apetite e gosto que têm pelas viandas nossas? – ponderou el-Rei.

Se tal diálogo não se deu exatamente como narrado, muito próximo disso ficou, e quem dele duvidar é porque lhe falta imaginação criadora para acreditar, ou lhe sobeja má vontade para aceitar os historiadores independentes, que não vivem a soldo de reis e têm compromisso com a verdade histórica. Tenho cá comigo documentos guardados que retirei dos escombros da torre do Tombo, quando do terremoto de 1755, acondicionados em pastas de couro com a sugestiva identificação PARA NUNCA SEREM REVELADOS, SALVO SE REQUISITADOS PELO JUÍZO FINAL, o que bem dá o tom da preocupação das elites lusitanas em evitar que a verdade histórica viesse a lume."

Quincas interrompeu a leitura: batiam-lhe à porta do quarto. Era o negro Anacleto, perguntando se ele queria um chá ou um café antes de se recolher. Sem abrir a porta, dispensou a oferta e mandou-o dormir. As essências e cascas de laranja se tinham reduzido a cinzas, delas desprendendo-se um tênue filete de fumaça. Levantou-se, depositou mais gravetos e pedaços de casca de fruta sobre a tigela de barro, deitou-lhes lume, e voltou para a cama. A fedentina na rua continuava forte.

"... sucedeu que os resultados com o sistema de donatarias não foram melhores que os do cunhadismo: tirante Pernambuco e São Vicente, a colonização das outras glebas foi um fracasso completo, culminando com a tragédia sofrida pelo donatário de Ilhéus, dom Pereira Coutinho, devorado pelos bugres aimorés, que, dizem, até frautas fizeram de seus fêmures, e deram o resto da ossaria para os cães roerem. Convenhamos: o que esperar de terras colonizadas por récuas de homicidas, salteadores, sodomitas de padres e de freiras, ladrões de galinha, hereges e aldrabões a granel, que para cá vieram degredados, com o propósito de engendrar a nova gente brasílica?

Descontente com o insucesso das donatarias, a Coroa inventou de criar um governo geral para o Brasil, assentando-o na Bahia, e o entregaram a dom Tomé de Souza, que cá chegou, em 1549, a bordo de três naus, duas caravelas e um bergantim, trazendo perto de um milheiro de homens, mor parte vagabundos e facínoras. Triste sina para forjar as gentes pioneiras de um país: bem têm a quem sair esses brasileiros, por tão malfadadas e desditosas origens dos seus! Chegados à Bahia, a fera turba logo desandou a aliviar os bagos com a bugrada tupinambá, dando início à produção de grandes quantidades de mamelucos brasílicos, em acasalamentos vários havidos, à pressa sacramentados pelo padre Manuel da Nóbrega e um par de jesuítas.

Por volta de 1550, dom Tomé de Souza pediu à Coroa, por aconselhamento do padre Nóbrega, que fosse enviada à Bahia uma nau carregada de meninos de rua de Lisboa, para ajudar na colonização da curuminzada bugra, que jamais havia visto um miúdo branco europeu, e até mesmo duvidava que semelhante criatura realmente existisse. Para não quebrar a rotina, a Coroa para cá enviou centenas de miúdos Lazarilhos, pestinhas especialistas em surrupiar bolsas de alfacinhas incautos e furtar barracas de feirantes em Lisboa, decerto por sugestão destes a el-Rei, não sendo difícil imaginar os resultados de tão estapafúrdia idéia: cá chegados, aqueles perdidos ensinaram tudo o que sabiam para os curumins brasílicos, fundando cá as bases de robusta geração de patifes mirins, sumindo, em seguida, nos matos, seqüestrados pelas bugras, que os levaram para seus criatórios de gente, mui sabedoras de que aqueles pirilaus, ainda mirradinhos, que eles tinham entre as pernas muito cresceriam com o tempo, metamorfoseando-se em sobejos mangalhos, de esplêndidos tamanhos, tão raros entre os seus, e que elas tanto apreciavam.

Cambada indigesta mesmo, enfrentaram os nossos os rústicos franceses, que para cá vieram fundar a França Antártica, na ilha do Governador, com perto de seiscentos calvinistas de maus bofes, gente peçonhenta, de pouquíssima moral e nenhuma honra, liderados por um tal de Villegaignon, ao tempo da governança de Mem de Sá, nos idos de 1564. Não fossem os aguerridos tupinambás lutarem ao lado dos nossos, e não teríamos vencidos os franceses, que tinham os tamoios como aliados, e estariam os brasílicos hoje a falar *monsieur* para cá, *pardon madame* para lá, e todas aquelas coisas que os vidrinhos de cheiro adoram pronunciar, a fazer biquinho nos beiços, sabido é que os franceses, sobre o Brasil, sempre deitaram olho gordo e grande.

Expulsos os invasores, resolveu a Coroa promover guerras ferozes contra os botocudos que nos eram hostis, expandindo vasto cativeiro indígena por toda a costa, onde criaram onze paróquias, sob a direção de jesuítas, que as organizaram sob a forma de missões, mais tarde reduções, mantendo sob regime de semi-escravidão mais de quarenta mil índios, com vida disciplinada e horas para tudo, assinaladas por sino: trabalhar a roça, caçar, pescar, ler, rezar e também fornicar, porque eram pouquíssimos os nossos para povoar tantíssimas e imensuráveis vastidões de terras, e não tinham trazido mulheres para cá. Embora os para cá degredados fossem bandidos condenados e safardanas de toda espécie, crime maior cometeriam os colonizadores se os deixassem desperdiçar os sêmenes com descascar de pinhascas, comer de roscas, tocar a furriéis, e demais nomes que dão aos condenáveis exercícios recomendados por Onã, de grandíssima serventia para alívio solitário dos bagos. Difícil mesmo foi convencer os nossos a, quando fossem ter com as bugras, não as fornicassem pela via-de-trás nem praticassem felação, dado que resultaria inútil para o povoamento do Brasil, embora práticas de muita aceitação e sucesso entre as índias, que não as conheciam, porque não lhas faziam os seus.

A fradalha jesuíta, à época, discursava contra a escravidão indígena, que considerava pecado, mas capitularam as consciências no tocante aos bugres prisioneiros das reduções, dado que necessitavam do sistema de cativeiro para civilizar a indiada catecúmena, cristianizando-a para a salvação eterna. É importante ressaltar que esse peculiar comportamento dos jesuítas (ter consciência para os assuntos que aos outros fossem afetos, e dela capitular para os assuntos contrários aos seus interesses) em muito influenciou o caráter da gente brasílica, que dele tomou conhecimento, e pelo visto gostou, como interessante maneira de levar a vida, isto é, dizer uma coisa e fazer outra, tendo sido cunhado, àquela época, o famoso aforismo brasílico 'Faça o que eu digo, mas não faça o que eu faço', que servirá de divisa, no futuro, para a grande maioria dos governantes e políticos do país.

Em 1570, a dominação portuguesa assentara-se em oito implantações, com uma população de quarenta mil habitantes, um quarto dos quais portugueses, e o restante mamelucos, sendo certo que a escravidão indígena prevaleceu por todo o século XVI. Ocorreram ao final do século, desgraçadamente, moléstias várias entre os bugres, nomeadamente a varíola e outras insidiosas doenças, pelos nossos transmitidas, que praticamente dizimaram três quartos da população indígena do país."

Quincas levantou-se da cama para pôr mais azeite nas lamparinas, cujos lumes já bruxuleavam fracamente. Descerrou a rótula da janela, tentando arejar o cômodo impregnado de cheiros de óleo de peixe queimado, mas logo voltou a fechá-la, já que ainda era insuportável o cheiro da rua. Serviu-se de água fresca da moringa num pucarinho, molhou a garganta ressequida, e voltou à leitura dos manuscritos.

"... foi obra de brasilíndios, ou mamelucos, como eram conhecidos os paridos dos cruzamentos dos portugueses com as bugras, a expansão do domínio português na América. Eram aqueles mamelucos uma raça nova, mestiça, mistura de branco com índio, sem que fossem considerados uma coisa ou outra. Explica-se: não eram considerados portugueses, por terem sidos engendrados em úteros de bugras, e foram, por conseguinte, rejeitados pelos pais; tampouco eram tidos como índios, dado que, na cultura indígena, somente eram assim considerados os filhos de pai índio, razão pela qual as mães também os rejeitaram. Vieram, então, aqueles novos brasileiros ao mundo, como se já não lhes bastassem as vicissitudes havidas por suas matrizes na Criação, rejeitados tanto por parte de pai quanto por parte de mãe. Eis cá uma verdade histórica sobre a gênese do povo brasileiro, que eles têm horror de conhecer ou de ver lembrada: todos são originalmente concebidos com terrível complexo de rejeição, de origem paterna e materna, que vai lhes perseguir pelo resto das suas vidas, e que muito influenciará seus caracteres e modos de ser e de viver, sempre se comportando como um povo de coitadinhos e de desamparados. A expressão 'Ficou sem pai nem mãe', designativa de um ser miseravelmente mais perdido que os outros, e que não é conhecida nem proferida em nenhum outro sítio no mundo, é genuinamente brasileira, e reveladora do atávico complexo do brasileiro para com suas matrizes. O trauma decorrente dessa rejeição matricial é observável até os dias de hoje, sabido é que comprará grossa confusão quem a mãe de um brasileiro ofender. Podem os governantes espoliar-lhes os patrimônios com impostos abusivos; podem os comerciantes cobrar-lhes preços escorchantes no comércio; podem os estrangeiros vilipendiar-lhes o país, que os brasileiros conservarão, ordinariamente, sua taciturnidade. Mas vá alguém lhes xingar a mãe, ou ofender o pai, e o final do mundo eles precipitarão. A expressão 'Aqui vale tudo, só não vale xingar a mãe', de lavra brasílica, também desconhecida em qualquer outra parte do mundo, dá bem a idéia da obsessão dos brasileiros para com o assunto.

Foi principalmente em São Paulo que os brasilíndios, ou mamelucos, mais se destacaram, e onde forjaram o mais vigoroso núcleo do novo povo brasílico. Rejeitados pelos pais e pelas mães, sem núcleo familiar que lhes suprisse as carências afetivas, morando numa pobre e vagabunda vila de interior, longe do mar, levando vidas de caipiras miseráveis, os mamelucos paulistas foram à luta, desbravando sertões e matando índios, com ferocia incomum, transformando-se em frios, malvados e violentos caçadores de bugres, aos quais perseguiam e mantinham sob cativeiro, para posteriormente vendê-los aos senhores dos engenhos e das minas. Embrenhouse a paulistada pelos sertões brasílicos a dentro, em grupos conhecidos como "entradas e bandeiras", matando tudo o que lhes fosse hostil pelo caminho, fossem índios ou bichos, chegando até às missões jesuíticas espanholas, onde hoje é o Paraguai, para fazer prisioneiros guaranis. Especializaram-se aqueles ferozes paulistas no ofício de matadores e caçadores de índios, e mais tarde no de perseguidores de negros cativos fujões ou amotinados em quilombolas, convertendo em gênero de vida, do qual muito se ufanavam, o ofício de carrascos e supliciadores de gente. Duvido muito que esses mamelucos paulistas, por força dessas tão funestas origens, venham resultar um dia em gente de boa extração. Nasceram e cresceram ferozes, violentos, despóticos, brutos e rústicos, e desse estigma pouco acredito que possam um dia libertar-se.

A crescente mortandade de indígenas, conseqüente de sua constituição orgânica nada resistente às moléstias dos nossos, aliada à sua profunda aversão ao trabalho e nenhuma conformação com o cativeiro, ao qual prefeririam matar-se, asfixiandose a si próprios, tamanho o horror que tinham à escravidão, precipitou o incremento do tráfico de escravos negros para o Brasil. É de registrar também que, à época, o Papa Paulo III, através da bula *Veritas ipse*, havia condenado a escravidão indígena, mas nenhuma palavra dera a Igreja sobre a escravidão negra. A saída para a falta de braços no Brasil estava sinalizada: Portugal conseguiria, mais tarde, a legitimação do escravismo negro junto ao Vaticano, que o entenderia como obra de caridade para com aquela gente negra que não possuía alma, e necessitava ser cristianizada, razão pela qual o cativeiro lhes propiciaria o batismo e o caminho para a salvação eterna.

Iniciou-se, então, a caçada aos pobres miseráveis negros, na costa ocidental africana, onde eram trocados por bugigangas, tabaco e aguardente, e metidos em porões de tumbeiros, deitados e amarrados, às centenas, colados uns aos outros, em exíguos e infectos espaços, onde comiam e cagavam, sem poder se mexer, ao meio das próprias imundícies e hediondas pestilências. Chegavam aos magotes a portos improvisados nas costas brasileiras: Itapoã, na Bahia, a uma praia que passou a ser conhecida como Chega-Negro, tamanho o volume da escravaria ali despejada; Recife, Rio de Janeiro (ao cais do Valongo), Niterói (a Jurujuba), Santos, São Luís do Maranhão e Belém do Pará, que eram os pontos de chegada das rotas da Guiné, da Mina, de Angola e de Moçambique. Desembarcados, os negros eram avaliados pelos dentes, pela grossura dos tornozelos e dos punhos; as negras pelo tamanho das bundas e pela rijeza das carnes; aí, então, botavam-lhes preço. Eram vendidos para todo o tipo de trabalho aviltante, nas cidades e nas lavouras do interior, nos engenhos de açúcar e plantações de café, nas minas e fazendas de criação de gado, para jornadas de trabalho de dezoito horas por dia, todos os dias do ano.

Assim, a nova gente brasílica descobriu a fortuna com o advento da escravidão negra, muito mais branda que a da indiada rebelde e inconformada, dado que os negros eram muito mais mansos e boçais que os bugres, se deixavam açoitar sem reação, e era possível escravizá-los sem muitas despesas, instalando-os em senzalas infectas, vestindo-os com farrapos, alimentando-os com a mesma comida que era dada aos bichos domésticos. Nesse novo estágio de sua civilização, os mamelucos brasílicos adquiriram novas síndromes, descobriu-se gente com vocação e talento para a tortura, praticada com requintes, de forma insensível, brutal e cínica, mistura de ternuras e malvadezas, prêmios e castigos, estes para os que não lhes faziam as vontades, aqueles para os que lhes faziam todas. Tal brutalidade e maligna herança as vejo ainda repetidas nos brasileiros investidos em cargos de autoridade, nos senhores de engenho, nos nobres e políticos mazombos, e até mesmo nos mulatos e mestiços, que conseguem ganhar a confiança dos seus senhores e são promovidos a abogás (diretores-do-tronco) ou a capitães-do-mato, todos sempre predispostos a seviciar e torturar os infelizes que lhes caem às mãos, com prazer e gosto."

Quincas arrependeu-se de não ter aceito o café que lhe oferecera o negro Anacleto. O cansaço e o sono pesavam-lhe nas pálpebras. Procurou afugentá-los, molhando os olhos com um pouco da água que sobrara no pucarinho; depois enxugou-os com a manga do camisolão, e retomou a leitura do manuscrito, determinado a prosseguir até onde agüentasse.

"... 'creia-me Vossa Majestade que as verdadeiras minas do Brasil são açúcar e pau-de-tinta, de que Vossa Majestade tira tanto proveito sem lhe custar de sua fazenda um só vintém', foi o que dom Diogo de Meneses, governador da Bahia, escreveu para o rei de Portugal, em 22 de abril de 1609, desiludido com os infrutíferos resultados de um século de busca de metais e pedras preciosas no Brasil. Até aquela altura da colonização, os portugueses e os brasílicos só haviam retirado ilusões, desenganos e minhocas do solo que insistentemente escarafunchavam. Em carta ao rei Dom Afonso VI, datada de vinte de abril de 1657, o padre Antônio Vieira, quando já se dissipavam os sonhos portugueses de cá encontrar ouro, prata ou pedras preciosas, escrevera:" *'Estas, Senhor* (a respeito do índio escravizado), *são as minas certas deste Estado, que a fama das de ouro e prata sempre foi pretexto com que de aqui se iam buscar as outras minas, que se acham nas veias dos índios, e nunca as houve nas da terra.'*

Durante o transcorrer do século XVII, o Brasil produziu muito açúcar, principalmente nos engenhos de São Vicente e de Pernambuco. Exportou toneladas de toros de pau-de-tinta, milhares de papagaios falantes e centenas de escravos indígenas para a Europa. É dessa época a introdução do gado vacum no Brasil, importado das ilhas de Cabo Verde e comprado ao Vice-Reino do Peru, iniciando-se a criação na Bahia, Pernambuco e São Vicente, espalhando-se currais por todo o sertão nordestino, até o sul do Maranhão e do Ceará. Vivia-se a 'época do couro'. Tudo o que se fazia no Brasil, à época, era desse material: portas de casa, camas, cordas, pratos de comer, canecas, alforjes, bruacas e surrões, malas, bainhas de faca e roupas para entrar no mato. Só se falava em boi e açúcar naqueles tempos em que os holandeses invadiram o Recife, nos idos de 1630; naquela mesma capitania já existia, na zona da mata de Pernambuco, resistindo havia mais de trinta anos, o Quilombo dos Palmares, mais importante núcleo de resistência à escravidão negra no Brasil, desde que tivera início o tráfico em 1538. Este quilombo pernambucano resistiu, invicto, durante noventa e cinco anos, a dezenas de guerras que lhes moveram os senhores de engenho, e a outras tantas entradas, enviadas pelo governança da capitania para combatê-los. Terminou por sucumbir, em 20 de novembro de 1695, com a morte de Zumbi, o último rei negro do quilombo, morto pelos paulistas, como não podia deixar de ser, chefiados pelo bandeirante mercenário Domingos Jorge Velho, o mais temido e feroz caçador de negros e de índios da época, também conhecido colecionador de orelhas de negros fujões e rebeldes: arrancava-as de seus prisioneiros antes de degolá-los, e as exibia, às gargalhadas, em mórbida fieira. Sobre aquele bandeirante miserábil, besta-fera ambulante, estropício do cão, o bispo de Pernambuco, dom Matias de Figueiredo, disse: 'Trata-se de um dos maiores selvagens que já conheci'. Grande prestígio tinha aquele monstro junto aos senhores de engenho, políticos e governantes, que a ele recorriam, contratando-o a peso de ouro, para fazer guerra contra os quilombos rebeldes. Distinguiu-se aquela praga paulista, também, como introdutor, na colônia, de práticas de tortura e de sevícias jamais vistas ou conhecidas na América, que causavam repugnância até mesmo aos seus contratantes. Quando capturou Zumbi, que morrera em combate, arrancou-lhe os colhões e decepou-lhe a cabeça, e enfiou os bagos do negro na boca da cabeça cortada; depois salgou-a e enviou-a ao governador Caetano de Melo e Castro, que a recebeu ufano e feliz, tendo este encomendado muitas festas e mandado rezar um mundaréu de te-déuns.

No final do século XVII, correram alvíssaras sobre as descobertas das primeiras jazidas de riquíssimas minas de ouro nas Gerais. Primeiro foram as de Itaberaba, no rio Doce; em seguida encontraram ouro nas serras de Itatiaia e de Itacolomi. Em 1698, a fama daquelas descobertas já se espalhara por toda a colônia, provocando a corrida para as Gerais de multidões de gentes, vindas de todas as cidades, vilas, recôncavos e sertões, todos em busca de riqueza rápida, acometidos da febre do ouro. Eram homens e mulheres; moços, velhos e crianças; ricos e pobres; nobres, políticos, plebeus, militares, comerciantes e padres. O próprio governador do Rio de Janeiro, Artur de Sá e Meneses, abandonou suas obrigações e deveres, e demitiu-se do cargo, partindo, aventureiro, para as minas das Gerais, acometido da febre da cobiça. Toda a gente da colônia mergulhou numa vertigem mineira, em frenético desvario. A própria metrópole, surpreendida pelas descobertas de metais e pedras preciosas, apressou-se em organizar um sistema de tributação das riquezas extraídas do solo e dos ribeirões mineiros: inicialmente as taxou por bateias, depois por fintas, a seguir por quintos, e pela capitação, até chegar à derrama, em 1764.

O ouro descoberto era tanto, e de tão boa qualidade, que enriquecia a todos: o fisco, as administrações, a Corte e o rei de Portugal, Dom João V, que dele esbanjou a valer. Era um ouro finíssimo, de alto quilate: ouro preto, ouro do ribeiro de Itatiaia, ouro do rio das Velhas, dos ribeiros do Campo e de Nossa Senhora do Monserrate, do rio das Contas e de Jacobina. Diamantes eram apanhados à flor da terra em Serro Frio. Vila Rica era considerada a cidade mais opulenta do mundo; enriquecia-se e gastava-se à farta; fortunas eram feitas em apenas um dia, tendo-se notícia de gente felizarda que chegara a juntar cinqüenta arrobas de ouro em um ano. Tal febre de riqueza e a corrida ao ouro provocaram o abandono das lavouras e das criações de animais, sobrevindo epidemias de fome na região, a ponto de muita gente morrer de inanição, ao lado de montes de ouro e de pedras preciosas. A essa época, um alqueire de farinha chegou a valer quarenta oitavas de ouro; um boi, cem. No caos que se transformou as Gerais, só o negro escravo trabalhava.

O Brasil era a colônia mais abundante de jazidas de ouro e de diamantes no mundo, e, por essa razão, Dom João V foi celebrado e festejado por toda a realeza européia como o monarca que havia restabelecido o fausto e o luxo da nobreza no velho continente. O rei de Portugal esbanjou o ouro do Brasil à farta: viveu da luxúria, da ostentação, do desperdício; deu festas suntuosas, mandou rezar te-déuns, correu procissões, mandou construir dispendioso convento em Mafra, em cumprimento à promessa feita a arrábidos, caso a rainha emprenhasse um filho seu; pagou fortunas à Inglaterra, importando tecidos de lã e de seda, para sustentar o luxo de sua Corte; despendeu imensas quantias com o pagamento de pensões a nobres e cortesãos do reino, e às embaixadas; Portugal era uma festa de gastamentos e desperdícios. *Beati Lusitani, apud quos vivere est bibere*.[11] Mas '*abyssus abyssum invocat*'."[12] Num dia de 1750, Dom João V morreu, e pasmem: o governo português não tinha recursos nem para custear-lhe o enterro: recorreram a um negociante de Lisboa, que emprestou o dinheiro. Em 1771, extinguiram-se as jazidas auríferas e esgotaram-se os veios das pedras preciosas da rica colônia, e a Coroa, desesperada, decretou uma produção mínima de cem arrobas de ouro ao ano, quando isso já era impossível extrair das jazidas esgotadas. Este imposto, a derrama, constituiu a causa principal de importante conspiração separatista nas Gerais, movimento ao qual os brasílicos mineiros queriam batizar de Conjuração Mineira, mas que ficou conhecido mesmo é pelo nome que lhe deram os portugueses: Inconfidência Mineira. Eis aí repetida a triste sina desta terra: seu mais importante movimento de emancipação nacional passou para a História como uma infidelidade, uma deslealdade, uma inconfidência. Desbaratado o movimento, pela traição de um próprio brasílico, resolveu-se tudo à portuguesa: D. Maria I, a Louca, que governava Portugal desde 1777, com a morte de Dom José, decretou que os mentores intelectuais da conspiração fossem todos degredados para a África, a menos de um, que seria enforcado e esquartejado: justamente o mais pobre, o mais inculto, o mais doido deles: um alferes de milícia, tão miserável de soldos e rendimentos, que completava o orçamento, coitado, arrancando dentes avariados de gentes pelas ruas."

---

[11] Felizes portugueses para quem viver é beber.
[12] "O abismo chama o abismo" (Salmo de Davi).

A partir deste trecho, a narrativa histórica interrompia-se, como se o bacharel dela se tivesse desinteressado, especulara Quincas. Da época em que parou para diante, o bacharel fora testemunha viva da História. Teria de escrevê-la como historiador e não como pesquisador de documentos e livros raros. Já não mais poderia fazer análise histórica; só lhe restaria escrever a História que viveu. Não o fez, o que intrigou Quincas. As páginas restantes do manuscrito traziam notas esparsas, observações chistosas sobre efemérides, além de frases avulsas sobre o caráter geral dos brasileiros e dos portugueses:

"Os brasileiros, por nascerem com o gene do complexo da rejeição, paterna e materna, ocorrida na origem de sua fundação, comportar-se-ão sempre como um povo de coitadinhos. Para melhor suportar suas tristezas, e mascarar o complexo que têm por atavismo, inventaram cantares, danças, festas e patuscadas, e se autoproclamaram povo feliz, pândego e bondoso. Pobre daquele que nisso confiar (14/IX/1784)."

"Se vires um brasileiro, à noite, na esquina: cuidado. Se forem dois: volta pelo caminho que vieste. Se forem três: chama a polícia, porque um está roubando, o outro está sendo roubado, e o terceiro está aprendendo a roubar (12/VII/1815)."

"O português ensinou ao brasileiro todas as suas iniqüidades e taras, e nenhumas virtudes; até porque só se ensina o que se sabe (25/VIII/1819)."

"O que vaticino para os brasileiros no futuro? Cultuarão sempre os bandidos bem-sucedidos; respeitarão mais a aparência que a essência dos seres e das coisas; escolherão sempre maus governantes, por entenderem que o poder deve ser entregue àqueles com quem mais se identificam, e não aos mais capazes e honestos; sempre lhes seduzirá mais a esperteza que a inteligência; preferirão o viver de expediente ao trabalho aturado; aproveitarão melhor a oportunidade que o tempo; sempre lhes agradará mais a lisonja louvaminheira que o julgamento isento; aprenderão mais com a bazófia do que com o conselho judicioso; não se destacarão nas artes do intelecto, mas serão notáveis nas que exigem o uso do corpo; nunca darão ao mundo um Cervantes, um Mozart, um Da Vinci, um Buonarroti, um Raphael; farão boa cozinha, bons desportos, e gostariam de ser reconhecidos como grandes fornicadores (5/VI/1820)."

"O grande território do Brasil, os brasileiros conquistaram-no roubando, matando e seviciando os seus vizinhos de continente. Devem-no aos paulistas, eméritos assassinos e salteadores. Se Deus é nativo da terra, como eles gostam de afirmar, o Diabo com certeza é paulista, e eles próprios nisso são acordes (30/VIII/1820)."

"Acostumados à miséria e à submissão, os brasileiros desenvolveram caráter peculiar e próprio, muito encontradiço nas vilas e nos campos: bajular sempre os superiores; escorraçar sempre os subalternos (10/III/1821)."

"Quem no Brasil se atrever a querer viver de escrever, decerto morrerá de inanição: os brasileiros têm tanto horror à leitura, quanto gosto pela ociosidade. Preferem o impulso à reflexão. Gostam mais de que lhes contem ou leiam as coisas escritas; na falta de quem lhes faça essa vontade, somente se abalam a ler resultado de lotaria, alvará do Rei, convite para festa e as letras grandes do jornal, o qual usam prioritariamente para asseio do traseiro (18/IX/1821)."

"Os brasileiros preferem a especulação à realidade dos fatos. A verdade lhes é demasiado dura para ser aceita; a mentira melhor se ajusta à sua índole. Vão à igreja porque os fiscaliza e lhes cobra o vigário, mas também porque têm medo do Diabo, que cá é referência para tudo: 'Isso é ruim como o Diabo!', 'Isso é bom como o Diabo!', são expressões que usam indistintamente (29/X/1821)."

"Na política, os brasileiros foram educados, e tão-somente tiveram exemplos, para o despotismo, no qual mais acreditam, preferindo-o à democracia, que acham um regímen de frouxos, de vidrinhos de cheiro, de poetas. Admiram mais a força física que a das idéias. Não admitem que a liberdade possa ser estendida para todos os homens, por entenderem que, se tal acontecesse, perderia ela o seu valor como atributo de distinção social (13/II/1822)."

"Julgam os brasileiros que o paternalismo é o melhor dos sistemas de governança, porque funde o poder da força com a compaixão dos fortes; a malvadeza com a ternura; o prêmio com o castigo. Acreditam que a mesma mão forte que pune também pode afagar, e essa ambigüidade lhes é muito cara. Os poderosos no Brasil disso há muito se aperceberam, aprendendo a dissimular o excesso de autoridade sob a forma de proteção, e sempre adotarão esse tipo de conduta para submeter e cativar as massas *per omnia saecula saeculorum*[13] (25/IV/1822)."

O deus Hipnos, enfim, exercera seus poderes sobre Quincas, que adormecera profundamente. Lá fora, alta madrugada, um vento forte soprava na rua das Violas, entrando, assoviador, pelas frinchas da rótula da janela e pelo vão do telhado, espalhando as folhas do manuscrito do bacharel Viegas de Azevedo pelo piso do quarto. Não muito longe dali, o mosteiro de São Bento soara a hora das completas.

෴

Residência do Marechal Manuel Deodoro da Fonseca, Campo de Santana, Rio de Janeiro. Dia 10 de novembro do Ano da Graça de Nosso Senhor Jesus Cristo de 1889.

Ainda não eram oito horas da manhã quando o coronel Diogo Bento, o tenente-coronel Benjamin Constant e o major Sólon Sampaio Ribeiro pararam à porta da residência do marechal Deodoro, no Campo de Santana. O tenente-coronel Benjamin Constant, mais íntimo da casa, bateu com a aldrava na porta.

Atendeu-os a senhora D. Mariana, esposa do marechal.

– Manuel já está acordado, mas ainda na cama, por determinação do médico: passou mal toda a noite, com forte dispnéia – explicou D. Mariana, fazendo-os entrar.

– Viemos trazer ao conhecimento do general, senhora, importante resolução tomada pelo Clube Militar, ontem à

---

[13] Até o fim dos séculos.

noite. É imprescindível que possamos ver o marechal Deodoro ainda esta manhã – encareceu o coronel Diogo Bento, retirando o barrete da cabeça, gesto imitado pelos outros dois militares.

Os três militares acomodaram-se nas poltronas da sala de espera, enquanto a esposa do marechal tentava persuadi-los a adiar a reunião para outra hora.

– O assunto é tão urgente assim que não possa esperar até à tarde? Manuel passou a noite em claro, tossicando muito – ponderou a senhora.

Nesse ínterim, ouviu-se um arrastar de chinelos e tossidelas no andar superior. Logo em seguida, o marechal Deodoro assomou no alto da escada, enrolado num roupão de sarja sobre o pijama.

– Podes deixar, Mariana. Vou atendê-los aí embaixo – exclamou descendo as escadas.

Os três militares levantaram-se e, perfilados, sobraçando os gorros, saudaram o venerando comandante, batendo os calcanhares.

– À vontade, soldados, sentem-se! Como vais, Diogo Bento? Teu pai está melhor?.

– Na mesma, marechal, desde a apoplexia que ele sofreu, na revolta do Vintém. Não fala nada, e fica deitado na cama a maior parte do tempo; mas os olhos ainda estão bem abertos e vivos: continua rabujando até com eles! – respondeu Diogo Bento.

– E tu, Benjamin? Como vão os teus ceguinhos do Instituto? Aqueles, pelo menos, estão livres da leitura de teus escritos subversivos sobre o Ouro Preto e a monarquia...

– Trago para conhecimento do marechal o resultado da reunião de ontem à noite no Clube Militar, incluindo a missão que me foi confiada – respondeu Benjamin Constant.

– Que espero não seja a de declarar guerra aos Estados Unidos nem a nenhuma potência européia... E tu, Sólon? Ainda a atarefar tua língua viperina com conspiratas e conciliábulos?

— Sempre pela pátria, marechal! Tudo pelo Brasil! — respondeu o major.

Deodoro notou-lhes a inquietação, coçou o barbarrão, e sentou-se na poltrona vaga:

— Muito bem, Benjamin, digas lá o resultado de tuas conspirações contra o velho, ontem à noite no Clube. Mariana, minha velha, vai até à cozinha e peça à criada que passe um café fresco para esta milícia.

O tenente-coronel Benjamin Constant era um militar intelectual, muito mais sensível e interessado nas teorias políticas de Augusto Comte e Lafitte do que nas estratégias de guerra de Jomini e Von der Goltz: ensinava matemática na Escola Militar, e pregava o positivismo nos cafés da rua do Ouvidor. Era mais visto como filósofo do que como homem da carreira das armas. Atingira o posto de tenente-coronel comandando um instituto de cegos: nada mais paisano poderia contribuir para a sua biografia de *bacharel das armas*, como era alcunhado pelos pares. Presidira, na noite anterior, reunião no Clube Militar, com maciço comparecimento do oficialato do Exército, onde lhe fora conferida "carta branca" para resolver a questão militar com o governo do Império, "como melhor lhe aprouvesse". À mesma hora em que aquela decisão fora tomada pelos oficiais, a monarquia realizava faustoso baile, na ilha Fiscal, em homenagem aos oficiais do cruzador chileno *Almirante Cochrane*, com a presença de toda a família imperial, do ministério Ouro Preto e da Corte.

— ... impossíveis mais paliativos, marechal. Não podemos repetir o 7 de abril de 1831. Um terceiro reinado seria uma afronta para o povo deste país... — ponderou Benjamin Constant, ao término de sua longa explanação introdutória.

Deodoro, inquieto na poltrona, revelando desconforto com a proposta de revolução para a derrubada do Império, contrapropôs:

— Poderíamos apenas derrubar o gabinete Ouro Preto. O velho por certo nomearia novo ministério, mais respeitador dos interesses castrenses...

O coronel Diogo Bento objetou:
– A revolução não pode alcançar apenas o governo, marechal: é preciso que ela também dê um fim à monarquia, sistema político já esclerosado, que não dá liberdade política ao povo para escolher, diretamente, seus governantes. Essa camarilha de casacas há muito está encastelada no poder, alternando-se os liberais e os conservadores de sempre, a cada crise entre fazendeiros de café e de gado. Caso a solução da crise contemple a manutenção da monarquia, outra súcia da mesma laia assumirá o poder, porque tão-somente existem políticos monarquistas neste país.
– Até generais monarquistas, coronel! O que não fazem sessenta e sete anos de monarquia! Mas e o velho? Respeito-o e estimo-o muito. Gostaria de acompanhar-lhe o caixão até a beira do túmulo... – ponderou Deodoro.
Benjamin Constant retorquiu:
– Marechal, não é mais possível recuar: o Exército fará a revolução, mas ela só será possível com a sua liderança à frente das tropas. A revolução não pode parar, respeitosa, ante o trono do Imperador, que está doente, não manda mais, e se desinteressou há muito do governo: a essas horas, provavelmente ele está em Petrópolis, a tomar aulas de sânscrito e de língua tupi, enquanto a política do país está em convulsão. Garanto ao senhor que o Imperador e toda a sua família seriam tratados com dignidade e respeito, já que não movemos guerras contra pessoas; queremos apenas libertar nossa pátria dessa monarquia carcomida!
Deodoro, queixumeiro, coçou mais uma vez o barbarrão e murmurou, lamuriento:
– ... tenho muito estima e respeito pelo velho...
O major Sólon resolvera colocar a língua ferina a serviço da república:
– Com todo o respeito e admiração que sempre tive pelo senhor, marechal, permita-me revelar uma inconfidência do Ajudante-General Floriano Peixoto: disse ele que o Imperador declarou, em uma reunião ministerial, em alto e bom som, que

achava o marechal Deodoro um militar de inteligência limitada, um estouvado rabugento, um estropício fardado!
Deodoro, furioso, despertou, bruscamente, do estado de prostração em que se encontrava. Dardejou um olhar furibundo para o major, e deu um soco no braço da poltrona:
– Sólon! Se eu descobrir que essa vil maledicência é mais uma de tuas potocas conspiratórias, juro que te jogo, pessoalmente, na pior das enxovias da fortaleza de Santa Cruz, e de lá só sairás com barbas nos dentes!
Diogo Bento apressou-se em socorrer o major Sólon:
– Pelo menos "militar de inteligência limitada" eu também ouvi o general Floriano dizer, marechal...
Benjamin Constant resolveu intervir:
– Marechal, suplico que medite bastante sobre a gravidade e a grandeza da resolução que tomarás. O país, mais uma vez, reclama o patriotismo do senhor, porque entendemos o quanto ela vai magoar o seu coração de soldado sincero e leal ao Imperador. Mas a pátria brasileira, vilipendiada, e o Exército Brasileiro, enxovalhado por essa camarilha, reclamam reparação e liberdade, e qualquer sacrifício que por eles façamos, ainda que não consultem nossas convicções de natureza pessoal, não podem ser recusados! A pátria mais uma vez o chama, marechal!
O velho marechal levantou-se da poltrona, nervoso. De pé, começou a andar em volta da sala, tossicando, coçando insistentemente o barbarrão hirsuto. Deu três voltas, expectorou alguns impropérios, brandiu o dedo indicador retesado em direção ao major Sólon, sem abrir a boca, como a querer dizer "esta hás-de me pagar!", e, parando no centro da sala, exclamou:
– Já que não há outro remédio, leve a breca a monarquia! Se nada mais há que dela esperar, que venha a república! E viva o Imperador!
Diogo Bento, Benjamin Constant e Sólon Ribeiro levantaram-se, de imediato. Os olhos dos três brilhavam de emoção. Estava obtida a senha de que precisavam para costurar as

ações e preparativos finais para a revolução. Antes que o velho os dispensasse, atacado por mais uma crise de dispnéia, dele obtiveram permissão para convocar os paisanos republicanos Ruy Barbosa, Aristides Lobo, Francisco Glicério e Quintino Bocaiúva para uma reunião, no dia seguinte, na casa do marechal.
 – Desde que eu ainda esteja vivo até lá! – rabujou Deodoro, e subiu as escadas, tossindo muito, amparado por D. Mariana.
 Novamente na rua, os três militares, pressurosos, pediram que moleques de recado lhes chamassem tílburis de aluguel.
 – Poderíamos ir para minha casa, Benjamin. De lá coordenaríamos as ações necessárias para a deflagração da revolução – sugeriu Diogo Bento.
 – Não há tempo para isso, Diogo Bento! Precisamos separar-nos para cumprir missões específicas: vou, agora mesmo, à casa do Aristides Lobo incumbi-lo de convocar a paisanada republicana, nossa aliada, para a reunião de amanhã na casa de Deodoro. Em seguida, abalo-me para o largo do Rossio: vou ter com o almirante Wandenkolk, para pedir a adesão da Armada. Enquanto isso, Sólon, irás até o Clube Militar, que os oficiais estão lá de vigília, aguardando o resultado da reunião com o Deodoro. Diga-lhes que é preciso avisar os quartéis de que a senha já está dada – replicou Benjamin Constant.
 – E eu, mestre, que faço? – indagou Diogo Bento.
 – Missão casca grossa, Diogo Bento: mas só tu tens autoridade moral e habilidade para isso. Não posso ir ao Quartel-General, corro o risco de o Ouro Preto mandar prender-me. Por essa razão, peço-te que vás pedir uma entrevista, agora mesmo, com o Floriano Peixoto. Quando fores recebido, diz-lhe, apenas, que o movimento está em andamento, e que Deodoro concordou – respondeu Constant.
 – Mas o Floriano é confiável, Benjamin? Ele trabalha para o Ouro Preto, a quem deve submissão e satisfações. Abaixo do Maracaju, ele é quem manda no Exército! – alertou Diogo Bento.

– Quem manda no Exército, depois da morte de Caxias e de Osório, é o Deodoro, homem! E o Floriano sabe muito bem disso. Aquele eu conheço bem: só arrisca na certa! Vai ficar em cima do telhado até descobrir qual a casa que o cachorro brabo vai invadir. Se calhar de ser aquela em que ele está, desce do telhado, abre o portão, e ainda joga um filé para o bicho! – retorquiu o *bacharel das armas*.
– Aguardo o mestre no Clube Militar? – indagou o major Sólon.
– Não, Sólon: vais ter de fazer o que melhor sabes. Corre até a Escola Superior de Guerra e aos quartéis do 1º e 9º Regimentos de Cavalaria e do 2º Regimento de Artilharia. Passa para eles a notícia da reunião de amanhã na casa do Deodoro, e da concordância do marechal com o movimento.
– Sei não: estou achando Deodoro ainda muito reticente. Não seria melhor já pintar o diabo mais feio que ele parece, e provocar a explosão do velho? – indagou Sólon.
– Ainda não; se for necessário, faremos, mas ainda não é o momento. De qualquer forma, se no dia que for aprazado para a coisa estourar Deodoro ou Floriano derem para trás, já sabes o que fazer, Sólon: espalhe pelos quartéis que o Deodoro e eu fomos presos no Quartel-General, pelo Maracaju, a mando do Ouro Preto. E que a intenção do governo é reduzir o contingente do Exército, na Corte e nas capitais das Províncias, redistribuindo todo o excedente pelas vilas do interior e fronteiras do país, num claro propósito de enfraquecer a instituição, pulverizando-a por todo o território nacional.
– E qual seria a senha, Benjamin? – indagou o major.
– Pensei bastante, e concluí que a melhor seria "Viva o Imperador!" Nem precisamos participá-la a Deodoro, porque este é o brado que ele mais gosta de exclamar, principalmente quando está montado na sela de seu cavalo. Não duvides que ele vá soltar esse berro, à hora em que proclamar a república!
Os tílburis chegaram. Benjamin Constant despediu-se dos companheiros:
– Vamos rezar para que até lá o velho não morra, senão a coisa vai gorar! Sem o velho à frente da tropa, nada feito!

Benjamin Constant já ordenara ao cocheiro que desse partida ao tílburi, quando lhe pediu que parasse a carruagem, e gritou para o major Sólon, que embarcava em seu coche:
 - Sólon! Brilhante aquela do "estropício fardado". O velho explodiu feito o Vesúvio, mas eu não queria estar na tua pele quando ele mandar apurar a verdade dos fatos! - exclamou, explodindo uma gargalhada, enquanto o tílburi rolava, à pressa, em direção ao centro da cidade.

XXX

Campo de Santana, Rio de Janeiro. Residência do
Marechal Manuel Deodoro da Fonseca. Madrugada do
dia 15 de novembro do Ano da Graça de Nosso Senhor
Jesus Cristo de 1889.

 - Você não vai agüentar subir naquele cavalo, Manuel! - suplicou D. Mariana, tentando demover Deodoro de sua decisão de sair da cama e ir para a rua ao encontro da tropa, que o aguardava à frente de sua residência.
 - Na vida tem-se hora para tudo, minha velha, até para morrer! E Deus não vai pregar-me essa peça, justo agora! Não vou esquecer-me de morrer depois disso, e aí então poderás dar meus botins de defunto para algum necessitado, visto que serventia alguma terão debaixo da terra! - resmungou, desistindo de ajeitar o espadagão à ilharga, em frente ao espelho do cômodo.
 Benjamin Constant e Diogo Bento, em uniforme de gala, retornaram da sacada da residência do marechal, para o interior do aposento.
 - Vamos, marechal! O cavalo já está selado à porta, aguardando-o! - disse o coronel Diogo Bento.

– Diz ao cavalo que tenha um pouco de paciência, Diogo Bento, que ainda estou em dúvidas se antes bato as botas ou se vou cavalgá-lo! Por falar nisso, escuta aqui: ouviste realmente o Floriano comentar que o velho havia me chamado, na frente dos ministros, de "estropício fardado"? – indagou enquanto ajeitava o barrete frígio à cabeça.
– Não, marechal. O que ouvi, e achei tão ofensiva quanto essa aleivosia, foi a afirmação de que o Imperador achava o marechal um militar bronco, de inteligência limitada! – respondeu Diogo Bento.
– Pois esses filhos da puta vão sentir o furor da ira de um bronco! Ao Quartel-General! À República! Viva o Imperador! – gritou para os que estavam dentro do quarto.

O Ajudante-General Floriano Peixoto tinha aconselhado o Presidente do Conselho de Ministros, Visconde do Ouro Preto, a reunir todo o Ministério no Quartel-General da Guerra, no Campo da Aclamação.
– De lá será mais fácil comandar e coordenar as ações de resistência contra as tropas sublevadas – propusera ao chefe do Gabinete, que aceitara a sugestão. – Mas o senhor Visconde pode ficar sossegado: asseguro que a guarnição do Quartel-General está alinhada e fiel ao governo. Não há ter preocupações! – tranqüilizara-o Floriano Peixoto.
Já no interior do Quartel-General, o Visconde de Ouro Preto tomou pé da situação: as tropas rebeladas estavam marchando desde São Cristóvão, em direção ao Campo de Santana, lideradas pelo Marechal Deodoro da Fonseca. O estopim da rebelião fora a notícia, veiculada nos quartéis, da ordem de prisão contra Deodoro e Benjamin Constant, expedida pelo Gabinete, acusados de conspirar contra o governo.
– Mas jamais cogitei disso com o Maracaju nem com o Imperador, que não concordaria com tal decisão, pois ele é amigo pessoal dos dois! – reagiu Ouro Preto.
Em seguida, desconfiado, notando que o Quartel-General deixava transparecer uma taciturnidade de monastério, sem

nenhuma movimentação de tropa, nem externamente, nem no pátio interno, Ouro Preto explodiu:
– Maracaju! Floriano! O que está acontecendo aqui? Não vejo cá da janela nenhuma tropa postada à frente do Quartel-General nem resistência organizada no pátio interno! Quede as defesas contra os revoltosos?

Diante da explosão de Ouro Preto, o marechal-de campo Visconde de Maracaju alegou que não confiava em que a tropa, em serviço no Quartel-General, fosse capaz de atirar contra os camaradas de farda rebelados.
– Mas como? Quantas vezes no Paraguai a nossa infantaria, com baionetas caladas, tomou as bocas de fogo do inimigo? – indignou-se Ouro Preto.
– Lá, visconde, o inimigo era paraguaio, e aqui somos todos brasileiros – respondeu Floriano Peixoto, em resposta carregada de dubiedade.

O Visconde de Ouro Preto percebeu, então, que caíra numa ratoeira: trancafiado no Quartel-General da Guerra, junto com todos os ministros, à exceção do Barão de Ladário, que fora ao Arsenal preparar a resistência da Armada contra os revoltosos, viu-se à mercê das tropas de Deodoro, que invadiria o QG sem a menor resistência.

De imediato, ciente da gravidade da situação, o visconde redigiu à pressa, e expediu para Petrópolis, um telegrama para o Imperador:

"Senhor.– O Ministério, sitiado no Quartel-General da Guerra, à exceção do Sr. Ministro da Marinha, que consta achar-se ferido em uma casa próxima, tendo por mais de uma vez ordenado, pelo órgão do Presidente do Conselho e do Ministro da Guerra, que se empregasse a resistência à intimação armada do Marechal Deodoro para pedir sua exoneração, diante da declaração feita pelos Generais Visconde de Maracaju, Floriano Peixoto e Barão do Rio Apa de que, por não contarem com a força reunida, não há possibilidade de resistir com eficácia, depõe nas augustas mãos de Vossa Majestade o seu pedido de demissão. A tropa acaba de confraternizar com o Marechal Deodoro, abrindo-lhe as portas do Quartel. Visconde de Ouro Preto. Presidente do Conselho. Do Quartel-General da Guerra, em 15/XI/1889."

As portas do Quartel-General da Guerra tinham sido abertas para Deodoro, à frente das tropas sublevadas, com a presteza e a alegria com que se abrem os portões de uma abadia de freiras à chegada da nova abadessa. Já no meio do pátio do QG, tossindo muito sobre a sela do seu cavalo, Deodoro retirou o barrete frígio da cabeça, elevando-o ao alto com o braço esticado, e gritou:

– Viva o Exército Brasileiro! Viva a revolução! Viva o Imperador!

Todos os que estavam no pátio responderam à saudação, estranhando-a muito.

Em seguida, o coronel Diogo Bento e o major Sólon ajudaram o velho marechal a apear do cavalo.

– O ministério Ouro Preto está no salão nobre aguardando-o, marechal – avisou-o o major Sólon, segurando-lhe o cabresto do cavalo.

– Como aguardando-me? Por acaso vim aqui para participar de reuniões ministeriais de casacas? – rabujou.

– Estão aguardando para ser presos, marechal. E já se fartaram de xingar o marechal por essa revolução! – complementou Sólon, coscuvilheiro.

– Pois não importa do que me tenham xingado: acho a mesmíssima coisa de suas distintíssimas mães! – vociferou.

O marechal abriu a porta do salão nobre, secundado pelo coronel Diogo Bento, pelo tenente-coronel Benjamin Constant e pelo major Sólon Ribeiro, e entrou no salão batendo firme com os botins no soalhado.

– Não desejo bons dias aos senhores ministros porque duvido que vão tê-los doravante; nunca fui um homem hipócrita! Estamos cá, à frente das tropas vilipendiadas por Vossas Excelências, para vingá-las das gravíssimas injustiças e ofensas de que têm sido objeto por parte de vários ministérios do governo do Império, particularmente deste!

Vós, homens de punhos brancos, que de canhões só entendem mesmo é dos de renda, a sobejar-lhes das mangas das casacas, não sabem o que é sacrificar-se pela pátria, como fizemos nós nos pantanais paraguaios, com perdas de milhares de vidas! Não lhes reconheço autoridade moral para assacarem contra o Exército Brasileiro, instituição que só tem dado glórias ao Brasil, sempre ao lado do povo em suas lutas! Declaro deposto este ministério, e todos os senhores estão presos! Organizaremos novo ministério, que saiba reconhecer a existência sacrificada dos militares, e o submeteremos ao Imperador, que tem a minha dedicação: sou seu amigo, devo-lhe favores. Seus direitos serão respeitados e garantidos! – disse Deodoro, tossindo muito, ao final.

O Visconde de Ouro Preto levantou-se da cadeira, e respondeu, secamente:

– Estar aqui ouvindo o marechal, neste momento, não é sacrifício menor que pelejar nos pantanais paraguaios. Fico ciente do que resolve a meu respeito. É o vencedor, pode fazer o que lhe aprouver, submeto-me à força.

O major Sólon cutucou as costas do coronel Diogo Bento:
– E a república? Cadê a república? – boquejou, irritado com tanto palavrório.

– Calma, homem! Um boi come-se aos bifes! – respondeu-lhe Diogo Bento, acalmando-o.

Deodoro deixou o Quartel-General e dirigiu-se, à frente das tropas, para o Arsenal de Marinha, onde obteve, do Almirante Eduardo Wandenkolk, o apoio e a adesão da Armada para a revolução. Ao final da manhã, as tropas rebeladas retornaram aos quartéis, e Deodoro voltou para sua residência, abatido e prostrado com o agravamento de seus males cardíacos.

À tarde, Diogo Bento, Benjamin Constant e Sólon Ribeiro correram às redações dos principais periódicos da cidade, convocando a sociedade civil para uma solenidade na Câmara Municipal, às quinze horas, onde se realizaria ato cívico em favor da proclamação da República. Pretendiam os três que os acontecimentos da manhã não ficassem apenas na simples queda do ministério Ouro Preto: queriam derrubar o trono do Império, queriam a República. Graças aos esforços de José do Patrocínio, Pardal Mallet e Aníbal Falcão, a solenidade teve o concurso de muita gente, sendo ali, então, ao final da tarde do dia 15 de novembro, proclamada, de fato, a República dos Estados Unidos do Brasil.

Já passava das dezenove horas quando o cortejo republicano saiu da Câmara Municipal e fez verdadeira aclamação em frente à residência do Marechal Deodoro. O velho soldado, cercado de cuidados médicos, sofria graves padecimentos com o agravamento de seus males, deitado no leito de seu quarto.

Diogo Bento, Benjamin Constant e Sólon Ribeiro, vindos da manifestação da Câmara Municipal, subiram ao quarto do marechal, sob protestos de D. Mariana.

– Sem o marechal não haverá República, senhora D. Mariana! Tão-somente troca de gabinete! Suplicamos-lhe que nos deixe subir para ir ver o Marechal Deodoro! – pediu Benjamin Constant.

No quarto, Deodoro, febril, olhos semicerrados, gemia:
– E como está a bagunça aí fora, Diogo Bento?
– Precisamos agir com rigor e firmeza, marechal! O Imperador já desceu de Petrópolis, e está agora no Paço da Cidade, tentando organizar novo ministério, com o Conselheiro Saraiva à frente!

O major Sólon, sabedor de que Gaspar da Silveira Martins, inimigo pessoal de longa data de Deodoro, fora convidado para fazer parte do novo governo, liberou a língua viperina:
– E o Gaspar da Silveira Martins foi convidado pelo Imperador para integrar o novo ministério, marechal...

Deodoro arregalou os bugalhos antes semicerrados, e fulminou o major Sólon com um olhar mortal:
– Quê? Aquele sicofanta no governo? Isso só pode ser provocação do Imperador para comigo! – bufou Deodoro.

– Também acho, marechal. Já pensou? Tanta mão-de-obra para derrubar o Ouro Preto, e a recompensa é ter de agüentar um desafeto pessoal a dar as cartas no governo? – destilou veneno o major.
– Nunca! Não permitirei tal facécia comigo! Pois digam ao povo aí embaixo que a República está feita! – vociferou o marechal, dando início a novo acesso de tosse.
Naquela mesma noite, o tenente-coronel Benjamin Constant coordenou a organização do ministério do Governo Provisório da República. Com a ajuda do doutor Ruy Barbosa, redigiu um manifesto à nação, e o primeiro decreto constitutivo do novo regime.

"*Concidadãos!*

O povo, o Exército e a Armada Nacional, em perfeita comunhão de sentimentos com os nossos concidadãos residentes nas Províncias, acabam de decretar a deposição da dinastia imperial e conseqüentemente a extinção do sistema monárquico representativo. Como resultado imediato desta revolução nacional, de caráter essencialmente patriótico, acaba de ser instituído um Governo Provisório, cuja principal missão é garantir, com a ordem pública, a liberdade e os direitos dos cidadãos.

Para comporem esse governo, enquanto a nação soberana, pelos seus órgãos competentes, não proceder à escolha do governo definitivo, foram nomeados pelo chefe do Poder Executivo da Nação os cidadãos abaixo assinados.

Concidadãos. – O Governo Provisório, simples agente temporário da soberania nacional, é o governo da paz, da liberdade, da fraternidade e da ordem. No uso das atribuições e faculdades extraordinárias de que se acha investido para defesa da integridade da pátria e da ordem pública, o Governo Provisório, por todos os meios ao seu alcance, promete e garante a todos os habitantes do Brasil, nacionais e estrangeiros, a segurança da vida e da propriedade, o respeito aos direitos individuais e políticos, salvas, quanto a estes, as limitações exigidas pelo bem da pátria e pela legítima defesa do governo proclamado pelo povo, pelo Exército e pela Armada Nacional.

Concidadãos. – As funções da justiça ordinária, bem como as funções da administração civil e militar, continuarão a ser exer-

cidas pelos órgãos até aqui existentes, com relação aos atos na plenitude dos seus efeitos; com relação às pessoas, respeitadas as vantagens e os direitos adquiridos por cada funcionário. Fica, porém, abolida, desde já, a vitaliciedade do Senado e bem assim abolido o Conselho de Estado. Fica dissolvida a Câmara dos Deputados. Concidadãos.– O Governo Provisório reconhece e acata todos os compromissos nacionais contraídos durante o regime anterior, os tratados subsistentes com as potências estrangeiras, a dívida pública interna e externa, os contratos vigentes e mais obrigações legalmente estatuídas.

– Marechal Manuel Deodoro da Fonseca, *Chefe do Governo Provisório.*
– Aristides da Silveira Lobo, *Ministro do Interior.*
– Ruy Barbosa, *Ministro da Fazenda e interinamente da Justiça.*
– Tenente-coronel Benjamin Constant Botelho de Magalhães, *Ministro da Guerra.*
– Chefe de Esquadra Eduardo Wandenkolk, *Ministro da Marinha.*
– Quintino Bocayuva, *Ministro das Relações Exteriores e interinamente da Agricultura, Comércio e Obras Públicas."*

☙

Paço da Cidade, Rio de Janeiro. Dia 16 de novembro
do Ano da Graça de Nosso Senhor Jesus Cristo de 1889.
Quatorze horas e trinta minutos.

O major Sólon Sampaio Ribeiro, à frente de um piquete de cavalaria, em grande uniforme, dirigiu-se à pressa ao Paço da Cidade, para entregar ao Senhor Dom Pedro II a mensagem do Governo Provisório da República, na qual era determinada a deposição e banimento do país do Imperador e da família imperial, no prazo de vinte e quatro horas. Passava das duas e meia da tarde do dia seguinte ao da Proclamação da República, quando a família imperial, reunida no Salão das Damas, ouviu o estrépito dos cascos das cavalgaduras contra as pedras da entrada do palácio. O major Sólon, em uniforme de gala, sobraçando o barrete frígio, subiu as escadas da entrada do Paço e pediu que o anunciassem ao Imperador.

– A quem devo anunciar? – indagou o mordomo-mor.
– Major Frederico Sólon Sampaio Ribeiro, comandante interino do Segundo Regimento de Cavalaria. Trago mensagem urgente do Governo Provisório da República para o Senhor Dom Pedro II.

Anunciada a presença do major, foi ele introduzido à sala onde estavam reunidos o Imperador, sentado em uma cadeira, e, atrás dele, a família imperial e poucos nobres da intimidade da família, entre eles o Barão de Loreto, todos em pé.

– Venho da parte do Governo Provisório da República entregar respeitosamente a Vossa Excelência esta mensagem – disse o major, e a estendeu ao soberano.

Dom Pedro II ficou imóvel, não esboçou nenhum gesto.

– Venho da parte do Governo Provisório da República entregar respeitosamente a Vossa Alteza esta mensagem – repetiu o major, mudando o tratamento ao Imperador.

Dom Pedro II permaneceu sem esboçar reação.

– Venho da parte do Governo Provisório da República entregar respeitosamente a Vossa Majestade Imperial esta mensagem – disse acertando, finalmente, o tratamento protocolar ao Imperador.

Dom Pedro II estendeu a mão e pegou a mensagem, sem abri-la.

– Não tem Vossa Majestade uma resposta a dar? – indagou o major.
– Por ora, não – respondeu o Imperador.
– Então, posso retirar-me?
– Sim.

"Senhor: – Os sentimentos democráticos da nação, há muito tempo preparados, mas despertados agora pela mais nobre reação do caráter nacional contra o sistema de violação, de corrupção de todas as leis, exercido em um grau incompatível pelo ministério 7 de junho; a política sistemática de atentados do governo imperial, nestes últimos tempos, contra o Exército e a Armada, política odiosa à nação, e profundamente repelida por ela; o esbulho dos direitos dessas duas classes, que em todas as épocas têm sido, entre nós, a defesa da ordem, da Constituição, da liberdade e da honra da pátria; a intenção manifesta nos atos dos vossos ministros e confessada na sua imprensa, de dissolvê-las e aniquilá-las, substituindo-as por elementos de compressão oficial, que foram sempre, entre nós, objeto de horror para a democracia liberal, determinaram os acontecimentos de ontem, cujas circunstâncias conheceis e cujo caráter decisivo certamente podeis avaliar.

Em face desta situação, pesa-nos dizer-vo-lo, e não fazemos senão em cumprimento do mais custoso dos deveres, a presença da família imperial no país, ante a nova situação que lhe criou a resolução irrevogável do dia 15, seria absurda, impossível e provocadora de desgostos que a salvação pública nos impõe a necessidade de evitar.

Obedecendo, pois, às exigências do voto nacional, com todo o respeito devido à dignidade das funções públicas que acabais de exercer, somos forçados a notificar-vos que o governo provisório espera de vosso patriotismo o sacrifício de deixardes o território brasileiro, com a vossa família, no mais breve termo possível.

Para esse fim se vos estabelece o prazo máximo de vinte e quatro horas, que contamos não tentareis exceder.

O transporte vosso e dos vossos para um porto da Europa correrá por conta do Estado, proporcionando-vos para isso o Governo Provisório um navio com a guarnição militar precisa, efetuando-se o embarque com a mais absoluta segurança, de vossa pessoa e de toda a vossa família, cuja comodidade e saúde serão zeladas com o maior desvelo na travessia, continuando-se a contar-vos a dotação que a lei vos assegura, até que sobre este ponto se pronuncie a próxima Assembléia Constituinte.

Estão dadas todas as ordens, a fim de que se cumpra esta deliberação.

O país conta que sabereis imitar na submissão aos seus desejos o exemplo do primeiro imperador em 7 de abril de 1831.

Rio de Janeiro, 16 de novembro de 1889.

Manuel Deodoro da Fonseca"

Após o major Sólon ter se retirado da sala, o Imperador abriu o envelope e tomou conhecimento da mensagem, que leu juntamente com o Barão de Loreto. Com a serenidade que lhe era peculiar, voltou-se para a família e, com voz alta, desembargada, declarou que o Governo Provisório da República participava sua destituição, proclamava a República e dava à família imperial o prazo de vinte e quatro horas para deixar o país, em transporte marítimo pago pelo Estado.

– Não tenho dúvida em acatar a decisão do novo governo, e estaremos prontos para partir dentro do prazo que nos foi concedido – disse o Imperador, serenamente.

A Imperatriz e a Princesa Isabel caíram em choro convulso.

Após algum refletir, Dom Pedro II tomou de uma folha de papel, de uma pena e de um tinteiro, e redigiu a resposta ao Governo Provisório da República:

"À vista da representação escrita que me foi entregue hoje, às três horas da tarde, resolvo, cedendo ao império das circunstâncias, partir, com toda a minha família para a Europa, amanhã, deixando esta pátria de nós estremecida, à qual me esforcei por dar constantes testemunhos de entranhado amor e dedicação, durante quase meio século, em que desempenhei o cargo de chefe do Estado. Ausentando-me, pois, eu com todas as pessoas de minha família, conservarei do Brasil a mais saudosa lembrança, fazendo ardentes votos por sua grandeza e prosperidade.

Rio de janeiro, 16 de novembro de 1889. – D. Pedro de Alcântara."

Portaria da igreja de N.S. do Rosário e S. Benedito dos Homens Pretos. Rua Uruguaiana, Rio de Janeiro. Dia 1º de março do Ano da Graça de Nosso Senhor Jesus Cristo de 1890. Dez horas da manhã.

"Saiu Dom Pedro Segundo
Para o Reino de Lisboa
Acabou-se a Monarquia
E o Brasil ficou à toa."

Faço, hoje, noventa e dois anos de idade, sessenta e seis de sacerdócio. Vou almoçar com os Menezes d'Oliveira: convidaram-me o coronel Diogo Bento e D. Maria de Lourdes, amigos de longa data. Na rua Uruguaiana, para onde saio agora, depois de rezar missa, um vendedor ambulante, preto e velho como eu, está sentado à porta da igreja, vendendo suas bufarinhas, e recita essa quadrinha debochada, decerto saudoso do velho Imperador, exilado na Europa. Com monarquia ou república, tudo cá vai na mesma, que esses modismos de branco não alcançam o povo, a mais viver é de ganhar o pão de cada dia. Aceno para o primeiro tílburi que me passa à frente, e peço que toque para a Carioca. Não tenho mais idade, nem pernas, para caminhar por essas buraqueiras da cidade. Ficaram para trás os bons tempos que eu, menino de rua, batia pernas por gosto, e por tostões, pelas ruas e becos do Rio de Janeiro. Era o tempo dos Vice-Reis! Escravo menino, ouvia atento as explicações de frei Rodovalho sobre os nomes e histórias dos logradouros da cidade, contados pelo miúdo para os visitantes, em longos passeios *calcante pede*. Sempre tive aqueles nomes em boa memória, eram mais fáceis de guardar, mais bonitos de dizer, porque batizados pelo povo da rua: rua dos Latoeiros, do Jogo da Bola, das Violas, do Piolho, dos Barbonos, dos Ourives, das Mangueiras, dos Ciganos, do Alecrim, do Sabão, dos Pescadores, do Cano, da Misericórdia, da Cadeia, do Ouvidor, do Hospício, da Prainha, das Mangueiras, das Flores, dos Madeireiros, da Fidalga, da Batalha, da Glória, do Desterro, beco do Guindaste, do Oratório, dos Ferreiros, do Cotovelo, da Boa Morte, dos Cachorros, dos Barbeiros, e o da Pouca-Vergonha, o qual peço a Deus me varra da memória: era aonde mais queriam ir os visitantes... Hoje? As ruas e becos só têm nomes de generais, marechais, condes, barões, presidentes, gente que nunca lhes pôs os pés. Os nomes que o povo colocou nas ruas foram esquecidos, o tempo apagou. "*Tempux edax rerum.*"[14]

---

[14] "O tempo, esse devorador das coisas" (Ovídio).

Quanto ao mais, vida que segue: os que me são mais chegados vão sobrevivendo, de agruras em agruras, como Deus foi servido permitir. Mais feliz de todos está o feiticeiro Zoroastro, que se encheu de dinheiros com o advento da República. Explica-se: correu rápido pela cidade, logo após a ascensão do Marechal Deodoro ao poder, que o feiticeiro tinha antecipado, vinte anos antes, em plena Guerra do Paraguai, que o Marechal sucederia a Dom Pedro II, o que, há-de se convir, é premonição para o talante de um Nostradamus! Desde então, chovem-lhe clientes abastados, no centro espírita que mantém na Barão de São Félix, todos a querer prever futuros e encomendar feitiçarias. Quanto a Dom Obá, vai muito mal, o pobre; passou a beber ainda mais, a partir da viuvez e da deposição do seu augusto colega, Dom Pedro II. Anda pelas ruas a arrumar brigas e confusões. Temo pelo seu triste fim. As negras Leocádia e Venância continuam como criadas nas mesmas casas de família, com saúde e esperança de vida melhor, agarradas a santos e a orixás, porque não é fácil vida de preto no Brasil. O português Albuquerque de Olibeira e Soiza já não gosta de que lhe chamem *o terríbil*: "Não fica bem para um *comendadoire*", é o que encarece aos que insistem em gozá-lo. Continua a nadar em dinheiros, metido nos negócios de bacalhaus e de uma frota de carruagens de aluguer, que rolam pelo centro da cidade.

O tílburi entra pela rua da Carioca. Peço ao cocheiro que pare no início da rua, em frente ao sobrado que tem uma águafurtada. Apeio, pago a corrida, arranjo o ramo de flores-demaio que trago para o amigo Quincas, e bato a grossa aldrava na porta do sobrado dos Menezes d'Oliveira.

✐

Má-raios te partam! Badamerda! Queospariu!... Essas malditas aldravadas vão rebentar-me as oiças! Quede a negra Leocádia, que não atende logo essa cavalgadura escouceadora de portas? Jesus-Maria! mas que estropício! Até quando vais prorrogar este meu tormento, ó Altíssimo? Deixaste-me viver até agora para quê, Senhor? Pelo visto já não Te contentas só com esfregaduras no olho: dormes, agora, à larga, como se um Deus lá disso precisasse, enquanto o aldrabão do Anjo Dissidente fica a rolar de rir da minha cara, a mangar dos meus sofrimentos... Figas, canhoto! T'arrenego! Não quero cá meter-me como piolho por costura em Teus afazeres e desígnios, Senhor, mas estás a meter-Te em cavalarias altas, dando tantas confianças assim a esse coisa-ruim! Bem que já podias me ter levado desta: era coisa de um ver se te avias... Quem será que está a escoucear a porta desta vez? Será o barbaças assassino? A besta do *terríbil*? Ou o padre Jacinto Venâncio? Prefiro o último, Senhor, que aquele preto é mais do Teu mundo que deste, santa criatura de azeviche. É falar no santo e o andor se mexe. Ei-lo! Com seu molhinho de flores-de-maio, na certa para presentear-me; mas só mas dará depois de obrigar-me a ouvir-lhe suas ufanias republicanas e abolicionistas, queres apostar, Senhor?

– Comemoro hoje, meu bom amigo Quincas, noventa e dois anos de vida, trazendo-te essas flores, com o coração cheio de esperanças no porvir desta terra, já no segundo ano de abolição da escravatura, e no primeiro da República! Que Deus te abençoe, e também a esta terra sagrada, que nos acolheu para a vida. O Brasil, meu bom amigo rabugento, é terra mais feliz que as outras, porque foi mais humilhada, e aprendeu com isso; é terra mais bondosa, porque preferiu perdoar a alimentar rancores; é terra mais generosa, porque não distingue os homens pela raça, cor ou religiosidade, e sempre estará aberta para receber, como se seus filhos fossem, quaisquer estrangeiros que aqui quiserem viver. Cá habitamos a terra que é a esperança do mundo, Quincas! Viva a República do Brasil! – exclamou o padre, afagando-me o rosto.

Pelas alminhas de quem lá tem, padre! Só se for a República dos Bugres!

Rio de Janeiro, 5 de fevereiro de
1995 a 16 de junho de 1998.

Este livro foi impresso na Editora JPA Ltda.
Av. Brasil, 10.600 - Rio de Janeiro - RJ
em agosto de 2000
para a Editora Rocco Ltda.